插图本

名著名译
丛　书

插图本名著名译丛书

苦难历程

下

Хождение по мукам

А. Н. Толстой

[苏联]阿·托尔斯泰 著

王士燮 译

人民文学出版社
PEOPLE'S LITERATURE PUBLISHING HOUSE

第 八 章

五个月来，达莎·捷列金娜一个人住在空荡荡的房间里。伊万·伊里奇临上前线的时候，给她留下了一千卢布，可是这些钱不久就花光了。幸而楼下有一套住房，里面住着彼得堡一位要员，早在一月就携眷逃走了，搬进来一个机灵的外国人马泰，收买绘画、家具和各种小玩意儿。

达莎把一张双人床、几幅版画和一些小瓷玩卖给了他。这些东西好像保留稔熟的气味一样，保留着往日痛苦的回忆，她却淡然地分手了。过去的一切一切都结束了。

她用卖东西的钱度过了春天和夏天。城市渐渐空了。从彼得堡只要坐一个小时的马车，到姐妹河对岸，就是前线。政府迁都莫斯科。皇宫张着被枪炮打穿了的空窗户望着涅瓦河。街上没有路灯。民兵没有多大兴趣去保护那些已经注定要灭亡的资产阶级。每到黄昏，街上便会出现从前谁也没见过的可怕的人。他们趴窗户窥望，在黑暗的楼梯上乱窜，试试门上的拉手是否结实。要是谁家门户不严，门上没安十个钩子和链子，谁就要倒霉了。听到一阵可疑的沙沙声，便有几个陌生人闯进屋里。“举起手来！”——接着就扑到住户身上，用电线捆绑起来，然后不慌不忙地拿走一包包值钱的东西。

城里发生了霍乱。到了草莓成熟的时候，瘟疫更加可怕：人们在大街和市场上抽搐一阵就倒下了。到处窃窃私语。人们预料将有一场前所未有的灾难。据说，红军战士都把帽子上的五角星倒戴着——这是反对基督的标志，又说在施密特中尉桥上的小礼拜堂，外面锁着门，里面却出现了“白衣人”——这是要发大水的征兆。人们站在桥上指着大工厂不再冒烟的烟囱——它们立在火红的夕阳里，很像“魔鬼的手指”①。

工厂关门了。工人参加粮食征购队去了，有的回到农村。街上铺着的石头缝里，都长出了青草。

达莎并不天天出门，就是出去也趁早上——去上市场。那些没良心的芬兰女人，为一普特土豆可以要两条裤子。市场上越来越常常出现红军战士，他们向空中鸣枪来驱散这些资本主义制度的残余——卖土豆的芬兰女人和拿着裤子和窗帘的太太们。食物一天比一天难搞。有时，还是那个马泰救了她，拿来一些用旧东西换来的罐头和白糖。

达莎为了减少麻烦，尽量少吃东西。常常起得很早。要是有线，就缝缝衣服，或者找到一本标明一九一三或一九一四年出版的书看看，惟一的目的就是什么也不想；不过，更多的时候，还是坐在窗前苦苦思索：说得更准确些，她的思绪一直围绕着一个黑点转悠。不久之前的那场惊吓、绝望和痛苦——这一切现在仿佛在脑子里凝聚成这个跟她毫不相干的硬块——后遗症。她瘦得厉害，就像十六岁的小姑娘。她也的确感到自己又像少女了，只是已经失却少女的欢乐。

夏天即将过去。白夜快结束了，喀琅施塔得后面的落照越来越阴沉。从五楼上敞开的窗口可以望得很远：暮色降临的空旷街道、楼房黑洞洞的窗户。家家都不点灯。过往行人的脚步声也很稀少。

达莎想：往后怎么办呢？这种麻木状态什么时候会结束呢？马上到秋天了，阴雨连绵，寒风又会在屋顶上怒号了。没有柴火。皮大衣也卖了。伊万·伊里奇也许会回来……但是，又将是愁苦相对、像火炭一样发红的灯、没有意义的生活。

需要鼓起勇气摆脱这种麻木状态，离开把她活埋了的这幢房子，离开这座垂死的城市！……那时，生活中将会出现新的东西。这一年来，达莎第一次想到“新的”。她一发现自己有了这种想法，心情激动起来，惊奇不已，仿佛透过灰心绝望的帷幕又闪耀出阳光灿烂的广阔天地的光辉——这正是她那次在伏尔加河的轮船上所梦想的境界。

---

① “魔鬼的手指”是民间对箭石的叫法。

接着，开始日日思念伊万·伊里奇：她怀着一种新的、近似姊妹的感情怜惜起他来，怀着惋惜回忆起他那耐心的关怀，他那毕竟对任何人都没有妨碍的好心肠。

达莎在书橱里找到别索诺夫三本白色的诗集——这是完全化为灰烬了的回忆。将近黄昏的时候，在一片寂静中，燕子像黑箭似的从窗前掠过，她读着他的诗篇。她从这些诗篇里找到了抒写她自己的悲愁、孤独的词句，找到了将在她的坟头呼啸不已的黑风……达莎沉入幻想，然后哭了一阵。第二天早晨，她从箱子里的樟脑球中间翻出结婚做的衣裳，动手翻改。跟昨天一样，燕子飞来飞去，太阳发出暗淡的光芒，在一片沉寂中，远远传来稀稀落落的敲击声，有时传来一阵破裂声，不知是什么东西沉重地倒在马路上：大概是胡同里有人在拆木头房子。

达莎不慌不忙地缝着衣服。她手指太瘦了，顶针直往下掉，有一次差点儿落到窗外。无意中想起，她正是戴着这根顶针坐在姐姐家前厅里的一个木箱上，吃着果冻面包。那是一九一四年的事。卡佳跟丈夫吵嘴，动身去巴黎。她戴着一顶小帽，上面插着一根既惹人喜欢、又显得无求于人的羽毛。她已经走到门口才转过身来，看见达莎坐在箱子上，猛然想起来。“达纽莎，跟我一块儿走吧……”达莎没跟她走。可是现在……恨不得一步走到巴黎……达莎是从卡佳的来信中了解巴黎的：它是天蓝色的，像丝一样柔软光滑，像装香水瓶的纸盒一样散发着香气……她一边缝衣服，一边激动得直叹气。马上走！……听说没有火车，还不准到国外去……徒步走试试，背上一个背包，穿过森林、高山、田野、碧蓝的河流，经过一个个国家，一直走到那美妙、优雅的城市……

她甚至落下几滴泪。多么傻，啊，多么傻！到处是战争。德国人正用大炮轰击巴黎。真想入非非了！难道不让人过平静和欢乐的生活，是公正的吗？……“我做什么对不起他们的事了呢？……”顶针滚到沙发椅底下，透过泪水，太阳的轮廓扩大了，燕子像在旷野里似的尖叫着，飞来飞去：燕子是不管世界上发生什么事的——它们只要有苍蝇和蚊子吃就行……“可我一定要走，一定走！”达莎哭起来……

后来，过道里传来几下稀落而固执的敲门声。达莎把针和剪刀放在窗台上，把正在缝的衣服攥成一团擦干眼泪，扔到沙发椅上，走去询问——什么人敲门……

“达丽亚·德米特里耶夫娜·捷列金娜住在这儿吗？……”

达莎没回答，趴到钥匙孔向外看。外面的人也俯下身，对着钥匙孔小心翼翼地说：

“给她捎来一封从罗斯托夫来的信……”

达莎马上打开门。走进一个陌生人，穿着一件揉皱了的士兵大衣，戴着一顶破制帽。达莎害怕了，向后退了一步，伸出双手去推他。那个人急急忙忙说：

“看在上帝的面上，看在上帝的面上……达丽亚·德米特里耶夫娜，您认不出来我了？……”

“不，不……”

“库利切克，尼卡诺尔·尤里耶维奇……律师助手。您总该记得谢斯特罗列茨克？”

达莎放下手，仔细打量这张好久没刮、鼻子尖尖的瘦脸。他那专注而机灵的眼睛皱起鱼尾纹，说明他已习惯于小心谨慎，歪着嘴，说明他的果决和残酷。他像一只小野兽，正在窥探有没有危险。

“难道真忘了，达丽亚·德米特里耶夫娜……我为您去世的姐夫尼古拉·伊万诺维奇·斯莫科夫尼科夫当过助手……曾经热恋过您，您当时一顿训就把我撵跑了……想起来了吗？”他突然憨厚地笑了，这种笑容颇有些被遗忘的“战前的”神态，达莎全都想起来了：平坦的沙岸、暖和和、懒洋洋的海湾上空充满阳光的雾霭、自己那副“碰不得”的架势、连衣裙上系着少女的蝴蝶结、爱上了她的库利切克，而她出于少女的高傲根本瞧不起这个人……还有沙丘上日日夜夜煞有介事地喧响着的高大松树的气味……

“您变得真厉害。”达莎用颤抖的声音说，向他伸出了手。库利切克机灵地托住，吻了一下。尽管他穿着一件步兵大衣，可是一看就知道，这些年来他一直在骑兵里当差。

“请允许我交给您一封信。请允许我找个地方把皮靴脱下来……这封信,请原谅,藏在包脚布里。”他意味深长地瞥了达莎一眼,跟在她身后走进一间空屋子,坐在地板上,皱紧眉头,往下脱一只肮脏的皮靴。

信是卡佳写来的,就是她在罗斯托夫交给捷季金中校的那封信。

达莎读了头两行,就尖叫了一声,用手抓住喉咙……瓦季姆阵亡了!……她一目十行地把信看了一遍。然后又贪婪地读一遍。她浑身无力地坐到沙发椅的扶手上。库利切克规规矩矩地站在一旁。

“尼卡诺尔·尤里耶维奇,您见到我姐姐了吗?”

“没见到。信是一个人在十天前交给我的;这个人说,叶卡捷琳娜·德米特里耶夫娜离开罗斯托夫已经一个多月了……”

“我的天哪!她现在在哪儿?她怎么样了?”

“遗憾得很,没法打听清楚。”

“您认识她丈夫吗?瓦季姆·罗辛!……阵亡了……卡佳在信里说的——啊,这有多么可怕!”

库利切克惊奇地扬起眉毛。信在达莎细瘦的手里一个劲儿打颤,他接过来,用眼溜了一下,看到关于瓦列里扬·奥诺利告诉卡佳丈夫死了那一段……库利切克的嘴角不怀好感地向上一撇:

“我向来认为,奥诺利为人卑鄙……照他的说法,罗辛是在五月死的。对吧?这就太奇怪了……可我好像后来还见到过他。”

“什么时候?在哪儿?”

但是这时,库利切克探出他那狞恶的鼻子,用尖利的目光逼视着达莎。不过,这种凶相只流露一刹那。达莎那急得如火的眼睛、扣在一起的冰冷的手指,最清楚不过地表明,在这里是安全可靠的:尽管她丈夫是红军军官,可她绝对不会出卖他。库利切克凑到达莎眼皮底下问:

“屋子里只有我们俩吗?(达莎匆忙点点头:是的,是的。)听我说,达丽亚·德米特里耶夫娜,我对您说出我的秘密,就使我的性命掌握在……”

“您是邓尼金的部下?”

“是的。”

达莎把手指捏得嘎巴响,愁苦地望望窗外——望望那高不可攀的蓝天。

"在我家里,您不必担心……"

"这一点我相信……我想求您让我在这儿住几天。"

这句话他说得很坚决,几乎用威胁的口吻。达莎低下头:

"好吧……"

"不过,要是您害怕……(他往后退了两步)不会吗?您不会害怕吧?(又往前凑凑)我明白,我明白……不过,您没什么值得怕的……我很小心……只在夜里出去……没一个人知道我在彼得堡……(他从制帽的里子里取出一份红军证)在这儿……伊万·斯维谢夫。红军战士。证件是真的。我自己搞到的……对了,您想知道瓦季姆·彼得罗维奇的情况吗?照我看,这里面有点儿问题……"

库利切克一把抓住达莎的手,握得紧紧的:

"这么说,您是跟我们站在一起了,达丽亚·德米特里耶夫娜?好,谢谢。一切知识分子、一切受侮辱、受折磨的军官,都集合在志愿军的神圣旗帜下。这是一支英雄的军队……您将会看到:俄罗斯会得到拯救,拯救它的将是这些白手。那些蛮横霸道的巴掌,让它们赶快从俄国滚开!不要再搞温情主义了。劳动人民!我刚刚坐在火车盖顶上走了一千五百俄里。算看到劳动人民什么样了!纯粹是野兽!我敢肯定说:只有我们屈指可数的英雄,才在自己心里怀念着真正的俄罗斯。我们将用刺刀把我们的法律钉在塔夫利达宫①的正门上……"

达莎被这滔滔不绝的话弄得不知所措……库利切克伸出黑黑的指甲向空中刺去,讲得嘴角上白沫横飞。想必是由于他坐在火车盖顶上沉默太久了的缘故。

"达丽亚·德米特里耶夫娜,我对您什么也不隐瞒……我被派到这儿,到北边,为了侦察情况和招募人员。很多人还不了解我们的力量有多大……在你们的报纸上,我们不过是白卫军匪帮,可怜的一小撮,用不了一两天就会把我们从地球上彻底消灭……怪不得很多军官都不敢来……

---

① 塔夫利达宫在彼得堡,原为俄国杜马的会址,二月革命时曾在这里召集首都的第一次苏维埃代表大会。

可您知道在顿河和库班所发生的真实情况吗？顿河阿塔曼的军队，像滚雪球似的不断扩大。沃罗涅日省已经把红军赶跑了。斯塔夫罗波尔正受攻击……我们指望不久阿塔曼克拉斯诺夫就会进军伏尔加河，攻占察里津……不错，他跟德国人勾勾搭搭，不过这是暂时的……我们邓尼金部队，正在像参加阅兵式似的向库班南部挺进。托尔戈瓦亚站、季霍列茨站和大公站，都被我们占领了。索罗金被打得落花流水。所有的哥萨克村庄都欢天喜地迎接志愿军。在白土站一带，我们进行了一场马麦大战①，我们踏着堆成山的尸体前进，连您最恭顺的仆人也是血浸到腰。”

达莎望着他的眼睛，吓得脸色苍白。库利切克傲慢地笑了笑：

“您以为这就算完了吗？这不过是报复的开始。大火将燃遍整个国土。萨马拉省、奥伦堡省、乌法省、整个乌拉尔，都将陷于火海。农民的优秀分子自己组织白军。整个伏尔加河中游落在捷克人手里。从萨马拉到海参崴，到处是暴动。要不是该死的德国人，整个小俄罗斯会团结一致起来反抗。伏尔加河上游的城市都是火药库，只差放导火线了……我不会让布尔什维克再活上一个月，我根本没把他们放在眼里。”

库利切克兴奋得颤抖起来。现在他已经不像小野兽了。达莎望着他的脸，这张鼻子尖尖的脸，被草原的风灼烫过，在战火中受过锻炼。这是一种火热的生活闯入她透明的孤独中。达莎感到太阳穴疼得要命，心也跳得厉害。当他龇露出细小的牙齿卷烟时，达莎问：

“你们会胜利的。不过总不能永远打仗……以后怎么办？”

“以后怎么办？”他深深吸了几口烟，眯缝起眼睛。“以后还要跟德国人打，直到彻底胜利，我们将以最伟大的英雄身份参加和平会议，以后再靠协约国、整个欧洲的共同努力重建俄国，恢复秩序、法律、议会和自由……这都是将来的事……不过目前……”

他突然用手抓住右边的胸口，摸摸军大衣里面的什么东西，小心翼翼地从里面掏出一块撕成两半的硬纸壳儿——从纸烟盒上撕下的盒盖——

---

① 马麦是金帐汗国的汗王，一三八〇年被莫斯科大公季米特里击败于库利科沃战场，史称“库利科沃战役”。

用手指头摆弄了几下。他又用炯炯的眼神逼视着达莎。

“我不能冒风险……您看,是这么回事……你们这儿街上常常搜身……我把一件东西交给您。”他小心翼翼地打开那张硬纸壳儿,从里面取出一张用名片剪成的不大的三角形。上面用手写着两个字母:O 和 K……“您把它藏起来,达丽亚·德米特里耶夫娜,要当最神圣的东西保存好……我会教给您怎么使用它……请原谅……您不害怕吗?”

“不怕。”

“好样儿的,好样儿的!”

达莎自己也莫名其妙,她竟然被一种强烈的意志所支配,卷进波及两京和大俄罗斯其他许多城市的所谓“保卫祖国与自由同盟”的阴谋中心。

库利切克作为邓尼金大本营的密使,行为轻率得几乎不可思议:没谈上几句话,竟然完全信任一个并不太熟识的女人,一个红军军官的妻子。不过,他从前曾热恋过达莎,现在望着她那双灰色眼睛,也不能不相信她,因为这双眼睛在告诉他:“请相信我好了。”

当时支配人的意志的是灵感,而不是冷静的思考。事变的飓风在咆哮,人的海洋在汹涌,每个人都认为自己能够拯救正在下沉的轮船,于是站在颠簸的舰桥上,挥舞着手枪指挥:右舵或左舵。当时似乎觉得无边无际的俄国周围到处都是白卫军的人马,只不过是一种错觉。眼睛由于仇恨而模糊了。错觉所产生的幻影,便在昙花一现的海市蜃楼中出现了。

正是这样,有人觉得,布尔什维克马上会垮台,是毫无疑问的事;他们觉得干涉军队已经从世界各地乘船出发,赶来支援白军;他们觉得一亿俄国农民准备为立宪会议祈祷;他们觉得统一和不可分割的帝国各个城市只等一声令下,便会赶跑工农兵代表苏维埃,第二天就恢复秩序和议会的法制。

从只带着一套换洗衬衣逃到南方去的彼得堡贵夫人,到那位无所不知的米柳科夫教授①,所有的人都在欺骗自己,梦想着那些幻影;比如那

① 米柳科夫(1859—1943),俄国政治活动家,历史学家,立宪民主党的创办人之一,任临时政府的外交部长,十月革命后逃亡国外。

位教授就按照自己的意愿安排了事件发展的历史前景,现在正含着傲视一切的微笑等待事件的结果。

所谓的“保卫祖国与自由同盟”,就是相信这些令人宽慰的幻影的组织之一。这个组织是在一九一八年初春,委任的阿塔曼卡列金自杀、科尔尼洛夫率军撤出罗斯托夫之后,由鲍里斯·萨文科夫①建立的。这个同盟仿佛是志愿军的地下组织。

这个组织的首领,就是难于捉到、秘密活动的萨文科夫。他常常染了胡子在莫斯科串来串去,穿着一件英国式的军装上衣,扎着黄色的护腿套,罩着保护色大衣。“同盟”采取军队编制:参谋部、师、旅、团、反间谍机构和各种勤务部门。在参谋部里坐镇的是佩尔胡罗夫上校②。

盟员的招募工作,按照严格的秘密方式进行。每个人只能认识另外四个人。事情一旦暴露,只会有五个人被捕,不会牵连别人。参谋部所在地和领袖的姓名,对所有的人都保密。凡是要求加入同盟的人,都由团长或其他首长登门拜访,询问情况,预付一笔费用,将住址编成密码,记入卡片。这些卡片上用圆圈表示盟员的数目,标明住址,每周向参谋部汇报一次。检阅力量在林荫路的纪念像跟前进行,这时,前来参加检阅的盟员,或者按特定方式敞开大衣的前襟,或在大衣上规定的地方系一根带子。联络员都发给一个用名片剪成的三角形,上面写着两个字母:第一个字母代表暗号,第二个字母代表城市。在交验证件时,必须把这个三角形跟原来从上面剪下三角形的纸片对好。同盟拥有相当多的情报人员。四月在一次秘密会议上做出决定,停止怠工并参加苏维埃机构的工作。这样一来,盟员就钻进国家机关的中心。有一部分人还混入莫斯科的民兵队伍。连克里姆林宫里也安插了坐探。他们渗透到军事监察机关里,甚至打入最高军事会议。克里姆林宫似乎被他们的情报网牢牢缠住了。

当时以为,德军元帅埃赫霍恩的军队占领莫斯科是不可避免的。尽

---

① 萨文科夫(1879—1925),反动政客,曾加入社会革命党,后来跟邓尼金勾结,从事反革命地下活动,发动叛乱。

② 佩尔胡罗夫(1876—1922),俄军上校,曾策动雅罗斯拉夫尔叛乱(参看第十章),失败后投高尔察克,后被处决。

管盟员中间有强大的亲德流派——他们相信世界上只有德国的刺刀厉害——但总方针仍然是依靠协约国。同盟参谋部甚至规定了德军进入莫斯科的日期——六月十五日。因此决定放弃攻取克里姆林宫和莫斯科的打算，把同盟的军队调往喀山，炸毁莫斯科近郊的一切桥梁和水塔，在喀山、下城、科斯特罗马、雷宾斯克、穆罗姆发动暴乱，跟捷克人会师，以乌拉尔和富饶的外伏尔加地区为基地，开辟东方战场。

达莎听信了库利切克的话，甚至他说的每一个字；俄国的爱国者——或者按照他的叫法，叫做精神骑士——正在为伟大的目标而战斗，将使那些厚颜无耻的卖土豆的芬兰女人永远绝迹，将使彼得堡的大街灯火辉煌，将使华装丽服的快乐的人群上街游逛，而在悲观失望的时候，可以戴上小帽，插一根羽毛，乘车去巴黎……将使夏园附近的旷野里不再出现“蹦跶蹦”。将使秋风不再在达莎儿子的坟头呼啸。

这些诺言都是库利切克喝茶聊天时答应她的。她饿得像狗似的，把她储存的罐头吃了一半，甚至抖着盐吃生面。一到天黑，他就带上门钥匙，不知不觉地溜走了。

达莎回到卧室去睡觉。拉上窗帘，躺下来，就像在难捱的失眠时刻经常发生的那样，各种念头、形象、回忆、突然的领悟、热烈的悔恨，一齐争先恐后、你推我搡地奔凑而来……达莎辗转反侧，把双手伸到枕头底下，忽而仰着，忽而趴着……毯子扎人，沙发的弹簧顶着肋骨，床单滑落到地板上……

这一夜过得太糟了——像一生一样漫长。达莎脑子里的黑点又复活了，把有毒的根伸向一切秘密的脑海里。可是，为什么会有这些悔恨、铸成大错和犯罪的感觉？她但愿能搞个明白！

直到后来，窗帘有些发青了，达莎在各种幻念的轮舞中旋转得疲倦了，浑身无力，心情也平静了，这才痛痛快快、老老实实地彻底谴责自己——把自己说得一无是处。

她在床上坐起来，把头发挽成个髻，用卡子别住，把裸露的瘦胳膊放到膝盖上，沉思起来……她孤独，她耽于幻想，她是什么人也不爱的冷冰冰的女人——永别了，你见鬼去吧，你不值得怜惜……你在夏园跟前受了

“蹦跶蹦”的惊吓，那是活该，那场惊吓还不够，应该让你受到更厉害的惊吓……这回你该完蛋了……现在，亲爱的，你可以乘风飞翔了，飞吧，飞吧，他们让你上哪儿，你就往哪儿飞吧，他们让你干什么，你就干吧……你没有自己的意志……你只是亿万中间的一个……多么平静的心情，多么大的解脱！……

库利切克一连出去了两天两夜。他不在的时候，来过好几个人，都是身材高大、穿着破西装上衣、神色有些惶惑、但都很有教养的人。他们俯身朝着钥匙孔说出暗号。达莎放他们进来。听说“伊万·斯维谢夫”不在，他们并不马上走开：有一个人突然讲起他家的不幸，另一个人请求允许他抽烟，像取什么娇贵东西似的从带花字的烟盒里抽出一支苏维埃造的发臭的烟卷，夹着法国腔诅咒那些“鱼鳖虾蟹代表”。还有一个人竟毫不隐讳地告诉她：他已经准备好一条小汽艇，放在克列斯托夫岛上，在别洛谢利-别洛泽尔宫旁边，他把珍宝也从保险柜里弄出来了，可就在这时候，孩子患了百日咳，一个个病倒了……真不走运！……

看样子，他们都喜欢跟这个瘦弱、大眼睛、年轻可爱的女人聊聊天。临走还吻吻她的手。达莎感到奇怪的是，这些阴谋家都傻里傻气的，很像哪一出不大高明的喜剧里的角色……几乎他们所有的人都斟酌着词句地问她：“伊万·斯维谢夫”是否带来了活动经费？归根结底，他们最为相信“布尔什维克这段愚蠢事件”马上就要结束。“德国人要占领彼得格勒，哼，真不费吹灰之力。”

库利切克终于露面了——又是饥饿不堪，肮里肮脏，而且心事重重。他问他不在的时候，有什么人来过。达莎做了详细介绍。他龇着牙：

“这些卑鄙的东西！都是来支取预付金……这还叫什么近卫军！他们那高贵的屁股舍不得离开沙发椅，指望德国人来解放他们：报告大人，布尔什维克统统吊死了，一切都正常……岂有此理，岂有此理……二十万的军官编制，可真正的精神英雄，在德罗兹多夫斯基手下有三千，在邓尼金手下有八千，在我们这儿，‘保卫祖国与自由同盟’里，有五千。就是这一点点……其他的人都哪儿去了？都把他们的灵魂和良心卖给了红军……还有一些人在熬鞋油,卖烟卷……几乎整个参谋总部都投靠了布尔什维克……太可耻了！……”

他吃饱了拌盐的生面,喝点儿白开水,就睡觉去了。第二天一清早他就叫醒达莎。她连忙穿好衣服,来到餐室里,库利切克扮着鬼脸,围着桌子来回乱转悠。

“喂,您怎么样?”他对达莎急不可待地喊道,“您能冒险吗？做出巨大的牺牲、忍受千辛万苦吗？……”

“能。”达莎说。

“在这儿我谁也信不着……刚得到不好的消息……需要到莫斯科去一趟。您能去吗?”

达莎只是眨眨眼睛,扬起眉毛……库利切克跳起来,按她在桌旁坐下,自己也坐到紧跟前,膝盖都碰到了她,然后对她讲,到莫斯科要找什么人,口头传达彼得堡组织的哪些情况。他讲得慢而热烈,极力把这些话塞进达莎的脑海里。他让她重复一遍。她顺从地重复一遍。

“太棒了！您真聪明！我们就需要这样的人。”他又跳起来,使劲搓着手。“那么,您的住宅怎么办？您可以到房管会去说一下,要到卢加去一个星期。我在这儿再待几天,随后就把钥匙交给主任……好吗?”

由于情况的急剧变化,达莎搞得蒙头转向。她奇怪地觉察到,自己竟然毫不反抗,到什么地方都行,让她干什么就干什么……当库利切克提到住宅时,达莎回头望望枫木橱柜:“多么灰暗难看的碗橱,跟棺材似的……”不禁想起那些引诱她飞上广阔的蓝天里的燕子。她于是想象到,离开这落满尘土的笼子,飞进疯狂、广阔的生活里,该有多么幸福……

“什么？住宅?”她说。“也许我不会回来了。您看着处理吧。”

库利切克不在时来过的一个人,大高个儿,长脸,耷拉胡,态度殷勤,他把达莎安排到一节硬席车厢上,车厢里的玻璃都打碎了。他俯下身子,用低沉的声音附耳说:“您的功劳不会被忘记的。”然后就消失在人群中了。临开车之前,还有一些人从火车跟前跑过,用牙叼着包裹爬进车窗。车厢里挤得更厉害了。有人爬到行李架上,有人钻到座位底下,就在那里划着火柴，悠然自得地抽起叶子烟。

火车慢吞吞地爬行着，经过雾气弥漫的沼泽，那里的工厂烟囱已经不冒烟了，经过发霉的池塘。在灿烂的阳光下，远处的普尔科沃山一掠而过，在那里，被世人遗忘的富有智慧的天文学家，还有七十高龄的格拉泽纳普本人，继续计算宇宙间星体的数量。矮小的松苗、松林、别墅，也都一闪而过。一连几个车站，再不放任何人上车——派武装人员看守。现在车厢里尽管人语喧哗，倒也相安无事。

达莎坐在两个前线士兵中间，被挤得紧紧的。从上面的铺位上耷拉着一个快活的脑袋，还不时插嘴，参加谈话。

"喂，怎么了？"上铺有人问道，笑得喘不上气来。"喂，您怎么办了？"

达莎对面，在两个心事重重、默默不语的女人中间，坐着一个一只眼的干瘦的农民，留着耷拉胡，下巴上也胡子拉碴，头戴草帽。他的布衫是用口袋改的，脖子上用布带扎着。腰带上挂着一把木梳和一小段变色铅笔，怀里不知揣着一些什么纸。

开头，达莎没有注意听他们的谈话。可是，看样子那个一只眼讲的故事非常有趣。渐渐地所有座位上的人都掉过头来，车厢里肃静了许多。一个带枪的士兵蛮有把握地说：

"嗯，我明白您的话了，您呀，一句话，是个游击队，是马赫诺手下的。"

一只眼沉默了一会儿，在胡子里狡黠地笑了笑：

"你们听到的消息不少，老弟，可惜不是那么回事。"他用粗糙的手掌侧面在胡子底下抹了一下，抹掉笑容，然后甚至用一种郑重其事的口吻说："他们是富农的组织。马赫诺……在叶卡捷林诺斯拉夫地区活动。他们那里每家都有五十亩地。我们是另一码事。我们是红色游击队……"

"嗯，那你们干什么呢？"那个快活的脑袋问。

"我们活动的地区是切尔尼戈夫地区，原来叫切尔尼戈夫省，还有涅任地区的北部。懂吗？还有，我们是共产党。对我们说来，不管是德国人，还是地主老爷、黑特曼的伪军、自己村里的富农，都是一路货色……从这里可以看出，把我们跟马赫诺分子当成一码事不行。懂吗？”

“嗯，懂了，我们又不是傻瓜，你就往下讲吧。”

“往下讲是这么回事……跟德国人打了这场仗，我们都泄了气。退到科舍列夫大森林，钻到深山老林里，只有狼在那里住。歇了一阵子。附近村子里的人跑来找我们。说是日子没法过了。德国人真要动手剿灭这一带的游击队。给德国人帮忙的还有伪军：他们没一天不来村子里，接到富农的告密，抓起来就打。我们的弟兄听到这些话，都气坏了——连气都喘不上来。这时，又有一支队伍也来到这里。在森林汇合了一大批人马，足有三百五十人。我们选出了队长——韦尔基耶夫的游击队员，戈尔塔准尉。我们开始考虑下一步应该朝哪个方向开展活动，于是决定把杰斯纳河监视起来，因为德国人常常从这条河运军需物资。我们就出发了。选好了地形，在那一带轮船必须贴岸走。埋伏下来……”

“嘿，你可真行！后来怎么样了呢？”上铺的那个脑袋问。

“就这样呗！轮船开过来了。‘站住！’前排的人发出命令。船长不听，便打了一排枪。轮船自然就靠岸了。我们立刻上了甲板，布置岗哨——检查证件。”

“真是照章办事。”那个士兵说。

“轮船上运的是鞍子和马套。押船的是两个上校，一个已经老得不像样子，另一个雄赳赳的，是个年轻人。另外，船上还运着药品。这正是我们需要的东西。我站在甲板上检查证件；就见两个共产党员朝我走来，他们都姓彼得罗夫斯基，一个叫彼得，一个叫伊万，家住在波罗江卡地区。我马上猜到是怎么回事，便不露声色，好像我根本不认识他俩。打起官腔，厉声问道：‘拿出证件……’彼得罗夫斯基把证件交给我，里面有一个用卷烟纸写的字条儿：‘皮亚夫卡同志，我跟弟弟一起离开切尔尼戈夫，前往俄国，请您对待我们不要客气，以免引起周围人的注意，因为周围有特务……’好吧……检查完证件，把鞍子、马套、药品，还有十五箱酒都卸下船——这酒可以给我们的伤员壮壮身子。应该为船上的医生说句公道话，他倒真像一位英雄。他喊道：‘我不能把药品交出去，这不符合任何法律，而且也不符合国际公约。’我们的回答很简单：‘我们也有伤员，所以说,不是国际公约,而是人道公约要求你们:交出药品!……’我们还逮捕了十个军官,弄到岸上,就把船放走了。一到岸上,那个老上校就大哭起来,请求我们别杀死他,还提到他的许多战功。哼,我们想:‘动他干吗,反正他也快死了。’我们在宽宏大度的压力下把他放了。他一下子就钻林子了……”

上铺的那个脑袋高兴得哈哈大笑起来。一只眼等大家笑完了,又接下去讲。

“还有一个,是军事长官手下的小官儿,给我们的印象挺好,不管提出什么问题,都回答得挺麻利,态度也挺自然,我们把他也放了……剩下的带进树林里……全都枪毙了,因为他们谁都不肯说什么……”

达莎屏住呼吸望着那个一只眼。他的脸孔很平静,布满饱经忧患的皱纹。惟一见过世面的眼睛,是灰蓝色的,瞳人很小,沉思地望着窗外闪过的松树。过了一会儿,一只眼又继续讲他的故事:

“不过,我们在杰斯纳河上可没待多久——德国人把我们包围了,我们退到德罗兹多夫大森林。把战利品分给农民;酒,不错,一个人喝了一杯,剩下的都送到医院去了。这时候,我们左边有克拉皮维扬斯基带领的一个大队伍在活动,右边有马鲁尼亚。我们的共同任务是,偷偷靠近切尔尼戈夫,以突然袭击占领它。要是我们这些队伍有密切的联络就好了……可是我们没有真正的联络——所以我们就晚了。德国人天天派出步兵、炮兵和骑兵到处跑。我们的存在,使他们伤透脑筋。比方说,他们刚刚离开村子,村子里立刻就组织起革委会,把一两个富农吊在杨树上……就在这时,派我到马鲁尼亚的队伍去弄钱——我们太需要钱了……我们从当地老百姓那里弄到吃的,都付现钱,我们不许抢老百姓东西,谁违犯,就枪决。我赶着大车奔科舍列夫大森林。到了那里,我跟马鲁尼亚谈了情况,领到一千卢布的克伦斯基票子,动身往回走……到了茹科夫卡村旁边——我刚一下沟,就有两个骑马的赶上我,他们是茹科夫卡革委会派出的巡逻兵。‘你上哪儿去?——德国人来了!’‘在哪儿?’‘正往茹科夫卡开过来。’我往回走……把马赶进灌木丛,从车上跳下来……我们三个人开始合计,应该怎么办?要想集合大批人马跟德国人干,是办不到的。他们整整一个纵队，在炮兵掩护下向前推进……”

“三个人要打一个纵队，可太困难了。”那个士兵说。

“说的就是，太困难了。所以我们决定，只要吓唬吓唬德国人就行了。我们在裸麦的掩护下向前爬去。看到前面就是茹科夫卡，从对面的小树林里走出一个纵队，二百来人，两门大炮，还有辎重队，敌人的骑兵巡逻队已经很近了。显然是游击队的名声已经传遍各地，他们甚至派来大炮打我们。我们在菜园里埋伏好，情绪好极了——事先就笑起来。这时，巡逻队离我们只有五十步了。我发出命令：‘全营，射击！’一排枪接着一排枪……一匹马翻了跟斗，德国人向荨麻地爬去。我们一个劲儿打枪！枪栓撞得丁丁当当，呼号乱叫，轰隆作响……”

上铺那个脑袋乐得眉飞色舞，用一只手捂住嘴，以免叫出声来和漏掉了哪句话。那个士兵满意地笑着。

“巡逻队回到纵队跟前，德国人立刻拉开阵势，派出散兵线，完全按照规矩发起进攻。大炮也从车上卸下来，三英寸口径的大炮，向着菜园当当开了炮，菜园里老娘儿们正挖土豆……轰隆一声，土块飞上天……我们的老娘儿们……（一只眼用指甲把草帽推到一边，没憋住，微微一笑。上铺那个脑袋扑哧笑出声来。）我们的老娘儿们像一群老母鸡似的，从菜园里四下跑了……德国人跑步前进，逼近村子……这时我说：‘伙计们，开个玩笑，赶快跑吧。’我们又从裸麦地爬到冲沟里，我坐上大车就回德罗兹多夫森林了，什么事也没有。茹科夫卡村的人后来讲：‘德国人跑到菜园跟前，靠近篱笆大喊：冲啊！……可篱笆里面一个人也没有……当时看到这种情景的人说，大家都笑得躺倒在地上了……’德国人占领了茹科夫卡，既没找到革委会成员，也没找到游击队，便宣布全村戒严。过了两天，往我们德罗兹多夫森林送来情报，说是德国人的一个大辎重队拉着军火，开进茹科夫卡。对我们来说，弹药比什么都珍贵……我们讨论过来，讨论过去，弟兄们来了劲头儿，决定攻打茹科夫卡，夺取军火。我们集合了一百来人。从里面抽出三十名战士，派到大路上，要是仗打得顺手，就截住德国人往切尔尼戈夫的退路。其余的人排成纵队，向茹科夫卡出发。天黑爬到村子跟前，在庄稼地里埋伏好，派七个人去侦察，搞清敌人的兵力部署，回来告诉我们，夜里好发起突然袭击。我们鸦雀无声地躺在地上，不许抽烟。天上下着小雨，困得要命，地上又潮……等啊，等啊，天放亮了。一点儿动静也没有。这是怎么回事？只见老娘儿们开始往地里赶牲口了。这时，这些小鸽子，我们的侦察员，才爬回来——还是七个……原来这些该死的家伙走到磨房，躺下歇一歇，就睡了一宿，直到老娘儿们赶牲口才碰上他们。进攻的事当然吹了……把我们可气坏了，坐，坐不住，站，站不住。必须对这些侦察兵进行审判和处罚。一致决定枪毙他们。可这时他们大哭起来，请求饶恕他们，并且完全认识到自己的过错。小伙子都挺年轻，又是头一次犯错误……我们就决定饶了他们。不过，要他们下次打仗立功赎罪。"

"有时候该饶人也得饶人。"那个士兵说。

"是呀……我们又商量起来。怎么样：夜里没拿下茹科夫卡，我们白天拿。这一仗可不好打，弟兄们明白要付出多大代价。我们都稀稀拉拉地散开，只等机枪嗒嗒一响，我们就不是爬，而简直是四脚着地往前跑了……"

"格格！"上铺发出笑声。

"可从村里迎面走出来的，并不是德国人，而是一群挎着篮子的老娘儿们：她们去采野果，那一天是过节。她们嘲笑我们，说我们来晚了，德国人的大车队在两小时以前就出发了，上了通库利科夫的大道。这时我们一致决定追赶德国人，就是我们全被打死，也豁出去了。我们还带上几把铁锹，准备挖个人掩体；老娘儿们给我们拿来不少薄饼和馅饼。我们就出发了。我们后面跟着一大群人——可以编成一个军，当然，大多数是出于好奇。我们想了个办法：不分男女，每人一根大棒子，排成两行散兵线，两人相隔二十步远，前面的人拿枪，后面的人拿棍子或棒子，互相穿插开——这样一来，声势可就大了。队伍排开，足有五俄里远。我挑选了十五个战士，其中包括那几个草包侦察员，又带上两个经过动员的军官，他们都是公开的反革命分子，可是我们警告他们，只有不辜负我们的信任，才能得到活路。我们这一大群人跑步前进，赶到德国人辎重车前面的大路上……就这样开始了战斗，我的老弟，这场仗打得可不止一两天……"

他不大高兴地挥了一下手。

“怎么回事?”那个士兵问。

“是这么回事……我带着一伙人,把纵队放过去,专打尾巴,打辎重车。截下二十辆大车,都拉着军火。连忙把子弹带装满子弹,男人凡是赶上的,都发了大枪,接着就去打前面的纵队。我们以为我们把德国人包围了,其实是德国人把我们包围了:各个兵种的部队沿着三条大路向这一带开来……我们分成零星的小组,钻进了壕沟。该着我们走运,德国人是按照打大仗的一切规矩展开战斗的,不然的话,一个也跑不掉……原来的游击队里,只有我跟十来个人算保住了命。我们一直打到弹尽粮绝。这时才决定,我们这里站不住脚了,应该越过杰斯纳河,到中立地区去,到俄国去。我藏起大枪,化装成战俘,奔诺夫戈罗德-谢韦尔斯基……”

“你现在上哪去呢?”

“上莫斯科去请求指示。”

皮亚夫卡还讲了许多关于游击队和乡村生活的事。“我们过的日子真是一场灾难接着一场灾难。把庄稼人整得像狼似的:只好啃自己的喉咙了。”他出生在涅任附近,在甜菜糖厂里做过工。克伦斯基上台,发动不幸的六月攻势,他给打瞎了一只眼睛。他就这么说:“克伦斯基打掉了我一只眼。”当时在战壕里他就认识了共产党员。当过涅任工农兵代表苏维埃委员、革委会委员,做过组织暴动的地下工作。

他讲的一席话,震动了达莎。在他的话语中包含着真理。这一点,所有的乘客都领会到了,他们是那么聚精会神地听他讲。

那一天剩余的时间和一整夜,都非常难熬。达莎蜷腿坐着,闭上眼睛想,想得头痛,想得陷入绝望。现在有两个真理:一个是这个一只眼、这些士兵和这些面容纯朴疲惫、打着鼾声的女人的真理,另一个就是库利切克叫喊的真理。但是,两个真理是不存在的。其中必有一个是一场可怕的、不可挽救的错误……

火车到达莫斯科,已经晌午了。一辆旧马车用衰老的小跑步伐拉着达莎经过肮脏破烂的米亚斯尼茨街，两旁商店都空空的，玻璃窗上沾满泥浆。达莎对这城市的空落感到惊奇——她记得去年的那些日子，成千上万的人打着小旗、唱着歌在结冰的大街上游行，互相祝贺一场不流血的革命。

在卢比扬广场上，风刮得尘土打转。有两个士兵敞着上衣领子，没系皮带，溜溜达达地走去。有一个身材瘦小、挺长脸的家伙，穿着一件天鹅绒上衣，回头看见了达莎，不知向她喊了一句什么，甚至跟在马车后面跑起来，但是灰尘迷了他的眼睛，他就不再追赶了。“大都会”旅馆被炮弹打出许多窟窿，这里的广场上也是尘土飞扬，令人奇怪的是，在弄得满是垃圾的小花园里，竟然有一坛艳丽的鲜花，不知是什么人、为什么栽种的。

特维尔街要热闹一些。有的店铺还在做生意。在工农兵代表苏维埃的对面，在原来斯科别列夫纪念像的地方，耸立着一根庞然大物的木方柱，用红布包着。达莎看了觉得可怕。赶马车的老头儿用鞭子指着方柱说：

“英雄给搬倒了。我在莫斯科赶了多少年马车，他一直立在那儿。可如今，你看，政府不喜欢他。可怎么活呢？简直毫无出路。一普特草也要二百卢布。老爷都跑光了，剩下的都叫同志，他们倒更喜欢用步量……唉，这个国家呀！”他拽了拽缰绳。“哪怕给我们派个国王也好……”

离受难广场不远，路左边有一家挂着招牌的“博姆咖啡馆”①，两扇大玻璃窗里面有些游手好闲的年轻人和无精打采的姑娘，坐在沙发上，一边抽烟，一边喝着什么饮料。向街的房门敞开，有个长发乱蓬蓬、脸刮得精光的家伙，倚着门站在那里，嘴里叼着烟斗。他仔细打量着达莎，仿佛露出惊异的神气，把烟斗从嘴里拿出来，可是达莎已经坐车走过去了。这是受难大教堂的红塔，这是普希金像。他那胳膊肘里还插着一根棍子，上面拴着一块退了色的破布，那还是举行轰轰烈烈的群众大会时挂的。有几个瘦削的孩子在花岗岩的基座上跑来跑去，有一个戴夹鼻眼镜的女人坐在长椅上，她头上那顶小帽跟普希金背在背后的帽子一模一样。

---

① 博姆是当时有名的马戏团丑角斯塔涅夫斯基的艺名，他妻子开咖啡馆，用作店名。

在特维尔林荫路的上空飘着几块淡淡的白云。一辆大卡车装满士兵,轰隆而过。赶车的朝卡车挤挤眼说:

“抢东西去了。有个奥夫夏尼科夫,瓦西里·瓦西里耶维奇,您认识吗?莫斯科头号百万富翁。昨天有一伙人,也是坐着大卡车,把他家全部财产拉了个精光。瓦西里·瓦西里耶维奇只是摇摇头,就给扫地出门了。忘记了上帝呀,到岁数的人都这么议论……”

林荫路的尽头,呈现出加加林宅邸的废墟。有一个孤零零的人穿着坎肩,站在墙顶上,用尖镐往下起砖,扔到下面。左侧是一座庞然大物的楼房,被火烧过了,把空洞的窗孔朝向惨白的天空。周围所有的房子都被子弹穿出许多洞孔,就跟筛子似的。在一年半以前,达莎和卡佳曾经头上披着绒毛围巾从这条林荫路上跑过。脚下的薄冰喀嚓喀嚓响,结了冰的水坑里倒映出星光。姐妹俩是往律师俱乐部跑去听一个紧急报告,介绍彼得堡仿佛已经爆发革命的消息。那春寒料峭的空气,曾经像幸福一样令人沉醉……

达莎摇了摇头:“不要再想了……一切都已埋葬了……”

马车来到阿尔巴特大街,然后拐进左边的一个胡同。达莎的心猛跳起来,觉得眼前发黑……这就是那幢带阁楼的二层小白楼。从一九一五年起,她就跟卡佳和已故的尼古拉·伊万诺维奇住在这儿。捷列金从德国的战俘营逃出来,也是来到这儿。卡佳也是在这儿跟罗辛相逢的。结婚那天,达莎就是从这扇油漆剥落的门走出来的,捷列金扶她上车,那是一匹灰马拉的快车——他们就在春天的暮色里,在还暗淡的灯火中,迎着幸福,疾驰而去……阁楼的玻璃都被打掉了。达莎认出了自己卧室里的糊墙纸,已经零零碎碎地耷拉着。从窗户里飞出一只寒鸦。车夫问:

“向右,还是向左——您往哪儿去?”

达莎看了一下纸条。马车在一座多层楼房跟前停下。正门从里面用木板钉死了。因为什么也不能随便打听,达莎在后门的楼梯里寻找了半天112—A号住宅。有的人家听到达莎的脚步声,便把门打开个缝儿,铁链子仍然挂着。好像每家门后都站着一个人,准备向里面住的人告警。

达莎来到五层楼上敲敲门——按照事先教的那样,先敲三下,后敲一下。里面响起小心翼翼的脚步声，有人朝钥匙孔喘着气，仔细打量达莎。开门的是一个上了年纪、身材高大的女人，一对明亮的蓝眼睛鼓鼓的，十分吓人。达莎一声不响地向她伸出三角形的硬纸壳儿。那个女人说：

“啊，从彼得堡来的……请进。”

达莎穿过厨房——看样子早就不再用它做饭了——走过几间挂着窗帘的大房间。在昏暗中只能分辨出漂亮家具的轮廓、青铜摆设闪闪发光，但在这里也令人觉得，好久没有人住了。那个女人请达莎坐在沙发上，自己坐在旁边，用那双睁得大大的可怕的眼睛仔细端详来客。

“您就说吧！”她用命令的口气厉声说道。达莎认真地集中思想，原原本本地重述库利切克让她转达的坏消息。那个女人把戴着戒指的漂亮的手捏在一起，放在紧并着的膝盖上，捏得嘎巴响……

“这么说，您对彼得格勒发生的情况一无所知呀？”她打断达莎的话说。她低沉的声音在喉咙里直打颤。“您还不知道，昨天夜里在西多罗夫上校的家里进行了搜查……查出了撤退计划和几份动员名单……您还不知道今天黎明时候维连金给抓走了……”她哆哆嗦嗦地挺起胸脯，从沙发上站起来，拉开挂在门上的帘子，对达莎说：

“上这儿来。有人要跟您谈话……”

“暗号！”一个人背朝窗子站着，用命令的口气说。达莎向他伸出那个三角形的硬纸壳儿。“谁交给您的？（达莎刚开始解释）简单点儿！”

他左手拿着一块丝手绢，捂在嘴角上，遮住了他那黝黑的、也许是涂了油彩的脸孔。他眼眶发黄，目光游移不定，两眼急不可待地端详着达莎。他又一次打断她的话：

“您知不知道：加入组织要冒生命危险？”

“我只一个人，无拘无束。”达莎说。“关于组织，我几乎一无所知。尼卡诺尔·尤里耶维奇交给我一个任务……我再也不能无所事事了。我向您保证，我既不怕工作，也不怕……”

“您还是个孩子。”他又突然插了一句，不过达莎已经警觉地挑了挑眉毛。

"我二十四岁了。"

"您结过婚吗?(她没有回答)在目前情况下,这一点很重要。(她肯定地点了头)关于您自己的情况,您可以不讲,我已经看得很清楚。我对您表示信任。您感到奇怪吗?"

达莎只是眨了一下眼睛。他那急促而断续的、充满自信的话、命令的口气和冷漠的眼睛,一下子就束缚住她那还不坚强的意志。她倒觉得轻松了,就像医生坐在床前,闪耀着富有智慧的眼镜:"喂,我的天使,从今天开始你可要注意……"

现在她仔细打量这个用手绢捂着脸的人。他个子不高,戴着一顶软胎礼帽,穿着一件做工讲究的保护色外套,扎着皮绑腿。他的穿着和准确的动作,很像一个外国人,讲起话来带有彼得堡的口音,用一种含糊而沙哑的声音说:

"您住在哪儿?"

"还没有住处,我一出站就到这儿来了。"

"很好。现在您可以到特维尔街的博姆咖啡馆去。在那儿吃点儿东西。会有人到跟前去找您,您可以根据领带上的别针辨认他——别针上有个骷髅。他的暗语是:'上帝保佑,祝您一路顺风。'您就把这个拿给他看。(他把三角形纸壳儿撕成两半,把一半还给达莎。)您往外拿的时候,可不要让别人看见。他会给您下一步的指示。您要绝对服从他。您有钱吗?"

他从钱夹子里取出两张一千卢布的杜马钞票。

"您平时的花销,会有人替您付。这些钱您要收藏好,以备突然暴露、需要收买或逃跑。您随时可能发生意外情况。去吧……等等……您听懂了我的意思吗?"

"懂了。"达莎打了一下奔儿,回答说,把那两张一千卢布的钞票叠成小四方块。

"不要说见到过我。跟谁也不要说到过这儿。去吧!"

达莎朝特维尔街走去。她又饿又乏。特维尔林荫路的树木、阴沉而稀少的行人,都像从雾中飘过去似的。不过,她心里倒很平静,因为令她痛苦的停滞生活毕竟结束了,一些她并不理解的事件仿佛把她推上了魔鬼的轮子,将把她带到疯狂的生活中去。

迎面有两个穿树皮鞋的女人,像银幕上的人影似的走过去。她们回头瞅了达莎一眼,轻声地说:

“这个不要脸的女人,连站都站不住了。”

接着,又走过来一个身材高大的妇人,头发已经半白,拢成乌鸦窝形状,微肿的嘴角上有几道凄惨可怜的皱纹。她那想当年一定十分漂亮的脸上,凝结着一种非常困惑的神情。她身穿一件长长的黑裙子,仿佛故意用另一种布打的补丁,披着披肩,有一头拖在地上,在披肩里面拎着一捆书,悄声对达莎说:

“有罗扎诺夫①,是禁书,有弗拉基米尔·索洛维约夫②全集……”

再往前去,有几个老头儿站在那里,不知俯在公园的一张长椅上干什么;达莎从跟前走过的时候,看见长椅上肩并肩地躺着两个红军战士,睡得正熟,张着嘴,把步枪夹在膝盖当中;那几个老头儿正用恶毒的话悄悄骂他们。

树后面,干风扬起一片尘土。偶尔有电车轰隆驶过,破踏板撞在路面的石头上当当直响。穿灰色军大衣的士兵,吊在电车门旁的扶手上和车后的制动器上,好像穿成串儿似的。在普希金青铜像上,有几个麻雀蹦蹦跳跳,它们对什么革命都不关心。

达莎拐到特维尔街上:背后刮起一团尘土,把碎纸片贴到她身上,一直把她送到博姆咖啡馆——这是旧日那种无忧无虑的生活的最后一个堡垒。

这里聚集着各种流派的诗人、从前的记者、文学投机家、机灵的年轻人(他们很容易、很机灵地适应着混乱的时代)、年轻姑娘(她们都中了寂

---

① 罗扎诺夫(1856—1919),俄国哲学家、批评家和政论家,反对革命,维护专制,他的美学思想反映了十九世纪末的颓废派潮流。

② 索洛维约夫(1853—1900),俄国哲学家、神学家、政论家和诗人,他的诗接近象征主义,但他反对颓废派。

寞和可卡因的毒)、无政府主义的无名小辈——他们来寻求富于刺激的娱乐,还有被点心吸引来的小市民。

达莎走进咖啡馆紧里面,刚刚在著名作家的半身像跟前找到座位,便有一个人挥舞着双手,穿过喷吐的烟雾冲过来,扑通一声在达莎身旁坐下,龇着坏牙,露出亲切的微笑,这人就是她的老朋友,诗人亚历山大·日罗夫。

"在卢比扬我就追了您好一阵子……我一眼就看出是您,达丽亚·德米特里耶夫娜。什么风把您吹来的?从哪儿来?就您一个人?跟丈夫来的?您还记得我吗?我从前曾经热恋过您,这一点您是知道的,对吧?"

他两眼发着亮光。他这一连串的问题,显然并不需要回答。他还是老样子——上来一阵子,狂热得不得了,只是皮肤不大健康,变得松弛了;瘦削的长脸上,鼻子显得十分突出,不过长得并不端正,下边太宽了。

"可我,这些年来经历了多少痛苦呀……简直是离奇得很……来到莫斯科不久……我参加了一个意象派团体:谢廖日卡·叶赛宁①、布尔柳克、克鲁切内赫②。我们在破坏一切……您刚才路过受难大教堂了吧?您看到墙上一尺一个的大字了吧?这是破天荒的大胆行为……连布尔什维克都不知如何是好了……我跟叶赛宁俩干了一夜……把圣母和耶稣基督都骂个狗血喷头!……您可要知道,这简直是宇宙性的亵渎——黎明的时候有两个老太婆看了,两人当时就没气儿了……达丽亚·德米特里耶夫娜,另外我还参加了一个无政府主义团体,叫做'黑鹰'……我们一定吸收您参加……不,不,没什么可说的……我们的领袖,您知道是谁吗?有名的马蒙特·达利斯基③……天才……简直就是个基恩④……伟大的

---

① 叶赛宁(1895—1925),俄罗斯著名诗人。

② 克鲁切内赫(1886—?),俄国未来派诗人。

③ 达利斯基(1865—1918),本姓涅耶洛夫,俄国著名演员,在彼得堡曾蜚声舞台。

④ 基恩(1787—1833),也叫艾德蒙·基恩(以与小基恩区别),英国著名悲剧演员,擅长演莎士比亚的夏洛克、奥赛罗、理查三世、麦克白等角色,并著有《要感情不要做作》等书。

闯将……再过那么两个星期，整个莫斯科就会落到我们手里……马上要开始一个新时代！莫斯科将在黑色旗帜之下。我们想好了庆祝胜利的方法——您知道是什么方法吗？我们将宣布全城规模的狂欢节……把窖里的酒都抬到大街上，各个广场都布置好军乐队……将有一百五十万人化装跳舞。没有疑问，其中有一半人将裸体出场……还要把洛西诺岛的炮弹库炸掉，当做烟火。这在世界历史上，也将是空前绝后的……”

这是达莎近几天接触到的第三种政治制度。这一次，她简直感到恐怖。她甚至忘掉了饥饿。日罗夫对他所造成的印象感到满意，便详细描绘起来。

“难道说您看到现代城市的庸俗景象，不恶心得要吐出血来吗？我的朋友瓦列特，一位天才的画家——您大概还记得他——制定了一个完全改变城市面貌的计划……毁掉一切，然后再重建，在狂欢节以前是来不及了……有些地方还是决定炸掉——当然包括历史博物馆、克里姆林宫、苏哈列夫塔、佩尔佐夫大厦……沿街摆上跟楼房一般高的大木板，上面画出从前没有过的、最新式的建筑题材……树木——也不要自然的叶子，我们要用喷雾器把树喷上各种颜色……您想想看——让普列奇斯坚林荫路椴树一色黑，让特维尔林荫路紫得吓人……多么恐怖！……还决定发动一次对普希金的全民性的侮辱……达丽亚·德米特里耶夫娜，您可还记得在捷列金寓所里那些‘盛大亵渎会’和‘同生活习惯斗争’吗？可当时大家都嘲笑我们。”

他好像发冷似的嘻嘻笑着，回忆起往事，身子往达莎跟前凑得更近一些，有好几次比比画画，把手都碰到她那微微隆起的胸脯上了……

“可您还记得伊丽莎白·基耶夫娜吗？长着一对山羊眼。她爱您的未婚夫爱得发昏，却跟别索诺夫同居过。她丈夫是最著名的无政府主义者，战斗员扎多夫……他跟马蒙特·达利斯基是我们的主要王牌。我告诉您，安托什卡·阿尔诺利多夫也在这儿！在临时政府上台时，他曾经指挥过整个报界，有两部私人汽车……跟几个贵妇人姘居过……有一个是‘罗代别墅’的匈牙利女人，长得美极了——他跟她睡觉甚至要带上手枪。去年七月他还到巴黎去过一趟——差一点儿没当上大使……这个蠢驴！……没来得及把钱弄到国外，现在成了丧家狗，正在挨饿。是呀，达丽亚·德米特里耶夫娜，需要跟上新时代的步伐……安托什卡·阿尔诺利多夫之所以完蛋，是因为他在教堂街上买了一幢阔气的住宅、镀金的家具、咖啡壶、一百双皮鞋。要把一切偏见都烧成灰，砸成块，撕成碎片……我们需要的是绝对的、兽性的、处女的自由！这样的时代不会再有了……我们将进行一切伟大的实验。凡是追求小市民的安乐生活的人，都要完蛋……我们要把他们碾成齑粉……人就是不受任何束缚的欲望……（他压低了声音，凑到达莎的耳边）布尔什维克狗屁不是……他们只有在十月革命时，有一个星期表现不错……然后立刻忙着建立什么国家。俄国向来是个无政府主义之国，俄国农民是天生的无政府主义者……布尔什维克想把俄国变成一座大工厂，这是胡搞。不会成功。我们有马赫诺……彼得大帝在他面前，不过是个小狗……马赫诺在南方，马蒙特·达利斯基和扎多夫在莫斯科……我们从两头放火。今天晚上我带您去一个地方，您自己会看到有多大规模……您同意吗？去吗？”

有一个脸色苍白的年轻人，留着尖尖的山羊胡，在邻座的餐桌上已经坐了好几分钟。他从报纸后面，透过夹鼻眼镜仔细打量达莎。她被日罗夫的古怪念头弄得不知所措，根本没想到表示异议：她觉得好像在烟草的云雾里，这些超自然的想法就像闪电似的生成了。一些奇奇怪怪的脸孔，嘴叼着烟卷，瞳孔扩大了，在里面飘来飘去……她能提出什么异议呢？她只能凄苦地讷讷说，这种实验只会吓得她心直哆嗦——而她的异议当然只会沉没在这一片魔鬼的嘻嘻哈哈、叽叽嘎嘎的笑声中。

那个留山羊胡的人两眼更加固执地打量她。她突然发现他那鲜红的领带有一个小小的金属骷髅——是个别针，马上猜到这正是她要会面的人，便欠起身来，可是那个人微微摇摇头，命令她坐在原地不动。达莎皱紧眉头，考虑怎么办。那个人用眼色示意：日罗夫在场。她明白了，求日罗夫去给她弄点儿吃的。这时，那个留山羊胡的人才走到她桌前，连嘴唇也不张地说：

“上帝保佑，祝您一路顺风！”

达莎打开提包，把那半三角形拿给他看。他接过去，跟另一半对上，然后撕成碎块。

“您怎么认识日罗夫的?”他急匆匆地问。

“早就认识,在彼得堡就认识。”

“这对我们倒也方便。您应该让别人把您当成是他们一伙的。他让您干什么,您就干什么好了。明天——您要记住——也是在这个时候,到普列奇斯坚林荫路果戈理纪念像旁边等着。晚上您住在哪儿?”

“不知道。”

“随您的便好了,今晚上愿意住哪儿就住哪儿……就跟日罗夫去吧……”

“我疲乏极了。”达莎两眼充满了泪水,手也发抖,但是一看到他那狞恶的脸孔和骷髅别针,便顺从地垂下了头。

“您要记住——绝对保密。要是泄露出去,哪怕是无意的——这是战斗时刻——也要把您干掉……”

他特别强调后面这个字眼儿。达莎的脚趾蜷了起来。日罗夫端着两个盘子挤回来,走到桌子跟前。那个带别针的人凑到日罗夫跟前,薄嘴唇装出佯笑。达莎听见他说:

“好标致的小妞儿。她是谁呀?”

“嗯,这个吗,尤尔卡,你就别管了,不是给你准备的。”日罗夫不知是想笑,还是想吓唬那个人,朝着他的后影龇露出不整齐的牙齿,接着把黑面包、小灌肠和一杯褐色的饮料放在达莎面前。“怎么样,您今天晚上有空吗?”

“怎么都行。”达莎回答说,带着痛苦的兴味儿尝了一口小灌肠。

日罗夫让她到他的住处去,就在斜对面的柳克斯旅馆他开了一个房间。

“您睡一觉,洗个脸,傍十点钟我来找您。”

他又是忙活,又是张罗,不过受从前印象的影响,在达莎面前还有几分胆怯。他的房间里挂着锦缎幔帐,铺着粉红地毯,可那套被褥十分脏,这一点连他自己也明白,便让达莎睡在沙发上。他把沙发上的报纸、手稿和书收拾走，铺好床单，还铺上一块黑貂皮——这块貂皮不知是从谁的贵重的皮大衣上扯下来的——嘻嘻一笑就走了。达莎脱了鞋。感到腰酸腿疼，浑身难受。她躺下来，貂皮的长毛贴在身上暖和和的，立刻睡着了。貂皮散发出一股淡淡的香水味、野兽味和樟脑味。日罗夫进来，她一点儿也没听见，他俯下身子，把她打量个够，门口还站着一个大高个子，脸刮得精光，样子很像罗马人，用低沉的嗓音说："嗯，好吧，带她到那儿去吧，我开个条子。"

当她叹了口气醒来的时候，天色已经很黑了。昏黄的月亮悬挂在屋顶上，在凹凸不平的玻璃窗上变得支离破碎。门底下露出一小条电灯光。达莎终于想起她落在什么地方，急忙穿上袜子，整理一下头发和连衣裙，走到洗脸池跟前。毛巾很脏，达莎挓挲着手指，从上面直滴答水，达莎想了一下，用裙子里擦了脸。

这种颠沛流离的生活，使她感到一种难忍的痛苦，恶心得喉咙发紧：跑回家去，回到那燕子飞来飞去的明净的小窗跟前……她转过头，看见了月亮，这高悬在莫斯科上空的月亮是僵死的、破碎的、可怕的，只剩一个小牙了。不，不……不能回去——要是回到那张靠窗放着的沙发椅上，俯瞰着空荡荡的石岛街，听着人们把门窗钉死的当当声，只有在孤独中死去……不……愿意怎样就怎样吧……

有人敲门，日罗夫蹑手蹑脚地走进来。

"搞到批件了，达丽亚·德米特里耶夫娜，走吧！"

达莎没问什么批件，也没问要到哪儿去，戴上自己织的小圆帽，把装着两千卢布的小提包紧紧夹在腋下。他们走出来。特维尔街有一面沐浴在月光中。街灯没亮。巡逻队从空旷的大街上缓缓走过——他们沉默、阴森地踏着皮靴，发出刷刷的声音。

日罗夫拐到受难林荫路上。月光在高低不平的土地上照出一块块斑点。椴树底下一片漆黑，叫人看都不敢看。前面好像有个人一下子钻到阴影里了。日罗夫停下脚步，手里握着手枪。

他站了一会儿，轻轻地打了个呼哨。对面有人回答。"闪开！"他提高嗓音说。"过去吧，同志。"对面一个清晰的声音懒洋洋地回答说。

他们拐到小德米特罗夫卡。迎面有两个穿皮上衣的人穿过马路,匆匆走来。把他们打量一番,没说什么就放行了。他们走到商业俱乐部门口,门口上面从二楼挂出一面黑旗,从大圆柱后面跳出四个人来,把手枪对准他们。达莎绊了一跤。日罗夫气冲冲地说:

"见你们的鬼去吧,真是的,同志们!干吗无缘无故吓唬人。我有马蒙特的批件……"

"拿出来!"

四个战斗员把没胡子的脸颊藏在立起来的衣领里,把眼睛藏在便帽的帽檐底下,借着月光查验批件。日罗夫的脸好像死人似的,脸上漾开的微笑也凝结了。四个人当中有人粗暴地问:

"这是为谁呢?"

"为这个同志。"日罗夫抓起达莎的手。"她是从彼得堡来的演员……需要打扮一下……她要加入我们的团体……"

"好吧。进去吧……"

达莎和日罗夫进入灯光昏暗的前厅,前厅的楼梯上架着一挺机关枪。管理员出来了——是个矮个儿的大学生,脸绷得紧紧的,穿着制服上衣,戴着一顶非斯卡帽。他把批件摆弄半天,看了又看,嘟嘟哝哝地问达莎:

"需要些什么东西?"

日罗夫回答说:

"马蒙特命令——从头到脚,都要最好的。"

"马蒙特命令——是什么意思……同志,您应该知道:这里没有什么人发布命令……这里不是店铺……(这时管理员觉得大腿上发痒,紧紧地皱起眉头,搔了几下。)好吧,走吧!"

他取出钥匙,走在前面,带他们去从前的存衣室,现在用作无政府主义者之家的仓库。

"达丽亚·德米特里耶夫娜,尽管挑吧,别不好意思,这一切都属于人民……"

日罗夫朝着那些衣架把手一挥,那里挂着一排排的披肩和皮大衣,披肩有黑貂的、银鼠的、玄狐的,皮大衣有毛丝鼠的、猴皮的和海狗的。有的放在桌子上或者干脆堆在地板上。开着的皮箱里,堆放着连衣裙、衬衣和一盒盒鞋。好像把几仓库的奢侈品都拉到这里来了。管理员对这么多的东西都无动于衷,坐在箱子上,只管打哈欠。

"达丽亚·德米特里耶夫娜,您看中了哪件只管拿,我给您抱着;然后到上面去换衣服。"

不管达莎的心情多么复杂,首先她毕竟是女人。她的脸颊绯红。一星期之前,当她像一棵铃兰似的守着窗子憔悴的时候,似乎自己的一生到此为止了,再也没有什么希望了——那时候不论什么宝藏对她大概都没有诱惑力。现在周围的环境突然开阔起来,原来她以为自己身上已经完结和枯寂了的东西又活跃起来。如今她处于一种奇怪状态:一切愿望、苏醒了的希望都寄托到弥漫着令人不安的云雾的明天,而现时的一切好像无人居住的房屋,埋在废墟中间。

她已经听不出自己的嗓音,对自己的答话、行为和接受周围变幻莫测的怪诞事物的冷静态度感到诧异。她用直到现在一直沉睡的自卫本能感觉到,应该把多余的货物抛到船舷外,扬起风帆,飞快前进。

她向一件白貂皮披肩伸出手去:

"请拿这件!"

日罗夫瞥了管理员一眼,那个家伙只哆嗦了一下腮帮子。日罗夫取下披肩,搭在肩上。达莎俯身去看一只开着的分格箱子——刹那间想到这是别人的东西而不免讨厌——把手伸到一叠衬衣底下,一直伸到胳膊肘。

"达丽亚·德米特里耶夫娜,鞋呢?拿一双皮鞋下雨天穿吧。晚礼服都在那个衣柜里。管理员同志,拿钥匙来……你明白吗?对演员说来,服装就是生产工具。"

"我才不在乎呢,要拿什么就拿好了。"

达莎在前,日罗夫抱着衣服在后,两人上了二楼,走进一间不大的房间,里面有镜子,被子弹打了个洞,裂缝中间挂满了蜘蛛网。达莎在那模模糊糊的镜子里,看到的是另一个女人,慢吞吞地穿上丝袜子。现在她把一件极薄的贴身衬衫穿在身上,然后又穿带花边的衬衣。当她试鞋的时候，便把打补丁的衣服踢到一边去。把皮披肩往裸露、瘦削的肩头上一披……我的亲爱的，你算是什么人呢？是妓女？是强盗？还是小偷？……可是你有多么漂亮……这么说，光明就在前面了？嗯，好吧——将来自有分晓……

大都会旅馆的大餐厅，被十月的炮击打坏了，不能营业，但住宿的房间还送吃食和饮料，因为旅馆里住着一部分外国人，其中大都是德国人，还有一些能搞到外国护照——立陶宛的、波兰的、波斯的护照——的冒险商人。就像当年佛罗伦萨发生瘟疫似的，人们都在单间里纵酒作乐。当地的莫斯科人如果有熟人，也可以从后门进去——其中大部分是演员，因为他们相信莫斯科的各个剧院支撑不到这个演期结束——剧场和演员都毫无前途，只有毁灭。这些演员大吃大喝，不怕撑破肚皮。

这些通宵狂饮的中心人物，便是马蒙特·达利斯基，一个悲剧演员，不久之前他的名声跟罗西①同样响亮。他是一个热情奔放的人，是个美男子，赌徒，有头脑的狂人，既危险，狡猾，又有气魄。近几年，他已经很少演出，如果演也是到外地去。在两京、南方和西伯利亚，他经常出入赌场。人们传说，他输起钱来，数目惊人。他开始衰老了。自己说准备离开舞台。在战争时期曾参与过倒卖军火的暧昧勾当。革命爆发的时候，他来到莫斯科。他感到这里是一个巨大的悲剧舞台，想要在这个舞台上扮演新编《强盗弟兄》②的主要角色。

他以天才演员的说服力，侃侃谈论神圣的无政府状态、绝对的自由、道德原则的约定性和每个人都可以为所欲为的权利。他在整个莫斯科散布思想混乱。当个别青年小组由于混进刑事犯罪分子，开始征用富人的住宅时，他便把这些分散的无政府主义小组集合起来，强占商业俱乐部，宣布它为无政府主义者之家。他用造成既成事实的办法对付苏维埃政权。他还没向苏维埃政权公开宣战，不过他的古怪想法无疑远远超出商

---

① 罗西(1827—1896)，意大利著名演员，扮演过阿尔菲爱里和莎士比亚悲剧中的角色。

② 指普希金的南方长诗《强盗弟兄》，内容写的是绿林好汉。

业俱乐部的仓库和通宵达旦的纵酒作乐,因为他在无政府主义者之家楼上的窗口向站在院子里的人群发表演说,随着他那古典式的手势往下扔去许多裤子、皮靴、衣料和成瓶的白兰地。

当达莎跟着日罗夫走进大都会旅馆的单间时,头一个看到的就是这个人——他那张脸孔像用青铜铸的一样阴郁,而往日的情欲和放荡的生活好像伟大的雕塑家似的,在上面刻出一道道褶子、皱纹和嘴角、下巴、脖子上果决的线条,脖子上围着一条肮脏的软领。

钢琴开着盖。一个瘦弱的家伙,脸刮得精光,穿着一件天鹅绒上衣,向后仰着头,叼着烟卷,长睫毛遮住了油亮的眼睛,正在弹葬礼的和音。有几位世界名流围桌而坐,周围摆着许多空酒瓶子。他们当中有个翘鼻子的家伙,用手掌支着突出的下颚,使他那张温和的脸显得更扁了,他正用高音唱着神甫的圣诗。其余的人是:脸长得像水罐子似的剧情解说员;脸色阴沉、上唇耷拉着的喜剧演员;三天不刮脸、鼻子尖削的男主角;醉得活受罪的扮演情夫的演员;热情的前额布满深深皱纹的伟大的名角,看样子他倒毫无醉意——这些人在必要的时候,配上合唱。

救世主教堂的大助祭,一个头发花白的美男子,戴着莫斯科商界送给他的一磅半重的金边眼镜,正挥舞着长袍的袖子,在地毯上走来走去,念念有词。他那柔和的低音像野兽一样响亮,震得桌子上的玻璃杯丁当作响。单间的四壁挂着深红色绸子,门窗挂着鲜红色缎帘,门口放着三扇的屏风。

马蒙特·达利斯基把胳膊肘靠在屏风上,站在那里。他手里拿着一副扑克。他是半军人装束——一件英国式的军装上衣、屁股后加皮子的带格马裤和一双黑皮靴。当达莎走进来的时候,他正倾听着追荐亡灵的合唱,露出恶意的冷笑。

“多美的女人! 简直可以叫人发疯!”弹钢琴的人说。达莎不禁胆怯起来。停下脚步。除开达利斯基之外,大家都望着她。大助祭说:

“这是地道的俄国美。”

“姑娘,到我们这儿来!”名角用甜美的声音说。

日罗夫悄悄告诉她:

"坐下吧,坐下!"

达莎在桌旁坐下。他们一个个走上前来,恭恭敬敬地鞠上一躬,然后再吻她的手,好像她就是玛丽·斯图亚特①似的,接着,又唱起葬歌来。日罗夫在她面前布了一些鱼子酱和小菜,让她喝一种又甜又辣的饮料。屋子里空气闷人,烟雾弥漫。达莎喝完了黏糊糊的饮料,甩掉披肩,把裸露的胳膊放在桌上。这些阴沉的和音和古老的歌词,令她激动。她目不转睛地注视着马蒙特。方才在路上,日罗夫曾经向她讲述过他的经历。他仍然靠着屏风站在一边,不知是气急败坏,还是醉得不省人事。

"怎么样,诸位先生,"他用响彻整个房间的低音说,"没有人愿意玩?"

"没有,没有人愿意跟你玩,不玩也挺快活了,你就算了吧,安静一下吧。"那个扁脸的家伙用高音急促地说。"喂,亚申卡,弹第七曲。"

亚沙坐在钢琴旁边,把头拼命向后仰,眯缝着两眼,把十个手指放在琴键上。马蒙特说:

"不赌钱的……我才不在乎你们那几个钱呢……"

"不管赌什么,就是不玩,你别拉拢了,马蒙特。"

"我想来个玩命的……"

听到这话,大家沉默了片刻。那个尖鼻子的男主角把手掌从前额往后摩挲一下头发,站起来,开始扣坎肩的扣子。

"我来玩命的。"

喜剧演员一声不响地抱住他,把八普特的体重压到他身上,把他推回原座。

"我把命压上,"男主角叫起来,"马蒙特这个坏蛋,把牌都做上了记号……我才不在乎,让他分牌好了。放开我……"

但他已经有气无力了。那个脸孔上窄下宽的剧情解说员用柔和的声音说:

"可是,酒一滴也没有了,马蒙特,这可太不像话了,亲爱的……"

---

① 玛丽·斯图亚特(1542—1587),苏格兰女王。

这时，马蒙特·达利斯基把一副牌和一支大自动手枪扔在放电话机的小桌上。他那雕出许多皱纹的大脸膛气得煞白。

“谁也不能从这儿出去。”他一字一顿地说。“我们一定要按我说的方法玩……这副牌没有记号。”

他用宽大的鼻孔猛地吸了口气，把下嘴唇往前一撇。大家明白，现在到了危险时刻。他把坐在桌子周围的人的脸扫了一遍。亚沙坐在钢琴旁，用一个指头弹起《黄雀》。马蒙特的黑眉毛突然一扬，深邃莫测的眼睛里闪过一阵惊异。他这才看到达莎。在他的目光下，她的心一下子凉了。他不摇不晃地走到她跟前，抓住她的指尖，送到他那干裂的嘴唇上，但他并没有吻它，只是轻轻碰了一下：

“你们说——没有酒了……会有酒的……”

他按了一下铃，仍然拿眼瞟着达莎。鞑靼侍者走进来。摊开双手：一瓶酒也没有了，全都喝光了，地窖也锁上了，经理已经走了。于是马蒙特说：

“去吧。”然后像在一千名观众注视之下似的，走到电话跟前。要了号码。“是的……是我……达利斯基……派值勤人员。大都会……我在这儿……火速……是的……四个就够了……”

他慢慢放下耳机，全身靠在墙上，抱起膀子。过了不到十五分钟。亚沙还在钢琴上轻轻地弹着斯克里亚宾的钢琴曲。这些仿佛从遥远的过去飞来的稔熟的琴声，令人头晕目眩。时间不存在了。达莎胸前的银白锦缎忽起忽落，血涌上耳朵。日罗夫向她悄声说了些什么，她根本没听。

她心情激动，感到一种解脱的幸福、青春的欢快。她觉得自己好像系在小孩儿摇篮上的气球，现在断了线，飞得越来越高，越来越叫人头昏眼花……

名角抚摩着她裸露的胳膊，用慈父般柔和的声音说：

“不要那么多情地看着他，我的小鸽子，不然，你的眼睛会瞎的……马蒙特身上肯定是有一种恶魔的气质……”

这时，两扇房门突然打开了，屏风后面现出四个戴便帽的头，四只从皮衣袖露出的手，手里都攥着手榴弹。四个无政府主义者恫吓地喊道：

"不许动！举起手来！"

"停止！一切正常。"达利斯基用低音平静地说。"谢谢同志们。"他走到他们跟前，把身子探到屏风外面，悄声向他们说了些什么。他们点了点头，走了。过了不一会儿，听到零星的说话声和被掐住脖子的叫声。一下低沉的爆炸声使墙壁微微震动起来。马蒙特说：

"这群狗崽子，总不能不声不响地干活。"他按了一下铃。吓得脸色苍白的侍者飞快地窜进屋里，牙还直打鼓。"这些全撤掉，摆上干净酒杯！"马蒙特下命令说。"亚什卡，别再折磨我的神经了，弹点儿雄壮的曲子。"

果然，还没等铺上干净桌布，那几个无政府主义者又拿着许多瓶酒出现在眼前了。他们把白兰地、威士忌、甜酒和香槟酒放在地毯上，跟来时一样，一声不响地退出去了。桌上发出一阵惊喜交集的赞叹声。马蒙特解释说：

"我命令他们到各个房间里去搜查，只拿来百分之五十就可以。另一半留给原主。你们的良心可以平静，一切正常。"

亚沙在钢琴上奏起迎宾曲。香槟的瓶塞飞上半天空。马蒙特在达莎身旁坐下。他的脸被桌上的台灯一照，显得更加像雕像一样庄严。他问：

"今天在'柳克斯'我看到了您，您正在睡觉……您是什么人？"

她头晕目眩地笑着，回答说：

"什么也不是……只是个气球……"

他把一只热乎乎的大手放在她那裸露的肩头上，凝视着她的眼睛。达莎毫不在意——只觉得冰凉的肩膀被大手压得暖和和的。她抓住高脚杯的细脚，举起香槟，一饮而尽。

"你不属于任何人吗？"他问。

"不属于。"

于是，马蒙特附在达莎耳边，用悲剧的腔调说：

"享受吧，我的孩子，尽情地享受吧……你遇到我，真是幸运……不要怕，我不会用爱情来毁掉你的青春……自由的人既不爱别人，也不要求别人爱他……奥塞罗是中世纪的火刑，是宗教裁判所，是魔鬼的怪相……

罗密欧与朱丽叶……啊，我明白——你心里偷偷地羡慕他们……这太陈腐不堪了……我们要把一切从上到下都毁掉……我们要烧掉所有的书，毁坏所有的博物馆……让人们忘掉历史……只有靠神圣的无政府状态才能得到自由……情欲的火焰是伟大的……不！你不要指望得到爱情和安宁，我的美人儿……我要使你得到解放……我要打碎你身上贞操的锁链……我要给予你在两次拥抱的间隙所能想到的一切快乐……你提出请求吧……现在就提……也许明天就晚了。"

达莎透过这呓语，周身皮肤都感到在她身旁是令人难堪的沸腾的情欲。她感到一阵恐惧，就像在梦中魇着了似的，身子一动也不能动，可在黑漆漆的梦境里却有个怪物瞪着两只火红的眼睛向她扑来。它要推倒她，揉搓她，践踏她……更可怕的是，她自己心里也产生出一种从前没有过的欲念与之相呼应，这种欲念火辣辣的，令人窒息……她感到自己完全是个女人……在这一刹那，她想必是非常激动，非常美丽，使得那位名角探过身来，跟她碰碰杯，含着妒意地说：

"马蒙特，你在折磨这个孩子……"

达利斯基好像被人就近打了一枪似的，一下子跳起来，捶了一下桌子——桌子上的高脚杯蹦起来，纷纷倒了。

"我打死你！看你敢碰这个女人！"

他猛地向放电话的桌子扑去，桌上放着手枪。坐在桌边的人也都踢倒了椅子，跳起来。亚沙钻到钢琴底下。这时，达莎自己也莫名其妙，被马蒙特用拿着枪的手夹起来。她用目光恳求他。他抓住她肩胛骨下面柔弱的后背，扶起她，把嘴唇贴到她的嘴上，牙齿撞到牙齿上。达莎呻吟起来。正在这时，电话铃响了。马蒙特把达莎放到沙发椅上（她用一只手捂住了眼睛），一把抓起耳机：

"是的……什么事？我很忙……啊……在哪儿？在米亚斯尼茨街。钻石？很值钱？十分钟以后我就到……"

他把手枪插进屁股后的衣袋里，走到达莎跟前，用双手抱住她的脸，贪婪地吻了几次，然后又像罗马人一样做了个告别的手势，走了出去。

这一夜剩余的时间,达莎是在柳克斯旅馆度过的。她连银白锦缎的连衣裙也没脱,像死人似的,立刻就睡着了。(日罗夫由于害怕马蒙特,睡在浴室里。)醒来之后,她愁眉不展地坐在窗前,一直坐到中午。跟日罗夫一句话也不说,他的问话她也不回答。大约四点钟走出来,在普列奇斯坚林荫路的广场上一直等到五点钟,在大鼻子的果戈理像底下,有一群瘦小的孩子在玩耍——他们在用尘土和细沙做馅饼和锁头形面包。

达莎又穿上一件旧连衣裙,戴着自己织的小圆帽。太阳照在后背上暖洋洋的,太阳照耀着贫穷的生活。孩子们脸孔很小,由于饥饿而显得苍老。周围是一片沉寂和空旷。没有一点儿车轮声,没有响亮的谈话声。所有的车辆都上了战场,而过往行人一声不吭。果戈理坐在花岗岩的椅子里,被大衣压得躬着背,大衣上落满了雀粪。有两个留着大胡子的人从旁边走过,没注意到达莎坐在那里。他们一个望着地面,另一个望着树木。传来了只言片语的谈话声:

“彻底完蛋了……真可怕!……现在怎么办?”

“但是,萨马拉拿下来了,乌法也拿下来了……”

“现在我什么也不相信了……今年冬天我们都过不去了……”

“但是,邓尼金还在顿河打着……”

“我不相信,什么也挽救不了我们……巴比伦毁灭了,罗马毁灭了,我们也要毁灭的……”

“但是,萨文科夫没有被捕。切尔诺夫也没有被捕……”

“这算得了什么……是的,有过一个俄国,可现在完蛋了……”

还是昨天那个白发苍苍的妇人从达莎身旁走过去,胆怯地从披肩后面露出罗扎诺夫的文集。达莎扭过脸去。那个戴骷髅别针的年轻人侧着身子走到她坐的长椅跟前。他向四周环顾一下,正了正夹鼻眼镜,在达莎身边坐下:

“这一夜是在‘大都会’度过的?”

达莎低垂下头,只用嘴唇讷讷地回答:“是的。”

“很好。我为您准备了一个房间。今晚就可以过去。对日罗夫什么也别提。现在谈正经事:您认识列宁的脸吗?”

“不。”

他取出几张照片，塞进达莎的小提包里。接着又坐了一会儿，捻住胡须放在嘴里咬着。他抓起达莎放在膝盖上的死人似的手，摇了一下。

“是这么回事……布尔什维主义就是列宁。您懂吗？我们可以打垮红军，可是只要列宁还坐在克里姆林宫里，我们就不能取得胜利。懂吗？这个理论家，他的意志力，不仅对我们，对全世界都是最大的危险……您考虑一下，然后肯定地回答我：您同意不同意……”

“杀死他？”达莎问，望着一个光肚皮的小孩儿正用罗圈儿腿一瘸一拐地走路。年轻人哆嗦一下，向右望望，又眯缝起眼看看那些孩子，然后又嚼起胡须来。

“谁也没这么说……要是您这么想，也不要喊出声来……您已经被吸收到我们的组织里来了……难道您没懂萨文科夫跟您谈话的意思吗？”

“他没跟我谈过话……（年轻人冷笑了笑）啊，这么说，就是用手绢捂着脸的那个……”

“小点儿声……鲍里斯·维克托罗维奇跟您谈过……对您表示极大的信任……我们很需要新手。有很多人被捕了。您当然知道：喀山的动员计划已经破产了……中央工作要转移到外地去……但是我们在这儿要留下一个组织……您的任务就是注意听取列宁的讲演，参加集会，打入工厂……您不是一个人工作……他什么时候离开克里姆林宫，准备在哪儿讲演，都有人通知您……要是您能认识几个共产党，并且要求参加党，那就最好不过了。您要注意读报，看点儿书……明天早晨，还是在这儿，您将得到进一步指示……”

然后，他把接头地点和暗语告诉她，又交给她那个房间的钥匙。他向阿尔巴特门方向走去。达莎从小提包里取出照片，端详了半天。后来，在她眼前浮现出来的，已经不是这张脸，而是昨天夜里从深红色门帘后面露出来的那张脸了，她便把小提包猛然一关，皱着眉头，紧闭着嘴，也走了。那个罗圈儿腿小孩儿迈开小步，想从后面追她，可他那松弛的小身体扑通一声摔在沙土上，痛苦地哭起来。

为达莎安排的房间，原来在西夫采维-夫拉若克，在一所破旧不堪的独门独院的住宅里。看样子，这所住宅已无人居住。达莎绕到后门，敲了半天，才从里面走出一个又矮又胖的老太婆，眼皮朝外翻着，看样子是跟主人处得很好的保姆。她好半天也不明白达莎的意思。后来总算把达莎放进去，把她送到她要住的房间，然后就絮絮叨叨讲起一些令人莫名其妙的话：

“雄鹰都飞走了：尤里·尤里奇，还有米哈伊尔·尤里奇和瓦西里·尤里奇，可瓦先卡到福马节才刚满十五周岁……可我就得为他们做安魂祈祷了……”

达莎连茶也不肯喝，脱了衣服，钻进被窝里，在黑暗中用枕头堵住嘴，痛哭了一场。

第二天早晨，在果戈理像跟前，她得到指示和命令——明天去一家工厂。她本想直接回到住处，后来又改变了主意——向博姆咖啡馆走去。一进咖啡馆，日罗夫又围着她转悠起来，问她跑到哪儿去了，为什么不带上东西。“我正等马蒙特的电话通知，他要问到您，该怎么答复呢？”达莎扭过脸去，不让他看见自己绯红的脸颊……她自己也感觉出来这种想法是欺骗自己，却还是这样想：“归根结底，上面指示我要跟他们保持关系……”

“我会去拿东西，”她气冲冲地说，“到那儿再说吧。”

她拿到装着贵重的披肩、衬衣和昨天穿的那件连衣裙的包裹，便回到住处。当她打开东西，扔到床上，一看这些衣服，浑身就打起哆嗦，上牙碰不到下牙，肩头又感到他那沉重的大手，牙齿又感到他那冰冷的牙齿……达莎跪在床前，把脸埋在散发着香味的毛皮里。“这是怎么了，这是怎么了？”她毫无意义地叨咕着……

第二天早晨，她按照指示，穿上一件深色印花布连衣裙，按照无产阶级方式扎上头巾（她必须装作从前在富人家当过女仆，并被老爷强奸过；那件连衣裙是那个带别针的人带给她的），坐电车上工厂去。

她并没有通行证。看门的老头儿朝她挤挤眼:“怎么,姑娘,开会来了?奔主楼。”她顺着糟烂的木板,绕过生锈的废铁和炉渣堆,绕过打得破碎的大窗户,往前走去。到处都空落落的,万里无云的天空中,大烟囱轻轻地冒着烟。

有人告诉她,从墙上那扇肮脏的小门进去。达莎走进一座砖修的长长的大厅。阳光透过被煤烟熏黑的玻璃屋顶照射进来,变得阴沉沉的。一切都是光秃和裸露的。起重机的铁链子从吊桥上垂挂下来。下面横着一个个传动轴,滑轮上挂着的皮带一动也不动。那黑魆魆的机架,那些车床或低矮、或拖长、或撇开两腿的轮廓,其中有刨床,有旋床,有铣床,有冲床,还有摩擦离合器的铸铁圆盘,在外人看来,一定会觉得奇怪。在宽大的拱门后面,从昏暗中隐隐约约显现出一个两边带耳子的有一千普特重的大铁锤。

这里制造各种机器,它们一走出工厂阴暗的墙壁,便会使生活充满光明、温暖、运动、理智和豪华。这里散发着铁屑味、机油味、泥土味和叶子烟味。在用木板搭的讲台前面,站着许许多多的人,还有很多人坐在车床的架子上和高高的窗台上。

达莎向里朝讲台挤去。一个身材高大的小伙子一回头望见她,咧开嘴笑着,露出牙齿——在抹得挺脏的脸上牙显得格外白——朝工作台点点头,伸过手来。达莎一下子站在窗前的工作台上。周围有几千个脑袋——眉头紧锁,前额堆起皱纹,嘴紧闭着。她每天在大街上,在电车上都可以看到这些脸孔——这些都是普普通通的俄国人的脸,显得疲倦,露出不容人窥测内心深处的眼神。有一次——还是在战前——有两个律师助手陪着达莎在星期天出去玩,他们漫步在小岛上的时候,曾议论起俄国人的脸。“比方说巴黎人,达丽亚·德米特里耶夫娜,人人都欢快、和蔼、喜气洋洋……可在我们这儿,每个人的样子都像狼似的。看,往这面走的两个工人。您愿意的话,我走上前去,说句笑话……他们一定会生气,因为他们不能理解……俄国人民是不通情理、难以相处的……”如今,这些不喜欢开玩笑的人就站在这里,神情激动、脸色阴郁、精神集中而坚决。他们的脸还是原来的脸,只是由于饥饿而发黑,他们的眼睛还是原来的眼睛，只是眼神变得热切焦急。

达莎忘了她是为什么来的。她离开红霞街上空荡荡的窗子，投入火热的生活，这种生活的印象，就像暴风雨吹走一只小鸟似的，完全把她俘虏了。达莎怀着纯洁的真挚完全沉浸在这些新印象中。她并不是愚蠢的女人，但她——跟许多人一样——自幼无人认真照管，全凭自己那一点点经验行事。她心里渴求真理，渴求个人的真理、女人的真理、人类的真理。

报告人谈到前线的形势。令人振奋的消息很少。粮食封锁更加厉害了：捷克斯洛伐克人切断了西伯利亚的粮食供应，阿塔曼克拉斯诺夫切断了顿河的粮食供应。德国人对乌克兰游击队实行残酷镇压。外国干涉军的舰队威胁着喀琅施塔得和阿尔汉格尔斯克。“但是，革命一定要取得胜利！”报告人抛出他的口号，然后用拳头把它们钉在空中，拿起皮包跑下讲台。台下为他鼓掌，可是鼓得没有劲儿——情况变得这么糟，真没有心思鼓掌。人们都耷拉着头，眉毛遮住了眼睛。

达莎的目光跟那个满口白牙的小伙子相遇了，小伙子又快活地对她龇龇牙：

“喂，姑娘，可真糟——他们想让我们像耗子一样饿死……你准备怎么办？……”

“你给吓坏了吧？”达莎说。

“说我？我可真给吓坏了呢！（旁边的人向他发出愤怒的嘘嘘声：“你小点儿声，讨厌鬼！”）可你叫什么名字？”

达莎瞥了他一眼——肌肉结实的前胸上敞着黑衬衫，像老牛一样粗的脖子、快活的脸、笑嘻嘻的神情、汗淋淋的鬈发、专爱盯着女人的圆眼睛，浑身上下肮里肮脏……

“你可真行呀！”达莎说。“你龇牙笑什么？”

“这是天生的。我说这么办吧，后天我们俩一起上前线。好吗？反正你在这儿，在莫斯科也得完蛋……我们带上手风琴走，姑娘……”

他的话被一阵热烈的掌声压下去了。讲台上又站着一个讲演的人——个儿不算高，穿着一件灰西服上衣，里面的坎肩已经揉出许多横褶。他正低着隆起的秃顶，翻弄着记录纸。他用把“P”咬得含糊的声音

说："同志们！"于是达莎看到他那心事重重的脸和像在太阳底下眯缝着的眼睛。他把两只手拄在桌子上，拄在记录纸上。他说今天讲的题目是席卷欧洲各国的严重危机，而受害最深的就是俄国，他讲的题目就是饥饿，这时站在被煤烟熏黑了的屋顶底下的三千人都屏住呼吸。

他先讲了一下总的看法，语调平稳，努力跟听众建立起感情上的联系。他有好几次离开桌子，然后又回到桌子跟前。他讲到双方谁也不愿意、谁也不能结束的世界大战，双方就像两群野兽，互相扼住对方的喉咙，讲到有人利用饥饿进行疯狂的投机，讲到只有无产阶级革命能够结束战争……

他接着讲起跟饥饿做斗争有两种办法：一种是自由贸易，可以使投机商人大发其财，另一种是国家垄断。他向桌子旁边走出有三步远，俯下身来看着观众，把两个大拇指插进坎肩两侧的挎篮里。这样一走，前额宽阔的脑袋和两只大手都向前伸着，右手的食指还沾着墨水：

"……不论过去和将来，我们都要跟这个阶级携手站在一起，因为我们跟他们一起反对过战争，一起推翻了资产阶级，现在要跟他们一起忍受当前这场危机的一切沉重负担。我们必须把粮食垄断制坚持到底……（露着白牙的小伙子听到这里甚至干咳了一声。）摆在我们面前的任务是，必须战胜饥饿，或者至少在新粮收获之前尽量减轻饥荒程度，必须坚持粮食垄断制，必须保卫苏维埃国家的权力，保卫无产阶级国家的权力。我们要把所有的余粮收集到一起，要想尽办法把这些储存的粮食运往最需要的地方，做到分配合理……这是一项最基本的任务——使人类社会得以维持下去，同时又是一项异常艰巨的工作，这项工作惟一的解决办法，就是靠大家共同努力提高劳动效率……"

在一片屏住呼吸的寂静中，不知是谁沙哑地叹了口气，这是一个受尽折磨的灵魂，当那个穿灰西服上衣的人要带领大家攀登冰山的时候，他一下子跌倒了。台上讲演的人把前额俯在听众的头上，两眼从突出的前额底下望着下面——目光专注、坚定不移……

"……当前我们必须实现社会主义的革命任务，在我们面前摆着非常大的困难。这是一个极其残酷的内战时代……只有给反革命以迎头痛击，只有在饥饿问题上，在同饥饿的斗争中，继续执行社会主义政策，我们才能同时战胜饥饿和利用这种饥饿的反革命分子……”

他的右手突然从坎肩里飞出来，仿佛一下子消灭了空中的什么人，然后高举在听众头上。

“……当工人被投机商人的口号弄糊涂了，谈论自由买卖粮食，谈论进口卡车的时候，我们回答说，这意味着为富农帮忙……这条路我们不能走……我们要依靠劳动人民，我们是跟劳动人民一道取得十月的胜利的，我们只能靠在劳动人民各阶层当中实行无产阶级纪律的办法来贯彻我们的决定。在我们面前摆着一项历史任务，我们能够解决它……最根本的生活问题——关于粮食的问题——最近颁布的法令中已经提出来了。所有这些法令有三个指导思想。第一个是集中的思想，或者说，在中央领导之下，把一切力量联合起来，完成一项共同的工作……是的，有人向我们指出，粮食垄断制每一步都受到小贩和投机商的破坏。越来越常听到知识分子说：幸亏背口袋的给他们帮了大忙，他们就靠这些人才能搞到吃的……是的……但是这些背口袋的是按照富农的办法供给食物的……他们正是按照加强、巩固和永远确立富农政权的需要而行动的……”

他挥了一下手，好像要把这种弊病除掉，使它永远不再发生。

“……我们的第二个口号是：把工人联合起来。他们会使俄国摆脱这种绝望和极端困难的处境。把工人的队伍组织起来，把没粮吃的非农业县的饥民组织起来，我们呼吁他们支援我们，我们的粮食委员部向他们发出号召，我们告诉他们说：‘去参加征购粮食的十字军远征！’”

爆发出一阵震耳欲聋的热烈掌声。达莎看见台上那个人向后退了几步，手插进衣袋里，耸起肩膀。他的颧骨红光焕发，眼皮颤抖，前额湿了：

“……我们正在建立专政……我们对剥削者实行强制……”

连这些话也淹没在一片掌声中。他挥了挥手：停止鼓掌吧……于是他在一片寂静中说道：

“……‘贫农的代表们，联合起来’——这是我们的第三个口号。在我们面前摆着一项历史任务：我们需要启发新的历史阶级的觉悟……全世界城市工人，产业工人的队伍普遍联合起来了。然而世界上几乎没有任何地方进行过系统的、奋不顾身和自我牺牲的尝试，把那些农村里处在小农生产中、在偏僻和黑暗中被一切生活条件弄得愚昧的人联合起来。在这里摆在我们面前的任务，就是要把跟饥饿进行的斗争同建立整个深刻的和重要的社会主义制度的斗争汇合成一个目标。这里摆在我们面前的是这样一场战斗，我们值得为它献出一切力量，担任何风险，因为这是一场建立社会主义的战斗，因为这是一场建立劳动者和被剥削者的最后一种社会制度的战斗。”

他用手掌迅速擦了一下前额：

“……离莫斯科不远，在附近省份——如库尔斯克省、奥廖尔省、坦波夫省——根据一些审慎的专家们估计，现在我们还能有将近一千万普特余粮。同志们，让我们共同努力，动手干吧！只有大家动手，只有在饥饿的城市和县份里受苦最深的人都联合起来，对我们才会有所帮助，这正是苏维埃政权号召你们走的路：把工人联合起来，把贫农联合起来，把他们的先进队伍联合起来，在各地进行宣传，进行一场争取粮食、反对富农的战争……”

他用手掌擦前额擦得更勤了，他的声音也不响亮了——他想要说的话都已说完。他从桌子上拿起一张纸看了一眼，把其余的纸也都收集起来：

“所以说，同志们，如果我们能把这一切都领会了，能把这一切都做到了，那时我们就一定会胜利。”

他脸上突然露出笑容，那么亲切，那么真挚。大家一下子明白了：他是自己人，自己人！人们又是喊，又是鼓掌，又是跺脚。他从讲台上跑下去，把头缩在肩膀里。达莎身旁那个露出白牙的小伙子用老牛似的嗓音喊道：

“伊里奇万岁！”

达莎只能说：她看到和听到了“另一种东西”……她从会场上回来，就坐在床上，睁大眼睛望着糊墙纸上的涡纹。枕头上放着日罗夫留下的字条：“马蒙特十一点在‘大都会’等你。”门口的地板上扔着另一张字条：

“今天六点请到果戈理像旁边……”

首先,这另一种东西具有严格的道德性质,也就是说,最为崇高……会上谈到粮食。从前她只知道,粮食可以用钱买,或用东西换——它的价格是一定的:一普特面粉可以换一条没上补丁的裤子。但是现在她才知道,革命把这种粮食愤怒地推开了。这种粮食不干净。宁可饿死,也不吃这种粮食。今天有三千个忍饥挨饿的人拒绝了这种不干净的粮食。

他们拒绝是为了……(但是达莎可怜的脑袋又糊涂了。)为了被侮辱和被压迫的人……他就是这么说的吧?献出一切力量,担任何风险,生活——是为了劳动者和被剥削者——就是因为这个,他们脸上会有这种悲壮的表情……

库利切克曾经说过,世界各地都会伸出援助的手,送来粮食的手……只要——消灭苏维埃政权……消灭了它,就会有粮食……为的什么?为的是拯救俄国。从谁手中拯救呢?从自己的手中……但是他们不希望得到“这种”拯救,这一点她是亲眼看到的……

达莎的可怜的头脑呀,太可怜了!啊,达申卡,你对政治关心得太晚了……“等等……”她说,“等等。”她倒背着手,两眼望着脚底下,在屋里走了一圈。

“有什么能比为被侮辱、被压迫的人献出生命更崇高的呢?……可库利切克偏说,布尔什维克毁了俄国,大家都这么说……”达莎闭上眼睛,努力把俄国想象成一种她应该比爱自己还要爱得更深的东西。不禁想起谢罗夫的一幅画:山坡上的两匹马、落照中的一片乌云和一个残破的麦秸屋顶……“不,这是谢罗夫的看法……”接着在她紧闭的眼睛里映现出白天那个露出快活而疯狂的微笑和一口白牙的小伙子。达莎又转了一圈……“俄国到底是什么样子呢?为什么大家要撕裂它,把它拉向不同的方向呢?唉,我太浑了,唉,我什么也不懂……啊,我的天哪!”达莎撮起手指敲着自己的胸脯。但是,这也毫无用处……“跑去找列宁问问吧?啊,见鬼,我现在是在另一个阵营……”

所有这些可怕的矛盾,弄得达莎心神不定,快到六点了,她才把小圆帽卡到眼皮顶上,向果戈理纪念像走去。带别针的人立刻从树后钻出来:

“迟到了三分钟……嗯？去了吗？听到列宁讲话了吗？说说主要内容……他是怎么去的？有谁陪着他？讲台上有警卫员吗？”

达莎沉吟片刻,集中一下思想：

“请问,为什么要杀死他?”

“哦！您这是说哪儿的话？没有人想那么干……嗯,是这样,是这样……这么说,对您也产生了影响？嗯,当然了……所以说,他非常危险。”

“可他讲的都非常正确。”

他伸出脖子,做出一副难于捉摸、黏糊糊的笑容,凑到达莎眼皮底下,用甜蜜的声音问道：

“怎么了,您是不是不想干了,啊?”

达莎向后退了退。可他的脖子就像胶皮做的,伸得更长了,他那夹鼻眼镜上的光点直朝着达莎的瞳孔闪光。她嗫嚅地说：

“我什么也不知道……我什么也搞不懂……我应该相信,我应该相信……”

“列宁是德国参谋本部的代理人。”那个带别针的人狠狠地说。接着,他大约花了半小时的时间,向达莎解释德国人的罪恶计划：他们用高价雇佣布尔什维克,用封上铅印的车厢把这些布尔什维克运进俄国,布尔什维克就瓦解军队,欺骗工人,破坏我国的工业和农业……再过个把月,德国人不用一兵一卒就可以占领俄国。

“现在布尔什维克正在煽动内战,大叫粮食封锁,与此同时又枪毙那些背口袋的小贩,这些小贩可是我们的救命恩人啊……他们故意造成饥荒……您今天总看到了,有几千个傻瓜眼巴巴地望着列宁的嘴……这种景象叫人多么痛心呀……他在欺骗广大群众,欺骗几百万的人,欺骗全体人民……一方面,就肉体说,他是一个‘伟大的奸细’……另一方面……(他晃动身子,凑到达莎耳边,用喘气般的小声说。)他是基督的敌人！您还记得经书上的预言吗？时候到了。北方向南方发起战争。将要出现死神的铁骑——就是坦克……扫帚星将落到泉水里——扫帚星就是布尔什维克的五角星……他还像基督一样,对人民讲话,不过他说的道理正好相反……今天他还打算诱惑您,只是我们不会把您也交给他……我会调您去干别的工作。”

达莎还有一个问题没来得及弄清楚。(她又回到住处,躺在床上,用一只胳膊肘盖住眼睛。)她突然想得心烦起来……“我这到底是干什么?难道想活一百岁?我就坏得像犯了不可赎的罪吗?我为什么不放纵一下自己呢?……你想去‘大都会’——尽管去好了……究竟为了谁要掩饰这无法掩饰的东西、压抑内心里幸福的呼唤呢?为了谁要这么痛苦地抱紧膝盖呢?为了谁的怜爱呢?你真是个傻瓜,傻瓜,胆小鬼……直起身来就跑去好了……反正……让爱情见鬼去吧,你自己也见鬼吧……”

她已经知道,自己会到“大都会”去的。如果说现在还犹豫不决,那只是因为还不到出发的时候——这时正是黄昏,对于思考问题最有害的时刻。屋子里的钟像钟楼上的大钟一样慢悠悠地敲了九下。达莎急忙从床上跳下来。“这么激动可不体面,我可不愿意那样!……”

她匆匆脱下衣服,只穿一件衬衣跑到浴室里,那里堆着劈柴、箱子和一些破烂东西。她站到淋浴器底下,冰冷的雨点落到背上。达莎几乎喘不上气来。她浑身湿淋淋的,跑回卧室,从床上拽下床单,擦干身子,冻得牙直打颤。

直到这时,她还没打定主意:她一会儿望望扔到地板上的旧连衣裙,一会儿望望搭在沙发椅后背上的晚礼服。她又明白了,这还是怯懦,只不过是拖延时间而已。于是,她开始穿衣服。没有镜子,倒也谢天谢地!把貂皮披肩往身上一披,像个窃贼似的,走到街上。天色已经很晚了。她顺着林荫路走去。男人用惊奇的眼光目送着她,从背后飞来一些评头品足的话,听起来不大舒服。从树后闪出两个穿士兵大衣的人,朝她喝道:“寄生虫,你等着瞧吧,你往哪儿跑?”

到了尼基塔广场,达莎停下脚步,已经气喘吁吁,心口作痛。一辆灯火通明的电车,后面挂着拖车,拼命地响着车铃,从旁边开过去。车梯上吊着好几个人。其中有一个人,右手抓住铜扶手,左手提着一只鳄鱼皮的扁皮箱,从旁边一闪而过,转过刮得光光的坚毅的脸望着达莎。这人正是马蒙特。达莎哎呀了一声,跑去追赶电车。他一眼看见她,那只皮箱在他手里抽搐地向上抬起。他另一只手松开扶手，在电车飞跑之际往下一跳，身子摇晃一下，跌个仰面朝天，两手拼命地乱抓，还抬起一只大皮靴底，他的上半身一下子钻到拖车底下去了，那只皮箱落到达莎脚跟前。她看见他的膝盖痉挛着抬起来，听见骨头碎裂的喀嚓声，大皮靴在铺路的石头上敲了两下。制动器咯吱一声，从电车里拥出一大群人来。

达莎只觉得眼前现出一片像石墨一般的黑光，马路像棉花一样柔软，便失去知觉，一下跌倒了，双手和脸颊都趴到那只鳄鱼皮的皮箱上。

第 九 章

志愿军转入进攻，也就是所谓的"第二次库班远征"，是从攻打托尔戈瓦亚站开始的。占领这个铁路枢纽非常重要，只要攻下它，就可以切断整个北高加索跟俄国的联系。六月十日，志愿军包括步兵和骑兵共九千人，在邓尼金的指挥下，分成四路纵队，前去包围托尔戈瓦亚站。

邓尼金留在德罗兹多夫斯基的纵队里。气氛十分紧张。大家明白，第一场战斗的胜败，将决定整个军队的命运。德罗兹多夫斯基的士兵只靠自己这方惟一一门发射霰弹的大炮的掩护，冒着敌人大炮的轰击，强渡叶戈尔雷克河。团长图尔库尔上尉在第一道散兵线，像皮球一样在水里扑腾着，被水呛着了，骂骂咧咧。红军拼命抵抗，但由于不会打仗，被有经验的敌人包抄了。他们的前哨部队都给打垮了——南面是被博罗夫斯基的纵队打垮的，东面是被埃尔代利的骑兵打垮的。陷入一片混乱的红军部队和庞大的辎重队放弃了托尔戈瓦亚站，开始向北撤退。但在北面又有马尔科夫的纵队从沙布利耶夫卡方向截断退路。志愿军获得全胜。埃尔代利的哥萨克骑兵连奔驰在草原上，砍杀逃敌，抓获俘虏和装着物资的大车。

这时已经黄昏了。战斗渐渐沉寂。邓尼金倒背着两只胖手，脸色发红，紧皱眉头，在车站的月台上走来走去。士官生们嘻嘻哈哈，开着玩笑——正像死亡的危险已经过去之后常常爱开玩笑那样——有的抬着沙袋往敞篷的平板车上摞，有的往自己造的铁甲列车上架设机关枪。有时还传来震撼着空气的炮声——这是红军的铁甲列车在沙布利耶夫卡以北打炮。从那里刚射来的一颗炮弹，就落在马内奇河大桥的桥旁，落在马尔科夫将军骑着灰马站着的地方。他有两天两夜没睡觉，什么也不吃，烟也不抽，因为攻取沙布利耶夫卡的战役没有打得像他想的那样顺利，心中憋了一股火。原来防守那个车站的部队很强，既有大炮，又有装甲车。昨天（十一日）和今天一整天，他的迂回纵队都打得很顽强，却毫无进展。他那旗开得胜的运气，这次背叛了他。伤亡惨重。只是到了黄昏，固守沙布利耶夫卡的布尔什维克，显然考虑到整个战局才撤退了。

他从马鞍上微微俯下身子，仔细端详几具尸体的模糊轮廓，他们直挺挺地躺在那里，保持着临死的姿态。这些都是他的军官，在战斗中每个人都顶得上一排人。有好几百个最优秀的战士，由于他的头脑迟钝而毫无意义地死掉或受伤。

他听到一阵呻吟，一阵嘶哑的喘气声，好像一个人刚从噩梦中醒来，接着又是一阵咝咝声。从桥头的战壕里爬出一个军官，马上又跌倒了，肚子趴在胸墙上。他吭哧着，支撑起身子，好不容易抬起一条腿，爬上来，眼盯盯地望着夕阳的余晖中一颗又大又亮的星星。他晃动一下剃得光光的头，呻吟起来，趔趔趄趄地向前走，突然看见马尔科夫将军。他行了个举手礼，然后把手往下一甩：

"将军大人，我受了震伤。"

"我看出来了。"

"我遭到从背后打的黑枪。"

"不可能……"

"有人从背后用手枪贴近地朝我头部打了一枪，使我受了震伤……想打死我的是志愿兵瓦列里扬·奥诺利……"

"您姓什么？"马尔科夫厉声问道。

"罗辛中校……"

就在这一刹那，向北撤去的红军铁甲列车用六英寸口径的大炮射出最后一颗炮弹。炮弹呼啸着从黑暗的草原上空飞过。将军的灰马惊慌起来，竖起耳朵，朝下趴。炮弹突然从天空落下，离马尔科夫五步远就爆炸了。

尘土和烟雾散去之后，被炮弹爆炸扔到一边去的瓦季姆·彼得罗维奇·罗辛才看到地上有匹灰马在蹬腿，马旁边四肢摊开地躺着一个矮小的身体，已经没有气了。罗辛欠起身子，高喊起来：

“担架兵！马尔科夫将军阵亡了！”

志愿军攻占托尔戈瓦亚之后，转向北方，准备攻打大公村，这样做有两个目的：一个是帮助阿塔曼克拉斯诺夫肃清沙尔地区的布尔什维克，另一个是巩固自己的后方，免受来自察里津方向的攻击。攻占大公村，并没有多大伤亡，但却未能发展已取得的战果，因为布琼尼①的骑兵在夜战中打败了埃尔代利的哥萨克骑兵队，把哥萨克骑兵冲得稀里哗啦，没让他们渡过马内奇河。

在车站附近，志愿军的第一辆铁甲列车差一点儿报销了。铁甲列车上的人发现有一辆机车挂着一面白旗飞驰而来，以为是对方派来的谈判代表，便停止了射击。但是那辆机车并没减速，一个劲儿鸣着汽笛，照直飞来。直到最后一刹那，铁甲列车上的人才想起就近向机车开了几枪。机车到底跟列车相撞了，有一节平板车被撞碎了，机车撞翻了——车上浇着汽油，挂满了炸弹。有几分钟工夫，整个战场都对这个好像美国电影里的镜头发生了兴趣。

邓尼金把这个地区交给顿河阿塔曼管辖，让地方哥萨克的军队自己去扫清当地的布尔什维克，自己又折回南方，准备攻取最重要的铁路枢纽——季霍列茨站，它联结着顿河和库班，联结着黑海和里海。他这样做，冒着巨大的风险。在南下的路上，有外乡人的两个大村子——佩斯恰诺科普村和白土村——都是布尔什维主义的发源地。村里都急急忙忙修筑工事。卡尔宁的部队在季霍列茨站附近更是急如星火地挖战壕。索罗

① 布琼尼（1883—1973），一九一九年入党，内战时指挥骑兵军，成为国内战争英雄，后来又屡建战功，获得三次英雄称号，升到元帅。

金的部队这时已经克服了惊慌失措的情绪，开始从西面逼近。在马内奇河被打败了的红军部队，经过整编，也从背后发起进攻。许多村子都派出民兵支援红军。

邓尼金能够指望的只有一个有利条件：敌军在作战中的互不协调。但是，这种情况随时都可能发生变化。因此，他急于发动进攻。人们都已筋疲力尽，有时他不得不亲自到前面鼓励那些躺在地上的散兵线起来冲锋。步兵行军时用大车拉着。在队伍前面开路的，还是那辆自己造的铁甲列车。

攻打佩斯恰诺科普村时，所有的村民都跟红军战士一起拼死抵抗。那股猛烈劲儿，志愿军从来没见过。轰隆隆的炮声，从早到晚一直震撼着草原。博罗夫斯基团和德罗兹多夫斯基团有两次被从村中打出来。红军直到发现自己已被包围，又不知道敌军的实力和装备情况，才一个人也不剩地撤离村子。现在所有的正规部队、地方队伍和难民，都汇集到白土村。

这里驻扎着德米特里·日洛巴的铁师，他们是一万名民兵的核心。男人不分老幼，都响应号召拿起武器。所有的路口都修筑了工事，第一次表现出组织性和战术思想。在群众大会上发出号召——不是胜利就是牺牲。

一切都毫无用处。敌人是有学问的——他们用科学来对付勇敢和拼命精神，他们把每个细节都考虑到，就像在棋盘上一样，一步一步地移动，总是出其不意地出现在红军的后方。不错，白军在发起进攻时并不得手。日布拉克团长带着德罗兹多夫斯基的士兵摸黑闯进村外的人家，碰上红军的前哨散兵线；遭遇到近射的炮火，贸然发起冲锋，一下子就被打死了。他带去的士兵立刻后撤，就地趴下。但是快到上午九点的时候，库捷波夫带领科尔尼洛夫的残部、德罗兹多夫斯基的骑兵团和一辆装甲车从南面冲进了白土村。博罗夫斯基从已经攻下的车站向这里逼近。开始了巷战。红军感到已被包围，便乱成一团。装甲车冲进红军的人群。麦秸屋顶起了火。牛群和马群在一片火光、枪声和哭号声中乱跑……

日洛巴的铁师沿着惟一一条没有敌兵的道路撤退。邓尼金骑着马站在附近的一座信号房旁边。他把两只手搭在嘴前面，怒气冲冲地喊着，赶快切断敌人的退路——跟着铁师的残部撤退的，还有游击队和全村的村民。埃尔代利的骑兵赶来追逐逃跑的人。总司令的卫队忍耐不住，也拔出军刀，疾驰而去——乱砍乱杀。那一群参谋骑在马上直打转，就像猎狗追逐野兽似的，飞马驰去，照着头颅和后背砍起来。只剩下邓尼金一个人。他摘下制帽，用它扇着兴冲冲的脸。这次胜利为他扫清了进军季霍列茨和叶卡捷林诺达尔的道路。

黄昏时分，在村中的院子里响起短促的排枪声：这是德罗兹多夫斯基的士兵在枪杀红军俘虏，为死去的日布拉克报仇。邓尼金正在一座满是苍蝇的草房里喝茶。尽管夜里闷热，他那带宽大肩章的厚制服上衣仍然把纽扣扣到脖子。每打过一阵排枪，他便朝打破玻璃的小窗转过脸去，用攥成一团的手绢擦擦前额和鼻子两旁。

"瓦西里·瓦西里耶维奇，亲爱的，"他对副官说，"请让德罗兹多夫斯基到我这儿来一下；毕竟不能这么干。"

副官把马刺磕得喀嚓响，举手行礼，然后放下来，转身走出去。邓尼金从茶炊往茶壶里添水。就在跟前又响起一阵排枪，震得窗上的玻璃直响。接着在黑暗里发出一阵哀号声：呜—呜。茶水带着几片茶叶从壶里溢出来。安东·伊万诺维奇把茶壶盖上："唉，唉，唉！"他低声叹着气。门突然开了。走进来一个脸色惨白的年轻人，三十岁左右，穿着一件揉皱的军装上衣，戴着也揉皱了的将军软肩章。煤油灯在他那夹鼻眼镜的镜片上映照出暗淡的反光。方下颚中间有个小坑，胡子拉碴，向前伸着，塌陷的脸颊抽动着。他在门口停下脚步。邓尼金吃力地从板凳上站起来，向他伸出一只手：

"米哈伊尔·格里戈里耶维奇，坐一会儿吧。要不要喝点儿茶？"

"恭谢长官，没有工夫。"

这人就是新近提升为将军的德罗兹多夫斯基。他知道总司令为什么叫他来，跟平时等待着挨训一样，痛苦地抑制着自己的愤怒。他低着头，朝一边看。

"米哈伊尔·格里戈里耶维奇，我想谈谈这些枪毙人的事，亲爱的……”

“我没法约束我的部下。”德罗兹多夫斯基用一种尖得刺耳、断断续续变得歇斯底里的声音说道，他的脸色更白了。“阁下十分清楚，日布拉克上校受到布尔什维克野兽般的折磨……三十五名军官……都是我从罗马尼亚带来的……也被折磨得不成样子……布尔什维克不管什么人都杀，都折磨……是的，不管什么人……(他说不出话来，憋住了气)我不能约束他们……我拒绝那样做……如果您认为我不合适，为了上帝，我可以打报告……当个普通兵，我倒会觉得幸运……”

“哎，哎，哎。”邓尼金说。“米哈伊尔·格里戈里耶维奇，不能那么发神经……哪里提到什么打报告……您要明白，米哈伊尔·格里戈里耶维奇：我们枪毙俘虏，会使敌人反抗得更加激烈……枪毙的消息会传开去。我们干什么要做对我军不利的事呢？您同意我的看法吗？不对吗？(德罗兹多夫斯基一声不吭)请向您的部下传达，这类现象以后不许发生。”

“遵命！”德罗兹多夫斯基转身走出去，砰的一声把门关上。

邓尼金还摇了半天头，对着茶杯思索着。远处响了最后一阵排枪声，然后夜就沉寂了。

按预定计划，进攻季霍列茨的战役，需要把军队在六十俄里宽的战线上展开。事先必须把进攻基地上的小股队伍和游击队除掉。这个任务交给了青年将军博罗夫斯基：他一连打了两天两夜，驰驱一百俄里，占领了许多村子。在内战史上，这就是第一次所谓的“袭击”敌后。

志愿军在已经扫荡干净的进攻基地上拉开阵势。六月三十日，邓尼金发布一项简短的命令：“明天，七月一日，占据季霍列茨站，击溃集结在捷尔诺夫—季霍列茨一带的敌人……”夜里，各纵队出发，以大包围圈的阵势包抄季霍列茨。布尔什维克只打了几枪，就开始退到修好工事的阵地上。

这里，红军已经不像一星期以前那样顽强抵抗了。白土村的陷落引起了惊慌。索罗金的进攻停顿下来。红军的牺牲——在浴血奋战中死掉几千人——竟然毫无代价。敌军像一架机器似的向前推进。想象力更把志愿军的实力夸大了十倍。传说俄国各地都有大批军官纷纷投奔邓尼金,“士官生”对什么人都不留情,志愿军打下一块地盘,德国人随后就到。指挥季霍列茨集团军的卡尔宁,好像瘫痪了似的坐在季霍列茨站的列车里。当他发现邓尼金的大批军队从四面八方向前逼近的时候,便垂头丧气,下令撤退。

上午九点,战斗就沉寂了,红军已经撤到修筑工事的半圆形阵地上。卡尔宁把自己锁在一间单间里,躺下打盹,以为今天总不会有战斗了。这时,志愿军却沿着茂密的麦田推进,继续实行纵深迂回。将近中午,两边的侧翼部队合围,从南面攻击敌后。科尔尼洛夫团攻打车站,没有什么伤亡就拿下来了。铁路员工都躲藏起来。卡尔宁失踪了——车厢里还放着他的帽子和皮靴。在旁边的一间单间里,发现了他的参谋长、前参谋本部上校兹韦列夫:他躺在地板上,头盖骨被打碎了。他的妻子趴在座位上,头用披肩蒙着,胸部被子弹打穿了,奄奄一息。

在这之后,红军失去指挥,跟基地失去联系,又被切断退路,志愿军纵队只须把钳子一收就完了。志愿军用大炮轰,用机枪打,一直打到傍晚。在半圆形工事里的人慌忙乱窜,铅弹像急风暴雨似的,向脸上和后背泼来。发了疯的人们从战壕里爬出来,拼起刺刀,可是不论在哪里,还是被打死。傍晚,库捷波夫阻挡住向北去的惟一一条通路,用枪炮和白刃消灭向铁路路基逃窜的人群。在暮色里,红军和白军在茂密的麦田里混战起来。指挥员像鹌鹑似的在庄稼里奔跑,把军官们召集起来,一次又一次地投入战斗。有一个地方从战壕里伸出挂在刺刀上的手绢。库捷波夫跟几个军官骑马跑到跟前,迎面打来一阵排枪并响起一阵疯狂的咒骂。他把头伏在马脖子上跑开了。总司令下命令——不许枪毙俘虏;但是谁也没下命令要收容俘虏。

第二天早晨,邓尼金骑着马慢步巡视战场。凡是眼睛看到的地方,麦田都被践踏和压倒了。在晴朗的蓝天里有几只兀鹫盘旋。邓尼金望望田野上曲折蜿蜒的战壕线——它们经过古代的丘陵和沟壑——从战壕里露出胳膊、腿和死人的头,还有无数尸体像袋子躺在那里。这时,他不禁感慨万端,半转过脸来招呼副官跑到他跟前,然后沉思地说:

"要知道,这全都是俄国人。太可怕了。并不能使人满心欢喜,瓦西里·瓦西里耶维奇……"

志愿军获得全胜。卡尔宁的三万大军被彻底击溃了,死的死,逃的逃。只有七列车的红军总算逃到叶卡捷林诺达尔去了。索罗金的部队已被切断联系。红军各部队:阿尔马维尔地区的东线部队和沿海的塔曼部队,都被彻底分割、孤立了。邓尼金军队获得大量战利品:三列铁甲列车、几辆装甲车、五十门大炮、一架飞机、成车厢的步枪、机关枪、炮弹和大量军需物资。

这次胜利的影响是惊人的。阿塔曼克拉斯诺夫在新切尔卡斯克大教堂做祈祷,并向军队发表讲话,他讲得比他的好朋友德皇威廉毫不逊色。尽管在三个星期之中,邓尼金军队损失四分之一,可是到七月初,全军总额增加了一倍:志愿兵从乌克兰、新罗西亚和俄罗斯本土源源不绝地向这里涌来;被俘虏的红军士兵也第一次编入白军队伍。

经过两天的休息,邓尼金把全军分成三个纵队,在三个战场上发起大规模进攻:西部战场攻打索罗金,东部战场攻打阿尔马维尔地区的红军,南部战场攻打掩护叶卡捷林诺达尔的卡尔宁残部。他规定的任务是,在攻击叶卡捷林诺达尔之前,肃清整个后方的残敌。一切都考虑周到,并按照最高军事科学原则制订出方案。邓尼金却没有考虑到惟一一个极其重要的情况:他面对的并不是一支他能估计与衡量出其兵力和装备的敌军,而是武装起来的人民,这是他所不能理解的一种力量。他没估计到他的每次胜利只能促使这支人民军队的仇恨加深和团结一致;从前那种靠激烈的群众大会来打倒不得人心的指挥员、根据多数意见决定发动进攻的时代已经过去了,代替它的是一种新产生的、还不易为人们接受、却一天天加强的内战纪律。

一切都似乎预示着,可以轻易、迅速地取得胜利。侦察人员报告,索罗金的部队正向叶卡捷林诺达尔方向仓皇逃窜,抢渡库班河。但这个消息并不完全准确。侦察人员搞错了。渡过库班河的是一些逃兵、小股队伍和难民的大车队。索罗金的三万大军清除了一切无战斗力的人员,振作士气,变得杀气腾腾。跟德国人打仗的巴泰斯克前线已经放弃。红军正等待在战场上跟邓尼金的军队拼个死活。结果是志愿军由于连打胜仗而飘飘然了,在快要达到目的之际,在跟索罗金部队即将开始的十天血战中几乎全军覆没。

索罗金带着拿破仑式的傲气回答库班-黑海中央执委会的询问:“我不需要宣传鼓动员。邓尼金匪帮正在替我做宣传鼓动工作。我的部队向来英勇善战,一定会扫清反革命的一切障碍。”索罗金已经制止住部队在邓尼金开始进攻时的惊慌情绪,他本人似乎也从醉生梦死、无所作为的状态中苏醒过来。他不论白天黑夜都在前线上到处跑——有时坐火车或验道车,有时骑马。他检阅部队,有两个指挥员对当前形势表现出怠惰态度,他在队列面前亲手把他们枪毙了,他蹬着马镫直起身子,向战士讲述人民敌人的凶残。破口大骂,骂得嘴都歪了,直吐白沫,红军战士听了,就像水牛被成群的牛虻叮了似的,怒吼起来,打断了他的讲话。他加强了军事法庭和特务科的工作,宣布枪支保养不好就处以死刑,还向全军发布命令,命令是这样写的:“战士们! 全世界劳动者都满怀希望地注视着你们。他们将向你们致以最深厚的谢意——你们睁大眼睛、挺起胸膛,正在前去迎接历史的血腥的黎明。一切寄生虫、爬虫、邓尼金匪帮和所有的反革命坏蛋,都应该用炮火和子弹扫除干净。让劳动者得到和平,让剥削者得到死亡,世界革命万岁!”

这些命令都是他在患热病似的兴奋状态中亲自草拟的。传到各个连队,都高声朗读。乌克兰的农民、顿河的矿工、高加索军队的士兵、外乡人和哥萨克——这一群形形色色、吵吵闹闹、衣衫褴褛、天不怕地不怕的哥儿们,听了这些冠冕堂皇的词句都好像着了魔似的。

参谋长别利亚科夫,一个有头脑、有经验的军人,正在拟定进攻计划,说得准确些,是个突围方案——三万大军准备突破重围,退到库班河对岸。至少,参谋长是这样打算的,因为他对跟邓尼金作战能占到便宜不抱任何希望。突围的地方预定在科列涅夫车站一带(位于季霍列茨和叶卡捷林诺达尔之间)。占领科列涅夫之后,便不难对付跟南面主力部队切断联系的德罗兹多夫斯基纵队和卡扎诺维奇纵队,然后直奔叶卡捷林诺达尔,至于以后会怎么样,只好碰运气了——参谋长就是这样想的。他的处境十分微妙:他不管是睡觉,还是醒来,都从内心里仇恨红军,可是该死的命运偏偏把他跟布尔什维克拴在一起。他一旦落到邓尼金手里——他一想到这个人,就怀着一种忐忑不安的赞赏和羡慕——就是个死!如果索罗金一旦疑心他缺乏革命热情和对邓尼金缺乏仇恨,也是个死!他把惟一的希望寄托在索罗金狂热的野心上——这种希望跟当时的一切事件一样,十分荒诞。不过,这一点还可以利用:尽一切力量把索罗金推上独裁者的宝座,至于以后会怎么样,只好碰运气了!……

不管怎么说,他还是积极地进行进攻的准备工作:把储存的弹药和饲料集中到季马舍夫车站,把炮弹卸下来,把长长的大车队派到草原里去。军队在季马舍夫附近展开面向东南的阵势,准备同时攻击科列涅夫和偏北的维谢尔基。

七月十五日拂晓,红军的野战炮向科列涅夫射出猛烈的炮火,一小时之后,基干骑兵连排成散兵线,一批接一批地冲进村子和车站。用军刀嗖嗖地砍杀士官生,用战马把他们纷纷撞倒,只有那离老远就扔下步枪的人,才收做俘虏。步兵整整走了一夜,到达科列涅夫之后,立刻挖战壕,这一次可不像在白土村那样挖半圆形的,而是在四面挖成一个完整的椭圆形。

白色的太阳在尘土和酷热的雾霭中冉冉升起。整个草原一片运动的景象:骑兵在奔驰,步兵在爬行,炮车的轮子轰隆隆滚动,不断响起咒骂声、砍击声、枪鸣、马嘶、嘶哑的号令声。辎重车队一直伸展到地平线上。天气热得像火炉一样。索罗金在半路上干脆甩掉了参谋部,骑着汗水淋淋的白马,到军队里面去转悠。他派出一个个勤务兵和传令兵带着他的命令,像猎狗一样拼命奔跑。

他在骑马奔驰中把帽子弄掉了,把切尔克斯大衣也扔了。他身上穿着一件紫红色的绸子衬衫,袖子卷到胳膊肘顶上,蓝色的骑兵马裤,用带金饰的皮带紧紧扎住。到处都可以看到他那被汗水和尘土涂黑了的脸和龇露着的牙。他已经换了两次马,检查炮兵的位置,视察战壕,看到步兵像鼹鼠一样在黑土里挖坑,跑到草原里查看潜伏哨,驱马去看快到近前和正在卸车的拉炮弹的大车，扬起鞭子把指挥员叫到跟前，从马鞍上俯下身子，喷着热气，神情可怕，瞪着发疯的眼睛听取报告。他就像一个庞大乐队的指挥，拉紧就要打响的这场战斗的乐弦。到了车站跟前，他甩下气喘吁吁的马，跑进电报室，一脚踢开倒在门坎跟前的一具脑袋开瓢的戴肩章的尸体，读着正在从收报机上往外传动的电报带，感到一阵强烈的、令人陶醉的兴奋：德罗兹多夫斯基纵队和卡扎诺维奇纵队已经离开金斯卡亚车站，匆忙开来——只等接火了。

德罗兹多夫斯基纵队是坐大车来的——好几百辆大车整天在灼热的尘雾里沿着草原奔驰。卡扎诺维奇将军率领原马尔科夫的部下，跟炮兵一起上了火车，赶在德罗兹多夫斯基部队前面，十六日拂晓一下火车就投入进攻科列涅夫的战斗。

卡扎诺维奇将军站在信号房旁边的井栏上，镇静地注视着那些军官们灵巧的动作，他们排成散兵线，一枪不发地向前运动。他那清秀、文雅的脸上，留着两撇挺长的花白胡子，下巴上的胡子剪得整整齐齐（就像从前沙皇的胡子一样），流露出一种全神贯注而又略带嘲笑的神情，那双秀丽的眼睛带着女人的热情，却露出冷静的微笑。他对今日战斗的结局蛮有把握，所以连一分钟也不想等德罗兹多夫斯基的师。他在跟德罗兹多夫斯基争功。德罗兹多夫斯基的自尊心强烈到了病态程度，遇事小心谨慎，动作迟缓，常常因此而误事。卡扎诺维奇之所以喜欢战争，喜欢的是它那宏伟的气魄、它那战斗的音乐和胜利的响亮名声。

太阳好像大火球，从远处的丘陵背后跳出来——射出七月的灼热；它那耀眼的光辉直刺着布尔什维克们的眼睛。机关枪嗒嗒地响起来，排炮撕破了酷热的沉寂。可以看见敌兵密集的散兵线从战壕里站起来。马尔科夫的部下径直向前跑去，没有人低头躲避子弹。迎面有几千个人影向他们爬来。卡扎诺维奇把望远镜举到眼前。怪事！

“向红军同志打三排霰弹炮！”他命令坐在井边的话务员。隐蔽在土堤后面的两个炮垒开了火。霰弹贴着敌人散兵线头上炸成一个个棉花球。那些人影慌乱一阵，又恢复原状，继续前进。现在整个战场上枪声响成一片。布尔什维克的炮垒也终于怒吼起来。卡扎诺维奇感到莫名其妙，冷笑了笑，那只举着望远镜的小手打起哆嗦。马尔科夫的部下都趴在地上，匆忙挖起护身坑。他那晒得微黑的脸变白了。他从井上跳下来，俯在电话箱上，呼叫季马诺夫斯基将军。

“散兵线抬不起头来。”他朝着话筒喊道。“不论付出多大代价，请你把左翼干掉……每一秒钟都非常珍贵……”

另一批马尔科夫的部下立刻从路基后面出现了，他们滚下斜坡，向前跑去——这就是季马诺夫斯基率领的预备队。他们分成小股，一条散兵线接着一条散兵线，神情坚决而激动，渐渐消失在高大的、籽粒已经成熟落地的麦田里。季马诺夫斯基很年轻，脸色红润，总是满面堆笑，高筒皮帽也歪了，穿着一件肮脏的粗麻布衬衫，戴着黑色的将军肩章，用手扶着军刀，跟在士兵后面跑去。这时发生了不可理解的事：这帮布尔什维克好像是偷偷换过的，所有他们应该惊慌失措的时刻都轻易过去了。现在整个草原上都是敌人向这里冲杀的人影。志愿军的机关枪发疯地嗒嗒响，敌兵就像海浪似的，一批批地往上涌，接替倒下的人。

在麦田的尽头，季马诺夫斯基率领的连队端着枪向前跑——一连又一连……卡扎诺维奇站在井栏上，把腰板挺得溜直。他从望远镜狭小的视野看见马尔科夫的部下发怒的后脑勺。该多么紧张！倒下了，倒下了！他把望远镜向奔跑的军官前面移动一下——突然看见一张张大张着的嘴、宽阔的脸膛、水兵的皮帽、袒露的紫铜色胸膛……布尔什维克的水兵……双方立刻混在一起，搅成一团——开始白刃战。在卡扎诺维奇线条优雅的嘴唇上凝着病态的微笑……马尔科夫的部下没顶住。一连剩下的人都钻进麦田趴下。二连向后一退，也趴在地上不动了。

这时，他从井上跳下来，轻快地跑过麦田。前边的士兵看到了他。他喊着：“诸位，诸位，太丢脸了！”终于把趴着的人催促起来。他要他们去拼刺刀，但是对方的火力太凶猛，冲上去的人纷纷倒下，散兵线又趴下了……这一仗难道真就输了？

上午八点多钟，从西面传来德罗兹多夫斯基部队射出的炮声。一辆装甲车好像灰色的乌龟，摇摇晃晃地出现在草原上。德罗兹多夫斯基的士兵有条不紊、从从容容地开始进攻。卡扎诺维奇的散兵线第三次爬起来。志愿军现在摆开半月形的宽阔阵势，向前推进。布尔什维克一定受不了这样的攻击。

这时，在布尔什维克的战壕中间，出现了一个骑马的人，他挥舞着闪闪发光的军刀，疯狂地奔驰着。他飞马上土冈，勒住马头。他穿着紫红色的衬衫，高挽着袖子，扬起头，大喊一声，又挥起军刀。骑兵摆开散兵线的阵势，向正在进攻的德罗兹多夫斯基的队伍冲去。那矮小、凶恶的马跑起来好像平贴在地面上。枪声停止了。老远就能听到军刀的嗖嗖声、呐喊声和马蹄声。那个穿紫红色衬衫的骑马的人突然从土冈上冲下来，松开缰绳，跑在最前面。卷起一片黑色的尘雾，遮住战场。德罗兹多夫斯基士兵和马尔科夫部下受不住骑兵冲击，纷纷逃窜。他们一直跑过基尔佩利河才停下，挖壕据守。

伊万·伊里奇·捷列金疼得皱紧眉头，直打寒颤，自己用急救包里的纱布把头包扎好。

伤很轻，只是擦破点儿皮，没碰到骨头，但是疼得要命——觉得整个脑袋都在拧劲似的。方才用尽力气，累得浑身瘫软，包好伤口之后，还在麦田里仰面朝天躺了很久。

这时听到蝈蝈若无其事地发出平和的吱吱声，令人不禁觉得奇怪。这些钻在地缝里看不见的蝈蝈、南国之夜硕大的星星和一动不动挂在眼睛和天空之间的带芒的麦穗——在血腥的厮杀、哀号和战斗的铁的轰鸣结束之后，竟然是这样一幅景象。刚才在不远的地方还有一个伤兵呻吟——如今连他也静了下来。

这样的寂静有多么好。头上剧烈的疼痛渐渐轻了，好像这种缓和是由于夜色的庄严肃穆。脑海里闪过白天印象最鲜明的片断，那种被大炮的轰击、被像野兽一般大张着嘴的呐喊、被强烈的仇恨所撕裂的一切，都历历在目，当时你只知道一个劲儿向前冲，眼睛只盯着刺刀尖和向你开枪的敌人苍白的脸孔。但是，这些回忆钻进脑海里，扎得那么疼，使他的脑袋突然一拧，伊万·伊里奇不禁哼叫起来：赶快想点儿别的什么东西吧……

别的他又能想什么呢？或者是目前这种无法想象的漫长的事件——革命和战争——的可怕的片断，或者是那遥远的、被锁起来的幸福的梦——达莎！他想起了她(实际上他从来没断了想她)，想到她无依无靠：只剩一个人，什么也不会干，又没有独立生活能力，只是个幻想家……她那愤怒的眼睛，可心却像鸟儿一样惊慌不安，好冲动——她还是个孩子，孩子……

伊万·伊里奇用伸开的手抓起一把热乎乎的泥土。闭上眼睛。她跟他分手了，以为从此就永远分开了。这个小傻瓜！……谁也不会怕你那愤怒的眼睛……谁也不会比我更忠诚地爱你，小傻瓜……有你的苦吃，这些苦楚将是深刻的，永远难忘的……

从伊万·伊里奇的睫毛底下滚出几颗泪珠——由于受伤而变得脆弱了。一只蝈蝈就在耳边吱吱地叫个不停。那被千军万马踏过的血腥战场，在星光底下好像涂上一层银辉。黑夜把一切都掩盖起来了……伊万·伊里奇欠起身，用双手抱住膝盖坐了一会儿。一切都宛如在梦中，宛如在童年。心头涌起一阵怜悯之情，心在哭泣……他站起身，向前走去，尽量轻放脚，免得震疼了头上的伤口。

科列涅夫离这里有一俄里远。那里有好几堆篝火闪闪发亮。在跟前的洼地里，有一条不冒烟的火苗在地面上跳舞。伊万·伊里奇突然觉得又饥又渴，转身朝着篝火走去。

整个战场上有不少黑魆魆的人影向那里慢慢走去——有的受了轻伤，有的属于打散了的部队，迷失了方向，也有的拖着俘虏。一片互相召唤声、嘶哑的咒骂声和响亮的笑声……在烧枕木的篝火旁边躺着许多人。

伊万·伊里奇用鼻子嗅到一股面包味——这些尘土满面的人都在嚼东西。火堆跟前停着一辆大车，拉着面包和水桶，一个瘦弱憔悴的女人，扎着白头巾，正从桶里往外倒水。

他喝够了水，领了一块面包，靠在大车上。一边吃，一边望着星星。篝火旁边的人似乎都安静下来，有很多人睡着了。但是，刚从战场回来的人，还怒气未消，冲着黑暗咒骂着、吓唬着，尽管没有人听他们那一套。护士给他们发吃的，一人一块面包、一杯水。

有一个满脸黑胡子的人，上半身赤裸着，牵着一个俘虏走来，到了篝火旁边把他打倒在地。

“这个家伙，狗崽子，寄生虫……你们审问审问他吧，弟兄们……”

他用皮靴踢了躺在地下的人一脚，往后退了两步，提提裤子。他那塌陷的前胸不住起伏着。伊万·伊里奇认出来正是那个“鬼见愁”，便扭开了脸。有几个人扑到那个躺着的人跟前，俯下身去：

“一个志愿兵……（有人撕下他的肩章扔到火堆里。）”

“岁数挺小，可狠了，真是条毒蛇！”

“为了保护老子的钱财来打仗的……一定是有钱人家的……”

“看他眼珠骨碌乱转，这个坏蛋……”

“他有什么好瞧的，让我来吧……”

“等等，也许他身上带着文件——送到司令部吧……”

“拽到司令部去……”

“不行！”“鬼见愁”嚷起来，扑奔过去。“他受伤躺在地上，我走到跟前——你们看他那双皮靴——他就朝我打了两枪，我决不把他交出去……”他朝着那个俘虏发狠地叫起来：“脱下皮靴！”

伊万·伊里奇又斜眼瞥了一下。那个志愿兵挺年轻，圆圆的头剃得精光，被火光照得发亮。他龇着牙，挺大的眼睛，眼珠乱转，小鼻子皱得全是褶子。他必是完全不知所措了……他突然蹿起来。他的左手瘫软无力地耷拉着，左面的袖子也扯破了，血迹模糊。他从牙缝里挤出轻微的咝咝声，甚至伸出脖子……“鬼见愁”向后退了一步——这人简直是仇恨的幽灵现身，十分可怖……

“哎！”人群里有一个低沉的声音说，“我认识他，我在他老子的卷烟厂干过活，他老子就是罗斯托夫的大老板奥诺利……”

“知道，知道。”人声嗡嗡地响起来。

瓦列里扬·奥诺利低下前额，摇起脑袋，用尖厉而嘶哑的声音叫道：

“你们这群坏蛋，杂种，赤—赤匪！应该狠揍你们的嘴巴，嘴巴，嘴巴！你们这些狗东西，揍挨得还少吗？吊死的还少吗？你们还嫌不够？真不够？把你们统统都吊起来，不要脸的东西……”

他已经什么也不考虑，抓住“鬼见愁”毛茸茸的大胡子，用皮靴踢他裸露的肚子……

伊万·伊里奇立刻从大车旁边走开。厉声的吆喝响成一片，却有一声尖厉的哀叫刺破了他们越来越强烈的愤怒。瓦列里扬·奥诺利的身体被举过头顶，他四肢叉开，两脚乱踢，飞到半天空，又落到地上……篝火腾起高高的火柱、飞散无数小火星……

在黎明前寒冷的草原上，懒洋洋的枪声像鞭子一样响起来，隆隆的炮声庄严地滚过。这是德罗兹多夫斯基纵队和博罗夫斯基纵队从基尔佩利河对岸又发起进攻，想拼命夺回他们的运气。

这一夜，集团军司令索罗金接到当时一直在开会的中央执委会从叶卡捷林诺达尔发来的命令，任命他为北高加索红军各部队的总司令。

前去给他送消息的是参谋长别利亚科夫：这位参谋长手拿着电报带冲进了总司令的车厢，把他的腿从座位上拉下来，借打火机的光亮把命令给他念了一遍。索罗金怎么也醒不过来，大睁着眼睛，一头就倒在热乎乎的枕头上。别利亚科夫摇起他的肩膀：

“你快醒醒，长官，总司令同志……你是高加索的主人了，懂了吗？是沙皇和上帝，懂了吗？”

这时索罗金才明白这条消息的全部重要意义，才明白参谋长用手指拿着的弯弯曲曲的窄纸条上用点点和线线打出来他直步青云的命运。他迅速整理一下裤子，披上切尔克斯大衣，系好手枪皮套和军刀。

“马上向全军公布命令……给我——带马！……”

天亮以后，伊万·伊里奇·捷列金重新包扎了伤口，穿过一排排的大车，去寻找自己的团部。这时，从车站的方向有一群护兵顺着大街疾驰而来，头上的长耳风帽随风飘荡，跑在最前面的是个号兵，后面跟着两个人：一个是索罗金，紧紧地勒住长鬃马的缰绳，另一个是个哥萨克，用长矛挑着总司令的旗号。这群骑马的人在旋转的尘土中间活像夜游的鬼魂，向响着枪声的地方奔驰而去。

在被露水打湿了的大车上，许多睡眼惺忪的脑袋抬起来，胡子也伸出来，响起一阵嘶哑的语声。那个骑马的号手已经跑到草原上很远的地方，吹起军号，告诉人们，总司令就在跟前，就在这里，冒着枪林弹雨，参加战斗……“一定要打败敌人，嗒—嗒—嗒，”军号在响着，“向胜利和光荣前进……英雄是不死的，光荣与世长存，嗒—嗒—嗒……”

伊万·伊里奇在一座窗户破碎的小土房里找到了格姆扎。团部的其他人一个也不在。格姆扎弓着背坐在长凳上，块头挺大，脸色阴郁，一只手拿着木勺子，悬在叉开的两膝中间。桌子上放着一瓦盆菜汤，旁边是一个塞得满满的皮包——这就是特务科长的全部家当。

格姆扎好像在打盹。他连动也没动，只是把眼睛转向伊万·伊里奇这边：

“受伤了？”

“小意思，擦破点儿皮……在麦地里躺了半夜……找不到队伍了——一场混战……咱们团在哪儿？”

“坐下。”格姆扎说。“想吃点儿东西吗？”

他费劲地抬起手，把勺子递给捷列金。伊万·伊里奇扑到盆子跟前，汤已经有点儿凉了，他甚至呻吟起来。他一声不响地吃了一阵。

“咱们弟兄昨天打得可漂亮了，格姆扎同志，战士根本用不着催促，离三四百步就往前冲，拼刺刀……”

“吃点儿，就算了。”格姆扎说。捷列金放下勺子。“你听到向全军公布的命令了吗？”

“没有。”

“索罗金成了最高总司令。明白吗？”

“嗯，这有什么，这蛮好……昨天你看见了他打仗吗？松开缰绳，一直往炮火里冲——紫红的衬衫，非常显眼。战士们一看见他，就高呼：乌拉！昨天要不叫他，真不知道……昨天我们还都惊奇：他简直是恺撒。”

“对，就是恺撒。”格姆扎说。“可惜我没权枪毙他。”

捷列金把勺子一撂：

“你……别是开玩笑？”

“不，不是开玩笑。这些事你反正是搞不明白的。”他用沉重的目光一眨也不眨地望着伊万·伊里奇。“嗯，你不会出卖我吧？（捷列金平静地注视着他的眼睛。）嗯，怎么样……我想交给你一件艰巨的任务，捷列金同志……我考虑——你大概最合适了……你要到伏尔加河去一趟。”

“是，服从命令。”

“我给你开好各种证件。我交给你一封写给军委主席的信。你要是没办妥，信送不到，就干脆跑到白军那边去吧，别回来了。懂吗？”

“好吧。”

“你可千万不要让人家抓活的。要把这封信放好，把它看得比命还要紧。要是落到反间谍机关，你就做好一切准备，是不是把信吃掉……懂了吗？”格姆扎浑身都动了起来，把拳头往桌子上一搁，震得瓦盆跳起来。“我把信的内容跟你说了吧，里面这么写：军队对索罗金十分信任。索罗金现在成了英雄，他不管上哪儿，军队都会跟他走……我要求枪毙索罗金……趁他还没控制革命的时候，立刻枪毙。记住了吗？这几句话就能要你的命，捷列金……明白吗？”

他沉默了一会儿。苍蝇在他的前额上直爬。捷列金说：

“好，一定办到。”

“那你就去吧，朋友……我真不知道路该怎么走——经过圣十字城奔阿斯特拉罕，太远了……你最好还是穿过顿河，奔察里津。顺便可以侦察一下白军后方的情况……你戴上军官的肩章，显显威风……你要什么样的肩章？是大尉的还是中校的？”

他笑了笑，把手放在捷列金的膝盖上，就像拍小孩儿似的拍了一下：

“你再睡上两个钟头，我还得写封信。”

第 十 章

三个星期的假到底准了。瓦季姆·彼得罗维奇·罗辛身体虚弱有病，忍受着内心矛盾的折磨，这时被编在大公车站的志愿军卫戍部队。这里没有大规模的战斗——红军的兵力都调到南边去跟邓尼金的主力作战去了。在马内奇河和萨尔河沿岸的村子里，有些地方也发生过骚乱，不过阿塔曼克拉斯诺夫的哥萨克讨伐队能迅速安抚波动的民心：有的地方用客气的开导，有的地方用大枪的通条，有的地方用绞架。

瓦季姆·彼得罗维奇借口受伤，回避这些镇压行动。他也尽量不去参加军官们为庆祝邓尼金的胜利而举行的酒会。奇怪的是：在这里的卫戍队，跟在作战部队一样，大家对待罗辛都怀有戒心，怀有隐蔽的敌意。

不知是谁在什么地方放出风来，说他里面穿的“红衬裤”，于是这就成了他洗不掉的污点。

在沙布利耶夫卡附近的战壕里，志愿兵奥诺利向他开过枪。罗辛还清楚记得当时的情景：铁甲列车轰隆一声打了一炮，连长喊：“卧倒！”炮弹爆炸。随后听到一声手枪响，像棒子似的敲在他的后脑上，就见奥诺利东方式的眼睛骨碌一转，露出狂喜的神色。

只有一个人会相信罗辛说话诚实，那就是马尔科夫将军。但是他已经阵亡了，于是瓦季姆·彼得罗维奇考虑一下，决定不再提起这段讲不大清楚的事，况且奥诺利还是个孩子。

令他苦恼的是：别人对他哪来的这么强烈的仇恨？难道他们看不出，他为人正直，大公无私，支配他一切行为的思想，就是俄国的强大？他跑到这可怕的大草原里，可不是为了将军的肩章……

罗辛对事物缺乏冷静清醒的看法。他的头脑给世界和种种事件涂上一种他认为最美好的基本色调。凡是不符合这种色调的事物，他都不去注意，要是这种事物固执地出现在眼前，他只好皱起眉头。他把世界看成一个完美无缺的体制。这种情况可能是由于他那天生的老爷脾气，由于世世代代只求清闲的地主的习性。这类已经绝迹了的人，认为清闲无事就是人生的最大幸福，并用这种思想衡量一切，到处应用。庄稼人在马棚里挨鞭子——嗯，这有什么？庄稼人叫喊两声，挨打之后表示悔改，他既能悔改，怨气全消，于他不是更好吗？期票拒付，地产拍卖——有什么办法？可以住耳房，周围牛蒡和醋栗丛生，没有热闹的酒宴：到了年纪，这样也许心里更清静……不管命运强加给什么挫折，也不会使一个甘愿享清福的地主失去冷静。这种人就形成一种特别温和的眼光——对一切事物只看最美好、最崇高的一面。

瓦季姆·彼得罗维奇对于人和他们的行为也缺乏敏锐的观察力。(不错,近几年发生的事件已经严重打击了他的浪漫想法,说得更准确些,这种想法只剩下一些碎片了。)现在他常常不得不闭上一只眼。比方说,他不肯参加军官的酒会就是这个道理。

按照他的想法,这些人——一小撮军官和士官生——应该像十字军一样穿上白衣:因为他们是来讨伐暴乱的平民和平民领袖,讨伐那些反对基督的或替德国人——鬼知道究竟是替什么人——卖命的奴仆和走狗。(罗辛正是带着这种想法跑到顿河来的。)

但是,在这些军官的酒会上,在酒杯的丁当声中,听到吵吵嚷嚷的吹牛和对残杀骨肉的勇气的夸奖,该有多么刺耳。这些年轻的"十字军"的脸孔曾经相当文雅,如今因为急于杀人、急于惩罚、急于报复而变得狰狞可怕;你看他们举着斟满九十五度酒精的杯子,在为人类之中最渺小的人①唱死亡的赞歌——这个人就像从前的僭王伪季米特里一样,已经被打死、被烧成灰烬,连骨灰也随风飘散了,如果能把由于他意志薄弱而流的鲜血收集起来,一定会汇成一个深湖,人民一定会把他活活淹死在湖里……

似乎(罗辛对这件事也闭上了一只眼),这种死亡的赞歌就是他同团的军官们惟一的理想……把俄国的布尔什维克消灭干净,打到莫斯科。教堂敲起响亮的钟声……邓尼金骑上白马进入克里姆林宫……是的,是的,这一切都可以理解。可是以后怎么样呢?那才是最主要的。比方说,在军官当中就不宜提到立宪会议。这么说,就只有替死人唱赞歌了?

究竟是什么东西吸引这些人参加斗争、甘愿牺牲呢?罗辛又闭上一只眼……对着子弹袒露出胸膛并在闷罐车里喝酒,已经算不上英雄——那些做法已经过时了。不论是勇敢的人还是胆小鬼都可以那么干。克服死亡的恐惧成了极平常的事,生命变得不值钱了。

---

① 当指尼古拉二世。

英雄主义在于能为信仰和真理而牺牲。但在这个问题上又只好闭上眼了,永远要闭上眼……同团的军官相信什么真理?他自己又相信什么真理呢?相信俄国的伟大、悲惨的历史吗?不过这只是事实,不是什么真理。真理存在于运动中,存在于生活中——真理不在被人们翻遍了的尘封卷籍中,而在向未来发展着的事物中。

为了什么样的真理(假如不算莫斯科的钟声、白马、刺刀上的鲜花等等)应该残杀俄国农民呢?这个问题开始在瓦季姆·彼得罗维奇的思想里引起了波澜,就像一泓秋水突然投进一块石头,倒影摇颤了。从这里开始了他痛苦的裂变。他在同团军官当中成了陌生人,成了"红衬裤","几乎是一个小布尔什维克"。

他越来越常常想起跟卡佳最后一次谈话,每想起来,都羞得耳朵发烧。当时,她激动得喘不上气来,捏紧手指,仿佛瓦季姆·彼得罗维奇脚底下的石头正滚进深渊。"你应该做的恰恰是相反的事,瓦季姆,瓦季姆!!"

他还难于承认,卡佳大概是对的,而自己已经误入歧途,越陷越深,越来越搞不明白,"暴乱的平民"哪来的这么大的力量,像噩梦一样越来越厉害;在气头上把这说成是人民上了布尔什维克的当,未免过于愚蠢,因为还不知道是谁找的谁:是布尔什维克招来革命呢,还是人民找来了布尔什维克;现在他承认,只能埋怨自己,不能怪别人。

卡佳是完全对的。在这混乱的时代,她从旧生活带出来的惟一庇护和惟一珍宝,就是爱和怜悯。他常想起她走在罗斯托夫大街上的情景——扎着头巾,挎着小包,这正是他那温顺的生活伴侣……亲爱的,亲爱的,亲爱的……把头枕在她的膝盖上,把她那柔软的手贴在脸上,只要说一句:"卡佳,我可累坏了……"但是瓦季姆·彼得罗维奇却被荒唐的高傲心理束缚住了。每当他走在村子里尘土飞扬的街道上,站在队列里或出现在军官的集会上,他那瘦削的身影就像扎了铁紧身一样死板板的,完全白了的头也高傲地扬着……"净他妈装相,"别人议论他说,"拿腔拿调的,自以为是了不起的禁卫军军官,其实是个混球的步兵……"

他给卡佳捎过两封短信,但一直没得到回音。于是他决意给捷季金中校写封信。恰好在这时给了他假，瓦季姆·彼得罗维奇便立刻动身去罗斯托夫。

晌午，他从车站雇了一辆马车。城市已经无法辨认了。花园街扫得干干净净，树木剪得整整齐齐，衣着漂亮的妇女，穿一身白，在有阴凉的那面街上散步，把影子映在商店像镜子一样的橱窗里。

罗辛坐在马车上，不住扭头寻找卡佳。真是怪事！这些女人好像出现在一场已经遗忘的梦境中——有的戴着宽边帽子，插着样式过时的羽毛，有的戴着巴拿马草帽，有的扎着白围巾……在那些脸色阴沉的扫院子人冲洗干净的柏油路上，一双双白色的小脚在飞跑，在这些雪白的袜子上，一点儿血迹也没有。原来在大公站驻扎掩护部队，就是为了这个呀！邓尼金可跟成千上万的红军打了四个星期的仗！这就是白军为之作战的真理，"像橙子"一样简单！

罗辛苦笑了笑。十字街头站着几个德国人，那灰绿色的制服，熟悉得令人恶心，头上戴着崭新的制帽，他们在这里就像到了自己家一样！啊，其中有一个家伙，取下眼窝里的单眼镜，正在吻一个大高个儿、笑眯眯、漂亮的白衣女人的手……

"赶车的，快点儿！"

捷季金中校站在自己家的大门口。瓦季姆·彼得罗维奇等车走到跟前，从车上跳下来，就见捷季金直往后退，两眼瞪得溜圆，像要鼓出来似的，一只胖乎乎的手抬起来，朝着罗辛一个劲儿摇着，好像不愿意认他似的。

"您好，中校……难道不认识了？我……看在上帝的面上，卡佳怎样了？她身体好吗？为什么不……"

"我的天哪，你活着！"捷季金用娘儿们似的嗓音叫了起来。"我的亲爱的，瓦季姆·彼得罗维奇！"他一下扑到罗辛身上，拥抱着罗辛，眼泪沾湿了罗辛的脸颊。

"出了什么事？中校……您就照实说吧……"

"我心里就觉得，你还活着……可怜见的叶卡捷琳娜·德米特里耶夫娜哭得多伤心呀！"捷季金漫无次序地讲起她如何去找过奥诺利，奥诺利不知为什么，一口咬定说罗辛被打死了。还讲到卡佳多么悲伤和怎样离开的。

“是这样，是这样，”罗辛很刚强地说，拿眼瞅着脚底下，“叶卡捷琳娜·德米特里耶夫娜上哪儿去了呢？”

捷季金摊开双手，他那善良的脸上流露出一种爱莫能助的痛苦表情。

“我记得——她说过要上叶卡捷林诺斯拉夫去……好像还想到那里的一家糖果店做工……出于绝望才想进糖果店的……我等着她来信，可是一行字也没有，真像石沉大海似的……”

罗辛谢绝了进屋喝茶的盛情，立刻回到车站。开往叶卡捷林诺达尔的车晚上才能开。他走进一等车候车室，在一张硬柞木长椅上坐下，把胳膊肘靠在扶手上，用另一只手捂住眼睛——他就这样一动不动地坐了许久……

有个人松了一口气，在瓦季姆·彼得罗维奇身旁坐下，看样子准备坐上很久。在这之前有很多人坐坐就走了，可是这个人却抖动起脚和腿，整个椅子跟着颤抖起来。既不走开，又不停地哆嗦。罗辛没有把手从眼睛上挪开，只是说：

“请问，您不能不抖动脚吗？……”

那个人欣然回答：

“对不起，这是老毛病了。”说完就坐着不动了。

他的嗓音令瓦季姆·彼得罗维奇大吃一惊：这声音太熟悉了，跟一种遥远而美妙的回忆联系在一起。罗辛没有挪开手，用一只眼从张开的手指缝里斜眼扫了一下坐在旁边的人。这人正是捷列金。他把穿着肮脏皮靴的脚向前伸着，把双手交叉放在肚子上，把后脑勺靠在高椅背上，似乎在打盹。他穿着一件太瘦的军装上衣，胳肢窝底下勒得慌，佩戴一副崭新的中校肩章。他那瘦削、晒黑的脸刮得精光，脸上凝结着一种极度疲劳之后稍得休息的恬静微笑……

对罗辛说来，除开卡佳之外，捷列金就像是亲兄弟，亲密的朋友一样，是最亲近不过的人了。在捷列金身上保存着达莎和卡佳姊妹的魅力的光

辉……瓦季姆·彼得罗维奇险些惊叫出来,几乎就要扑过去拥抱伊万·伊里奇。但是捷列金没睁眼睛,一动也不动。就这样过去了一刹那。罗辛明白了——在他面前的是敌人。五月底,瓦季姆·彼得罗维奇就知道捷列金参加了红军,完全出于自愿,而且很受重视。他身上穿的显然是别人的衣服,也许就是他亲手打死了一名军官,剥下来的,还戴着中校肩章(他在沙皇军队里只不过是个上尉)……罗辛突然感到一种摆脱不掉的厌恶,这种厌恶最后往往会变成一阵强烈的仇恨:捷列金跑到这里,只能是替布尔什维克当间谍……

应当马上去报告城防司令。要是在两个月以前,罗辛会毫不迟疑,立刻就去。但是现在他好像给钉在长椅上了——抬不起腿来。连厌恶情绪也好像消失了……伊万·伊里奇是红军军官,就坐在身旁,还是那副样子——有些疲劳,却满脸的善良……他参加红军决不是为了金钱,也不是为了当官——那简直是胡说!他是一个遇事考虑周到、沉着冷静的人,他之所以参加红军,因为他认为那样做是正确的……"跟我一样,跟我一样……要是告发他,再过一个小时,达莎的丈夫、我和卡佳的妹夫就会躺在栅栏底下的垃圾堆上,连靴子都会给扒光了……"

罗辛吓得喉咙发紧,浑身紧张得缩成一团……怎么办?站起来溜掉?但是捷列金可能认出他来,会惊慌失措,把他喊住。怎么救捷列金呢?

罗辛和捷列金并排坐在柞木长椅上,好像都睡着了似的,一动也不动。这时,候车室里空了。看门的关上了通往站台的门。于是捷列金连眼也没睁地说:

"谢谢你,瓦季姆。"

罗辛放在膝上的手拼命哆嗦起来。伊万·伊里奇轻快地站起身,迈着沉着的步子,连头也不回地向通往广场的门走去。过了一分钟之后,罗辛忽然起身去追他。罗辛在站前的广场上跑了一圈,白色的太阳把广场上的柏油都晒化了,广场周围摆着许多货摊,那些皮肤黝黑的小贩正俯在一串串熏鱼顶上打盹……树叶好像烧焦了,那弥漫着城市灰尘的空气,也烧焦了。

"我得拥抱他一下,只拥抱一下。"——罗辛眼前浮动着许多酷热的红圈。捷列金好像钻进地缝里去了。

当草原上的晚霞渐渐熄灭，当罗辛爬到车厢里的铺位上，在车轮的辚辚声中已经昏昏入睡的时候，他正在寻找的人，他那由于流血和仇恨而受到创伤的心灵正苦苦思念的人，他的妻子卡佳，正坐着火车在这片草原上走着。她肩上裹着一件披肩。身旁坐着漂亮的玛特廖娜·克拉西利尼科娃。大车的铁架锽锽地响着。马不时地打着响鼻。前前后后有无数大车排成长队，走在草原上，被星夜的黑暗掩蔽起来。

阿列克谢·克拉西利尼科夫放松了缰绳，坐在前面赶车。谢苗侧身坐在车沿上，苍耳和苜蓿直打他的皮靴。空气里散发着马汗味和苦艾味。卡佳在蒙蒙眬眬中想着心事。风吹得肩膀发冷。草原无边无际，道路也没有尽头。这里世世代代不知有多少马匹走过，有多少车轮吱吱嘎嘎地滚过，如今他们又像古代游牧民族的幽灵似的，从这里走过……

幸福，幸福——是世世代代的渴望，是草原的尽头、碧蓝的海岸、温柔的波涛、和平和富裕。

玛特廖娜仔细端详卡佳的脸，微微笑了笑。又只能听见一片马蹄声。军队正在撤出重围。首领马赫诺命令悄悄走。阿列克谢沉重的肩头耷拉下来，想必是打起盹来。谢苗低声地说：

“我并不是一心要离开你们……干吗老是絮絮叨叨地‘谢苗，谢苗’……（玛特廖娜短叹了一口气，掉过脸去望着草原。）春起我就跟阿列克谢说过：我并不是看中了水兵的飘带，而是革命事业重要……（阿列克谢一声不响。）现在这舰队是什么人的？是咱们庄稼人的。要是大伙都跑光了，可怎么办呢？而且咱们是为一个事业而斗争——你们在这里，我们在那里……”

“信上给你写的什么？”玛特廖娜问。

“要我务必回到舰上，不然的话，就要把我当成逃兵，说我不受革命法律保护……”

玛特廖娜抽动一下肩膀。她的火气一下子就上来了。但她立刻控制住自己，没有答腔。过了一阵子，坐在前面的阿列克谢直起腰板，侧耳听了听，用鞭子指着黑暗说：

“往叶卡捷林诺斯拉夫开的快车……”

卡佳仔细望去，却没有看见瓦季姆·彼得罗维奇坐的那列火车——他在一间单间的上铺顶上已经睡着了——只听见一阵悠长、遥远的汽笛声，在她心头唤起一阵刺心的哀愁……

瓦季姆·彼得罗维奇到了叶卡捷林诺斯拉夫，一出火车站，就挨着糖果店打听卡佳的消息。他也去过热烘烘的咖啡馆，屋里从没擦过的窗户上和盖糖果的纱布上都落满苍蝇；仔细看过写在细棉布上的招牌：“凡尔赛”“埃尔多拉多”“安乐居”——这些可疑的饭馆门里都有一些黑脸膛、两撇胡子的人瞪着两只像鸡蛋似的鼓眼睛望着他，你要是想吃的话，他们随便弄点儿什么都可以做成烤羊肉串。他连这些地方也都问过。后来，他就干脆挨家串商店。

太阳无情地烤着。在叶卡捷琳娜大街的双排林荫路上，有无数形形色色的人吵吵嚷嚷、拥来挤去地从茂密的栲树底下走过。破旧不堪的电车发出丁丁的铃声。战前，这里曾兴建南乌克兰的首府。战争使它的发展停顿下来。如今，在黑特曼的政权和德国人的保护下，城市又兴旺起来，只是另一番景象：代替那些事务所、银行和贸易货栈的是，新开的赌场、钱庄、烤羊肉店和卖柠檬水的铺子；代替事务上的喧嚣和贸易活动的是，倒卖货币的贩子歇斯底里的忙碌（他们连脸也不刮，把制帽扣到后脑勺上，在咖啡馆和十字街头到处乱跑），是不计其数擦皮鞋的和卖鞋油的叫卖声（制造鞋油成了当时惟一的工业），是气势汹汹的流浪汉的纠缠不休，是安乐居中乐队的哀鸣，是闲散人群毫无意义的拥挤——他们只是靠倒卖伪币和买空卖空过日子。

瓦季姆·彼得罗维奇由于徒劳无益的寻找而陷于绝望，头昏眼花，筋疲力尽，在洋槐树下的一张长椅上坐下来。熙熙攘攘的人群从他身旁走过：女人打扮得花枝招展，长得也蛮漂亮——有的穿用窗帘做的衣服，有的穿乌克兰民族服装；还有的女人热得描过的眼睛湿漉漉的，抹着脂粉的脸上淌下一道道汗水；激动的投机商人好像躁狂者一样伸着两只胳膊在这些女人群里挤来挤去；黑特曼手下的官员，帽上带着三叉戟帽徽，样子愚蠢而傲慢，满腹盘算钱财的诡计和侵吞国家财产的念头；黑特曼手下的扎波罗热哥萨克，长得身材高大、膀阔腰圆，脖子像老牛一样粗；留着两撇胡的乌克兰伪军，戴着红顶的大帽子，穿着天一样蓝的短上衣和形状奇特的带后裆的灯笼裤——这便是搞乌克兰独立运动的中学教师和加里西亚的浪漫主义者梦想了二百年的东西。人群里还有凛然不可侵犯的德国军官从容走过，他们带着一种轻蔑的冷笑从人群的头顶上向前望去……

罗辛看着这种情景，心气得要炸了。“恨不得泼上煤油，把这群混蛋都烧成灰……”他在一个露天摊床上喝了一杯果子露，又挨门走去。只是到这时他才开始明白这样寻找是一件傻事。卡佳一文不名，孑然一身，没有本事，胆子又小，难过得心都碎了（他一再想起在莫斯科住处她手里拿的那瓶毒药，不禁毛骨悚然。）——如今流落这里，落在这群疯子中间……那些钱贩子、拉皮条的和饭馆老板都会用黏糊糊的手去摸她，用下流的眼光去打量她……

他简直喘不上气来了……他支起胳膊肘闯进人群，不管别人怎么叫喊和咒骂。傍晚他花挺大价钱在旅馆里租下一个单间——一间黑洞洞的狭窄小屋，里面只放一张铁床，床上的草垫子压实了。他脱下皮靴躺下，把花白的头埋在两只手里，不出声地哭泣着，却哭不出眼泪……

捷列金走出顿河地区的边界，就把中校肩章藏进背囊；搭火车到了察里津，在那里坐上一艘大柴油船，船上从上甲板直到底舱都挤满了农民、前线士兵、逃兵和难民。到了萨拉托夫向革委会交验了证件，又坐上一艘拖轮奔塞兹兰，那里是捷克斯洛伐克人的前线。

伏尔加河空荡荡的，就像从前半神话的时代一样，当时成吉思汗的骑兵曾经来到沙岸上，在这伟大的“拉河”里饮过马。水平如镜的、浩淼的河水在两岸的黄沙峭壁和被水淹没、长满绿柳的草地中间缓缓流去。岸上稀少的村子，好像也没人居住。平坦的草原一直向东伸展开去，消失在热浪里和蜃气中。浮云的倒影在水面上缓缓飘动。在一片静寂中，只有轮船的蹼轮忙忙碌碌地拍打着碧绿的河水。

伊万·伊里奇躺在船长台下面灼热的甲板上。他光着两只脚，穿着一件印花布衬衫，没系腰带；他的脸颊上长出挺长的金黄色胡茬。他像小猫晒太阳似的，在享受这静谧、这沼地的湿润的花香、这从低岸上传来草原的干羽茅草味、这无边无际的阳光。这是胜过一切休息的休息。

船上运的是给草原地区游击队的武器和弹药。押船的红军战士由于天热而懒洋洋的——有的睡着了，有的睡够了，望着辽阔的水面唱着歌。队长赫韦金同志是个黑海水兵，一天总要把那些战士教训好几次，说他们缺乏阶级觉悟，他们则围在他身边，有的坐着，有的用手托着下巴躺着……

"你们要明白，弟兄们，"他用嘶哑的声音对他们说，"我们这不是跟邓尼金打仗，不是跟阿塔曼克拉斯诺夫打仗，也不是跟捷克斯洛伐克人打仗，我们这是跟全世界喝人血的资产阶级打仗……趁全世界的资产阶级还没能集中起力量的时候，就要往死里打他们……我们俄—俄国人（他把俄国人这个字眼咬得又清楚，又有气魄。），我们得到全世界无产者——我们的骨肉兄弟——的同情。他们就指望我们把自己家的寄生虫消灭掉，然后去帮助他们搞阶级斗争……这不用说，你们也明白，弟兄们。既然世界上没有比俄—俄国士兵更勇敢的人了，要说有的话，也就是红海军水兵更勇敢，因此我们有充分的把握。明白吗，漂亮的小伙子们？我讲的是最简单的道理。今天在萨马拉城下进行战斗，过不了多久，全世界的大陆上都会发生战斗……"

战士们都望着他的嘴，仔细听着。也有人用平和的声调说：

"是呀……我们闯了祸……惊动了全世界！"

左侧出现了蓊郁的赫瓦伦斯克山。赫韦金同志从望远镜里望去。赫瓦伦斯克镇显得懒洋洋的、睡意蒙眬的样子，从树丛里面越来越清楚地显现出来。轮船需要在这里加油。

白发苍苍的船长站到舵手身边。河水到这里绕过长满柳条的冲积岛屿，分成三个河床，航道变化莫测。赫韦金走到船长跟前。

"镇上一个人影也没有——这是怎么回事？"

"不管怎么的，我们得在这里加油。"船长说。

"要加，就靠岸吧。"

轮船紧贴着小岛行驶，岛上黑杨的树枝几乎挂到蹼轮的外壳上，船上拉起汽笛，开始转舵。这时从岛上茂密的柳条丛里响起一片拼命的喊声：

“站住！站住！你们往哪儿去？”

赫韦金从枪套里拔出手枪。船上的水手一下子离开船舷。河水在蹼轮底下翻腾起来。

“站住呀，站住！”喊声响成一片。柳条也沙沙作响，有些人钻到岸上来，露出一张张通红、激动的脸，一双双摇着的手。他们都把手指向小镇。人声嘈杂，什么也听不清楚。赫韦金终于用水兵的语言压过了所有的人。但是，不用再说什么，就一目了然了……小镇的码头上冒起了青烟，河面上回荡起枪声。赫瓦伦斯克已被白卫军占领。岛上的人原来是逃出来的卫戍军残部和一部分当地的游击队。其中有些人虽然带着武器，却没有弹药了。

红军战士跑进船舱里去拿枪。赫韦金自动代替船长，朝着宽阔的水面大骂一通，骂得岛上的人立刻安静下来，脸上还浮现出笑容。赫韦金在火头上想用轮船立即向镇上发起正面攻击，投下登陆部队，去惩罚敌人。但是伊万·伊里奇制止了他。经过短时间争论，捷列金说清楚了他的道理：不能没有准备就发起攻击，要攻击必须有迂回运动的配合，况且赫韦金并不了解敌人的兵力，说不定他们还有大炮吧？

赫韦金把牙咬得咯吱响，但是同意了。轮船冒着枪林弹雨顺流倒驶一阵，从西侧靠近小岛，这一带有树林把小镇遮住了。他们就在这里停船。岛上的人一下子都拥到沙岸上，他们一共五十来人，衣服破破烂烂，蓬头散发。

“喂，你们这些家伙，好好听着，我们把情况给你们讲一讲。”他们喊着。

“扎哈尔金正带着普加乔夫斯克游击队来支援我们。”

“我们前天就派人找他们去了。”

于是他们讲述了这里的情况：三天前当地资产阶级突然发动武装袭击，占据了工农兵代表苏维埃、电报局和邮局。军官们又戴上肩章，扑奔军械库，抢走了机关枪。中学生、商人和旧官吏都武装起来，连大教堂的辅祭也带上一支猎枪在街上来回跑。谁也没料到会发生政变，因此没来得及拿起武器。

“我们的指挥员都跑光了，指挥员把我们出卖了……”

“我们像羊群一样，到处乱跑。”

“唉，你们呀！”赫韦金只说了这么一句，算是回答。“唉，你们这些陆军呀！……”

在岸上，大家一起开了一个军事会议。捷列金被推选为秘书。会上提出的头一个问题是：要不要从资产阶级手里夺回赫瓦伦斯克？决定要夺回来。第二个问题：等普加乔夫斯克游击队来到之后动手，还是靠自己的力量去打？这可就发生了争论。有人叫嚷应该等着，因为普加乔夫斯克游击队有一门大炮，另一些人叫嚷千万等不得——说不定萨马拉马上会有白匪的轮船顺流而下。赫韦金听了这些争论很不耐烦，挥了一下手说：

“好了，别再磨嘴皮子了，同志们。一致决定：到天黑以前，必须把赫瓦伦斯克夺回来。你记录下来吧，捷列金同志。”

这时，左岸的峭壁上出现了骑马的人：先跳出两个，接着跳出四个，他们一看见轮船，转身就往回跑。不一会儿，整个岸上都站满了骑马的人，他们手中宽宽的长矛，都是用钐刀做的，在太阳底下闪闪发光。岛上的人叫喊起来：

“喂—喂，你们是哪一部分的——的？”

那边的人回答说：

“普加乔夫斯克农民军扎哈尔金支队……”

赫韦金拿起话筒，把脖子胀得挺粗，大声吼道：

“弟兄们，我们给你们送武器来了，快上岛吧……我们要攻打赫瓦伦斯克……”

那边的人喊道：

“好吧……我们有一门大炮……把轮船开过来……”

岸上骑马的人是农民游击军的一个支队，这支农民军在萨马拉草原上跟承认萨马拉临时政府的乡政权进行着殊死的斗争。

这支军队是在捷克斯洛伐克人占领萨马拉之后马上成立的。普加乔夫斯克镇——从前叫尼古拉耶夫斯克——便成为组织中心。这里汇集了各式各样的人：一切喜欢骑马遛遛的性情急躁的人、一切受到有名的土地收购者舍霍巴洛夫的逼迫只剩下一小块薄地的人、一切经常为了土地同乌拉尔富裕农户打官司的人、一切诞生在无边草原上而不肯安心的人——在这草原上，麦浪自由地喧响，庄稼人吆喝着慢吞吞的老牛，走在沉重的犁杖后面。

敌人就像草原上的蜃气一样，无处不生。村里召开大会，富裕农民、沙皇军队的士官、从萨马拉来的化装的煽动者，就大喊大叫起来，说天底下没有这样的法律，让贫雇农和没土地的流浪汉坐下来掌管乡政权，夺走富裕农户的土地和粮食。村民大会决定派人到邻村送信，大家都要挖战壕。于是整个乡都动起来，从秘密的地方取出武器，用犁杖在两村交界的地方耠出沟，修上几十俄里长的战壕。

有些地方还宣布成立共和国，服从萨马拉中心的领导。守卫领土的任务由骑兵承担，只在红军进攻时，才组织步兵。骑兵用钐刀武装起来——把它们竖着绑在长杆上就成了。这种富农军队十分可怕。他们会出其不意地从草原的雾气里出现，在滚滚的尘土中袭击红军的散兵线和机关枪。这里是自己人互相残杀：哥哥对弟弟、父亲对儿子、亲家对亲家——所以更是无所畏惧、毫不留情。骑兵一旦打败红军，就用机关枪和大枪武装自己，不过钐刀并不扔掉。

在萨马拉大草原里，至今流传着叶梅利扬·普加乔夫领兵打仗的故事，关于现代这场伟大的农民战争，既没有留下编年史，也没留下军事档案。只是在本教堂的节日里，父子之间在喝酒的时候还会争论一下从前的战事，互相指责对方犯了战略错误。

“你还记得吧，亚什卡，”父亲会说，“在科尔德班附近你们用大炮轰起我们来了？当时我就想，这一定是我的亚什卡那个狗东西……都怪小时候没扯掉他的耳朵……可我们把你们吓得够呛……幸亏当时你没碰上我……”

“你就自卖自夸吧！可到底是我们胜了……”

“没关系，到时候我们还会分道扬镳的。”

“那有什么，分就分呗……你从前是个富农，直到现在也没改变你那老顽固脑袋。”

“干杯吧，儿子！”

“干杯，爸爸！”

轮船靠近左岸。放下跳板，普加乔夫斯克分队长扎哈尔金来到船舷上。这个人长着一只鹰钩鼻子。身材长得那么敦实有力，把跳板压得咯吱响。他那退了色的军装上衣，胳肢窝底下裂开了，一条弯弯的马刀直打他那高靿皮靴。他的几个哥哥都是乌捷夫斯克乡的农民，已经指挥起师来了。

跟在他后面又上来六个游击队员——都是指挥人员——穿着花哨而奇特：退了色的衬衫沾满松焦油和灰尘，敞着领口，有的穿着带马刺的毡靴，有的穿着树皮鞋；武器有机枪子弹带，腰里别的手榴弹，德国造的扁刺刀或短筒枪。

扎哈尔金和赫韦金在船长台上会面，互相握手——一个比一个有劲，互相敬烟。赫韦金简短地介绍了军事形势。扎哈尔金说：

“我知道是谁在赫瓦伦斯克搅混了水——是库库什金，地方自治会主席……我真想活捉这个坏蛋。”

“至于你们那门大炮，”赫韦金说，“怎么样？能使吧？”

“能使，不过只能直接瞄准，没有标尺，我们都从炮口里瞄。可是打起来呀，这个该死的家伙，可有劲儿了：妈呀一声——不管是钟楼还是水塔都打个稀碎！”

“好。关于登陆和迂回运动您是怎么考虑的呢，扎哈尔金同志？”

“我们把骑兵调到对岸上去。这条船能运一百名战士吗？”

“很容易——分两次。”

“嗯，那就没说的了。天一黑，就把骑兵登陆队从上游调过去。把大炮安在轮船上。蒙蒙亮就发起冲锋。”

赫韦金派伊万·伊里奇指挥步兵登陆，登陆后立即发起攻击——从正面进攻码头。暮色朦胧,轮船熄灭灯火,从伏尔加河支流贴着小岛小心翼翼地驶去。

在一片寂静中,只能听到水手报告水深的声音。

普加乔夫斯克游击队跟在轮船后面顺着岸边走去。赫瓦伦斯克卫戍军都发了枪,他们都躺在沙滩上。捷列金在水边来回走着,监视大家不要抽烟,不要划火。只听到河水冲上沙滩的轻轻激溅声。闻到沼地的花香。蚊子营营乱飞。躺在沙滩上的人都没动静了。

夜色越来越黑暗,越温柔,天上出现了繁星。从草原的河岸上刮来一阵干燥的苦艾味,鹌鹑咕咕地叫着:“该睡了……”伊万·伊里奇在水边踱来踱去,驱散睡意。

过半夜,天空渐渐退去温柔的黑色,河对岸远远传来鸣叫声,冒着淡淡雾气的水面上,蹼轮啪啪地转动起来。轮船靠近了。伊万·伊里奇检查一下手枪的轮子,紧了紧裤带,从睡着的人跟前走过去,用手杖拍他们的脚:

“同志们,醒醒吧!”

人们愣愣怔怔地跳起来。浑身打冷战,站起来,仍然迷迷糊糊,一下子弄不明白要干什么……好多人到河边喝水,或把头浸在水里。捷列金低声发出命令。船上需要放上一些掩护身体的东西——战士们脱下衬衫,里面装满沙子,顺着舷墙摆好。他们一声不响地干活——没有工夫开玩笑。

天蒙蒙亮了。一切准备就绪。把一尊小炮——生了锈的山炮——在船头上放好。五十名战士上了船舷,在沙袋后面卧倒。赫韦金亲自掌舵:

“全速前进!”

河水在蹼轮底下沸腾起来。轮船迅速绕过小岛,从主河道向镇上驶去。镇上有的地方闪烁着昏黄的灯光。后面露出仍被夜色笼罩着的山峦的模糊轮廓。现在传来的鸡叫声更响亮了。

伊万·伊里奇站在大炮旁边。他无论如何不能想象马上就要朝这永恒的寂静开炮。一个赫瓦伦斯克人自告奋勇担任瞄准手,像一个爱捕鱼的教堂下级职员一样和气,用亲切的声音说:

“亲爱的指挥员同志,怎么样?咱们打邮局吧?正好……您看:有两个黄色灯光……”

“打邮局!”赫韦金的声音朝话筒吼道。“预备!大炮!直接瞄准!”

炮手蹲下,从炮筒里往前看——把它对准灯光。装好炮弹,他转身对捷列金说:

“亲爱的同志,稍稍往后退退,这个东西有可能爆炸……”

“放!”赫韦金大喝一声。

大炮向后坐了一下,发出耀眼的火光,然后射出去,在水面上滚过一阵轰隆声,远山都响起回声。在离黄色灯光不远的地方,火光忽闪一下就爆炸了,群山又响起第二个回声。

“射击,射击!”赫韦金喊着,转动着舵轮。“左舷密集射击!齐射,向这群混蛋齐射!”

他直跺脚,发着疯,用异乎寻常的字眼高声咒骂。从船舷上发射出凌乱的排枪。赫瓦伦斯克沿岸迅速接近了。炮手仔细装好炮弹,又射出一炮——可以看见不知哪里的板棚的木板飞起来。现在可以清楚看出木房的轮廓、果园和钟楼了。

下面的码头上发出步枪的一道道闪光。这时,捷列金担心的事发生了:响起机关枪清晰而急促的嗒嗒声。他的脚趾又习惯地蜷起来,仿佛全身血管都收缩了。捷列金在大炮旁边蹲下,向炮手指着半山腰上的一座挺长的建筑物。

“你试试看,想法打中靠着灌木的那一头……”

“唉,”炮手说,“这座小房挺不错,嗯,好吧。”

大炮放了第三下。机关枪沉默了一会儿,换个地方,挪到高处,又嗒嗒响起来。轮船来个急转弯,靠到码头跟前。飞来的子弹都打得挺高——打在烟囱上和桅杆上了。

“不要等靠拢,往下跳!”赫韦金喊道。“乌拉,弟兄们!”

码头的前帮吱吱嘎嘎地响起来,发出破裂声。捷列金头一个跳上去,转过脸朝爬过船舷的赫瓦伦斯克人喊道:

“跟我来!乌拉!”

他顺着跳板朝岸上跑去。他身后的人群呐喊起来。他们射击着，奔跑着，跌着跤。岸上空无一人。好像有几个人影钻进果园的草丛里了。有的房顶上还有人打枪。机关枪已经挪到远处的山冈上，打一阵停一阵，沉默一会儿，又嗒嗒响了两下。敌人不战自退了。

捷列金来到一片高低不平的广场上。他好容易喘上气来，四下观望，把战士召集起来。他光着脚的脚掌火辣辣地疼——大概是在石头上挂破了。空气里散发着尘土味。一排排木房都关着窗板。连丁香和洋槐的叶子都一动不动。拐角上有一座二层楼，顶上修着外省格式的小塔，阳台上的绳子上挂着四件衬裤。捷列金想道："这一定会被偷走的。"小镇仿佛仍在酣睡，战斗、奔跑和呐喊，不过是一场梦境。

捷列金问邮政局、电报局和水塔在什么地方，每处派去一个小队，每队十个人。战士们向前走去，还都提心吊胆，一有风吹草动，他们就往后一跳，举起枪来。哪里也没有发现敌人。椋鸟已经开始啼叫，一群群鸽子从屋顶上飞起来。

捷列金带着一队人占领了工农兵代表苏维埃——一座圆柱剥落的砖房。这里的门大敞四开，前厅里凌乱地扔着枪支。捷列金走到阳台上。下面是一座座茂盛的果园、很久没有油过的房顶、尘土弥漫的空荡荡的街道。一片外省的寂静。突然远处响起警报：一阵急促、洪亮、令人心惊的钟声飘过小镇的上空。从响起呼救钟声的地方，传来密集的枪声、手榴弹的爆炸声、呐喊声、沉重的马蹄声和嚎叫声。这是扎哈尔金的登陆队拦住向山里退却的敌兵去路。接着，有一队骑兵从胡同里驰过，传来嘚嘚的马蹄声。于是，一切又都归于沉寂。

伊万·伊里奇不慌不忙地向下走去，到轮船上报告小镇已经占领了。赫韦金听完报告说：

"苏维埃政权已经恢复了。我们在这里没事可做了。继续前进吧。"他亲切地拍拍吓得半死的老船长的后背："你活这么大年纪，也闻到了火药味儿。是呀，老兄……我交出指挥权，你来值班吧。"

捷列金在突突的机器声和哗哗的水声中一直睡到傍晚。夕阳在河上映照出半透明、半迷蒙的余晖。船尾上有几个人在轻轻地唱歌——衬腔的余音飘向空旷的河面。空自妍丽的晚露落到岸上，落进河里，映入眼帘，沁人心田。

“喂，弟兄们，怎么没精打采的？要唱就唱个快活的歌！”赫韦金喊道。他也睡足了觉，喝了杯酒，现在正在上甲板上来回走，一边提着裤子。“咱们还应该把塞兹兰拿下来！你说怎么样，捷列金同志？再打一个漂亮仗……”

他露出满口白牙，轻轻笑了一阵。不管任何危险，不管伏尔加河上落日的凄凉，不管在什么地方等待他的致命的子弹——不管这颗子弹是在战场上的还是从暗地打来的冷枪，他都满不在乎……他身上沸腾着生的渴望和火热的力量。甲板在他那赤裸的脚掌底下咯吱作响。

“等着瞧吧，到时候我们把塞兹兰和萨马拉都拿下来，伏尔加河就是我们的了……”

晚霞蒙上一层灰烬。轮船熄了灯，快速行驶。暮色笼罩住两岸，河岸的轮廓模糊了。赫韦金不知道浑身的劲往哪里使，提出要跟伊万·伊里奇玩扑克：

“好，你不愿意来输钱的，咱们就打鼻子好了……不过要打就得使劲打。”

他俩在船长室里坐下玩打鼻子的。赫韦金性子急，一个劲儿加码，一连输了三百个鼻子，由于过分急躁还差点儿玩了鬼，但是伊万·伊里奇两眼盯着他：“不行，老兄，你可别拿我当傻瓜。”结果捷列金赢了。他在小凳上坐好，用油渍麻花的扑克打起来。赫韦金的鼻子一下子就红得像甜菜似的。

“你这一手是从哪儿学来的？”

“在德国当俘虏的时候学的。”捷列金说。“别把脸扭过去！二百九十七。”

“你可小心……不许抡起来打……不然我就用手枪……”

“胡说，最后三下可以抡起来。”

“好，打吧，你这个坏蛋……”

但是捷列金没来得及打最后三下。船长走进屋来。他的下巴直打哆嗦。制帽拿在手里。发灰的秃顶流着一颗颗大汗珠。

"随你们的便吧，同志先生们，"他绝望地说，"我做好了一切准备……不过随你们的便吧，再往前我是不开了……那明明是找死……"

赫韦金和捷列金放下扑克，走到甲板上。左舷的前面是一片像星光一样灿烂的灯火，那就是塞兹兰的电灯。一艘大柴油船灯火通明，沿着河岸缓缓行驶：用肉眼也可以看清船尾上的一面白色安德烈十字旗、大炮威严的轮廓、几个在甲板上走来走去的军官的黑影……

"我不能回去，同志们。不管出什么事，也要往前走。"赫韦金嗫嚅地说。"我们只要能想法走到巴特拉基，就可以靠岸，把东西卸下去……"

他命令船上的人都下到底舱，准备战斗。桅杆上升起一面三色旗。点着了识别灯。柴油船上终于发现了这艘拖轮。用短促的汽笛声命令减速。从那艘船上的话筒里传出一个粗声粗气的嗓音：

"谁的船？往哪儿去？"

"'商人卡拉什尼科夫号'拖轮。去萨马拉。"赫韦金回答。

"为什么灯点得这么晚？"

"害怕布尔什维克。"赫韦金放下话筒，悄声对捷列金说："唉，现在要是有个鱼雷就好了……我给阿斯特拉罕去过信——给我们弄些鱼雷吧……苏维埃里那些人就是马马虎虎……"

沉默一阵之后，柴油船上回答说：

"你们往目的地开吧。"

船长用一只手哆哆嗦嗦地戴上制帽。赫韦金龇着牙，眯细眼睛望着柴油船上的灯光。啐了一口，然后走进船长室。他点烟时，一连折断好几根火柴。

"你是来打完这三下怎么的，你这魔鬼！"他朝捷列金喊道。

一小时之后，塞兹兰远远落在后面了。在巴特拉基附近，捷列金下了船，坐上小舢板。他在巴特拉基车站坐中午十二点的列车，下午五点走出萨马拉站台，往布拉文医生的住处走去。他又穿起那件已经揉皱和挂破了的军装上衣，戴上中校肩章。他用前天夜里打赫瓦伦斯克时叫起游击队员的那根手杖敲着皮靴靿，怀着强烈的好奇心，就像观看好久没见过的东西一样，浏览起沿途的戏报、传单和布告——它们都是用两种文字印的，一种是带硬音符号的俄文，一种是捷克文……

德米特里·斯捷潘诺维奇·布拉文举着一杯柠檬水站起身来，拽下掖在坎肩上的餐巾，为了显示尊严而吧嗒两下嘴，用近来当上副部长以后才学会的意味深长、语调低沉的声音开始了演说：

“各位先生，请允许我……”

这次宴会是城市各界代表为庆祝立宪会议的军队向北方胜利进军而举行的。一举攻克辛比尔斯克和喀山。布尔什维克似乎彻底丧失了伏尔加河中游地带。在麦列凯斯，红骑兵的残部共有三千五百人，正在拼命突围。捷克人用奇袭攻下喀山，虏获二万四千普特黄金，价值六亿多卢布——超过国家黄金储备的一半。这一事实那么重大和难以置信，使得人们还无法逆料它那无穷无尽的后果。

这批黄金正在运往萨马拉途中。目前还没有人明目张胆地要攫为己有，不过捷克人似乎决定把它交给立宪会议的萨马拉委员会。萨马拉商人对这批黄金的命运早有他们的打算，只是暂时还没有明说。至于对荣获大胜的捷克人的感情，已达到最热烈的程度。

宴会上人很多，十分热闹。萨马拉社交界的贵妇人都露面了，其中有像阿尔扎诺娃、库尔琳娜和舍霍巴洛娃一类的明星，她们拥有五层楼面粉厂、大谷仓、轮船公司和几个县的黑土熟荒地。这些女人都戴着跟榛子一样大珠光璀璨的钻石，她们的装束即使已不大时髦，当初无论如何总是从巴黎和维也纳运来的。这一群花簇似的笑脸盈盈的女人，把这次作战的英雄、捷军指挥官切切克大尉团团围住。他跟所有的英雄人物一样，极其平易近人和彬彬有礼。不错，他那结实的身体有点儿热，剪裁合身的军装上衣领口太紧，卡着通红的脖子，但是他那非常年轻、气色好看的脸孔，留着棕黄色小胡，长着一对炯炯有神的眼睛，使人情不自禁地想要去吻他那红扑扑的脸蛋儿。他的嘴角上一直挂着迷人的微笑，仿佛他已经把一切荣誉抛到九霄云外，仿佛跟这些女人在一起，要比辉煌的胜利和连克两个省城并虏取几列车黄金要快活一千倍。

在他对面坐着一个挺胖的中年军人,肩上戴着白穗带。他那鸭蛋形的脑袋光秃而硕大,就像权力的堡垒似的。刮得光光的脸上,最惹人注目的是两片厚嘴唇:他一个劲儿地吃,皱紧眉间的肌肉,眼盯盯地打量五花十色的拼盘。小酒杯在他那大手里仿佛没了似的——看样子他更习惯用茶杯喝酒。他只要一仰脖,就是一杯。他那两只浅蓝色、像狗熊一样的小眼睛,十分机灵,在谁身上也不多停留一会儿,仿佛他在席间也十分警惕。别的军人都怀着特殊的敬意侧过身去跟他讲话。这是一位新来的客人,乌拉尔哥萨克的英雄,奥伦堡阿塔曼杜托夫①。

离他不远,在两个漂亮女人——一个是金发女郎,另一个是栗发女郎——中间,坐着法国大使让诺先生,身穿浅灰色常礼服和白得耀眼的衬衣。他的脸很小,小胡子蛮漂亮,鼻子尖尖的,只是由于过度放荡显得神情憔悴。他带着很重的喉音,跟身旁的两个女人喋喋不休地谈着,一会儿把身子俯在栗发女郎半裸着的玉体上(她为了惩罚,用花打他的手),一会儿俯在金发女郎像珍珠似的粉肩上,那个女人就哈哈大笑起来,仿佛法国人搔得她发痒。这两个女人都懂法语,只是讲得慢一些。显然这两个女人的姿色又使可怜的让诺神魂颠倒了。尽管这样,并不妨碍他在短促的停顿中,跟刚从鄂木斯克来的仪表堂堂的磨坊老板布雷金搭搭话,或举杯祝贺阿塔曼杜托夫的赫赫战功。让诺先生对西伯利亚面粉和奥伦堡的牛肉和奶油所表示的关切,说明他对白军运动的无限忠诚;白军一旦给养发生困难,法国大使便可以向政府提供五十车厢面粉以及诸如此类的东西……也有一些疑心重的人,说是不妨像任何一个正式政府那样,要求让诺先生拿出一份正式的国书……但是政府宁愿采取更为策略的方式——对协约国信赖不渝。

席上还有一个引人注目的外国人——黝黑皮肤、眼睛敏锐的皮科洛米尼先生(他自己说这是他的真姓)。他有点儿不明不白地代表意大利国,代表意大利人民。他身穿浅蓝色的短礼服,上面用银线绣着花纹,肩上有一对挺大的将军肩章来回直晃。他在萨马拉组织了一个意大利人的

① 杜托夫(1879—1921),帝俄中将,一九一七年在奥伦堡发动叛乱,一九一八年成为高尔察克部下,失败后逃亡中国,被打死。

特别营。政府不免莫名其妙:“他在这儿上哪里去找意大利人呢?天知道!”但是政府给他经费,因为毕竟是协约国嘛。在资产阶级圈子里,都瞧不起他。

政府并没出席这次宴会,只有两个无党派人物例外:一个是布拉文医生,另一个就是谍报处副处长谢苗·谢苗诺维奇·戈维亚金,这个人在升官的阶梯上可以说扶摇直上。刚赶走布尔什维克的那种皆大欢喜的日子已成为过去。立宪会议委员会的政府的班底全是铁杆的社会革命党,他们散布了那么多关于革命成就的胡说八道,只有一点儿也不了解俄国情况的捷克人还会相信他们。当然,在开头时候,刚一发动政变,需要安抚工人和农民,社会革命党政府甚至是很有用的。萨马拉商人自己就重复社会革命党的口号。可现在不同了,伏尔加河从赫瓦伦斯克到喀山一段已经夺回来了,邓尼金几乎占领了整个北高加索,克拉斯诺夫已逼近察里津,杜托夫肃清了乌拉尔,在西伯利亚每天都出现很厉害的白军阿塔曼,而这些蓬头散发的乞丐:沃利斯基、布鲁什维特、克利姆什金跟他们的同志们,在萨马拉首席贵族的豪华宫殿里开会,还是不死心:他们无论如何也要搞出一个立宪会议来……呸!于是大商人便毅然决然地改变了口号——这些口号来得干脆、有力、容易理解……

德米特里·斯捷潘诺维奇的讲话,主要是对外宾说的:

“……我们把毒蛇的信子拔掉了。对这个非同小可、具有转折意义的事实,人们还缺乏足够的认识……我指的是现在落在我们手里的六亿金卢布……(让诺先生的小胡撅起来了。“好!”他摇晃着酒杯,大喊一声;皮科洛米尼的两眼像魔鬼似的闪闪发亮。)我们把布尔什维克的金信子拔掉了,先生们……他们还会咬人,可是已经不能致人死命了。他们还会吓唬我们,不过他们像个挥舞拐杖的叫花子,不那么叫人害怕了……他们再也没有黄金了——他们除了印刷机而外,一无所有……”

布雷金,从鄂木斯克来的那个商人,听了这些话,突然张开嘴,放声大笑,然后用餐巾擦擦脖子,嘟嘟哝哝地说:“啊,漂亮,漂亮,我的天啊!”

“各位外国代表先生,”布拉文医生接着说下去,他的语声里突然夹杂着一种从前没有的生硬劲儿,“协约国先生们……友谊归友谊,钱财归钱财……昨天我们在你们眼里还不过是个类似小歌剧剧团的组织，一种暂时的机构，比方说，就像人挨打之后必然要长出的大包……（切切克皱紧眉头，让诺先生和皮科洛米尼做出愤慨的手势……德米特里·斯捷潘诺维奇只是狡黠地微微一笑。）今天全世界都已知道，我们是个像样的政府了，我们保存着国家的黄金储备……现在我们可以取得一致意见了，各位外国代表先生……（他用指关节在桌上气冲冲地敲了一下）我今天的讲话只代表个人，作为在一种不拘礼节的场合下的私人谈话。但是，我可以预见到我提出的这些见解的重大意义……我可以预见到，一队队轮船装着武装和布匹开进俄国港口……将会出现庞大的白军部队。严惩不贷的宝剑将会落到那群在俄国作威作福的暴徒头上……要办这点儿事，六亿足够了……各位外国代表先生！请你们援助，给俄国人民的合法代表以广泛和慷慨的援助！”

他用嘴唇沾了沾酒杯，坐下来，皱紧眉头，呼哧呼哧地喘气……坐在桌旁的人都热烈地鼓起掌来。商人布雷金大喊一声：

“谢谢你，老兄……你说得太对了，老兄，这才是咱们要说的话，不要什么社会主义……”

切切克站起来，稍稍正了正肚子上的皮带：

“我要说的话很短……无论过去还是现在，我们都甘愿为了骨肉兄弟——俄国人的幸福献出自己的生命……伟大、强盛的俄国万岁，乌拉！”

这时整个席面的确响起了雷鸣般的掌声，女士们把她们的小手伸到花束中间拼命地拍着。让诺先生站了起来。他的脑袋十分文雅地向后仰着，浓密的小胡使他的脸显得英气勃勃：

“女士们和先生们！我们大家知道，高尚的俄国军队，曾梦想过祖先的光荣，如今受到一群布尔什维克的狡诈欺骗。布尔什维克向他们灌输违反常情的思想和残忍的本能，结果，这支军队就不成其为军队了。女士们和先生们，我并不隐讳，有过一个时候，法国对俄国人民的真诚发生过动摇……这场噩梦已经消散了……今天我们在这里看到，不是那么回事，一千次地不是那么回事——俄国人民又和我们站在一起了……军队已经认识到自己的错误……俄国勇士又准备把自己的胸膛对准我们共同敌人射来的子弹……我为自己获得新的信心而感到荣幸……”

当掌声平息以后,皮科洛米尼晃动着带穗的肩章,猛然站起来。因为在场的人都不懂意大利语,所以大家就干脆相信他是支持我们的,商人布雷金还凑过来,跟这个黝黑皮肤的矮个子互相亲吻。接着是资本家代表讲话。商人都讲得十分漂亮,含糊其词——把希望推到西伯利亚,说救星应当来自那里……最后请阿塔曼杜托夫讲两句话。他推辞说:“不行,我是军人,我不会讲话……”

这时,席间立刻鸦雀无声,他终于笨重地站起来,叹了口气:

“要讲就讲吧,各位先生!协约国要是帮助我们,那很好,要是不肯帮助,我们也要靠自己的力量想法消灭布尔什维克……只要有钱就行……在这方面,各位先生,总不能拆我们的台吧……”

“你就拿吧,阿塔曼,要什么拿什么,连我们这一堆一块儿都拿去,什么也不吝惜……”布雷金欣喜若狂地叫起来。

宴会开得很成功。正式节目结束以后,喝黑咖啡时,还送上了外国白兰地和甜酒。时间已经很晚。德米特里·斯捷潘诺维奇按照英国人的方式不辞而别了。

当德米特里·斯捷潘诺维奇坐汽车回到家,正要打开大门的时候,有一个军官匆匆走到他跟前:

“请原谅,您是布拉文大夫吗?”

德米特里·斯捷潘诺维奇仔细打量了这个陌生人。街上很暗,他只看清了中校的肩章。医生吧嗒两下嘴,回答说:

“是……我是布拉文。”

“我找您有一件非常非常重要的事……我知道现在不是会客时间……可是我已经来过三次,按过三次门铃了。”

“明天到部里去吧,十一点开始办公。”

“我恳求您,今天就谈。我还要坐夜班船走呢。”

德米特里·斯捷潘诺维奇又沉吟了片刻。在这个陌生人身上有一种极端固执的脾气和惊慌不安的情绪。医生耸了耸肩膀:

“我事先声明:您要是申请救济,可不在我的管辖范围之内。”

“啊,不,不,我不需要补助!”

“嗯……请进。”

德米特里·斯捷潘诺维奇走在前面,从前室进了书房,马上把通向里屋的门锁上。里屋还有灯光,看样子家里还有人没睡。接着,医生在办公桌后面坐下,指着对面的椅子让来客坐。用阴沉的目光扫了一下一大摞要他签字的公文,把两手的手指交叉在一起:

“嗯,我能帮什么忙呢?”

那个军官把帽子按在胸前,带着一种令人心碎的温柔声调轻轻地说:

“达莎在哪儿?”

医生一下子把后脑勺撞到雕花椅背上了。现在他终于看清了来客的脸孔。两年前达莎曾经寄来一张自己照着玩的照片——她跟丈夫的合影。就是他。医生的脸色突然白了,眼睛底下的泪囊哆嗦起来,用嘶哑的声音反问一句:

“达莎?”

“是呀……我是捷列金。”

他望着医生的眼睛,脸色也白了。德米特里·斯捷潘诺维奇冷静下来以后,也没有向这个平生第一次见面的女婿表示合乎常情的欢迎,而是演戏似的扬起双手,发出一种莫名其妙的声音,好像也想挤出点儿笑声似的:

“原来这么回事……捷列金……嗯,您怎么样啊?”

想必是事情来得突然,他连伊万·伊里奇的手也没握握。他拿起夹鼻眼镜(已经不是从前那个镍边的破眼镜了,而是一副十分神气的金丝眼镜)往鼻子上一卡,忙乱起来,不知为什么拉开一个个装满文件的抽屉。

捷列金不明白是怎么回事,诧异地观察着医生的举动。一分钟以前,他还准备把医生当做亲人,当做父亲,向他讲出自己的一切……现在他想:“谁知道他想的什么——也许他已经猜到了……大概我这一来,使他很尴尬:不管怎么说,人家还是副部长呢……”他垂下头,已经完全平静地说：

“德米特里·斯捷潘诺维奇，我已经半年多没见到达莎了，信又收不到……我简直不知道她现在会怎么样。”

“她活着，活着，活得蛮好！”医生弯下腰，几乎要钻到桌子底下，去开底下的抽屉。

“我在志愿军里……从三月起就跟布尔什维克打仗……这次是司令部派我到北边去执行一项秘密任务。”

德米特里·斯捷潘诺维奇带着一种奇怪的神情听着，一听到“秘密任务”，他那胡子里面突然掠过一阵冷笑：

“是这样，是这样，您在哪个团里做事？”

“在士兵团。”捷列金感到血往脸上涌。

“啊哈……这么说，志愿军里有这么个团了……可您来我们这里要待很久吗？”

“今天夜里就走。”

“很好。上哪儿去呢？对不起——这是军事秘密，我并不一定要知道……换句话说，是搞反间谍工作喽？”

德米特里·斯捷潘诺维奇的语声显得那么奇怪，捷列金虽然非常激动，也打了一个冷战，警觉起来。但是医生这时已经找到了他要找的东西：

“您的夫人身体康健……给您看看吧，上星期收到的……信中也提到了您。（医生把几张纸扔在捷列金面前，上面写满了达莎那挺大的字迹。这些写得歪歪扭扭、却是无价之宝的字母立刻在伊万·伊里奇的眼前浮动起来。）我，对不起，要出去一会儿。您倒是舒舒服服坐下。”

医生急忙走出去，随手把门锁上。伊万·伊里奇听到他说的最后一句话，是他回答家里什么人的询问：

“……是这么回事，有人找我办点儿事……”

医生出了餐室，走进一条黑洞洞的走廊，里面有一台旧式电话。他脸朝墙站着，摇起电话的摇把，悄声要了谍报处的号码，叫谢苗·谢苗诺维奇·戈维亚金亲自接电话。

达莎的信是用变色铅笔写的,字母写得越来越大,字行越来越下斜得厉害:

爸爸:我真不知道自己会出什么事……一切都这么难以捉摸……你是我惟一能够通信的人了……我在喀山……大概后天我可以离开这儿,但是能回到你身边吗?我很想见到你。一切你都会明白。你说应当怎么办,我就怎么办……我能够活下来,简直是奇迹……我真不知道——在发生了这种事之后,也许死掉更好……他们对我说的、怂恿我干的一切,都是一派谎言,是令人厌恶的赤裸裸的卑鄙勾当……连尼卡诺尔·尤里耶维奇·库利切克也是一样……我听信了他的话,在他的蛊惑下来到莫斯科。(详情容见面细谈)连他昨天也跟我这样说(这都是原话):“人们正遭到枪杀,一堆堆地埋进土里,一个人的价值也就值一个枪子儿,全世界都浸在血泊里,可我跟您还得客客气气。换了别人,不会讲这一套,一下就把您按到床上。”我没有从他,爸爸,请你相信我……我不能做别人酒后的玩物。要是我把自己身上剩下的最后一点儿东西也交出去,就意味着:失去光明,只好上吊了。我也曾尽力做点儿有益的事。在雅罗斯拉夫尔,我在炮火下做了三天护士……一天夜里,我手上沾满了血,衣服也沾满了血,一头倒在床上……觉得有人叫我——不知是谁在撩我的裙子。我一下子跳起来,拼命叫喊。原来是个孩子,小军官,他那副脸孔,我永远忘不了!他兽性大发,往床上按我,一声不响地拧我的胳膊……真是坏蛋!爸爸,我摸到他的手枪就朝他开了一枪——我不明白这事是怎么发生的。他似乎倒下去了——我没看清楚,也不记得……我跑到外面,一片火光,全城在着火,炮弹直爆炸……在那天夜里我怎么竟然没发疯!当时我就打定主意:逃跑,赶快逃跑……我希望你能了解我的处境,帮我的忙……我想逃出俄国……我有这种可能……只是你要帮我摆脱库利切克。他到处都跟着我,也就是说,他无论到哪儿去,都拉着我,每天晚上都是那一套话。不过,他就是打死我,我也不愿意……

伊万·伊里奇停顿一下，喘了口气，慢慢翻过去一页。

由于偶然机会，我得到很多珠宝……有个人在尼基塔门跟前，在我面前被电车轧死了。他是因为我而死的，这一点我知道……等我苏醒过来的时候，手里抱着一个鳄鱼皮皮箱：想必是别人扶我起来的时候，有人把它塞到我手里的……直到第二天我才打开来看：里面放着钻石和珍珠等财宝。这些东西不知是哪个人从什么地方偷来的……他坐车是来跟我会面的……你明白吗——他是为我偷的……爸爸，我不想弄清楚我有没有这种权利，只是把这些东西都留下了……它们现在是我惟一的救星……不过，即使你要用事实对我说，我是一个小偷，我还是要把它们留下……当我看到人死如麻之后，我想活下去……我再也不相信人的外表了……这些冠冕堂皇的人，满口拯救祖国的漂亮词句，其实都是坏蛋，野兽……啊，我所看到的东西，真难以形容！他们真是万恶不赦！你明白吗，事情是这样发生的：有一天深夜，尼卡诺尔·尤里耶维奇·库利切克突然来找我——好像他是从彼得格勒直接来的……他要我跟他一起离开莫斯科。原来他们的组织“保卫祖国与自由同盟”被肃反委员会破获了，莫斯科正在挨个进行逮捕。萨文科夫跟参谋部的全体人员逃到了伏尔加。他们准备在那儿，在雷宾斯克、雅罗斯拉夫尔和穆罗姆发动一次暴乱。这件事他们非常着急，因为法国大使再也不给他们钱了，要求他们用事实来证明他们组织里的力量。他们指望所有的农民都会站到他们一边。尼卡诺尔·尤里耶维奇对我说，布尔什维克的日子长不了——暴动会席卷整个北方，伏尔加河的整个北部，然后就跟捷克斯洛伐克人会师。库利切克还很肯定地对我说，我的名字在组织的名单中已被发现，留在莫斯科危险，于是我跟他一起来到雅罗斯拉夫尔。

那儿一切都准备好了：军队里、民兵里、军械库里，到处都有他们组织里的人当头头……我们到那儿的时候已经是傍晚，第二天拂晓，我被一阵枪声惊醒了……跑到窗户跟前……窗户朝着院子，对面是汽车库的砖墙、垃圾堆和几条朝着大门口狂吠的狗……枪声没有再响，一切静悄悄的，只有远处传来摩托车的啪啪声和令人心惊的喇叭声……接着城里响起一片钟声，所有的教堂都敲起钟来。我们院子的大门开了，走进来一群军官，都已经戴上肩章。人人脸上都兴冲冲的，人人都挥动着武器。他们押着一个挺胖的人，脸刮得光光的，身穿一件灰西服上衣。他没戴帽子，没戴假领，坎肩也没扣扣。他脸色涨红，怒气冲冲。他们打他的后背，他直晃脑袋，非常气愤。有两个人留在汽车库房边按着他，其余的人走到一边去商量。这时从我们住处后门的台阶上走出一个人，是佩尔胡罗夫上校——当时我是第一次见到他——他是暴动部队的总指挥……大家都给他敬礼。他是一个意志非常顽强的人——一对深陷下去的黑眼睛，瘦削的脸，腰板挺得溜直，戴着手套，一只手拎着手杖。我一看就明白了：那个穿灰西服的人肯定活不成了。佩尔胡罗夫皱着眉头瞅那个人，我看见他恶狠狠地龇着牙。那个人继续骂着，吓唬他们，要求放开他。这时，佩尔胡罗夫把头一扬，下了一道命令，马上就走了……那两个按着胖子的人急忙跳到一边去……胖子脱下上衣，卷成一团，向站在他面前的军官们打去——正打在一个军官的脸上——胖子满脸涨红，仍然骂着。他摇晃着拳头，穿着坎肩敞着怀站在那儿，身材魁梧，暴跳如雷。这时，他们朝他开枪了。他全身哆嗦一下，向前伸出手来，又迈出一步就跌倒了。他倒下以后，他们还朝他打了一阵枪。这人就是政委、布尔什维克纳希姆松①……爸爸，这回我可看到怎么毙人了！现在我到死也不会忘记他大口吸气的情景……尼卡诺尔·尤里耶维奇一定要我相信，这样很好——他们要不枪毙他，他就会枪毙他们……

后来的事——我就记不大清楚了：好像周围发生的一切都是这种毙人的情景的继续，一切都充满了那个不愿意死的庞大人体的痉挛……他们叫我到一幢带大圆柱的长长的黄房子里去，在那儿我用

① 纳希姆松（1885—1918），一九〇二年从事革命活动，一九一二年入党，十月革命任北线领导人之一，一九一八年任雅罗斯拉夫尔省执委会主席，被白匪枪决。

打字机打各种命令和呼吁书。摩托车不停地开来开去，卷起尘土……人们激动地跑进来，发着火，下达命令；有一点儿事就大吵一通，抱住脑袋。忽而惊慌失措，忽而又踌躇满志。但是，每逢佩尔胡罗夫进来，瞪着冷酷无情的眼睛，发出简短的吩咐，一切忙乱都平息了。第二天从城外传来隆隆的炮声。布尔什维克开过来了。我们的机关本来从早到晚挤着一大堆人，这时突然空了。整个城市仿佛都死绝了。只听到佩尔胡罗夫的汽车开过去的时候，发出一阵吼声，带枪的队伍纷纷开走……他们盼望法国人会坐着飞机来，盼望北边会有什么援军，盼望从雷宾斯克会有轮船运来炮弹……一切指望都落空了。于是，城外四面都发生了战斗。大街上炮弹一个劲儿爆炸……古老的钟楼炸塌了，房屋炸倒了，到处起火，没人去救，太阳都被浓烟遮住了。连大街上的尸体都没有人收拾。这时才知道，萨文科夫在雷宾斯克发动了同样的暴动，那儿有炮弹仓库，但是暴动被士兵镇压下去了；还听说雅罗斯拉夫尔周围的村子并不想支援他们，雅罗斯拉夫尔的工人也不肯钻进战壕去跟布尔什维克打仗……最为可怕的要数佩尔胡罗夫的那张脸了——在这些日子里，我到处都碰到他。这是死神坐在汽车里在城市的废墟上乱跑，周围所发生的一切仿佛都是按照他的意志。有好几天库利切克强迫我待在地下室里。可是，爸爸，我感到这一切也有我的一份罪过……我再在地下室里待下去，非发疯不可。我戴上红十字头巾，去当护士，直到那天夜里有人想强奸我为止……

在雅罗斯拉夫尔陷落的前一天，我跟尼卡诺尔·尤里耶维奇坐船跑到伏尔加河对岸……我们东藏西躲地整整走了一星期。晚上就睡在草垛里——幸亏夜里挺暖和。我的鞋破得没法穿，两只脚磨出了血。尼卡诺尔·尤里耶维奇不知从哪儿给我弄来一双毡靴——大概就是从人家篱笆上顺手拿来的。有那么一天，不记得是哪天了，我们在桦树林里看见一个人，穿着庄稼人的破袍子和树皮鞋，戴着一顶毛茸茸的皮帽子。他阴沉着脸，拄着大木棒子，走得挺快，就像个疯子似的一直往前走。这个人就是佩尔胡罗夫——他也逃出了雅罗斯拉夫尔。我一看见他就吓坏了，马上趴到草棵里……后来我们走到科斯特罗马，在郊区一个当官儿的——库利切克的朋友——家里住下，一直住到捷克人占领了喀山……尼卡诺尔·尤里耶维奇一直像照看孩子一样照料我，我很感激他……这时偏偏又出了一件事儿：在科斯特罗马他发现了我的宝石——我把它们用手绢包好，放在我的手提包里，这个手提包，一路上他一直塞在上衣口袋里。直到科斯特罗马我才想起这些东西。只好把事情的经过全都告诉他——我说，凭良心讲，我是个罪犯。关于这件事，他却发挥出一整套哲学道理：照他的说法，我不是罪犯，而是抽中了一张人生的彩票。从此以后，他对我的态度又起了变化，变得非常复杂。另外，生活环境也发生了影响：我们住在外省格局的小房里，又干净又安静，喝的是牛奶，吃的是醋栗和草莓。我的身体得到了恢复。有一天在果园里，太阳已经落了，他又滔滔不绝地谈论起爱情，又说我是天生给人爱的，便吻起我的手来。我感到——他肯定以为再过一分钟我就会在这洋槐树下的长椅上委身于他……在经历过那种事情以后，你明白我的心情吗，爸爸？为了不做过多的解释，我只是对他说："在我和你之间不会有什么结果的，我爱伊万·伊里奇。"我并非说谎，爸爸……

伊万·伊里奇掏出手绢，先擦了汗，然后又擦眼泪，便接着读下去：

我并非撒谎……我并没有忘记伊万·伊里奇。我跟他还是藕断丝连……你已经知道，我们在三月就分手了，他到高加索去参加红军了……他很受器重，是个真正的布尔什维克，尽管还没入党……我跟他是破裂了，但是过去还把我们紧紧地拴在一起……我并没有把过去撕得粉碎……而库利切克对待这件事十分简单——上床吧……啊，爸爸，从前我们称做爱情的东西，不过是我们希望保护自己的生命的方法……我们都怕被忘却，都怕毁灭……正是由于这个缘故，夜里看到街头妓女的眼睛是十分可怕的……她们只不过是女人的影子罢了……可我，我是活人，我希望别人爱我，思念我，我希望在爱人的眼睛里看到自己。我热爱生活……要是我愿意就这么暂时地委身于人，那就是另一回事了……可我心里现在有的只是愤怒、厌恶和恐惧……近来我的容貌、体型都起了点儿变化，我变得漂亮了……我现在就像光着身子，到处都是饥饿的眼睛……这该死的美丽！……爸爸，我所以要给你写这封信，为的是以后见面的时候，就不必再谈它了……我还没有给毁掉，你要明白……

伊万·伊里奇抬起头来。通向前室的门外传来一阵轻轻的脚步声和耳语声，好像有几个人在走动。门把手转动了。他急忙站起来，回头看看窗户……

医生住宅的窗户，按照外省的习惯，离地不高。当中一扇开着。捷列金跳到窗户跟前。柏油地上横着一个像圆规似的长长的人影，旁边还有一条黑影更长——是步枪的影子。

这一切发生在刹那之间。门把手转动了，有两个家伙一下子并排闯进书房，都是小市民打扮，戴着制帽，穿着绣花衬衫。在他们身后，晃动着戈维亚金蓄着棕黄色胡子的吃斋的脸。他们一进书房，捷列金首先看到的是对准自己的三个手枪枪口。

这场面发生在另一刹那。他凭军人的经验懂得，在强大的、没受损伤的敌人面前，退却不是办法。他把勃朗宁手枪换到左手，从上衣里的腰带上拽出个小手榴弹，格姆扎的信就绑在手榴弹上，然后涨得满脸通红，撕破嗓子似的大喝一声：

"放下武器！"

这一声呼喊（含义是十分清楚的）和伊万·伊里奇的整个外表，是那么威严，以致两个小喽啰慌做一团，后退了几步。那张吃斋的脸也躲到一旁。捷列金又赢得一秒钟……他把手榴弹高举在他们头上：

"放下……"

就在这时发生了一件意外的事，这是在场的人——尤其是捷列金——没有料到的……就在他第二声吆喝之后，在书房通里屋的单扇胡桃木门后，传来一声痛苦的喊叫，一个女人的声音带着绝望的惊慌喊着什么……胡桃木门开了，捷列金就见达莎瞪着两眼，手指抠住门框，瘦瘦的脸激动得直哆嗦。

“伊万！……”

医生出现在她身旁，抱住她的腰，把她拽走，门砰的一声关上了……这个情况霎时改变了伊万·伊里奇的攻守计划……他蹿到胡桃木门跟前，用肩头使劲一撞，门喀嚓一声，他跳进餐室……他手里仍然举着两件杀人武器……达莎站在桌旁，两手拽着条纹睡衣的翻领，她的喉咙在抽动，仿佛在吞咽什么。（他看到这种光景，感到一阵刺心的怜惜）医生向后退——他的样子惊慌失措，狼狈不堪。

“救命啊！戈维亚金！”他用有气无力的声音喊道。达莎急忙跑到胡桃木门跟前，用钥匙一拧，把门锁上：

“天哪，这有多吓人！”

但是，伊万·伊里奇把她的话理会错了：拿着这些东西闯到达莎跟前，一定把她吓坏了。他把手枪和手榴弹都急急忙忙塞进衣袋里。这时，达莎抓住他的手。“快走。”拉着他钻进黑洞洞的小走廊，从走廊进了一间狭窄的小屋，屋里椅子上点着一支蜡。小屋没有任何摆设，只是钉子上挂着达莎的裙子，靠墙放着一张铁床，床上铺着揉皱了的床单。

“就你一个人住在这儿？”捷列金悄声问。“我看过你的信了。”

他向四下望望，咧嘴想笑，嘴唇直哆嗦。达莎一句话不说，拉着他往打开的窗户跟前跑。

“快跑，你倒快跑呀，你疯了！……”

从窗口可以模模糊糊地看到外面就是院子，有一排向河边伸去的板棚的黑影和棚顶，下边就是码头的灯火了。从伏尔加河上吹来阵阵湿润的微风，带着一股强烈的雨味……达莎站在那里，全身偎着伊万·伊里奇，扬起惊慌失色的脸，半张着嘴……

“饶恕我吧，饶恕我，你快跑，别再拖了，伊万。”她讷讷地说，谛视着他的眼珠。

他怎么能扔下她就走呢？漫长的离别好像一个大圆圈刚刚合拢。他经过九死一生，终于看到这张惟一难忘的脸庞。他俯下身去，吻了她一下。

她那冷冰冰的嘴唇没有任何反应，只是哆嗦起来：

“我没有对你不贞的地方……我可以保证……时局好了，我们还会见面的……可是——你快跑吧，快跑，我求求你……”

他还从来没有这样热烈地爱过她，就是在克里米亚那些幸福的日子，也没有过这样的感情。他噙着热泪，望着她的脸庞说：

“达莎，跟我走吧……你要明白。我在河对岸等你——明天夜里……”

她摇摇头，怀着绝望的痛苦说：

“不……我不想走。”

“你不愿意走？”

“我不能走。”

“好吧，”他说，“那样的话，我也留下。”他躲到墙跟前……达莎哎呀了一声，啜泣起来……突然发疯似的扑到他身上，抓住他的两只手，又往窗口拉他。院子里的角门吱咯一声，沙地上响起一阵蹑手蹑脚的沙沙声。达莎在绝望中把那热乎乎的头贴在伊万·伊里奇的手上……

“我看过你的信了。”他再次说道。“一切我都理解。”

这时，她有一阵子不再拉他，双手搂住他的脖子，把脸紧紧贴在他的脸上：

“他们已经到了院子里……他们会打死你的，会打死你的……”

她那披散开来的头发被烛光涂成金黄色。伊万·伊里奇觉得她好像还是个小姑娘，还是个孩子，正像那天夜里他负伤躺在麦田里，手里攥着一把泥土，心里想着她的那副样子，那时他想到她的心是多么倔强，多么不知安静，又多么脆弱。

“你为什么不愿意跟我走，达莎？你在这儿，他们会折磨死你的。你都看到了，这是些什么人……最好——不管遇到什么不幸，我都要跟你在一起……我的傻孩子……不论生死，你都要跟我在一起，你就像是我的心，跟我是没法分开的。”

他站在黑暗的墙角里，急促地轻轻说出这些话。达莎仰起头，却没松开他的手——她的眼泪扑簌簌流出来了……

“我至死都忠实于你……你走吧……你要明白，我现在还不配你爱……但我将来会配得上的，配得上的。”

下面的话他没再去听——她的热泪、她的话语、她那绝望的声调，使他沉醉在疯狂的喜悦中了。他一下子搂住达莎，搂得她骨头都响了。

“好吧，一切都懂了，再见。”他悄声地说。往前一扑，胸口贴到窗台上，转眼工夫就像影子似的出溜下去——只听到他的皮靴底撞到板棚顶上发出轻微的响声。

达莎把头伸到窗外，但是什么也看不清：一片漆黑，只见远处有昏黄的灯光。她用双手抓住胸口，按住心跳的地方……院子里一点儿声音也没有……就在这时，从暗处钻出两个人影。躬着腰打院子里斜跑过去。达莎叫喊起来，叫得那么尖厉可怕，那两个人影正跑着，突然打起转儿来，又站住了。他们必是回头望她的窗口。就在这时她看见院子那头，捷列金已经翻过房脊头上的木马装饰不见了。

达莎一头趴在床上。一动不动地躺在那里。然后又急忙跳起来，摸到掉了的那只拖鞋，向餐室跑去。

餐室里站着两个人，做好战斗准备：医生端着镀镍的小手枪，戈维亚金端着那干式手枪。他们一见达莎，抢着问：“嗯，怎么样？……”她攥紧了小拳头，发疯似的盯住戈维亚金棕黄色的眼睛。

“坏蛋！”她说着，朝他那苍白的鼻子晃动着小拳头，“有一天您非挨枪崩不可，坏蛋！”

他那张长脸抽搐一下，变得更加苍白，胡子像假的似的往下耷拉着。医生直向他做手势，可是戈维亚金已经气得浑身发抖了。

“这些晃小拳头的把戏请您收起来，达丽亚·德米特里耶夫娜……我还没忘记，有一次您曾经打过我，好像还是用鞋底打的……请把小拳头收起来……总而言之，我劝您不要那么瞧不起我。”

“谢苗·谢苗诺维奇，您在白白浪费时间。”医生打断他说，并且继续做手势，还要让达莎看不出来。

“您放心好了，德米特里·斯捷潘诺维奇，捷列金逃不出我们的手心儿……”

达莎大叫一声，向他扑过去：

“您敢！”（戈维亚金马上用椅子挡住自己。）

“哼，走着瞧吧——看我们敢不敢……我先警告您，达丽亚·德米特里耶夫娜，保安部对您本人也很注意，发生了今天的事件以后，我什么也不能替您担保了。说不定会惊动您的大驾。”

“哎，您好像有点儿扯远了，谢苗·谢苗诺维奇，”医生生气地说，“这未免过分了……”

“一切都取决于私人关系，德米特里·斯捷潘诺维奇……您总该知道我对您感情很好，对达丽亚·德米特里耶夫娜早就倾慕之至……”

达莎的脸刷地白了。戈维亚金装出佯笑，整个脸孔就像照着侉脸的镜子似的，抽搐得变了样。他拣起帽子，向外走去，故意挺着后脖筋，以免背影显得可笑。医生在桌旁坐下说：

“这个戈维亚金是个可怕的人。”

达莎在屋里踱来踱去，把手指捏得嘎巴响，走到父亲面前停下来：

“我的信在哪儿？”

医生正想打开银烟盒，从牙缝里挤出嘫嘫的声音，终于取出一根烟卷，用他那依然哆嗦着的粗大手指揉着：

“在那……鬼知道它……在书房的地毯上。”

达莎走出去，不一会儿拿着信回来了，又在德米特里·斯捷潘诺维奇面前站下。他正点烟——火柴亮围着烟卷头跳动。

“我尽到了自己的责任。”他说，把火柴棍扔到地板上。（达莎一声不响）“我亲爱的，他是个布尔什维克，另外，还是个间谍……你要知道，国内战争可不是玩儿的，要做牺牲一切的准备……我们掌握了权力，就要这样做，任何软弱，人民是不会宽恕的。（达莎不慌不忙，仿佛在思索着什么，把信撕成碎片。）他来找我——这再清楚不过了——是想从我这里探听到他所需要的消息，得手的话，就把我干掉……你总看到他带着武器吧？他带的是炸弹。一九〇六年，在莫斯卡捷利街的拐角上，我亲眼看见勃洛克省长被一颗炸弹给炸死了……你可没看见炸成什么样子——只剩下身子和一块胡子。”医生的手又哆嗦起来，他扔掉没点着的烟卷，又拿一支。“我向来就不喜欢你的捷列金，你跟他断绝关系，做得很对……

（对这话，达莎也默不作答。）而且一开头，他就玩了个挺笨的花招，你看：打听你在哪儿……”

“要是戈维亚金把他抓住……”

“那没问题，戈维亚金有一批能干的侦探……你要知道，你对戈维亚金的态度太粗暴了……戈维亚金是大人物……连捷克人都很看重他，在保安部更不用说……目前是这样的时局，我们应该为国家的利益……牺牲个人的东西——你可以想想一些古人的榜样……你总归是我女儿；不错，虽然说你脑子里充满幻想。”他笑起来，咳嗽了几声。“可你也不傻……”

“要是戈维亚金把他抓住，”达莎嘶哑地说，“你一定会尽一切力量去营救伊万·伊里奇。”

医生匆匆瞥了女儿一眼，呼哧呼哧地喘起气来。她用拳头使劲攥着信纸的碎片。

“你一定会这样做的，爸爸！”

“不！”医生用手一拍桌子，大叫一声。“不行！傻话！我是为你好……不行！”

“你这样做，是挺为难，可是你会这样做的，爸爸。”

“你这个毛孩子，你简直是傻瓜！”医生叫骂起来。“捷列金是个坏蛋和罪犯，他会被军事法庭处决。”

达莎抬起头，灰色的眼睛露出逼人的光芒，医生呼哧了一声，就皱紧眉头，避开女儿的目光。她举起攥着碎纸片的小拳头，仿佛要吓唬人似的。

“要是所有的布尔什维克都像捷列金那样，”她说，“那么布尔什维克一定是对的。”

“傻瓜！……傻瓜！……”医生跳起来，直跺脚，脸通红，浑身发抖。“你那些布尔什维克跟捷列金统统都得吊起来！吊在电线杆上……活剥他们的皮！”

可是达莎的性格也许比德米特里·斯捷潘诺维奇更倔犟——她只是脸色煞白，凑到跟前，用炯炯逼人的眼睛凝视他。

“败类!”她说,“你发的什么疯?你不是我父亲,你是个疯子,是个腐败透顶的家伙!”

于是她把那些碎纸片向他脸上抛去……

这天夜里天刚亮,医生被一阵电话铃声从床上叫起来。一个粗鲁、平静的声音对着耳机说:

“报告一个消息:在萨莫廖特码头附近,面粉店后面,刚才发现两具尸体——一个是谍报处副处长戈维亚金,另一个是他手下的侦探……”

话筒挂上了。德米特里·斯捷潘诺维奇大张着嘴,使劲吸气,由于心脏病剧烈发作,在电话机旁颓然倒下了。

第十一章

索洛金的军队击溃志愿军的精锐部队——德罗兹多夫斯基纵队和卡扎诺维奇纵队之后,改变了原来准备撤到库班对岸的计划,反而从科列涅夫挺师北上,向季霍列茨站发起进攻,那里是邓尼金司令部的所在地。

这场残酷的战斗已经进行十天了。索罗金的士兵在初战告捷的鼓舞下,一举消灭了季霍列茨前面所有的掩护部队。好像现在什么力量也阻挡不住他们的迅速前进了。邓尼金急急忙忙把分散到库班各地的部队集结起来。仗打得非常激烈,每次接触都以白刃战结束。

但是,索罗金的军队也在同样迅速地分化瓦解。库班团和乌克兰团之间的敌对情绪,越来越尖锐。乌克兰人和旧军队的老兵在途中经过库班人的村子时,也不问村民究竟拥护白军还是拥护红军,全都洗劫一空。

这样一来,就把人搞糊涂了。村民只要看到草原的尽头尘土滚滚,有无数人马飞奔而来,便吓得心惊胆战。邓尼金要粮草,起码还给钱,可索罗金这些部下只认一个门儿——动手就打。于是年轻人骑上马投奔邓尼金去了,老年人带着女人和孩子,牵上牲口,躲到冲沟里。

整村整村的居民起来反抗索罗金的军队。库班团的战士也大吵大嚷:“我们给派出来送死,却让外乡人掠夺我们的土地!”参谋长别利亚科夫在事件的旋涡中绝望地挣扎着,他只能抱住脑袋:摸摸它是不是还长在肩膀上。那还用说!战略早已化成泡影。全部战术都在刺刀尖和革命的狂热上。无所谓纪律,代替它的是全军人马以排山倒海之势向前冲杀。总司令索罗金的样子叫人连看都不敢看:这些天他全靠酒精和可卡因支持着——眼睛发红,脸发黑,嗓子喊哑了,像疯子似的跟在军队后面向前跑。

不可避免的事发生了。志愿军毕竟受过铁的纪律的严格训练,他们且战且退,却像机器一样服从统一指挥的意志,一次次转入反攻,固守每一个有利地形,冷静而巧妙地寻找敌人的弱点。于是在七月二十五日,在离季霍列茨五十俄里的维谢尔基附近,展开十天来最后一场激战。

德罗兹多夫斯基纵队和卡扎诺维奇纵队的阵地甚至比头几天还要糟。在这里,红军已经抄了敌人后路,志愿军陷入合围,几乎就像布尔什维克在白土村附近陷入合围一样。然而,索罗金军队的状况跟九天前大不相同了。热情的劲头松懈了,敌人的顽强使他们产生动摇、怀疑和绝望——什么时候能打完仗,得到胜利和休息呢?

下午三点多钟,索罗金的士兵全线发起冲锋。攻势凶猛。周围的地平线上,炮声隆隆。密麻麻的散兵线并不卧倒,挺着胸前进。紧张、急躁和疯狂达到了顶点……

于是,索罗金军队的覆灭开始了。头一排冲锋的战士被射杀并在白刃战中被消灭掉。后面冲上来的战士在敌人的炮火下,夹杂在死尸、伤兵和正在倒下去的人中间,惊慌失措了。这时便发生了无法预料、无法理解、更无法制止的事——全军的士气一蹶不振。再也没有力量,再也没有热情了。

敌人却保持冷静的意志,继续发出准确的打击,这就更增加了混乱……马尔科夫部下和一个骑兵团从北,埃尔代利的骑兵队从南,从两面插入乱成一团的红军部队。白军的装甲车向前爬来,喷着火焰,横扫千军,装甲列车也升起黑烟。于是开始了退却、逃跑和屠杀。将近四点钟,整个草原西、南两个方向都是索罗金退却的部队,他们已经溃不成军了。

参谋长别利亚科夫强把总司令推进小汽车。索罗金两眼充血,向外鼓着，满嘴白沫，一只黑手还紧握着打光了子弹的手枪。弹孔累累、撞痕斑斑的小汽车从一堆堆尸体上疯狂驶过，消失在山冈后面。

被击溃的索罗金军队主力向叶卡捷林诺达尔方向退去。红军的西线部队，也就是所谓的塔曼军队，在科茹赫的指挥下，开始从塔曼半岛撤出，也向那个方向退去。一路上周围的村子发生暴动，成千上万的外乡人带着破烂家底和牲口，为逃避哥萨克的报复，投奔塔曼军队寻求保护。路上有波克罗夫斯基将军的白军骑兵堵截。塔曼军队经过猛打猛冲，打败并冲散了这队骑兵，不过继续向叶卡捷林诺达尔前进已经不可能了，于是科茹赫率领军队以及难民的大车队急转南下，穿过荒无人烟、险峻难行的山区，直奔新罗西斯克，红军的黑海舰队正停泊在那里。

现在，什么也阻挡不住邓尼金了。他轻易地扫清道路，率领全军逼近叶卡捷林诺达尔，防守该城的是早已不复存在的北高加索军队的残部，志愿军采取急袭办法，一阵猛攻就拿下来了。科尔尼洛夫带领一群军官在六个月前开始的“冰上远征”到此才算完成。

叶卡捷林诺达尔成为白军的首都。最为富饶的黑海地区匆匆平息了一切骚动和暴乱。不久以前还亲自在衬衣上捉虱子的将军们，又恢复了大国的传统和昔日帝王的气魄。

从前靠战场上得到武器和弹药或袭击布尔什维克的仓库——这种手工业的作战方式在宏伟的新计划面前当然不适用了。现在需要钱，需要源源不绝的武器和弹药，需要安排好大规模战争的军需供应，需要有向俄国内地发动进攻的强大基地。

内讧的时代行将结束，外部的强大力量参加到这场竞争中来。

当邓尼金在六月取得初步胜利之后，德军参谋总部立刻面临着出乎意外的特殊危险。布尔什维克是已经被布列斯特-里托夫斯克条约束缚住手脚的敌人。邓尼金却是一个还没领教过、还不摸底的敌人。邓尼金击溃索罗金的军队之后，抵达亚速海海岸，逼近新罗西斯克，从五月初开始，俄国全部军舰都停泊在这个港口。

德国人在黑海方面没有防守力量。当舰队在布尔什维克手里的时候，他们十分放心——海上发生任何敌对行动，他们都可以用越过乌克兰边界的办法加以报复。但是，这十五艘驱逐舰和两艘主力舰如果落在邓尼金手里，便构成严重威胁，有可能使黑海变成世界大战的前线。

六月十日，德国向苏维埃政府提出最后通牒：要求在九天内将整个黑海舰队从新罗西斯克调到塞瓦斯托波尔，因为在塞瓦斯托波尔德国驻有强大的卫戍部队。德国的建议一旦遭到拒绝，他们便要威胁进攻莫斯科。

就在这时，奥国占领军参谋长从敖德萨向维也纳外交部长发去一份公函：

> 德国在乌克兰抱有明确的政治、经济目的。它打算把经过巴库和波斯通往美索不达米亚和阿拉伯的安全通路永远据为己有。
>
> 这条通向东方的路线，要经过基辅、叶卡捷林诺斯拉夫和塞瓦斯托波尔，从塞瓦斯托波尔经海上去巴统和特拉布松。
>
> 为此目的，德国准备占有克里米亚，把它变成殖民地，或采取其他形式。他们决不会轻易放弃有重要价值的克里米亚半岛。此外，为了充分利用这条路线，他们还必须控制铁路干线，既然他们不能从德国运煤来供应这条铁路和黑海，他们还必须占有顿巴斯的主要矿井。所有这一切，德国会千方百计攫为己有……

六月十日当天，莫斯科收到德国的最后通牒，列宁跟往常一样，果断地解决了这个在许多人看来“无法解决”的棘手问题。决定这样处理：现在跟德国人打仗还不行，但是舰队也不能送给他们。

从莫斯科向新罗西斯克派来一位苏维埃政府的代表瓦赫拉梅耶夫①。他在有黑海舰队代表和全体指挥员出席的会上，提出了对最后通牒惟一布尔什维克式的答复：人民委员会将向黑海舰队发出一份明码无线电报，命令他们前往塞瓦斯托波尔向德国人投降，但是黑海舰队不要执行这个命令，而要在新罗西斯克停泊场把船炸沉。

苏维埃舰队由两艘主力舰、十五艘驱逐舰和几艘潜水艇及辅助船只

---

① 瓦赫拉梅耶夫（1885—1965），原为波罗的海水兵，一九一七年入党，参加十月革命工作，内战时期任革命军事委员会的全权代表。

组成，根据布列斯特-里托夫斯克条约规定不许使用，正停在新罗西斯克停泊场。

舰队的代表聚集在岸上，阴沉着脸听完瓦赫拉梅耶夫的话——他的建议就是自杀。可是，不管怎么的，都是死路一条：跑是无处可跑，舰上既没有煤，也没有油。莫斯科被德国人挡住了，邓尼金从东边打过来。在停泊场，德国潜艇潜望镜已经划出泛泡沫的水纹，蓝天上德国轰炸机闪闪发光。代表们进行了长时间的热烈争论……但是出路只有一条：自己炸沉……然而，面对着这样一个可怕的事，代表们决定把舰队的命运交给舰队全体成员表决。

在新罗西斯克港开始举行几千人的群众大会。水兵们望着那两只停泊着的灰色钢铁巨轮——主力舰“意志号”和“自由俄罗斯号”，望着屡建战功的快速驱逐舰，望着高耸在港口和人群上面的炮塔和桅杆织成的复杂罗网，他们感到困惑莫解，感到难以想象，这样一笔令人生畏的革命财产、水兵们的水上祖国，竟然会不发一枪、毫不抵抗地沉到海底。

黑海水兵们的头脑，可不善于冷静地做出自我毁灭的决定。他们说了许多慷慨激昂的话，捶打着胸脯，把水兵衫扯破，露出刺有花纹的胸膛，把带有飘带的海军帽踩个稀烂……

从一清早直到夕阳染红了这不再属于自己的该死的暗紫色海面的傍晚，整个海岸上都密密麻麻地聚集着一群群水兵、前线士兵和海岸上的其他人，熙熙攘攘。

舰长和军官们对这件事的看法也不一致：大部分人暗中倾向于开往塞瓦斯托波尔向德国人投降；只有以“刻赤号”驱逐舰舰长库克利上尉为首的少数人，明白毁灭是不可避免的，明白自己沉船对未来的重大意义。他们说：

“我们只有自杀了——这样就要暂时合上黑海舰队的历史，却不至于玷污它……”

在这些规模宏伟，像飓风一样喧嚣的群众大会上，早晨决定这样做，晚上决定那样做。最受欢迎的倒是这样一些人，他们把帽子往地上一摔，喊道：

“……同志们,我们不理那些莫斯科佬。让他们亲自来把船炸沉好了。我们才不把自己的舰队交出去呢。我们要跟德国人干到底,直到打光最后一颗炮弹……”

“乌拉——拉!”一片怒吼声响彻整个港口。

当最后通牒还差四天到期的时候,从叶卡捷林诺达尔来了两位代表,造成更厉害的混乱。一个是黑海共和国中央执委会主席鲁宾①,一个是军队代表佩列比诺斯——长得身材高大、相貌凶恶,腰里插着四支手枪。他俩——鲁宾长篇大论,佩列比诺斯嗓门粗大,讲话还晃着手枪——极力证明,不论交出舰队,还是炸沉船只,都不应该,莫斯科那些人自己也不知道他们说的是什么,又说黑海共和国可以提供舰队所需要的一切:石油、炮弹和食物。

“我们在前方打仗,靠的是上帝,是灵魂,是信仰……”佩列比诺斯喊道,“下个星期,我们就要把邓尼金这条老狗跟他那些士官生推到库班河里淹死……弟兄们,军舰你们不能沉——这就是我们的要求……好让我们在前方能够感到,我们后方有个强大的舰队。要是你们把船炸沉,弟兄们,那么我代表整个库班-黑海革命军队坚决宣布:这样的背叛行为我们是不能容忍的,我们出于绝望可能掉转枪口,派四万大军进攻新罗西斯克,就要把你们所有的人,弟兄们,用刺刀挑了……”

在这次群众大会之后,情形更加混乱了,人们的头脑发昏了。船员擅自离开军舰逃跑。人群中出现越来越多形迹可疑的人——白天他们比谁叫得都响:“跟德国人拼到最后一颗炮弹,”一到夜里,他们成群地靠近空了的驱逐舰,准备跳上去,把船员扔到海里,进行抢劫。

就在这些日子里,谢苗·克拉西利尼科夫回到了“刻赤号”驱逐舰上。

谢苗正在擦罗盘的铜台。全体船员从一清早就开始收拾离码头的胸墙只有十俄丈远的驱逐舰,刮的刮,冲的冲,擦的擦。灼热的太阳在沿岸

---

① 鲁宾(1883—1918),联共(布)党员,南俄建立苏维埃政权的领导人之一,后被反革命分子枪决。

被烤焦了的山冈上空升起来……在没有风的酷热中,旗耷拉着。谢苗聚精会神地刷洗铜台,尽量不向港口望一眼。船员正在驱逐舰自沉之前,把它整饰一新。

在港口里,主力舰“意志号”的粗大烟囱冒着烟。大炮脱去炮衣,闪闪发亮。黑烟直上天空。舰只、黑烟、红褐色的山冈和山脚下的水泥厂,都在水平如镜的海湾上映出倒影。

谢苗光脚蹲着,拼命地擦铜台。昨天夜里该他值班,他再三思量:这次真不该来,心中有说不出的痛苦。他不该不听哥哥和玛特廖娜的话……这回他们该笑话了:“哼,你们跟德国人打得可真带劲儿——连军舰都送礼了,弟兄们……”你可有什么话说呢?你能说:我们亲手把“刻赤号”擦洗干净,收拾整齐,然后炸掉了。

从“意志号”旁边有一艘小汽艇开出来,向各个舰船靠近,摇晃着小旗。驱逐舰“勇猛号”离开码头,拖着“动荡号”缓慢地向停泊场驶去。驱逐舰“快速号”“活泼号”“热烈号”和“雷鸣号”跟在它们后面,像病人似的,在水平如镜的海湾里移动着,速度就更慢了。

在这之后,出现了停顿。港口里还剩八艘驱逐舰。舰上一点儿动静也没有。所有的眼睛现在都注视着那艘浅灰色钢铁巨轮的“意志号”,它两舷带有生锈的流痕。水兵们扔下拖布、抹布和水龙带嘴子,眼巴巴地望着它。“意志号”上懒洋洋地飘荡着舰队司令季赫梅涅夫上校的旗帜。

在驱逐舰“刻赤号”的船舷上,水兵们不安地悄悄议论着:

“你看……‘意志号’要开往塞瓦斯托波尔去了……”

“弟兄们,难道他们就这么败类!……难道他们就没有革命的良心了!……”

“要是‘意志号’真开走了,咱们还能相信谁呢,弟兄们?……”

“怎么,你还不了解季赫梅涅夫吗?地地道道的敌人,最狡猾的老狐狸!”

“它非开走不可!唉,这些叛徒!……”

在“意志号”那面,停泊着它的姊妹舰——主力舰“自由俄罗斯号”。但是,它好像安静地打着盹——所有的大炮都罩着炮衣,甲板上连个人影也没有。防波堤跟前有几条小船拼命地打着桨,向它划去。现在,在风平浪静的海港里清晰地响起水手长的哨子声,"意志号"发出绞盘的哗啦声,水淋淋的铁链和沾着淤泥的铁锚向上升起。船头开始转弯,桅杆、烟囱和炮台织成的罗网,在城市白色的屋顶的背景上缓缓移动了。

"开走了……向德国人……唉,弟兄们……他们投降去了!……你们干的什么事呀?……"

驱逐舰"刻赤号"的舰长在舰桥上出现了,脸晒得黝黑,大鼻子晒脱了皮。他那深陷的眼睛注视着"意志号"的行动。他从舰桥上俯下身子,发出命令说:

"发出信号……"

"是,发出信号!"水兵们立刻活跃起来,向装信号旗的箱子扑过去。"刻赤号"的桅杆上升起一些红红绿绿的小旗,在蓝天里飘荡。这些小旗连在一起,表示:

"开往塞瓦斯托波尔的船只是俄国的卖国贼——可耻!……"

"意志号"上似乎没有发现信号,也没有用信号回答……"意志号"上阒无人迹,它蒙受耻辱,从那些仍然保持荣誉的军舰旁边悄悄滑过……"发现了!"水手们突然叫出声来。"意志号"舰尾炮塔上有两门巨炮抬起头来,炮塔朝着驱逐舰这方面转过来……"刻赤号"舰长站在舰桥上,两手抓住扶手,挺着晒脱皮的大鼻子迎接死亡,但那两门大炮动了动,就停住不动了。

"意志号"加快速度,绕过防波堤,它那高傲的侧影不久就沉没在地平线下面了,直到许多年以后,它被解除武装,铁锈斑斑,永远蒙受耻辱,停泊在遥远的比塞大①。

舰队司令季赫梅涅夫坚持己见,执行了人民委员会的正式命令:主力舰"意志号"和六艘驱逐舰都开到塞瓦斯托波尔向敌人投降。船员和军官们都上岸了。

水兵们各奔他乡——回到故土,回到自己家里。他们当然会说要炸

---

① 比塞大,在突尼斯,从一八八一到一九六三年是法国海军基地。

沉自己的船无论如何也下不了手,其实他们最怕的还是黑海红军的四万名战士,因为黑海红军曾经威胁说,要把新罗西斯克的人都用刺刀挑了。

主力舰"自由俄罗斯号"和八艘驱逐舰仍然留在新罗西斯克港。明天最后通牒就到期限了。德国的飞机在城市上空高高地盘旋着。停泊场上,在嬉戏的海豚中间出现了德国潜艇的潜望镜。据说,德国的海军陆战队在离这里不远的捷姆留克登陆了。在新罗西斯克的堤岸上,群众大会夜以继日地热烈开着,从来没散过场,有些来历不明、市民打扮的人叫喊得越来越坚决:

"弟兄们,你们不能毁灭自己,不能把舰队炸沉……"

"只有军官才愿意把军舰炸沉,这些军官,有一个算一个,都被协约国收买了……"

"去年十二月,在塞瓦斯托波尔都把军官扔进大海里去了,怎么——现在害怕了?干吗不来一个瓦赫拉梅耶夫之夜①!……"

这时,在方才大喊大叫的人站过的地方,跳上来一个宣传鼓动员,撕开前胸上的衬衫:

"同志们,不要听这些奸细的话!你们要是把舰队送给德国人,德国人就会用这些大炮屠杀你们……不要把武器送给帝国主义者……要挽救世界革命!……"

真叫人搞不清楚:应该听谁的?而宣传鼓动员站的那个地方,又钻出一个从叶卡捷林诺达尔来的战士,全身带着武器,又威胁说要派来四万大军……到了六月十七日深夜,有好多船员没再回到船上去——悄悄走掉,四下逃跑,躲藏起来,钻进大山里了……

驱逐舰"刻赤号"一整夜都用灯光信号跟其他军舰商量。"自由俄罗斯号"回答,他们原则上准备把船炸沉,但是船上原有两千名船员,现在剩下不到一百人了,他们甚至没有办法升火,以便离开码头的胸墙。

驱逐舰"加吉-别伊号"回答的是:船上还在开热烈的大会,从城里来

---

① 瓦赫拉梅耶夫之夜,取其跟"瓦尔福洛梅之夜"的谐音,瓦尔福洛梅是天主教圣徒名字,汉语原译巴托罗缪;巴托罗缪之夜指一五七二年八月二十四日的前夜,巴黎天主教徒对新教徒进行的一场大屠杀。

了一些姑娘，还带着酒，显然是有意派来的，可能发生抢船事件。驱逐舰“卡利阿基里亚号”只剩下舰长和船舶技师。“菲多尼西号”只剩下六个人。驱逐舰“巴兰诺夫船长号”、“机灵号”、“神速号”、“尖利号”，都发出类似的信号。只有“刻赤号”和“舍斯塔科夫中尉号”船员满额。

半夜时分，有一条小船靠近“刻赤号”，小船上有一个鲁莽的声音招呼道：

“水兵同志们……我是《中央执委会消息报》的记者……刚才接到海军上将萨布林从莫斯科发来的电报：无论如何也不能把军舰炸沉，也不要开往塞瓦斯托波尔，就地等待下一步指示……”

水兵们从舷墙俯下身去，一声不响地凝视着小船摇来晃去的黑暗里。那个声音仍然絮絮不休地劝说着……库克利上尉走到舰桥上，打断他说：

“把萨布林海军上将的电报拿出来看看。”

“遗憾得很，落在家里了，同志，我马上可以取来……”

于是，库克利大声说道，把每个字眼都拖得挺长，好让对方听得清楚些：

“舢板离开右舷，退出一百米远。不许靠前……”

“对不起，同志，”小船上的声音厚着脸皮喊道，“您不愿意服从中央的指示，我要发电报向上反映。”

“不然的话，我就把舢板弄沉。把您拖到船上。至于水兵怎么对付您，我概不负责。”

小船上再也没有任何答话。然后，只听见木桨轻轻的划水声。小船的轮廓消失在黑暗中了。水兵们笑起来。舰长倒背着手，显得有些驼背，他那瘦削的身影在舰桥上来回走着，就像关在笼子里似的转来转去。

这一夜，很少有人睡觉。大家躺在被露水打湿了的甲板上。不时有人抬起头来，说出一句话，睡意一下子消失了，都悄悄唠起来。直到星星已经发白了。山冈后面升起朝霞。海军准尉安年斯基——“舍斯塔科夫中尉号”舰长，从岸上走来，说是不光驱逐舰、港内拖船和快艇上的船员走光了，连商船上也一个水手都没了——真不知道用什么把船拖到停泊场上。

“刻赤号”舰长说：

“安年斯基准尉,责任落到我们头上了,不管多大代价,我们也要把船炸沉。”

安年斯基准尉摇了一下头。两人沉默了一会儿。然后他走了。当朝霞在海湾上空变得红艳艳的时候,“舍斯塔科夫中尉号”慢吞吞地离开胸墙,拖着“巴兰诺夫舰长号”,往沉船的地点外停泊场驶去。这两艘驱逐舰桅杆上都挂着这样的信号:

“宁死不降。”

这两艘驱逐舰很快就消失在晨雾中了。现在好像所有的船上都空无一人。钢铁巨轮“自由俄罗斯号”的上空,有成群的海鸥在盘旋。“刻赤号”冒着烟。尽管是一清早,成群的人纷纷跑到堤岸上,有一条防波堤挤满了人,黑压压的,就像落满苍蝇似的。靠近军舰的地方开始拥挤,有的人爬到别人肩膀上,有的人被挤落水里。

谢苗·克拉西利尼科夫站在跳板跟前站岗。大约五点多钟,从人群里挤出来一个人,矮矮的个儿,由于激动红头涨脸的,穿着一件黑色的海军制服上衣,没戴肩章,鞋跟踩在跳板上,咯噔咯噔响。通红的脸汗淋淋的,小嘴撅撅着。

“库克利上尉在这儿吗?”他朝谢苗喊道,瞪着两只快活的浅蓝色圆眼睛望着这个横着刺刀拦住去路的水兵。他拍拍上衣的大小口袋,取出一份证明递给谢苗看,上面写着中央苏维埃政权代表沙霍夫同志。谢苗阴沉着脸,把刺刀顺了下去。

“上船吧,沙霍夫同志。”

库克利从舰桥上下来迎接他,向他详细讲起几乎是绝望的情况。库克利说话周密,慢条斯理。沙霍夫的两只眼睛急得骨碌乱转。

“没什么,我们碰到过比这还难办的事呢……我已经跟水兵谈过了,情绪蛮不错……马上给你们弄来拖船和一切必要的东西……我们开个群众大会……一切都会妥善解决……”

他要了一艘快艇,坐着快艇上“自由俄罗斯号”去了。从那里挨着军舰转悠。谢苗看到他那矮小的身体在商船的绳梯上摇摇晃晃,然后又跳到岸上,钻进人群里,于是人群发出喊声,举起手。有一个地方,有几千个

喉咙高呼“乌拉”。

有几条小船，装满水兵，离开码头，向港口深处一艘生锈的小轮船划去。不一会儿，轮船的烟囱冒起浓烟，起了锚，向“自由俄罗斯号”靠近。还有一条纵帆船，白帆在风中哗啦啦响。“舍斯塔科夫中尉号”回来，又拖走一艘驱逐舰。

九点多钟的光景，人群向“刻赤号”的跳板拥过来。他们的情绪似乎又变坏了。有几个衣衫褴褛的家伙挤到船舷跟前，人人手里都拿着香肠、面包和咸肉。他们朝水兵龇牙挤眼，举着酒瓶子给水兵看。于是库克利命令撤掉跳板，解缆开船。“刻赤号”离开这些魔鬼的诱惑，开到港口中心，从那里观察驱逐舰被拖走的情况。

那艘生锈的轮船，好像只剩下一个空壳了，喘着气，冒着烟，终于拖动了“自由俄罗斯号”，于是这艘巨轮从成千上万的人面前巍然地走过去。许多人像目送灵柩似的，脱下帽子。“自由俄罗斯号”绕过浮栅，出了大门，离开港口，向停泊场深处驶去。大家以为德国飞机还会来侦察，但是天空和海面一片平静。港口只剩下驱逐舰“菲多尼西号”了。

人群中又发生一阵骚乱，千万个人头像黑鱼子似的挤在停着“菲多尼西号”的码头跟前。有一艘机动纵帆船向“菲多尼西号”靠拢，准备把它拖走。人群中投出几块石头，向纵帆船飞去，还响了几下手枪声。一个白发苍苍的人爬到路灯顶上，大叫起来：

“杀害自家弟兄，出卖俄国……出卖军队……弟兄们！……你们还看什么！……最后一个舰队也出卖了……”

人群咆哮起来，从地上往外抠石头。有几个人翻过船舷，跳到“菲多尼西号”上。这时，“刻赤号”迅速靠岸，军舰上的钟声发出战斗警报，大炮炮口转向人群，舰长向扩音器喊道：

“向后退！要开炮了！”

人群向后退了，蜂拥而去，被踩倒的人发出尖叫声。扬起一片尘土，岸上空了。纵帆船用钢缆挂上“菲多尼西号”，把它拖走了。

“刻赤号”跟在后面，慢慢地走到停泊场里准备沉船的地方，所有的军舰都停在那里，在微波中荡漾。谢苗望着跟在船尾高高飞翔的海鸥，然后开始凝视两手紧紧抓住舰桥栏杆的舰长。

这时是下午三点多钟。“刻赤号”从“菲多尼西号”右舷绕过去，舰长只说出一个字，从机器中发射出一条鱼雷，像黑影似的一闪而过，碧波上泛起一条泡沫，刹那间，“菲多尼西号”船身从当中炸成两段，向上掀起，从大海的深处涌起一座毛茸茸的泛着泡沫的浪峰，一阵沉重的轰隆声从海上向远处滚去。等浪峰落下之后，水面上再也看不见“菲多尼西号”了——除开一片泡沫之外，什么也没有。沉船就这样开始了。

爆破人员打开其余驱逐舰上的通海阀和楔形阀，然后又打开向下倾斜一侧的所有舷窗，从下沉的甲板跳上小船之前，点着了缓燃导火线，以便用十磅的炸药炸毁涡轮机和汽缸。这些驱逐舰很快就沉入水里，足有十几俄丈深。过了二十五分钟之后，停泊场上空荡荡的了。

“刻赤号”开足马力，向“自由俄罗斯号”靠近，一连放出几个鱼雷。水兵们慢慢地脱下帽子。第一个鱼雷打中了船尾，主力舰被急流卷得摇晃了一下。第二个鱼雷打中了船舷的正中。透过飞溅的泡沫和一片烟雾可以看见主力舰的桅杆摇晃起来。这艘大战舰就像是个有生命的东西似的拼命挣扎着，在咆哮的大海上和轰隆的爆炸声中，显得更加巍然壮观了。水兵们流下眼泪。谢苗用双手捂住脸……

在这个时候，舰长库克利更加消瘦了，瘦得只剩下个鼻子，朝正在下沉的军舰伸出去。最后一个鱼雷又打中了，“自由俄罗斯号”的龙骨开始向上翘起来……它又做了一次挣扎，像是要从水里浮起，却迅速沉入海底，只留下一片带泡沫的旋涡。

“刻赤号”逐渐加到最快的速度，离开沉船的地点，向图阿普谢开去。第二天拂晓，船员都上了小船。然后，“刻赤号”用无线电发出一份电报：

> 大家注意……黑海舰队凡是宁愿毁灭而不愿可耻地投降德国的舰只，已被我炸沉，现在我也沉没了。驱逐舰“刻赤号”。

这艘驱逐舰打开通海阀，炸毁机器，沉入十五俄丈深的海底。

谢苗·克拉西利尼科夫在岸上跟伙伴们商量，现在到什么地方去？大家左思右想，最后决定到伏尔加河上的阿斯特拉罕去，听说沙霍夫正在那里组织内河舰队跟白卫军打仗。

科茹赫率领的塔曼军队，沿着山间小路或穿过荒野，被敌兵追击着，受到纷纷暴动的哥萨克村子的包围，辗转曲折地向库班河上游突进。

在黑海舰队沉没之后，新罗西斯克已被德国人占领，却是塔曼军队的必经之路。塔曼人的队伍出其不意地来到城下——排成纵队唱着歌从城里穿过。德国卫戍部队不明白他们的意图，纷纷上了军舰，用军舰上的大炮向塔曼军队的后队开炮，同时打了那些尾随在后面、喝醉了酒、凶猛残暴的哥萨克。

德国人出于谨慎，撤离了这座城市，等科茹赫且战且退，走远之后，城里先被哥萨克占领，随后又被白军的正规部队占领。城市遭到任意劫掠。

水兵、红军战士、甚至穷苦一点儿的居民，不经审讯就吊在电线杆上。在那些日子里，用大车往海边运去三千具尸体。新罗西斯克变成了白军的港口。

塔曼军队后面拖着一万五千难民的大车队，沿着饥饿的海岸，走到图阿普谢，从那里急转弯，直奔正东。邓尼金的部队在后面紧紧追赶，前面所有的峡谷和高山都被暴动的哥萨克盘踞着。每天都要发生艰苦的战斗。这支军队流着血，饿得半死，且战且走，一会儿进入峡谷，一会儿爬上陡峭的山崖，人越走越少，却仍然拼命冲破敌人的封锁，向前走着。

有一次，一个被波克罗夫斯基将军俘虏的红军战士放回来，给科茹赫带来一封信，这封信是用军人的直率语气写的：

> 你这个坏蛋，为了你参加布尔什维克、小偷和无赖的队伍，俄国陆海军的全体军官都丢尽了脸；你要知道，你和你那群无赖的末日到了。我们已经把你这个坏蛋牢牢地钉住了，无论如何也不会放过你。你要想得到宽恕，也就是说为了你的过错甘愿进劳动惩罚队，那么我命令你执行我的命令：今天全部放下武器，把解除武装的匪徒带到别洛列琴车站以西四五俄里的地方。当你执行了这个命令之后，就往第四信号房给我送个信……

科茹赫一边看信，一边用罐头盒喝着茶。他打量了一眼这个光着脚、没扎腰带的红军战士,见他垂头丧气地站在眼前。

“你好糊涂,老弟,”科茹赫对他说,“你怎么能把这样的信送给我?快回你的部队去吧……”

就在这天夜里,科茹赫给波克罗夫斯基一个沉重的打击,打退了白军部队,并用骑兵把他们冲散了。科茹赫冲到别洛列琴车站,突破了重围。到九月末,塔曼军队又在邓尼金部队占领的阿尔马维尔城下出现了,用急袭攻占了它,在涅温诺梅村跟索罗金军队的残部汇合。

索罗金在维谢尔基和叶卡捷林诺达尔一带溃败之后,在军中威信扫地;他既然饱尝过威名赫赫的美酒,又为这次失败而暴怒不已,跟着队伍一直向东退去,他就像卷在旋涡里的木片似的,卷在从前叫做师、旅、团的人群之间。现在他们不过是乌合之众,一听到敌人的枪声就仓皇逃走。他们在撤退的途中,把沿路的村子洗劫一空。他们惟一的愿望,就是赶快摆脱掉背后紧紧跟着的死神,不管跑到哪里都行。在捷列克河草原上,一眼望不到头的逃兵队伍,沿着从前有许多民族走过的、苦艾丛生、丘墓累累的古道艰难地走着。

从叶卡捷林诺达尔城下大约逃出来二十万军队和难民。凡是留在那里的人,都被哥萨克砍死、吊死或折磨死了。每个村子的角锥形杨树上,都有吊着的尸体来回摇荡。现在对红军的报复是毫不留情的,不再担心红军会回来。在整个地区,连布尔什维克这个名字本身也被消灭干净了。

索罗金是在革命中诞生的人物。他凭着野兽的直觉,了解革命的高涨和低落。他并不去领导这场退却,那样做毫无必要。这股自发力量一个劲儿向东奔去,一旦白军追逐的劲头减弱了,它会自动停下来。

他只能坐在这列在被烤焦了的草原里爬行的火车上,用阴郁的目光望着窗外,从车旁掠过的是古代佩拉兹格人、克尔特人①、日耳曼人、斯拉夫人和可萨人②的丘墓……他的警卫人员保护着他的车厢,因为来来往往的逃兵叫喊说:

---

① 克尔特人是公元二千年前发源于西欧的游牧民族。

② 可萨人是突厥人的一支,《新唐书》称为“突厥可萨”。

“弟兄们，指挥员把我们出卖了，把我们换酒喝了，打死你们的指挥员吧，我们早把指挥员打死了。”

参谋长别利亚科夫有时来到索罗金的车厢，也唉声叹气，小心谨慎地说上几句没法斗争下去的含糊其词的话。“革命总是有阶段的，”他老是反反复复地说，用手掌摸着高大的前额，“高潮过去了，现在反对我们的已经是一股自发力量。我们现在不光是同军官们作战，而是同全民作战。必须及时挽救革命成果……哪怕是用妥协求和的办法……”于是他从历史上引证许多令人信服的例子……

“你打算用多少钱收买我，你这个坏蛋？”索罗金往往只用这么一句话来回答。要是邓尼金现在落到他的手里，他会活吃了这个家伙。但是，最令人气愤的还是自己的同志，是黑海中央执委会的那些委员，他们早从叶卡捷林诺达尔逃到皮亚季戈尔斯克去了。他们光知道“要采取措施制止索罗金的独裁企图”。最紧急的命令他们都不执行，却到处插手，带着他们的马克思往总司令的心里钻。

金发女郎津卡又出现在索罗金的客厅车厢里——从这里可以看出别利亚科夫的关怀备至。津卡跟从前一样脸色红润、妩媚动人，只是嗓子有点儿哑；她所有的绸子衣服和六弦琴在大车上被偷了。她对总司令的态度也不像从前那样百依百顺了。

每天晚上，客厅车厢拉上窗帘，索罗金喝醉了酒、陷入阴郁的喜悦中之后，津卡拨弄两下三弦琴，絮絮地讲起跟别利亚科夫一模一样没味儿的话，说是革命马上完蛋了，说拿破仑所以能出人头地，因为他巧妙地搭起从雅各宾党的恐怖通向帝国的桥梁……索罗金的眼睛开始闪光了，心跳得更有劲了，把掺着一半酒的热血，送到脑子里……他一下子拽开窗帘，望着窗外漆黑的夜色，觉得在这黑暗中也有他那狂热幻想的反光……

白军的追击减弱了。红军终于在库班河上游的左岸立定脚跟，进入战壕。这时，铁师师长德米特里·日洛巴率领一大批载重汽车从察里津穿过吉尔吉斯大草原回来了。他运来二十万发子弹，还带来一项命令，要求高加索军队北上，驰援陷入阿塔曼克拉斯诺夫的哥萨克白军重围的察里津。

索罗金断然拒绝执行这项命令。乌克兰团在外地作战早已厌倦了，听到命令骚动起来，撤离前线。索罗金的劝说和恫吓，他们都满不在乎。只有日洛巴（原是波尔塔瓦人）劝住了一部分部队；他跟战士们讲话按照庄稼人的方式，慢条斯理，讲清道理——既夸奖他们，也夸奖自己一番。这些乌克兰人看到他不是一般的人，是个首领，便听从他的话。德米特里·日洛巴率领他们参加战斗，在涅温诺梅斯一带击溃了一支强大的军官纵队。为了这件事，索罗金恨死了他。

索罗金先是向德米特里·日洛巴祝贺胜利，任命他为某一段前线司令员，同一天又密令解除他部下的武装，把日洛巴本人和他手下的指挥员统统枪毙。日洛巴听到这项密令，率领经过乌克兰人补充的铁师离开前线，按照第十集团军革命军委会的命令，穿过盐沼草原和流沙前去增援察里津。于是，索罗金宣布他不受法律保护，每个红军战士都有责任打死他，并且禁止任何人向铁师供应粮草。但是日洛巴却安然无恙地走了，没有一个人下得手去杀他。沿途中需要饲料的时候，他就走进村子，摘下库班帽，眼含热泪向村执委会要干草、燕麦和面包，并向人们说明，他日洛巴不是叛徒，总司令索罗金才是白匪和叛徒呢。

不久，索罗金的虚荣心又受到一次考验：被人认为已经牺牲的科茹赫突然从山里钻出来，急袭攻占阿尔马维尔，把白军撵过库班河。这群塔曼人对索罗金的命令执行得很勉强，有时干脆不服从。在艰苦行军中受到了锻炼的塔曼军队，成为溃败之后的索罗金军队的骨干，现在正在阿尔马维尔—涅温诺梅斯—斯塔夫罗波尔一线挖壕据守。

时值秋天，为争夺富饶的斯塔夫罗波尔城正进行漫长的浴血战斗。到处打先锋的都是塔曼人。

邓尼金也增添了生力军——白色游击队员什库罗①，一个不要命的无赖和打手，纠集各种地痞流氓组成一支凶悍的哥萨克连。

索罗金的司令部转移到皮亚季戈尔斯克。从此索罗金再也没到过前

---

① 什库罗（1887—1947），也叫什库拉，内战时期反革命头子，一九一九年升到高加索军长，一九二〇年逃亡国外，后来与希特勒匪徒勾结，被苏联法庭判以死刑。

线,因为开始实行新的体制,莫斯科政权深入高加索,作用一天比一天大了。事情是这样引起的:边区党委会决定组成一个革命军事委员会。索罗金不敢跟莫斯科较量,只好服从。组成革命军事委员会的都是新人。总司令的职权由军事委员会承担。索罗金这才明白,问题牵涉到他的脑袋,便开始拼命反抗了。

在革命军事委员会的会议桌上,他总是阴沉着脸坐在那里,一言不发;要是发言,便坚持己见,一个字也不能改。而且他往往能够按照自己的意愿行事,因为在皮亚季戈尔斯克集中了他的亲信部队。人人都惧怕他,也不无道理。他总想找个机会显示一下自己的权力,果然就找到了。第二塔曼纵队指挥员马尔特诺夫在阿尔马维尔的全军代表大会上宣布,他拒绝执行总司令的军事命令。于是索罗金要求革命军事委员会取下马尔特诺夫的脑袋。他威胁说要不处决马尔特诺夫,军队要完全陷入无政府状态。要想救马尔特诺夫是不可能了。他被召到皮亚季戈尔斯克,立即逮捕,在广场上,在队列前当众枪毙。于是,在各塔曼团掀起一场风暴,他们发誓一定要替他报仇。

这时在总司令之下组成新的参谋部。别利亚科夫被撤掉了,索罗金也没有坚持用他。参谋长交代了工作和钱款,来到老朋友的住处,要求说明原委。索罗金倒背着手,在屋里踱来踱去。桌子上点着一盏用罐头盒子做的油灯,摆着的菜肴还没有动,还有一瓶刚打开的伏特加酒。窗外,树木葱茏的马舒克山在干燥的夕阳里呈现一片黛色……

索罗金朝来人扫了一眼,继续踱着步。别利亚科夫在桌旁坐下,低垂着头。索罗金在他面前停下脚步,抽动一下肩膀:

“想喝点儿酒吗?喝最后一杯。”他哑着嗓子笑了一声,迅速斟上两杯酒,但他并没喝,又开始踱来踱去。“你的角儿演完了,老兄……我劝你远走高飞……我不会庇护你……明天我就成立一个委员会,审查你的事,懂吗?完全有可能要枪毙你……”

别利亚科夫仰起灰暗、消瘦的脸孔望着他,用手掌擦了一下前额,然后无力地放下。

“你呀……是个微不足道的……小人物。”别利亚科夫说。“我白白为你费尽了心血……你是个混蛋……我还说他将来一定会成为拿破仑……不过是个虱子而已！……”

索罗金拿起酒杯，牙磕到玻璃杯上丁丁响，一口喝干了。把双手插进切尔克斯大衣的口袋里，又踱起步来。走着走着突然站下：

“不审查你了。你快见鬼去吧！至于说我为什么不现在就毙你——你要记住——这是为了你过去的功劳……你要明白这一点——懂吗？”

他的鼻孔用力地吸气，嘴唇发青，浑身发抖，竭力抑制着怒气。

别利亚科夫十分了解索罗金的脾气：拿眼盯住索罗金，向门口退去，急忙关上身后的门……他从后门出去，穿过院子溜了，当天夜里离开了皮亚季戈尔斯克。

时间一小时一小时地过去了，索罗金一杯接一杯地喝着，想了一整夜心事。他的老朋友在酒中加了一滴轻蔑，毒害了他，这毒药太可怕了，痛苦难以忍受……

他用双手捂住脸：别利亚科夫说得对，太对了……六月间，他曾经有过拿破仑的气魄，可是一成立军事委员会，一切都完了，他必须总是看那些莫斯科派来的党代表的眼色行事……别利亚科夫说的话并不是他的独创……在军队里，在党内，谁不这么说！还有邓尼金也这么说，唉，这个邓尼金呀！他想起了叶卡捷林诺达尔的一家白卫军报登的一篇文章——邓尼金答记者问，这时就像针扎他的心一样。邓尼金说：“我原来以为我的对手是一头狮子，但是这头狮子不过是一只胆小的叭儿狗，只是披着一张狮子皮罢了……其实，我丝毫不感到奇怪。索罗金从前是、现在仍然是一个没有文化、平平常常的哥萨克军官，他的官衔不过是个少尉。”唉，邓尼金！走着瞧吧……到时候……你会后悔的！

索罗金使劲地捏着手指，把牙咬得咯吱响。恨不得马上跑到前线，带领全军打垮那些军官，用骑兵冲散他们，践踏他们，从四下点火烧光哥萨克的村子。冲进叶卡捷林诺达尔……下令把邓尼金带来——要把他从被窝里拽出来，让他只穿着衬裤……“怎么，安东·伊万诺维奇，您不是在报上卖弄文字嘲笑一个平平常常的少尉吗？他现在就在您面前，最尊敬的大人……现在怎么办？您是愿意让我们从您的后背上割下几根皮条呢？还是抽你一千五百通条就够了？”

索罗金呻吟着，竭力驱散这些梦想中纠缠不休的呓语……现实却是一片漆黑，捉摸不定，令人心慌意乱，令人感到屈辱……现在必须打定主意。他的老朋友参谋长今天为他尽了最后一次力……索罗金走到窗前，微风送来苦艾丛生的草原干涩的苦味。阴沉沉的天空透出一条暗红色的朝霞，却并不明亮。淡紫色的崔巍的马舒克山又显现出来了……索罗金笑了笑：是呀，真该谢谢你，别利亚科夫……好了——一切动摇和犹豫都见鬼去吧……就在这天夜里，索罗金决定孤注一掷了。

高加索军队革命军事委员会，经过长时间犹豫之后，终于经过表决决定进攻。后方基地转移到圣十字城，军队在涅温诺梅斯集中，准备从那里向斯塔夫罗波尔和阿斯特拉罕前进，以便同正在察里津城下苦战的第十集团军会合。这正是德米特里·日洛巴从察里津带回来的作战计划。

攻打斯塔夫罗波尔的任务交给了塔曼团队。一切都动起来了——后方基地向东北转移，兵车向西北开去。政治指导员和宣传鼓动员为了鼓舞部队的士气，喊着激动人心的口号，都喊破了喉咙。纵队的首长都奔赴前线了。皮亚季戈尔斯克走空了。城里只剩下政府机关——黑海共和国中央执委会，还有索罗金及他的参谋部和警卫人员。在忙乱中谁也没有发觉政府实际上已经交给总司令，任他摆布了。

一天傍晚，索罗金由传令兵陪着骑马往回走，他放马大走，在从市公园往山上拐弯的时候，把一个穿着皮上衣、略微驼背、膀阔腰圆的人撞了一下。那个人晃了晃身子，用手摸着胯股，那里挎着一支那干式手枪。索罗金怒气冲冲地皱紧眉头，认出是格姆扎。这个家伙应该到前方去……格姆扎松开了手枪套。他那被浓眉遮住一半的眼睛，流露出异样的目光……别利亚科夫最后一次跟他谈话时也是这样的目光……格姆扎刮得光光的脸跟靴鞠一样黑，脸上突然露出一窄条白牙。索罗金的心猛地一沉——这个家伙在笑！……

他用小腿把马一夹，马打了个响鼻，往前一挣，驮着总司令沿着蹄声嘚嘚的鹅卵石路向山上跑去，山路上有一群发着膻味的羊群，咩咩地叫着，摇晃着尾巴，从田野里归来。这件事发生在十月十二日夜里。索罗金把警卫长叫来,警卫长回头望望窗户,悄声说,格姆扎的确是今天来到皮亚季戈尔斯克的,还向中央执委会建议从前方调回两个连加强保卫……“连傻瓜也明白,索罗金同志,这些措施是准备对付谁的……”

当秋天的星空在幽暗、沉睡的皮亚季戈尔斯克和马舒克山顶上闪出最为灿烂的光辉的时候,索罗金的警卫队鸦雀无声,悄悄潜入中央执委会主席鲁宾、委员弗拉索夫和杜纳耶夫斯基、革命军事委员会委员克赖尼、肃反委员会主席罗然斯基的住处,把他们从床上拖下来,用刺刀尖顶住后背带到城外,在铁路路基后面,不说明任何理由就枪毙了。

这时,索罗金的车厢停在莱蒙托沃车站,他正站在通过台上。他听到枪声——在深夜的沉寂中响了五下。接着又听到气喘吁吁的声音——警卫长舔着嘴唇走上前来。“嗯?”索罗金问。“解决了。”警卫长回答说,又复述了一下五个人的姓名。

火车开动了。总司令好像长出两个翅膀向前线飞去。可是,这种前所未闻的罪行的消息,比他飞得还快。边区委员会有几个共产党员昨天就得到格姆扎的警告,在索罗金动身之前就坐汽车离开皮亚季戈尔斯克。十月十三日,他们在涅温诺梅斯召开了前线代表大会。正当索罗金像东方的君主一样堂堂皇皇——由警卫连簇拥着,号手们吹着警戒号,总司令的旗帜奔驰在最前头——出现在自己军队面前的时候,在涅温诺梅斯的前线代表大会上一致通过决议:宣布索罗金不受法律保护,立即逮捕,押送到涅温诺梅斯交法庭审判。

塔曼团队的红军战士打开货车车门,向总司令高喊出这个消息。索罗金回到车站上,要各纵队的指挥员来见他。一个人也没来。他在候车室里一直坐到天黑。然后命令给他带马,跟警卫长一起跑到大草原里去了。

革命军事委员会现在只剩下三个人了,一片惊慌:总司令跑到大草原里不见了,军队不肯打仗,要求审判和处死索罗金……但是,十五万人的机器继续运转,什么力量也阻拦不住……于是塔曼部队在十月二十三日向斯塔夫罗波尔发起进攻,白军同时发起反攻。二十八日,各纵队指挥员报告说,炮弹和子弹都不够,要是明天运不到,就没有希望打赢这一仗。

革命军事委员会答复说，没有炮弹和子弹，"你们要光用刺刀把斯塔夫罗波尔拿下来……"二十八日夜里，组织了两个突击纵队。在大炮打出最后几发炮弹的掩护下，他们逼近离斯塔夫罗波尔十五俄里的鞑靼村，白军的前沿就在这里。草原上升起一轮铜盘似的圆月——这就是信号，因为军队里连信号弹都没有了……大炮停止了吼叫……塔曼人的散兵线不发一枪地向敌人的前沿战壕扑去，一下子冲了过去。这时，军乐队的号声齐鸣，战鼓咚咚响，塔曼人的两个突击纵队密密麻麻像海潮似的，在代替子弹声和手榴弹声的军乐声中向前冲去，撵过乐队，在敌人的机关枪火力下成百地倒下去，一下子突破了敌人的主要防线。白军退到山冈上，这些制高点也被所向披靡的冲击所攻克。敌人向城里逃去。红军的哥萨克连在后面拼命追击。十月三十日早晨，塔曼部队进入斯塔夫罗波尔。

第二天，人们在中央大街上看到了总司令索罗金——由警卫长陪着，骑在马上神色自若地走着，只是脸色苍白，眼睛向下看。红军战士一见他，吓得张大了嘴，直往后退："怎么活见鬼了？……"

那些还活着的执委会委员和代表，正在苏维埃大楼开会，门上还挂着撕掉一半的纸条："什库罗将军司令部"——索罗金来到大楼门前跳下马，大胆地走上楼梯，一个军人见他向一旁直躲，他却问道："全体会议在哪儿开呢？"然后来到大厅主席台跟前，傲慢地扬起头，对着惊讶不已和不知所措的会场说：

"我是总司令。我的军队给予邓尼金匪帮迎头痛击，在城里和州里恢复了苏维埃政权。在涅温诺梅斯擅自召集的军队代表大会竟悍然宣布我不受法律保护。谁给他们这种权利了？我要求专门成立委员会来调查所谓的我的罪行。在委员会做出结论以前，我决不辞去总司令职务……"

然后他走出会场，准备上马。但在楼梯上有塔曼三团的六个战士，突然扑到他身上，把他的双手反背过去，捆了起来。

索罗金一声不吭地拼命挣扎；团长瓦西连科用鞭子往他头上抽了一下，喝道："这是为了你杀害马尔特诺夫，你这条毒蛇……"

索罗金被押进监狱。那些塔曼人十分不安，怕他设法越狱逃跑，逃避审判。第二天，索罗金被带去受审，他一看到坐在桌后担任主席的是格姆扎，便明白自己完了。这时，他的求生欲又在心中油然而生，他用手敲着桌子，骂起娘来：

“现在我要来审判你们这些匪徒！你们破坏纪律，无法无天，暗中搞反革命活动！……我会镇压你们的，就像镇压那个坏蛋马尔特诺夫一样……”

坐在格姆扎身旁的审判员瓦西连科，脸白得像纸一样，把手伸到背后，拽出一支大自动手枪，把枪逼在索罗金跟前，向他打出一梭子弹。

从斯塔夫罗波尔继续向伏尔加河前进，已经办不到了。什库罗的凶悍的骑兵连窜到后方，切断了塔曼部队跟基地涅温诺梅斯之间的联系。邓尼金集中所有的兵力包围斯塔夫罗波尔。从库班调来卡扎诺维奇纵队、德罗兹多夫斯基纵队、波克罗夫斯基纵队、乌拉盖的骑兵队和一个新组建的库班骑兵师，这个师的师长原来是一个采矿工程师，世界大战入伍时不过是个下级军官，现在已经成为弗兰格尔①将军了。

塔曼部队苦战了二十八天。在弹药充足的敌人铁桶似的重围中，他们成团地牺牲了。下起绵绵的冷雨，他们没有大衣和皮靴，也没有弹药。从哪里也得不到任何支援——高加索军队的其余部分跟斯塔夫罗波尔的联系被切断，向东退去。

这些塔曼战士在包围圈里东冲西闯，他们的杀伤力很大，使敌人损失惨重。司令员科茹赫害斑疹伤寒倒下了。几乎所有的优秀指挥员不是死，就是伤。十一月中旬，塔曼部队终于突破重围。这支英雄的军队只剩下少得可怜的残兵，没有鞋穿，也没有衣服。他们离开斯塔夫罗波尔，奔东北方向，朝布拉戈达特村退去。后面没有追兵——下起绵绵秋雨，恶劣的天气阻止了白军的继续进攻。

---

① 弗兰格尔（1878—1928），帝俄少将，一九二〇年四月任志愿军总司令，同年十一月逃亡国外。

第十二章

一年之前的十月，居住在俄国土地上的人民要求结束战争。几百万人的呻吟和呐喊——停止战争、打倒继续战争的资产阶级、打倒进行战争的军阀、打倒支持战争的地主——汇合成"阿芙乐尔"巡洋舰炮打冬宫的一声巨响。

当这颗炮弹打穿民心所憎恨的皇宫饰有铅人像和黑花瓶的屋顶，在空无一人、被窝犹温——克伦斯基刚刚在那里忍受歇斯底里的失眠——的寝宫里爆炸的时候，谁能预见到这个仿佛宣告革命结束的声音，这个向皇宫宣布战争、向茅屋宣布和平的声音，会响彻无边无际的国土，从西方到东方，像回声一样震荡着，越来越大，越来越猛，越来越强，像飓风似的怒吼不已。

谁会料到，一个刚刚放下武器的国家，会又拿起武器，进行一场阶级对阶级、穷人对富人的战争……谁会料到，科尔尼洛夫手下的一小伙军官会变成一支庞大的邓尼金部队；捷克斯洛伐克人军用列车的叛乱会变成一场席卷整个伏尔加河流域一千俄里的战争，然后蔓延西伯利亚，形成高尔察克的君主制度；帝国主义的封锁把苏维埃国家困得喘不过气，在全世界一切新出版的地图和地球仪上，世界六分之一的土地变成空白，不涂任何颜色，只是用粗粗的黑线圈起来，不标任何名称……

谁会料到，大俄罗斯国尽管被切断了海上的通道，切断了产粮的省份，切断了煤和石油，忍受饥饿、贫困，发着伤寒的高烧，却硬是不肯屈服，咬紧牙关，派出自己的儿女，一次又一次地投入激烈的战斗……一年之前，人们从前线往回跑，国家好像变成了一块没人领导的无政府的沼泽，但这不过是一种错觉：全国正在孕育强大的亲和力，对正义的追求超出了填饱肚皮的欲望。涌现出大批前所未有的不平凡的人，到处都怀着诧异和恐惧谈论他们的业绩。

苏维埃国家被内部的叛乱震撼着。在雅罗斯拉夫尔发生叛乱（这场叛乱蔓延穆罗姆、阿尔扎马斯、大罗斯托夫和雷宾斯克）的同时，莫斯科也发生了“左派社会革命党”的叛乱。七月六日，有两个社会革命党带着伪造捷尔任斯基①签署的证件，求见德国大使米尔巴赫伯爵，在谈话当中，他们向大使开枪，还扔了一颗炸弹。大使从房中往外跑的时候，被最后一粒子弹打中了后脑勺，当场死亡。同一天傍晚，在清水塘和亚乌扎林荫路一带，出现一群带枪的水兵和红军战士。他们拦劫汽车和行人，搜走武器和金钱，把人带到三圣徒胡同的莫罗佐夫宅邸，这里是暴动的总指挥部。费利克斯·捷尔任斯基亲自来到这所宅邸搜捕杀死米尔巴赫的凶手，也被扣在这里。整个黄昏和前半夜进行了大逮捕。还占领了电报局。但要采取攻打克里姆林宫的断然行动，他们还下不了决心。叛乱分子大约有两千人，他们从亚乌扎河到清水塘之间摆开阵势。

这天夜里，克里姆林宫只靠电话机和古老的城墙保护。军队驻扎在霍登旷野。有一部分因为准备过伊万·库帕拉节②度假未归。克里姆林宫里心情紧张。不过将近天亮终于调来大约八百名战士、三个炮兵连和几辆装甲车；早晨七点，军队开始进攻，用大炮摧毁了三圣徒胡同里的莫罗佐夫宅邸。风波挺大，死人很少——左派社会革命党的“军队”穿过胡同和后门，逃得不知去向。叛军的总指挥波波夫，一个厚嘴唇、两眼发疯的青年人，悄悄溜出莫斯科。过了一年之后，他又在马赫诺手下露面，当上谍报队长，以极端残酷而闻名。

莫斯科和伏尔加河上的叛乱都平定了。但是隐藏的暴动遍地皆是：有的是反对布尔什维克，有的是反对德国人，有的是反对白军。乡村向城市进军，劫掠一空。许多城市推翻了苏维埃政权。开始了各共和国纷纷独立的时代，它们就像马勃似的，刚一生出来，就破裂了，有的共和国小得很，骑上马从早到晚就可以走遍全国。

苏维埃政权集中一切力量制止这种无政府状态。就在这时，它又遭

---

① 捷尔任斯基（1877—1926），一八九五年入党，领导过一九〇五年华沙革命，一九一七年任肃反委员会主席，一九一九年任内政人民委员，一九二四年任政治局候补委员。

② 伊万·库帕拉节，俄国古老的传统节日，在每年的七月七日。

到一次可怕的打击：八月三十日，列宁到布特尔哨卡外的米赫尔松工厂参加群众大会，会后被"右派社会革命党"卡普兰（她就属于带骷髅别针的人的那个组织）开枪打中，身受重伤。

八月三十一日，在莫斯科的大街上可以看到一队从头到脚都穿着用黑皮子做的衣帽——他们排成纵队走在街心，用两根木杆挑着一条横幅，上面写着两个大字："恐怖"……莫斯科和彼得格勒的各个工厂日以继夜地开会。工人要求采取果断措施。

九月五日，莫斯科和彼得格勒各家报纸都刊登了杀气腾腾的标题：

红色恐怖

……兹令各苏维埃立即逮捕右派社会革命党徒、大资产阶级代表人物和一切军官，加以拘留作为人质……凡有企图逃跑或煽动叛乱者，立即采取一律集体枪毙的办法……我们必须迅速和永远保障后方的安全不受白匪的干扰……在实行集体恐怖政策上不得稍有怠慢……

当时各城市供电很少，整个市区一片黑暗。住在富裕市区的居民一看到电灯灯丝烧红发亮，便惴惴不安……武装工人小队马上就会来到这些在临死之前灯火通明的住宅……

一九一八年就要结束了，它像一阵强烈的飓风掠过俄国上空。连阴沉的秋云所含的雨都是黑的。到处是战场——在遥远的北方、在伏尔加河的喀山城下、在伏尔加河下游的察里津城下、在北高加索、在德军占领区的边界上。到处是战壕，战壕，战壕，足足有几千俄里长。即将来临的秋天，并没有使战士们的心感到欢乐，有许多人望着从北方飘来的浮云，不禁想起家乡，屋顶的麦秸被风刮跑了，院子里长满荨麻，土豆收不回来，烂在地里。可是战争还没有结束的样子。前面只有漫长的黑夜和家乡小屋里自古流传的松明，家人望眼欲穿地盼望爸爸或儿子归来，听着别人讲述可怕的故事，吓得孩子们趴在炉炕顶上大哭起来。

为克服入秋这种消沉情绪，党中央委员会在共和国平定各地叛乱之后，在莫斯科、彼得格勒、伊万诺沃-沃兹涅先斯克动员了最坚定的共产党员，把他们派到军队去。列车把这些党员送往前线，一路上还制止了铁路工人有意或无意的消极怠工。严厉的恐怖制度深入到军队中间。把一盘散沙的队伍组织成服从革命军事委员会统一意志的团队。英勇善战成为每个战士的天职。胆怯等于叛变。现在红军前线转入进攻。经过短时间攻击，占领喀山，接着又占领了萨马拉。白卫军队伍在红色恐怖面前仓皇逃跑。在斯大林担任第十集团军革命军事委员会委员的察里津城下，红军跟阿塔曼克拉斯诺夫的白色哥萨克军队展开一场大血战，这个阿塔曼受到德国参谋总部的供应和驱使……

不过，这只是一场伟大斗争的开端，是一九一九年重大事件发生之前的部署兵力而已。

伊万·伊里奇·捷列金完成了格姆扎交给的任务。在攻打喀山的战斗中被任命为团长，并且最先冲进萨马拉城。在一个炎热的秋天，他骑着一匹毛茸茸的瘦马，在自己团队的前头，慢步走在贵族街上。队伍经过修有亚历山大二世纪念像的广场——纪念像又被匆匆忙忙用木板钉起来。前面拐角上的第二幢房子就是……伊万·伊里奇低下头——他知道他将看见的是一幅什么景象，但是心头还是感到一阵难过。二层楼上布拉文医生家所有的玻璃窗都被打碎了——他骑在马上看得清清楚楚：那就是那扇胡桃木门，当时达莎曾像梦似的从门里出来；那就是书房，书架被推倒了，门捷列夫的肖像还歪歪扭扭地挂在墙上，镜框上的玻璃已经碎了……达莎在哪儿？她出了什么事？这些问题，当然谁也回答不上来。

第三部

阴暗的早晨

生当为胜利者，
死要死得光荣……

斯维亚托斯拉夫

第 一 章

篝火旁边坐着两个人——一男一女。从草原的冲沟里袭来阵阵寒风，吹着他们的脊背，刮得麦粒早已脱落的麦秆沙沙响。女的蜷起腿，用裙子盖着，把手插进厚呢子大衣的袖筒里。那条自己织的毛围巾一直盖到眼睛上，只露出直溜溜的鼻子和固执地闭着的嘴唇。

篝火不大旺，烧的干牛粪，都是那个男的刚从冲沟里饮牲口的地方捡来的，足足捡了好几抱。糟糕的是，风势越来越猛了。

“要是守着小窗，在壁炉的毕剥声里去欣赏大自然的美丽，再来上一点儿感伤，可就舒服多了……啊，我的上帝，真苦闷呀，这才是草原里的苦闷呀……”

那个男的说这话的时候，声音不高，带点儿挖苦和洋洋得意的味道。女的把下巴朝他转过去，可是并没张嘴，没有答腔。她太疲倦了，因为走远路和饥肠辘辘，再加上那个男的说话唠叨，总是想法猜测她内心的思想活动，并以此而自鸣得意。她微微扬起头，从盖住前额的围巾底下向远处望去，在隐约可见的山峦后面有一抹晚秋暗淡的夕阳，像一条小窄缝横在天边，已经不再照射这荒无人烟的草原。

“现在我们来烤点儿土豆，达丽亚·德米特里耶夫娜，让灵魂和肉体都得到快乐……我的上帝，要是没有我，您可怎么办呢？”

他弯下腰，挑了几块厚实点儿的牛粪，左摆弄，右摆弄，小心翼翼放在红火炭上。接着又从一旁把火炭拨开，从大衣的衣袋里掏出几个土豆埋在里面。他脸色红润，显得非常滑头，甚至狡诈，扁头鼻子肥大，下巴上长着稀稀拉拉几根胡子,唇髭又乱糟糟的,他还不住地吧嗒嘴。

“我就琢磨您这个人,达丽亚·德米特里耶夫娜,您不大怕生人,可又算不上精明强干,您的文化又很肤浅,亲爱的……您就像一个通红的苹果,甜倒是甜,就是不够成熟……”

他一边说着,一边翻弄土豆——这是刚才他们经过草原上的人家时从菜园里偷来的。他那肥大的鼻子被篝火的火炭照得发亮,鼻孔奇怪而狡黠地翕动着。这个人名叫库兹马·库兹米奇·涅费多夫。他的唠唠叨叨和喜欢揣摩达莎的想法,使她烦得要死。

他们是几天前在火车上认识的,那趟火车开起来既没有固定的时间表,也没有固定的路线,终于被白军哥萨克弄翻了,滚到路基底下。

达莎坐的最后一节车厢虽然还停在铁轨上,可是有一挺机关枪照它打了一气,车厢里的人都跑到大草原里去了,因为按照当时经常发生的情况可以估计到,乘客一定会遭到抢劫和屠杀。

这个库兹马·库兹米奇在火车上两眼就不住打量达莎——不知她哪一点讨他喜欢,尽管她从不肯做坦率的交谈。现在天刚亮,落在这荒凉的大草原里,达莎反倒抓住他不放了。处境的确是绝望的:从翻车的路基底下传来一片枪声和喊声,接着火光冲天,把落着霜的老苍耳和干蒿子棵阴森的黑影赶跑了。前面还有一千俄里的路程,可怎么个走法呢?

库兹马·库兹米奇跟达莎并排朝东走去,从渐渐发绿的曙光中传来一股炊烟味。他一边走,一边发着大致是这样的议论:“您呀,漂亮的小姐,不但受了一场惊吓,而且照我看,还一定十分不幸。我呢,虽然命运多舛,却从来不知道什么叫不幸,更不知道什么叫寂寞……我原来是个神父,因为有自由思想被剥夺了圣职,关进修道院。现在正像古话说的,‘无家可归’,到处流浪。要是有人认为,谈到幸福就必须有一张暖和和的床、一盏安安静静的灯,身后还有满架诗书,这样的人永远也得不到幸福。这样的人总以为幸福就在明天,一旦大难临头,明天没了,暖和和的床也没了。这样的人一辈子只好唉声叹气……现在我走在草原里,我的鼻子闻到了烤面包的香味,这就是说,前面有人家,我们马上就会听见狗汪汪叫了。我的上帝!您看,天越来越亮了!我身旁是一位天使般的旅伴，她在呻吟，使我发起善心，使我恨不得要撒欢儿。我是个什么人呢？——是个最幸福的人。我兜里总揣上一小口袋盐。我总是从菜园里摸它两个土豆。以后会怎么样呢？——这是各种感情发生冲突的花花世界……我呀，达丽亚·德米特里耶夫娜，对我国知识分子的命运没少发议论。这些家伙都不是地道的俄国人，我告诉您说吧……一有风吹草动——唉！——连影儿都不见了……可我，一个被免职的神父，却快快活活地到处走，我还真想再多闹腾几年呢……”

要不叫他，达莎可就完蛋了。他不管遇到什么情况，都有办法。太阳出来的时候，他们走到一户人家跟前，这家人家坐落在光秃秃的大草原上，周围连一棵树也没有，马圈是空的，土院墙，院子里的棚盖烧坏了——在井台跟前有个白发苍苍、气势汹汹的哥萨克，端着别旦式步枪迎上前来。他那紧皱的浓眉底下一对浅色眼睛闪射出发疯的光芒，大声喝道："滚开!"库兹马·库兹米奇一下子就把这个老头儿哄弄了："我可找到好地方了，老爷子，哎哟，哎哟，祖国的大地！……我们为了逃避革命，不分黑天白日地跑，把脚磨破了，渴得舌头都裂了，您就行行好，把我打死得了，反正也无路可走了。"原来这个老头儿并不厉害，甚至很容易掉泪。他的儿子们被动员参加了马蒙托夫①军队，两个儿媳妇离开家到村子里住去了。他现在也不种地了。红军从这里过，把他的一匹马动员去了。白军从这里过，又把他的鸡鸭动员去了。如今只剩下他一个人守着这个家，饿了就啃一大块发绿的面包，要抽烟就搓点儿陈烟叶……

他们在这里歇了一天，傍黑继续赶路，直奔察里津，因为从察里津再去南方要容易得多。他们就这样黑天走路，白天睡觉——常常是睡在去年的草垛里。库兹马·库兹米奇尽量绕着村子走。有一次他们从一片白垩土冈上望见一座村子，无数的白草房沿着一条狭长的池塘远远地伸展开去，他说：

“在现在这种时候待在人多的地方很危险，特别是那些连自己都不

---

① 马蒙托夫(1869—1920)，帝俄中将，内战时期是反革命头子之一，任白匪骑兵军长，曾偷袭红军后方，以此闻名。

知道想干什么的人,更是这样。你自己不知道想干什么,这就让人无法理解,容易引起怀疑。俄国人脾气暴,达丽亚·德米特里耶夫娜,俄国人过于自信,而且自不量力。你交给他一项任务,哪怕超过他的能力,只要是像样的任务,他就会对你五体投地……不信您下去到村子里走走,人们就会刨根问底。您可怎么回答呢?说您是一位知识分子!说您还没做出决定,到如今连一条都没做出来……”

“我告诉您,别老缠着我。”达莎轻声说。

不管她怎么守口如瓶——出于自尊心和不爱讲话——库兹马·库兹米奇到底把她的身世几乎都打听出来了,知道她父亲是布拉文医生,丈夫是红军指挥员伊万·伊里奇·捷列金,还有个姐姐卡佳,是个“美丽、温顺而高尚的”女人。有一天,天气晴朗,夕阳西下,达莎在草垛里睡足了觉,走到小溪边洗了脸,梳好在毛围巾底下擀毡了的头发,然后吃了点儿东西,心情舒畅了,也不等人家问,突然自己讲起来:

“……您看,是这么回事……我在萨马拉的父亲家里再也住不下去了……您说我是个寄生虫。可您知不知道,我对自己的看法比您的看法还要坏得多……但是,我决不认为自己就是卑鄙的、最坏的人……”

“这可以理解。”库兹马·库兹米奇吧嗒一下嘴,回答说。

“您一点儿也不理解……”达莎眯细眼睛望着篝火。“我丈夫只为了跟我见上一面,甘愿冒着生命危险。他是个勇敢、坚强、做事果断的人……嗯,可我呢?为了我这样一个娇小姐值得冒生命危险吗?出了这件事以后,我悔恨得把脑袋往窗台上撞。我恨死我父亲了……因为一切都是他的过错……他是一个多么可笑、多么没有价值的人!我决定到叶卡捷林诺斯拉夫去找姐姐卡佳,她一定会理解我的,她一定会帮助我:我的卡佳姐姐很聪明,像琴弦一样敏感和富有同情心。请您不要笑——我应该做点儿平凡、高尚而必要的事,这就是我的愿望……但是我就是不知道怎么开头。只是请您现在不要对我高谈革命了……”

“可我,亲爱的,根本没想高谈阔论什么,我这不仔细听着,打心眼儿里同情您吗。”

“哼,打不打心眼儿里——您就别来这套了……正在这个时候,红军逼近了萨马拉……政府仓皇逃跑——真是狼狈极了……父亲叫我跟他一起走。当时我们有过一场谈话——我们俩都做了充分表演……父亲派人去叫警察：‘你呀，我的亲爱的，将被绞死！’警察当然没有来，人都跑光了……父亲拎着一个皮包蹿到街上，我俯在窗口向他喊出我的诅咒……世上再没有比我父亲更可恨的了！嗯，然后——我用围巾蒙住头，往沙发上一躺，放声大哭！从此，我跟过去的整个生活便一刀两断了……”

他们就这样在草原里走着，绕过被内战搅得沸腾的大小村庄，一路上几乎没遇到任何人，并不知道这一带正在发生一场流血事件：伟大顿河军在八月失利之后，又纠集七万五千人的队伍，再次包围察里津。

库兹马·库兹米奇一边从灰里往外扒土豆，一边说：

“您要是太累了，达丽亚·德米特里耶夫娜，今晚上我们就歇歇，又不是火上房，何必着急。只是这个宿营地可没选择好。从沟里刮来冷风，恐怕睡不成觉。还是趁着星星，一点儿一点儿慢慢走吧。这世界有多好呀！”他抬起狡黠的红脸，仿佛想检查一下天上的情况是否都正常？“难道这还不是奇迹中的奇迹吗，亲爱的？有两个小昆虫在宇宙间爬行，用探索的智慧观察着事物的演变，发现一个现象更比一个现象令人惊奇，他们做出结论，却不必负任何责任，他们解除了饥渴，却不必违背自己的良心……不，不要急于结束这次旅行吧！”

他从衣袋里掏出小盐口袋，捡起一个土豆，用两个手掌托来托去，然后用手指捏着吹了一气，掰成两半，递给达莎。

“我读过很多很多书，可这些东西存放在脑子里没有一点儿次序。革命把我从修道院的监狱里解放出来，却不大和气地把我抛进生活里。萨拉托夫的民警所长倒是个挺聪明的人，把我拘留了两个月，然后给我发了一个身份证，他亲笔写上了：职业——寄生，教育——伪科学，信仰——没有固定信仰。所以，达丽亚·德米特里耶夫娜，当我落得只剩下兜里一小口袋盐，变成绝对自由的人的时候，我明白了什么是人生中的奇迹。那些没有用的知识，简直成了我记忆的负担，现在渐渐淘汰了，可有很多知识甚至在交换价值的意义上都很有用……比方说看手相，或叫手相术——多亏了这门学问，我这食盐的储备才能不断得到补充。”

达莎并没有听他讲的话。不知是不是因为风刮着光秃的麦秆，发出尖细的沙沙声，勾引起无家可归的哀愁——她简直想大哭一场，她总是扭过脸去望着那暗淡的余晖。为了寻找伊万·伊里奇，寻找卡佳和寻找自己的出路，她还要走永远走不完的路程，一想到这里，就感到绝望。要是在从前，达莎也许会从顾影自怜中得到某种慰藉，因为她是这样软弱、渺小，又流落到寒冷的草原上，怎能不对自己产生一种钻心的怜悯呢……不，不！……她从库兹马·库兹米奇手里接过土豆，嚼着它，跟眼泪一起咽下去……不禁想起在彼得格勒时接到卡佳来信中说的话："过去已经毁灭了，永远毁灭了，达莎。"

"除开完全脱离生活之外，没有目的的忙忙碌碌，张张罗罗，也是我们知识分子的一种通病，达丽亚·德米特里耶夫娜……不知您注意观察过没有，自由职业者是怎么走路的——比方自由主义者，走起路来两条山羊腿紧倒腾，就像火烧火燎的……上哪儿去？去干吗？……"

这个讨厌的人说个没完没了，自吹自擂。

"不，我们当然得走，走吧。"达莎说，使劲拉紧脖子上的毛围巾。库兹马·库兹米奇用探询的目光瞥了她一眼。这时，在冲沟的一片漆黑里闪出几道火光，响起一阵枪声……

第一阵枪声刚刚响过，空阔无人的草原立刻活跃起来，草原上空那一条落照的裂缝已经在远处的乌云中间合上了。达莎抓住围巾的两角，还没来得及站起身来。库兹马·库兹米奇急急忙忙踩灭篝火，可风势越刮越猛，把火苗刮得更高，火星刮得直飞。火光照亮了一群骑马奔驰的人。他们俯身在马鬃上，扬鞭打马，从冲沟里枪响的地方仓皇逃跑。

他们跑过之后，一切又沉寂下来。只是达莎的心扑扑直跳。冲沟里响起一片喊声，立刻又有一大群持枪的人向这里扑来。他们在草原拉开队形，十分警惕地向前移动。离篝火最近的一个人朝这边转过脸，用年轻人正变嗓的声音喝道："喂，你们是什么人？"库兹马·库兹米奇连忙把双手举过头顶，自动地挓挲开手指。一个穿士兵大衣的年轻人走过来。"你们在这里干吗？"他脸上那两道黑眉毛做好了应付瞬息万变的准备，朝站在篝火旁边的两个人转过脸来。“是探子？是白军?”也不等回答，就用枪托杵了库兹马·库兹米奇一下:“来,来,一边走一边说……”

“我们其实……”

“其实什么？您没看见我们在打仗吗！……”

库兹马·库兹米奇不再争辩,跟达莎一起被人押着走了。队伍前进得特别快,他们几乎小跑才跟得上。天已经完全黑了,他们走到一座用麦秸苫的草房跟前,听见池塘旁边有几匹卸了套的马拴在大车跟前,打着响鼻。前面有人招呼,让队伍停下。战士们围住他,说起话来：

“我们撤了。干脆没法打。那些坏蛋从两侧包抄上来了……就在离这儿不远的大沟里碰上了骑兵侦察队。”

“你们可真行呀,都逃跑了。”被战士们围在当中的人嘲笑地说。“你们连长在哪儿?”

“连长在哪儿？喂,连长,伊万！……快来,团长叫你。”许多声音一齐喊。

从黑暗里走出一个略微驼背的大个子：

“一切正常,团长同志,没有伤亡。”

“派好岗,再派出一支警戒哨,安排战士吃饭,不要点灯,然后到屋里来。”

人群散开了。院子里好像一下子空了,在黑暗里只能听见低低的命令声和岗哨的吆喝声。后来,连这些声音也沉寂了。风刮得屋顶上的麦秸沙沙响,刮得池塘岸边的柳树光秃的枝丫呜呜叫。那个年轻的红军战士又走到达莎和库兹马·库兹米奇跟前。这时,房屋上面的星星更加灿烂了,在星光底下,红军战士的脸显得消瘦而苍白,两道眉毛黑黑的。达莎仔细打量他,暗暗想道,这是一个姑娘……“跟我走。”他厉声说道,把他们领进屋里。“在门斗里等等,可以找个东西坐下。”

他开门进去,随手关上。隔着门听见连长用粗鲁的低嗓音唠唠叨叨地说着。里面说话时间太长,声音又单调,达莎把头靠在库兹马·库兹米奇的肩上。“不要紧,我们总会平安出去的。”库兹马·库兹米奇悄声说。门又开了,那个红军战士用手摸到两个坐着的人,又说了一句:“跟我走。”他把他们领到院子里，四下张望，想找个地方把俘虏关押起来，便指着一间被麦秸顶压得低低的矮小仓房。仓房的门掉了。达莎和库兹马·库兹米奇走到仓房里面，红军战士就在高高的门坎上坐下，还不肯松开手里的大枪。仓房里有一股面粉味和老鼠味。达莎怀着隐隐的绝望说：

“可以在您旁边坐下吗？我怕耗子。”

他不大情愿地挪了挪，她挨着他在门坎上坐下。红军战士突然像小孩子似的，甜蜜地打了个哈欠，乜斜着眼睛瞥了达莎一下：

“这么说，你们是探子？”

“您听我说，同志，”库兹马·库兹米奇从黑暗里往他跟前凑了凑，“请允许我解释一下……”

“您以后再说吧。”

“我们都是和平居民，为了逃避……”

“唉，和平……什么和平？您在哪儿找到的和平？”

达莎把后脑勺靠在门框上，望着这个战士漂亮的脸庞，乌黑的眉毛，轮廓秀气的翘鼻子，厚厚的小嘴，皮肤细嫩的下巴，突然问道：

“您叫什么名字？”

“这跟公事没有关系。”

“您是个女的？”

“这也不能使您得到便宜。”

谈到这里好像应该结束了，但是达莎仍然目不转睛地望着这张俊俏的脸庞，舍不得离开。

“您跟我说话，为什么就像对待敌人似的？”她轻声问道。“您并不认识我。为什么事先就把我设想成敌人？我是跟您一样的俄国女人……也许比您吃的苦还要多一些……”

“什么？俄国女人……哪来的‘俄国’？……你们是资产阶级。”红军战士说着打了个奔儿，为此而皱起眉毛。

达莎的嘴唇不禁张开了。她生性好冲动，于是往前凑凑，在他那粗糙、火热的脸蛋儿上吻了一下。红军战士可没料到这一手，眨巴着眼睫毛望望达莎……站起来，提起枪，走开几步，把步枪的皮带往肩上一挎。

"别来这一套。"他威胁地说。"这呀,女公民,也帮不了您的忙……"

"什么,什么能帮我的忙呢?"达莎热烈地回答说。"您找到了应该做的事,可我没找到……我不顾一切地逃避那种生活。寻找自己的幸福……我真羡慕您……我也想穿上军大衣,扎上皮带!"

她非常激动,把头上的围巾抹下去,用两只小拳头使劲攥住围巾的两角。

"在您看来,一切都很清楚,一切都很简单……您为什么打仗?为的使女人可以不必流泪去仰望这些星星……我也想能有这种幸福……"

她滔滔不绝地说着,而他一直听着,并不想打断她,对她这种突如其来的热情感到莫名其妙。这时,连长从草房里走出来,用粗嗓音说:

"喂,阿格里皮娜,把那两个坏蛋带进来!"

团长两只眼睛离得很宽,目光炯炯有神,用牙叼着烟斗,连长被风吹日晒,皮肤像树皮一样粗糙——两个人都身穿军大衣,头戴制帽,在屋子里桌子旁边坐着,把胳膊肘放在油灯跟前。连长命令在门口站住的达莎和库兹马·库兹米奇往前走几步。

"你们为什么在草原上的部队防地以内待着?"

他两眼并不瞅别的地方,照直盯着他俩的眼睛。达莎在这种目光逼视之下,突然觉得腿发软,用发干的嘴唇嗫嚅地说:

"让他说吧。我可不可以坐下?"

她坐下来,用手扶着板凳沿,望着在破瓦片里浮动着的灯光。库兹马·库兹米奇吧嗒吧嗒嘴,不住地倒换着两只脚,讲起他怎么在大草原里救了达丽亚·德米特里耶夫娜,他们又怎么奔顿河走去,一路上思考的主要都是崇高事物。关于旅途的这些话题,他谈得很详细,为了不致被打断,讲得很急,上气不接下气。可是两个指挥员坐在桌边,就像两块大石头,不动声色。

"指挥员公民们,思考属于博大范畴的事物,是一件伟大的工作。我想说的是什么呢?感谢革命使我们摆脱了使人消磨意志的区区琐事。人是跟神处于同等地位的，他的使命本来应该是完成伟大的任务，就像奥菲士①能用竖琴的琴声使顽石获得生命，使野兽的暴戾得到驯服，可这个人却在冒黑烟的小油灯旁边摆弄钞票，同时利欲熏心，想尽巧妙的方法去欺骗邻居……感谢你们打碎了那种贫穷的日子——叫人一想起来就感到难过……如今没有什么可摆弄的了，不管你愿意不愿意，只好转到高尚的题目上去了……为了证明我的诚实，我给你们看看……（他掏出小盐口袋）这就是我惟一的私有财产，别的什么我也不要，要是需要什么，我可以乞讨或偷。不过，指挥员公民们，我想提出一点不同的看法……你们虽然是为人的幸福而斗争，可是你们常常把人给忘掉了，在你们那里，人是无足轻重的。你们不要把革命跟人分开，不要把革命变成一种思辨哲学，因为哲学就像烟一样虚无缥缈，看它的形状挺漂亮，可一下子就不见了……正是由于这个缘故，我非常同情这个女人的命运：我在她身上好像读到一部优美动人的故事，其实，对每个人只要怀着好奇心和迫切的愿望去接近他们，都可以发现这种优美的故事……这是整个宇宙在你面前走过，尽管它穿的可能是破旧的大衣和破鞋。”

“说得倒蛮玄妙的。”团长吐了口烟说。

“好，拿出证件看看。”连长接着说。他从库兹马·库兹米奇和达莎手里接过证件，把油灯往跟前挪挪，低低地俯下身子，用手指蘸了点儿唾沫，小心翼翼地翻着证件。团长偶尔沉重地叹口气，接着吸上一口烟斗，打了五年仗，这只烟斗在他的小黑胡底下冒了五年烟，把烟锅都烧焦了。

“您父亲是谁？”连长向达莎问道。

“布拉文医生。”

“什么？是不是已经垮台的萨马拉政府的部长？”

“是的。”

连长朝团长瞥了一眼，把达莎的身份证递给团长。他又阴沉着脸问库兹马·库兹米奇：

“您是什么人——是出家人吗？”

---

① 奥菲士是古希腊神话中的诗人及歌手。

库兹马·库兹米奇好像早就盼着这样问他，兴高采烈地挪动着脚，那双破鞋把地磨得沙沙响。

“我有两次被神学校开除——一次因为吃东西犯戒，一次因为写表达自由思想的小诗。我父亲是萨拉托夫的监督司祭，他亲手打过我两次，每次都剥层皮，后来的履历都附在身份证后面了……”

连长并不去听他，斜眼扫了达莎一下：

“您的情形很严重……您只有老实坦白交代。”他皱紧眉头，一边翻弄证件，一边咳嗽起来。“这样也许能救您自己。是呀，情形很严重。”

达莎睁大眼睛默默地望着他。这时，一直站在门口的阿格里皮娜却固执地说：

“伊万，她是可以相信的，我跟她谈过……”

连长抬起大鼻子，盯盯地望着阿格里皮娜。团长微微一笑。库兹马·库兹米奇一个劲儿点头，那张红脸显出快活神情。连长慢吞吞地说：

“我们这是在什么地方？是闲聊天儿？（团长打卷的小黑胡子跳动起来，两眼眯缝着。）战士切布列茨有什么权利在审问中插嘴？……”

阿格里皮娜气得呼呼直喘；要不是团长在场，她会毫不犹豫地像村妇隔着篱笆骂架似的回敬他一句……连长又用粗嗓音说：

“战士切布列茨，出去！”

阿格里皮娜只把两只黑眼睛狠狠一瞪，把枪托往地上一顿，紧闭着嘴唇走了出去。连长呼哧呼哧地伸手到衣袋里去摸叶子烟。

“这么说，您在这里也没闲着，做了宣传鼓动？……”

达莎垂下头回答说：

“我求你们相信我。要是你们不相信，我就没有必要说了。我父亲布拉文是你们的敌人，也是我的敌人……他想处死我，我才从萨马拉逃出来……”

连长把两只大手在油灯前面一摊。

“女公民，叫人怎么相信您呢，您简直是在讲童话故事呢。”

这时，团长把烟斗从嘴里拿出来，在袖子上擦了一下，郑重其事地说：

“别发火，戈拉，也许她说的是实情……您是姓捷列金娜吗？（达莎用勉强可以听见的声音说："是。"）您丈夫的名字和父名记得吧？"

"伊万·伊里奇。"

"在沙皇军队里当过上尉吗？"

"好像是……是的……"

"在红军第十一集团军里当过连长吗？"

"您认识他？"

达莎一下子扑到桌子跟前，她的脸颊变得绯红；方才坐在那里还无精打采，死气沉沉，现在却精神焕发了。

"我最后一次看见伊万的时候，他是冒着子弹从屋顶上逃走的……是这么回事……"

"您请坐，不要紧张。"团长说。"我认识伊万·伊里奇，一起参加过对德战争，一块儿从俘虏营里逃出来的。我姓梅尔申，名叫彼得·尼古拉耶维奇，也许他跟您提起过？在红军里大家也都熟悉他。"他转过脸对连长说："还是你老婆对这个问题看得比你准。"然后对达莎说："您休息一下，我们明天再谈。您就在这里歇歇吧。进了门斗，旁边就是厨房。安安稳稳睡一觉。"

达莎走在前面，库兹马·库兹米奇在后面跟着——这时指挥员们对他好像已经不大注意了——穿过门斗，走进烧得暖和的空厨房。库兹马·库兹米奇劝达莎爬到炉炕顶上："烙烙骨头，一宿就可以补上一个星期的觉。来，我扶您上去，亲爱的……"

达莎好容易爬到炉炕顶上，打开围巾，把它垫在脸颊底下，把大衣盖在身上，蜷起双腿。这里真挺舒服，有一股烧热的砖味和烤面包的焦味。蟋蟀是炉炕的常客，唧唧地叫着。正是蟋蟀使达莎不能立即入睡：梦好像一面薄膜刚刚把她盖住，蟋蟀就唧唧，唧唧——好像用灰色的针脚把她的梦给刺破了……

她忽而觉得好像有个节奏器滴答地响，她正坐在钢琴旁边，呆呆地垂着双手。她的心因为等待什么人而忐忑不安地跳着，但是听到的却不是心爱的人的脚步声——又听到蟋蟀的唧唧声——一针接着一针。

"多么平静呀，多么平静呀，"她心里有个声音在反复地说……"你回到家乡了,可怜的达莎……可你从来不知道有家乡。达莎,达莎……唉,请不要打扰我……嗯,当然这是乐队指挥把象牙指挥棒敲得当当响,马上就乐声大作了……”又听到唧唧,唧唧……

库兹马·库兹米奇在炉子旁边的长凳上躺下,也未能马上入睡,吧嗒着嘴,喃喃地说:

“一下子就相信了,相信了……真是心地纯朴的人……我处在他们的地位,也不会很快就相信的——为什么要相信你们呢?自己都说不清楚自己的身份,来历不明的人……可他们就相信了——有力量的人向来都纯朴……这正是他们的力量所在。现在就把证件还给了我们——他们相信了。好吧,你们需要头脑机灵的人吗?革命需要这样的人吗?需要……那么我可以自荐……达丽亚·德米特里耶夫娜……我问一下:革命需要头脑机灵的人吗?……”

第二章

伊万·伊里奇·捷列金在萨马拉战役之后,得到新的任命。

红军第十集团军在察里津城下的八月之战中,把原来就不足的弹药消耗干净了。他们向上级提出要求——在顿河军队必然发动新攻势之前,向察里津供应一切必不可少的军火,可是共和国最高军事委员会一拖再拖,不愿意答复。集团军司令伏罗希洛夫①把他的战友派到莫斯科去坐镇,专门负责推动和打破最高军事委员会供应部门莫名其妙的拖拉和积压文件的作风。这个战友总算给察里津前线调拨来一些东西。

伊万·伊里奇接受的任务就是到下诺夫哥罗德去把弹药箱和两门大炮装上拖轮,运到察里津。于是,他像今年夏天一样,也像许多年前一样,又坐船走在这浩浩荡荡、无边无垠、荒无人迹、懒洋洋流去的伏尔加河上。

---

① 伏罗希洛夫(1881—1969),一九〇三年入党,参加俄国三次革命,内战时期辅佐斯大林打赢了有名的察里津战役,后升为元帅,曾任苏联最高苏维埃主席团主席。

一艘褐色的矮小拖轮转动着蹼轮，把平静的河水打得啪啪响。前方总能看到河岸，仿佛河流到那里就到头了，然而拐过宽阔的河湾，前面又展现出广阔的远景，在秋阳的照耀下，显得深邃而明净。近几个月来，伏尔加河一带的白军已经肃清了，但是轮船往来，总要尽量离岸边远点儿，因为在陡峭的河岸上常常出现大村子，发黑的木头房子顺着岸边延伸开去，或者在光秃的土冈上透过金黄的树叶露出一座钟楼，正是用机枪扫射的好地方。

有十个波罗的海水兵坐在船尾的大炮旁边说说笑笑。伊万·伊里奇也常常侧身躺在那里听着，有时唉声叹气，听得发呆，有时笑出了眼泪。他是一个实心眼儿的人，听什么信什么，而水兵正喜欢这样的人：你两眼望着他的嘴，听得出神才好呢！

每天，总是那个身材高大、举止稳重的最年轻的水兵、共青团员沙雷金走到船上的钟跟前，敲集合钟：全体上甲板！水兵们坐成一圈儿，老机工从舱口钻出来，据说他在革命中损失很多钱；暴脾气的司炉从舱口探出半个身子，他是个跟谁也合不来、对什么都不满的人；厨娘一边擦着手，一边从厨房走出来。沙雷金坐在盘成团的缆绳上，用充满自信的声音开始宣讲。他由于年轻，并没读过多少书，可是已经能抓住要领。他留着鬈曲的黑发，从水兵帽底下露出来，浅色的眼睛也十分好看，只是鼻子太小，往上翘着，破坏了相貌，这个鼻子好像是从另一个人脸上移过来的。

他的任务并不轻松。水兵们根据自身的经历来理解革命：他们都早就离开自己的家园，离开倒霉的木犁，离开北方沿海的渔船。他们都在军舰上服过艰苦的兵役；时候一到，他们就把军官们扔进海里，升起世界革命的红旗。他们走遍世界，见过世面。世界是辽阔的玩意儿，很合水兵的心。从前水兵的全部财产都放在小皮箱里。如今连小皮箱也没有了，如今水兵的全部家当就是一杆枪、子弹带，再加上全世界……要是现在是斯捷潘·拉辛的时代，他们每个人都会歪戴着红顶皮帽，在辽阔无边的原野上——可以随心所欲——自由驰骋，在后面留下冲天的火光……“喂，你们这些沙皇和大贵族的奴隶们，倒霉的家伙，醉汉加穷光蛋，快来分地分金吧——全都是你的，过过好日子吧！……”无产阶级革命却向他们提出一项比较复杂的纲领,要求他们控制感情的冲动。

"同志们,革命是一门科学。"沙雷金用充满自信的声音向他们说道。"不管你多么聪明,只要不把革命道理搞明白,总要犯错误。犯错误是怎么回事呢?比杀死亲爹娘还要厉害:人一犯了错误,就好比耗子钻进了耗子笼,落到资产阶级思想的泥坑——你就待在里面啃自己的尾巴吧,从前的功劳一笔勾销了,你就成了敌人……"

这些话,水兵们提不出什么反对意见——不懂科学,连军舰都开不走,何况要跟这么强大的反革命做斗争。偶尔,也会有人用刺花的粗壮胳膊抱住膝盖问:

"好,那么你回答这么一个问题:没本事,你连洗澡房的炉子都砌不好,没本事,老娘儿们连面都发不好。你说这个本事需不需要?"

沙雷金回答说:

"同志们,你们看拉图金把话扯哪儿去了?本事是我们身上的东西,可是个危险的东西。它会把人引向资产阶级无政府主义和个人主义……"

"嘿,胡说八道。"拉图金带着绝望的神情朝他挥了挥手。"你得先把这些词儿好好嚼嚼,咽进肚里,然后再拉出来,到那时你再用……"

司炉从舱口用嘶哑的嗓子气冲冲地说:

"本事,本事!染染指甲,穿穿肥腿裤,脖子上再戴上链子……我们见过你们这号人……本事!"

这时,在水兵中间响起一阵不满的嘀咕声。司炉又嘶哑地说了一句"你们最好还是在锅炉房流上十年汗吧",然后就躲进机器舱里,免得惹气生。沙雷金心平气和地平息了这场来势凶猛的风波。"的确,"他说,"在我们中间有那么一些同志染指甲,但他们不过是渣滓。他们不会有好结果的。也有人受了社会革命党的影响。但是,广大水兵群众都以忘我的精神献身革命。要把个人的本事忘掉,要使它服从革命需要。玩玩乐乐,要等以后再说,看谁能活下来。至于我本人,根本不做那种打算……"

沙雷金摇晃了一下鬈发。有一阵子静得只能听到船尾下面哗哗的水声。这一席严肃的话对大家产生了良好作用。俄国人最喜欢热闹:要玩就玩个痛快,连帽子丢了也不顾;要打仗就不管三七二十一,拼命打。在平时,在阴雨连绵的时候死亡是可怕的,而在火热的斗争中,在伟大的事业中,死亡更能激起人的拼命精神,俄国人只要感觉到生活就像节日一样热闹,就会什么也不怕;要是敌人的子弹打中了你,或者撞到闪闪发亮的刺刀上,不过意味着跌了一跤,伸开胳膊腿,躺在广阔的大草原上,仿佛喝了人世间最烈性的酒,脑袋醉得永远不会醒了。

水兵们听了沙雷金说他并不想保住活命,都很满意。于是对他文绉绉的讲话和年轻人的自信也都能原谅,甚至觉得他那个小翘鼻子也长得蛮合适。他讲到粮食垄断制,讲到农村的阶级斗争,讲到世界革命。留着灰色胡子的机工,半闭着眼睛,把手指交叉在一起放在肚子上,不住地点头,特别当沙雷金思路混乱、话讲得不清楚的时候,就点得更频了。厨娘阿尼西娅·纳扎罗娃是上次航行时从阿斯特拉罕雇来的,她从来不跟男人坐在一起。她站在一旁,望着向后飘去的河岸。她那饱经忧患的憔悴脸孔依然很年轻,前额突出,浅灰色秀发梳成一条辫子盘在头上,神色平静冷淡,只是喉咙里有时发出一阵痛苦的痉挛。

捷列金也参加这类宣讲——他讲的是军事形势,用粉笔在甲板上画着前线的分布图。

"你们看,同志们,反革命是按照统一计划行动的:包围俄国中部,切断粮食和燃料的来源,然后就把它扼死。反革命都是在边远地区、土地肥沃的地方发起。比方在库班,有一百五十万哥萨克,还有一百五十万佃户。他们中间的仇恨是你死我活的。邓尼金充分考虑到这个情况,率领一小伙军官志愿军,大胆闯入斗争最激烈的地方,一下子就把索罗金的十万大军打垮了。索罗金这个坏蛋搞无政府主义,一心要叛变投敌,早就应该枪毙。现在,邓尼金正在库班地区帮助哥萨克把红军斩尽杀绝,从而建立起巩固的后方。邓尼金是个有头脑的和危险的敌人。"

水兵们望着捷列金,他们的鼻孔鼓张起来,黝黑的皮肤底下暴起青筋。老机工一个劲儿地点着头:"嗯,嗯……"

"阿塔曼克拉斯诺夫的目标要小得多,因为要想发动哥萨克到顿河以外的地区去打仗,非常困难。大家知道有这么一句俗话:哥萨克长得胖,因为吃饱了就一躺。哥萨克为保卫自己的家,可以豁出命来。不过,就目前看来,克拉斯诺夫的反革命势力对我们最为危险。我们要是被赶出伏尔加河,再丢了察里津,克拉斯诺夫和邓尼金就会跟整个西伯利亚的反革命势力联合起来。幸亏克拉斯诺夫和邓尼金还没有完全取得一致。顿河人把志愿军叫做'流浪的乐队',志愿军则把顿河人叫做'德国人的婊子'……但是我们决不能用这个安慰自己。为了粉碎反革命计划,我们就要提出自己的宏伟计划,而这个计划,头一条就是要整顿红军,克服那种到处乱跑的游击习气……"

沙雷金不住用忌妒的目光瞟着捷列金,插话说:

"说得完全对……嗯,同志们,我们再回到我开始讲的题目上……什么是革命纪律呢?……"

有一次进行这类宣讲时,阿尼西娅·纳扎罗娃突然像瞎子似的往前伸出一只手,说起话来,她声音平稳,却郑重其事,因而大家都朝她转过脸去,听她讲:

"对不起,同志们,让我来讲讲……我要给你们讲这样一件事……"

有一天早晨,天刚亮,阿尼西娅·纳扎罗娃出去给牛挤奶。可是刚刚打开暖圈,从暗处传来褐色乳牛唤人的哞哞声,就听到草原里响起枪声。阿尼西娅放下奶桶,整了整头巾。她的心怦怦跳,当她朝角门走去的时候,两腿都发软了。她到底把角门拉开了,只见村子里的大街上有许多人跟着一辆大车跑,一边跑一边往车上爬。这时,枪声越来越近,越来越密,草原那面有,池塘那面也有,大街这头有,那头也有。那辆大车拉着村苏维埃的同志们,没跑掉,被一帮骑兵围住。这帮骑兵就像一群野狗撕裂一条死狗似的,围着大车转悠,一边用枪打,一边用刀砍。

阿尼西娅关上角门,画了个十字,刚要去拿奶桶,忽然哎呀一声,扑到屋里,两个孩子——彼得鲁沙和阿纽塔——还在睡觉。她抚摩着他们的头,俯到耳边悄悄地把他们叫醒,给他俩穿好衣服,领到院子里的牛棚后面,那里有一堆干牛粪,垛成蚂蚁窝形状,外面挺高,里面是空的。阿尼西娅拆下几块干牛粪饼,让孩子钻进去,在那里坐着,不要出声。

这时,整个大街上一片马蹄声,喊声连天,刀枪丁当响。终于有人用枪托敲起阿尼西娅院子的大门:“开门!”阿尼西娅刚一打开门,两个喝酒喝得发热的哥萨克,一把抓住了她。“先卡·纳扎罗夫在哪儿?你丈夫在哪儿?快说!不说就宰了你!”阿尼西娅的丈夫不是哥萨克,是外乡人,参加了红军,她甚至不知道丈夫现在是否还活着。她就回答说,不知道丈夫上哪儿去了,夏天就被人带走了。那两个哥萨克不再揪住阿尼西娅,走进屋里,把东西翻了个遍,能砸的都砸个稀烂,然后走出来,又抓住阿尼西娅,把她拖到街上,直奔从前阿塔曼住的村苏维埃。

太阳已经升得老高,村里家家都关着窗板,大门紧闭,好像人们还没睡醒。只有村苏维埃门前人很多,许多哥萨克骑着马转来转去,还有没骑马的哥萨克,拖着被绑着的外乡人和哥萨克——其中有的被打得血淋淋的——陆续赶来。后来才知道,这些人是按名单抓的,凡是今年春天投票赞成苏维埃政权的人,都被抓来了。

在阿塔曼的房子里,坐着一个没睡醒的军官,袖子上缝着带骷髅和两根骨头的袖章。在他旁边坐的是人人都认识的哥萨克少尉兹米耶夫,半年前从村中逃跑的。大家早都把他忘了,可如今他就坐在眼前,留着两撇耷拉胡,养得挺胖,体格健壮,脸色像铜一样红得发光。当阿尼西娅被推进屋里的时候,兹米耶夫正朝着被抓来的人大喊大叫——足足有五十多人站在这里,被人看押着。

“你们这些红肚子混蛋,苏维埃政权给了你们什么好处?好,现在讲讲吧,莫斯科的政委们教给了你们些什么?……”

那个军官看着名单,朝每个被推到桌子跟前的人低声地问:

“承认你的姓名吗?好的。同情布尔什维克吗?不同情?五月份投过赞成票吧?没有?这么说,你在撒谎。揍!下一个,哥萨克罗季奥诺夫。”接着抬起像绵羊一样白中带黑点的眼睛:“立正!瞅着我!当过农民代表大会的代表吗?没有?替苏维埃做过宣传吗?也没有?这么说你是对军事法庭撒谎。左边站!下一个……”

哥萨克两人夹一个,把抓来的人推下台阶,按倒在地,扒下裤子,露出屁股,一个人坐在乱扭动的腿上,另一个人用膝盖夹住头,还有两个人抽出大枪的通条，抽打躺着的人——手扬得老高，抽得嗖嗖直响。

现在，那个军官已经不能再低声讲话了——窗外人们的哀号声和叫喊声太凄惨了。刑场四周围着一大群哥萨克，有骑马的，也有没骑马的，有来袭击村子的白军部队，也有当地的哥萨克，他们从屋里跑出来欢迎队伍，高呼着："基督复活了！……"他们也在叫喊和咒骂："打得露出骨头！打得流尽最后一滴血！让他们知道苏维埃政权的好处！"

最后，在阿塔曼的房子里只剩下阿尼西娅和一个年轻的女教师。她自愿到村子里来，尽心尽力在当地居民中普及教育：把妇女召集起来，给她们读普希金和列夫·托尔斯泰的作品，跟孩子们一起捉甲虫——在这样的年代竟然捉甲虫！

兹米耶夫少尉朝她大喊大叫：

"站起来！臭犹太女人！"

女教师站起来，嘴唇哆嗦了半天，说不出话来。

"我不是犹太人，这一点你很清楚，兹米耶夫……就算我是犹太人，我也不明白这有什么罪……"

"早就加入共产党了吗？"那个军官问。

"我不是共产党员。我喜欢儿童，我认为有义务教他们识字！……村子里有百分之九十的人不会看书写字，您可以想象……"

"我想象得出。"那个军官说。"现在我们就要揍你一顿。"

她吓得脸煞白，向后退了两步。少尉向她喝道："把衣服脱下来！"她那漂亮的脸孔哆嗦起来，她解开带格的大衣，像在梦中似的脱下来……

"听我说，听我说！"她朝着军官挥起手。"你们这是干什么，干什么！"窗外有人忍受不住，拼命地叫喊起来。少尉仍然吼叫着："脱裤子，你这个臭婊子！"

"败类！"女教师向他喊道，两眼闪闪发亮，脸上泛起愤怒的红晕。"你们这些野兽，枪毙我好了！你们这些怪物……你们早晚要遭到报应的……"

于是少尉一下子把她抓住，举起来，扑通一声摔在地板上。两个哥萨克上来撩起裙子，压住头和腿，那个军官从桌子后面不慌不忙地站起来，从哥萨克手里接过鞭子，他那灰土土的脸上掠过一丝冷笑。他举起鞭子，狠劲打在姑娘的屁股上；少尉也从椅子上站起来，向前探着身子，大声地数着："一下！"那个军官不慌不忙地抽着，姑娘一声不吭……"二十五下，够你瞧的了。"他说着，扔下鞭子。"现在你去找区里的阿塔曼，告我的状去吧！"她像死人一样躺在那里，一动不动。

有几个哥萨克把她抬起来，放到门斗里。现在轮到阿尼西娅了。那个军官紧了紧高加索皮带，只朝门口摆了一下头。阿尼西娅恨得发疯了，直往外挣——哥萨克上前去拽她，她就抓他们头发，扭动身子，咬他们的手，用膝盖撞他们。她到底挣脱了身子，头巾没了，衣服也撕破了，自己朝哥萨克们扑过去，终于头上挨了一棒，失去知觉。他们用通条在她脊背上狠狠抽了一顿，然后把她扔到台阶下边，大概以为这个可恶的娘儿们已经死了。

骑兵大尉涅梅沙耶夫的讨伐队在村子里建立了秩序，派了村长，装了几大车面包、咸肉和征用的一些破烂东西就走了。村子里一整天都没有一点儿动静——没有一家烟囱冒烟，也没人往外放牲口。到晚上，有几家外乡人的院子起了火，其中就有阿尼西娅家。

邻居没人敢救火，因为在村边上刚一起火时，就有几个哥萨克骑马朝那里跑去，还听到枪声。阿尼西娅家连同院子都烧光了。直到第二天早晨邻居们才想起来：她的孩子哪儿去了呢？阿尼西娅的孩子彼得鲁沙和阿纽塔，在干牛粪堆旁一直待到晚上，跟牛、羊、家禽一起，全给烧死了。

好心的人看阿尼西娅躺在阿塔曼房子的台阶底下不省人事，还不住呻吟，便把她救起来，抬到自己家，把她护理好了。过了几个星期，她渐渐清醒了，才把孩子的事告诉她。阿尼西娅在村子里没事可干了——她就是这样对好心的人们说的。这时已经到了秋天。丈夫音信皆无。她不想活了。她离开村子——从这村走到那村，挨家乞讨。就这样走到铁路线上，终于流落到阿斯特拉罕，轮船路过那里，收留了她，让她当厨娘，因为那次航行时，船上的厨子上岸就没回来。

阿尼西娅·纳扎罗娃讲述了她一生中这样一段遭遇。

“谢谢你们，同志们，”她说，“你们总算知道了我的苦，谢谢你们……”

她用围裙擦干眼泪，回到厨房去了。水兵们用青筋暴起的胳膊抱住膝盖，皱紧眉头，还沉默了很久。伊万·伊里奇走到一边，躺下去。他抑制住叹息，暗自想：“当你遇见什么人的时候，可以漫不经心地走过去，可他在你面前，就像整个王国经历了一场大火，废墟还冒烟呢……”

由于这个女人讲的故事在他脑海里留下印象，他渐渐想起自己的痛苦——他一直把这痛苦深深地埋藏起来，不让别人知道，首先是不让自己想它。他要再想跟达莎见面，没有多大指望了。人的确是最顽强的，任何野兽也忍受不了这样的创伤，这样的灾难。可是天下有多么大！有好几百万人像一股洪流似的向东方涌去，在这洪流中怎么能找到达莎呢？布拉文医生那个老混蛋，说不定还会带她跑到国外去呢。

他不住地摇着头，由于怜惜她而唉声叹气，想起达莎多么喜欢心情的舒适，喜欢雅致的环境，想起她那像冰冷的香槟酒泛起泡沫一般冷冰冰的热情。“她怎能受得了呢？怎能受得了……她是在温室里长大的，想不到，会刮起世界性的寒风……可怜的她，可怜的她，当时在彼得堡死了孩子之后就不想活了——在那些寒冷的黄昏中渐渐自消自灭……”

至于她离开彼得堡以后所发生的事，伊万·伊里奇只是把她那封家信匆匆看过之后，了解一点儿。毫无疑问，达莎在离开彼得堡以后，又吃了不少苦，也明白了许多事……当时为了救他，摆脱那些密探，她是多么热情地把他拉到窗口：“我至死都忠实于你……快跑吧，快跑……”当她偎依着他的时候，她那淡褐色细发的香味，伊万·伊里奇仍然没有忘记，而且永远不会忘记。她真是一个奇怪的、不同寻常的女人，正是他所热爱的女人……“好了，回忆到这儿也就为止吧……”

开始变天了。伏尔加河显得阴沉沉的，从北方涌起一层层寒冷、沉闷的乌云，风吹得低桅杆上的钢索呜呜响。轮船经过卡梅申镇时，没有靠岸。这是一座偏僻的小镇，全是木头房子，山冈上一片片树枝光秃的果园。一过卡梅申，就是察里津前线了。

第 三 章

饱和寒气的乌云，在察里津上空爬行着，风卷起尘土，打着旋儿，遮蔽了拥挤的小木房——这些房子盖得很乱，有的面向大河，有的背着大河，跟厕所和工厂一起堆积在陡峭的沙岸上。伊万·伊里奇顺着大街的陡坡向上走，街上的鹅卵石已经被雨水的急流冲活动了。无论是在堤岸上，在吱嘎作响的码头上，还是在市里，都看不到一个人影儿。直到他来到广场，透过尘雾看见巍然耸立的灰蒙蒙的大教堂，才遇到一支带枪的队伍。他们的服装很不整齐，有年轻的，也有上了年纪的，气急败坏地扭过脸去避着风，向前走着。

走在最前面的是一个满面怒气的瘦老太婆，戴着士兵的制帽，跟大家一样，肩上也挎着枪。当她走到跟前的时候，伊万·伊里奇问她，司令部在什么地方。那老太婆只是恶狠狠地瞥了他一眼，没有回答，整个队伍匆匆走过去，消失在尘雾中了。

伊万·伊里奇要找到集团军的司令部，报告装运弹药的轮船已经到达，并把运单交上去。可是天知道这个司令部在什么地方！到处是钉上木板的商店、没有住户的窗子和铁皮哗啦直响、眼看要掉下的牌匾。伊万·伊里奇突然撞到一个吊着一只胳膊的军人身上，那个人疼得从牙缝里吸了一口气，小声骂了一句。伊万·伊里奇首先道了歉，然后又打听起司令部的地址。这时才看清楚，站在他面前的是萨波日科夫，谢尔盖·谢尔盖耶维奇，他从前的团长。

"哎，你干吗昏头昏脑地到处乱闯。"萨波日科夫说。"嗯，你好！"伊万·伊里奇正要把他搂住，拥抱一下。萨波日科夫闪开了。"得啦，真的，你要稳重点儿。你从哪儿来？"

"是这么回事，我押来一条船。"

"你这个怪家伙，居然还活着！胖得脸蛋儿都要撑破了！……这真是地道的俄国佬！你要找司令部？司令部就在这儿。在哪儿落脚？当然还没地方。好了,我在外边等你。"

他跟捷列金一起走进一座用砖修的门市房的大门里,告诉他司令部就在二楼的房间里。

"万卡,我可等着你,别忘了……"

伊万·伊里奇见过索罗金的司令部,也见过南方前线军队的司令部,到了那里,你就根本找不到你要找的门——人们好像约好了似的,都不说实话,到处都是一片喷吐的烟雾、打字员慌慌张张的打字声,板着面孔的副官穿着带囊马裤,在各房间的门口窜来窜去。这里却静悄悄的。他立刻找到了他要找的房间。里面的窗子落满灰尘,射进来的光线很暗淡,靠窗坐着一个值班人员;他抬起发疟疾的、瘦骨嶙峋的脸,熬红的眼皮一眨不眨地盯着捷列金。

"一个人也不在,负责同志都上前线了。"他回答说。

"请跟司令员联系一下,我急需交代一批货物。"

值班人员由于失眠而瘦得不成样子,行动轻快,站起来望望窗外。外面有人坐车来了。

"请等一下。"他轻声说,继续把各种情报和报告分成几堆,其中有的用铅笔写得歪歪扭扭,内容难于辨认,只可以看出这个人纯朴、勇敢的心灵有多么豪迈。

走进来两个人。一个穿着羊羔皮大衣,脖子上挎着望远镜,生皮武装带上挂着一把骑兵的沉甸甸的军刀。另一个穿着挺长的士兵大衣,戴着彼得堡工人常戴的那种带护耳的棉帽,没带武器。两个人满脸尘土,显得发黑。值班人员说:

"直通莫斯科的电报线已经修好了。"

那个穿羊羔皮大衣的人显得挺年轻,两只褐色圆眼睛露出快活神情,立刻停下脚步:"这可太好了!"另一个人军大衣上沾满泥土,掏出手绢,擦了一下瘦削的脸孔,尽量掸掉小黑胡上的灰尘,两只眼睛炯炯有神,下眼皮向上眯缝着,捷列金感到他用专注的目光打量着自己。

"这位同志找你们报告情况。"值班人员说。

伊万·伊里奇第一次见到这两个人,不知道他们是什么人,有些犹豫不决。值班人员俯耳告诉他：

“您就说吧，同志，这两位是前线军委的。”

捷列金掏出证件，作了汇报。那两个人一听说有一艘运送弹药的轮船已经靠了岸，便交换了一下眼色。那个穿军大衣的人拿起运单，另一个站在背后，隔着肩膀，急切地用眼扫了一下，他那小嘴甚至翕动着嘴唇，重复说着子弹、炮弹和机关枪子弹带等等的数字。

“你们船上有多少人？”穿军大衣的人问。

“十名波罗的海水兵和两门野战炮。”

他们又交换了一下眼色。

“请登记一下吧。”那个人又说。“十七点，全体人员集合，听候前线司令员命令。”他又不慌不忙摇起电话的摇把，发出吱吱嘎嘎的磨擦声，不知跟什么人接上话，低声说了两句，就把话筒放下。“值班员同志，马上多找几辆大车，动员一下制炮厂的工人帮助卸船。然后检查一下执行情况，告诉我。”

两个人走到隔壁房间。值班人员摇起电话，压低嗓音反反复复地说：“运输科……请伊万诺夫同志听电话……没有这个人？牺牲了？请找另一个值班员。我是前线司令部……”伊万·伊里奇坐下填登记表。事情很清楚：既然向司令员报到，就是说要直接进战壕。伊万·伊里奇在轮船上待得发懒了，而现在，当他用划纸的笔尖刷刷写字的时候，又感到一阵熟悉的、这几年来多次出现的意志冲动——他不无惋惜地把自己身上一切安宁、温暖、日常的东西和想保全生命和个人幸福的心理抛到后面去，另一个伊万·伊里奇——一个思想简单、态度严厉、意志坚强的人——在不知不觉中接了岗。

到下午五点还有很多时间。捷列金交了登记表，来到走廊。萨波日科夫连忙从木头长椅上站起来。

“完事儿了？走，随便找个地方聊聊。”

他含笑望着晕头转向的捷列金。萨波日科夫还是老样子：活跃而紧张，好像他总是知道一点儿别人不知道的东西似的，只是外表消瘦了许多，原来红扑扑的脸变得像小老头儿一样干巴。捷列金解释说，他还有事，要赶紧到码头上，把人集合起来，往下卸箱子……

“真遗憾。好吧，就到码头上去。我已经三个月没说过话了，万尼亚，在医院里把我憋得差点儿动手写书，名叫《一个旧知识分子的笔记》……我现在不喝酒了，老兄，早戒了……”

萨波日科夫这次跟伊万·伊里奇会面，十分激动。他们来到大街上。风从后面推着他们，向下边阴沉的伏尔加河走去，河面上汹涌着泛白沫的长长的波浪。

“咱们团在哪儿，谢尔盖·谢尔盖耶维奇？你怎么离开的团队呢？”

“咱们团连根毛也没剩下。在第十一集团军里再没有这个团了。”

捷列金没作声，惊骇地瞥了他一眼。萨波日科夫用一只手遮住灰尘，讲起来：

“我们是在别斯波科伊屯完蛋的。你总知道第十一集团军的悲剧吧？总司令索罗金干了那么多坏事——这个公猫，枪毙他三次也不算多。察里津军委有命令——要我们突破敌人的防线，跟第十集团军会合，他给扣下，不向全军传达。只有日洛巴的一个师执行了命令，掉头扑奔察里津，那也是因为他要枪毙德米特里·日洛巴，宣布人家不受法律保护。你想想看：我们跟矿泉的联系被切断了，跟斯塔夫罗波尔的联系也被切断了——塔曼军队就是在那里覆灭的。索罗金仓皇逃跑，把弹药扔在季霍列茨站上……右边是什库罗的骑兵朝我们逼过来，左边是弗兰格尔的骑兵。我们只好往东退，进入一滴水也没有的大草原……我整整一个团只剩下一连人。为了甩掉敌人，我们一边走一边睡，我们净钻大沟，没有吃的，没有水喝，还刮着刺骨的寒风，这个草原可真该死呀！还有这样的情况：连人带马都给冻死了，便用沙子一起埋上，真像西徐亚人的大坟丘……我们来到别斯波科伊屯的时候，连个人影也没有，看不到小鸡儿，连狗都给哥萨克带走了。可是家家都没关门，你明白吗？门大开着……弟兄们见到牛奶就喝。你明白吗？不一会儿，在地上打起滚来，可已经晚了，只剩下三十来人没死……可是一到天刚亮，不出所料，我们被包围了，一阵机关枪就解决了……”

伊万·伊里奇一边听着，一边加快脚步，直到绊了一下，才又慢下来。

“嗯,那你怎么活下来的?”

“天知道。该我走运……刚一交火,我就受了伤,打中胳膊了,大概是碰了哪根神经,我失去了知觉……从那以后,我的许多看法都改变了……原来当我仰脸朝天躺在炮弹坑里的时候,战士们给包扎了胳膊,抬到麦秸垛跟前,用麦秸把我盖上……你看,在那种环境里还有人关心我……我可以肯定地说:我们并不了解我们的人民,而且从来也不了解……伊万·布宁①把人民写成野兽,而梅列日科夫斯基②把人民写成蛮不讲理的人,而且将来一定会成为……你还记得那天夜里我们在车厢里的谈话吧?我当然喝醉了,可是什么都记得很清楚。我错在哪儿呢?就错在不管是哲学还是逻辑学,都需要靠对生活矛盾的深入了解来加以校正,就像打枪要用看得见的目标来校正一样……革命跟伊曼努尔·康德③可是两码事!”

“谢尔盖·谢尔盖耶维奇,后来又怎么样了呢?……”

“后来?……半夜我从麦秸里爬出来。屯子里拼命地唱着歌,这就是说这些胜利者已经醉了。我碰到一个残缺不全的尸首上,又碰上一个——一切都明白了……我抓了一匹马,跑到草原里,在那儿又熬了几天……布琼尼的骑兵队把我救了——在萨尔草原里,有他们的一个骑兵……他们把我弄到库别尔列车站,然后就弄到这儿。在这儿,我就在医院里闲待着……我的履历和证件,都放在大衣的口袋里,落在麦秸垛里了……你还记得我那件大衣吗?像那样的大衣,现在是做不出来的……”

“我问你,格姆扎也死在那儿了吗?”

“格姆扎早就失散了,他跟辎重队在一起,他得了斑疹伤寒,病得挺厉害……”

“格姆扎太可惜了。”

---

① 布宁(1870—1953),俄国作家,十月革命后流亡国外,晚年回国,曾获诺贝尔文学奖。

② 梅列日科夫斯基(1866—1941),俄国象征派作家,流亡国外。

③ 伊曼努尔·康德(1724—1804),德国唯心主义哲学家。

“都很可惜呀,伊万……不过,我瞎说,这种心情不是怜惜……我跟全团的人混熟了,现在只剩我一个人活着,总不大得劲儿……坐也坐不住,站也站不住,伊万……我到司令部跑了一趟,要求给我一个连也行……他们的想法我也明白,他们根本不了解我,我手里只有一个军人证……请你到司令部时给我做一下证明……”

“哎,那还用说,谢尔盖·谢尔盖耶维奇……”

“最好,你还是把我带到你的队伍里吧,我说的是真心话。给你当助手也行,当通信员也行……命运让咱俩又遇到一起了……你可记得,我住在你的公寓里,写诗吓唬资产阶级?不论做什么事,都不是做完就拉倒,总要有一定后果:自己胡闹一阵子,过去就忘了,可是现在你看吧,展现在你面前的是一幅多么宏伟的场面,简直叫你头发根都竖起来。听我说,你可还记得,我怎么在德国人的板棚里碰上了你?那次仗打得才猛呢,那一阵砍杀可真带劲儿!那次我把军刀都砍断了……我们又能遇在一起,这很好……伊万,你有一个禁得住折腾的好体格……我有点儿离不开你了……我问你,你爱人在哪儿?”

他们的谈话没法继续下去了。有好几辆拉货的大车顺着陡坡轰隆隆地向码头跑去,撵过了他们。

隔着城市重叠的屋顶,透过旋风卷起的尘沙,展现出一片宏伟、阴沉的晚霞,晚霞给缓缓爬行的乌云增添了血腥的力量。伏尔加河面上飞舞着稀稀落落的雪花。装好弹药的大车,由武装的工人保护着,早已开走了。堤岸上空了。轮船也离开码头,连灯也不点,在下游找个地方靠了岸。

水兵们穿着呢子上衣,扎着皮带,带着手榴弹、背包和步枪,坐在码头上背风的地方——不抽烟,也不说话。他们从工人的谈话里已经了解到,这座在昏暗、血红的残阳照耀下的空荡荡的城市发生了什么事。这里的情况并不乐观。

伊万·伊里奇等着派马来拉已经卸下来的大炮,不时担心地望望表,给司令部打过几次电话。终于弄清楚,马匹已经派出来了,并命令他们这支队伍跟着大炮一起上车站。他好容易推开被风刮得紧紧的门,走到码头的甲板上。站在他面前的是阿尼西娅·纳扎罗娃。

“您在这儿干吗?”

她紧咬着嘴唇,一声不吭;在他的逼视下低垂着头。一条打补丁的破旧围巾,看来是她惟一的防寒物,裹在肩上,背后背着一个粗布口袋。

“不成,不成,不成,”伊万·伊里奇说,“您回船上去吧,阿尼西娅,您在部队里用不着……”

就在大家把大炮从跳板上推到沙地上,忙着套马的工夫,乌云已经失去光辉,河面跟黑糊糊的两岸融为一体了。这支队伍动身了,催促着拉着大炮的瘦马,向城里走去。沙雷金走到伊万·伊里奇跟前,悄声地说:

“阿尼西娅怎么办呢?同志们要求把她留在队伍里……”

在这同时,拉图金离开炮车的轮子,从另一边走到伊万·伊里奇跟前。

“指挥员同志,她在我们身边就像是妈妈。你知道在前线上是怎么回事,跑个腿,取点儿东西,洗洗衣裳……再说,她挺能打仗,只是从表面上看老实巴交。她就像一条小狗儿似的跟定了我们,你有什么办法……”

原来阿尼西娅也在跟前,跟在伊万·伊里奇身后——她走在队伍后面,仍然低垂着头。沙雷金说:

“我们分配她当一名护士,算是没受过专门训练的……这不是件挺好的事吗?……”

伊万·伊里奇点点头说:“对,我也是想留下她。”拉图金又跑回炮车跟前,用手扳住车轮,吆喝着使尽最后力气拉车上坡的瘦马:“驾,好样儿的,往上拉!”从斜坡上掉下来的沙土,落到水兵们身上,疯狂地旋转着。炮车的轮子终于上了大街。两旁依稀可辨的小木房,没有一扇窗户有亮;电柱上的电线凄厉地哀号着,牌匾哗啦哗啦响。伊万·伊里奇一边走,一边暗笑……“受了一次教育,简直是让人家打了鼻子:喂,指挥员,太不关心人了……他们说得对,没什么可说的……从下诺夫哥罗德一上船,你就歪着身子一直躺到察里津,光是侧耳倾听他们说说笑笑,却没想了解一下他们的心……你光看到他们摇摇晃晃地走路,风吹拂着他们帽子上的飘带……他们为什么一下子就把阿尼西娅的痛苦、她那悲惨的遭遇跟自己的命运联系起来，事先又没经过商量，而且又是在这样严峻的时刻，他们即将离开船上轻松的生活，奉命穿过刺骨的风沙，天知道要到什么鬼地方去厮杀、去牺牲？……他们难道是什么出奇的英雄吗？不是，好像是最平凡不过的人……是呀，你是个不怎么样的指挥员呀，伊万·伊里奇……一个庸人……一个好的指挥员即使在最困难的情况下，也要把每个跟随你的战士的复杂心灵存在自己的脑子里……”

伊万·伊里奇思考着方才跟谢尔盖·谢尔盖耶维奇的一番谈话和关于阿尼西娅这件似乎微不足道的事，心情非常激动。他首先激烈地批评自己，责怪自己自私、懒惰、漠不关心和无所用心……在这样的时候，你看，竟然吃得脸蛋儿鼓起来——连谢尔盖·谢尔盖耶维奇都发觉了……伊万·伊里奇这样想着，发现自己心里还存着一个念头，不禁感到热乎乎的，霎时间他的心好像沉浸在幸福之中了——原来在这种自我鞭策里还隐藏着一个秘密的想法，那就是重新得到达莎的爱……这时从拐角后面刮来一阵旋风，卷起一片尘土，他只是嗤了一下鼻子，驱走这些太不合时宜的念头。

到了车站，伊万·伊里奇接到命令：马上把大炮装上火车，开赴沃罗波诺沃车站附近的炮兵阵地。这个命令是军事运输指挥员交给他的，这个年轻人身材高大，两只眼睛像三月的夜一样黑，十分吓人，腮帮上长满了密密麻麻的毛，颇像络腮胡子。伊万·伊里奇有点儿不知所措，开始解释，他是步兵出身，不是炮兵，无法担负指挥炮兵连的任务。军事运输指挥员用威胁的口吻轻轻说道：

“同志，您明白命令的意思没有？”

“明白。但我向您解释，同志……”

“在目前，司令部不需要您做解释。您究竟打算不打算执行命令？”

“哦，见你的鬼，在这儿都这么讲话。”伊万·伊里奇想道，不由自主地把手举到帽檐上：“服从命令！”便转过身，在铁路线上走去……

这座城市有一种跟别处不同的秩序。比如，在别的城市的车站上，你要往哪里走，就得从挨个躺着的人身上跨过去，其中有乔装打扮的资本家，有逃兵，也有带着口袋的庄稼汉和女人，口袋里不是伸出一只公鸡尾巴，就是有小猪崽儿吱吱叫。这里的候车室却空空如也，甚至打扫得干干净净，尽管风从没玻璃的窗子里把灰尘吹进来，在墙上的宣传画上和早已关门的小卖部柜台上落了厚厚一层。这里连讲话也很特别——非常简短，带着警告的口吻，好像手指头扣着扳机似的。

伊万·伊里奇没有费力奔走，也没吵架，很快就弄到了机车和发货单。他给司令部打电话联系萨波日科夫的事，司令部答复说："可以，您要能负责任，可以带上……"他手下的人正借着摇摇摆摆的路灯的光亮往两辆平板车上装大炮。伊万·伊里奇站在那里，仔细打量水兵们的脸孔。这个是加金，诺夫哥罗德人，皮肤粗糙的脸上布满深深的皱纹，乌黑的头发从"无情号"无檐帽底下一直耷拉到眉毛，整整盖住了前额；这个是北海人拜科夫，一大把胡子好像是被尘土黏到小脸下面似的，圆脑袋像核桃一样结实，他爱说爱笑，还爱喝酒。另外九个同志都扳住炮车的轮子，顺着放得很陡的跳板往上推，可拜科夫一会儿跑这里蹲蹲，一会儿从那里瞧瞧："走啦，走啦，伙计们，再加把劲儿，来……"不知是谁用膝盖顶了他一下："你这个海怪，倒伸伸手呀……"

还有这个拉图金，下诺夫哥罗德人，来自克尔任大森林，长着一张骄横的宽脸膛和大概是打架打断的鹰钩鼻子，中等身材，力大无比，脑瓜聪明，吵起架来没人敢惹，对女人"特别有股劲儿"……这个是扎杜伊维捷尔……

"伊万·伊里奇，"沙雷金走到他跟前。"您知道这个沃罗波诺沃在哪儿吗？"

"这个地方我哪儿也不知道。"

"就在这跟前，离察里津不远，紧挨着——这里就是前线……听说白军攻势挺猛……炮兵很厉害，还有坦克和飞机……在部队后面，还有十万专门抢劫的哥萨克坐着大车跟着。"

沙雷金说话声音很低，却很激动，蓝眼睛闪闪发亮，秀气的嘴唇微笑着，直打哆嗦。伊万·伊里奇皱紧眉头：

"您怎么，还没见过大阵仗怎么的，沙雷金？"小伙子脸刷地红了，一直红到小鼻子，鼻子上的红色一直没退。"我劝您少听各种瞎说……这是惊慌失措的表现……您安排好队伍的伙食了吗?”

“是!”沙雷金把手举到无檐帽上,这是他从来没做过的举动。他的脸色也开朗了。是个好小伙子,就是神经太脆弱,不过,没什么,摔打摔打就好了。伊万·伊里奇走到挂在拉大炮的平板车后面的一节货车跟前。萨波日科夫兴冲冲地从站台上跑来,胳肢窝底下夹着背囊和一把军刀……

“伊万,妥了吗?”

“妥了,谢尔盖·谢尔盖耶维奇……上车吧!”

萨波日科夫上了货车。货车里的犄角上堆着水兵们的破烂东西,阿尼西娅早已坐在上面了。

沃罗波诺沃是西部铁路线上的一个车站,天还不亮,他们在离车站不远的地方把大炮卸下来,在一个炮兵营的阵地上安好。捷列金和他的队伍在这里了解到前线的形势十分严重。沃罗波诺沃一带正在修筑工事,这条工事离察里津只有十俄里左右,北起古姆拉克车站,直到察里津以南的萨列普塔,呈半个马蹄铁形。这条弯弯的工事就是最后一道防线。工事后面是一带低矮的山冈,再往后去是一片慢坡的平地,直到城边。要想退却就只能退入伏尔加河,投进冰冷的波浪里。

昨天的风驱散了乌云,把它们堆积在草原边缘后面深邃莫测的黑暗里。太阳出来了,并不烤人。在平坦的褐色草原上,有许多人忙碌着;有的人在扔土,有的人在打桩,架铁丝网,堆沙袋。从察里津方向不断有货车开来,车上的人纷纷下来,四下散开,消失在地底下。另一些人从大地的褶皱里爬出来,疲惫不堪、步履艰难地向车站走去。看样子,好像全市居民不管你愿意不愿意,只要拿得动铁锹,都被召集修工事来了……

在这些人当中,有一群大约十五六个人,有男有女,身份也各不相同,向捷列金炮兵连的阵地走来;领头的是一个矮个的老头儿,军事工程师。

“公民们,”他用嘶哑的声音喊了一声,花白的两撇胡从裹得厚厚的驼绒围巾里伸出来。“你们的任务很简单:我需要把胸墙提高十四俄寸,从这儿取土,往这儿扔,堆到木桩上的记号就行了……大家散开,两人间隔一步,一齐动手!”

他为了鼓励大家，拍拍冻得发紫的小手，精神抖擞地从坑里爬上来。公民们用充满愤怒的目光送他走远。有一个女人摇晃着圆圆的脸，朝他的背影喊道：

"您要知道害臊，格里戈里·格里戈里耶维奇，您要知道害臊！"

其余的人继续站着，手里拿着锹，那副神情，好像这些锹就是无产阶级专政的可恶工具似的。只有一个大喉结、厚嘴唇的少年人来到战场，很感兴趣，刚要动手挖土，可是大家一连声地嘘他：

"不嫌害臊，佩佳，马上停下！……"

于是大家一齐朝着一个脸色蜡黄的人说起来，这个人脸孔有点儿神经质，在这以前一直双目紧闭站在那里，微微摇晃着身子。他穿的是教育部门的制服大衣，故意在腰上扎着一条绳子。

"哎，斯捷潘·阿列克谢耶维奇，您干吗一声不吭？我们选出了您……我们盼望您能……"

他不胜痛苦地挑起眼皮，一边的腮帮抽搐了一下：

"我是要说话的，先生们，可是我不想跟格里戈里·格里戈里耶维奇说……我们大家应该为我们的格里戈里·格里戈里耶维奇戴黑纱了……"

这时，从胸墙上飞落几块土块，坑沿上出现一张马脸，用牙把马嚼子咬得来回滚，马鞍上坐着一个膀阔腰圆、脸颊红润的人，下巴上留着大胡子，头戴库班帽，向前俯着身子。他眯缝着眼睛，嘲笑地问：

"怎么的，公民们，你们还没合计好——是干还是不干？"

这时，神经质的斯捷潘·阿列克谢耶维奇，穿着制服大衣，扎着绳子，向前走了几步，抬头望着骑马的人，就像在课堂上给孩子讲课似的，用坚定而温和的口吻说：

"同志，据我了解，您是这里的首长……（"嗯。"骑马的人快活地点点头，用戴着手套的手拍拍那匹小心翼翼站在坑沿上的马。）同志，我代表这个小组讲话，昨天夜里，也不知根据什么定的名单，把我们都强迫动员来了，我们表示坚决抗议……"

"嗯。"那个骑马的大胡子又嗯了一声，可是已经带有威胁口气了。

“是的，我们抗议！”斯捷潘·阿列克谢耶维奇的声音突然提得挺高。“你们强迫不适合从事体力劳动的人为你们挖壕……这不是专制时代最黑暗的时期吗！……你们这是使用暴力！……”

他两边的腮帮都抽搐起来，紧闭双目，因为话说得太多了，向上扬着的黄脸也摇晃起来……骑马的人眯缝着眼睛打量他——他那大鼻孔哆嗦起来，嘴闭得紧紧的，像刀切的一样直。他下了马，跳进土坑，一下子拍掉马裤上的泥土说：

“完全正确：既然你们不肯自愿，我们只好强迫你们保卫察里津了。这有什么值得你们恼火的呢？……喂，谁给我一把锹。”

他连瞅也不瞅，伸出戴着褐色手套的大手，还是那圆脸的胖女人连忙把锹递给他，一直用惊奇的眼光望着他。

“我们干吗要吵呢？这纯粹是误会。”他把铁锹插进去，挖起土，用力往上一扔，扔到胸墙顶上。“我们打仗，你们来帮忙，我们有共同的敌人……哥萨克可什么人也不肯放过——要剥我的皮，也要挨个打你们，有的他们还要用刀砍……”

他好像火炉似的，散发着健康和力量。他扔了几锹之后，迅速地扫了一下周围站着的人：“哎！”他拍了一下那个大喉结的少年人的肩膀，又拍拍另一个少年人的肩膀——这个少年人长得挺俊，就是有点儿发傻，长着浅黄色的睫毛。“哎，我们来做出个样子，让他们看看应该怎么干。”他俩不好意思地笑着，用锹挖土向上扔起来。还有几个人耸耸肩，也跟着干起来。那个圆脸的女人说：“好，让我来吧！”却被铁锹绊了个趔趄。大胡子指挥员一把把她扶住，可能是抱得太紧了，她脸涨红，倒高兴起来了。斯捷潘·阿列克谢耶维奇仍然不惜冒孤立的危险。

“对不起，请允许我再说两句，”他提高嗓音说，“革命和暴力怎么能混为一谈呢，同志们！革命首先要排除一切暴力。”

“革命，”大胡子指挥员用洪亮的声音说，“革命对劳动者的敌人实行暴力，革命本身也要通过这种暴力来实现……明白吗？”

“对不起，请允许我说……这是违反道德的……”

“无产阶级所以要对您采取暴力，是为了把全世界从暴力中解放出来……”

“对不起，请允许……”

“不，”首长用坚决的口吻说，“我不允许，您是在捣乱，这叫怠工，快拿起铁锹……同志们，这么说我可以期望在十一点以前把胸墙垫好。祝你们成功，再见……”

水兵们站在远处听这一番谈话，差点儿没笑死。等第十集团军炮兵司令上马走了以后，他们就走过来帮助这群知识分子，以免他们的劳动热情再冷下来。

第 四 章

彼得·尼古拉耶维奇·梅尔申的团跟全师一起沿着顿河左岸向后退，装备精良、按正规建制的顿河军第二纵队的先头部队紧追不舍，不分黑天白日都有战斗。梅尔申团里的人，由于连续作战和夜行军已经疲惫不堪，吃不到热饭，得不到睡眠和休息。克拉斯诺夫的哥萨克兵对这一带草原里的每道冲沟和每个水洼都十分熟悉，故意把敌人逼到他们便于进攻的地带。拂晓，他们的步兵先开始射击，转移注意力，然后骑兵连就穿过冲沟和洼塘，从两翼夹击，出其不意地猛扑上来，呼哨声、呐喊声响成一片。

梅尔申常对战士们说：“同志们，要坚持住，这是最主要的。我们团结一致，就有力量。他们不过是像疯狗乱咬一阵，并不可怕。我们知道为什么打仗，所以我们不怕死。哥萨克虽然勇敢，可是贪心不足——他想得到战利品，命还不愿意丢，而最心疼的，就是那匹马。”

伊万·戈拉的连担任后卫，保护辎重队，辎重队的每辆大车上都拉着伤号。伤号不能扔下不管，却又无处可以安置：哥萨克向来不收俘虏——凡是战场上没给打死的人，只要戴着红星，就把你扒个精光，用刀乱砍——骑兵砍，步兵也砍；砍够之后，扬长而去，还回头望望砍得血肉模糊的尸体，在马鬃上擦净刀刃。

顿河地区在任何年代也没听说过像现在一些富庶的哥萨克村庄所发泄出来的仇恨，像韦申村、库尔莫亚尔村、叶萨乌洛夫村、波将金村、下奇尔村、乌斯季-梅德韦金村……这些地方，新切尔卡斯克都专门派去宣传鼓动员，有的村庄，阿塔曼克拉斯诺夫还亲自光临；教堂的钟声把“顿河自救会”的成员召集到一起，按照古老的风俗，脱帽敬礼，号召哥萨克磨快军刀，蹬上马镫：“起来吧，自由的顿河，你兴旺的时候到了……我们哥萨克要以排山倒海之势向察里津进军，消灭共产党该死的老巢，把赤化的瘟疫从顿河扫除干净……他们是不希望顿河过富裕、快活的日子的！他们想赶走我们的牛羊和马群，把土地分给从图拉和奥廖尔来的外乡人，要让我们的老婆陪他们睡觉，而把你们这些哥萨克——你们这些英雄好汉、顿河大地的出类拔萃的人——送到矿井里挖一辈子煤……不要让他们掠夺我们神圣的教堂，要保卫我们家乡的祭坛。要不怕死……伟大顿河军的阿塔曼把察里津交给你们三天三夜。”

连长伊万·戈拉长得细高个儿，有点儿驼背，由于失眠而脸色发黑，这些天来他对于在草原边上常常出现的骑马的哥萨克习以为常了，摸透了他们的脾气，所以不再毫无必要地派出散兵线，吩咐战士们连头也不回地照直前进。

辎重队的大车走在前面——车轴挨着车轴，互相挤在一起；战士们排成单行走在后面——他们衣衫褴褛，面黄肌瘦，两眼望着脚下，拖着沉重的蹒跚步伐。伊万·戈拉走在最后，像喝醉酒似的摇摇晃晃。半年以前，他还是个身强力壮的人，现在头上的伤常常作祟——那是今年夏天去征集余粮时在板棚里被人用斧子砍的，另外在里哈亚附近的战斗中受的震伤也隐隐作痛。他有时能打起精神，有时走着路就打盹；只觉得眼前发花，浮现出种种愉快的往事——在夏日的黄昏，大家坐在木头堆上，有一只蝙蝠在头上乱飞……再不就是一片绿油油的车前草，上面放着一个用印花布做的垫子，阿格里皮娜笑盈盈地坐在垫子上……他极力驱散这些梦境，停下脚步，正一正肩上的步枪，睁开沉重的眼皮，望望正在行进的战士、大车上摇摇晃晃的伤号、一望无边的干枯的草原，这草原一下子扑入他的心里——空荡荡的，没有一棵树木，也没有一根电线杆，一片褐色、平淡、凄凉的景象在眼前摇来晃去……他绊了个趔趄，摇了摇鼻子……唉，现在要是能跟在大车后面，用手扶着车沿，一边走，一边打上一小会儿盹，倒也不错！

这些家伙又来了！草原边上又出现一群骑马的人不大点儿的影子，从那里传来了枪声，子弹好像无辜者发出哀鸣。

“打起精神，同志们，注意了！喂，大车上的，别睡觉！……”

他的妻子阿格里皮娜胳膊受了伤，也坐在大车上。达莎和库兹马·库兹米奇也在大车队里，跟在一辆大车后面走着。

黑暗里响起拖长声的喊叫。辎重队停下来。达莎立刻靠在车沿上，用两手托着脑袋。她迷迷糊糊地听见伊万·戈拉走过来，跟坐在那辆大车上的阿格里皮娜悄声说起话来：

“真想抽口烟，腿都站不住了。”

“干吗停下来？”

“歇到五点再走。”

“谁告诉你的？”

“传令兵刚过去。”

“你把头枕着我，万纽沙，睡一会儿！”

“是呀，睡一会儿。我怎么能睡呢？弟兄们都就地躺下了……可你怎么不睡呢，加帕？胳膊还疼吗？”

“疼。”

大车发出轻微的吱嘎声——他搂住了阿格里皮娜。他像一匹疲惫不堪的马，深深地叹了口气。

“传令兵说：唉，敌人正在卡拉奇和下奇尔附近渡过顿河！他们的队伍后面跟着神父，手里打着神幡，车上拉着成桶的酒。哥萨克灌醉了，上马冲锋，纯粹像屠户……”

“吃点儿面包吧，万纽沙。”

他慢慢地嚼起来，费劲地吞咽着面包，含糊不清地说：

“我们到了顿河了。这附近应该有个摆渡,哥萨克把船弄到对岸去了。大概就是因为这个才停下不走了。”

大车又摇晃一下——伊万·戈拉已经离开车旁,踏着沉重的脚步走开了。一切又沉寂了——无论人和马,都没有一点儿声息。达莎用鼻子往袖筒里呼气……在这严峻时刻只要能得到心爱的人刹那间生硬的爱抚,她将不惜牺牲一切。她的心里又是羡慕,又是忌妒!可她从前都想些什么?期望些什么?心爱的人就在身边,她却失之交臂,而且永远失去了他……如今任凭你千呼万唤:伊万·伊里奇,万尼亚,万纽沙……

……达莎被库兹马·库兹米奇唤醒了。她脸朝下趴在大车底下。传来阵阵枪声。绿色的曙光冉冉升起。天气很冷,达莎冻得牙直打鼓,往手指上哈气。

“达丽亚·德米特里耶夫娜,快拿布袋来,走吧,又有伤号了……”

枪声是从下面的河面上传来的,在清晨的寂静中格外响亮。达莎好容易从地上爬起来,在冰冷的地上睡一小觉,浑身都木了。库兹马·库兹米奇帮她正了正护士袖章,跑在前面,然后又回来说:

“走快点儿,亲爱的……我们的人就在不远儿……您没听见什么地方有人哼哼吗?没听见?”

他一会儿往前跑几步,停一停,伸长脖子仔细观看。达莎对他的张张罗罗倒不在意,只是看他那么胆小,感到厌恶……

“亲爱的,您倒弯下腰,没听见子弹嗖嗖响吗?”

这一切都是他杜撰的——既没有伤员的呻吟,也听不见子弹的呼啸。朝霞烧红了。前面一片白茫茫,好像河水出槽了似的。这是在河面上和沿岸光秃的柳条丛上覆盖着一层又浓又低的秋雾。伊万·戈拉就站在这像乳汁似的白雾中,只露出上半身。再往前去,有个戴高筒皮帽的战士,另外还有两个,也都只露出上半身。他们望着顿河的右岸,右岸高峻,雾气没有升上去。岸上黑魆魆的灌木后面,一缕缕青烟袅袅升起。

库兹马·库兹米奇也看见这些青烟了,他好像高兴得喘不上气来,大睁着眼睛:

“看呀，看呀，达丽亚·德米特里耶夫娜！他们这是跟在军队后面抢劫来了——足有十万辆大车……这简直像拔都①，像游牧民族，像波洛韦茨人②！……您看，您看，马都卸了套，一辆辆的大车……您看，篝火旁边躺着的，一个个留着大胡子，皮靴筒里插着匕首……您看看吧，达丽亚·德米特里耶夫娜，一辈子做梦也只能看见这一回……”

达莎既没看见车和马，也没看见躺在篝火旁边的哥萨克……但她仍然感到害怕……伊万·戈拉转过身来，做手势，让他们在雾中蹲下。库兹马·库兹米奇仿佛在津津有味地读着一部动人的故事，喃喃地说：

“这个场面真应该让我们的知识分子看看。是不？这好像是一场难以言传的梦境……哼，他们想要制订宪法！想要管理俄国人民……哎呀呀……替人民编了许多没有的事——什么有耐性啦，什么懒惰成性啦，什么信神虔诚啦……哎呀呀……看看俄国人民真正是什么样子吧……就像他这样：站在齐腰深的雾里，威风凛凛，头脑聪明，把自己的命运看得一清二楚，两眼瞪着那些波洛韦茨人的乌合之众……你看他扎着腰带，戴着手闷子，浑身有无穷的力量——这是任何史书上从来没有记载过的……”

突然，远处步枪声和机枪声都停住了。库兹马·库兹米奇话说到半截也停下来。站在前面的伊万·戈拉回过头来。下面的河上响起两下低沉的爆炸声，于是在河面的雾气中闪出一片朦胧的红光。从远处传来喊叫声，接着又响起密集的枪声。

“肯定是我们的人把对岸的渡船烧了。”库兹马·库兹米奇把头从雾中探出来。“嘿，那里这阵子一定有一场恶战，嘿，一场恶战！”

伊万·戈拉和战士们排成散兵线向河岸跑去，消失在柳条丛里了。草原的上空烧起满天的红霞。雾气稀薄了，飘浮着，在柳条丛光秃的枝条中间撕成碎片。在河岸底下依然很浓的雾气里，从河面上突然传来一阵可怕的喊声，吓得达莎用拳头堵住耳朵，库兹马·库兹米奇连忙趴到地上。

---

① 拔都（1209—1256），蒙古可汗，成吉思汗之孙，曾征服俄国，建立钦察汗国。

② 波洛韦茨人是突厥人的一支，十一至十三世纪在南俄一带过游牧生活，经常侵掠俄国。

一片咚咚声、丁当声、枪声、号哭声、河水的哗啦声和手榴弹的爆炸声。

不一会儿，伊万·戈拉从柳条丛里走出来。他一边走，一边大口吸着空气，气喘吁吁。他头上的制帽没了，手里却拿着两顶哥萨克带红帽圈的制帽。他走到达莎跟前说：

"我去找担架，你到河边上去，有两个同志需要包扎一下……"

他把两顶帽子看了一下，扔掉一顶，另一顶猛地扣到前额上。

"这帮坏蛋，坐着小船，想来包围我们……您去吧，不要怕，那里的敌人全被干掉了……"

第 五 章

从下奇尔村到卡拉奇村之间，顿河两岸吵吵嚷嚷——伟大顿河军正用三座浮桥和大小船只渡河，有骑兵团，也有步兵团。骑兵连排成行军队形前进，他们穿着新军装，歪戴着无檐帽，按照习俗在前额上耷拉一绺头发，这种发式常常是民歌歌颂的内容。长矛上挑着五彩缤纷的旗帜，没大经过训练的幼马把蹄子一踏上浮桥，桥板缝里溅起水花，它们便怯生生地斜眼望望灰色的顿河。

步兵坐着长长的小船横渡过去——他们都是没长胡子的年轻人：这么多的人马和车辆大集会，是他们从未见到过的场面，他们不禁张大了嘴，东张西望。船快到岸边，他们跳下水，爬上陡峭的河岸，排好队，枪放在腿旁，摘下帽子。教堂的辅祭们飘散着发绺，把手提香炉摇得丁当响，像野兽似的吼叫着，大司祭们穿着绣着华丽的玫瑰花的法衣，好像一口口金钟，在为军队祝福。

马蒙托夫将军在土冈上，站在他的军旗下面，后面是一群校官和卫兵。他是司令，正在监视渡河情况。他站的地方最显眼，人人都看得到，他穿着一件哥萨克行军穿的黑袍，端端正正地坐在一匹白马上，那白马正用蹄子刨着土冈。部队唱着歌从眼前走过，战鼓咚咚响，旌节上的马尾巴忽起忽落。部队走过的地方卷起滚滚黄尘，笼罩着褐色的草原，从草原的东方传来阵阵炮声。

司令举起钩住马鞭的那只手，遮住太阳，望着空中的飞机，飞机的机翼略微后斜，他数着飞机的架数，望着它们飞得越来越低，直到消失在地平线上。现在从土冈前面走过去的是刚从轮船上卸下来的榴弹炮，大炮的护板和炮身都涂着弯弯曲曲的线条，拉炮的马匹毛色驳杂，个子矮小，鬃毛蓬散，腿毛挺长，迈着沉重的脚步，留着大胡子的驭手扬鞭打马，抖擞威风。还没等灰尘落下来，庞然大物的坦克又来了，它们是用铆接的钢板制成的，履带的前部向上翘起。他把坦克也数了一下——一共十辆，这些钢铁怪物准备到察里津的大街上去轧死那些赤匪。他驱马大走，下了土冈，顺着河岸跑去，旗手跟在后面，保持半个马身长的距离，那随风飘扬的黑蓝相间的军旗影子总是落在司令头上。

不断有新的队伍开来，纷纷乘小船渡河，渡船运送装着干草和各种军需物品的大车。在渡口附近停着许多大车、轻便马车和从田里拉庄稼的大长车。在这些车辆旁边，有些上年纪的哥萨克安安静静地站着，等着渡河，也有的随便走走或坐在篝火旁边吃东西。他们都是各村派来的生意人，掌管各连或各团的财务，接收战利品——不管是钱财、牲畜、粮食、饲料或其他各种必需品——衣服、被子、鸡毛垫子、镜子和武器；他们就用这些战利品来供给自己队伍所需的饲料和给养，如果需要的话，还供给服装和武器，剩下的东西都登记好，装上大车，派半大孩子或女人运回村子。

马蒙托夫骑马经过雷奇科夫屯，屯里有一半人家被烧光了，谷仓被烧成一片黑灰。然后他沿着铁路路基走去，等待从顿河右岸开来的铁甲列车。

顿河军共有十二个骑兵师和八个步兵师，分五路纵队向前进攻。

这五路纵队都以急行军的速度向察里津的最后一道防线扑过来。红军第十集团军跟南北两路部队都失去了联系，正在退却，防线越缩越短，队伍越来越密集。有五个师都大大减员了，正在消耗最后一些子弹和最后的力量。

在这样的时候,共和国最高军事委员会本应给予第十集团军以果决的支援,而这个委员会却由于隐蔽巧妙的秘密叛卖而陷于瘫痪,叛卖的方法就是:一切行动极力拖延,并把防守察里津说成是无足轻重的次要问题,指责察里津军事委员会惊慌失措。

于是察里津只好依靠自己的力量来击退哥萨克的进攻了。

这时,第十集团军军事委员会发布两项命令:第一,把察里津的一切轮船、拖船、渡船和小船全都调到北面去,不让军队产生退到伏尔加河左岸的想法;第二,通告全军,任何阵地没有命令不得后退,后退者枪毙。

在捷列金的炮兵阵地上,头半天倒很平静。地平线以外虽然能听到炮声,但是平原上看不见一个人影。水兵们在挖掩蔽坑。阿尼西娅没跟任何人打招呼,就跑到车站上,大约过了三个小时,背着两个口袋回来了——她勉强背到地方:一口袋面包和一口袋西瓜。她把倒空的口袋铺在大炮中间的地上,把面包切成片,把西瓜一个切成四块:"快吃吧!……"而她自己却站在一边,一声不响,满意地看着饿急了的水兵们啃西瓜。水兵们连脸也不擦,一边吃,一边夸她:

"好样儿的阿尼西娅!"

"要想找这样的女人可不容易。"

"走遍天涯海角……"

沙雷金遇事认真,喜欢发表见解,这时说:

"她很有主动精神——这是最可贵的。"水兵们捧着一块块西瓜抬起头,一齐哈哈大笑起来。沙雷金皱紧眉头,站起身,拿起一把铁锹。"同志们,我建议为阿尼西娅单挖一个掩蔽坑,像她这样的同志应该保护,同志们……"

水兵们笑够了,在炮兵阵地后面的一条小沟里单给阿尼西娅挖了一个小坑——一旦敌人进行炮击,她可以躲在里面。然后就没事可做了。从轮船上卸下来的一百发炮弹,在各个大炮旁边摆好。步枪擦好了。萨波日科夫跟营指挥所建立了联系。水兵们都躺在掩蔽坑里晒太阳。马蒙托夫将军，现在就请你来吧！

伊万·伊里奇坐在炮架上，用手捻着一根干草棍儿，不时地揪下一段。伊万·伊里奇向来不喜欢做海阔天空的长篇大论，而对身边这个小小世界感到十分亲切，他们从全国各个角落汇集到一起，彼此各不相同，却这么和睦地把他们的命运联系起来。比如说谢尔盖·谢尔盖耶维奇，常常有各种古怪的想法使他拒人于千里之外，似乎不论用什么胶水也无法把他跟别人粘合起来，可是现在一下子成了大家不可缺少的人；他立刻找到了安身之处，在炮车轮子旁边躺着，一阵阵地打着呼噜。沙雷金虚荣心强，头脑不算伶俐，意志倒很顽强，他有一颗晶莹透明的心，现在也用拳头托着腮帮侧身躺着，安安静静地睡着。扎杜伊维捷尔摆出一副老爷的架势，四肢叉开地躺在沙地上，把那张线条粗犷、五官端正的脸孔露在太阳底下：他是个有心计、有胆量、会节俭的庄稼人，如果能活着回去，一定是个好当家的。另一条好汉是从克尔任森林来的拉图金，他用无檐帽遮住脸，发出雄壮的鼾声。这个人要复杂得多，却不动心计，因为他用不着那么做，他一手拿着手枪，一手拿着手榴弹，连他自己也不知道会蹿到几重天上去呢……

这十二个人都把他们的性命交给伊万·伊里奇了。军事委员会在这紧急时刻让他指挥炮兵连……虽说他还懂点儿数学，可是他应该坚决申明，指挥炮兵连他并不胜任……

“我说，加金，你们当中有人会计算瞄准的角度吗？我们可没有测距仪呀……”

加金正站在土台上，从胸墙顶上向草原里眺望，这时转过脸来。

“测距仪？”他不高兴地反问一句，用阴沉的目光注视着捷列金。“你要测距仪干吗？多大角度，瞄什么地方，指挥所会用电话通知我们。”

“啊，对呀……”

“什么角度、瞄准镜和定时信管——这些东西我们都会使，问题不在这里，捷列金同志……这场战斗可是一场恶战，用不着测距仪，全凭狠劲儿……哪怕肠子淌出来，缠在胳膊上，也要打完最后一颗炮弹，这才是你应当考虑的……你上这儿来，我指给你看。”

捷列金爬到他站的土台上。轰隆隆的炮声越来越猛,仿佛也越来越近。西边和南边的地平线,都被一片烟雾遮蔽了。他随着加金的手指望去,看见平原上有一群人和一长串大车从北向这里移动。

"看,我们的人在撤。"加金说,朝南点点头,那里在萨列普塔一带升起一朵蘑菇状的烟柱。"我看了半天了:从这个方向跑过去好几千人……看见炮弹爆炸的形状没有?方才还没有呢。这是重炮打的。明天一早将军就会来到这里。"

伊万·伊里奇又检查了一下炮兵连的家底。把炮弹和子弹又重数一遍——每支步枪只能分到两夹子弹。他最担心的是炮兵阵地毫无掩护。二百俄丈开外,就能看见新挖的战壕,只是战壕里不见任何动静——红军部队还在前面挺远的地方。他在萨波日科夫身旁蹲下——谢尔盖·谢尔盖耶维奇的脸紧皱着,好像对他说来,睡觉也不是一件轻松的事。

"谢尔盖·谢尔盖耶维奇,对不起,我打扰你一下……给我要一下营长……"

萨波日科夫睁开迷迷糊糊的眼睛:

"什么事?上边有指示——不要开炮。什么时候开炮,等候命令……你着的什么急呀?"他往车轮那边伸伸腰,打了个哈欠,但这些显然是假装的。"你躺一会儿,睡上一觉,才是最要紧的事。"

伊万·伊里奇又回到土台上,把胳膊放在胸墙上,一动不动地站了很久。一轮硕大的暗黄色落日沉到地平线上的烟雾里,那片烟雾正是不计其数的哥萨克兵用马蹄扬起来的。夜色已经降临到平原上——再也无法分辨平原上军队的移动情景。在黄昏里出现的一颗明亮的星星底下,天边在夕阳的映照中呈现出一片濒临碧绿的大海的奇异国土,那里有许多中国的宝塔,有一座突然离了地方,向一旁飘去,变成一匹双头马,后来又变成一个女人,倒背着手……

好像只要爬出这个坑,迈开双脚,就像做梦似的,一下子就会飞到那奇异的国土上。这时出现这幅图景总该有点儿道理,在这生死决战的关头,对你总该包含着什么意义吧?……

"哎,又是黑色的寒鸦,灰蒙蒙的林间空地。"谢尔盖·谢尔盖耶维奇说，把手搭在他的肩头。“万卡，瞪着大眼看风景，这可纯粹是唯心主义……卷支烟抽吧？在医院里偷了一包烟，保存起来，就等临死前抽上一口……”

他像往常一样，仍然用嘲笑的口吻说话，尽管嘴角上痛苦的皱纹里和疲倦的眼睛里隐藏着忧愁。他俩卷了烟，抽起来：捷列金并不使劲吸，萨波日科夫却哽咽着大口地吸进去。

“你怎么唱起丧歌来了？”捷列金轻声问。

“有点儿怕死了……害怕子弹一下子打在头上；换个地方是打不死的，就怕打在头上。人的头不应该成为靶子，它有别的用途。我是可惜脑袋里这些思想……”

“我们大家都怕，谢尔盖·谢尔盖耶维奇，只是不应该去想这个……”

“可你不管什么时候，对我的思想发生过兴趣吗？你以为萨波日科夫不过是个无政府主义者，萨波日科夫好喝大酒罢了……你这个人就像玻璃做的，你肚子里有什么弯弯道儿我都看得一清二楚，你要有个长短，我会把你的心事转告给活着的人，我要死了，你可就办不到了……这一点太遗憾了……唉，我真羡慕你呀，万卡。”

“我到底有什么地方值得羡慕呢？”

“你这个人一眼就可以看透：你心里装的就是义务、忠贞的爱情和自我批评。是个地道的老兵和好小伙子。你爱人一旦醒悟之后，一定会真心爱你。另外还因为你是守旧的人，所以你的日子好过……”

“多谢你的鉴定。”

“我呀，万卡，可惜今年夏天格姆扎没枪毙了我……我们盼望革命盼得浑身发抖……我们向世界上抛出那么多思想：那才是哲学的黄金时代，最崇高的自由的黄金时代！可是突然变成一场灾难，一场最可怕的灾难，一下子这样，一下子又那样……”

他用手掌啪的拍了一下眼睛，把帽子都打到后脑勺上去了。

“我曾经想就这个问题向全人类发表一项声明——听众的范围不能比这再小——这将是一项完全恶意的声明，不是为了什么造福——见它的鬼去吧——而是为了表示憎恶……但是稿子还没有，还没写出来……对不起……”

天已经黑了。地平线上烧着熊熊大火，冒着黑烟的紫红的火光越升越高，越蔓延越广，特别是南边的萨列普塔一带。有许多屯子都着起大火，为迅速推进的敌军照亮了路途。捷列金现在侧着一个耳朵听着——在正西挺远的地方，就像有三条蛇从地平线下面伸出发光的脑袋似的，有三个绿色信号弹一齐升上天空。

谢尔盖·谢尔盖耶维奇固执地不去看这烟火，用颤抖的声音一个劲儿地说着，听得伊万·伊里奇禁不住直起鸡皮疙瘩。

“或许我们活在世上就是为了吃饭？那样的话，不如让子弹打碎我的脑瓜儿，让我的脑子像肥皂泡似的破灭好了，我原以为我的脑子跟宇宙是等容体，这种想法完全错了……你看，生命不过是碳族加上氮族，再加上其他一些废料……由简单分子变成复杂分子，再变成非常复杂的分子，然后变成最最复杂的分子……然后一下子完蛋了！碳哪，氮哪，还有别的废料开始分解，回到原始状态。不过如此罢了。不过如此，万卡……革命又顶什么用？”

“你胡说些什么，谢尔盖·谢尔盖耶维奇？革命的作用正在于使人超脱庸俗的生活……”

“别打扰我！我又不是跟你讲话，你对革命了解些什么！革命完蛋了……革命失败了——你只要把目光放远一点儿……苏维埃俄国现在只剩下伊万雷帝以前那么大地方了……不用多久，所有的道路上都要白骨堆成山……获得胜利的将是碳族元素和氮族元素——包括明天早晨骑马跑到这里来厮杀的人……”

捷列金倒背着手，挺直身子站在那里，一声不响——在黑暗里只见他的脸孔被火光映照得通红，却看不清他的表情。

“伊万……只有为了富于幻想的未来才值得生活，为了伟大和彻底的自由，到那时，每个人都可以把自己想象成宇宙的等容体，再不会有任何人或任何东西去妨碍他……有多少个黄昏，我跟手下的弟兄们一直讨论这个问题！我们头顶上的星星，跟伟大的荷马时代一模一样。篝火也跟从前一样，几千年来为人们照亮路途。弟兄们听我谈到未来，都相信我的话，在他们的眼睛里闪耀着星光，在作战的刺刀上闪耀着篝火……如今他们都躺在大草原上……我没能领导这一团人走向胜利……这就是说，我骗了他们！”

右边大约一百五十步远的地方，传来哨兵的吆喝声，接着是一阵低微的谈话声。捷列金转过身去，仔细看着——加金正在那里放哨，大概是自己人走到他跟前了。

“伊万，要是这种未来只不过是在偏僻的俄国草原里讲的神奇的童话呢？要是这种未来不可能实现呢？那样的话，全世界就会笼罩一片恐怖。”萨波日科夫往前凑了凑，悄声地说：“恐怖已经降临了，只是没有人真正相信这一点。恐怖刚刚开始试验反抗力的大小。对人类四年的大屠杀，跟即将发生的事比较起来，微不足道。最主要的是在我们这里和在全世界，革命都要被消灭……那时来个总动员，人人都得打仗——剃光了前额，胳膊上包着铁皮……全世界变成一堆灰色的瓦砾场，上面是笼罩一切、得意洋洋的恐怖……那样的话，我还不如马上死在哥萨克军刀的砍杀之下……”

“谢尔盖·谢尔盖耶维奇，你需要休息一下，治治病。”捷列金说。

“我料到你不会有别的话说！……”

加金跟一个大高个儿、略微驼背的陌生军人走进坑来。捷列金感到说不出的高兴——这场令人难受的不愉快谈话总算结束了。来人浑身沾满了泥，军大衣有个下摆撕掉了，不知为什么戴着一顶哥萨克制帽，他说话声音那么粗，就好像他在没脖深的沼泽里泡了一个星期似的：

“您好，指挥员同志，嗯，你们的情况怎么样，有炮弹吗？”

“您好，”捷列金回答说，“您是哪部分的？”

“卡恰林团的一个连，奉命防守你们前面的阵地。我是连长。”

“很荣幸。我还一直担心——光挖了战壕，可是我们怎么没有掩护部队呢？……”

“我们已经进入战壕了。我们还带来一批伤员，正往火车上送。我跟城防司令要面包，他说已经没有了，明天早晨能有……说得轻巧——明天早晨——全连三天没吃东西了……你们没有了吗？哪怕一人分一块，闻闻面包味儿也好……明天就还……再不,我们可以送给你们一头牛。”

“伊万·伊里奇……”捷列金转身一看,是阿尼西娅,她像个幽灵似的凑过来听他们说话。“我准备了三天吃的面包,可以给他们……明天我再去弄……”

捷列金笑了：

“好吧,您就给连长同志四个大圆面包……”

连长没有想到这么容易就弄到面包。“嗯？”他问。“真得谢谢！”他接过阿尼西娅取来的面包,用两只胳膊紧紧夹住,不好意思马上就走。这时水兵们都凑过来,他们睡得发冷,瑟缩着身子,拿眼打量这个浑身是泥、大衣撕破了的人。这个连长讲起他们团的战绩,突围十天,没有丢一门大炮,没有丢一车伤员,不过他讲得支离破碎,含糊不清,有的水兵一摆手就走开了。

拉图金用冷冷的目光打量他说：

“你先睡一觉,然后再讲吧……可是你知不知道,那里为什么那么亮？”他伸出手掌指着萨列普塔的方向。

“知道,”伊万·戈拉说,“我在车站上碰到一个人刚从那里来……杰尼索夫将军在攻打萨列普塔。说是跟德国打仗也没见过这么猛烈的炮火,大炮轰个精光。哥萨克骑兵拉着阵势从沟里蹿出来,嗯,真吓人,连他们的胡子上都是沫子……砍个稀碎——根本不要活的……莫罗佐夫师只剩下一半人了。可敌人,你看,正向伏尔加河逼近,想在萨列普塔和恰普尔尼基之间挺进伏尔加河——要那样就完蛋了！”

他朝水兵们点了点头,爬出土坑,捷列金问他：

“你们团长是谁？”

伊万·戈拉从黑暗里回答说：

“梅尔申·彼得·尼古拉耶维奇……”

第 六 章

莫罗佐夫师在敌人第五纵队的强攻之下，缓慢地向萨列普塔和坐落在湖边的恰普尔尼基村撤退，撤了一夜又一天。平原上扔着几百个尸体。杰尼索夫将军不给红军喘息的机会。每次冲锋被打退之后，马上来第二次。榴霰弹在战壕顶上炸开花或营营响；连续的爆炸震撼着大地，卷起一团团尘土，把战士们埋在底下。每当哥萨克的大炮沉寂的时候，战士们便从战壕里探出头来，脸孔被仇恨和疼痛扭曲了，抹着一条条血痕……

从山冈后面，从冲沟里出现一群群密密麻麻的骑兵，一边跑，一边展开队形——他们的马蹄扬起一片黄尘……他们一边挥舞着军刀，一边按照鞑靼的古老习惯，拼命呐喊。在这群宽胸脯的棕色马和俯身在马鬃上拼命疾驰的黑衣骑兵——他们急于用热血喂饱他们的利刃——列队奔袭面前，只要有一个战士吓破胆，仓皇逃命，整个阵地就会被冲垮，所有的战士都会被砍死，被马踩死……

莫罗佐夫师的两翼尽管被逼到萨列普塔城郊的果园和恰普尔尼基村的场院一带，仍然顽强抵抗，但是中部防线已招架不住，退向伏尔加河，就像胳膊的肌肉由于负担过重而抻开了似的。师长跟政委、副官和传令兵一起守在中部的前沿阵地上，蹲在躺倒的马匹后面。他能从两翼抽来补充伤亡的兵力越来越少。然而，他并不向集团军司令请求增援，因为察里津已经派不出后备队了。

今天早晨，在那一带的主要防线上发生了一件不幸的事：从各屯和邻近村子动员来的两个农民团——第一团和第二团——突然爬出战壕，高举着步枪跑去向白军投降。在第一团团部，有几个指挥员合伙在行军灶跟前把团政委和共产党员包围起来，用枪逼近地射杀了。与此同时，第二团把团长、政委和几个共产党员也都打死了。只有两个连没有听信挑拨，向举着白旗跑去投降的人开了枪。守在前沿的马蒙托夫士兵老远看见这群人，以为他们是发起冲锋，也朝着他们猛烈开火。这两个农民团剩下的人乱作一团，扔下武器，掉头往回跑。他们被包围，然后被带走了。几乎有五俄里长的前线成为无人防守的地带。

察里津的兵工厂、机械厂和所有的木材厂都鸣起汽笛，发出警报。军委派出许多共产党员到各个车间动员：

"同志们，放下工作，拿起武器，去挽救前线。"

当时工厂里的工人也都剩下老幼和残废了，他们都放下工作，收拾工具，停下车床，熄掉熔炉，跑到仓库取出发到个人名下的武器。在工厂大门外排好队，向车站出发。

他们的妻子和母亲从城郊的小木房里跑出来，把一包包吃的东西塞给他们，有许多女人跟在这些步伐不齐的队伍后面一直来到车站，有不少人送得更远，一直送到前沿阵地。到了前沿，母亲们和妻子们还久久地站在土冈上不肯离去，直到集团军司令赶来，用手摸着心，苦苦恳求她们回家，因为她们站在这里不但无益，而且有害——她们站在土冈顶上恰好成为马蒙托夫炮兵最明显的瞄准目标。

白军已经开始向红军防线上的这个突破口大举进攻，察里津的三千名工人付出沉重伤亡才打退了敌人，一直守到傍晚。

就在这一时刻，整个莫罗佐夫师受到敌人骑兵和步兵空前未有的猛烈攻击。师的中部防线几乎被逼到伏尔加河了。敌人的炮弹就在萨列普塔的大街上爆炸。恰普尔尼基村烧起熊熊大火，火焰在麦秸屋顶上乱跳，村旁那片浅浅的草原湖岸边的芦苇也着了火。

师长举着望远镜向草原里眺望。太阳渐渐落到地平线上。他看到哥萨克的骑兵连忽而集合，忽而散开，正在公开编队，全不把红军放在眼里。他凭有经验的眼睛，根据马匹的活泼断定，这是敌人的有生力量，正准备做最后一次冲锋。看样子，不等太阳落尽，整个莫罗佐夫师就要在师长的率领下，迈着严峻的步伐跨上历史的里程了。

他放下望远镜，掏出发黑的烟斗，不慌不忙地装上一小撮萨拉托夫的叶子烟，用手拍着大衣的衣袋，找起火柴来。火柴没了。他向左右看了看——前面几步远的地方，他的战士一个个躺在堆起的小土堆后面：有的在呢子上衣腰部洇着黑糊糊的血迹，还有的像病人似的发出嘶哑声，把脸贴在枪托上。

师长小心翼翼地把烟斗扔在地上，烟斗一下子滚到苦艾丛里。又举起望远镜。他的两只手不禁打起哆嗦来……

在西南方向可以看到新来的庞大骑兵队集结……他们正是在他装烟斗的时候，不知从哪里出现的……有成千上万的骑兵从山冈后面跳出来，卷起一片黄尘，被夕阳的斜辉照亮了。这么强大的兵力，一下子就可以把他们冲得溃不成军并踏为平地！……师长暂时把望远镜放下。战壕里人人都屏住呼吸，警惕地望着前方，战士们都站起来，挺直身子，紧握着步枪。师长想说几句激励大家的话，可是还没等张口，远处传来隆隆的炮声。师长又把眼睛贴在望远镜上。真叫人莫名其妙！有二十来发炮弹竟然在平原上哥萨克骑兵集结的队伍跟前爆炸了……哥萨克骑兵连迅速地用速步展开队形，在他们的队伍中间有一面阿塔曼的旗帜飘扬起来。哥萨克们掉过马头准备迎击从山冈上疾驰而来的大群骑兵……哥萨克密密麻麻的散兵线，举着长矛，后退几步，排好队形，然后一齐跃马向前；双方的散兵线——这边的和从山冈上下来的——渐渐接近，杀在一起了……在那一带上空升起一大片烟尘……

师长把望远镜移近一点儿，发现哥萨克步兵卧倒的散兵线，都慌慌张张地爬起来……

"哦，"师长自言自语说，"怪不得军委主席在电话里那么坚决要我们守到流尽最后一滴血……这一定是德米特里·日洛巴的'铁师'赶到了……"

紧跟在袭击哥萨克的铁师骑兵之后，从山冈后面走出来密密层层的步兵队伍。在更远的地平线上，透过尘雾渐渐看清了骆驼队、大车和人群。这正是铁师的庞大辎重队，后来才知道，车上装有几万普特小麦、成桶的酒，带着几百难民、成群的牛羊……

在这场战斗中有许多哥萨克被打死了。被打败的白军骑兵向西逃去，步兵在铁师的散兵线和莫罗佐夫师中间东奔西窜，一部分被打死，一部分投降了。这场战斗持续了大约一个小时，战斗结束之后，师长骑上马，沿着到处都是死人死马的尸体的平原一步一步地走去。有的地方，地上还冒着烟，没被救走的伤兵呻吟着。迎面有几个骑马的人朝着师长走来。打头的是库班人打扮，前襟带子弹夹，腰上别着一把挺大的匕首，风帽耷拉在背后，催着黑马，跑到师长跟前，勒住马头，用严厉的命令口气说：

“您好，同志，我在跟什么人讲话？”

“您在跟莫罗佐夫顿河师师长讲话，您好，同志，您是谁？”

“我是谁？”那个骑马的人笑着回答说。“你好好看看吧！我就是第十一集团军司令宣布不受法律保护、还要在涅温诺梅斯枪毙的那个人，可你瞧，我来到了察里津，而且好像正是时候。”

师长不大喜欢这种拖泥带水、自吹自擂的说法，皱紧眉头说：

“这么说，您就是德米特里·日洛巴了……”

“我好像从小就叫这个名字。喂，请问，我在什么地方能跟军委通电话呢？”

“我已经报告了，军委全部知道。”

“你报不报告，跟我有什么相干？我要让他们听听我的声音。”德米特里·日洛巴傲慢地回答说，狠劲一打马，那匹黑儿马就像发疯似的猛然一跳。

第七章

当天傍晚已经很晚了，伊万·伊里奇派人给梅尔申送来一张条子：“彼得·尼古拉耶维奇，我在这儿，很想见到你……”梅尔申派人捎回个条子：“非常高兴，把工作安排好就去看你，有许多话要跟你说……顺便告诉你，这里有你的……”

但是，不知是他铅笔断了，还是摸黑写的，只是末了几个字伊万·伊里奇怎么也看不清楚，尽管已经划了好几根火柴……

梅尔申到底没有来。过半夜，草原被照明弹照得通亮。炮兵连接到命令——做好准备。

“这回，同志们，可真要开炮了。”伊万·伊里奇对手下的人说。“就是说，大家得努力干，不要浪费一颗炮弹……还有，就是说，大家知道集团军司令的命令，没有特殊指示，不许后退一步。打起仗来，什么情况都可能发生，就是说……（“真见鬼，”他心中暗想，“我怎么老顺嘴带上个‘就是说’呢？”）一九一五年打仗，我们背后架着机枪督阵，将军们不相信庄稼汉会为了沙皇老爷去流血……应该说，尽管大家在战壕里常常咒骂尼古拉，可是俄国毕竟是自己的国家……在那场战争中，没有比俄国人拼刺刀的劲头更可怕的了……”

“连长，你干吗要讲这些呢？”拉图金突然哑着嗓子问。“有什么用？嗯？”

伊万·伊里奇仿佛压根儿没听见：

“现在，我们背后没有机枪了……对我们每个人来说，比牺牲自己更可怕的，就是出卖革命，就是说，为了保住自己的一条命……集团军司令的命令应当这样理解：哪怕你脚底下开了锅，在这关键时刻，也不能有丝毫软弱。据说有不怕死的人，那是瞎说……恐惧心理总是有的，只要一抬头，你就把它的脑袋拧下来……耻辱比恐惧更可怕。我所以要讲这些，拉图金同志，是因为我们当中有的同志还没经历过严峻战斗的考验……还有的同志神经有毛病……有时，就是最有经验的人，也可能突然惊慌失措……所以，要是我这个指挥员一时软弱，比如说临阵脱逃，那么我命令你们，当场就枪毙我……反过来，要是有那样的人，就是说……我也要枪毙他。好，我的话讲完了……天亮以前，不许抽烟……”

他又咳嗽一声，在大炮后面走了一会儿。他想说的话很多，不知为什么没说出来……

“同志们，我可没有不许你们说话……”

“捷列金同志。”又是拉图金叫他，于是伊万·伊里奇倒背着手，走到跟前。“我在当兵以前就出外给人干活……穿不上衣服，光着脚，脾气又坏……在码头上当过装卸工，给买卖人劈过柴，扫过厕所，给大主教喂过马，因为他给的菜汤太稀，跟他吵了一架……有一阵子跟小偷混在一起了……什么都见过！啊，也当过傻瓜，好打架；我有时喝醉了酒就挨打，要说打得半死,那还算轻的……”

“可以料想,免不了是为女人。”拜科夫说,远处一束裂开的照明弹微弱的光亮照出他那浓密的大胡子里细小的牙齿……

“有时是为女人……我说的不是那个。我想说的是:捷列金同志,你讲的不是那么回事,来回兜圈子,没讲到点子上……革命义务,没说的,一点儿不错。可是,我们为什么要自愿承担这种任务呢?你回答一下这个问题?回答不上来?因为你从前吃的是另一种饭。而我们在碱水里熬过三次,我们的魂儿给打出了窍——大概不管什么动物都受不了那种罪……你要处在我们这种地位,早就像骟马似的,耷拉着嘴巴,给人拉套了。等等,别生气,我们讲的是真心话。为什么我妈给人家干了一辈子活?她哪一点儿不如那个希腊女王?”

“哦,这可扯远了!”拜科夫又打断他说。“一九一三年,我们在雅典看见过希腊女王,你怎么突然提起她来了?……”

“为什么我爹过着猪狗一样的生活,在地里干活,警察把他打倒在地,还要吐一口唾沫?为什么我被人家叫做狗崽子?”

“不能这么说话。”沙雷金说着,用膝盖跪起来——他原来坐在炮弹旁边的位置上。“拉图金,你这是一种无组织的谈话。说什么狗崽子,什么希腊女王,有什么相干?这些都是上层建筑。关键在于阶级斗争。你应该确定一下自己的成分——你到底是无产阶级,还是一个丧失阶级本性的分子……”

“见你的鬼去吧!我是自然界的主宰者。”拉图金向他喊道。“你懂得这个吗?也许你太年轻了吧?……我读了一本书,那上面说:人是自然界的主宰者。所以我现在才能站在大炮旁边。我们身上就有自然界主宰者的精神。什么义务呀,义务呀,恐惧呀,恐惧呀!今天我就要朝着上帝老爷打一梭子子弹,不光打马蒙托夫将军——这就是你的上层建筑!我要用牙咬断他的喉咙……”

“静一下,同志们!”守在野战电话机旁的谢尔盖·谢尔盖耶维奇从掩蔽部里大喊一声。“报告战况:我们在萨列普塔一带打了个大胜仗。击溃敌人两个骑兵团、一个步兵团,打死一千五百人,俘虏八百人……”

萨列普塔大捷的消息传遍了前线。第十集团军的一支部队曾被敌人第五纵队的进攻切断退路，也就是布琼尼的骑兵旅，这时正从萨尔草原冲破敌军防线，向察里津赶来。他们的行程十分艰难，人和马都疲惫不堪。可是他们在一个小车站上出乎意外地在电话里跟莫罗佐夫师部联系上了，不知是谁用快活的声音向耳机喊着，夹杂着挺有劲的俏皮话："喂，你们还睡大觉呢，不知道我们在萨列普塔把敌人两个骑兵师的坏蛋剁成了狗肉酱，不信你们来查点一下俘虏吧……"布琼尼骑兵旅一听到这么辉煌的战果，尽管是过分夸大了的，马上留人看守辎重车，以一百俄里的急行军速度北上——迎击杰尼索夫将军手下的那群坏蛋。

但是，萨列普塔的胜利毕竟是局部的，察里津各主要阵地的形势并没有因此而缓和，反倒更加紧张。马蒙托夫迅速考虑到两个农民团瓦解的有利机会，当夜改编了突击纵队，第二天拂晓就把全部攻势放在这个由工人民兵队伍防守薄弱、最易突破的五俄里防线上。

顿河军的精锐部队沿着有两条冲沟的平原向前进攻，这两条冲沟又大又深，从西向东，穿过防线一直伸向城郊。哥萨克骑兵就从这两条沟里悄悄靠近红军的战壕。整个平原布满了蚂蚁窝似的小土堆：这是步兵在爬动。步兵前面是庞大的坦克用盲目的履带忽前忽后地开动着。飞机在炮兵阵地和从察里津出出进进、在草原上络绎不绝的大车队上空盘旋着，扔下一些梨形的小炸弹，爆炸起来非常猛烈。

马蒙托夫的铁甲列车在地平线上冒着黑烟。列车两侧的整个草原挤满了哥萨克村民的大车。这些大车拥挤着，车轴挨着车轴，紧跟在军队后面移动着。哥萨克中的生意人已经看得见察里津教堂的圆顶、工厂的烟囱和郊区着火的浓烟。哦，这些人身上散发着烟味、猪油味和松焦油味，他们紧皱着的眉毛底下，两眼闪着兴奋的光辉。

炮弹压迫着空气，从草原上空飞过，轰隆轰隆地在红军工事的前后左右落下，溅起一股股尘土，然后纷纷坠落。骑兵杀声震天地从深沟里跳出来，不顾一切越过铁丝网，像喝醉酒一般凶猛地冲向战壕，有的哥萨克已经中弹，眼前一片死亡的黑暗，却仍然在马上挥舞着军刀，直到跌倒在马鞍上，好像想要狂笑似的把双手一扬，从惊跳的战马身上滚落下来。

步兵排成散兵线，匍匐着向前冲来。到了红军战壕跟前，骑兵和步兵混战一场。这一天，马蒙托夫命令所有的哥萨克在帽圈上缠一条白带子，以免杀得性起，砍了自己人。因为交战双方都是俄国人，所以这场战斗就更加可怕，更加顽强……一方是为了争取他们还不知道究竟是什么样子的新生活，另一方为了牢牢保住旧事物。

哥萨克的冲锋每次都被红军的铁甲流动列车挡住，像潮水一样退下去。这种铁甲列车是在察里津工厂赶做出来的，用两节油槽车或两节平板车组成，把车头放在当中——这些列车就在一段在防线前、一段在防线后的环城铁路上来回行驶。车上安着机枪和大炮，有时一直冲到混战的人群当中。这些铁甲列车从陈旧的"K"型调车机车身上挤出最后一点儿力气，穿过爆炸的烟尘和被打穿的机车冒着的蒸气，在破损不堪的铁路上来回奔驰，往战壕里运水、面包和弹药。

"卧倒！"

一颗炮弹就在跟前爆炸了，只觉得眼前一片黑，身子好像被什么压了一下，立刻就有无数的土块落下来，打在脊背上和双手抱着的头上。

"起来……各就各位！"捷列金喊着，跳起来，透过尘土勉强辨认出有一个轮子向上翘起的大炮和憋着怒气向大炮扑去的水兵们……"没有伤亡——拉图金、拜科夫、加金、扎杜伊维捷尔……没有沙雷金……在这儿……没事儿……另一门炮一点儿没坏——佩琴金、弗拉索夫、伊万诺夫……直晃头……"

"偏左，六八〇，标尺六〇，炮兵连开炮！"萨波日科夫从塌了的掩蔽部里探出头来，手拿着话筒，嘶哑地喊道。

捷列金被灰尘呛得直咳嗽，把命令重复一遍。沙雷金把炮弹扔给拜科夫，拜科夫检查一下信管，再扔给装炮弹的加金，扎杜伊维捷尔向后一拉炮栓，拉图金校正了目标，举起右手。

"放……"

炮筒向后一坐，炮弹飞了出去……大家匆忙的动作停住了，就像影片胶卷上的静止镜头似的……恰好——又有一个气势汹汹的黑影飞来，一道闪光扎进地里，就在跟前。

“卧倒！”

一切都照样重复一次——轰隆声、飞溅的泥土、令人窒息的感觉……大家憋了满腔怒火，好像青筋都爆炸了……可是有什么法子呢，对方炮弹有的是，不必吝惜，而这里的炮弹却寥寥可数了，况且营瞭望哨上坐了个瞎鬼，压根儿摸不着敌人重炮阵地的影子……

这一次，拉图金负伤了。他咬着牙坐在那里。阿尼西娅轻盈、麻利地围着他转悠着——谁也不知道她方才躲在哪里，从哪里走出来的——她一下子拽掉他的呢子制服，扒下水兵衫，给他包好肩膀。“他大叔，”她说，在他眼前蹲下来，“他大叔，走，我把你送到救护站去。”他光着膀子，血淋淋的，龇着牙，真像咬断了谁的喉咙似的。他把阿尼西娅往旁边一推，又扑到大炮跟前。

从这场寡不敌众的炮战开始以后，这么长时间大家心里燃烧着一股怒火，焦急地盼望着发泄的机会。机会终于来了。萨波日科夫接到营长的询问，还剩下多少炮弹，刚刚报告了数字，正等待答复；泪水从他那发红的眼睛里混着泥土顺脸往下淌。他不时摘下圆形耳机，往里吹气。空气里突然发生了某种变化：枪炮声突然沉寂了，静得耳膜嗡嗡直响。捷列金忐忑不安地用腹部贴着地爬到胸墙顶上——正是时候……敌人开始了全线冲锋，准备决一死战。用肉眼也看得清哥萨克骑兵和步兵黑糊糊的一大片，其中有的地方还闪动着金色的神幡——这是用汽车拉来的神父在开阔的旷野里，当着红军炮兵的面，在给白军祝福……

水兵们也都爬出来了——肚子贴着胸墙。他们喘气很费劲。拜科夫为了逗笑说：

“喂，应该直接瞄准这些天使。”

谁也没笑。拉图金用命令的口吻厉声说：

“连长，咱们把大炮推到露天的地方吧，干吗像耗子似的，蹲在坑里……”

“没有马怕推不动，拉图金。”

“推得动……”

“在战斗中,你怎么敢,怎么敢跟指挥员顶嘴,这是无政府主义。”沙雷金突然用孩子气的声音喊叫起来,叫得很难听,水兵们都回头阴沉地望着他。他用两手抓了两把沙子,使劲往脸上搓。然后回到自己的岗位上,一动不动地站着,只有长长的睫毛在搓过沙子的脸颊上面哆嗦着。

捷列金从胸墙上下来,走到大炮跟前,用手推了推轮子。

“同志们,拉图金提出一个正确的意见……我们不妨做个准备,把这儿的土挖掉。”

水兵们一直注视着他的一举一动,这时一声不吭地过去拿铁锹,开始在最容易把大炮推到露天的地方挖掉土坑的台阶。

“捷列金,”萨波日科夫仿佛要扯破哑嗓子似的喊道,“捷列金,营长问我们靠自己的力量能不能把大炮推到露天去?”

“你回答吧:能。”

捷列金说得平静而充满信心。拉图金正用锹挖土,尽管受伤的肩膀像火烧似的,疼得难以忍受,鲜血直从绷带往外渗,他用胳膊肘拐了一下拜科夫:

“我喜欢知识分子。你呢?”

拜科夫回答说:

“他们难免还要学些白搭工的事儿,不过跟庄稼汉总会学点儿东西。”

方才的沉寂突然被一片猛烈炮火的轰隆声撕破了。捷列金扑到胸墙上。平原上到处都是向这边冲来的军队。从右面有几辆铁甲列车沿着低矮路基开过来,截住敌人。这些列车鸣着汽笛,喷着气,冒出一股股红褐色的烟,在这一天使它们的司令阿利亚比耶夫威名大震。伊万·伊里奇把注意力集中在离他们最近的掩护部队,那里就是卡恰林团的一个连,跟他们只有一道铁丝网相隔,这一连战士趴着的地方与其说是战壕,不如说是土坑。刚才有辆车拉着一大桶水给他们送来。马被打惊了,一转身,把大桶弄翻了,拉着前轮跑了。捷列金突然看见昨晚来过的那个奇怪的大个子伊万·戈拉。他四肢着地,一蹿一蹿地顺着战壕跑着,大概在发子弹——每人发最后一夹……

在伊万·戈拉连(和捷列金炮兵阵地)左面,大约不到半俄里远,就是那条穿过防线直通城郊的冲沟。这条冲沟整天都在炮火封锁之下,所以哥萨克骑兵从冲沟撤回到挺远的地方。现在伊万·伊里奇发现伊万·戈拉手下的战士显得特别惊慌不安,便明白哥萨克一定是顺着冲沟插进来了,打算从后面攻击战壕并从侧面攻击炮兵阵地,给我方造成麻烦。这种情况果然发生了……

哥萨克骑兵就在离工事很近的地方从冲沟里飞奔而出,分散开来——一路绕到伊万·戈拉阵地的后面,另一路直奔炮兵阵地。捷列金连忙回到大炮跟前。水兵们呼哧呼哧地一边咒骂着,一边从土坑里往土冈上推大炮,炮车的轮子陷到沙子里了。

"哥萨克!"捷列金尽量沉着地说。"加把劲儿!"他用力一扳轮子,弄得后背的骨节喀喀响。"快,拿霰弹!"

这时已经听得见哥萨克疯狂的喊杀声,就像有人活剥他们的皮似的。加金钻到炮架底下,用肩膀扛着:"来,一齐使劲儿!"大炮终于从沙子里推出来,已经安在土冈上,炮架歪着,使炮口落下来。加金用两只大手抱起一颗炮弹,塞进了炮膛,那样子甚至好像不慌不忙。大约有三十来个哥萨克骑兵把身子俯在马鬃上,挥舞着军刀向炮兵阵地冲过来。当一条长长的火焰向他们迎面飞去,霰弹发出尖厉的呼啸声时,有几匹马腾空飞起,还有的掉头就跑,剩下十个骑兵已经勒不住战马,直向冈上冲来。

这回,憋了很久的怒火终于发泄出来了。拉图金光着膀子,用嘶哑的嗓子大喊一声,手握弯刀,头一个冲上去,照着哥萨克饰金腰带底下的黑袍就扎了进去……扎杜伊维捷尔一下子撞到马身子底下,气得他一刀把马肚子劐开,没等马上的人跳下来,又给那个人一刀。加金躲过敌人砍来的一刀,一下子跟那个强壮的少尉抱在一起——一个是诺夫哥罗德人,一个是顿河人——把他从马上拖下来,按倒在地,压住不放。其余的水兵用大炮做掩护,用卡宾枪射击。捷列金每逢遇到这种场面,总是显出慢吞吞的沉着(激动是以后的事,靠后来加以填补);这次他也是这样,慢慢地钩住扣着保险栓的手枪的扳机。这场战斗十分短促,有四个哥萨克躺在土冈上不动弹了,有两个下了马,想要逃跑,被一阵乱枪打死了。

最后一次进攻,跟这一天的前几次进攻一样被打退了。哥萨克没能突破红军的防线,只有步兵在一个防守最薄弱的地方,插到红军的两个师之间。黄昏降临了。大炮的炮口烧热了,马匹跑累了,骑兵的杀气消了,要想催促步兵爬出战壕去冲锋,也越来越费劲了。战斗结束了。空旷的平原上枪声沉寂了,只有担架兵爬来爬去地救走伤员。

装着水的大桶和拉着面包和西瓜的大车排成队,往各战壕和炮兵阵地走去,返回的路上就拉着伤员。第十集团军各部队伤亡惨重。但更可怕的是,这一天把所有的后备力量都消耗完了——这座城市再也派不出人来了。

集团军司令回到停在沃罗波诺沃车站后面的客车上。他慢慢地下了马,朝走上前来的集团军炮兵司令和铁甲列车司令瞥了一眼——炮兵司令就是在捷列金的炮兵阵地上跟知识分子谈话的那个身材魁梧的人,脸颊红润,留着大胡子;铁甲列车司令阿利亚比耶夫却有些神情紧张,很像一个刚从街垒战中退下来的大学生。两个同志用微笑回答集团军司令的目光:他们看到他从前线回来,非常高兴,因为在这一天,集团军司令在前线参加了好几次肉搏战。他的大衣被子弹打出了窟窿,肩上挎的卡宾枪枪把也碎了。

集团军司令走进车厢的公共客厅,马上要水喝。他一连喝了几杯水,然后又要烟抽。他点着了烟,干涩的眼睛变得模糊了,他把烟卷放到桌沿上,把一摞战报拽到跟前,俯身读着。是呀……伤亡太大了,简直是过分大了,明天的弹药也所剩无几,简直令人绝望。他打开地图,三个人都俯下身去。集团军司令用铅笔头慢慢地画出一条线——这一天,防线只是有些地方稍微出现一些曲折,在萨列普塔一带甚至远远插到白军阵地里;只是在昨天发生农民团不愉快事件的阵地上,红军防线一直退到察里津附近。集团军司令的铅笔移动得越来越慢了。"好吧,"他说,"我们再检查一遍……"战报完全准确。铅笔在离察里津只有七俄里的地方停下来,沿着冲沟的走向,然后拐了个急弯,向西拐回去。形成一个楔形。集团军司令把铅笔扔到地图上,用手掌在这楔形上敲了一下:

“这个决定一切。”

炮兵司令皱起眉头，连大胡子也撅起来了，眼睛瞅着一边，固执地说：“我保证啃掉这个楔子，只要今晚你能给增加点儿炮弹。”

铁甲列车司令说：

“部队士气很高：吃点儿东西，睡上一两个小时，就能坚持住。”

“光坚持住不行，”集团军司令说，“需要打垮敌人，可我们防线形势很不利。我问你，车头挂上了吗？好，我要走了……”他好像疲惫得动弹不了，又坐了一小会儿，站起身来，抱住两个同志的肩膀：

“好，祝你们平安……”

炮兵司令和铁甲列车司令回到瞭望哨，瞭望哨设在铁路线上一座孤零零的水塔上面，昨天一整天受到地面和空中两路炮火的猛烈轰击。他们爬到水塔顶上，那里还安着电话，看见他们的晚饭已经送来了：两块干巴面包和半个生西瓜，还要两人分着吃。炮兵司令是个身强力壮、生活乐观的人，看到这么一点点口粮，不禁发愁了。

“这个生瓜蛋。”他说着，走到砖墙上凿开的豁口跟前。“西瓜要是用刀切，那就不叫西瓜，西瓜应该用拳头一敲就开。”他一边往外吐瓜子，一边眯缝着眼睛向外眺望，整个平原在夕阳的照耀下了如指掌。“要是一大碗热乎乎的疙瘩汤，还能吃个饱。你看怎么样，瓦西里，看样子今晚可能下令——退却……”

“怎么退却？把环城铁路交给敌人？你大概是疯了？”

“你倒是没疯，可干吗让敌人突破了防线——你的铁甲列车怎么打瞌睡了？”

炮兵司令一边说着，一边不时把挓挲开的两个手指放在眼前，或从衣袋里掏出一个火柴盒，伸直了胳膊举着它，在五十步以内，可以准确测量出任何目标的距离与角度。

“因为他们专门派了工兵跟在散兵线后面，把铁路炸坏了十个地方。”

“不管怎么说也不能让敌人把楔子插进来。”炮兵司令固执地重复着。“我告诉你吧,你来看,你什么情况也没发现?”

只有久经训练的锐利眼睛才会发现,在一直向西伸展开去的褐色平原上,并不是空寂无人的,而是正在进行一种悄悄的运动。地面上所有高低不平的地方,所有的小土包,就像成千上万的蚂蚁堆似的,都投出长长的黑影,其中有些黑影在缓慢地移动。

“步兵在换防。”炮兵司令说。“这些漂亮的家伙在地上爬……给你望远镜……看见没有,好像有些小条条在闪光?……”

“看得很清楚……是军官的肩章……”

“不用说,是军官的肩章在闪光……嗬,瞧他们爬得多带劲儿,奶奶的,就跟蜘蛛一样!……这军官肩章怎么这么多呢……别的人一个看不见……”

“是呀,怪事……”

“前天,斯大林就预先提醒过,说可能会出现这种情况……看样子果然是这么回事……”

阿利亚比耶夫瞥了他一眼。摘下帽子,用指甲挠挠头,把被汗水黏在一起的头发挠得竖起来,灰色眼睛无神了,耷拉着头。

“是呀,”他说,“现在明白了今天他们为什么这么早就安静了……这种情况应该料到……这可就难了……”

他急忙坐到电话跟前,摇起电话。然后把帽子往头上一扣,从螺旋楼梯跑下去。

炮兵司令仍然观察平原上的动静,直到太阳落下去为止。然后他给军委打了电话,用低微而清晰的声音朝着话筒说:

“敌人在前线上用军官旅替换了哥萨克步兵,斯大林同志。”

他得到的答复是:

“我知道。有一件公文马上给您送到。”

果然,不一会儿就听到一阵摩托的喀喀声。楼梯吱吱嘎嘎响,传来沉重的脚步声,有一个穿着一身黑皮子衣服的汉子,勉强从地道口钻上来。炮兵司令身材虽说不矮,可是这个摩托手比他还高出一截,得俯下身子说话:

“集团军炮兵司令在哪儿?”

那个摩托手听到“我就是”之后,还要了证件,划了根火柴看着,一直看到火柴烧到指甲,然后才不无疑心地把公文交给他,跑下楼梯去了。

公文袋里装着半张粗糙的四开黄纸,上面是军委主席的亲笔字:

“特命您在拂晓前将所有(“所有”下面划着横线)大炮和弹药集中在沃罗波诺沃与花园街之间五俄里的防线上。部队调动尽量不要引起敌人的注意。”

炮兵司令把这道出乎意料而又叫人害怕的命令读了一遍又一遍。这样的命令不但过分冒险,而且执行起来非常困难,它意味着:在不长一段防线上(被敌人突破的地带)集中所有的二十七个炮兵连——二百门大炮……如果敌人偏偏不打这个地方,而是偏右或偏左一点儿,再不,攻击侧翼的萨列普塔和古姆拉克,那不就更危险了吗?那样一来,就要陷入包围,全军覆灭!……

炮兵司令心情非常恶劣,坐到电话跟前,开始要各个炮兵营长听电话,向他们发出指示——从哪些路走,把他们那庞大而笨重的家当运到什么地方,其中包括几千名炮兵、马匹、双轮车、大车、帐篷——这一切都需要装车,打发走,转移到指定地点,再卸车,重新安置,给大炮挖坑,拉铁丝网,而这一切必须在拂晓前几小时之内完成。

他没有离开电话,向下面喊了一声,要一盏马灯,并且通知所有的传令兵——把马备好。他解开呢子上衣的领口,用手摸着剃得光光的脑袋,口授了几份简短的命令。那些传令兵接到命令,跑下水塔,飞身上马,向黑夜里疾驰而去。炮兵司令为人机智——命令炮兵撤走之后,在原来的炮兵阵地上笼起篝火,火堆不要太大,使火光显得自然,让敌人以为红军在寒夜里围着火堆烤他们的光脚呢。

他把命令又看一遍,反复考虑把两翼完全暴露给敌人总不是办法,决定在萨列普塔和古姆拉克一带留下三十门大炮。当各个营长报告说,马匹已经套好,炮弹和医疗设备都装上了车,并且按照指示在原来驻地升起了篝火的时候,炮兵司令坐上一辆旧汽车,汽车烧的是酒精和煤油混合燃料,车身像吉卜赛人的大篷车一样呱嗒响,直奔察里津司令部去了。

他开着车在黑暗、空旷的城市里轰隆隆地跑着，在一座门市的小楼跟前停下，沿着黑洞洞的楼梯跑上二楼，走进一间宽大的房间，哥特式窗户，柞木天棚，只点着两支蜡烛：一支放在堆满文件的长条桌上，另一支被集团军司令高高地擎在手里——他站在墙跟前看地图。他旁边是军委主席，正用红蓝铅笔标出明天作战的军队部署。

尽管房间里只有这两位首长，又都是老朋友，炮兵司令仍然按照军人姿势走上前去，立定，然后报告准备执行命令的情况。集团军司令放下蜡烛，转过身来望着他。军委主席离开地图，在桌旁坐下。

“有二十个炮兵连准备在拂晓前转移到正面防线，”炮兵司令向他报告说，“还有七个炮兵连，我留在两翼的萨列普塔和古姆拉克一带。”

军委主席刚点着烟斗，用手扇了一下面前的烟，用轻微而严肃的声音问：

“哪个两翼？萨列普塔和古姆拉克跟这有什么相干？命令里连一个字也没提到两翼——您没理解命令的意思。”

“不会，我完全理解。”

“命令里说（他的下眼皮跳了一下，眼睛眯缝着），命令里说得很清楚：把所有的大炮一个不留地集中在正面防线上。”

炮兵司令瞥了集团军司令一眼，集团军司令也用严肃、警告的目光看着他。

“同志们，”炮兵司令热烈地讲起来，“这个命令可是生死攸关的一招。”

“正是这样。”军委主席加以肯定地说。

“正是这样。”集团军司令也说。

“我们在正面防线集中一个强有力的拳头，把两翼全都暴露出来，会有什么结果呢？怎么能相信白军一定会攻击正面防线呢？他们要是打别的地方呢？光靠步兵是禁不住冲锋的，今天这一天步兵已经筋疲力尽了。那时再重新改变配置就晚了……我怕的就是这个……铁甲列车已经帮不了我们忙了，不管怎么样，必须把步兵从环城铁路线上连夜撤下来……我怕的就是这个。”

“用不着怕!”军委主席用手指在桌子上敲了一两下。“用不着怕!用不着犹豫!难道您不清楚,明天白军一定会把全部力量投到正面防线上……昨天战场的整个形势,确定不移地会驱使敌人这样做。他们在萨列普塔附近遭到惨败——他们决不愿意再往那里闯,他们知道布琼尼的骑兵旅正在抄第五纵队的后路。他们昨天在正面战场取得胜利——成功地在我们的防线上打进个楔子。最后,从沃罗波诺沃到花园街一带发起进攻,对他们非常有利——那里有两条冲沟,距离察里津最近。您不是亲自告诉我,敌人用一个军官旅把哥萨克步兵替换下去了吗?您可以从这里得出结论嘛!一个军官旅就是一万二千个志愿军,都是会打仗的正规军军官。马蒙托夫把这样一支力量投到这里,决不是为了显示显示力量……我们有一切根据相信,敌人肯定要进攻正面防线。”

“傍晚的情报也证实了这一点,”集团军司令说,“白军从南北两面撤下十四五个团,贴着地面悄悄转移……这还不算那个军官旅……”

“这样一来,”军委主席说,“敌人自己给自己造成一种形势——只要我们坚定不移,敢于打硬仗,他们会亲自把主力部队送上来,让我们消灭。所以我们的任务——明天——不但是打退进攻,而且要消灭顿河军的主力……”

炮兵司令咧开嘴笑了,坐下来,用拳头敲了一下膝盖。

“有胆力!”他说。“有胆力!我没话可说了。明天我给他们个厉害尝尝,让他们丢盔卸甲,一直跑到顿河边上。”

军委主席把蜡烛挪到三俄里为一英寸的地图跟前,炮兵司令便开始说明他准备怎样部署炮兵部队——分成几排,每排都车轴挨车轴地密集排列。

“用不着挖坑,”集团军司令告诉他说,“你就把大炮放在露天的高冈上。我们让步兵尽量靠近炮兵阵地。你去用电话通知各营营长。”

过了几分钟,在全长四十俄里的前线开始了一种无声而匆忙的运动。天上繁星历乱,银河格外明亮,这是只有在少有的秋夜里才可见到的景象,沿着黑糊糊的平原,马匹拉着大炮和榴弹炮拼命奔跑,由八对马拉着的重炮滚滚向前,大车和双轮车疾驰如风。步兵也悄悄撤出阵地,密集在缩成半圆形的防线上。

在落了一片白霜的平原上，号兵吹响了晨号，唤醒哥萨克投入战斗。一轮红日涌出了伏尔加草原。远处响起隆隆的炮声。机枪也嗒嗒嗒地响。红军阵地鸦雀无声，因为背着太阳，仍然躲藏在阴影里。各炮兵连都接到命令：等待信号——在高空爆炸的四颗榴霰弹。

白军在发起冲锋之前，从地平线上射出猛烈的炮火。一切活物都卧倒了，蜷缩着，躲藏起来，每个塔头、每个土坑，都成为藏身之处。透过一片轰隆声，有时也可以听到垂死的喊声，同时就有一个大车轮子或一件冒烟的士兵大衣随着溅起的土块一起飞上天空。敌人的炮轰整整进行了四十五分钟。当人们能抬起头来的时候，敌军已经杀来，整个草原好像在摇晃。好几排的军官散兵线，不慌不忙，也不卧倒，端着枪走来，后面跟着十二个纵队，好像参加阅兵式似的，各军官营之间保持一定距离。有两面团旗高高举起，迎风飘扬。战鼓紧张地敲。长笛嘤嘤地吹。步兵后面黑压压一片，是数也数不清的哥萨克骑兵连……

“……伊万·伊里奇，看，这可是阶级敌人来了！这都是老油子！”

“穿着皮靴……和军装……都是用肉喂胖的……”

“哦，这样的军装要撕破真有点儿可惜……”

“同志们，别开玩笑了，集中精神。”

“我们因为有点害怕才闲扯的，捷列金同志……”

……前几排加快步伐，离这里只剩五十步……都可以看清楚脸孔了……但愿别再看到这样狰狞的脸孔——深陷的眼窝，突出的颧骨，眼睛由于仇恨而发白，满脸紧张神情，就准备张开嘴巴大喊一声：“乌拉！”

炮兵司令把半个身子从水塔砖墙的豁口伸出去，又朝身后伸出一只胳膊，准备向话务员发出信号：四发榴霰弹！他又等了一分钟：那些在战鼓和长笛声中迈着整齐步伐、摇摇晃晃的散兵线和纵队就要越过环城铁路线了……又过了一分钟……但愿这些魔鬼不要跑步前进就行……

“……连长同志……我再也受不了啦……实在的……”

“钻回战壕去，妈的……”

"我要吐了……让我出去一会儿……"

"我毙了你,妈的……"

"伊万·戈拉同志……不要那样!"

"端起枪!"

……炮兵司令暗自确定:等前排走到那根柱子跟前……前排的队形已经不齐了,来回晃动,军官们两脚向里扣着,走得挺吃力……他眯缝着眼睛,清清楚楚地看见那根歪斜的柱子,上面还带一截铁蒺藜……这根柱子就决定了敌人攻势的命运、今天的命运、察里津的命运、革命的命运,真见鬼!……现在有个穿黄皮靴的人,头一个冲上来,越过了柱子……炮兵司令张开背后攥着的拳头,伸开五指,从豁口抽回身子,向话务员大喊一声:"信号!……"

在晴朗的天空里,四颗榴霰弹在浩浩荡荡的纵队头上高高地爆炸,变成四朵棉花似的云彩。从来没人听到过的强大的轰隆声,震撼着空气。砖砌的水塔摇晃起来。话务员扔掉了话筒,用双手捂住耳朵。炮兵司令乐得直跺脚,好像跳舞似的,两只胳膊也摇摆着,好像在指挥乐队……

平原上方才还有无数灰绿色的营队步伐整齐、气势汹汹地涌来,如今变成了一个黑烟滚滚、岩浆沸腾的浩大的火山口。透过尘土和烟雾可以看见打冲锋的散兵线纷纷中弹跌倒,后面的队伍顿时大乱。北面保存下来并未被占领的环城铁路线上,铁甲列车飞驶而来,从后面兜住敌人。红军连队从战壕里冲出去,进行反冲锋。炮兵司令从话务员手里夺过话筒:"把火力往纵深方向发射!……"一阵猛烈的炮火截住白军的退路,配备着机枪的卡车冲入敌群,于是敌军的溃灭开始了。

第 八 章

达莎坐在小院里一个标明"药品"的箱子上;她把刚用冷水洗过、冻得发红的手放在膝盖上,闭上眼睛,仰脸晒着十月的太阳。在房顶投下的阴影边缘上,有一株光秃的洋槐,上面落着一群麻雀,挓挲着羽毛,梳理着,彼此夸耀着,个个吃得嗉子鼓鼓的。方才它们都落在大街上,在一座独门独院的白色平房前面,有的是撒落的燕麦和马粪。新来的大车惊动了麻雀,它们又飞到桦树上。达莎觉得鸟儿唧唧喳喳的叫声,好像是一种说不出多么愉快的音乐,告诉人们:不管怎样,我们总要活下去。

她穿着一件沾满血迹的白大衣,一块三角头巾紧紧箍在眉毛上。城市里再也听不到大炮震撼玻璃的哗啦声,再也听不到飞机投弹沉闷的爆炸声。这两天的恐怖在一片唧唧喳喳的麻雀叫声中结束了。如果仔细考虑一下,甚至会感到一派生气:这吃得饱饱的小东西竟然瞧不起人……它们的唧唧喳喳声仿佛在诉说:麻雀虽小,可聪明伶俐——鸽鸽马粪,在雌麻雀头顶上的树枝间跳来跳去,吱的一声送走了落日,然后就一觉睡到天亮,这就是它们生活的真谛……

达莎听见门外又有几辆大车停下来……又拉来了新伤员,正往屋里抬。她只觉得眼皮缝里透进一丝粉红色的光亮,却累得睁也睁不开。有用得着她的时候,大夫自然会来叫她……这个大夫倒蛮可爱:有时候吆喝你难免粗声粗气,可那目光却又十分亲切……"达丽亚·德米特里耶夫娜,"他会说,"请马上出去,您干什么也不顶用,到院子里找个地方坐坐,需要用您的时候,我会叫醒您……"世界上毕竟是好人多!达莎想——要是他现在就出来抽支烟,那该有多好,她会把自己刚才对麻雀的观察讲给他听——她觉得这些观察十分深刻呢……至于大夫挺喜欢她,这又有什么不好?……达莎叹了口气,接着又叹了一口,这次已经显得沉重了……只要遇到亲切的目光,一切困苦都是可以忍受的,即使是不可想象的困苦也一样……哪怕是不经心的一瞥,你也会马上感到精力充沛、信心十足了。人又获得了生机……唉,小麻雀呀,这种心理你们是不会理解的!……

大夫没出来,倒是从用做厨房的地下室里走出一个陌生人,长着一张神经质的黄脸和一对神色悲戚的眼睛。他身穿教育部门的制服大衣,这回腰里没再扎绳子。他沿着砖砌的台阶往上走了几步,便伸长了细脖子,侧耳静听。但是只能听到唧唧喳喳的麻雀声。

“真可怕！”他说。“简直是做噩梦！震得耳鸣！”

他用两个手掌捂住耳朵，马上又放下来。低沉的太阳从侧面照亮了他的脸和软骨突出的尖削的鼻子、两片厚嘴唇。

“这声音没个完了，我的天哪！……您从前有没有过耳鸣的感觉？”他突然向达莎问道。“对不起，您还不认识我，可我却认识您……在战前，在彼得堡见过您，是在‘哲学晚会’上……当时您还很年轻，不过现在您更漂亮、更出色了……耳鸣的感觉是从远处的雪崩开始的，一开头听不到声音，但它以可怕的速度向你逼近。这是一种自然界并不存在的混乱的嗡嗡声，越来越强烈。灌满了你的脑子和耳朵。您会意识到，这种响声实际上并不存在，可是它在您脑海里响个不停……您会觉得心里紧张：再有一秒钟，这么嘈杂的声音会使您受不了……您会失去知觉，由此而得救了……我问您——什么时候才有个完呢？”

他在达莎对面，背着太阳站着，摆弄着细长的手指，捏得嘎巴响。

“我得上哪儿抠点儿黄土，和点儿泥，收拾一下炉子，因为我们被当成不劳动分子撵进地下室了……我父亲当了一辈子中学校长，有点儿积蓄，盖了这么一幢房子……您就把这话告诉他们吧……地下室里堆着烧黑了的砖；有两扇窗户朝人行道——落满了尘土，光线透不进来。我的那些书都堆在墙角里……我母亲患有心肌炎，她已经五十五岁了，我妹妹因发痉疾，下肢瘫痪。冬天就要到了……唉，我的天哪！”

达莎心里想，这个人可真像艺术剧院演的《青鸟》①里的糖神，马上会折断他的十个指头……

“不劳动者不得食！……我在文史系毕了业，马上就要写完学位论文……在女子中学教了三年书，就在这个注定要毁灭的城市，就在这个令人绝望的偏僻地方，我被母亲和妹妹的病捆住了手脚……而一生的结果却是不劳动者不得食！他们把锹塞到我手里，强迫我去挖壕，还威胁我，要我拜倒在革命脚下。向侵犯自由的暴行低头！……向老茧的胜利低头！……向侮辱科学的行为低头！……我不是贵族，不是资产阶级，也不

---

① 《青鸟》是比利时颓废派剧作家梅特林克(1862—1949)的作品。

是黑帮分子①。我参加过学生示威游行，至今还留着被石头打破的伤疤……但是我决不愿向把我撵进地下室的革命低头……我把头脑训练得十分灵敏，可不是为了从地下室里满是尘土的窗户望着胜利者的皮靴把人行道踩得喀喀响……况且我也没有强行结束自己生命的权利——我还有母亲和妹妹……甚至在幻想中我也感到走投无路，没地方藏身……'让我们把点燃起来的光明带向远方！……'现在这光明也无处可带，大地上再也没有可以隐居的洞穴了……"

他这一席话说得非常快，两只眼睛骨碌乱转。达莎听着，既不感到惊奇，也毫无同情心，仿佛这个从半地下室厨房里钻出来的神经质的人，作为这几天的恐怖——炮声隆隆、火光冲天、伤员呻吟——的收场，是理所当然的。

"是什么原因使您跟他们搞在一起了呢？"他突然换成闲聊的口气不满地问。"是由于轻率？害怕？饥饿？我告诉您吧——这两天我一直注意观察您，不禁想起在彼得堡的'哲学晚会'上，我也是默默地欣赏您的美丽，却不敢走上前去跟您接触……您几乎就是勃洛克②描写的那个陌生的女人……（达莎立即想道："为什么用'几乎'呢？"）您好像一位用金线绣花的公主，却穿一件脏大衣，两手红鲜鲜的，抬伤兵……真可怕，真可怕！……这就是革命的真面目！……"

达莎听了，突然生起气来，紧闭着嘴唇，根本没理睬这个脸色黄里透白的神经衰弱患者，回到屋里，在外面吸过一阵新鲜空气之后，碘仿和伤员身上的臭味扑面而来，她感到实在难闻。

每个房间里，用没有刨过的木板搭的病床紧紧地挨在一起，上面躺满了伤员。她走进手术室——这个房间原来是那个女子中学教员的，直到他被撵走之前，一直在这里写他的学位论文——找到了大夫。大夫正用毛巾擦胳膊，从胳膊肘往下全都裸露着，上面长满汗毛。他一见达莎，便

---

① 黑帮分子是俄国一九〇五至一九〇七年由政府雇佣的打手，专门对付革命运动或残害犹太人。

② 勃洛克（1880—1921），俄国著名诗人，《陌生的女人》写于一九〇六年，讽刺神秘主义。

用褐色的眼睛朝她挤挤眼：

“怎么样，打了一小会儿呼噜？我刚刚做完一个有意思的手术，给一个小伙子割掉五俄尺长的小肠，一个月之后，我就可以跟他一起喝酒。刚才又送来一个指挥员，严重休克……刚刚注射过樟脑，心律正常，可是神志仍然不清……您要注意脉搏，要是开始减弱，马上再打一针……”

他把毛巾搭在肩上，领着达莎走到一张板床跟前。伊万·伊里奇·捷列金仰脸躺在床上。他两眼使劲地眯缝着，仿佛害怕强光刺激似的。双唇紧闭，嘴角向外咧着。左胳膊放在前胸上，大夫拉起来，摸摸脉，又轻轻摇了一下：

“您看，方才还像抽筋似的蜷得很紧……休克，我告诉您说，有时会表现出奇怪的症候……对这种病还缺乏研究……其中的机制，跟小儿惊风相似……中枢神经系统对突然袭击没有来得及预先防备……”

大夫的话说到一半就突然停住了，因为他自己也发生了意外的休克，尽管程度可能轻一些……达丽亚·德米特里耶夫娜已经缓缓地跪在病床前，把脸整个贴在大夫刚刚放下的那只胳膊上……

第 九 章

瓦季姆·彼得罗维奇·罗辛醒来已经很晚了，他睡在一家旅馆糟透了的房间里，肮脏的玻璃窗用发黄的报纸遮住，床很短，盖的毯子很薄。火车要到深夜才发车。这一整天都无事可做。烟盒里只剩下一支烟了。他揉了揉，点着了，不禁端详起自己的瘦骨嶙峋、青筋暴起的手，上面长满鸡皮疙瘩。寻找卡佳的事毫无着落……他没能找到卡佳。假期完了，他必须马上回库班归队去。

他要坐两天两夜的火车，下车后坐上一辆轻便马车，穿过大草原，路上跟赶车的士兵一句话也不说。到了村子，宽宽的大街上车道沟灌满了十一月毫无用处的雨水，马车的轮子陷进里面，他要从车上直接跳进稀泥，吩咐把皮箱送进屋里，然后迈步奔村公所去找团部，拜见团长什韦杰少将。

他一进门，会发现这个保养得蛮好的傻瓜正在读象征派诗人的歪诗，诸如索洛古勃①的《火圈》、古米廖夫②的《珍珠》。瓦季姆·彼得罗维奇报告完情况之后，可能要接过一个排，也许会让他带一个连。然后又开始了单调的生活：军事训练、参加军官的集会，那些人又会问长问短，什么女人啦，喝酒啦，还会拿他的消瘦、满头白发和郁郁寡欢开开玩笑。每到傍晚，又是一个人在房间里踱来踱去。到了十点钟，勤务兵一声不响地给他脱下皮靴……这是一种可能，还有一种可能——要是他那个团正在前线打仗……

他的脑海里又浮现出一片死气沉沉的大草原、天上一层层北来的乌云、村庄废墟上竖着的一个个烟囱、陷进泥坑里的伤兵大车，路旁的死马——而这草原上最突出的特点，就是战壕，战壕里的人就躺在粪便和血淋淋的破布中间……他把自己想象成一个职业乐天派，一个传奇式的宿命论者，他可以做出冷酷的仇恨的榜样，然而他心中已经没有仇恨了，早就没有了。每当他想到人的时候，心中有的只是厌恶和恶心。

他在床上坐起来，费劲地扣上衬衫的纽扣，够起掉在地板上的裤子，从衣袋里找点儿烟末，然后把双手往脑后一枕，又躺下了。

“带着这种心情毕竟不行。”他轻轻地说，立刻觉得这不像他的嗓音而有些不快，说这句话的腔调使他心中涌起一阵厌恶……“为什么不行？怎么就‘毕竟’不行？什么事都可以办到！直到抽出皮带——一头拴在门拉手上，另一头往脖子上一套……罗辛，说实在的……别看你洁身自好……你跟所有的人一样，也是个混蛋！”

于是他怀着憎恶和仇恨回想起在这叶卡捷林诺斯拉夫看到的许许多多景象……女人们脸上带着流亡痕迹和所剩无几的高傲神气，挨着个往旅馆奔跑，兜售各种“有纪念价值”的首饰；将军们跟一些脸刮得发青、身体胖得出油、态度大大咧咧的人拍肩膀，称兄道弟，因为他们都是买卖政

---

① 索洛古勃(1863—1927)，俄国象征派诗人。

② 古米廖夫(1886—1921)，俄国阿克梅派诗人。

府物资提货单的行家;大嗓门的地主吓得逃离了庄园,跟糊里糊涂的地主婆和细高挑儿、满脸雀斑、大失所望的女儿们挤在单间里,拿出大把大把的钱到饭馆里大吃大喝,还教饭馆的厨师做一些闻所未闻的饭菜,他们把革命说成是一场乱子,总而言之,还抱着一线美好的希望消磨时间,俄国贵族不管处境多么困难,也决不会抛弃这种希望。他想起在旅馆的前厅里遇见的形形色色的人,转瞬之间就失去稳固的社会地位——只是根据衣扣的花纹和制帽的款式可以猜出他们原来的身份:这位是检察官,你看,他正抓住一个样子挺横的小家伙,千方百计要把一块破表塞给这个走运的贩子;而这位是税务司司长,白发苍苍,不住地咳嗽,拄着手杖,看样子他把值钱的东西已经卖光了,只好用嫉妒的目光望着这些大笔交易,望着这些一转眼就不见了的晃动钞票的手……

几个诡计多端的投机商人,穿着漂亮的西服,一下子钻进大门,手指比比画画,眼睛骨碌乱转,凑到一堆,急急忙忙地嘀咕一阵,然后又跑到大街上,活像带翅膀的财神赫尔墨斯①。在旅馆的前厅就可以了解政府物资的运输情况,打听遗失的装机油的油槽车下落,掌握美元的行情,随着西线的法军或德军的反攻形势,在一天之间美元要几涨几落,不过这些都是大笔交易……至于小投机商进了前厅都溜边站着,两眼盯着“大”人物,激动得不住眨巴着……

这位大人物从容不迫、道貌岸然地走进来,身穿一件很长的大衣,把一顶制帽或天鹅绒礼帽扣在后脑勺上,手里拎着一把伞,下巴上的长胡子油光锃亮,耷拉到脖子上。这一绺长胡子神圣不可侵犯,只有在集中思考问题的时候,才用手指捏住那么一根,捻上一阵子。他的眼神反映出一种不屑理会琐事的紧张精神生活,因为他是一位思想家:他正在比较或找出决定世界能量的浓缩物——硬通货——涨落的种种原因……

人们就在这前厅里和旅馆附近的大街上进行赌博。黑特曼政府和德国占领军司令部都明文规定,加以禁止。但是这种赌博是游动的,赌徒们

---

① 赫尔墨斯是希腊神话中的宙斯之子,奥林波斯众神的使者,牧人和旅人的保护神,商业和盈利之神。作者在此只强调生意和运气。

从旅馆门口到最近的十字路口之间的人行道上走来走去。他们凭借虎视眈眈的目光、手指的动作和几个字眼，就可以进行交易。他们谁身上也不带外币，外币都藏起来，而且根本没人知道这座城市里究竟有多少外币。他们赌的是行价的差额，算账用的是黑特曼票子。一分钟之内可以发一笔横财，一分钟之内富人可以变成乞丐。走运的人带着一帮白吃的家伙走进咖啡馆去吃点心，喝橡子面咖啡，倒霉的人绝望地沿着林荫道踽踽独行，十一月的寒风扫走路上的纸屑和落叶，刮起他那长大衣沾满尘土的下摆。

住在这家旅馆的人、聚集在人行道上的人、挤在香烟铺、咖啡馆、烤羊肉店里的人、互相交易并彼此欺骗的人，都是吵吵嚷嚷、好吃懒做的人群的一部分，这群人在从革命手中夺回来的城市里到处熙熙攘攘，大喊大叫，因为在这里没人妨碍他们大吃大喝，互相勾结，进行欺骗和投机……这群人却需要用刺刀和大炮来保护，还要为他们夺取新的城市，赶走可恶的布尔什维克，为他们重建伟大、统一、不可分割的俄国……

"庸俗，庸俗而虚伪！"瓦季姆·彼得罗维奇又说出声来。"哼，要是开小差呢？"

于是他开始考虑这条出路，有生以来第一次摆脱了道德的绳索，怀着一种刺痛的快慰发掘藏在心底的卑鄙和下流……他甚至咬紧牙，冷笑了两声……这个念头就像是一种出乎意外的创造，就像是头一次犯罪……

"你究竟为了些什么神圣的东西，亲爱的，那么拉紧缰绳在人生的道路上奔跑呢？你一向认为自己是正派人，属于正派人一类，为了扩大眼界甚至离开团队去念大学……你在少年时代觉得自己很像安德烈·博尔孔斯基①。道德的冲动使你飘飘然，你便感到心满意足了：你觉得自己是白璧无瑕的。你碰到任何可疑和不洁的东西，就像碰上脏水坑似的扭过脸去。你跟有夫之妇只不过有过三次勾搭，而且在这种微妙关系刚刚达到高潮，激动的好奇心刚刚被习惯的响亮亲吻代替的时候，你就跟那些女人断绝了来往……这就是你一生的总结：像你过的这种高昂着头、无可挑剔

---

① 安德烈·博尔孔斯基是列夫·托尔斯泰的《战争与和平》的男主人公。

的生活,究竟会有什么好处?一场大火过后,一个人只剩下了被烧焦的烟囱!"

瓦季姆·彼得罗维奇得出这种结论之后,便开始有条不紊地考虑开小差的可能性。逃往国外?整个世界都战火连天。密探到处搜查形迹可疑的外国人,把他们抓进监狱,然后就绞死……全世界快乐的小伙子都被用船运走了……"特鲁—啦—啦,"小伙子们喊道,"我们赶快把那些德国蠢猪收拾掉,好回家找快活的女友……"在海洋里船被鱼雷打中了,这些快乐的小伙子便在冰冷的海水里围着一片油花打扑腾……在欧洲,有多少纵队的青年人,穿着像给死人做的肥大的保护色军装,排成密集的散兵线,怀着绝望的拼命心理,顺从地迎着机关枪、掷弹炮、迫击炮和喷火器走去——前面是炮火,后面也是炮火。出国的可能是没有了……可以设法跑到敖德萨,弄个假证件,到烤羊肉店里当个跑堂的……可是碰上熟人,会大吃一惊:"哎—呀—呀,原来是你呀,罗辛,你这是怎么说的,老兄?"做点儿小投机生意,再不干脆去偷?那可需要有足够的乐观精神……靠妓女过日子?年纪又太大了……"好吧,就算我能混到取得最后胜利那一天:社会主义分子统统绞死了,庄稼人统统吃过鞭子,英国人原谅了我们,我们带着负疚的神情在伏尔加河对岸招募军队——打德国人。武器发到士兵手里,有朝一日变了天,士兵们又该收拾这帮军官老爷——'冰上远征'的英雄了,于是又回到现在这种状况。我可怜的卡佳,直到最后也找不到,说不定在哪个没有玻璃的票房里,夹杂在睡觉的、说梦话的和已经死的人中间,最后一次呼唤:'瓦季姆,瓦季姆……'看来,还有一条出路,就是吊死,马上吊死……害怕吗?一点儿也不……只是这种自杀未免令人讨厌……"

他的两手像冰,连后脑勺都感觉出它们有多么凉。什么主意也没拿定。仿佛有许多小人儿像苍蝇似的在他身上爬,把他的意志、他的心渐渐偷走了……天一黑,他就起来,穿上裤子,徒步走到车站,大概还要买几盒烟路上抽……他会活下去——像他这样的人,军刀砍不着,枪子儿打不着,连传染伤寒的虱子都不咬他……

墙上有一道门原是通向隔壁的,用五斗橱挡住了,隔壁有两个男人怒气冲冲的声音急切地争论半天了。有一个人一张口总是这么说:“请听我说,帕普里卡基先生,我要是神人的话……”可是另一个并不让他把话说下去:“听我说,哈贝尔,您不是什么神人,您是个白痴!只差半个小时就要出版报纸了,可您却买了克虏伯钢铁厂的股票,这简直是发疯……”“请听我说,我并不是神人!”“听我说,哈贝尔,把您的内脏都掏出来也弥补不了我的损失,您是一具死尸……”

这些片断的话语硬是钻进瓦季姆·彼得罗维奇的耳朵。“见鬼,”他想,“要是朝着门给他一枪该有多好……”接着,从通往旅馆走廊的门外面传来奔跑的脚步声和激动的说话声:“应该请大夫来……”“请大夫有什么用——他已经硬了……”“怎么回事,怎么能出这事呢?”“该着出事,就出呗,跟您有什么相干……”

说话声沉寂了,传来一阵马刺的喀喀声。

“警备队长先生,请原谅,他果真是奥地利皇帝的侄子吗?”

“真的,全是真的……好,先生们,不要挤在走廊里!”

后来,就在门口又有两个人悄声说话:

“他根本不是自杀,是他的副官,一个布尔什维克把他打死了。”

“您说什么,怎么会有这种事——一个奥地利军官竟然会是布尔什维克?”

“您以为怎么样!他们到处都是……别说维也纳,连柏林昨天也落到他们手里了……”

“我的天哪,我的天哪,这叫人怎么受得了……”

“是呀,赶快逃跑……”

“往哪儿跑?”

“天知道——找个什么岛子……”

“倒也是……昨天听人说——在荷属印度支那有长面包树的岛子。什么衣服也不用穿。可就是怎么能去得了呢?”

接着,一个男孩儿没敲门就闯进屋来,原来是在旅馆擦皮鞋的——扁鼻子,咧着一张笑呵呵的大嘴——从这个耳根子直咧到那个耳根子……

“号外,德国发生革命……客人,请给三个卢布……”

他把报纸扔到罗辛的胸脯上,既没看到这个客人大瞪两只可怕的眼睛,也没注意他那像死人似的脸色……

“钱我从窗台上拿了。客人,您快看看报吧!……”

他从房间里跑了出去。瓦季姆·彼得罗维奇的心歇斯底里地狂跳着,那张印着密密麻麻字迹的报纸在他的胸脯上放了好久,没有打开……德国爆发了革命!……士兵爬到火车顶上,车站砸个稀烂,游行队伍疯狂地唱着歌,人们站在纪念像的基座上发表演说,高举着拳头叫喊:自由,自由!仿佛有了自由,就可以不要面包,不要祖国,不要义务,不要经过多少世纪努力建立起来的国家的稳定。革命意味着:搞得乱七八糟的城市、林荫道上披头散发的姑娘……和苦闷,谁从窗口望望城市里一块块退了色的屋顶,就会感到说不出的苦闷,从此以后,在这座城市里再也没有任何秘密了……连太阳都升得更高,高不可攀……谁要是在一生中竭力保持自己的性格、自己的独立性、自己的高傲、自己的忧愁,他更会感到无限苦闷。

瓦季姆·彼得罗维奇终于明白,他是在自言自语。这真像是睁大眼睛说梦话。他打开了报纸。上面用通栏大字标题登载着德国发生革命的消息。这场革命是在贡比涅森林举行谈判时爆发的,德国代表刚刚登上停在炮兵侧线上魏刚将军的火车之后。

德国代表问——法国方面有什么建议?将军既不请他们坐下,也不跟他们握手,用冷冰冰的愤怒口气回答说:“我没有任何建议……德国必须屈膝投降。”

在这同一天,使德国蒙受耻辱的统治者被推翻了。柏林成立了工人和士兵代表苏维埃。威廉皇帝偷偷离开斯帕大本营,逃往荷兰,在国境线上把自己的佩剑交给了荷兰一位陆军中尉。

过了几分钟,瓦季姆·彼得罗维奇已经穿好军大衣,扎紧皮带,戴着制帽,站在窗前又把报纸看了一遍。把一叠揉皱了的钞票塞进衣袋里,走到大街上。

他看见有个结实的汉子从旅馆跟前走过,好像刚从海底出来,刚刚脱掉潜水衣：脸色涨红，眼睛好像要鼓出来；起了泡的厚嘴唇结了痂，不住翕动地念叨着："谁要克虏伯钢铁厂股票，谁要，谁要……"他朝着过路的行人东张西望，心里怀着一个疯狂的念头——想找一个比他还愚蠢的傻瓜……

他被一群奥地利士兵推开并挤到墙角上——这些奥地利士兵没有排队，三五成群地走着，步枪背在后面，枪口朝下……这是拥护革命的一种标志——从革命的第一天起，马上停止人类的残杀……在这群队伍的旁边，有个瘦瘦的军官走在人行道上，上唇留着年轻人毛茸茸的小胡，文雅的脸孔紧张到了痛苦的程度，却高傲地向上扬起，左边的肩章上系着一个红蝴蝶结。这个孩子在战争时期入伍，大概还从来不曾穿着崭新的军装，把军刀的铁鞘拖在地上，在维也纳的人行道上招摇过市——维也纳的女人最是无忧无虑，令人销魂。他由于年轻和温厚而被选进士兵委员会，现在他就带着自己的连队撤离此地，在两侧像炮火一样射来幸灾乐祸的嘲笑目光底下向车站走去……而在维也纳，是一片混乱、饥饿，工人们正修筑街垒……

罗辛久久地望着这些高傲的欧洲人的背影。他心中也产生了一种幸灾乐祸的感情："你们在乌克兰没待上几天，鹅肉和肥猪肉也没吃够……看来，布列斯特条约也没占到便宜……"但他马上又皱起眉头："这跟你有什么相干？莫斯科当然拍手称快。可你还得回到臭气熏天的战壕里，回到那帮反革命分子中间去……"他的眉头皱得更紧了，因为他是第一次说出这个字眼，说得这么平静，这么满不在乎……因为正是这个字眼包含着叫他心碎的原因。卡佳比他要有远见，当时在罗斯托夫发生激烈的争吵，卡佳就说："你要是真正相信你的事业是正义的，那你就去杀人吧……"按照一个正直和自爱的知识分子的传统见解，反革命分子就意味着卑鄙的家伙和坏蛋……现在你就顶着这顶帽子生活吧……

他把两手插到军大衣的衣袋里，沿着宽阔的叶卡捷琳娜林荫路踽踽走去。连他的步伐也像个卑鄙的坏蛋，拖拖沓沓，摇摆不定。他路过理发店，无意中往门旁的长条镜子里瞥一眼，照见他的脸色像死人一样难看，露出恶狠狠的佯笑。他走进去，连军大衣也不脱就往椅子上一坐："刮脸!”这里的一切也都令他感到厌烦——这又矮又热的房间,墙上糊的廉价糊墙纸已经脱落,还有这个理发师,满是头皮屑的头发上别着一把梳子,一双肮脏、柔软的手散发出令人讨厌的香味……

理发师搅起肥皂沫,一边不慌不忙往瓦季姆·彼得罗维奇的脸上抹,一边说:

“我老婆还嫌操心的事儿少,又弄个小猪崽儿来……打了四年仗,现在他们又闹起革命……他们是怎么想的?为什么不先问问我?”他打开剃刀,拼命地磨起来。“国家大事和我们这平淡的小营生——但愿您看到它们的不同。”他又往瓦季姆·彼得罗维奇的脸上抹起热肥皂沫来。“今天您是我的第一位顾客。大家都发疯了。要是威廉皇帝跑到了荷兰,我们这个城市里就没人愿意刮脸了!我告诉您这是什么原因吧。他们都怕布尔什维克,他们怕马赫诺分子,他们都想留起大胡子,装扮成无产阶级的样子。”他用剃刀在脸上刷刷地刮起来。“对不起,您不喜欢让人捏住鼻尖吧?有的人倒是要求这么做。我在库尔斯克学的手艺,我师傅按老规矩做活,把手指头伸到顾客嘴里,为上等人准备下黄瓜。用手指头,要十戈比,用黄瓜要十二戈比——价钱挺够意思呢。我再给您刮一次,时间足够。刚才,在您来之前,曾经来过一个疯子。您认识这位帕普里卡基吗?我们这里的金融巨头。他的神经不大好,简直没法给他刮脸,脸上起了疱疹,连用刷子一碰都疼得要命。谢天谢地,他今天长得满身都是了。他可告诉我一些好消息:德国人准备撤出乌克兰,在别尔哥罗德一带,布尔什维克发起进攻,在白教堂宣布成立乌克兰的新政府——执政内阁。我们有过拉达政府,有过苏维埃,有过黑特曼,就是还没有过执政内阁。内阁的首脑是彼得留拉①和温尼钦科。一九一六年在基辅的时候,他们都是我的主顾。彼得留拉当过会计,在地方自治联合会里做过事。温尼钦科是作家,我们看过他写的剧——没什么特别的,比方说:有个女人欺骗她的丈夫,丈夫是画家,跟她大吵一通,就在这个当口她的情夫来

① 彼得留拉(1877—1926),乌克兰民族主义分子,曾组成小资产阶级的政府,失败后,逃亡国外。

了,这个娘儿们就跟他在隔壁的房间里睡觉。您想想看,画家进又不能进去,要把他们撵走,甩掉这个臭娘儿们,可又舍不得,只好咬自己的胳膊,想把腱肉咬断,变成残废,难为一下这个女人。我给温尼钦科刮过脸,他脸上皮肤松弛,汗毛孔大……帕普里卡基说:执政内阁已经发出命令,号召农民推翻黑特曼斯科罗帕茨基……这回黑特曼又多了一件操心事儿! ……"他给瓦季姆·彼得罗维奇刮完第二次脸,眯缝起眼睛,颇不以为然地打量罗辛长长了的白发。"请允许我给您理个短头吧,您要是愿意的话,我还剩点外国染发水——来点黑的?您这乱蓬蓬的白发,留着有什么用?("您就理吧,"罗辛从牙缝里说)是了……"于是他拿起剪子在自己耳边喀嚓喀嚓剪着,好像要加快速度似的。"您不知道,上尉先生,我只有一个愿望:在世界上总会有平静的小镇子,哪怕最偏僻也不怕,街上点煤油灯也行……还要挣很多吗?有十来个顾客就行。一天的活做完了,点上烟斗,往门口一坐。一片平静和安宁,几个和和气气的老头儿从门口走过,你站起来,给他们鞠躬,他们也给你还礼。像我们这些小人物,上尉先生,现在没有人管了,把我们一笔勾销了。可是要没有我们这些人,您的头发就长得像乱麻似的。您看看吧——您进来时是什么样子?现在我给您理成什么样子:简直像画片一样了!"

罗辛朝镜子里照着。发亮的前额形状宽大适度,可以容纳高尚和崇高的思想。脸瘦削,颧骨略高,下颚不太突出,但也并不显得缺乏意志,从颧骨到下颚之间线条优美。两道黑眉在鼻根上皱在一起,到了眉梢却调皮地吊起来,使一对聪明的小眼睛显得不那么严厉,由于瞳人扩大,眼珠倒有点儿发黑。这样的脸孔用不着害臊,不必用手捂着。看来,只怪这张嘴坏了事。眼睛可以撒谎,眼睛是虚伪而隐秘的,可嘴就不善于伪装……你瞧,没有任何形状,就像软体动物似的,一个劲儿在蠕动……天知道是怎么回事!你跟浮士德比可差老远呢,瓦季姆·彼得罗维奇……他站起身来,把被枪打出眼来的脏军帽往头上一扣——稍微有点儿歪,大方地付了账,走出来……他还没打定任何主意……然而,他已经不感到两腿发软,皮靴尖也不再往石头上绊了。理一次发对人的精神有多大作用!一丝自爱感立刻渗透到他那陷入惊慌绝望的心灵里。

家家都点起了灯。路边光秃秃的白杨把树梢伸到黑暗里，被风刮得呜呜响。街对面两棵大树中间，一家叫“比巴博”的夜酒店，油漆得花里胡哨的门顶上，一盏耀眼的门灯恬不知耻地亮了……这家酒店以烤羊肉精美而闻名。瓦季姆·彼得罗维奇一想到吃饭，便觉得饥肠辘辘——他从昨天起就没吃过一点儿东西。这是一种来势汹汹的饥饿感，它一经出现，就压过了一切复杂心理活动。罗辛决然地转过身，朝那灯光辉煌的门口走去。这时，有个穿白裙子的人影从树底下闪出来，想挡住他的去路，直到他走过之后，还用哭声朝他的背影哀求说：“官长，我会使您快活的……”

这是一座又矮又长的房间，墙壁上是从彼得格勒逃出来的著名左派画家瓦列特不久之前涂抹的。“比巴博”的天棚是黑的，上面用银纸贴成一颗颗的大星星。墙也是黑的，上面用正黄、橙黄和红砖色画成伸胳膊蹬腿的幽灵——一些男男女女有棱有角的草图，好像被飓风刮起来似的拼命奔跑。这样的壁画画在酒家未免过于严肃：驱使这一群裸体的男女在墙上奔跑的是恐怖，根本不是什么肉欲。为这家企业投资的资本家正是那个帕普里卡基，有一次他说：“我要是能看懂这玩意儿，你们可以把我的两条腿拽下去，我看了它就恶心，可是顾客喜欢……”

罗辛吃了点儿东西，慢慢地喝着酒。火车要到明早四点才开车——他决意在这里泡到三点，然后再说……他觉得身上发热，脑袋里稍微有点儿嗡嗡响。

跑堂的是个老相识，原来是莫斯科那座世上不会再有的“亚尔”酒家的鞑靼人，常常走到罗辛的桌前，从桶里取出酒瓶，俯下身来，一边斟酒，一边说：

“对不起，瓦季姆·彼得罗维奇，我老来打扰您……一想起莫斯科……唉！您看见了我们过的什么日子。连做梦都梦见这群坏蛋……”

尽管城里人心惶惶——在城郊或黑暗的胡同里间或响起零星的枪声，而黑特曼的骑兵伪军往总督府去的一路上尽量装作听不见——尽管今天的黑市也一片慌乱，酒店里还是顾客盈门。正式节目还没开始。小小的舞台上，有个细高挑儿的年轻人坐在钢琴旁边，伸长像胳膊一样细的脖子，长着一头直竖着的黑人头发，拢到后脑勺上。他正演奏轻歌剧中的名曲。

罗辛桌子的四周，人声嘈杂，个个喝得酩酊大醉。有几个地主在旅馆的单间里跟失望的女儿们守在一起，苦闷极了，再也憋不住，便跑到这里借酒消愁……

“我敢保证，”一个脸面保养得很嫩的地主说，“德国人这下子算完蛋了！不等到新年，英国远征军就会进入莫斯科。不久我们就能喝到苏格兰威士忌了。塞翁失马，焉知非福？”这个好心肠的人张嘴哈哈大笑，露出一口好牙。“结果是：德国革命万岁！”

另一个却瘦得颇有风度，两只眼睛从灰色眼窝的深处露出嘲笑的光辉，举起一只手，要求大家注意：

“英国大法官在贵族院里，大家知道是坐在羊毛口袋上……而辛比尔斯克的贵族却为了在贵族会议的院子里立着一根大理石柱子而感到骄傲，想借此证明世代贵族老爷永远不会发生任何不幸……因而他们就可以在牛蒡的阴影里无忧无虑地打瞌睡……俄国贵族的历史结束了——我们已经没有了羊毛口袋……就跟俄罗斯祖国的历史结束了一样，先生们……关于格鲁波夫城的故事①读完了，就把书扔到墙角上了。而且这件事并不像有一个最聪明的人说的那样，发生在狂风雷雨之中，而是发生在一个平平常常的星期一——上帝一口唾沫，就吹灭了神蜡……早在一九一四年我就把地卖了，从那以后，我就成了宇宙的公民……这样倒更安全一些……”

“您当然好过，老兄，您在牛津大学毕业，可我带着三个女儿怎么办呢？我们往哪儿跑呢？”那个红光满面的好心肠的人呼呼哧哧地说，伸手去够细长颈的玻璃瓶。“至于俄国已经完蛋的说法，我也不能同意，这是您从英国学到的思想在作祟……我可以去当伙计，当包工头，自个儿可以

① 格鲁波夫城的故事指俄国讽刺作家萨尔蒂科夫-谢德林（1826—1889）的小说《一个城市的历史》。

种上三亩地，可我相信俄国不会完蛋。”他给自己斟上酒，马上又笨重地转过身子对第三个人说：“可她们三个我可怎么安置呢？个子长得像电线杆，总好哭天抹泪的，满脸雀斑，平胸——纯粹是屠格涅夫描写的千金小姐，但却生活在我们这个时代！都怪她们的妈妈，是呀，我也有点儿责任，悔之晚矣。大女儿曾经想进别斯图热夫学院①，叫我们劝住了，再说她又挺懒的……小女儿爱好戏剧，我告诉您说吧，本来可以成为一流演员……我们自作聪明，也给劝住了，甚至采取了威胁手段……总而言之，都是封建家长制，却用在我们这个时代！……这一切都是由于考虑不周……英国人坐在羊毛口袋上，可以往前看三年，这是不假……可我们考虑事情，可以说是随着一年四季打圈子。”他喝了口酒，晃得腮帮子直哆嗦，却出人意料地补充道：“不过，总的来说，我们也不会完蛋……”

第三个酒客已经醉得不成样子，从桌上的花瓶里摘下细小的紫菀花，放在嘴里嚼着，把牙咬得咯吱咯吱响。他根本没听那个好心肠的人说些什么，两只昏花的眼睛一个劲儿盯着邻近的一张餐桌，那张餐桌旁坐着一位挺俊俏的姑娘，把浅灰色的头发挽成一个少女式的大发髻，旁边是身材高大的青年，穿着一件半军人式制服。他用一只手托着脸颊，默默地哭泣，对周围的人毫不介意，仿佛这里的人果然全是幽灵。那姑娘长得圆脸儿，蓝眼睛，愁苦地皱着眉，抚摩着青年的手，还把手捧起来亲吻着；紧挨着他，俯下身去，急急忙忙、惊慌不安地向他低语些什么。只见他慢慢地摇着那张大脸。罗辛听见他像说梦话似的，用毫无生气的呆板声音说：

“别管我了，济娜，别管我了……我什么也不想要了，既不想看见你，也不想看见我自己……”

他用不着再说下去了——不用说也可想而知，对这个青年说来这一夜将怎么结束……不知是什么地方，这位姑娘很像卡佳，不是脸庞，而是一举一动中流露出的恬静的温存……她也将在哪个枢纽车站上，在患斑疹伤寒的人中间结束自己的生命……他们被两个半大小子挡住了，这两个小家伙见有空出的餐桌就急急忙忙坐到跟前。两个人前额上都留着齐

---

① 别斯图热夫学院是一所女子高等学校，一八七八年建于彼得堡。

眉的头发,满口坏牙,肮脏的手指上戴着钻石戒指……“我一铁棍就把玛什卡打倒了,”一个小家伙对另一个吹嘘说,“用脚踩她,把这个臭娘儿们的骨头踩得嘎巴嘎巴响……”

“上尉先生,您能允许我在您这张桌上坐坐吗?”

罗辛默默地点了一下头。一个戴镍边眼镜的人在他桌旁坐下,把两只大脚蜷在椅子底下。他身穿一件绿灰色的德国第三预备役军人制服,前胸显得很瘦。他费劲地咬着俄语字眼对跑堂的说:

“请,吃点东西,我好久没吃了——还有啤酒,啤酒!”

他鼓起瘦削的脸颊,做出喝啤酒的样子,笑起来,然后不无惊奇地用像寒鸦一样蓝的安详的眼睛瞥了一下阴沉着脸的罗辛:

“上尉先生会说德国话吗?”

“会。”

“要是我妨碍您,我愿意另找一张桌子。”

“没什么妨碍。”

罗辛这次回答时,口气缓和些了。这个预备役的德国兵,长着一副典型的德国人脸孔——刀条脸,小嘴稍微瘪瘪着——这种脸型到老也会保持着孩子气神情和娇嫩的绯红面色。他的鼻子好像为了向每个人表示出善意的好奇心,向上翘着。

“从前,我们当兵的,不许进饭馆,”他说,“从昨天起,德国的纪律也变得比较合理了。”

罗辛佯笑了一下。德国兵连忙进一步说明自己的意思,像教授似的举起一只指甲硬邦邦的手指:

“纪律必须合情合理,这样才能成为社会秩序的一种形式和社会发展必不可少的条件。这种合情合理的纪律,来自深刻的社会运动。假若不是这样,它只不过是一种强迫手段,那样的话,我们也就不再把它叫做纪律了……”他快活地点了点头,就算结束了这一席有点儿思想模糊的话。

“你们是要撤回德国吗?”罗辛问。

“是的。我们部队选出一个委员会,做出决定,幸亏是完全符合原则精神的，当然，也经过激烈斗争。”

“好啊，用俄国话说，就叫：路上都铺好桌布。”

“我对俄语下过功夫，我知道，这句俄国成语的意思是：‘赶快滚蛋’……”

“倒也差不多……您好像是个聪明人：我们何必装假？我们原来就是对头，现在分手，也还是敌人……”

“是呀，是呀，”德国兵想了想，摇摇头说，“就我来说，没有必要反驳您，那样甚至不通人情了。”

他又用薄嘴唇笑了笑，算是结束了这个话题。他的饭菜和啤酒送上来了。他为暂时不能谈话而表示歉意，然后吃起烤羊肉，不慌不忙、甚至带着某种虔诚嚼着肉块、白面包和油煎番茄。

“真香。”他说，感到罗辛那两只恶狠狠的黑眼睛盯着他。他把所有的东西吃个精光，还用一块面包皮擦净了盘子，然后放进嘴里。接着半合着眼皮，将一大杯冷啤酒一口气喝下去。

“德国人对待饮食十分严肃。德国人从前常常挨饿，而且将来，在吃饭问题没有彻底解决之前，还要常常挨饿。”

他那根长长的手指又向上翘起来。

“在历史初期，人类从用原始方法采集大自然的贡品进而强行闯入自然界，取得食物就成为一种艰难、危险的过程。而进食就成为一种神圣仪式。吃东西意味着占有别人的生命、别人的力量。从此而产生用咒语降伏大自然的想法，这就是魔法……进食时要实行魔法，就成为一切神秘的祭祀的基础。连上帝的身体都被吃掉了……我跟一位俄国学者探讨过薄饼的来源，并把这次有趣的谈话记录下来了。谢肉节就是吃太阳的节日。先用民间的轮舞降伏它，然后再把它的形象——薄饼——吃掉。您看，斯拉夫人的世界观，总是奔着很高的目标……”

他笑了起来。解开上衣的铜扣，掏出一本显得很厚的笔记本，皮面已经磨得不像样子，这正是两个月之前在火车上掏出过的那本，他当时给卡佳读了一段阿米亚努斯·马尔塞利努斯的文字。他把本子放在桌上，小心翼翼、一页一页地翻着，上面用很小的字迹密密麻麻地写满了笔记、摘录和通信地址……

“在这里，”他说着，把手指按在笔记本的一页上。不过罗辛并没去瞅那几行字，而是看着上面卡佳写的字迹：“叶卡捷琳娜·德米特里耶夫娜·罗辛娜，叶卡捷林诺斯拉夫，留局待领。”

“您哪儿来的这段记载？”他哑着嗓子问。只觉得血往脸上涌，他举起手拉拉上衣的领口。德国兵好像觉得这个俄国军官马上会用另一只手掏出手枪——这就是军人的脾气嘛……然而这个军官可怕的眼睛里流露出来的只是痛苦和哀求……德国兵尽量用缓和的口气说：

“显然，您跟这位太太非常熟识，我可以给您介绍一点她的情况。”

“熟识……”

“哦，这是一段悲哀的故事……”

“为什么是‘悲哀的’？这位太太已经死了吗？”

“这一点我说不太准……我希望会有良好的结果……我倒发现，人在战争时期是具有非常强的生命力的，尽管他们很容易受伤，不管什么伤都疼得要命……这是由于……”

他又要举起手指，罗辛已经变了脸：

“您快说，在哪儿见到的她，她究竟出了什么事？”

“我们是在火车上认识的……叶卡捷琳娜·德米特里耶夫娜刚刚死了心爱的丈夫……”

“这是阴谋！您看，我活着……”

德国兵把身子向后一仰，靠到椅子背上，那张小嘴变圆了，寒鸦似的眼睛也更圆了，用手掌一拍桌子：

“我来到这家从来没来过的酒店，在桌旁坐下，一掏出本子……连死人都复活了！您就是这位太太的丈夫？她跟我讲到了您，当时在我的印象里您就是这副样子，就是这副样子……哦，不，罗辛同志，您太不应该，太不应该……”

他说不下去了，紧闭着薄嘴唇，从眼镜上面严肃而审视地望着瓦季姆·彼得罗维奇热泪盈眶的眼睛。德国兵那充满善意向上翘着的鼻子也沁出一颗颗汗珠：

“我没到叶卡捷林诺斯拉夫就先下了车，您的太太给我留下这个地址。这是我一再要求她写的，我不愿意她像一只小鸟似的，从身边飞过去，从此就无影无踪。一路上我鼓励她，使她振作点精神。她很聪明。她头脑清楚，只是不够成熟，她渴望着善良、崇高的思想。我对她说：‘不幸——这是我们这个时代千千万万妇女的命运——应该把不幸和灾难变成一种社会力量……就让这不幸使您变得更坚强。’她问：‘我为什么要变得坚强？难道说我还想活下去吗？’我对她说：‘不，您要活下去。没有比求生的意志更重要的东西了。我们要是看到周围都是死亡、灾难和不幸，我们就应该明白：直到如今还没能消除造成不幸的原因，还没能把世界变成人类的和平、幸福的乐园——要知道，人可是一种非常奇异的现象——那只能怪我们自己。在我们后面是永恒的沉默，前面也是永恒的沉默，中间只有一小段时间，我们应该生活得有意义，让这瞬间的幸福去充实那沉默的无边空虚……’我跟她说这话，为的是安慰她……就这样，我下了车，回到部队。当天夜里我们得到消息，您太太坐的那列火车，被马赫诺匪帮拦住，抢劫一空，所有的乘客都不知被带到什么地方去了。这就是我所了解的一切，罗辛同志……”

舞台上开始演出了。那架钢琴和头发竖起的乐师，被推到幕后去了。走出来的是唐·里马纳多，莫斯科有名的报幕员，长相不错，眼睛描过，看不出究竟多大年纪，身穿晚礼服，一顶硬草帽扣在眼眉上。

“先生们，我向大家祝贺德国革命成功！”他把自己的两只手握得紧紧的。“方才到车站去了一趟。看见一个德国尉官，就跟他说：‘您好！近况如何呀？’他说：‘很好。您呢？’我说：‘也很好。只是天气到了十一月，戴草帽未免冷点儿，棉帽子留在莫斯科了，现在真不知道什么时候才能买顶新的。’他说：‘您就买顶棉的呗。’我说：‘我倒是攒了一千马克，准备买帽子，可今天拿去兑换，只给我五个卢布。’他说：‘哎—呀—呀。’我也说：‘哎—呀—呀。’就这样，我们又东拉西扯地聊了一会儿，他手下的士兵就往火车盖顶上爬。我说：‘你们要走了？’他说：‘我们要走了。’我问：‘彻底走了？’他说：‘彻底走了。’我说：‘太遗憾了。’他说：‘没法子。’我说：‘这没法子是什么意思呢？’他说：‘它的意思就是没有任何意思。’

我说：'哎—呀—呀，我还以为你们不会出这种事呢。'这时，车盖顶上的士兵唱起了《小苹果》，我就走了……四周一片漆黑，风呼呼地吹，胡同里还直打枪，我马上要开始报节目，眼看晚了，心里像猫抓似的。我就唱起歌来。"

幕后弹起了钢琴。报幕员纵身一跳，把两脚一磕：

哎，小苹果，
黑漆漆的夜……
我现在可上哪儿去？
难道我还能记得……

罗辛从舞台上转过脸来，望着这个奇怪的德国人的眼睛问：

"您能不能对我透露一点儿消息，马赫诺现在在哪个地区打仗？"

"根据我们最新的战报，马赫诺开始拼命追击正在撤退的奥军，有时也攻打德军部队。马赫诺的司令部现在又回到古利亚伊-波列……"

第十章

十一月初，卡恰林团改作预备队，正在休息和等待补充。这场战斗结束以后，团里的士兵只剩下将近三百人。彼得·尼古拉耶维奇·梅尔申出乎意料被任命为旅长，于是他向军事委员会建议，任命躺在医院里的捷列金为卡恰林团团长，萨波日科夫为副团长，伊万·戈拉为团政委。捷列金原来指挥的炮兵连，也编到这个团的炮兵营里。

正是阴雨连绵的天气，空气中散发着炊烟味和湿狗毛味。发黑的屋顶直往下滴答水，地上泥泞不堪，战士们操练回来，皮靴带着几普特的泥。大家的情绪倒是蛮高的。激烈的战斗已经结束了：顿河军被远远地撵过顿河右岸。据说，阿塔曼克拉斯诺夫在新切尔卡斯克听到他的军队在察里津再次惨败的消息，直往墙上撞头。

一天的队列训练、政治学习和扫盲课结束之后，战士们在苍茫暮色中冻得缩着肩膀，在村子里散开了，有的去看望熟人，有的去找新认的干亲家母，至于那些既没熟人、也没干亲家母的人，就随便在街上走走，唱唱歌，或者找个干燥的地方，说说笑笑，引诱姑娘们出来。而且开头有说有笑，结束时往往发生争论，有时还很激烈，因为大家火气都很旺。

捷列金炮兵连的十个水兵，有两个受重伤，三个被打死。只剩下五个人。水兵们被分到一家挺富足的哥萨克人家，主人扔下家业逃跑了。阿尼西娅正式编入非战列连，也跟他们住在一起。她跟战士们一样出操、打靶、参加政治学习。她现在穿一身整洁的红军军装，只是不肯剪掉卷曲的秀发。她在亲眼看见那么多的恐怖和死亡之后，在这场十月大战之中越过了自己无法弥补的不幸，就像一个人曾经越过没脖深的河水一样。她的脸孔变得年轻了，虽然皮肤粗糙，却没有难看的皱纹了；后方的伙食使她的脸蛋儿鼓起来了，腰板直了，走路也轻快了。她浑身上下都打扮得干干净净。每到晚上，当水兵们在烧得暖和和的屋子里鼾声大作的时候，她偷偷地为他们洗衣服，缝缝补补，有时一直干到东方露出灰白的曙光，号兵已经吹起悠长的起床号。

库兹马·库兹米奇·涅费多夫也留在团里，算做编外文书。在战斗最艰苦的两天——十六日和十七日——他从火线上往下背伤员，不仅表现勇敢，而且有一股不寻常的拼命精神。这一点是有目共睹的。后来，卡恰林团的残部转入反攻，他没有掉队，打过顿河之后，团队被替换下来，调到后方，他也没掉队。

伊万·戈拉有一次在行军灶跟前遇见他，见他浑身湿透，沾满泥浆，脸孔消瘦却蛮有精神，就勾起一根指头把他叫到跟前：

“我可拿您怎么办呢，涅费多夫？……我怎么也搞不明白，您到底是个什么人？……一个被开除的神父，岁数也够大了。您跟我们搅在一起干吗？”

库兹马·库兹米奇先是哼了一声，因为雨水顺着他那脱皮的鼻尖往下滴答，他抬起快活的棕色眼睛望着政委：

“我就是这么个脾气，伊万·斯捷潘诺维奇，愿意跟大家在一起……我还能上哪儿去呢？我还要找什么人呢？要知道，我可是有头脑的人……”

“问题不在这里,您听我说……”

“至于说我吃了团里的口粮(库兹马·库兹米奇指着满满一锅粥),这加了一点儿猪油的稀粥,我也是凭良心挣来的,我好像并没吝惜自己这条老命……这裤子、皮靴,您看,是我自己在战场上从敌人的身上弄来的……我什么要求也没有,什么人也不拖累。往后,我也希望能有用……革命总会需要有头脑的人吧?需要……你们团连个识字的文书都没有。可我还会写拉丁文和希腊文……能用得上我的地方还会少吗……”

伊万·戈拉心里想:“倒也是,他既然有头脑,并且愿意工作,为什么不用他呢……”

“是这么回事,”他说,“您的出身使我们为难,就怕您给造成思想混乱……”

“是的,我曾经被幻影迷惑过,没有必要隐瞒,”库兹马·库兹米奇说,“是曾经陷在幻影的世界里……不,您用不着害怕我的宣传,因为我跟上帝吵翻了……”

“吵翻了?”伊万·戈拉问。“是那样吗?好吧,晚上到我住的屋里来,我们再谈谈……”

傍晚,库兹马·库兹米奇来到政委的屋里,只见政委穿着军大衣,戴着帽子,坐在窗前,翕动着嘴唇,正在读报。伊万·戈拉合上报纸,站起来,闩上门:

“坐吧。有这么一件事,说出去挺丢脸……您能守口如瓶吗?不过,您要是顺口胡诌,只能于您不利:我什么都掌握,连哪个战士做什么梦,我都知道……”

他从报纸的白边上撕下一条纸,一边咳嗽,一边用不大灵活的手指卷烟:

“老百姓把庄稼收完了,也都拉了回来,就因为打仗,才把打场的事拖延下来。但是,老百姓信任我们,这是最主要的——他们愿意相信,苏维埃政权能站住脚……好的……可是眼看圣母节就到了……”

伊万·戈拉略微抬眼瞥了库兹马·库兹米奇一下,他那大鼻子不好意思地用鼻孔抽了一口气……

“眼看就到了圣母节……老百姓还挺迷信……光凭行政命令,一下子破除不了它……需要所谓长期的……好,算了……女孩子家都不大高兴,好容易盼到了圣母节,可是一个媒人也不上门。昨天我到斯帕斯科耶村去了。一群老娘儿们拦住我的马车哭开了,又是骂,又是笑……她们是拥护苏维埃的,可就是念念不忘这个圣母节……这个村子挺富,粮食挺多,还没跟他们征过粮……对待老娘儿们要动动脑筋,让她们自觉自愿地把粮食拿出来……可是她们一见我就把缰绳夺过去,大吵大闹地跟我要神父,你说我可怎么进行宣传……我羞臊她们,我说:你们的神父朝着马蒙托夫将军摇晃香炉,难道你们还没看够吗?……她们说:‘那是白军的神父,我们自己动手把他们撵出村子,你要给我们请个红军的神父……我们得举办婚礼,要不,姑娘都老在家里了,再说,我们还有一百五十个孩子在摇篮里哭叫,还没受过洗礼呢……’呸!真叫人头疼,直到第二天也没过来劲儿……这帮娘儿们,真叫我发愁……我怎么能给她们请神父呢?可这个问题又必须解决。不然,她们想来想去,说不定跑到新切尔卡斯克去把从前的神父请回来……这就是说,是个矛盾……库兹马·库兹米奇,这些事你都精通。帮我个忙吧。坐上马车,到村子里去一趟,跟老娘儿们唠唠……只是你还得背着我。那些姑娘我都看见了,真吓人:好像石头人。”伊万·戈拉指指自己的胸脯。“这件事也合乎人情……你肯去吗?”

“好吧!”库兹马·库兹米奇回答说,摇摇头,把嘴唇皱成喇叭形了。

“你讲得太枯燥了,沙雷金,你一定是得了脑髓痨,谁要是听你讲话,都得拼命逃……”

拉图金拿起帽子,歪戴着——帽檐扣在耳朵上——在板凳上欠欠身子,但是并没站起来,只是向上翻翻眼珠子,瞅着阿尼西娅。

阿尼西娅聚精会神地坐在那里,像平时听讲一样,皱起眉毛望着一件东西,比方说,望着墙上的钉子。她那没有经过训练的头脑,吃力地吸收着各种抽象概念——这些概念就像外语单词似的,只能有星星点点渗入她那活生生的感觉。“社会主义”一词就在她的脑海里引起一种干东西摩擦的印象，就像红绸带挂在皮肤粗糙的手上发出的声音。她梦见过红绸带。“帝国主义”好像是尼布甲尼撒王的样子——她在落满苍蝇粪的民间木版画上看见过：戴着王冠，穿着涂成胭脂红的袍子——国王看见有一只手在墙上写着：弥尼、提客勒、乌法珥新……吓得把权杖和金球都扔掉了①。

但是阿尼西娅勤奋好学，顽强地降服这些不完整的印象。

她觉察出拉图金在瞅她，眼睛却仍然盯住墙上那根钉子不放，只是慢慢把原来叉开的两膝并拢起来。

“我哪个地方讲得枯燥了，拉图金？我们学习的这篇文章登在《消息报》上。是不是这篇文章你不喜欢？”沙雷金问。“你要是一个革命军人，在你往枪里上子弹的时候，你就应该清楚了解目前形势和总任务。”

沙雷金说完，把他那漂亮的蓝眼睛转过去，用愁苦的目光望着阿尼西娅。她仍然一个劲儿盯着墙上的钉子。拜科夫尖着嗓子，一笑不笑地说：

“狼要坎肩有什么用？反正它要在树枝上挂个稀烂。让调皮鬼学习，他当然觉得没意思。”

“说得倒挺顺嘴！”拉图金立刻回答说，也毫无笑意。“就是未必对。不，调皮鬼觉得没意思的，不是学习本身。我很重视学习，因为它能使小孩子……可这多没意思，像瞎子摸象似的，分不出哪是头，哪是大腿……你们不要再气我了。说个恰当的字眼儿，就像娘儿们似的，一下子把你搂住，能烧热你的心，你就是光着脚，从红火炭上跑，也要去追她……你就应该用这样的话来跟我们讲，沙雷金……别像吹桦木哨子似的，一个劲儿地‘世界无产阶级和社会主义……’我为了它把命都豁上了！我是希望有人能把它讲得头头是道，让我愿意听，也愿意信，比方说：什么时候，什么地方，我头一斧子砍哪棵树，才能盖上房子。我穿上绸衬衫，上哪块草地去溜达……唉，真该用地球敲敲你的脑壳儿，好让你学会怎么讲世界革命。”

---

① 尼布甲尼撒王的故事，见《圣经·旧约·但以理书》第五章，“弥尼……”字样的大意是：神已算说你国气数已尽，将在天平上显出你的亏欠，你国将分裂，归于玛代人……

阿尼西娅望着他那刚毅的宽脸膛和两只像种牛一样距离很宽的眼睛，痛苦地想到，自己的眼睛不如瞎了倒好。

加金、扎杜伊维捷尔和拜科夫都不赞成拉图金的行为。大家本来讨论得挺好，在敲打着麦秸房顶的细雨声中，和和气气地说着话。当然，沙雷金还很年轻，也没有学透，有时候考虑问题有点儿费劲，因为他不敢用普通的字眼儿，很怕一用这些字眼儿，就会掉进什么陷阱里。那些外来语他用惯了，倒能运用自如。但是无论如何，拉图金也不应该无缘无故地拿一个老实的同志开玩笑，而他所以要耍脾气、出风头，当然别有缘故——这一点大家都很清楚——对这种缘故大家也很不赞成。

“政委正在组织征粮队，你就去找政委，说你要参加。”加金对他说。“你只要没事可做，就闷得慌，不会干出什么好事——你待腻了，亲爱的……”

拜科夫摇颤着胡子笑起来。扎杜伊维捷尔也明白了言外之意，张开大嘴，露出结实的牙齿，大笑了一声。阿尼西娅脸上飞起火辣辣的红晕，甚至流出了眼泪。她拿起军大衣，背过脸去穿好，勒紧皮带，走出屋子。气氛弄得很尴尬。沙雷金冷笑着，慢慢叠好报纸。

“走，出去谈谈。”他对拉图金说。

拉图金皱紧眉头：

“谈就谈。”

于是他们走到外面的黑暗里，冒雨站着，小雨落在脸上有些发痒。沙雷金感到拉图金正含着冷笑等他开口，然后好厚着脸皮给你来个厉害的回答……沙雷金本想心平气和地向他提出这是破坏同志之间的纪律的问题，并且告诉他，应该如何克服自己身上腐朽的资产阶级思想遗毒……他没有这样做，反而用鼻子深深吸了一口夜里潮湿的空气，突然说：

“你别打阿尼西娅的主意……这样做不好……这样做很卑鄙……这简直是胡搞……”

他说完，就一声不响了。拉图金怎么也没料到话题会突然转到这上面，便一动不动地站在那里。这个问题可真叫人为难，怎么回答也不是：既不能说“你这个毛孩子，没见过女人的小家伙，爱管闲事的家庭女教师，我又没请你来开导我，”也不能说“有好几个人跟我提起这事儿，还很少有人不带着伤回去的……”不管怎么说，他拉图金反正是个卑鄙的家伙了……他心头升起一股灼人的怒火……要是在从前，他就豁出来了……他甚至眯缝起眼睛，把牙咬得咯吱响……不行！……

“是—呀！”他说，“现在倒要你教训我了，这么说，我的血算是白流了，这么说，我从前是流浪汉，是土匪，是狗崽子，现在还是这样？……好哇，谢谢你，科斯佳……”

他朝大门口走去，用拳头在角门上狠狠敲了一下。

生命缓慢地回到伊万·伊里奇·捷列金身上。（他除开神经受了震荡外，身上还有许多地方被炮弹爆炸的小钢片炸伤了。）

一开头不省人事。接着又一个劲儿地昏睡，只有给他喂饭时才醒一小会儿。后来他才感到一种怡然自得的安宁。他的眼睛被纱布遮住了。他躺在一个单间里，小窗被窗帘挡得严严的。有时他能听见轻轻的脚步声、低语声——这声音不会比树叶的簌簌声更响——汤匙的丁当声、衣服的窸窸窣窣声。头上有个小钟不住滴答滴答地响，忽而清楚些，忽而微弱些。从外界来的感觉只限于这些，再就是有一个他看不见的人小心翼翼地守在身边。他要是叹了口气，马上就感到空气轻轻地飘动，那个“人”就会俯下身来，他甚至感到一阵温柔、清新的气息……

偶尔也有一个粗鲁的人闯进来，带来一股强烈的汗臭味，主要是叶子烟味：

“嗯，脉搏怎么样？”

那个非常温和的人用低得几乎听不见的声音回答他。那个粗鲁的人用振作的语调瓮声瓮气地说：

“好啊！这个汉子可真结实……最主要的是要保持绝对安静，不可有任何外界的刺激……”

伊万·伊里奇心里慢慢地说：“你就是个外界刺激……你快走吧，别再大吵大嚷了……而你这个细心的姑娘，最好是俯下身来给我正一正什么，要能抚摩一下我的手，就更好了……你瞧：我心里想什么，她一下子就猜到了。这位护士有多好啊，不知是从哪儿找来这么可爱的人？”

不许他说话。可是不许他思想是不可能的。这么多年来，他还从未有过这样安然独处的机会，既无悔恨，又不操心。这是对他多年来历尽艰辛、忠于职守的最大奖赏。他没做过一件亏心的事，他的良心很平静，就像大花猫在阴雨天趴在那里打盹似的。他的思想在一个半真实、半虚幻的世界里徘徊着。他经常想起的，就是北方夏天的太阳，这在彼得堡是常见的，在凉爽的日子里，清风习习，阳光洒满铺着发蓝的沥青的人行道……在彼得堡考虑过多少问题，经历过多少事情……于是，在他紧闭的眼皮前面，浮现出一座木房的小窗，阳光淡淡地照在带气泡的玻璃上，他觉得在玻璃窗里面……但是印象模糊了，飘然而去了，这被轻轻触动的回忆只留下牵惹情丝的怅惘。

一段早已淡忘的歌词，老是萦绕在脑海里——究竟从哪儿听来的，他已记不清楚，大概是在克列斯托夫卡河对岸的新村别墅里。在蓝幽幽的昏暗夜色里，一个懒洋洋的瘦削的吉卜赛女郎，一边拨弄着琴弦，一边低声唱道：“您先往右拐，再往左拐，然后顺着一条黑洞洞的走廊在房子里绕上一圈，右边有一扇小门，门里就是顶间，您要寻找的东西，却怎么也找不到……”

她唱着，面前有许多男人坐在椅子上默默地听着，她唱的是永恒的苦闷，要是没有苦闷，人生也就没有意义了……你就找吧，找吧，跑顶间上看看，那里会不会有？嘿，您真傻，必是喝得醉眼蒙眬了！您要找谁？您顺长长的大街，向着北方的落日走去，微风吹逐着脚底下的尘土，您就找吧——那扇带气泡玻璃的小窗在哪儿？世界上最可爱的人儿是不是就坐在小窗里面的窗台上，穿着印花布连衣裙，支起膝盖，正在那儿读书，书里写的正是到处去寻找她的你。这一切都是胡扯——您寻找的是自己……

在一片恬静和黑暗里，在滴答滴答的钟声里，伊万·伊里奇进入一种半昏睡、半梦幻的世界：随着生命的复苏，他那埋藏在深处的自爱心又苏醒了，这种感情原是受到严厉谴责的。在这半梦幻的世界里，他仿佛在搜索一切最美好、最纯洁、最珍贵的回忆——这些回忆是一个人在人生的道路上随便就丢失了的，而且往往就杳无踪影了。这种自爱心跟健康一起回到他身上。他已经有了食欲，有时还背着护士使劲地伸伸懒腰。

有一天，他睡了一个好觉，吃了点儿荞麦米粥，在枕头上舒舒服服地躺好，突然大声说：

“护士同志，可以跟您聊聊吗？随便聊聊……”

她急忙向他俯下身去。

“嘘，”她慌忙地小声说，用手掌捂住他的嘴。“嘘！”可是当她把手撤回来的时候，他又一次有意调皮地说：

“那您就讲点儿什么吧……瞧您的小手，叫人多么舒服。您多大岁数？您叫什么名字？”

她短叹了几声，不知是啜泣，还是急促的呼吸……这个人可真奇怪！他倒想把自己的心里话告诉她：“我一觉醒来，突然想到……一个人要是不知道自爱，那么他就什么人也不会爱——这样的人还有什么用呢？比方那些无耻和卑鄙的家伙，他们就不知自爱……他们连觉也睡不好，会觉得浑身发痒，肉皮子没有好受的地方，忽而怒气直往上涌，忽而吓得心惊肉跳……一个人应当自爱，特别要爱惜自己身上能够得到别人爱的东西……尤其是得到女人，像他的女人……”

但是，伊万·伊里奇心中的这些话并没说出来；护士离开了病房，不一会儿领着大夫回来，这个嘱咐要避免外界刺激的人，却毫不客气地大吵大嚷起来：

“喂，老兄，您怎么调皮捣蛋呢？不行，不行……要是说几句必须说的话还可以……我必须把您彻底治好了，才能叫您回到团里去。您的任务，漂亮小伙子，就是快点儿养好病，成为一个完全健康的人……给他点儿安眠药，护士……”

“停下，亲爱的，我就在这儿下车，步行到村子里去。”库兹马·库兹米奇说。

“干吗走着去呢？”

“这用不着你教训我。我要装成游方的修士进村——你懂吗？”

“随你的便……”拉图金勒住炮兵连的一匹满膘的骟马，把车停在堤坝跟前泥泞不堪的村路上，堤坝上长着一排弯弯曲曲的柳树，叶子已经落光了。斯帕斯村就坐落在一片浅浅的池塘对面。紧靠池塘就是场院，上面堆着新麦秸垛。家家的芦苇房顶矮矮地、暖和地盖住泥墙小房，炊烟从房顶上的烟囱里袅袅升起。

"全村都在烧酒。"拉图金说，然后深深叹了口气，打量起一群大鹅。这些大鹅又白又胖，神气十足地在堤坝上走着。打头的公鹅一见停住的两轮车和两个生人，便不以为然地停下脚步，后面有五十来只鹅也全都站住了。它们彼此咯咯一阵，好像在互相商量，然后把肚皮贴到地上，蹒跚地从堤坡上爬下去，进了池塘，就像被一阵清风吹送着似的，沿着幽暗的水面朝沼泽里游去。

"一只鹅足有十五磅，这个笨家伙。"拉图金说。"真该杀掉吃肉了，嘿，妈妈的！……"

"你呀，亲爱的，快走吧！"库兹马·库兹米奇急忙把手塞给他。"你就告诉政委，我要在这里熟悉一下环境，乱七八糟的事，得忙活一阵子。大约过一个星期，你们就可以派征粮队来了。一切都会安排妥当。"

"你在这里非变成酒鬼不可，库兹马。"

"我呀，亲爱的，滴酒不沾。好了，你快抹车，快抹车，不然会给人看见的……"

拉图金掉过马头，用干树枝朝大屁股的骟马身上狠狠抽了一下，便头也不回地赶车走了。而库兹马·库兹米奇过了堤坝，走进村子。他那件旧得发绿的大衣，当初是用神父的皮大衣改的，现在用一块印花布头巾系在腰上，背上背着红军战士的粗麻布背囊，头上戴着该死的帝国主义战争时代士兵戴的高筒皮帽。总而言之，他这副打扮倒挺合适。

深秋季节，村子的景象十分寂寞。樱桃树和苹果树早已落光了叶子，地上的蔬菜也都收走了，把田垄抠得乱七八糟，落叶铺在上面，被夜来的严霜打湿了。曾几何时葵花往草房的小窗里招引着阳光，如今只剩下一株株腐烂了的秃杆。到处都是泥泞不堪——一直延伸到屋门口。退了色的窗板被寒风吹得吱吱嘎嘎、啪嗒啪嗒地响，谁也不想往窗外望望，因为从小窗里只能看到一只老鸦落在篱笆上，愁苦地等待着女主人把什么能吃的东西扔到院子里。

“这村子的人好像都没睡醒，咳嗽两声，搔搔痒。他们的热情在打瞌睡，他们的愿望也不肯想入非非……可每个人都是按照亚里士多德或者普希金的形象和模样创造出来的。你们也有两只眼睛，可以看到大地上层出不穷的奇迹……每个人的肩膀上都扛着一个脑袋——这才是人间奇迹中最为惊人的奇迹……（库兹马·库兹米奇甚至晃了晃高筒皮帽）要是拿它跟整个宇宙相比，脑袋就渺小得没了。可是从另一方面说，整个宇宙都装在脑袋里——这个脑袋能够了解连圣经上的上帝都从来没领教过的秘密……所以说，从小窗往外望着老鸦能有什么意思？”

库兹马·库兹米奇大半是这样思索着，满意地吧嗒着嘴，沿着低矮的篱笆和被芦苇房顶压得趴趴的草房旁边走去。他迎面遇到一个姑娘，脚穿皮靴，身穿光板的短皮袄，挑着满满两桶水走来。她长得肩膀挺宽，身量匀称，只是神情冷漠。

“你叫娜杰日达吧？我没猜错吧？你好！”

姑娘停下脚步，把宽宽的脸盘慢慢地转过来望望他：

“嗯，我叫娜杰日达。您怎么知道的？”

“我是未卜先知嘛！”

“我们这里现在可没有这种人。快走您的路吧。”

“好啊，一下子就把我撵了，”库兹马·库兹米奇说，“我就还到草原去——去数坟丘。唉，独自一个人走路，路途可真长呀。我的上帝呀，真是路途漫漫！……”

那个姑娘撇了撇嘴。她刚想迈步走开，但又停下来，满腹狐疑地打量着这个人非常狡黠的、笑眯眯的脸孔。库兹马·库兹米奇朝着她把两手一摊：

“我要想睡，在草垛里就可以睡个好觉，我要想吃，可以随便摸一点儿……这都不是我想要的，我的好姑娘……先知光着脚在带尖的石头上走路，到处宣告他们的预言。圣徒站在石柱子上，靠吃蝗虫过活①……你知道什么是蝗虫吗？就是蝈蝈……他们为什么要受苦受罪呢？你回答看

① 这个典故出自《圣经》，说施洗礼的约翰在沙漠中曾靠吃蝗虫和蜂蜜度日。

看……费思量了？……（他朝她跟前凑凑，努努嘴。）因为他们爱人……每个人都是个奇迹，而你，娜杰日达，更是加倍的奇迹……我看得出来，你们把麦子打完了，酒也烧好了，家家院子里发出烤猪肉味儿……你们样样都不缺……可就是没有快乐……你们缺少光明……”

“你大概是想卖煤油吧？”姑娘回头望着他，把握不定地问。

“我什么也不卖，也不求你们施舍。我来到你们这里想快活快活，也想让你们快活。”

那个姑娘沉默了一会儿，又用长长的眼睛望着他，那眼神就像乌云一样灰暗。她蹲下身子，放下水桶，又把扁担横在水桶上：

“我们村子里愁还愁不完呢，怕是你也没法让我们快活……你打算用什么办法让我们快活呢？”

“我要说出去，就一定有办法……我是免去教职的神父……”

那个姑娘一下子张大了鲜艳的嘴唇，露出两排整齐的白牙，把库兹马·库兹米奇高兴得直跺脚。她脸上那股冷漠的神情仿佛被风刮得无影无踪了。

“啊，”她说着，把双手放在胸脯底下，因为她那件短皮袄太瘦，前襟都搭不上边，“啊，”她又重复一遍，抬起粗粗的大腿倒换着脚，“那就请到家吧……我爹会跟您谈谈，教堂的钥匙在他那里……”

“不，”库兹马·库兹米奇说，“我不去……你要有事就来找我……就这么办，黑眉毛的姑娘……”

他挤挤眼，快活地摇摇肩膀，顺着大街走去，一边寻找比较穷苦的人家。

伊万·伊里奇终于盼到从眼睛上摘下绷带的这一天。这是在黄昏时候。护士在门外有些惊慌地向大夫嘀咕了些什么……“傻话，”只听大夫一再地说，“男子汉不是一朵兰花，你就照我吩咐的去做……”护士回到床前，俯下身来给他摘下绷带，她那纤细的头发落到伊万·伊里奇的鼻子上，怪痒痒的，于是他听到的再不是叽叽咕咕的低语声——他第一次听到她的说话声，尽管这声音很微弱，断断续续：

“患者,请安静地躺着,慢慢习惯光亮……”

他在经历漫长的黑暗之后,不免有些惊慌地睁开眼来。眼前一片模糊。窗子上挂着的毯子拉开了一角,一缕半明半暗的光线射进小屋里。床脚上坐着一个护士,挨着小桌,她的脸庞看不清楚,因为她正在低头摆弄绷带。

伊万·伊里奇躺着躺着便笑了。头上是斜的天棚,上面一定是通往顶间的楼梯,而这扇窗户正是带气泡玻璃的小窗。这可是再好不过的地方了……突然,就像在伤口上揭下一张嫩皮似的,另一个地方的回忆涌上心头——那里硝烟滚滚、炮声隆隆,只见耀眼的黄光一闪,便天崩地裂,炸出个坑……“不要想了,我不愿意再去想它。”伊万·伊里奇驱散这刚要在脑子里缠绕不休的回忆……他又听到滴答滴答的钟声,轻柔而毫无痛楚地夺走人生里一秒一秒极其均匀的时间……

“护士同志,”伊万·伊里奇唤道,“我看不清您的脸。”

她只是摇摇头。药布卷儿从她膝盖上滑落下去,散了卷儿,她又重新卷了起来。她的动作很轻快——她一定非常年轻呢……可是她干得多么熟练呀!尽管伊万·伊里奇两眼拼命打量她,暮色渐渐浓了,如今只能模模糊糊地分辨出她那粗麻布的白大衣和白头巾,那头巾盖住了肩头,就像斯芬克斯①一样。

“明白了,明白了……这个可怜的姑娘一定长了一脸麻子,或者丑得出奇。她当然觉出来我是多么感激她。”伊万·伊里奇叹了口气。“这样的女孩子真多呀——她们温柔、忠诚,可以订生死之盟。大概还十分聪明——难看的女人都非常聪明……正是应该娶这样的女人,爱这样的女人……可是男人往往豁出命来也要找一张俊俏的脸蛋儿,长着洋娃娃一般的睫毛,让她躺在身旁的枕头上,咕咕哝哝地说些无聊的废话……达莎是另一码事,我并不是因为她漂亮才爱上了她……”伊万·伊里奇闭上眼睛,把拳头垫在脸颊底下。“你在扯谎,扯谎……你就是因为她长得特别美才爱上她的……所以她才不愿意……”

---

① 斯芬克斯是希腊神话中人面狮身的女怪,这里暗喻护士是个不可解的谜。

护士悄悄站起身来,以为他已经睡了,便走出去,半晌没回来。后来屋门轻轻地嘎吱响了一声。门口出现了一点惨淡昏黄的灯光。伊万·伊里奇躺在那里一动没动,稍稍抬起眼皮。他一下子看见达莎穿着白大衣、扎着头巾走进来。她端着一盏用洋铁盒做的小油灯,还用透出光亮的粉红的手罩着灯光。伊万·伊里奇看见了达莎,并没觉得惊奇,只是他不相信这真的是达莎。

她把灯放在桌上,往下拨拨灯芯,坐下来端详伊万·伊里奇。她脸庞消瘦,就像刚刚害过伤寒的小女孩儿似的。嘴唇稍微有点儿翘起,嘴角上出现了一小条皱纹。她有半边脸被灯光照亮了,那只大眼睛十分安详,瞳人里映照出一点点灯光。看情形,她准备久久地坐下去,把一只胳膊肘顶在膝盖上,用小拳头支着下巴。这种坐法只有达莎才会。

……在彼得堡的那天黄昏,她来到"跟生活习惯作斗争中心站",也就是捷列金的寓所,他第一次看见她,就觉得她像春天一样美。她穿着一件黑呢子连衣裙有点儿热,脸蛋儿通红。屋里把木板放在圆木头顶上算做板凳,上面坐满了来参加"盛大亵渎会"的诗人,突然增添了一股馨香的香水味。她一边听着那些莫名其妙的歪诗,一边用小拳头支着下巴,用小拇指拨弄着微微翘起的调皮的嘴唇……后来,他把她坐过的那把椅子搬到自己的书房里……

这一切景象在两次心跳之间蓦地出现在记忆里。伊万·伊里奇觉得心跳得越来越响亮,就像打更人半夜敲门似的:快醒醒吧!但是,这个挨着床脚坐在小凳上的女人不可能是达莎!他一动不动,从眼皮中间的缝隙里贪婪地望着她……她一定发现了这一点,全身向前探过来……

"护士,"他唤道,"护士!……"

他睁大眼睛,刚要起来……达莎发出一声又惊又喜的微弱的叫声,一下子扑到他身上……他一把抱住她的肩膀,搂住脊背,仿佛害怕这个幻影会突然消失……果然是达莎,瘦瘦的、脆弱的,却是活生生的!他把她的脸贴到自己的脸上,觉出她的嘴唇在颤抖,她浑身直打哆嗦……他抱住她的头,往外推一下,以便看清她那张可爱的脸庞,这脸庞总是令人感到新鲜,总能令人意外地发现它的姣好。她闭着眼睛不住地叨咕着:

“我跟你在一起了，一切都好了，一切都好了……”

他吻起她的嘴、她那被痛苦刻出两道线条的嘴角、她那紧闭着的眼睛。

“现在安静一下吧，安静一下吧，伊万，亲爱的，”她悄声地说，“我再也不离开你了——我要永远跟你在一起，永远……”

傍晚，全村人都知道孤苦伶仃的寡妇安娜·特廖赫日利娜娅家里坐着一个陌生人，这个人在街上赶上了娜季卡·弗拉索娃，对她说：“我是来使你们快活快活的，我是红军派来的神父……”村中所有的女人，不论老少，都信以为真。娜季卡逢人便说，她如何挑水，心里好像就有一种预感，他果然就招呼她：“娜杰日达！”（“哎呀，我的天，”听她讲话的女人马上打断她，“他怎么知道的呢？”）“人家就是未卜先知嘛！……”他的脸型是地道的俄国人，红扑扑的，好像被揭下一层皮似的，头发披散到肩上，穿得破破烂烂，可并不像挨饿的样子，兴高采烈，说话总像打哑谜……娜季卡翻来覆去地讲，讲得舌头都疼了。

男人听女人的这些议论，都笑起来了：“可别让这个先知四下里放火把村子烧了……他要真是神父，首先就会找个最有钱的人家……可特廖赫日利娜娅家里连蟑螂都没啥吃的……不，你们这帮老娘儿们，应该把他送到村苏维埃，让他把身份证拿出来……也许他是土匪的探子吧？就是……”

“你龇什么牙？别叫人笑话。”他的老婆首先驳斥他，其他女人也异口同声地附和着。“革命以前，我们都听你们的，”他老婆吵嚷着，毫不示弱地闪动着眼睛，“可你们的命令，我们就没看到有什么好的……”她用拳头支着粗壮的胯股。“我们的头脑不比你们笨，比你们懂得多……我的好嫂子们，”她对那些女人说，“你们看看我的娜季卡，她那上衣前胸都挣开了……她有的时候照照镜子，就招呼妈妈，妈妈，我为啥要白活一辈子呢？叫我怎么回答——让她等到明年圣母节？”然后又转过脸对丈夫说：“不，他为什么不上你家吃猪肉呢？难道基督只肯到富人家去吗？他所以要坐在这个穷得丁当响的安卡家，就因为他是红军的神父，他不需要你的猪肉，他心里想的是咱们不幸的人的幸福。”

那个男人只好挥挥手，走了。傍晚，这些女人在安娜的房跟前聚成一堆，派了几个代表进去。代表们没进去之前，就听邻居的小姑娘说，安娜·特廖赫日利娜娅今天一清早就把澡房烧热了（这是一间破旧、发黑的澡房，就修在房后，紧靠湖边），神父在那里洗了澡，她还把死去的丈夫的干净衬衫给了他。神父刚洗完澡，正准备跟安娜一起喝洋苏叶水（村子里都把这种水当茶喝）。

神父穿着一件退了色的浅蓝色衬衫，坐在长凳上，把手放在桌上——娜季卡一点儿也没撒谎——他的脸通红，叫人害怕，两片嘴唇像熊一样合着，露出讨人喜欢的笑意。寡妇正用细劈柴片火煎鸡蛋；茶炊的烟道上安着一节破筒子，筒子里呜呜地飞起蓝色的火苗。

三个代表走进来，鞠了一躬说：“你们好！”便坐在靠门的长凳上。她们什么也没说，可是把一切都看在眼里。

“你们说吧，为了什么事来的？”库兹马·库兹米奇突然大声问道。代表们只是两眼骨碌乱转。其中有一个是娜杰日达的母亲，她用讨好的声音说：

“说是老习惯都不兴了？可是我们呀，神父，还是喜欢老习惯。一辈子就结一次婚，可日子长着呢……是不是这么回事？”

“日子过得长，家业挣得大。”库兹马·库兹米奇回答说。“那你们出了什么问题呢？”

“你用不着怕我们，我们都站在苏维埃一边。我们选出了村苏维埃，投了苏维埃政权的票。我们把教堂封上了，大家一致决定把神父送到县肃反委员会去，因为他私藏了一挺机关枪。”

“啊哈，”库兹马·库兹米奇说，“你们这个神父倒挺认真。”

“从前这个神父还常常吓唬我们说：‘你们这些基督的敌人，我要从这小窗口，用重机枪扫平你们的会场……’他可把我们吓坏了……我们的姑娘当然也跟大家一起投票赞成，可是一到圣母节，又想要上教堂举行婚礼——怎么劝也不行，不知她们是不是串通好了，你知道，姑娘们一聚堆，你就一个也分不开她们……你给我们说说看——应该怎么办？听说，你被免去了教职,是吗?”

“那当然。”库兹马·库兹米奇回答说。

“为什么呢?”

“因为我有自由思想——跟上帝吵了嘴。”

这些代表惊慌不安地面面相觑。娜杰日达的母亲跟另外两个咬咬耳根子,那两个人又凑到她耳朵上说了些什么。她已经用生硬的口气问道:

“这么说,这种婚礼不能生效了?”

“为什么不生效——只要姑娘愿意就行……我给你们主持婚礼,然后都登记在册,就是到全世界东正教大会上也取消不了婚约。我会把花冠给新娘戴在头上,就像给红方块皇后加冕一样,然后领着新郎新娘绕读经台转圈,凡是该问的,我都会问到,凡是该说的,我都会说全,最后再规规矩矩、热热闹闹地庆祝一番……你们还要怎么的?”

另一个代表说:

“我们还有不少小孩儿没受过洗礼,还没起名呢。”

“有多少?”

“可以算一下。反正挺多。”

“他们没受洗礼又怎么样?难道连奶都不愿意吃了吗?”

代表们又彼此面面相觑,耸耸肩。寡妇把平底锅放到桌上,然后退到炉子跟前,阴郁地望着库兹马·库兹米奇用汤匙舀起煎蛋,两口就吞下去了,只是眯缝起眼睛。

“洗礼也能生效吗?”另一个代表问。

“就像圣徒弗拉基米尔主持的洗礼一样生效。”

“又没有辅祭,又没有唱诗的,你可怎么主持仪式呢?”

“我要他们有什么用?我一个人全包了——我会用不同的嗓音。”

这时,娜杰日达的母亲凑到他跟前,在旁边坐下,立起手掌敲着桌子:

“你要收很多费用吗?”

库兹马·库兹米奇沉吟片刻。那个女人喘气都粗了,那只手也哆嗦起来,另外两个坐在门旁的代表都伸长了脖子。

“我分文不取,你们看怎么样?我到这里来可不是为赚钱。你们只要到村苏维埃找文书付了证书钱就行。”

这个人提出的办法，从各方面看来都挺诱人，可也令人担心：万一他是一个乔装打扮的坏蛋呢……一个半月以前，当时村子还在阿塔曼马蒙托夫的统治下，也来过这么一个人，光脚穿着套鞋，从眼睛底下开始长着满脸大胡子。他来到一家人家跟前，这时候天快黄昏了，大家正坐在这里聊天，他站了一会儿，跟大家混熟了，便凑到阿基姆老大爷跟前坐下。他大概以为有人会递给他烟抽，可是没人给他。他把一只腿放在另一只腿上，凑到老大爷耳边秘密地说：“你认出我来了吗，老兵？”“认不出来。”那个人更加秘密地说：“那你就认认吧——我是沙皇尼古拉二世，在叶卡捷林堡处决的并不是我，我现在秘密地在大地上到处走，直到我可以露面的时候为止……”阿基姆老大爷耳朵有点儿背，没完全听清便吵嚷起来。老百姓可不傻，马上就把这位沙皇拖到堤坝上，想淹死他，只是因为他一个劲儿叫喊：“你们这是干什么，干什么，哥儿们，我不过是开玩笑……”这样，他才保住了性命。

“你倒不像个疯修士，这种人现在也没有了。”娜杰日达的母亲说，一面解开大衣扣，她热得不得了。“你为什么不要钱呢？你打的什么主意？让我们怎么相信你呢？”

“我最喜欢的是盐。凡是找我主持婚礼和洗礼的人家，都得给我一小撮盐。”库兹马·库兹米奇放下汤匙，转过脸去对寡妇说：“把茶炊搬上来！你们看到了吧。”他指着安娜向这几个代表说。安娜很瘦，黧黑的脸孔向下垂着，胸脯扁平，打补丁的裙子掖在腰上。“她一下子就相信了我，可以跟我走到天涯海角。可你们吃得饱饱的，养得胖胖的，你们希望寻找的是人身上的丑恶，希望发现哪个人是骗子。你们都是富农家的婆娘，跟你们谈话真没意思，我要是生气，明天天一亮就走——到别的地方去寻找快乐……”

安娜把茶炊放到桌上，代表们看见她在微笑，她那枯瘦、难看的脸竟然喜气洋洋。娜杰日达的母亲像只老鹰似的用锐利的目光瞪了她一眼。

“好吧！”她把硬邦邦的手掌伸给库兹马·库兹米奇。“别生气，你不必到远处去找了，在这里什么都可以找到……”

一清早，库兹马·库兹米奇就爬上钟楼敲起大钟来了——响亮的铜钟声传遍全村，老头儿和老太婆立刻都趴到小窗上。他又敲了第二下、第三下，接着抓起那些小钟的绳子，摇出一片细碎、散落的钟声来，然后又是——当！———一声，敲响了那口三百普特重的大钟。不等你把手指举到前额上——丁零丁零！——这个被免去教职的神父竟然好像演奏起舞曲来了。

当村有几个长辈走出大门，颇为反感地望着钟楼。

“这个神父简直是胡闹……”

“上去抓住头发，把他拖下来，让他滚蛋……”

“你让他往哪儿滚？说不定他会让你滚的……”

“不过，他敲得倒挺带劲儿……这又有啥，只要姑娘们高兴，娘儿们高兴，就让他给大家开开心吧。”

全村的人——有请来的，也有不请自来的——都准备参加婚礼。天气雾蒙蒙的，草地上一片白霜，空气里散发着烤面包味和烤猪肉味。有的人家的院子里已经忙成一团，鸡鸣鹅叫，有些鹅和鸡干脆飞出了大门外……有一家新郎坐在屋里朝门口的板凳上，穿戴整齐，脸刮得精光，不吃东西，也不抽烟，正在焦急地等待着时辰。另一家却正在打扮新娘。一些老太婆觉得在这类场面少了她们不行，便教新娘怎么个哭法。

> 不是野鸭在岸边呱呱个不停，
> 这是秀女在闺房里发出哭声……

有一个老太婆用悲戚的声音起了头，另一个老太婆不胜忧愁地用手掌托住布满皱纹的脸颊，接下去唱道：

> 再见了，再见了，我的亲人——
> 把我抚养成人的亲爹
> 和那生我养我的亲娘，
> 你们把我嫁出去，就是卖出去，
> 卖出去，不过是换酒喝，

把我送到老远老远的地方……

可是新娘没有一个愿意哭的，她们甚至生气地说：

“那是在你们那时候，老奶奶，才把女儿换酒喝，送到老远的地方，如今咱们都是一个地方——苏维埃的了……”

到处都在烧菜烤肉，人们跑来跑去，有提水桶的，有拎笤帚的。媒人出东家，进西家，他们身上已经酒气熏人了。教堂的院子里聚集着一大群年轻人，有两个手风琴手正按动键子……

正在这时，村苏维埃主席赶着车从邮局回来了，他叫斯捷潘·彼得罗维奇·涅多耶希卡希，是个残废，得过四枚乔治勋章。他对教堂的钟声毫不介意，好像根本就没听见似的，他打开村苏维埃的门，走进去，隔不一会儿就走出来，拿着一把锤子和一张纸站在台阶上；他用四根钉子把那张纸钉在门上，从衣袋里掏出用块报纸包着的图章，往上哈了一口气，然后盖在他签名的地方。那张纸上写着：

斯帕斯科耶村的公民们，由于德国发生革命，决定在今天十一点召集群众大会。

人们纷纷向村苏维埃走去。库兹马·库兹米奇从上面看见教堂广场上已经空无一人了，便停止敲钟，从钟楼上爬下来。娜杰日达的父亲是教会长老，穿着镶金边的蓝袍子，气愤地把装蜡烛的箱子一盖，说：

“斯乔普卡·涅多耶希卡希这个狗崽子，今年夏天整整缠了我一个星期，跟我要二百卢布，给他的房子换上薄木板。这个一条腿的鬼，这是进行报复！他搅乱了婚礼。”

“出什么事了？”

“不知什么地方又发生了革命，大概是德国吧……他要召集大会，他呀，离了政治一分钟也受不了！我的天，这才是个混账呢！”

斯捷潘·彼得罗维奇站在村苏维埃门口的台阶上向大家讲话，两只拳头在空中晃动着，那只假腿把台阶的木板跺得直响。他的脸长得结实，嘴咧得挺大，上唇的胡子像刺一样扎煞着。

“国际形势现在对苏维埃政权有利！”他大声叫着，这时库兹马·库兹米奇正从人群里往台阶跟前挤。“德国正向我们伸出劳动者的手。同志们,这是对我国革命的巨大支持。德国人我见到过,德国我也去过。我只想说一件事:他们过日子很吝啬,每一块面包都要算计着吃,可是他们的生活比我们好。这个事实值得我们好好想想,同志们。在他们那里,就像我们这样的村子,有自来水,有下水道,可以把粪便送到菜园里去,有电话,家家都有煤气,有理发店,有带台球的啤酒馆……至于学校,就不用说了,人人都识字,也不用说了……每家都有自行车,留声机……”

人群里响起一阵嗡嗡声,有人拍了一下巴掌,于是大家都拍起手来。

“我的一只下肢是在东普鲁士被德国炮弹炸掉的。但是我在当前时刻超出了个人的利害关系……”

“你讲明白点儿!”一个年轻人的声音拼命喊道。

“我虽然不幸成了残废,可我并不怨德国人民——不是他们的错,而是国际帝国主义的罪过……我们就是应该坚决掐断帝国主义的喉咙……我们俄国人对这个道理明白得早一些,可是德国人也到底明白了。所以,同志们,我们要在这次大会上向两国人民提出这样的口号:世界革命万岁……”

“乌拉!”一个年轻人的声音喊叫起来,于是全场又拍起巴掌来。

“现在我来谈谈本村的事……我们学校的房顶像筛子一样漏,关于这件事已经做出过决定。那么我要问:钱都收上来了吗?薄木板都买了吗?没有。可要办喜事,你们有钱。要给神父,你们也有钱。这当当的钟声,十里开外都叫人听了心烦……难道说德国人就是为了这些现象向我们伸出了劳动者的手吗?我建议做出一项规定:修理学校的钱、女老师的薪水钱加上学生的本子、铅笔钱,总数为四千九百零七卢布七戈比,这笔钱不收齐,不许举行婚礼,也不许敲钟……”

村主席的这一番话发生了作用——主要是使大家感到害臊。接着又有几个人站出来讲话,把他讲的又都重复了一遍,只是补充说,婚礼既然都准备妥当,也没有必要往后拖,这些钱也应该马上收齐,不过用不着按户均摊,就让准备办喜事的这十六家富户拿好了。全村大会就做出了这样一项决议。

新娘们一听到这项决议，便吵闹起来，跟爹娘说了许多不该说的话，当爹的只好蘸湿了手指，把钱数出来，送到村苏维埃。斯捷潘·彼得罗维奇给出了收据，只说了一句："您就快办喜事去吧！"

新娘们被送到教堂的时候，已经快黄昏了。人们看到她们那副打扮，简直都惊叫起来。带皮领子的大衣、带金银穗子的蒙头纱、两俄寸高的高跟皮鞋——新娘们都好像跷着脚走路。等她们一进教堂的前堂，把大衣一脱——我的天哪！里面的衣服更漂亮，那样的连衣裙都是从来没见过的！五光十色，臀部挺瘦，差点儿要绽开，裙子下摆往外扎煞着，脖子裸露着，而娜季卡·弗拉索娃的胳膊一直露到胳肢窝。

"看呀，看呀，这位真是奥尔加·戈洛赫瓦斯托娃吗？""你们瞧瞧斯乔什卡的样子！""她们这是从哪儿弄来的呢？""谁不知道，她跟她爹赶着牛车，拉着白面和咸肉，往新切尔卡斯克跑了五趟……都是跟新切尔卡斯克的太太们换的……"

有些见过世面的人也这样说：

"我见过省长举办的舞会，哼，跟这也没法比！"

"舞会算什么……有一年在新切尔卡斯克庆祝罗曼诺夫王朝三百周年，官太太们都聚集在大教堂——她们一下马车，都走在红毡子上，可是跟这些新娘子相比，还差得远呢……"

库兹马·库兹米奇没找到司祭的法衣，只好穿一件辅祭的法衣出来，头戴一顶油渍麻花的法冠，总算把秃头顶遮住了。（原来的神父被捕后，不但设法逃跑了，而且把法衣圣器室偷个精光。）库兹马·库兹米奇把新娘挨个打量一番，都长得漂亮，胖得发圆，体态丰满！新郎们露出惊疑的神色，显得有些猥琐。库兹马·库兹米奇满意地咳嗽一声，搓了搓冻僵的手，开始主持仪式——又麻利，又快活，一会儿念念有词地叨咕着，一会儿粗声粗气地扮演辅祭角色，一会儿唱圣诗，不过，一切都是按规矩办事，老老实实，一字一句都不走板儿。

仪式完了，他叫新郎和新娘接吻，还向他们讲了一席话：

"要是在从前，总要讲一段圣经上的寓言。我给你们讲一个真实的故事吧。大约在革命前十五年，我在一个偏僻的村子主持一个教区。那时候我感到心里非常乱，亲爱的公民们。我是俄国人，从来不知道安宁，什么都看不顺眼，觉得什么都不对劲儿，什么都会叫我痛心，什么我都想管：我要追求正义。终于有一件事使我不再动摇了。有一个上了年纪的老头儿眼睛瞎了，由领路的男孩儿领着来找我。他从包脚布里掏出一张三卢布的钞票，钞票也挺旧，把它揉搓一阵，摸了又摸，放在我面前说：‘我老伴死了快四十天了，这钱给你，替她做一场安魂祈祷……’我说：‘老爷子，你把钱收回去吧，我不要钱一样给你老伴做祈祷……可你是打远处来的吧?’‘是够远的，走了十天路。’‘你有多大年纪?’‘我糊涂了，大概总有一百开外了。’‘有孩子吗?’‘没有，都死了，只剩下老伴，一起过了六十年，相处惯了，她怜惜我，我爱她，现在她也死了……’‘你是不是在要饭?’‘要饭……你行个好，把钱收下，给做一场祈祷吧……’我说：‘好吧，你把名字告诉我吧。’‘谁的?’‘你老伴的。’他用两只瞎眼睛盯着我：‘她叫什么名字呢？忘了，想不起来了……年轻时候，都叫她媳妇，后来就叫内当家的，再后来，就一个劲儿地老伴老伴的了……’‘要不知道名字，我可怎么给她做安魂祈祷呢?’他用手拄着拐杖，站了半天说：‘是呀，忘了，这都是因为穷，日子过得挺苦。好了，我去打听一下，也许有人能记住……’这个老头儿回来的时候，已经是秋天了，又从包脚布里掏出那张三个卢布的钞票说：‘我可打听到了，有一个村子里还有个人记得：她叫彼得罗夫娜①。’”

十六个新娘都垂下目光，紧闭着嘴唇站在那里。年轻的丈夫们由于衬衫领口紧，勒得脸色涨红，都一动不动地站在新娘旁边。其他的人也都一声不响地听着。

“俄国人就像荒地的蒿草一样长着，连自己的名字都记不得。老爷们作威作福，商人们用耙子往家里搂钱，我们出家人只好摇晃香炉，你们这些漂亮的新娘，要是在从前，也不会像现在这样血色红润，早像蒿草里

---

① 彼得罗夫娜不是名字，是父名，意思是彼得的女儿，这段故事说明旧社会贫苦女人没有名字。

开的花似的，不等开放就枯萎了。”库兹马·库兹米奇讲到这里突然停下来，好像在考虑什么，脱下法冠，搔搔秃头顶。娜杰日达·弗拉索娃悄声地问：

“现在可以走吗？”

“不，等等……如今我老朽了，真的看到了正义。它并不像涅克拉索夫诗里写的那样。你们大概读过他的诗吧？不……也不像我从前想象的那样：那时候一到傍晚，我常常一个人到河边钓鱼，守着火堆，一边拍着脖子上的蚊子，一边胡思乱想。正义是威风凛凛、气势汹汹、不可调和的……用不着说假话——有好几次都把我吓坏了……只要机枪嗒嗒一响，骑兵挥舞着军刀往外一冲——这时候就顾不得什么哲学了。（人群里响起一阵隐约的笑声。）正义这个东西，你无论是在那里，”他用手指指教堂的圆顶，“还是在自己的周围，都找不到。正义就是你自己，就是无所畏惧的人。要敢想，敢干……你们干什么那样瞅我？再不就是我讲的话你们听不懂？我到这里来，是为的教会你们快活……你们今天，”他用手挨个指着说：“奥丽亚、娜佳、斯乔莎、卡捷琳娜，要好好跳上一场，跳得地板嘎吱响，要让米科莱、费多尔和伊万，看得像疯子一样眼发直。完了……布道结束……”

库兹马·库兹米奇转过身去，走进法衣圣器室。

团政委伊万·戈拉从察里津回来了，他在那里听说从彼得格勒和莫斯科派来的征粮队，任务完成得不好。他们中间有的人缺乏经验，由于长时间挨饿，火气很大，一看到村里人宰鹅吃，就控制不住感情。有一个征粮队失踪了，至今下落不明，还有一个征粮队在沃罗涅日火车站上一节贴封条的货车里被发现了，三个彼得堡工人躺在车上，被开了膛，里面塞满了粮食，一个人的脑门上还钉上一张字条：“让你吃个饱”。

政委答应察里津的同志们，帮助征粮。回到团里以后，他就开始物色人组织征粮队，事先都挨个找他们谈话。他指派拉图金、拜科夫和扎杜伊维捷尔到斯帕斯科耶村去；把他们请到自己的住处——这间屋子从前是空的，也不生火，自从阿格里皮娜从医院里回来以后，地板总是扫得干干净净,门坎跟前放着一块蒲席,桌上铺着一块绣花毛巾,屋里散发着的不是刺鼻子的叶子烟味,而是一股烤面包味——他要求同志们先把脚擦干净。

“坐吧。你们有什么好办法?”

“你想说什么?”拉图金回答说。

“是呀,我听说弟兄们不大愿意去搞粮食。”

“愿意不愿意,有什么关系?需要去,我们就去。你干吗——还得大家愿意!”

“可这件工作很细致。”

伊万·戈拉背朝窗子,看扎杜伊维捷尔闷闷不乐地用指甲敲着桌子,便朝着他说:

“你是种庄稼的,你对这件事有什么想法?”

“你打算从斯帕斯科耶村搞多少小麦?”

“不少。他们是一百六十二户,要搞到四千五百普特粮食,当然啦,要按照阶级成分分等摊派……”

“要那么多,他们未必肯给。”

“所以才派你们去,想办法让他们给。不过有一条,不许带武器,同志们。”

“那玩意儿也没什么用。”拉图金嘟囔地说。

“不带武器,你就得想法讲清道理。”拜科夫挤挤眼说。“他们又不是我们的敌人,毕竟是自己人。”

“既有自己人,又有敌人。”伊万·戈拉严肃地说。

“你听我说,政委,”扎杜伊维捷尔说,“我并不是想逃避,你要知道。可是,到别人的仓房里去弄粮食,毕竟不是我们应该干的活儿。叫人恶心。”

“你有什么看法,拉图金?”

“你就别管我心里怎么想了,伊万……我们想法把粮食给你弄到,就算完了。”

“你呢,拜科夫?”

“我是北海人，向来在渔业组合里……”

“同志们，我把你们找来就是要好好谈一谈。”伊万·戈拉把两只大手放在桌上，就像爸爸跟子女们谈话似的，曼声细语地讲起来。“粮食垄断制，是革命的命脉。现在要是取消了粮食垄断制，那么不管我们流多少血，流多少汗，这个天下终归是富农的。他们可不比从前那些小铺的老板，整天守着大茶炊喝茶，他们可是久经锻炼的——在碱锅里煮过七次，在火炉里烧过多少天……”

“富农、富农的，什么叫富农？”扎杜伊维捷尔喊叫起来。“你好好给我讲讲。我家里养了两头牛。你说我算什么？”

“问题不在于牛，而要看什么人掌握政权。农村的富农日日夜夜就是想的这个。他把雇工辞了，母牛杀了，今年秋天连地也不翻了，在群众大会上叫得可响了，投苏维埃的票。他就像跳蚤似的，可有股子劲头儿呢。”

“好，伊万……比方我回家，再买上一头母牛或两头公牛。那又怎么算呢？”

“那你参加红军是自愿还是不自愿的呢？”

“当然自愿。”扎杜伊维捷尔表示同意地说。

“那你就不要买牛了……”

“为什么？我不明白，我为什么不能买牛。”

“你的兴趣应该扩大一些，你总不会是为了两头公牛才拿起枪的……”

“就让他去买公牛好了，”拉图金说，“你干吗折磨他。往下讲吧。”

伊万·戈拉摇了摇头，笑着说：

“我不想跟你们争论，而是愿意相信别人……嗯，好吧……这个阶级有什么打算呢？富农的打算就是把粮食贸易抓到手里。革命使他们开了眼界，他们现在做梦梦见的已经不再是乡间的小铺或酒店，而是大谷仓和大轮船了。要是叫他们控制了革命，你呀，扎杜伊维捷尔，就要为他们流尽血汗，你的公牛也就变成他们的了。就是粮食垄断制，他们也想加以利用，从中得到好处。有这么一件事——有一次，我们征粮队来到一个村子,不管我们怎么做工作,都没有效果:到处都是一片敌意,讲什么也不起作用。他们村有个吸血鬼,叫巴布林,总是穿着一件破破烂烂的羊皮袄,一双破毡靴,和和气气,老老实实,只是一个劲儿嚼着胡子……我心里暗想,这是怎么回事呢?我们到他家的仓房里去看看,一个粮食粒儿也没有。我们当然也翻了一下,也是什么都没找到。牲口圈里,也只有一匹长癞的瘦马,棚底下挂着两张牛皮。他搞的什么名堂呢?这个狗东西一听说我们要来,就挨着个告诉农民说:'哎呀,沙皇的警察局长也不会像苏维埃政权这么折腾你们。我倒无所谓,我可以搬到城里闺女家去住,我闺女嫁了个执委会主席,可你们,我真不知道,这一年可怎么个过法。布尔什维克什么都要,连你们房顶上的麦秸也要揭下去给红军……上帝是喜爱善心的人的,乡亲们,你们就到我的仓房里,把粮食全都拿去吧,只要死不了,咱们好算账……'他还是跟他们要了收条,不过到底是个行善的人……他一点儿也没给我们,可是要从农民那里往回收的时候,他就会多收一倍。在一个村子,他们人数很少,可是到处都有,加起来也够多的。富农是不容易对付的。一千年来,他们都掐着农民的脖子,他们懂得怎么摆弄谁。是的,弟兄们,粮食垄断制是一件有远见的根本大计。困难不少,一点儿不错。可什么事容易呢?开荒种地一向是难事。只有弹弹三弦琴倒挺轻松……要是农民不能理解这项重大政策,首先就要由你们负责。你走进富裕农民的院子,就对主人说'打开仓房'。其中的每一粒粮食都好像一颗泪珠。可是每一粒粮食都是神圣的,将用于神圣的事业。"

"村苏维埃的开门钥匙在谁手里?"

"在主席手里呗……"

"主席呢?"

"喝喜酒去了……"

拉图金、拜科夫和扎杜伊维捷尔下了大车,不知道怎么办好。方才他们问过的那个人也走了。他们久久地望着他沿着大街趔趔趄趄地走去,好像他脚底下的土地忽而高起来,忽而陷下去似的。他们在台阶上坐下,卷上烟,抽起来。扑面吹来一阵寒风,刮得乌云翻滚;飘飘洒洒地下了一阵刺脸的雪糁子，就像是从筛子里漏下来的，黑色的村路上的车道沟马上就被雪花铺平了；景象越发凄凉了。

“你要是听政委的话，恨不得马上拔出军刀来。”扎杜伊维捷尔说。“其实，这也不过是个普通的村子。哪里来的敌人？你听，这手风琴拉得多棒！”

远处，隔着十来户人家，有一小群人聚集在那里——他们可能是没接到邀请，没进屋里，也可能是屋里已经装不下。从那里传来洪亮的手风琴声和跳舞的跺脚声，一听便知，拉得正起劲儿，跳得正热闹。

“你只想沾湿了脚尖就算拉倒，可是要干，就得一个猛子扎到底，亲爱的同志。”拉图金说。“革命正在深入——这是政委讲的。”

“深入，深入？到啥时候是个头儿呢？把什么都弄个乱七八糟，可是总得过日子，种庄稼，生孩子吧！这要等到啥年头儿呢？”

“天晓得到什么年头，这事你别问我。”

拉图金气得不得了，一个劲儿咬着麦秸秆。扎杜伊维捷尔皱紧眉头，按照庄稼人的习惯，一直在有条有理地琢磨着政委昨天讲的一番话。拜科夫说：

“我们的工作就这样可开展不了，弟兄们。是不是去找找主席？”

他欠起身来。拉图金对他说：

“你不能去。”

“你这是什么意思？为什么？”

“用不着详细跟你讲什么原因。”

于是，扎杜伊维捷尔毅然决然地说：

“要去，就大家一起去。咱们找主席去。”

“我不去。”

“你应该服从领导嘛。”

“你拉倒吧，拉图金，”拜科夫用和解的语气说，“我们又不去吃饭，一滴酒也不喝，我们从门斗里把主席叫出来就行了。”

他们去寻找主席。斯捷潘·彼得罗维奇·涅多耶希卡希挺了两天，到第三天开始考虑，这样做可能脱离村里的群众。他刮掉假腿上沾的泥，穿上一条黑裤子，散着裤腿，捻捻小胡子，大模大样地到村中各家贺喜去了。

“啊，谢天谢地……斯捷潘·彼得罗维奇，请进……”主人拥抱他，有的还使劲一拍他的手，握到一起：“让主席坐上座！”把他让到圣像底下的位置上。媒婆给他端来一碟放很多盐的粥，向他讨贺礼，他便拿出一个卢布(他从不肯多给)，接过满满一杯酒，就着干鱼喝起来。他原以为婚礼到第三天总该收场了，可是他想错了。到了第三天刚刚进入高潮，整天整夜地跳呀，唱呀，拥抱呀，说悄悄话呀，争吵呀，然后再重归于好。

啊，人民有多么坚强呀！这些年来，他们经受了多少苦难：沙皇征兵，最后连五十四岁的人也被征召入伍了，家里的地只好让妇女种；在北方使用一匹马拉的犁，女人还使唤得了，这一带都是黑土地，得套上两对，有时还要三对公牛才拉得动沉重的大犁；女人们直到如今还不时回忆起那一年的秋天。有许多人患西班牙流感，死于非命。村子着过两场大火。还没等男人打完仗，从世界大战的前线回来，阿塔曼克拉斯诺夫又开始征兵、摊派苛捐杂税，还要让哥萨克骑兵在村子里驻扎。谁不知道哥萨克手脚不大干净。表面上看，好像自家人，挺近乎的干亲，可是一骑上马就变了样，他从大街上走，要不用长矛去捅从旁边跑过的小猪，那他就算不上哥萨克了。这一切总算过去了。如今，政权是属于自己的了，没交的税一下子免了，地分得也多了，老百姓就要痛痛快快地热闹一下。

斯捷潘·彼得罗维奇在这一家坐上一会儿，免得主人怪罪，便马上到另一个办喜事的人家去。他坐在首席上，跟新娘的父母和新郎的父母讲得头头是道——国内战争现在在顿河北部，在沃罗涅日和卡梅申一带，打得非常激烈，克拉斯诺夫正在向第八集团军和第九集团军大举进攻，“所以说，亲爱的公爹，亲爱的老丈人和各位亲爱的媒人，我们大家可不能打瞌睡呀——免得误了大事！我们应该支援苏维埃政权……”然后又聊聊家常，东拉西扯，主人们不禁大吃一惊，斯捷潘·彼得罗维奇对什么事都了如指掌：谁家仓子有多少粮食，谁家圈里有多少牲口，谁家把什么东西藏了起来。

他拖着一条假腿走到最后几家，觉得越来越吃力了，而且每到一家都要从头再来一遍：又是问好，又是入席。来到这一家，他突然从媒婆手里拿起一碟粥——其实全是盐——一口吃下去，从士兵的破大衣兜里掏出攥成一团的钞票——所有剩下的钱——往媒婆手里一扔，把一大杯自家烧的烧酒一口气喝完，朝着新娘大叫一声："斯捷潘尼达，加油！"其实这位新娘正在又闷又挤的房间里跳十对人的卡德里舞，她已经跳了三天三夜。

这时有人告诉他，有三个红军战士找他。"把他们叫到这里来！""我们叫他们进来，可他们不肯……"

斯捷潘·彼得罗维奇用两手支着桌子，耷拉着脑袋，站了一会儿，然后离开座位，推开人群，走到门斗里，那里果然站着三个板着脸孔的人。

"你们是干什么的？"他用生硬的口气问。

"征粮队！……"

拉图金用恫吓的声音回答说，以为这一吓，最低限度也要把主席吓一个趔趄。可是斯捷潘·彼得罗维奇尽管嘴里喷出一股又浓又香的酒味，引得拜科夫甚至往前凑了凑，却身不晃膀不摇：

"你们来得正好！我早就盼望你们来呢……乡亲们！"斯捷潘·彼得罗维奇朝着敞开的屋门大吼起来，屋里一片嘈杂声、丁当声和跺脚声。"音乐暂时停停！"这次，他身子猛然一晃，多亏拜科夫把他扶住。"同志们，你们可不是到了别的什么地方，这里是斯帕斯科耶村苏维埃！"他用手扶住门上坎，用更加果断的声音向屋里喊道："公民们，都开会去！"

他走出门斗，来到院子里，有三个挺大岁数的农民正靠着一辆卸了牲口的大车，参差不齐地唱着一支哥萨克歌曲，另外两个人抱在一起，正在争辩什么，还有一个人一个劲儿兜圈子，怎么也摸不着大敞四开的大门，所以回不了家。斯捷潘·彼得罗维奇在院子里重复一遍，到大门外又对那些在手风琴伴奏下跳舞的人们重复一遍，让大家不要磨蹭，赶快到村苏维埃开会去。

他把那条假腿往冰冻的土地上狠劲地跺着，一边走，一边说：

"玩玩乐乐是玩玩乐乐，干正经事是干正经事……清单已经拉好，存粮的数字都调查清楚了……你们就往察里津拍一份电报，说粮食如数交齐。”拜科夫和扎杜伊维捷尔劝他把大会改到明天再开，那时候起码大家头脑都会清醒些，他却反反复复地说：“谁要能喝醉了酒，脑瓜儿一样好使，那才叫真本事。不用你们教训我，明天事情更不好办，不要给那些人清醒的机会。”

到了村苏维埃，趁老百姓还没来齐，斯捷潘·彼得罗维奇把统计表和清单往征粮队的同志们面前一摆，压低嗓音，热烈地讲起来：

“我们村共有三户富农：克里沃苏奇卡是个强盗，一九〇七年抢过一次邮件，把邮差杀死了，把抢来的钱藏了十年，由于年头已久，便用砖盖了一座粮仓，开了一个小铺，在战争期间，向国家供应牛皮，又发了一笔大财。光是斯帕斯科耶一个村的牲口就让他给宰了一半。现在正想法组织一个合作社，好把他的铺子合进去——他这套把戏，我马上就能搞清楚……他说他自己有肺病，半夜里能看见什么光亮……这是个危险的人。第二户是米洛维多夫，从前在矿上当过工头，战前就回到了村子里，私自开了一家酒店，没现钱的可以拿东西抵押……他还放高利贷，是个残酷的剥削者，是个坏蛋——全村人的血都让他一点一点地吸光了。我们还了解清楚，那个冒充沙皇尼古拉二世的人，就是他派来进行试探的……第三户是米基坚科，从他爷爷那辈起，他们家就大批贩运鱼和肉，他在顿河上有好几条驳船。除开这三家之外，要把他们的亲戚、姻亲和干亲算上，还有十来户。所以，有的胆小的庄稼人就说了：‘真还不知道这个场怎么收呢，将来不知是谁掌权，最聪明的办法就是谁也别得罪。’这就是敌人的阵线……可这些都是我们的人，都是我们的人。”斯捷潘·彼得罗维奇用粗大的手指指着名单。“村子里的形势很尖锐——不是他们把我打死，就是我给那些人一个厉害瞧瞧……”

村苏维埃门前的人越聚越多——有清醒的，有喝醉了的。人群拥挤着、晃动着、嗡嗡地吵嚷着。拜科夫望着窗外，暗自念叨着水兵讲故事的开场白：

海鸥在沙滩上走来走去，
向水兵显示着恼人的预兆，
只要海鸥不肯落到水面上，

你瞧，暴风雨就要来到……

然后他大声地对同志们说：

“我们赶快出去吧，不然，说不定会有风波呢……”

邻居的一个小姑娘，长得满脸雀斑，浅蓝色眼睛，村里的事她没有不知道的，一下子闯进安娜的屋里，一边吸着气，一边快嘴地说：

“可不好了，村苏维埃出事了，咱们村里的人把障子上的桩子都拔下来了……”

她连眼皮也不眨，往屋里一扫，便把什么都看在眼里了：安娜穿着一件深红色连衣裙——这件连衣裙就是丈夫在世的时候也只穿过一次——脚上穿着一双带鞋耳子的皮鞋和长筒白袜子，她光着头坐在床沿上，可那个免去教职的神父却在床上躺着，支起膝盖，而且安娜又给他换了一件干净衬衫——带黑点的，他还拉着安娜的手……

“你怎么就闯进屋来了！”安娜不好意思地吆喝她一声，小姑娘一下子又钻出去，吓得话都没说完。不过，她这一来到底把库兹马·库兹米奇惊醒了。这几天他累坏了——酒喝得挺多，肉吃得挺多，话说得就更多了。当他布道的时候，农民们听得一个字儿也不漏，只是有的地方没听懂，而这些不好懂的地方，更使他的话显得高深莫测。所以，他每到一家，就要详细解释一番，最刺痛了他们的就是关于正义的那段话。当席上只剩下一些年高德劭的人的时候，其中有谁被酒给解放了思想，便用袖头把骨头和菜渣一推，开了腔：

“我说，库兹马·库兹米奇，你可伤了我们的感情……怎么能说是没有正义呢？那么，到处是一片荒野老林了。”

另一个打断他的话说：

“眼下这帮青年人，”他朝屋子另一头一摆脑袋，只见那里裙子上下翻飞，辫子、发带和兴奋的脸孔团团转。“跟他们是毫无办法。他们说，现在我们乐意干什么就干什么，既没有上帝，也没有沙皇，老子跟老娘都是傻瓜——这下子可好了……现在想找个桩子把这些孩子拴住还找不到呢。上哪儿找这根砥柱呢？可你还说：没有正义……”

第三个人是个大胡子,这时也插嘴说:

“正义要是人定的话,那么谁有力量,谁就占上风,谁就是正义的。我们就又像草地里割剩下的小柳条……”

“你有力量没有?”库兹马·库兹米奇问。

“我有……可卢布比我更有力量,我这一辈子不知被它打倒多少次了。”

“那你向谁诉过苦没有?”

“让我上哪儿去诉苦呢?”

“你到基辅佩切尔修道院去朝拜过圣体吗?”

“没有,没去过。”

“这么说,还是没有正义呀?”

“怎么没有?我憋了一肚子火。我打仗回来,带回来一条大枪,往地界上一站说:怎么,你们以为我给打死了?再分给我三亩地!……”

“分给你了吗?”

“当然……”

“这么说,还是有正义喽?”

“那算什么正义——用大枪吓唬老百姓?不,老兄,我谁也不欺负,别人也别欺负我。就拿阿基姆老头儿说吧,孤零零一个人……再也干不动活了,只好住在别人家的炉子后面,听凭人家给一块难咽的面包。他干的活都哪里去了呢?他原来有一座小房,被米洛维多夫收去抵债了……而我干的活将来又会落个什么结果呢?这五十年光景,我搬过的石头足以盖上四幢房子,可我的胳膊肘还露在外面……我干的活好像小鸽子,离开我,落到别人的房顶上,就是不往我的房上落。你说得挺有道理:‘正义就是你自己,就是什么也不怕的人。’库兹马·库兹米奇,我不怕死,现在我还背得动二十普特的东西,可是正义,我却怎么也找不到。要是衡量一个人,不是看他卢布多少,而是看他干活多少,这就算有正义了……可又怎么能做到这一点呢?要是能那样的话,就要谢谢苏维埃政权了……”

“你这个人可真怪,这正是苏维埃政权的法律……”

“嗯，那就是说，这种法律还没轮到这儿呢。”

库兹马·库兹米奇尽管头脑机灵，对这个人的话却无言以对，不禁十分恼火。跟知识分子谈话要比跟农民谈话容易得多。在席间的这些谈话中，他觉出农民好像满意，又好像不满意，他们有所疑虑，又有所期待。好像这些人模模糊糊地期待这场革命能发生一场根本的变化，盼望加快革命的速度。

第二天晚上，他蹒跚着来到安娜家，心情不快，往长凳旁边的地板上一坐，用两个手掌拍拍自己的脸，把脸捂上，笑了一阵，不住地念叨着：“我没力气了，安努什卡，我老了，安努什卡。”

安娜一声没响，把他领到湖边的澡房里。亲自给他洗澡，用桦树条给他抽。库兹马·库兹米奇只不过脸孔显得老，身体又白又滑溜，安娜看到他像一条小鱼在搁板上一边欢蹦乱跳，一边说着：“用桦树条抽吧，抽抽身子上面的空气！”心里不禁激起一股柔情。

洗过澡之后，他安静下来，呼吸均匀地一直睡到第二天快晌午了。他醒来，喝点儿牛奶，然后说：“你可别生我的气，安努什卡，我的头不知为什么有点儿疼。”接着又睡着了。当邻居那个小姑娘把他惊醒的时候，他跟从前一样，喜笑颜开了。

“小姑娘跑来干吗？”

“好像说是开会，有几个红军战士来拉粮，就吵闹起来了。”

“可不得了啦，这是我们的人。”

库兹马·库兹米奇慌慌张张地穿起衣服。安娜皱紧眉头，默默望着他。这时，门又突然被拽开了，小姑娘只把头探进来：

“打架了，动手打人了！弗拉西哈把她丈夫领回家去了，浑身是血……她朝着整条大街叫喊，口口声声骂你……米特罗凡·克里沃苏奇卡要套马，人家不让，一下子把他拽到大门外，开始揍他，我的老天爷！”

她一下子又不见了。库兹马·库兹米奇刚要跟她走出门去，安娜突然用吓人的声音喊道：

“我不放你走！”

她站在炉子旁边，又高又瘦，耸起像男人似的肩膀，向后仰着脸，就像

有人打坏了她的脊梁骨似的。库兹马·库兹米奇使劲地握紧她的手:

"安娜,别要小性子!对了,我带着炉叉……你放心好了。我一会儿就回来……还要跟同志们一起吃顿饭。你给我们烙点儿薄饼,你听见没有……好了,拉倒吧,我告诉你!"

安娜从咬紧的牙缝里吃力地说:

"好吧,神父……"

邻居的小姑娘在村苏维埃和各家门前跑来跑去,传递消息,她倒希望看到更加可怕的景象。不过,这次大会也的确是吵吵闹闹。征粮本身并没引起多大争论:"要交就交呗!"主席宣布那份公平摊派粮食的清单时,大家都静静地听着,要求重念一遍。人群开始了简短的交谈,也开始走动——有的人往台阶跟前挤,有的人往左移动,靠近邻家的菜园,菜园上夹着篱笆。

"不对!"这是人人都熟悉的米基坚科那发号施令的声音喊了一声。"对!对!"马上有许多人的声音回答他。有一个满脸大胡子的人跳到台阶上,一只衣袖也扯掉了,把皮帽子往脚底下一摔,诉起他憋了很久的苦衷来:

"我的劳动果实都跑哪儿去了?都让他们给拿去了。没啥,难道为了一块面包还要跪下?这就是苏维埃政权吗?"

他被别人推到一边,这个人脸气得煞白,讲起话来就更加可怕了。这时,在远处站着的一部分人扑到篱笆跟前,拔出桩子,就从后面朝开会的人打来。拉图金、扎杜伊维捷尔和拜科夫从台阶上跑下去,挤到人群里,把打架的人拉开,从他们手里夺下木桩,一边喊道:"不要大惊小怪,一切正常,他妈的,继续开会……"

这场冲突时间很短,闹事的人并不太多。其中有的人溜掉了,有的人被人追得满街跑。有几个人躺在落着一层雪花的土地上。

库兹马·库兹米奇为了抄近道,便从一道道篱笆中间钻过去,穿过菜园,走着走着迷了路,不知走进谁家的院子里。院里站着一群女人——有一个女人一边哭,一边数落着,其余的在旁边听着。她们一看到库兹马·库兹米奇,一齐吵嚷起来,娜杰日达的母亲瓦尔瓦拉·弗拉索娃穿着一件鼠皮缎大衣，气冲冲地挽起长长的大衣袖，朝着库兹马·库兹米奇走过来；其余的人都跟在后面。

“怪不得你不要我们的钱呢，你这个免去教职的神父！”瓦尔瓦拉说。“可我们这群傻瓜就信了他……他喝遍了全村的酒……把我们的底都摸透了……把那些傻瓜都搞糊涂了，这个坏蛋……把我们出卖给了共产党……你们干吗还看着这个魔鬼，打死他……”

“可不能打我，”库兹马·库兹米奇说着，身子向后退，“你们应该可怜我，妇道人家……你们不要碰我！”

“可你可怜我们了吗？”

这些女人抹掉头巾，火气越来越大，齐声叫喊起来，责怪这个免去教职的神父，说都是因为他，才出来这么个倒霉的摊派方法，村苏维埃门口才会打架，而且如今会治家的男人在村子里没有地位了，这些天又宰了这么多大鹅和小猪崽儿——他是这一切的罪魁祸首。女人们把他挤到篱笆跟前。库兹马·库兹米奇还想施展他的本领迷惑她们，满面堆笑，嘟嘟哝哝地说：“好，你们生一会儿气就拉倒吧……让我们心平气和地谈谈……”这些都无济于事。瓦尔瓦拉·弗拉索娃头一个抓住他两边耳朵上的头发，他一弯腰，拳头就纷纷朝他的背上猛打起来。他一想，最聪明的办法还是乖乖躺下，用手抱住脑袋。他觉得肋条骨嘎巴直响。“哎呀，只要是她们不动硬家伙就行呀……”这时他听到一声发疯似的喊叫：“用木桩子揍他！这个坏蛋！”他刚想爬起来，只觉得眼前一黑……他突然被放开了。这时他听到自己的咳嗽声，便竭力憋住咳嗽。他被扶起来，身子靠到篱笆上。库兹马·库兹米奇睁开沾满雪和麦壳的眼睛，看见安娜站在面前，她裙子后面露出那个长雀斑的小姑娘兴冲冲的小脸儿；他还看见了拉图金、扎杜伊维捷尔和拜科夫。

“活着？”拉图金问。“马上给他一杯烧酒，你们谁去取一下。喂，库兹马，你干得蛮不错……我们会上做出决定，因为你进行反宗教宣传，对你表示感谢。”

“你都很难想象，达莎，自从我们在彼得格勒分手以后，这一阵子我是多么无精打采和心情寂寞……是那样,你要知道,就是那样……在我们的内心里好像有一种下意识的生活。就像一场大病似的,折磨着你,你就像给火慢慢烧着一样,受着煎熬……原因当然也很简单……因为你不爱我了,我就……”

达莎连忙朝他转过脸去,那对水汪汪的灰眼睛总是令他害怕,现在在告诉他,是他错了——她并没有不爱他。由于这目光,伊万·伊里奇一时说不出话来,嘴一咧,露出微笑,这微笑并不怎么聪明,但至少是幸福的。达莎正往小篮子里放东西,这些东西是伊万·伊里奇今天上午跑遍了十个机关才领到的他们应该分得的东西。

这里面有实用的生活必需品:女人的长袜、几块可以拼成一件连衣裙的布头、一件非常漂亮的麻纱衬衣,可惜是半大姑娘穿的,不过达莎长得那么柔弱、瘦小,跟半大姑娘没有多大差别;还有一双矮靿皮鞋——伊万·伊里奇弄到这件东西,那股自豪劲儿不亚于拿下敌人的炮兵阵地。还有几样东西,在目前这种行军生活中是否有用,就值得考虑了。这些东西,伊万·伊里奇是在一处仓库里顶床单领的:一个瓷猫和一个瓷狗、几个皮发卷、一套克里米亚风景明信片、一件女人穿的紧身,布的成色极好,带有鲸须,只是尺寸特大,达莎穿上,可以把身子裹两圈……

“达申卡,我说的是我们在车站上分别的情景……当时你好像对我说:‘永别了……’也许是我听错了,当时我心情也很不好……你脸色发青,那么苍白,那么冷若冰霜,你一定是不爱我了……”

“真讨厌!”达莎说,连头也不回。她把瓷猫用厚袜子包好,免得在路上磕坏了。平时,达莎对什么东西都漫不经心,但是这两件瓷玩——一只俏皮的小花猫和一只正在睡觉的大耳朵狗——她不知为什么却十分喜欢:好像它们自己找上门来,当各种思想和欲望的阴云带着雷雨在头上翻滚的时候,在这浩大、可怕、破碎的生活中,要为达莎安排一个充满天真微笑的小小天地……

“不管怎么说,我是带着你的这种形象离开彼得格勒的……我一直带着它,跟它生活在一起……你就像我的心似的,一直跟我在一起。我早就拿定主意:这后半辈子我就一个人过了,打光棍……”

他在屋里不住地转来转去，总是以达莎为中心。她把头巾摘了，淡灰色的头发打着卷，用一条红缎带扎住（这条带子是从炮兵指挥部的仓库里领到的）。达莎一会儿俯身去整理那只放在小凳上的篮子，一会儿两手叉腰考虑着什么。她身上穿着护士的白大衣，要比穿任何鲜艳的连衣裙都更富有魅力，何况她把腰勒得细细的（这跟扎红带子一样，都不是没费过心思的）……

“你说怪不怪，达申卡，从前觉得危险、死亡都无所谓——打死就打死……在军事上，这丝毫不意味着你勇敢，只不过说明你患有忧郁症……可现在有时想想，倒觉得后怕……我愿意活上一千岁，就像现在这样摸摸你，看着你……”

“一千岁以后，我可就好看了……你说，伊万，这件玩意儿可到底怎么办呢？”她又打开那件紧身，往自己身上比了比。“这里面有三个女人也装得下。也许干脆不带它吧？”

“万一你要胖了，总用得着的。”

“我从来就没穿过紧身，你真是糊涂了。我看这么办——把鲸须抽出来，把它拆开，可以给你改个挺漂亮的坎肩。”

伊万·伊里奇趁她两只手都忙着，从后面走上前来，温柔地把达莎搂在怀里：

“你说对吗？你再说一遍……”

“当然对了……在这世界上你是我惟一的人，离开你，我还有什么意思呢？……我不是特为找你才出来的吗……伊万，你也得小心点儿，”她抽出了肩头，稍微往后闪开一点儿，“也不想你有多大力气，说不定哪天你会把我骨头搂碎的……你想想，我们还忘了什么没有？虽然现在已经来不及了……”

“我可以马上去弄……”

“要有块海绵就好了……”

“海绵也有……”

伊万·伊里奇连忙跑到军大衣跟前，从衣袋里掏出一块海绵和几件硬要他领的东西。

“你看这件东西，达莎，谁也说不清到底是干什么用的，不过我还是领了。”

“伊万，这可是奢侈品了，这是用来按摩脸的橡皮，你真可爱，我正好需要它呢……”

达莎装好篮子，走到伊万·伊里奇身边，他正坐在床沿上，随时都准备跳下来，她捧起他的脸，定睛谛视着他的眼睛：

“我已经发过誓了。在今后的新生活里，我再也不观望犹豫了，我不像索尔维格①，我不想一个劲儿望着海上的大雾发呆。我要的只是爱，只是工作……你要是要我，我就是这样一个人……你认为我孬也罢，好也罢，反正我是你忠实的妻子。让我们一切都从头开始吧……”

那个大夫跟往常一样，连门也不敲，拿着一份新报就进来了，大声地报告军事新闻：

“海军上将高尔察克，就是那个解散了鄂木斯克的执政府、血腥屠杀工人的家伙，宣布自己是不大不小的全俄国最高执政者！……法国人和英国人都承认了他……您听到这个消息高兴吗？他有六十万大军——至于远东，您瞧，他可以恭恭敬敬地奉送给日本人！请往下听：英法的联合舰队已经出现在塞瓦斯托波尔和新罗西斯克的停泊场上……亲爱的盟邦！让它们见鬼去吧，我们挨打，还不是为了帮它们打赢这场战争！”大夫撅起嘴，显出十分吓人的样子。“武装干涉，赤裸裸的武装干涉！达丽亚·德米特里耶夫娜，您别那样瞪着可怕的大眼睛瞅我……带上您的丈夫，到我那里去吃甜菜汤……您还记得我们这里住过一个被刺刀扎伤的人吧，他给我捎来一袋子洋白菜，一只鹅，还有一只小猪崽儿……是呀，伊万·伊里奇，太遗憾了，太遗憾了，这么好的护士被您从我的鼻子底下给弄走了……不过，我们俩今天总得干上几杯，让一切干涉者都见鬼去吧……”

---

① 索尔维格是挪威戏剧家易卜生的《培尔·金特》的剧中人，这里指他等待远航的情人培尔归来。

第十一章

瓦季姆·彼得罗维奇没费多大劲儿就结束了他的犹豫心理——这一点点外力来自他找到了卡佳的行踪。就像在岸边被海浪冲刷的沙滩上留下一双女人裸足的脚印一样，可以使人在想象里描绘出一个美丽的女人在大海的涛声中在这里漫步的完整故事。一种妒忌、痛苦的眷恋之情闯入他的心里，驱走了绝望的思想和软弱的灰心，于是他觉得一切都十分简单明确了。

就在当天晚上（跟那个德国兵谈话之后），他坐火车离开了叶卡捷林诺斯拉夫。他把皮箱扔在旅馆里，只带一套换洗的衬衣和一个背囊。到了半路上，他把军官肩章和帽徽摘下来，把左边袖子上的袖章也撕下来，全都抛到窗外——他在“比-巴-博”度过的那夜之前一直认为保持自尊心必不可少的一切，也都随着这些垃圾一起不翼而飞了。在这几乎空得无人、黑糊糊的车厢里，他叉开双腿，把两手插到皮带里，坐在一张卧铺上，心头感到一种疯狂的喜悦。这是真正的自由！火车载着他，向卡佳身边飞去。不管她在那边怎么样，哪怕粉身碎骨也要找到她。

在叶卡捷林诺斯拉夫，站长曾经告诉大家，在罗斯托夫这边的半路上，又有土匪猖獗活动，这趟车是最后一班东行列车，甚至还说不定走哪条路——是经过古利亚伊-波列从洼地上走，还是经过尤佐夫卡从高冈上走。就在这个车站上，列车长还向把他团团围住的乘客讲了土匪的情况：他们坐上大车或轻便马车在草原上来去如风——到处寻找猎取的目标；他们焚烧那些还傻坐在家里的地主的庄园，公然袭击军事仓库和酒精厂，在城边上转来转去。

“要是没有那个大首领，光是一些小头目，倒也没啥，”列车长用粗嗓门儿讲道，“可如今来了个大首领，是一切头目之上的头目——马赫诺。鼎鼎大名。他有个完整的国家，还有首都——古利亚伊-波列。小来小去的，他不稀罕。火车经过他那里，可以畅通无阻，不过当然要经过检查，有的人给拖下去,就按在扬旗跟前,啪的一手枪就报销了。上一次我跟车,车一进站,就见马赫诺站在大钟底下,抽着雪茄。我连忙跳下车,走上前去,给他行个举手礼。他用生硬的声音对我说:'放下手,我不是你的沙皇,也不是上帝……车上有共党吗?'我说:'绝对没有。''有白军吗?''绝对没有,全是当地的老百姓。''车上有汇款的邮件吗?'我的心跳得蹦出来了。我说:'我们一起去看看,您就会相信,行李车和邮政车都是空的。''嗯,好吧,开车吧。'"

在小站上停车的时候最令人痛苦——车轮的隆隆声突然沉寂了,火车一动不动,漫长难挨的等待。瓦季姆·彼得罗维奇走到通过台上:黑糊糊的月台上和一条条铁路上,连一个人影也没有。只是票房里有个小窗口露出一点点发黄的灯光,在灯油上面飘浮着,再就是两个坐着的人影——一个是乘务员,一个是报务员,他们都把鼻子缩进大衣领子里,看样子就准备这样坐上一夜。去问他们也毫无用处——只要下一站空出线路来,这里就发车,可下一站也许连一个活人也没有了。

瓦季姆·彼得罗维奇深深吸了几口冷气,整个身子挺得笔直,肌肉绷得挺紧……在这十一月寒风凛冽的黑夜里,在广漠无边、荒无人迹的俄国,只有一个活着的人——那就是他所热恋的一团热乎乎的肉体。想当初他必是发昏了,怎么能由于进行报复和惩罚的仇恨心理而把卡佳在悲痛欲绝中紧紧抱住他的臂膀从自己身上拉开,那么无情无义地把她一个人扔在一座陌生的城市里。那么,他又怎么能相信,只要找到她,默默不语(只好这样,只好这样)扑上前去吻她穿着破袜子的脚掌——那袜子想必是破得不能再补了——就会得到宽恕呢? ……这样的负心是不大容易宽恕的!

瓦季姆·彼得罗维奇一个人站在通过台上,气愤地嘟哝着,不时地皱眉头,沉湎于遐想,这时乘务员从票房里出来了,往车厢跟前一站,似乎对列车能不能开走毫不关心……瓦季姆·彼得罗维奇问他,还要等很久吗?乘务员连肩膀也没耸一下。他手里提着一盏熏得发黑的马灯,被风刮得摇来晃去,只照亮了他那黑大衣飘动着的下摆。突然,票房里灯光昏暗的小窗也黑了,门砰的一声关上了。朝着乘务员走来的是报务员,两个人朝扬旗那边望了半天。

“熄灯。”报务员悄声说道。

乘务员把马灯举到脸跟前,那脸显得浮肿,留着两撇胡,他一口吹灭了冒着烟的光亮,两个人上了火车的通过台,打开对面朝铁道线的门。

“赶快躲开!”乘务员告诉罗辛,就慌慌张张下了车,朝前跑去。

罗辛也跟着跳下车。他被铁轨绊得直打趔趄,又撞在一堆枕木上,终于跑到旷野里,这里好像亮堂些,前面走的两个人影也看得清楚了。他赶上了他们。报务员说:

“这块儿什么地方有坑——真是黑得要命!是挖沙子留下的,我每次都躲在这里……”

这些沙坑原来在左边一点儿的地方。罗辛跟在这两个同伴后面,进了一条沟。紧接着,又来两个人——火车的司机和司炉——他们咒骂着,也在坑里坐下。乘务员沉重地叹了口气:

“这个差事我不打算干了。真干够了。这还算是铁路吗?”

“小点儿声,”报务员说,“这帮魔鬼来了。”

现在可以听到从草原里传来的马蹄声,也可以辨别出辚辚的车轮声。

“这是谁在你们这儿胡闹?”乘务员问报务员。“是那个‘死神骑师’吧?”

“不是,那个家伙在季布里夫森林里。再不就是玛鲁霞在遛弯儿。不过,看样子又不像她——她一出来总是带着火把……大概是当地的一个小头目。”

“不对,”司机用沙哑的嗓音说,“这是马赫诺手下的马克休塔,妈的……”

乘务员又叹了一口气:

“我那车上第三节车厢里坐着一个年轻的犹太人,带着两个皮箱,忘记告诉他一声了,唉……”

马蹄声就像雷雨欲来时的狂风转瞬就来到了。车轮已经轧在车站附近的鹅卵石上,发出一片隆隆声。响起一阵“动手吧,动手吧!”的喊声。玻璃破碎声、枪声、短促的哀叫声、敲打铁板声……乘务员把两手并起来捂在嘴上说：

“他们干吗非得砸车上的玻璃不可呢，这可是醉鬼干的勾当……”

这一阵忙乱没有多久。只听一个人拼命地喊道：“上车！”大车吱吱嘎嘎地响起来，马打起响鼻，车轮隆隆地响了一阵，这一群土匪便风驰电掣地消失在草原里。这时，坐在沙坑里的人才爬出来，不慌不忙地回到黑魆魆的火车跟前，各回各位：报务员又点上小油灯，开始跟下一站联络，司机和司炉检查一下机车，看看土匪是否把哪个重要零件给牵走了；罗辛进了车厢；乘务员把月台上被打碎的玻璃片踩得咯嚓响，唠唠叨叨地说：

“一点儿也不假，这个可怜的犹太人叫他们崩了……唉，要是光拿走皮箱还不算啥，干吗必得要人的命。”

又过了很长时间——究竟多长，已经说不准了——乘务员终于短短地吹了一声哨子，机车在空旷的草原上发出愤怒的吼叫，火车终于向古利亚伊-波列方向开动了。

瓦季姆·彼得罗维奇把胳膊肘放在折叠桌上，用双手捂着脸，紧张地思考着这个谜：卡佳从坏蛋奥诺利那里听说自己死了以后，第二天就离开了罗斯托夫。那么，她在车厢里遇见那个德国兵，不过是两天以后的事……就算这个德国兵好言好语安慰她，并没有任何进一步的打算……就算她当时非常需要别人的安慰。可是就在自己心爱的人刚刚死去的第二天，居然能在别人的笔记本上那么工工整整地写下自己的通信处、名字和父名，甚至没忘记打上标点——这简直是个谜！……对她说来，这无异于天塌下来。心爱的丈夫横尸荒郊，就像野兽的尸体似的……如果在头几天她悲痛欲绝，似乎还显得自然。可她竟然留了一个留局待领的通信地址。这么说，她必是从哪里找到了一线生机……真是个谜！……

“公民，请拿出证件看看。”乘务员在罗辛的对面坐下，把那盏熏黑的马灯放在身旁。“火车一过古利亚伊-波列，您就可以睡个安稳觉了。”

“我就在古利亚伊-波列下车。”

“啊……嗯，那就更需要看看了……不然他们会问——车上拉来的是什么人……”

“我什么证件也没有。”

“那怎么可能呢?”

“我都撕碎,扔掉了。”

“那我可就不得不报告……”

“见你的鬼,报告去好了……”

“到现在这样的时代,您还出口就骂人……您必是当过军官吧?”

这时,罗辛的思想极度敏锐,他十分紧张地从牙缝里回答说:

“无政府主义者。”

“是这样,这回就明白了……我从叶卡捷林诺斯拉夫往这里正经拉过不少无政府主义者呢。”乘务员拿起马灯,把它放在两腿之间拎着,久久地注视着黑糊糊的窗子外面闪过机车喷出的火星。“您必是一位有知识的人。”他轻声说。“您倒帮我动动脑筋,应该怎么办? ……上次跟车,我也跟一位无政府主义者聊过,他神色那么严肃,白发苍苍,头发打绺。他说:‘我们不需要你的铁路,我们要把这一切都毁掉,让人们把它忘个干干净净。铁路能产生出奴役和资本主义。我们把一切东西都平均分配,人应该跟动物一样,自由生活,不受管辖……’这可得感谢他们了! ……我跟了三十年车,攒钱在塔甘罗格盖了一座小房,我老伴住在那里,养了一只山羊,菜园里种了两棵李子树——这就是我的全部资产。我要他们那种自由干什么? ——到山坡上去放羊吗? 您倒说说看——在旧制度下是不是总还有点儿秩序? 当然是存在剥削,我一点儿也不否认。就拿头等车来说吧——鸦雀无声,文质彬彬,有的抽雪茄,有的连打盹儿也摆出一副架子。你可以感觉出,他们都是剥削者,可是从来没有过公开的咒骂,绝对没有……你只要举手行个礼,从车厢里悄悄走过去就行了……三等车里,当然是一色的庄稼人,在那里就不必客气……从前的确是这样……可那时候你可以吃到烤鸡,还有火腿、鸡蛋,要说到面包,有多好呀,您总还记得那种锁头形的白面包吧?”他突然沉默了,两眼望着窗外的火星。“这是行李车的轴箱着了。没有润滑油,不用无政府主义者动手,铁路也快完蛋了……那么请您告诉我——现在该怎么办? 我们把沙皇推倒了,换成‘拉达’,‘拉达’垮台了,换成黑特曼,这回黑特曼完蛋了,我们可换谁出来呢? 换马赫诺? 从前有个傻子想打个锌子,他把铁放在炉里炼呀，炼呀，烧没了一半，只好打把斧头，可又烧没了一半，只够打个锥子，他用铁锤一敲，什么也没打成……就是这么回事……没有秩序，没有畏惧，没有人管着。您一到古利亚伊-波列，就好好看看，‘自由的无政府主义制度’是怎么个生活方式。有一点我敢肯定——他们生活得快活，不论是谁，自出生以来，也没听说过这么纵酒作乐的。整个地区都宣布改成‘葡萄园’。光从我这趟车上拉去的妓女都不计其数！是呀……让我说句倚老卖老的话吧，请您原谅了，无政府主义者同志：俄国完蛋了……”

有许多精明的庄稼人，夏天跑来参加阿塔曼的队伍，现在开始考虑回家了。他们每次袭击成功，把抢到的东西平均分配，现在便把分到的财物装在大车上，把各种地方的货币换成尼古拉二世的旧币，把大车用帐子蒙得严严实实，把铁锅往后轴上一拴，把好马往车上偷偷地一套，便离开队伍，回到已经没有德国兵驻扎的大小村镇上去了；也有的公开去找头目告别说：“再见了，赫韦多尔，我再也不给你当差了。”“为什么呢？”“想家，想得吃不下饭，睡不好觉。你什么时候需要我，捎个话，我们就来。”

阿列克谢·克拉西利尼科夫也考虑起这个问题。他跟弟妹玛特廖娜商量过，甚至还跟卡佳·罗辛娜商量过：现在就走是不是为时过早？回去可别出什么事。要想人不知鬼不觉地回到弗拉基米尔村，是不可能的，说不定为了杀死德国下士的事还得吃官司。德国人办事认真。可是从另一方面说，家里的房子给烧了，回去之后得现盖房子，现修院子，这些活计必须趁现在秋天就动手。

在马赫诺军队的辎重队里，有五匹年轻强壮的马和三车破烂东西、布匹和家具用品，是属于阿列克谢·克拉西利尼科夫的。其实这些东西大部分并不是阿列克谢搞来的，而是玛特廖娜搞来的。她毫不畏缩地参加小头目主持的或者马赫诺亲自主持的分赃会——总是穿戴整齐、漂漂亮亮、泼泼辣辣——她想要什么就拿什么。有的庄稼人也想跟她争一争，可她从他手里一把把东西夺过来——这东西可能是件披肩、皮大衣或者一块好呢料——说：“我是女人，我更需要这件东西，你拿去还不是换酒喝了,你这个土匪,说不定今天晚上就得给我送去……”惹得哄堂大笑。她还会用东西换,或想法买下来,为了这个目的,她在大车上总存着一大桶酒。

阿列克谢想来想去,总拿不定主意,一直等到传来好消息,说是斯科罗帕茨基被德国人抛弃了,军队哗变了,只好辞掉黑特曼宝座,又说彼得留拉的赛切军开进基辅,在那里宣布成立“乌克兰民主共和国”。与此同时,苏维埃边界线上的乌克兰红军也开过来了。这一下就完全有把握了。

阿列克谢在半夜里偷偷把马匹从草原里赶回来,叫醒了玛特廖娜和卡佳,趁他套车的工夫,让她俩准备早饭。因为要走远路,大家饱餐一顿,趁天色没亮,冒着大雾,从荒地上走去,直奔弗拉基米尔村回家。

卡佳·罗辛娜坐在大车上,穿着一件光板的半大皮袄,皮靴擦得锃亮,脸蛋儿被风吹得像桃子一样鲜红,恐怕任何人见了也辨认不出从前那位弱不禁风的太太模样——那时候她就像花大姐一样,每当生活发生小小的变故,就会蜷起小爪子。她斜倚着干草,不时抽打着马,免得被前面套着三匹马的大车落下,那辆大车由阿列克谢赶着,那三匹深褐色的马一闷得慌,他就赶起它们快跑。最后一辆车由玛特廖娜赶着,不管是什么人,就是亲娘老子她也信不过。

草原上荒无人迹。有的冲沟的褶皱里已经积起白雪,那是十二月的寒风从白垩的高原上刮来的。地平线上有的地方出现一些铁锈色的角锥形土堆,那是开矿的排土场。这一地区的占领军虽已撤走,但是生活并没有开始。矿上和工厂里有一大批人都参加红军了,现在正在察里津城下作战。还有很多人逃到北方,在苏维埃边界上组成乌克兰红军部队。道路被草封死了,没人种的田地里也杂草丛生,有的地方还露出死马的发黄的肋骨。在这一带很少遇到人家。

玛特廖娜一再嘱咐大伯子说:“尽量离人家远点儿,遇到生人,不会有好事儿。”阿列克谢总是笑笑说:“哼,你这个母夜叉……从前是个多好的娘儿们——像蜜一样甜……现在变得可凶了,我的亲爱的玛特廖娜……”

卡佳现在可有的是工夫思考问题。她身子在大车上摇来晃去，嘴里咬着一根麦秸秆。她心里非常清楚，她也是作为战利品被拉到弗拉基米尔村去的——是给阿列克谢·伊万诺维奇准备的，也许她是这三辆大车拉着的所有战利品中最为珍贵的东西。她不正是一个从破碎的世界掠来的女俘吗？阿列克谢·伊万诺维奇在老房基上盖上一幢漂亮的新房，再圈上坚固的院墙防止外人进来，把所有的财宝往地窖里一藏，就该坚决地说："卡捷琳娜·德米特里耶夫娜，现在只剩下最后一件事了——该您说话了……"

她觉得自己这一生好像一座被战火焚毁的城市——只剩下一堆堆灰烬和几根烧得发黑的烟囱。她爱过的人都死了，两个亲人也不知下落。几天前，玛特廖娜接到丈夫谢苗从萨马拉来的信，信中顺便说，他按照来信说的地址，找到了从前的贵族街，那里根本没有姓布拉文的医生，更没有人知道他跟女儿的下落。如今卡佳只剩下两个知道疼她爱她的人了，她就像一只自己找上门的小猫被他们收养了——这两个人就是阿列克谢和玛特廖娜。难道说她还能拒绝他们提出的要求？

她度过这样漫长的战乱岁月，就像活了一个世纪一样，早就应该变成一个泪眼模糊的老太婆了。可是她的脸蛋儿被寒风一吹，变得更红润，她的身子被老羊皮袄裹着，像年轻时一样温暖。这种不肯衰老的年轻感，甚至令她生气——她的心毕竟衰老了？也许，其实并非如此？

玛特廖娜不止一次跟她说过："上帝既然让她跟他们碰到一起了，只有上帝才能拆散他们。"阿列克谢倒从来没强迫她谈这类问题。但是，有好几次他都不顾死活把卡佳从真正危险的场合救了出来，他的行为使人不难看出，他所保护的是一个将要属于他的女人。所以卡佳无法拒绝他的要求——他如果责备她忘恩负义，她将无言可辩。她只有心里暗暗希望，这个场面来得越晚越好。阿列克谢·伊万诺维奇生得仪表堂堂——一张略嫌粗犷、性情直率的脸，好像总有阳光照耀着；态度稳重，结实有力，背挺得笔直，胸脯宽阔，头发又厚又密；遇到危险时，勇敢而审慎，对卡佳抱着一种亲切的嘲弄态度和一副热心肠。但是一想到有一天她要做他的妻子，卡佳不禁闭上眼睛，浑身缩作一团，恨不得钻到大车上的干草

堆里。

有一天中途要打尖，他们离开大路，拐到小河边上，这条小河在这里泛滥开去，形成一片小水湾，水面上露出水车的残桩和倒伏的芦苇。玛特廖娜到一旁去拾柴火，准备生起篝火，卡佳到河边去刷锅。过不大一会儿，阿列克谢也来到河边。他把皮帽子和手闷子往草地上一扔，挨着卡佳在水边上蹲下，洗了一下脸，用短皮袄的大襟擦干净……

“您会把手冻坏的……”

卡佳把锅放在草地上，直起膝盖站起来——她的两只手冻得酸疼，她甩掉手上的水珠，也在羊皮上擦起来。

“您这双手从前大概常有人吻吧。”他不怀好意地说，语气很紧张，似乎在试探她。

她泰然自若地望着他，仿佛在询问——他今天是怎么了？卡佳从来不知道自己的容貌的魅力，只是天真地认为自己长得漂亮，有时甚至是很漂亮，希望讨人喜欢，就像一只小鸟在白茫茫的露珠反射出树干中间升起的粉红色太阳时抖擞羽毛似的。然而，她的容貌这么美，竟然使阿列克谢·伊万诺维奇这时不得不把闪着干巴巴的光辉的两眼扭向一边，她却一无所知。

“我是说，您手上应该擦点儿油，我那辆车上有一小瓶葵花油，不然手要裂的……”

他那粗硬卷曲的小胡底下鲜红的嘴唇，又露出往常的嘲笑。卡佳轻松地叹了口气，尽管她还不能完全领悟，这一次她最不愿意的事已经迫在眉睫了。玛特廖娜刚刚走开，阿列克谢自己也不知道是什么缘故——是由于在颠簸的大车的干草上坐得打盹，还是由于这草原上的一片恬静——只顾目不转睛地打量跪在河边的卡佳。于是他也朝河边走去，就像一个小男孩儿突然听到河边跳板上传来棒槌声，原来是邻居的小姑娘普罗西卡挽起裙子，露出诱人的白光光的小腿肚，正在涮衣服，便偷偷从牛蒡和荨麻丛中钻过去，向她靠近，张大鼻孔贪婪地猛吸着各种气味，这里的所有气味都突然变得令人沉醉了。但是这时并不是阿列克谢·伊万诺维奇心里胆怯了——要想把他吓住倒是件难事——而是卡佳用她那双安详、美丽的大眼睛告诉他：这样可不好，这样使不得。

即使在紧张的场合，他也能控制住自己，今天这件区区小事算得了什么，可是他的两只手却像刚刚举过磨盘用力太猛似的打起哆嗦来。他从草地上拎起铁锅：

“好了，我们去煮粥吧。”他们回到大车跟前。“叶卡捷琳娜·德米特里耶夫娜，您嫁过两次人，为什么没有孩子？”

“这样的年头，阿列克谢·伊万诺维奇……头一个丈夫没想要孩子，我当时又挺傻。”

“死去的瓦季姆·彼得罗维奇也不想要孩子吗？”

卡佳皱紧眉头，扭过脸去，一声没响。

“我早就想问问……您很有经验了……像这些甜蜜的事儿你们都是怎么开头的呢？那两个丈夫，也就是未婚夫，先亲亲您的小手？然后绕着弯子扯来扯去。是这样吧？老爷们办这种事时究竟怎么个办法？”

他们来到大车跟前。阿列克谢把放在大车上的马套使劲往地上一摔，从下面拿出车轭，用它把一根车杆支起来，再把铁锅吊在头上……

“您来自老爷们的上层社会，可我来自庄稼院的炉子跟前……现在我们算是狭路相逢了。您没路可退了，那里完蛋了。要是有什么事还没解决，我们马上就得彻底解决……您除非再找个当家的，也没路可走……”

“阿列克谢·伊万诺维奇，我什么地方惹您生气了？”

“什么地方也没有……倒是我想惹惹您，可又找不出话来。我是庄稼人……大老粗……唉，真是个大老粗，他妈的……我早就看出来了，您只盼望着有那么一天好逃跑……逃到国外去——那对您倒是再合适不过的地方了……”

“您说这话怎么不害臊，阿列克谢·伊万诺维奇，难道说我做了什么错事，值得您这样责备我……您救过我的命，我感激不尽，一辈子也忘不了……”

“您会忘的……您看到了，玛特廖娜多害怕别人。我现在也是，对谁也不相信。从一九一四年起，我就在血水里泡着。现在的人都变成了野兽。也许人本来就是野兽,只是从前我们不知道罢了。人人都等待机会,好凿别人的船底……您还看不出来吗,我也是野兽,唉,您呀,好像一只灰翅膀的小鸽子……可我指望我的儿子能住上砖瓦房,讲起法国话比您讲得还棒——帕尔顿,梅尔西①……"

玛特廖娜抱着一大抱树枝和木片走到跟前,往吊在车杆头上的铁锅底下一扔,两眼仔细打量阿列克谢和卡佳。

"阿列克谢,你怎么无缘无故欺负她。"她轻声说道。"马饮过了吗?"

阿列克谢转过身,朝马走去。玛特廖娜在锅底下架起柴火:

"他爱上了你。我给他说过多少姑娘,可他就是不愿意……我真不知道你们这件事怎么了结?你们俩都挺为难……"

玛特廖娜等着卡佳说话。卡佳默默地取出大麦米和猪油,然后把帐子铺在地上,切起面包来。

"你怎么一声不吭呀?"

卡佳把面包切成片,头垂得更低了,两行热泪顺着脸颊流下来。

叶卡捷林诺斯拉夫地区富饶的草原,一直伸展到黑海和亚速海,是一片新开发的地区。从前,这里叫做"荒漠",古时候又矮又胖的西徐亚人,披散着长发,骑着长毛蓬松的小马在齐肩深的荒草里奔驰;从奥利维亚到塔那伊斯去的希腊商人,由保镖护送,路过这里;在这两海之间过着游牧生活的哥特人,坐着大车,赶着成群的牛羊,到处飘泊;大批操着多种语言的匈奴人,像遮天蔽日的蝗虫从中国北部边境闯到这里,造成巨大的恐怖,接着几个世纪这一带草原都荒无人烟;可萨人从杰尔宾特出发去攻打第聂伯河的俄罗斯人,在这里到处支起阿拉美亚人的条纹帐篷;波洛伏齐人穿着花刺子模人的锦袍,赶着无数的马群和骆驼群,在这里过着游牧生活,他们曾经来到斯维雅托斯拉夫的土城边上;后来,往来如飞的鞑靼骑兵又践踏过这片土地,他们在这里集结,前去袭击莫斯科。

人潮过去了,只留下一些坟丘和坟丘上的零星石像,这些石像都是扁

---

① 法语:对不起,谢谢。

平脸，把小手抱在肚子上。叶卡捷林诺斯拉夫草原上渐渐住满了庄稼人——乌克兰人、俄国人、从顿河和库班来的哥萨克移民、德国的侨民。这里庞大的村落和无数的小屯都是新建的，这里没有祖传的风俗、古老的歌谣，也没有茂盛的果园和有出产的池塘。这里是小麦的产区，也培养出大批熟知国外粮食行情的平庸的地主。古利亚伊-波列也是一座新建的小镇，沿着时而泛滥、时而干涸的盖丘尔河伸展开来，显得十分寂寞。

从车站到古利亚伊-波列要从草原上走七俄里路。罗辛雇了一辆四轮轻便马车，马车把他拉到占了一片牧场的大集市上。在这里，瓦季姆·彼得罗维奇看见一个挺蛮横的乡下女人叉开双腿坐在大车上，车上堆满从农村拉出来卖的东西，便要向她买一只烤鸡。这个笨手笨脚的女人脾气急躁，忽而把东西送到买主的鼻子底下，忽而又从人家手里夺过去，尖声尖气地骂人，不住转来转去，四下张望，很怕车上的东西被人偷走。一只烤鸡，她张口就要五卢布，马上又说不想卖钱，要换一轴线。

“你把我的钱收下，傻瓜，”罗辛对她说，“要线你去买嘛，那边走着的人正在卖线……”

“我没工夫离开大车，把钱收起来，离我的货远点儿……”

于是，他挤进人群，朝一个全副武装的军人走去，那军人前额上留着一绺头发，手掌上的两轴线摇晃着，在集市上转悠。他用无神的眼睛瞥了罗辛一下，翕动着肿起的嘴唇：

“不行。我要换酒。”

就这样，罗辛到底没买成烤鸡。集市上主要实行以物易物的贸易，这是最原始的交换方式，价钱完全根据需要而定：要换两根针，给一头猪崽儿，还要加上点儿搭头；一条没上补丁的裤子，卖主可以榨干顾客的血。几百个人在讲价钱，在叫喊着，咒骂着，在无数的大车中间转来转去；有几个理发师带着他们的活动工具就在这里，在一张小凳上或干脆在一个车轮上安顿好生意；几个拍快照的照相师用三脚架支着的箱子做暗室，五分钟之内就可以把一张湿淋淋的照片递给顾客；几个盲提琴手招徕一群听众围成一圈，甚至不惜去摸看得发呆的人的口袋……所有这些人都做好准备，一旦发生激烈的枪战，拔腿就跑，四下逃散，隐藏起来，而在古利亚伊-波列没有一场集市不发生枪战的。

瓦季姆·彼得罗维奇在大车当中穿来穿去,来到一群在旋转木马旁边看热闹的人中间;在那些脖子弯得出奇、蹄子飞得老高的木马上,有不少留着两撇胡的人,有穿骠骑兵上衣的,有穿水兵服的,有穿骑兵短上衣的,身上挂着手榴弹,佩带枪支、兵刃,神气十足地坐着旋转。“快点儿!快点儿!”其中有人用粗嗓门厉声吼着。两个衣衫褴褛的人用尽全力推着旋转木马。两个手风琴手拼命地拉着风箱,演奏《小苹果》,仿佛要把马赫诺率领的自由逃民的宽阔胸怀和豪迈气概全都贯注到里面去。“行了,下来吧!”站在底下排班的人喊道。“快点儿!”骑在马上打转的人吼道。不知是谁的高筒皮帽突然掉下来了,还有的人一时高兴,拔出军刀挥舞着,砍杀他想象中的坏蛋。这时,站在周围的人扑上前去,把还在打转的骑士们拖下来。发生一阵混乱,在尖厉的呼哨声中拳头劈劈啪啪地打下来,接着,旋转木马又转动起来,一批新骑士双手叉着腰,骑在血红的鼻孔向外翻着的木马上。

瓦季姆·彼得罗维奇见这里没有一个明白事理的人可以与之交谈,便走开了。他在小摊上买了一块奶渣馅饼,一边嚼着,一边顺着宽阔的鹅卵石街走去。他必须找个住的地方。他的钱已经所剩无几,如果计算一下买馅饼花的钱,那么他剩下的钱连住一个星期都不够用。他心不在焉地望着那些商人用砖盖的二层楼房,那些粮店、小铺、花里胡哨的招牌,一边嚼着,一边心不在焉地想着,因为一旦闯进这种野蛮的自由生活中来,生活琐事已经不太令他担心。

迎面来了一个骑自行车的,前轮左拐一下,右拐一下。后面跟着两个骑马的军人,身穿切尔克斯大衣,歪戴着羊皮帽。骑自行车的人长得又矮又瘦,穿着一条灰裤子和中学生制服上衣,戴着一顶中学生的镶白边的蓝制帽,帽圈底下露出直硬的头发,几乎耷拉到肩上。当他来到眼前的时候,瓦季姆·彼得罗维奇看到那张没有眉毛的瘦脸,不禁一惊。那个人用专注、锐利的目光打量罗辛一眼,这时他车的前轮向一旁滑去,他好容易稳住车,狠狠地皱着好像烤干巴的黄脸,骑车走了过去。

不一会儿,其中一个骑马的人,拨转马头,打马小跑,来到罗辛跟前,从马鞍上俯下身子，两眼骨碌乱转，一个劲儿打量罗辛。

“怎么回事？”罗辛问。

“你是什么人？从哪儿来？”

“我是什么人？”罗辛转过脸，躲开那股强烈的洋葱味和烧酒味。“我是自由的人。从叶卡捷林诺斯拉夫来。”

“从叶卡捷林诺斯拉夫？”那个骑马的威胁地问。“来这里干什么？”

“来找我的妻子。”

“找妻子？那干吗把肩牌扯了？”

罗辛气得直哆嗦，尽量用平稳的口气说：

“我愿意把肩牌扯了，就扯了，没有必要问你。”

“你回答得好大胆。”

“你不必吓唬我，我可不是胆小鬼。”

骑马的仍然用两眼在罗辛脸上搜索，极力寻找答案。他突然直起身子，那张扭曲歪斜的刀条脸，露出一副蛮横的笑容，用马刺把马一夹，向骑自行车的人跑去。罗辛继续往前走，激动得直打趔趄。

但是，那三个人立刻又赶上了他。那个骑着自行车、戴着中学生制帽的人，用刺耳的尖嗓门大叫一声：

“他不想对我们说，就让他对列夫卡讲去……”

那两个骑马的哈哈大笑起来，用马从两边夹住罗辛。骑自行车的走在前面，使出醉汉的全副力气蹬着脚镫子。“快走！快走！”两个骑马的不住地吆喝着，催得罗辛在两匹马中间几乎跑起来。企图逃脱或表示抗议，都毫无意义。他们就在这条街上的一座砖房门前停下来，房前的小花园已经被踩平了。窗玻璃上涂着白灰，门上面挂着一面黑旗，旗下面有块胶合板，上面写着：“马赫诺首领人民革命军文化教育部”。

罗辛气愤已极，竟然记不清他是怎么被推进门里，穿过几道黑洞洞的走廊，来到一个满地唾沫和垃圾的房间，房间里发出一股酸味，叫人透不过气来。接着，马上走进来一个满面红光、嬉皮笑脸的人，胖得走路有些蹒跚，身穿一件腰部带褶的短上衣，这种上衣是外省的轻歌剧名角和唱滑稽歌曲的歌手最喜欢穿的。

“嗯?”他问,把桌上的烟头一把抹掉了,就在那张摇摇晃晃的桌子上坐下。

“首领命令拷问个明白——他到底是不是坏蛋。”送罗辛进来的那个歪脸子告诉他说。

“好,你去吧,卡列特尼克同志,”这个人走后他接着说,“好,坐吧。”

“您听我说,”罗辛激动地对这个穿短上衣的嬉皮笑脸的胖子说,“我明白我是落进了反间谍机关。我可以说清楚我是什么人,为什么到这儿来,我没什么可隐瞒的……我到这儿来是为了……”

“喂,你要知道我是谁,也得吓一跳,”那个穿短上衣的人并不听他讲,打断他说,“我就是廖瓦·扎多夫,在我面前不要胡扯乱扯的,我问你什么,你就回答什么……”

列夫卡·扎多夫的名字,在南方是人人皆知,不比首领马赫诺差多少。列夫卡是个刽子手,残酷得出奇,似乎连马赫诺也不止一次想杀掉他,只是因为他忠心耿耿才饶了他。罗辛也听到过他的名字,不禁头一次打起寒战。他站在桌子前面。列夫卡·扎多夫坐着,满头卷曲的头发,满面红光,为了他手里掌握着生杀大权和能引起无限恐惧而洋洋得意。

“好,我们来聊聊。是邓尼金的军官?”

“是。从前当过……”

“从前?哎呀呀……从哪里来?”

“从叶卡捷林诺斯拉夫到古利亚伊-波列来——我不是正要对您讲吗?……”

“哎呀呀……你明明是从罗斯托夫来,为什么要对廖瓦说你从叶卡捷林诺斯拉夫来……”

“不,我是从叶卡捷林诺斯拉夫来。”

罗辛急忙寻找车票,心想万一要把车票扔了呢?不禁心凉了半截。幸好车票在上衣衣袋里,跟卡佳那张揉皱了、退了色的照片放在一起。他把车票递给列夫卡,列夫卡摆弄了半天,对着光仔细查看。不管怎么说,车票完全对,这倒使列夫卡有点儿为难,因为看样子他早已形成固定见解,直到怎么判决也都已确定。这张车票改变了整个气氛。列夫卡甚至收敛了笑容，他那厚嘴唇哆嗦起来，露出厌恶神情：

“你既然是给邓尼金参谋部送情报，为什么要在古利亚伊-波列下车?”

“我没送情报。我离开部队已经两个月。我再也不想干了。我把军人证撕了。我是以一个自由人的身份到这儿来的……”

列夫卡的两只黑眼睛一直注视着罗辛，这种目光中丝毫没有任何理智和人性的神情。罗辛在他的逼视之下，竭尽全力抑制住内心的激动，回答得尽量完满，他刚想讲讲(尽量简单明白)是什么原因促使他开小差。

“你这个坏蛋，”列夫卡轻声地打断罗辛的话，“要是还跟我扯谎，我可有办法对付你，这种办法，大概连所多玛对付蛾摩拉①时也没用过……”

他用像小偷一样敏捷的动作，从罗辛手里抢去卡佳的照片。他笑嘻嘻地，像个女性鉴赏家似的审视着照片，然后用指甲弹了一下：

“这个小母狗是什么人?”

“是我妻子……我就是找她来了……请把照片还给我……”

“等放在你那血淋淋的尸首上吧。”列夫卡把一只充满脂肪的胖手往照片上一盖。“好，拿出情报来吧……”

“我一句话也不再对你说了!”罗辛叫起来。

“你会说的。在我手里没有不开口的。”列夫卡轻轻欠起身子，就像猫伸爪似的，朝瓦季姆·彼得罗维奇的脸上打去。这一下没打准——一下打到太阳穴上。罗辛当时就昏倒了。

敌人以为苏维埃共和国注定在最短的时间内就会被打垮。然而，苏维埃共和国却动员起人民的一切聪明才智和严密科学、一切精神力量和物质力量，以便转入反攻。布尔什维克的作战计划就是：既要使一切服从于保卫革命的任务，又毫不松懈地进行深刻的社会变革，在生活中大胆实

① 所多玛和蛾摩拉是圣经神话中约旦河口或死海西岸的两个城市。这里的居民生活荒淫无度，因之被天火毁灭。此处说话人把地名当做人名，作者讥刺他的无知。

行新的原则，尽管这些原则要完全实现决非今日之事。其次：要建立一支三百万人的红军；在北方采取守势，向西伯利亚和乌拉尔南部发动进攻，并把主要的攻击力量用于肃清顿河的克拉斯诺夫的哥萨克和北高加索的邓尼金。

俄罗斯苏维埃共和国遭到白军的四面围攻，拉开一条长达一万五千多公里的战线；此外，最近又加上一段复杂和混乱的乌克兰战线。

在富饶的乌克兰，内战打得特别激烈。当时，乌克兰人民由于不久以前德军的占领、黑特曼政权和还乡地主的残酷报复，发生了深刻分化。顿巴斯的工人和矿工、地少的农民和雇农，都倾向苏维埃政权；富裕农民和资产阶级害怕革委会、贫农会、执委会、政委和征粮制，都倾向于乌克兰独立运动的执政府和它的首领彼得留拉。彼得留拉还得到乌克兰一部分知识分子的支持，这些知识分子对苏维埃革命这一重大题目的答案，可以一言以蔽之："滚蛋，莫斯科佬！"那种向往古老民族特色——像黑海一样肥大的灯笼裤、光头上留着一绺头发、哥萨克的短上衣、弯弯的马刀——的热情，使他们看不见乌克兰人民三百年来为争取民族独立而流血牺牲的悲惨历史。

彼得留拉推翻了黑特曼，在基辅成立执政府，宣布乌克兰独立共和国诞生，便同无产阶级革命进行绝望的斗争。他手下有几个师，其中一部分是投降过来的黑特曼伪军；另一部分是作战顽强、纪律严格的加里西亚人，他们以为他们跟自由乌克兰合并的世代夙愿马上就要实现了；还有一部分是各种各样的亡命徒，全靠利用战争抢劫为生。而彼得留拉又算不得聪明或狡猾，明知乌克兰农民发生分化和蠢蠢欲动，除开一些词句漂亮的命令之外，没有给农民任何实际利益。所以，他没有后备的兵力。

十二月，在波尔塔瓦地区的苏贾市成立了秘密的乌克兰苏维埃政府。察里津军委主席派第十集团军司令员伏罗希洛夫到苏贾去参加政府工作。在苏贾成立了革命军事委员会。

在这之前早已在库尔斯克附近组建的正规乌克兰红军——主要由逃避敌人审讯和刑罚的乌克兰农民组成，共有两个师——这时开始进攻，一路向西攻取基辅，一路向南攻打哈尔科夫和叶卡捷林诺斯拉夫。由于这两个师的力量明显不足，便指望得到游击队的支援。这些游击队当中，数首领马赫诺的队伍实力最强。

马赫诺整天吃喝玩乐。在袭击别尔江斯克之后弄到一身中学生制服穿在身上，骑着自行车到处跑，故意让全镇的人都知道，再不就跟副官卡列特尼克一起，在手风琴伴奏下唱歌，在大街上闲逛，或者到集市上，气势汹汹，脸色苍白，找机会吵架，但是所有的人一见他都躲藏起来，因为知道他动不动就会从裤兜里掏出手枪。他手下那些剽悍的匪徒，都是天不怕地不怕，一见他来到旋转木马跟前，急忙从木马上下来，溜之大吉。首领只好跟卡列特尼克俩坐在上面旋转，一直转到头昏眼花为止。

整个古利亚伊-波列都议论纷纷，说是近来首领大喝起酒来，可不要把队伍也喝丢了。只有很少几个人猜到，他是在耍花招。他为人狡猾，城府很深，像个枪打不着的野兽一样富有生命力。

马赫诺故意拖延时间。在最近几天内他必须做出重大决策。如今在叶卡捷林诺斯拉夫地区，既没有德国人，也没有黑特曼的伪军可以打了。地主跑光了。小城镇都抢过了。新的敌人却从三面逼近，把他夹在当中：从克里米亚和库班方面来的是志愿军，从北来的是布尔什维克，从第聂伯河来的是刚刚占据叶卡捷林诺斯拉夫的彼得留拉部队。他们中间谁最危险呢？应该把大车拉着的机关枪对准谁呢？这个问题必须马上决定。队伍人数在减少，军心开始涣散。那些来自庄稼院的战士说：“谢天谢地，布尔什维克可来到乌克兰了，这回可以回家了，谁要是还没打够，就往脑门上安个红星吧。”队伍的核心——“克鲁泡特金黑帮”——都是游手好闲的兵痞，在马背上过惯了快乐生活。他们喊道：

“……要是首领想把咱们出卖给布尔什维克，咱们就在队列面前把他砍了算了……彼得留拉已经占领了叶卡捷林诺斯拉夫，可咱们还在观望……东西吃光了，要鞋没鞋，要衣服没衣服，用不了几天，咱们都得到草原里跟狼一起嚎……弟兄们，去拿下叶卡捷林诺斯拉夫！”

乌克兰红军总司令派来的代表水兵丘盖，在古利亚伊-波列已经待了三天，一直坚决地等马赫诺醒酒，好跟他谈谈。最近，从哈尔科夫又来了一位大名鼎鼎的哲学家、无政府主义者联盟“警钟”的书记处书记，也准备跟首领谈谈。马赫诺军政会议的成员、当地的无政府主义者、几个最亲密的顾问，也利用一切机会向首领发出不无妒意的警告，叫他谁的话也不要听，保持自己的绝对自由。

马赫诺心里明白，在当前他要是做不出一个符合大家愿望的果断决定，他的事业就要完蛋，他就要名誉扫地。他面前只有两种选择：或者向布尔什维克卑躬屈膝，总司令命令干什么，就干什么，等到最后由于自行其是而被枪毙拉倒。或者干掉红军代表丘盖，在乌克兰发动一场反对一切政权的农民起义。可是这样做，时机成熟吗？会不会铸成大错……

他这些想法十分诡秘，连对忠实走狗列夫卡和卡列特尼克也不敢说，免得坏事。可把这些想法装在肚子里，他又觉得憋闷。整个队伍都在等他。红军代表丘盖和从哈尔科夫来的世界无政府主义者——那个小老头儿——也在等待他。马赫诺整天喝酒，却并不失去理智，故意装疯卖傻，胡闹一气，可他的目光炯炯有神，耳朵十分机灵，他把一切都看在眼里，对一切都了如指掌。他心中的怒火在燃烧。

马赫诺听说这个穿军官大衣的陌生人从叶卡捷林诺斯拉夫来，便下令逮捕，送交列夫卡审问，过了不一会儿，他亲自来到文化教育部，推着自行车走进审讯室。列夫卡·扎多夫一巴掌就把罗辛打昏了，便把两个拳头摞起来，支着下巴，坐在桌子后面。马赫诺先扫了一眼躺在地上的人，放好自行车：

“你把他怎么搞的？”

“嗯，我不过摸了一下。”列夫卡回答说。

“混账……打死了？”

“我又不是外科医生，我怎么能知道……”

“审问了吗？（列夫卡耸了一下肩膀）他是从叶卡捷林诺斯拉夫来吗？他说了什么？是邓尼金的探子吗？”

马赫诺目不转睛地逼视着列夫卡，使列夫卡忍受不住，没精打采地把眼睛翻到眼皮底下去了。

“他身上应该有情报……情报在哪儿？你是要找死……”

“我还没来得及，刚刚开始，涅斯托尔·伊万诺维奇……天知道他是怎么回事儿——这个坏蛋怎么这么脆……”

这时罗辛呻吟起来，蜷起两条腿。列夫卡高兴坏了：

“嘿，不过是神经失常。”

马赫诺又去推他的自行车，突然看到桌上卡佳的照片。一把抓过来，仔细打量着：

“是他身上的吗？是什么人？是他老婆？”

涅斯托尔·伊万诺维奇跟一切意志顽强、精神集中、生性多疑而又富有生活经验的人一样，记忆力非常强。他马上想起卡佳初来的情景（当时他曾经命令她给自己修指甲）、阿列克谢·克拉西利尼科夫为她说情以及他后来听说的关于这个漂亮女人的一切情况。他把照片塞进衣袋，推着自行车向前走几步，又停下来——罗辛的脸现出生机，嘴微微张开。

“把他带到我那里去，我亲自审……”

在这几天玩玩乐乐的过程中，涅斯托尔·伊万诺维奇脑子里形成一个坚决的念头：必须率领队伍去打叶卡捷林诺斯拉夫，以猛攻占领它，在市杜马的大楼上挂起无政府主义的旗帜。这一战果可以鼓舞士气，使队伍团结一致。叶卡捷林诺斯拉夫非常富庶，那里的呢绒布匹和日用杂货够全省用的，这样一来，他们不管是坐火车还是大车路过大小村镇时，就可以往外抛出一匹匹的呢子和印花布，用铁锹往外发糖，给姑娘们扔些发带、带金线的绦子、袜子和皮鞋：“乡亲们，这是首领马赫诺送给你们的礼物！这就是他给你们带来的没人管着的自由体制，既没有地主和资本家，也没有苏维埃和肃反委员会……”

其他的一切还没做出决定。现在，他看到卡佳的照片，突然发现了解决办法——这个办法是自己跳出来的，就像木偶戏里的小丑突然跳出来一样。尽管他内心里洋洋得意，表面上却不露声色……他骑上自行车，穿过大街，向一幢长房子走去，房子的窗户很大，房前长着一排光秃秃的杨树。这是一所学校，他的司令部就设在这里；他跟几个副官住在一个房间。

过了一小时，罗辛被带来了。他前面是列夫卡，后面跟着一个匪徒，头戴貉绒皮帽，是用神父的皮大衣领改做的，身上斜披着一条黑带子，他用手枪的枪口顶着罗辛的后背，催着他走。马赫诺坐在一张用印花布包的沙发上，沙发破得露出了弹簧。

“这是干什么？”他尖着嗓子大喝一声。“你们扮演的是警察和沙皇的宪兵？收起枪！出去！”他把那张又黄又瘦的脸朝那个匪徒一扬。（那个家伙跺着两只大皮靴，连忙跑出门外）马赫诺从沙发上站起来，握紧干巴的小拳头，朝着列夫卡的脸、嘴、鼻子打去。

“刽子手！刽子手！”他尖叫起来。“酒鬼！长大疮的！你是给我们的主义抹黑！给我抹黑！”

列夫卡·扎多夫十分了解首领的脾气，没等马赫诺把怒气完全发泄出来，便把脑袋缩进肥胖的肩膀里，用手捂住脸，挡住拳头，也退到门外，随手把门关上。

马赫诺摘下制帽——他的前额湿淋淋的。他又在沙发上坐下。手里再拿上一串念珠，就完全像一个狂热到残忍程度的小修士了。

“请坐下。”他把长胳膊一挥，给罗辛指了一把椅子。“就算是您应该枪毙，但是也不能侮辱人格，这太可耻了，太可耻了。您自己拿烟点上吧。您是个探子？”

“不是。”罗辛低声回答说，笑了笑，拿起一支烟。

“是志愿军军官？”

“我开小差了。洗手不干了。反正您不会相信我的话，我还有什么必要讲呢……”

“当着我的面可没有撒谎的。”马赫诺仍然用一种奇怪的高嗓门说，这种嗓门用乐谱是无法表示的。罗辛觉得这种声音好像鹰啸。“当着我的面可没有撒谎的。”他又重复一遍，两只眼睛冷漠无情，一眨也不眨，表现出咄咄逼人的意志，叫人不敢正眼看他。谁想经受住这种目光，一定会流出眼泪。可罗辛毕竟经受住了。方才那一巴掌打得他头疼欲裂——他忍住疼痛，集中起全部力量准备应付最后一场搏斗。

“您要是需要有关志愿军的情况，尽可以问我。不过，我知道的情况都已经过时了。我请假出来，已经两个月了。今年春天，我走错了一步棋，为此要付出生命的代价……您准备枪毙我……不管怎么的，不管早晚，我都要为自己的错误挨枪子儿……”

在马赫诺的眼神里，有一点幽默的火花一闪即逝……“他不相信我……”瓦季姆·彼得罗维奇深深地吸了一口烟，然后把烟卷放在桌沿上，把双手插进皮腰带里：“走着瞧吧！”

“首先说说，我是怎么落进白军阵营的？就像苹果落地要往下坡滚似的。这有什么好说的……我们是俄国知识分子，国家的栋梁，除开读些消遣的书籍之外，我们读过米哈伊洛夫斯基①、康德、克鲁泡特金甚至倍倍尔②的著作。记得我跟阿列克谢·博罗沃伊③在一起，就像现在这样情景，做过不止一次彻夜长谈……（不出罗辛所料，他一提起这个名字，马赫诺的两眼立刻无神了，好像发傻了似的，不过也就是一刹那之间，不会再多）我们满怀着热烈的希望。接着，二月革命发生了！结果只给人一种酸溜溜的感觉：根本没见到什么盛大的节日，却只见满地瓜子皮的林荫道，还有一群群的水兵和一群穿灰大衣的士兵，这哪里像个伟大的国家，倒像块发面团儿，像没放盐的黑麦糊糊……”

马赫诺一直在沙发上扭过来转过去的，突然，就像革命前五一节参加郊外集会似的，用双手抱住挺瘦的膝盖坐着。连眼睛里也显出一种像猎狗一样专注的神情。

“而知识分子没有用处了。到了十月革命，就抓住我们的脖子，像抓小猫似的，一下子扔进臭水坑里了……说真的，就是这些……志愿军就是全俄国的一个臭水坑。他们根本不干任何建设的、甚至恢复的工作，他们也不可能那样做。他们只会破坏，甚至破坏得非常厉害……遗憾的是我醒悟得太晚了……可我总算醒悟了，还是非常高兴……所以，涅斯托尔·伊万诺维奇……（在这种场合称呼他的名字和父名似乎是很自然的事）

---

① 米哈伊洛夫斯基（1842—1904），俄国社会学家和政论家，民粹派的主要代表。

② 倍倍尔（1840—1913），德国社会民主党与第二国际创始者和领导人之一。

③ 阿列克谢·博罗沃伊是当时的无政府主义理论家，在马赫诺周围的无政府主义者中间很有名望。

我不应该再活下去,我也不想活了……但是世上还有一个人……对我来说,比一切哲理、比自己的良心还要珍贵……这使我又不能轻生……”

“是这个女人吗?”马赫诺突然问,举着照片让罗辛看。

“是的,是她。”

“您拿回去吧,我留着也没有用处……”

罗辛把卡佳的照片放在上衣的衣袋里,拿起烟头,又点着了。他的手一点儿也不哆嗦。他把被岔开的话题又接下去。

“我把军人证撕个稀碎,就奔这儿寻找她来了。既然要重新开始生活,还得找到一定的哲学和思想体系:我们可不墨守成规……我认为可以接受的惟一的……完全是抽象的,当然完全是抽象的……这就是绝对的自由,野蛮的自由……即使是疯狂的,实际上不可能的,不过……就是死的话,也应该有点儿最不一般的幻想。”

“您还是把情报交出来吧,藏在什么地方了?”马赫诺轻声说道。

罗辛突然不作声了,掉过脸去,有气无力、完全绝望地挥挥手。马赫诺有半天工夫坐在沙发上一动不动。然后突然跳起来,在墙角上的一堆东西中间乱翻一气——那里堆着武器、马鞍、马套和一些纸包……找出几个罐头、两瓶酒,一古脑儿放在桌上,随手转动钥匙,打开一个沙丁鱼罐头盖。

“我请您做我的参谋。”他说。“您的太太在六连,在克拉西利尼科夫那里,住在普罗赫拉德屯里……布尔什维克派来的代表一会儿就到这里来。让他寻思我正在跟志愿军勾勾搭搭。您的任务就是让他产生疑心。懂吗? 您会不会玩扑克?”

这时,瓦季姆·彼得罗维奇的确茫然不知所措了,只是一个劲儿眨眼睛,甚至也不去想法理解眼前的情况怎么发生这么大的变化,这一切究竟意味着什么。马赫诺把沙丁鱼罐头上的钥匙弄断了,便从衣袋里掏出一把镶珠母的小刀,足有五十个刀刃,用刀继续开菠萝罐头、法国什锦肉泥罐头和龙虾罐头。这些罐头一打开,便在屋里散发出浓烈的香味。

“我要毙您,随时都可以毙,可是我想用您一下。”马赫诺说,好像在回答罗辛茫无头绪的想法。“您是参谋还是前线指挥官呢?”

“世界大战时，在埃韦尔特将军手下当过参谋……”

“您现在是在首领马赫诺手下……在沙皇时代我服过苦役，他们抓住我的头，我的脚，把我往砖地上摔……人民的领袖就是这样锻炼出来的。懂吗？”

在地上堆着的破烂东西中间有个黄匣子，这时匣子里电话铃响了。马赫诺蹲下身子，用鹰啸一般的声音朝话筒里喊道：

“让他们来吧！”

水兵丘盖是个动作迟缓的人，长得结实有力，穿着一件虽然挺旧，却也干净的水兵制服上衣，把无檐帽推到后脑勺上，坐在桌旁，把扑克牌摊开扣着，以免被别人偷看，他那两只炯炯有神的鼓眼睛一直注视着涅斯托尔·伊万诺维奇的每一个动作。他的脸颧骨很宽，留着小黑胡，一动不动，一点儿表情也没有，只是那把弯木椅在他沉重的身体底下不时吱嘎作响。像他这样的人，把他那双穿着水兵裤、裤脚塞进又短又肥的靴鞫里的小腿一盘，让他在七条喉咙鼓鼓的铜蛇底下一坐，真可以当偶像膜拜了。

他们玩的是“捉羊”，这种玩法是在前线想出来的，可以使人在说笑之间忘掉疼痛和焦虑。客人一进门，涅斯托尔·伊万诺维奇连身子也没欠，也没跟他们握手，只是提出要打“九分”，而且真要赌钱（他请他们来就是为了赌钱）。他用飞快的动作——别人用眼睛看都跟不上——发完牌，把一张一千卢布的大票子往桌上一摔，用龙虾罐头压住。但是丘盖把自己那两张牌拿起来，也塞到那个罐头底下了。

“不敢来？”马赫诺问。

丘盖回答说：

“真要赌钱，你就别跟我来。还是玩捉羊吧。”

马赫诺把牌伸到桌子底下，身子向后靠在椅背上，他背朝着门坐着，这样一来他后面就有活动的余地（这种安排，丘盖很快就发现了）。马赫诺左首坐着罗辛，右首是列翁·乔尔内——“警钟”联盟书记，头发打绺，从脸上看不出究竟多大年纪，身材矮小，干干巴巴，鸡胸无肺，你刚一见到这样的人，一定以为他光靠精神支撑着。他穿着一件瘦小的西服上衣，上面落满头皮屑和白头发，他翻牌时心不在焉，牌都被人看见了。

他到这里来时，是准备跟丘盖进行一场激烈斗争的——丘盖的目的是要夺走马赫诺和这支队伍，而马赫诺和他的队伍是一支具有无限前途的力量。列翁·乔尔内的思想高度集中，就像装在铁盒子里的甘油炸药。使他感到有些为难的是，他没得到跟这个布尔什维克进行决战的机会，反而要坐下来玩捉羊，所以他常常出错牌，再不就把牌掉到桌子底下。他已经一连当了四次羊。“一窍不通，一窍不通，臭得要命！”马赫诺朝他喊叫起来，只用下半边脸笑笑。

每打完一把牌，马赫诺就用像猴子一样敏捷的动作，伸手拿起酒瓶，给每个人往杯里斟酒，而且一定要使大家喝得一般多。桌面上的谈话都是毫无内容的，仿佛真是几个朋友凑在一起，消磨阴雨的夜晚：凄雨敲打着黑洞洞的窗子，寒风像魔鬼似的钻到房前光秃秃的杨树上，一边摇晃着树，一边呼啸着，哀号着。

马赫诺准备坐山观虎斗。丘盖也以静待变，准备应付一切意外事件，尤其是当他听到主人的几次暗示，知道桌上的第四个人——那个默默不语、文质彬彬、黑眼圈、白头发的人——是邓尼金的军官之后，更胸有成竹。从一切迹象看来，第一个要发作的恐怕是列翁·乔尔内，他已经掏出一块肮脏的擦鼻子手绢，哆哆嗦嗦地团成一团，每喝完一杯酒，就用手绢捂住鼻子和眼睛。果然是这样。

“早在巴黎的时候，我们跟你们布尔什维克就开始了论战。”他嘟嘟哝哝地说，把手里横七竖八的扑克牌往丘盖那面一挥。“这场论战并没结束，谁也没能证明，列宁是正确的。推翻一个封建资产阶级国家，又要建立一个工农国家！……可总是国家，国家！用一个政权代替另一个政权。脱下老爷的长袍，再穿上庄稼人的袍子！他们还要建立什么无阶级社会！”

他用手绢捂住干巴巴的嘴唇，抿着嘴笑了笑。丘盖的脸上没有任何表情，他只是拿眼盯着龙虾罐头，往跟前挪了挪，用叉子使劲掘了一下：

“我倒想知道，您能提出什么新东西呢？是秩序之母——无政府状态吧？”

“是破坏！”列翁·乔尔内用喝酒喝得沙哑的嗓子朝丘盖发狠地说，他那一绺绺花白胡须像看家狗似的扎煞开来。“破坏整个罪恶的社会！要无情地破坏，把它夷为平地，来个干净、彻底……免得留下罪恶的种子，再生出什么国家、政权、资本、城市、工厂……”

“什么人能在你们这块空地上生活呢？”

“人民！”

“人民！”马赫诺也喊道，朝丘盖伸出脖子。“自由的人民！”

“干吗一开头就吵呢，”丘盖说，“那么收场时必得动枪了。”他拿起瓶子给大家斟上酒。（列翁·乔尔内把他那杯一推，酒洒了。）“要推倒很容易，一下子就成。可是将来你们打算怎么生活下去呢？”

列翁·乔尔内抢在涅斯托尔·伊万诺维奇之前回答说：

“我们要干的事，就是可怕、彻底和无情地破坏。我们这一代人的全部精力、全部热情都要花在这上面。您呀，水兵，思想狭隘，您做了怯懦无能的思维的俘虏。您说：消灭国家以后人民怎么生活？嘻嘻，人民怎么生活？”

马赫诺立刻插进来说：

“在这一点上，我们之间存在着分歧，乔尔内同志。小企业我并不破坏，劳动组合我也不破坏，农民的家业也不破坏……”

“这意味着，您是跟这个布尔什维克一模一样的胆小鬼。”

“哪里的话，你不能责怪他胆小。”丘盖说，并向涅斯托尔·伊万诺维奇表示赞许地使个眼色。（马赫诺那张瘦脸红得像火炭似的）“人人都知道，涅斯托尔·伊万诺维奇从来不惜流血……无缘无故，我们不会把他让给你们……为了他，我们准备进行一场决战。”

“决战？开始吧。试一试看。”列翁·乔尔内突然用平静的语气说，脸上一绺绺的胡子也都耷拉下来。他心不在焉而又贪婪地吃起肉泥。丘盖斜眼瞥了一下罗辛，只见他两眼望着天花板，漠不关心地抽着烟。涅斯托尔·伊万诺维奇龇露着大黄牙，不出声地笑着。“原来如此，他们显然都串通好了。”丘盖想。他身子底下的椅子又吱嘎作响了。除开必须执行总司令的指示——说服马赫诺采取联合行动，首先是攻打叶卡捷林诺斯拉夫——之外，丘盖完全有理由担心，万一他跟这个看样子啃过不止一百本大部头著作的无政府主义者的争论失败，就要造成组织工作上的严重后果。邓尼金派来的那个一声不吭的军官，他也不喜欢，一看那张脸就知道，也是个知识分子。至于说他是马赫诺手下的参谋，丘盖当然并不相信。

他把帽子往后脑勺上使劲按了按。

“我给您提个问题。”

列翁·乔尔内塞了满嘴东西：

“请。”

“列宁同志说：再过半年之后，红军就要发展到三百万人。请问，列翁·乔尔内，您能在这么短的时期内组织起三百万无政府主义者吗？”

“完全有把握。”

“要达到这个目的，倒要领教，您有相应机构吗？”

“这就是我的机构。”列翁·乔尔内用叉子往马赫诺身上一指。

“很好。我们就来分析一下这个人物。这就是说，您要向涅斯托尔·伊万诺维奇供应三百万战士所需要的枪支弹药，至于装备、粮食和草料，更不用说了。这样一支军队，光马匹就需要五十万。这些东西，请问，您都有吗？”

列翁·乔尔内把吃空了的罐头盒往旁边一推，前额上皱起一道道细小的皱纹。

“听我说，水兵，您用数字吓唬不住我。您这些数字后面空空如也，不过是隐藏着您想用烂线来缝补这个百孔千疮的俄国的渺小企图。这真是隐蔽的国家主义！红军将有三百万人！你就吓住我了！你们动员三千万好了。反正真正的神圣革命将会绕过你们那几百万佩带红星的农民私有者……我们的军队，”他用小拳头敲了一下桌子，“就是全人类，我们的弹药就是人民神圣的愤怒，全世界人民再也不愿意忍受任何国家的统治，不管是资本主义的，还是无产阶级专政的……只要太阳、土地和人！还要点上一大堆火，把从亚里士多德开始直到马克思的著作都扔进去！什么

军队！五十万匹马！您的幻想还没有超过司务长的胡子。我都可以奉送给你们。我们将要武装十五亿人。我们只要有牙齿和指甲和脚底下的石头，就可以打败你们的军队，我们要把文明、把你们拼命抓住不放的一切一切变成一堆废墟，水兵……”

“嘿，这个小老头儿倒容易对付。”丘盖心里想，一直注意马赫诺的表情，只见他开头挺直腰板，聚精会神地听着，这时已经把肩膀耷拉下来，深陷的脸颊上红晕也消失了——他无法理解老师的话，老师已经失去理智，不知所云了。

于是丘盖说：

“现在提出第二个问题向您请教，列翁·乔尔内……”

“好的……”

“据我理解，您的意思是说，你们的总动员还没做好准备。可是不管干什么事，总要有人引导，比方说，炸弹需要有雷管，点个火堆还要有根火柴。你们指望什么人引导呢？你们的干部在哪里？就靠首领马赫诺吗？（列翁·乔尔内两个眼珠子滴溜乱转——他在想什么诡计）他这支队伍有战斗力，一点儿不错，可其中无政府主义者的比例并不大。这并不是你们的军队。”

丘盖斜眼瞥了马赫诺一眼——看他是不是想伸手到衣袋里去掏枪，可他安安静静地坐在那里。列翁·乔尔内露出鄙夷的笑容：

“我们这场谈话已经不成其为谈话了，我还得教给您最起码的常识，水兵。”

“洗耳恭听。”

“强盗可以替我们引导，他们就是我们的干部！……抢劫是人民生活中最光荣的行为……这一点必须理解！强盗是任何国家机构，其中包括你们的社会主义，最坚决的敌人，我说朋友……抢劫是人民的生命力的最好证明……强盗从不妥协，从不屈服，为了破坏而破坏——这才是人民社会的一股真正的自发力量。您擦亮自己的眼睛吧！”

当老师慷慨激昂、大发宏论的时候，马赫诺跷着脚尖走到门口，打开房门向走廊里望望，然后又回到桌边。罗辛现在也好奇地打量着这个古里古怪的老头儿——他别是拿大家开心吧？

“我看出来——您已经眨巴起眼睛来了，水兵，您感到震惊，您的德行受到触犯！”列翁·乔尔内大叫起来。“您应该明白：我们已经把鹅毛笔折断了，我们已经把墨水瓶里的墨水泼出去了——就让鲜血横流好了！现在到时候了！言语正在变成行动。在这一时刻谁要是不能理解抢劫作为自发运动的深刻必要性，谁要是不赞成这种做法，他就要被抛进革命敌人的阵营里去……”

马赫诺眯缝着眼睛，啃起指甲。罗辛想：“不，这个老头儿知道他说的是什么。”丘盖把一只胳膊肘压在桌上，全身向前倾着，翘起食指，好使列翁·乔尔内能够集中注意力。

“第三个问题。就算你们把这些干部动员起来了。他们完成了自己的任务。把一切都砸个稀烂……可是这种混乱局面总得有个结束的时候吧？总得有。强盗——按我们的叫法就是土匪，他们疏懒成性，不会做工。他们也不肯做工——他们何必去干活呢？——看什么好拿，拿了就走。到那时候，该怎么办呢？又得有什么人去替他们做工吧？不是吗？要抢劫，要破坏——可是已经没什么可抢可砸的了。这就是说，你们只有一种办法——就是把这些土匪赶到大沟里去崩了拉倒。对不对？请您回答这个问题……”

霎时屋里一片寂静，仿佛在场的人都把注意力集中在丘盖翘起的食指、钩着的指甲上。列翁·乔尔内一下子站起来——矮小的身材（他坐着的时候倒显得高些），像哲学思想本身一样坚定不移。

“毙了他！”他转过脸对马赫诺说，朝着丘盖那里把手一扬。“毙了他……这是挑拨离间……”

马赫诺立刻跳到身后宽敞的地方，向门口冲去。丘盖急忙把手伸到上衣里面，用指甲在毛瑟手枪枪套盖上挠起来。罗辛从桌旁向后退，绊了一跤，跌坐在沙发上。但是谁也没把武器亮出来，因为人人都知道，武器一亮出来就会打响。马赫诺两眼紧张得炯炯发亮。丘盖用教训的口吻说：

“这可不大体面，老先生……您竟然采取这种拙劣的手段，这还算什么辩论……冲您说我挑拨离间，就应该用这个对付您……（他举起大拳头，把列翁·乔尔内吓得脸上显出一阵痛苦的痉挛）考虑到您的胸脯太单薄，我才不准备回敬您了……老先生，说话可要斟酌着点儿……”

这次，马赫诺又没替他的老师辩护。列翁·乔尔内皱起眉头，仿佛把脸孔藏到一绺绺的大胡子后面，拿起大衣——大衣上的海龙皮领子已经磨得精光——和一顶也破旧不堪的天鹅绒帽子，穿上衣服就走了，毫不气馁地经受了这次失败。

“怎么样，我们还谈下去吗？”马赫诺说着，回到桌旁，抓起酒瓶。“罗辛同志，你去找找值班的，让他给你找个空铺。”

罗辛行个举手礼，走了出去，到门外听到马赫诺对丘盖说：

“这个也‘首领马赫诺’长，那个也‘首领马赫诺’短，你找首领马赫诺，有什么话要说？……”

第十二章

阿列克谢·克拉西利尼科夫只有回到家乡弗拉基米尔村之后，在落上一层雪花的老房基上走走，用鼻子闻闻邻家传来的炊烟，看看已经尝到初寒滋味的肥胖的大鹅高傲地扬起翅膀，嘎嘎地叫着，半飞似的从白茫茫的草地跑过，才真正明白，他是多么厌倦那种以抢劫为生的日子。

坐上快车，在大草原上火光熊熊的村庄中间拼命奔跑，这可不是庄稼人的营生。庄稼人的营生是郑重其事围绕着土地打主意，认真干活。土地好像母亲，只要你不偷懒，要什么给什么。在马赫诺手下有些生疏了的农事筹划，这撒落着稀疏、缓慢的雪花的温和、灰暗的天气，乡村的宁静和家乡的炊烟味——这一切都令阿列克谢·伊万诺维奇感到心情舒畅。他在灰烬上踱来踱去，隔一会儿捡起一块屋顶的锈铁皮、一根钉子、一块表皮氧化了的铁块，把它们扔到一堆。他感到珍贵的并不是那三大车外快，他感到珍贵的是，现在他可以不吝惜每个卢布，开始建造房屋，建立家业。从在废墟上打下第一根桩子，直到有一天玛特廖娜从炉子里取出用自己打的粮食做的香喷喷的面包——她一定会说:“新炉子烤面包倒是烤得蛮好”——这中间还要经过千辛万苦——没法估计,也没法计算。连这也令阿列克谢感到高兴:没什么,庄稼人的汗水会使一切生长出来……

他用皮靴尖拨拉着灰烬,找到一把斧子,斧子把烧焦了。他端详了半天,笑着摇摇头:正是那把!当时事儿就出在它身上。他不禁想起弟弟谢苗一听到玛特廖娜的哀叫,疯狂地冲出屋子。阿列克谢不知为什么顺手把斧子放在门斗里,砍在门旁的一块木头墩子上。要不是这把斧子闯进谢苗的眼里,大概什么事儿也不会发生……

“唉,谢苗,谢苗。”于是阿列克谢把生锈的斧子也扔到那堆东西里。“要是两个人一齐动手干,该有多痛快……是呀,弟弟,我算是跑够了,再也不出去了……”

他两眼望着脚下,想着心事。还是在古利亚伊-波列接到过谢苗的一封信,弟弟在信上写过这么一段话:“告诉我的玛特廖娜,请她保全自己,不要胡搞,她不应该那样做,还不是时候……我要是打死了,那就随她的便……现在这时候,必须咬紧牙关。我只有在梦中才想起你们。短时期内我还回不去——内战说不定什么时候结束……”

阿列克谢抖擞一下身子——让内战见鬼去吧,往后的事儿反正谁也说不准。他又开始眺望这平和的炊烟——一缕一缕,从篱笆后面,从光秃的果园后面,从用芦苇和麦秸盖得严严实实的草房顶上冉冉升起。庄稼人已经做好准备,暖暖和和地过上一冬。他们做得很对。用不了一两个星期,红军就会来到这里。怎么还说内战看不到头呢?谢苗净胡说!谁还能闯到这里来呢?“唉,谢苗,谢苗……他在里海的一艘鱼雷艇上摇来晃去,他的眼睛必是被血糊住了……”

不过,阿列克谢心里还不踏实。他掏出烟口袋,呸,见鬼!没带纸来……今年夏天,一个医士告诉他说,马赫诺的军队里有许多人得了神经衰弱——从外表上看,体格挺棒,吃饭能吃上半普特,可是神经不中用,就好像把猫肠子当琴弦绷在提琴上似的。“好了,都是神经,”阿列克谢不满地说,“从前我们连听都没听说过。”他走到孤零零立在炉旁、烧得黑糊糊的烟囱跟前,想推推试试,看它还结实不?他用肩膀一靠,烟囱就活动了……“啧啧,又是神经……”

阿列克谢跟卡佳和玛特廖娜都住在一个寡妇亲戚家里。她的住处窄小,而且不方便。玛特廖娜把炉子粉刷一遍,泥地上也涂了一层灰色黏土,在昏暗不明的小窗上挂起了网眼窗帘。阿列克谢买了面粉、土豆,还给牲口买了足够的干草——东家买一车,西家买两车。他从谁手里买东西也不讲价钱,花钱一点儿也不吝惜,要是有人一再恳求的话,他还送给一点儿盐,当时盐比金子还要贵重。他知道村里的人都认为他的钱来得太容易,为了这三大车东西和五匹马,他们在短时间内不会饶过他。

要想让他们同意他建造房子,就更困难了。原来在公爵的庄园里有一间耳房,破烂不堪,没人居住,坐落在光秃的花园对面的小山上,他打算把它拆掉。老爷住的上房,什么也没剩下——只有打碎玻璃的窗户在墙皮剥落的大圆柱中间露出一个个大洞。耳房里原来住着管家,所以还完好无损。要把它拆了,挪到老房基上,易如反掌。

可是庄稼人还是有点儿怕事。村子里什么政权也没有——黑特曼被撵跑了,彼得留拉的政权只是在城市里勉强站住脚,红军还没来到。没有政权,也许大家还不习惯,总觉得胆战心惊:万一将来有人追究起来怎么办。大家决定选个村长。可又没有人愿意当——有钱的人和有头脑的人一听直摆手:“您这是怎么说的,我当那个干吗……”要是让一个穷光蛋当村长,他倒是一无所失,可大家又不愿意。从建立苏维埃的地方传来消息说,这些穷光蛋原来老老实实,可现在变得可能干了。

倒是女人找到了合适的人选——有一个女人一提头,第二个一传,整个村子就唧唧喳喳地传开了,说是上帝让选阿法纳西老大爷当村长。这个老大爷有两个儿子在对德战争中阵亡了,现在由两个儿媳养着,享清福,不用下地干活,整天看看鸡鸭,在房前房后转转,有时吆喝吆喝儿媳。老头儿为人小气,好吹毛求疵。很久以前,他在斯科别列夫将军手下当过兵。

阿法纳西老大爷立刻同意当村长:“谢谢大家瞧得起我,不过你们说话可得算数——要是不听我的可不行。”他那白花花的胡须也模仿斯科别列夫的样子,从当中往两边分,穿着光板羊皮袄,把腰带扎得朝下,拄着一根挺长的胡桃木拐杖，在村子里到处转悠，这儿瞧瞧，那儿看看，总想找点儿毛病出来。

阿列克谢每次遇见他，总要摘下帽子，恭恭敬敬地行个礼。阿法纳西老大爷把吓人的眉毛往眼睛上一皱，问道：

"嗯，你有什么事儿？"

"没什么事儿，谢谢，阿法纳西·阿法纳西耶维奇，就是还在那个地方受罪呢。"

"跟乡亲们还没说通吗？"

"只有靠您了，阿法纳西·阿法纳西耶维奇……什么时候有空到家里坐坐……"

"那不是太赏你脸了吗，啊？"

阿列克谢到底引诱阿法纳西·阿法纳西耶维奇登了他的家门：他打发玛特廖娜去找阿法纳西的儿媳买一只最肥的鹅，说是明天要庆祝命名日，不想请什么客人，因为地方太小，不过要是哪位老乡亲肯去，他们非常欢迎。况且，阿法纳西老大爷好奇心挺强。冬天的黄昏刚一笼罩住村子，他就来参加命名日了，走进烧得热乎乎的草房，从门坎到饭桌跟前铺着一块长条的粗地毯，桌上摆着丰盛的菜肴。当时家家都点着松明，或用罐头盒子装荤油做成的油灯，可这里桌上点的却是煤油灯。

阿法纳西老大爷刚一进门还板着面孔，端着官架子，当他摘帽子的时候，一眼看到漂亮的玛特廖娜，见她紧闭着嘴，一对黑眼睛显得挺恶，同时又看到另一个女人，就是今天替她过命名日的女人，长得也非常漂亮，关于她，村子里议论纷纷。两个人——玛特廖娜和卡佳都穿着城市里那种连衣裙，一个穿红的，一个穿黑的。阿法纳西老爷子摘了围巾，脱了皮袄，连忙把胡子分到两边。

"嗯，"他感到荣幸地说，"向可爱的主人问好！"

四个人围着桌子坐下。阿列克谢从长凳底下掏出一瓶尼古拉二世时代出厂的酒。饭桌上开始了愉快的谈话。

"阿法纳西·阿法纳西耶维奇，我来介绍一下，今天是为她过命名日，她是我的未婚妻，请多关照。"

“原来是这么回事儿！那当然了，那当然了，女人就喜欢有人疼爱。可她是什么人家的？”

阿列克谢回答说：

“一个军官的寡妇。我原来给她去世的丈夫当过传令兵……”

“原来是这么回事儿！……”老大爷诧异不止——回去之后，可有话跟女人们讲了。他还很想把自己的历史吹嘘一番。“我在普列夫纳①打仗，得了一枚乔治勋章，斯科别列夫将军当时就把我留下，给他当传令兵……派我到前边去，冒着炮弹、子弹……他常常叫我：‘阿丰卡，骑马跑一趟……’啊，他是多么喜欢我呀！……这么说，您的未婚妻出身贵族了。让她干庄稼活，可要吃苦……”

“庄稼活她是干不了，阿法纳西·阿法纳西耶维奇。谢天谢地，我们不难找到足够的人手……”

“那当然了……好吧，让我们为未婚妻的健康干杯，酒是辣的，小日子是甜的。”老大爷喝干了酒，咳嗽一声，用手掌麻利地抹了一下上嘴唇的黄胡子。“就说我这两个媳妇吧，五普特的袋子都一样扛。她们的丈夫被撵到前方打仗，这两个傻瓜不得不干起男人的活，一开头总是：‘哎哟，我的腰压断了，’哼哼个没完，‘哎哟，我的胳膊，我的腿呀！’可把人笑死了！”老大爷突然傻笑起来。“可我会治娘儿们……因为这个，斯科别列夫将军还给我起了个外号：阿丰卡真是个娘儿们国的国王……”

玛特廖娜猛然站起身，憋住笑，走到布帘后面炉台跟前去取烤鹅。卡佳连眼也不抬，安静、恭顺地坐在那里。阿列克谢一边斟酒，一边诚恳地说：

“我们的苦恼和难处倒不在这里，阿法纳西·阿法纳西耶维奇。不然，我明天就可以举行婚礼，可我怎么能让年轻的妻子住在这样的狗窝里？她跟玛特廖娜挤在一张桌上，我睡在光溜溜的地上……叫人生气的是，村社竟把我们当外来人看待……他们干吗死不同意呢？这间耳房留在村外也没有用处。只是碰巧，没让大火烧掉罢了。有什么人需要它呢？

---

① 普列夫纳是保加利亚地名，也叫普列文。

难道他们盼望公爵再回来，好感谢他们？”

“是有人这么想。”阿法纳西老大爷说着，掰下一条鹅腿。

“怕是不等地主回来，魔鬼倒先回来了……嗯，好吧……这间耳房就算我买村社的，一切由我负责……（玛特廖娜瞪了阿列克谢一眼，阿列克谢把桌子一敲）我就是要买！我是个急性子……唉，不提它了……为了今天咱们能凑到一起，玛特廖娜，去把我枕头底下用布包着的那件东西取来。（玛特廖娜皱紧双眉，只管摇头。）给我拿来，拿来，不要舍不得。什么也没有过日子要紧。”

玛特廖娜把东西递过来。阿列克谢把外面的布打开，取出一块蓝皮钢自鸣表，表上带一条钢链。他把表摇晃一下，贴到耳朵上。

“偶然得到的，好像当时就知道是为谁准备的。您就只管拿去戴吧，阿法纳西·阿法纳西耶维奇。”

“干什么？你想贿赂我？”阿法纳西老大爷严厉地说，当阿列克谢把表放在他手掌上时，他的手都打哆嗦了。

“你可别屈了好人，阿法纳西·阿法纳西耶维奇，我们是真心送给您……这种玩意儿我也有二十来件，都是玛特廖娜用烧酒换的。这块表会打点，贵重就贵重在这里。往后天快亮时，您就不用听鸡叫了，把这个弹簧一按，它就打点；您就穿上毡靴，出去看看牲口……”

“啊，”阿法纳西老大爷说，张开大嘴，露出不多几颗牙。“啊，就可以把媳妇都叫起来！……这两个胖家伙，这回她们就不会睡过头了。”

老大爷摇摇晃晃把围巾围在青筋暴起的脖子上，穿上皮袄走了。玛特廖娜捻低了灯芯，跟卡佳一起在布帘后面收拾盘碗。阿列克谢坐在桌旁。

“这酒好像尼古拉二世时代出的，真有劲儿。再不就是我好久没喝酒了。”他用发哑的声音说。“玛特廖娜，你出去看看牲口。”

她没有回答，好像压根儿没听见。又过了一会儿，她瞥了卡佳一眼，微微一笑。

“我真搞不明白……不知是您讨厌我们，”阿列克谢又说，“还是您是个大傻瓜……”

玛特廖娜用炯炯的眼神示意卡佳,不要搭理他——可卡佳的脸蛋儿已经涨红了。

“您就是大哭一场也好……说真的,我还头一次见到这样的人。人家给她介绍,哪怕哼一声也好……抹搭着眼睛,一个劲儿坐着……真不像话……管保是个女水妖……玛特廖娜!”他唤道。“难道她真不知道,小孩儿都用指头指着她说,阿列克谢用大车拉来的,是跟马赫诺玩牌赢的……这她都不在乎……可我在乎!”他发疯地大喊起来。“现在让大家伙都知道——她是我没过门的老婆!”

卡佳的脸顿时白了,手里拿着抹布和一只盘子就准备从布帘后面出来。玛特廖娜使劲拽住她的肩膀。

“我们现在算是知道了——应该怎么过日子……我打死头一个人,是在一九一四年。”阿列克谢嘿嘿一笑。“我坐在那里,看见一个德国人向我这边爬,还扬起脸来,我嘎巴一枪,他就侧身倒下去了。我还一直等着瞧——他的魂儿会不会飞出来?我后来杀了不少人,没看见一个有魂儿的……行了,谢谢这个教训……我们要在灰烬上盖房子:先盖一座木头的,再盖一座石头的,最后盖一座金盖的……叶卡捷琳娜·德米特里耶夫娜,您不用跟我来这一套,没有必要。我并没强留您,您既然不喜欢我,嫌我不好,那就走好了,愿意去哪儿就去哪儿。这叫什么未婚妻!我看透了,我这个新郎官儿算白高兴一场……”

玛特廖娜把嘴唇贴着卡佳的脸蛋儿滑过去,附耳说:“这个傻瓜喝醉了,别听他的……”卡佳把抹布往拉起的绳子上一搭,从布帘后面走出来。阿列克谢侧身挨着桌子坐着,把一条腿搭在另一条腿上,耷拉着一只发胀的大手,用深陷的眼睛望着卡佳。卡佳在他对面的一张小凳上坐下。阿列克谢的目光毫无醉意,炯炯有神——卡佳低垂下眼睑。

“阿列克谢·伊万诺维奇,我们早就该谈谈了……阿列克谢·伊万诺维奇,我认为您是一个好人。在我们整个行军生活的日子里,我从您那里看到的都是真正的好心肠。我就舍不得离开你们了……至于您今天宣布的事——倒没什么奇怪的,我早就料到了……阿列克谢·伊万诺维奇,自从来到这儿以后，不知出了什么事……您到这儿变成了另一个人……”

阿列克谢嗓子哑了，他清了清喉咙，然后问：

“怎么变成了另一个人？三十年来我都一个样儿；现在倒变成了另一个人？”

“阿列克谢·伊万诺维奇，我这一生就像一场睡不醒的梦……嗯，比方从前……我好像一个毫无用处的狮子狗……唉，我被人爱过——那又怎么样？只感到有点儿厌恶，有点儿绝望……直到我们被战火包围起来，这才有所觉醒：遍地是死亡、破坏、痛苦、难民、饥饿……狮子狗只好哀叫一声死去……要不是瓦季姆救了我，我也一个样……他对我说：我们的爱情便是人生的全部意义，我就相信了他的话……而他一心追求的只是杀人报仇……可他从前是很善良的吧？我真不明白……（她抬起头，望着桌上油灯捻低了的火苗）瓦季姆死了……后来您又把我捡来了。”

“捡来了！”他冷笑一声，目不转睛地望着她。“您是个小猫儿怎么的……”

“从前还真是，阿列克谢·伊万诺维奇……可现在我可不愿意当了……我从前既算不上好人，也不是坏人，既不是俄国人，又不是外国人……真是个女水妖……”她的嘴角狡黠地向上翘起，阿列克谢皱紧眉头。“其实，我不过是个普通的俄国妇女……今后我也不会变了……我跟您在一起的时候，看到过许多痛苦的事，许多可怕的事……我都经受住了，没叫一声苦……记得有一天晚上……刚卸了大车，有一群骑马的人跑过来……大家正围着刚开的饭锅，吵吵嚷嚷，劲头挺足……”

“她都记得！你瞧瞧，玛特廖娜……”

“锅旁的人越聚越多……每个人都讲他打得多么漂亮，一刀砍一个脑袋，又冲过去，跟敌人杀到一块儿……也许有好多情节他们都是编的……但是，在他们的故事里有一种很了不起、很感人的东西。”

“玛特廖娜，她这讲的是，在韦尔赫屯附近跟德国人那场战斗……那一次打得可凶了……”

“我记得您是怎么从大车上跳下来的。样子真吓人，叫人不敢靠近……”卡佳沉吟片刻,仿佛用扩大的瞳孔凝视着远处什么地方。“是呀,这是从前的事……在我们往这儿来的路上,我心里想:我面前展开的是广阔的生活……不是把自己关在一块小小的土地上——这儿只有小猪,小鸡和菜地,再往前去,就是夹得严严实实的障子——再就是不见太阳的灰暗的日子……(卡佳皱起额头——她那贫乏的头脑很想把她在大草原里感受到的宏伟气魄表达出来,这种气魄虽然她可以感觉,却难以言传)我们来到这儿以后,就好像过完假日回家一样……今天您公开宣布我是您的未婚妻,您是经过周密考虑的。现在一切都结束了。往后怎么办呢?生儿育女……您盖上房子,很快过上富裕日子,然后还会成为大富翁……可这一切我都体验过了,我把这一切早都丢在那边了……在彼得堡经历过,在莫斯科经历过,在巴黎经历过,如今在这弗拉基米尔村,一切又要从头开始……”

她那耷拉在膝盖上的双手、她那低垂着的头——头上像烟灰一样暗褐色的温暖的头发分成整齐的发缝——流露出无限的愁苦,阿列克谢只好使劲眯缝起眼睛……这个女人好像童话中的火鸟一样飞走了,逃出了他的手心……

“您太傻了,叶卡捷琳娜·德米特里耶夫娜。”他轻声说。“您怎么这样糊涂……就像我弟弟谢苗似的——是不是还想到血水里泡一泡?……您的这番话使我奇怪……不行,反正我是不会放您走的……”

第十三章

伊万·伊里奇和达莎来到团部,在屯子的小土房里住下。捷列金的办公室就在旁边,中间隔着一个门斗,办公室里装着电话,放着钱匣和用套子套着的团旗。而这边可就是达莎的天下了:有一个烧得热烘烘的炉子,炉子并不用来做饭,但是达莎可以在这里洗澡,这还是当地的女人教给她的办法——把麦秸摊开,钻到里面去洗;有一张床,床上放着两个硬枕头和一条薄毯子(伊万·伊里奇盖他的军大衣);有一张桌子,桌上铺着干净的麻布，他们就在这张桌上吃饭；墙上有面小镜子；门旁有把笤帚，在新抹过的炉台上面的小洞里放着那个瓷猫和瓷狗。

两年前，达莎和伊万·伊里奇也是两个人开始住在一起，彼此相爱，却不免顽皮。达莎永远不会忘记他们在新房度过的头一个黄昏——刚下过一场雨，敞开的窗子朝着空气湿润的石岛街：她心头感到少女那种纯净和安详，伊万·伊里奇在苍茫暮色中靠窗坐着，她看得出来，他腼腆得几乎到了痛苦地步，便第一个做出决断——因为她知道马上可以使他得到巨大的快乐，便说："来吧，伊万。"他俩走进卧室，地板上有个罐子，里面插着一大把发着甜味的含羞草。达莎打开衣柜门，躲在后面脱下衣服，光着脚跑到床前，钻进被窝，急促地问："伊万，你爱我吗？"

达莎对于恋爱问题表现出过多的兴趣，却又一无所知。那天晚上，在她和伊万·伊里奇之间发生的事，使达莎大失所望。原来并不值得那么多的史诗、小说和音乐不厌其详地加以描写，也没有达莎从前常常感到的那种令人欢喜若狂和热泪滚滚的魔力——那时候，她一个人住在卡佳丢下的空荡荡的住宅里，坐在黑色的"斯坦威"钢琴后面，突然不弹了，把两手手指叉在一起，站起身来，要不是她的全身在这一刹那间像玻璃一样冰冷透明，那么她心里汹涌澎湃的感情一定会使她窒息。

不久，达莎就怀孕了。她非常爱伊万·伊里奇，却再也不许他挨近自己。接着就开始了可怕的岁月——彼得堡那年秋天的饥饿和断电、天鹅渠旁的野蛮事件、随之而来的早产、婴儿的死亡和痛不欲生。最后是两人的分手。

如今一切又从头开始了。在从前他俩那种轻飘飘的热恋中，一切都好像是打哑谜，好像一只画得花花绿绿的仙盒里装着你所不知道的礼品，现在他们的感情比那时要复杂和深刻多了。他们俩都经历了无数痛苦，还没有来得及互相倾诉。现在他们的爱情——特别是对达莎说来——就像早冬的空气一样无所不在和具有实感，这时十一月的狂风暴雨已经过去，在轻寒的寂静里，初雪散发出新切的西瓜的清香。伊万·伊里奇什么事都知道，什么活都会做，什么问题都能回答，什么疑问都能解决。于是在达莎面前又浮现出那个花花绿绿的仙盒，只是里面装的已经不是那种任性和自以为是的感觉,不是一些谜,里面装的是礼品,是严峻生活的欢乐和痛苦。

伊万·伊里奇身上有一点她还没弄明白,甚至使达莎感到苦恼,那就是他的矜持。每到黄昏躺下睡觉的时候,伊万·伊里奇就变得心事重重——不再去看达莎,坐在长凳上一边脱靴子,一边干咳着,有时脱掉靴子以后,又对达莎说"达申卡,亲爱的,你睡吧,乖乖",便光着脚穿过冰冷的门斗,走进了办公室;每次回来都跷着脚,小心翼翼地上床,不让床发出一点儿响声,在床边一躺,把军大衣连头一盖,立刻就睡着了。

一到白天,他又变得快活、乐观、满面红光,不时地跑进跑出,吻吻达莎的脸蛋儿和长着淡褐色头发的温暖可爱的头。

"再向你问一次好,指挥员夫人……嗯,怎么样?一切都安排就绪了?"

一天之中,他会问上三十遍这样的问题。原来是政委伊万·戈拉建议达莎利用现有人力组织一个团队剧团。

达莎吓得没敢答应:"天啊,我什么也不懂呀……"伊万·戈拉拍拍她的胳膊:

"您干得了,亲爱的,错了再重来,总可以学会——比这更难的任务您都完成了。咱们只不过是要摆脱这种单调的生活。您就马上动手,搞点儿革命的,能感动人的,要让战士们流出眼泪才行。"

办剧团的事,政委催得挺急。这时卡恰林团经过补充,从察里津军需机关储存的有限物资中得到换发的军装,准备不久开赴前线。尽管队列操练令人疲劳,每天还有两小时的政治学习,可是战士们在屯子里吃得挺胖,由于精力过剩而胡闹起来。于是召集了士兵大会。

谢尔盖·谢尔盖耶维奇·萨波日科夫在会上发了言,他在沉默多年之后,终于等到了开口的机会,便把憋在肚子里的一大堆想法一古脑儿地公之于世了。他讲到剧场发生了革命性变化,舞台和观众之间的一切界限都被打破了,将来的剧场要设在露天底下,或者在容纳五万观众的大马戏场里,将有成团成团的人参加演出,要开真炮,要放气球,要让真正的瀑布飞溅而下,扮演英雄角色的将不是个别演员,而是广大群众。

“你们在哪里，未来的剧作家？”萨波日科夫好像要飞到板棚的横梁底下去似的挥舞着双手，向红军战士们问道，战士们都津津有味地听他讲，尽管他的很多话讲得含糊不清，而且说得太快，把词都连缀在一起了。“你们在哪里，我们这宏伟时代的剧作家们？新的莎士比亚们？索福克勒斯们[1]？让他们从大理石的基座上下来，与我们分享艺术的盛筵、创作的盛筵吧！难道从前有过任何时代，人曾经这样赤裸裸地暴露在你们的面前吗？难道从前历史曾经抛出过这么丰富多彩的思想吗？”

达莎听了这一番言论之后，当然更给吓住了。可是要想不干，已经不可能了。

她跟萨波日科夫一起到察里津去买书、油画底布和油彩。有些东西总算弄到了。谢尔盖·谢尔盖耶维奇给她出了许多好主意，不过更多的是疯狂的设想。为了避免准备工作拖拖拉拉，决定马上开始选演员，首先排席勒[2]的《强盗》。

捷列金也非常高兴，他高兴的倒不是为了马上就排演《强盗》，他高兴的是，达莎终于找到了事干，而且干得很热心，东奔西跑，忙忙活活，找战士谈话，发脾气，有时还气得直哭，从此（按他这种心地单纯的想法）再也不会像从前那样，整天只管沉湎于自己的感情世界里了。

团里下达一份命令，指定参加剧团的有：阿格里皮娜、阿尼西娅、拉图金——他亲自找到政委，要求一定参加——库兹马·库兹米奇、拜科夫，另外还有几个红军战士、手风琴手、三弦琴手和歌手。

傍晚，达莎在板棚里借着一支蜡头的光亮把剧本读了一遍。在微弱的烛光里，演员们的脸孔透过哈气隐隐约约看得出来。外面起了风，把雪花从门缝里吹进屋来。达莎用清楚、纯净的声音读着，尽量根据记忆模仿从前别索诺夫的朗读方法：一只手插到黑色常礼服的翻领里面，用脱离尘世的声调，每个字眼都像冰块似的，可坐在周围沙发椅上的女文学家们却

---

① 索福克勒斯（公元前 496—前 407），希腊三大悲剧家之一，代表作为《俄狄浦斯王》。

② 席勒（1759—1805），德国剧作家、诗人，“狂飙突进”运动的领袖。《强盗》属于早期作品，描写一个贵族青年公开向封建社会宣战。

喘着粗气，把这些字眼贪婪地吞咽下去……

达莎读到一半的时候便明白了，这个剧本尽管做了大量删减，大家并不喜欢。快到结尾的时候，达莎就读得更加匆忙。读完以后，经过一阵难堪的沉默，她说：

“好了，这就是我们要排演的剧本——席勒的《强盗》……”

男人们抽起烟来，其中的拉图金小声说道：

“这玩意儿还挺难吃透呢。”

于是库兹马·库兹米奇从衣袋里掏出一个新蜡头，点着了，坐到达莎身旁。

“同志们，达丽亚·德米特里耶夫娜使大家熟悉了一下这部作品，现在我把它再读一遍。”

他从她手里接过书，开始大声朗读，用声调和面部表情表现出老穆尔伯爵做父亲的悲哀，一会儿又哑着嗓子，呼哧地发狠说（他的鼻子更扁了，眼睛也斜了）：“……假如我不能把一个爱子从做父亲的心上赶开，哪怕是用铁链子锁着的，那我就成了一个可鄙的呆子了……唉，良心！你是个了不起的吓唬麻雀的稻草人！……让能游水的去游水，手脚笨重的去淹死吧……”

接着，大家仿佛亲眼看见了弗朗兹·穆尔那个坏蛋。现在库兹马·库兹米奇的嗓音洪亮了，用手弄乱了头发，把头发按到秃顶上，嘴唇拼命地向前撅着，眼睛闪耀着一种最高尚的愤怒：“唉，人！人！虚伪的、假善的、鳄鱼一样的冷血动物！口里是蜜，手里是准备刺进心里的刀……滚他妈的！涵养就要化为怒火了，温驯的羊也要变为老虎……”

阿尼西娅·纳扎罗娃轻轻赞叹起来；拉图金全身朝蜡烛凑过去，烛光照亮了那本神奇的书，库兹马·库兹米奇用指甲在书上一行行地划着。卡尔·穆尔本人的声音响彻了黑洞洞的板棚——这个叛逆者得到了这些心情激动的听众们的理解。他讲述自己所受的欺侮的那些话，讲得多么中肯，这可真是个好剧本，一下子就击中了要害！

当蜡头快要着完的时候，库兹马·库兹米奇用阴沉的语调念着卡尔奔赴刑场、回忆起穷苦的短工的最后几句话，阿尼西娅和阿格里皮娜都用军大衣袖子擦起眼泪来。“这东西多么真实呀。”拉图金说。大家一致认为,卡尔不应该在气头上把他心爱的爱密丽亚打死,那样做不对,应该让她参加强盗一伙,重新改造她。在这一点上必须改动一下席勒的原作,不然的话,由于这件小事就可能使挺好的剧本得不到红军战士的欢迎,甚至会在战士中间造成不良影响。当时就在桌旁做出决定:不要杀死爱密丽亚,让卡尔对她说:“回家去吧,不幸的女人。”她伤心得哭着走了。

决定让阿尼西娅扮演爱密丽亚,拉图金自告奋勇担任卡尔。那个卑鄙的坏蛋弗朗兹的角色,本想交给拜科夫,可又担心他控制不住自己的感情,会惹得观众发笑;红军战士一看见他那把大胡子,就会哄然大笑。后来决定让库兹马·库兹米奇扮演弗朗兹,为了显得年轻些,让他把胡子全都剃掉。老伯爵马克西米连·冯·穆尔的角色,交给红军战士瓦宁扮演,因为他嗓音浑厚。其余的角色被阿格里皮娜和年轻的战士们抢去了。不知是谁弄来一把麻絮和一些煤油,点起冒着浓烟的火把,板棚里照得通亮。大家不肯散去,立刻排练起来。

达莎回到家,已经快亮天了,还絮絮不休地向伊万·伊里奇介绍情况,伊万·伊里奇光着脚,披着军大衣坐在床上,笑得流出了眼泪……

“拉图金扮演卡尔·穆尔?(他扑哧一声笑起来,又捧着肚子哼哼起来)哎呀,我可受不了啦……你可知道这个坏家伙为什么要自告奋勇扮演卡尔·穆尔吗?他在追求阿尼西娅……而沙雷金发过誓,要把他的肝给摘出来……可库兹马·库兹米奇呢?演弗朗兹……他能胜任……他们穿什么服装呢?总不能穿着军装上台比比画画吧?我派事务主任跑一趟,有一个从彼得堡来的律师在一个屯子里耽搁下来了,他带几皮箱东西……这回我们可以弄到好几套常礼服和燕尾服了……”

“瞧你那个哼哼劲儿,叫人什么也不想对你讲了。让我上去。”达莎上了床,贴着墙躺下,背朝着丈夫。他小心翼翼地给她掖好毯子,又把军大衣给她压在脚上,因为炉火已经熄了,屋里凉飕飕的,就听达莎睡得迷迷糊糊地说:

“一切都会好的。”

现在团里谈话的题目总离不开剧团。萨波日科夫做了一次关于德国

"狂飙突进"时期文学的讲座,他把狂飙天才席勒、歌德、克林格尔①跟法国大革命即将来临的闪光所唤醒年轻雄鹰们②加以比较。大家立刻又向他提出许多问题,萨波日科夫只好答应举行几次关于十八世纪末叶史的讲座。他熬了几个通宵,在油灯底下用铅笔匆匆写着,绞尽脑汁地回忆着,因为他手头没有任何书和参考资料,只好凭借叶子烟的烟雾了。在这几次讲座上,问题就像山崩一样来势凶猛——红军战士什么都想知道。不管什么事只要提个头,就得详细地讲。他无意中提到十二月党人,好吧,连他们也讲讲吧。

他一讲就是几个小时,大家都克服着倦意,仔细听着,有的人打盹,又马上振作起精神。他讲的虽是很久以前的事,又发生在外国,却讲得引人入胜:那里的人民跟这里一样,把红帽子往长矛上一挑,便不顾一切,只靠自己的力量向全世界发起冲击。他们饥寒交迫,他们光着脚,却想出了克敌制胜的新战术。但在取得胜利后,由于没有及时砍掉阴谋家的脑袋,反而被他们捆住了手脚。

"啊,马克西米连·罗伯斯庇尔,马克西米连·罗伯斯庇尔!"萨波日科夫用嘶哑的嗓子连声喊道。"你本来能够得到胜利,你本来能够挽救革命!从你把巴黎市政府上公社的黑旗拔掉那一天起,你就注定要失败了……"

各家院子里的公鸡已经叫了,政委伊万·戈拉走进来,粗声喊道:

"同志们,离起床号只剩三个小时了。"

达莎正在提示台词,突然打断说:

"停!瓦宁同志,您演得好像是死人。不要故意装咳嗽,哪儿来的这种令人讨厌的自然主义?要热情,要尽量把感情放进去……从头来。"

达莎在从察里津买来的书刊中间找到一份戏剧杂志,上面登着库格

---

① 克林格尔(1752—1831),德国剧作家兼诗人,代表作为剧本《狂飙突进》。

② 当指法国革命诗人贝朗瑞、巴比叶、莫罗、杜庞等。

利①的一篇文章:《没有印国徽的纸,只好用白纸写》,里面充满对艺术剧院的谩骂。作者提到了俄国伟大的悲剧家,他们曾以野兽般的天才震动过观众的头脑和心灵。那时,剧院是异教的神殿,舞台上的幕布好像是古代匈奴的月亮神的神秘面纱。可叹的是,大悲剧家已经绝迹了,其中的最后一个——马蒙特·达利斯基——已经把厚底鞋②换成了扑克牌。那些激动人心的伟大演员都被导演代替了,导演是有学问的绅士,他们决不肯把一颗受难的心灵呈现在观众面前,他们让可敬的观众看的是某种情绪、摆动着的幕布、带真门框的门和蚊子的嗡嗡声……作者感慨道:“不,真正的剧院应该是披头散发的激情的怪物!”达莎从这篇文章里吸取了一些实际知识,有助于她排剧。

拉图金和阿尼西娅坐在一旁,等着上场。这几天来,她的脸瘦得厉害——那当然,要进入别人的生活太不容易了。阿尼西娅没有食欲了,一见吃的东西就讨厌。她左思右想,怎么才能体会爱密丽亚的感情?当她在书上看到这位小姐穿着一件下摆宽大的连衣裙的画像(爱密丽亚神情忧郁,用一只手托着腮)时,终于找到了门道。阿尼西娅不住地叹着气,把画像端详了半天,心里思忖着:当时我遭到的不幸比这还要深重得多,我趔趔趄趄地从这个村子勉强走到那个村子,泪眼模糊,什么都看不清了,伸手朝人家讨要一块干巴面包……不,这张画画得不对。她爱密丽亚——尽管穿的浑身都是绸缎和丝绒——要是遭到阿尼西娅这样的不幸,她从带花边的短袖里伸出的双手也得拼命地绞着,两眼也得朝上翻着!

就这样,卡尔·穆尔心爱的爱密丽亚·冯·爱德勒渐渐地变成了阿尼西娅。昨天排练时,大家甚至都一声不响地看她摘掉缝着用布做的红星的高筒皮帽,用手掠了掠散乱的头发,在小凳上坐下,仿佛用手揪着心

① 库格利(1864—1928),俄国戏剧评论家、剧作家和导演,曾创办《戏剧与艺术》杂志。

② 厚底鞋是古希腊演员为了增加身高而穿的加底鞋。

似的说：

“啊，为了上帝！为了一切慈悲！我再也不要什么爱情了……死是我惟一的请求……我被丢弃了，被丢弃了！你了解‘丢弃’这个词那可怕的声音吗？……”

今天早晨进行队列操练时，阿尼西娅做得马马虎虎，班长给她派了一项额外勤务；政委只好出面说情，才改成严厉申斥。现在她安静地坐在拉图金身旁——她那蓝色的大眼睛陷入遐想，她的嘴唇忽而微笑，忽而哆嗦，不出声地叨念着什么。

“在我们家乡有个姑娘，叫萨沙，长着一对明亮的眼睛。”拉图金悄声对她讲道，“当时我才十四，她已经十七了。不知道是她走路的样子特别还是怎么的，姑娘们从地里回来，她也在里面，头上扎着小围巾，身上穿着亮黄色的上衣，扛着耙子走过来，好像马上就要贴到你身上似的……爹娘把她嫁给一个老家伙，拿她换酒喝了，从此我的萨沙就蔫了……可你总好问，我们男人为什么老是到处乱跑！（他讲着，阿尼西娅的脸颊泛起红晕，仿佛有人在爱抚她似的）我们是想寻找一种从前没有的生活，从前没有过，还没人尝试过，我亲爱的阿尼西娅。我们大家都向往着一种人，一种连做梦也见不到的女人……”

“那样的人是没有的。”

“你怎么知道！在太平洋里有个珊瑚岛，岛上就有那样的人生活着。”

阿尼西娅望着他那公牛似的脸膛和一对离得很宽的眼睛，心中又是一动，一股灼热、湿润的柔情流遍全身。不过，现在已经不是从前那种温顺的、妇人的苦闷——不，谢谢那种年月，她再也没有那种心情了！如今她只感到快活，便笑了笑：

“你到那个地方去过吗？”

“去没去有啥关系？……是航路图志上写的。”

“什么叫航路图志？”

“关于各种稀奇事儿的航海书。”

“你净胡说，拉图金，谁要听你讲什么，可就倒霉了。”

“你只管听我胡说好了。现在我跟你说件真事：阿尼西娅，我是对你起过坏心，可有个人找我谈过话。把我就像小猫似的，按住嘴巴往这个……算了……人是自然界的主宰者。我很感谢他的开导……”

阿尼西娅又瞥了他一眼，不过这一次不无惊异。拉图金嗓音太高了，达莎用铅笔敲着桌子：“同志们，你们影响排练了！”

“在我们克尔热涅茨有一种阉割教派，”他小声接下去说，“他们就是因为控制不了自己，才把自己阉了。有一个说：‘我梦见一只火鸟，那是做梦，睁眼一看——一片灰暗……’于是他们就净干坏事，把老婆打得死去活来……这个人就去找马医——他们管马医叫白鸽——对他说：‘救救我的灵魂吧！’马医就给他做手术，就像吹灭蜡烛似的……‘这回好好活着吧，骟马，愿上帝保佑你……’不，阿尼西娅，我们还要浴血奋战，还要在碱锅里煮三次，但是不管这只美丽的鸟儿飞到天边上，我们也一定要把它抓到……”

达莎用铅笔敲着桌子：

“同志们，卡尔和爱密丽亚上场，最后一场，把道具重新摆一下……”

当冰冷、暗红的朝霞穿过屯子上空的缕缕炊烟的时候，在团部所在地的草房前面，有一个骑马的战士跳下马来，丢开落了一身霜的战马不顾，拼命敲起门来。伊万·伊里奇亲自开开门。那个战士交给他一份公文。当天就在邻近的屯子动员了大车，团队马上出发了。

顿河军又开始包围察里津了——从八月算起，已经是第三次。这一次马蒙托夫将军采取钳形攻势，从两翼包抄察里津。在城北大约五十俄里的地方，塔塔尔金将军的三个骑兵团发动突然袭击，突破前线，在杜博夫卡村附近直逼伏尔加河。

第二天，波斯托夫斯基将军的骑兵在城南的萨列普塔附近发起进攻。掩护萨列普塔的是德米特里·日洛巴的铁师部队。当时，日洛巴本人已不在部队，因为军委不允许他自筹给养和自作主张，他跟军委吵翻了，又害怕逮捕，便跑到莫斯科告状去了。铁师人心惶惶：有的说首领日洛巴这回回来该当集团军司令了，有的说首领给逮捕了，“要求全体”开赴察里津去救他，但是大部分人相信流传的谣言，说是首领跑到阿斯特拉罕，在那里招募哥萨克，成立一支自由的队伍。约有一千五百名骑兵擅自离开前线，越过伏尔加河，沿着左岸直奔阿斯特拉罕。铁师被打散了，波斯托夫斯基将军占领萨列普塔，从南面威胁察里津。

第十集团军军委预料到有可能受到两面夹击，早在一个星期以前就着手用两个骑兵旅——顿诺斯塔夫罗波尔骑兵旅和谢苗·布琼尼的骑兵旅——组建一支突击部队。但是，还没等他们汇合，前线就被突破了，于是敌军的攻击力量全部压在顿诺斯塔夫罗波尔旅头上。布琼尼催促着战马，日夜兼程地赶来增援。

现在，卡恰林团被派往突击部队的汇合地点。团队走了大半天，稍事休息，接着又整整走了一夜，向前面一片茫茫的寒雾里隐隐约约的火光奔去。火光使朝霞也显得暗淡了；太阳在火光的右边升起，在被烧得像黄铜一样的云层中间刚一露面就不见了。

捷列金、伊万·戈拉和萨波日科夫骑马并排走着，在他们后面白雪皑皑的草原上，有许多拉着战士的大车、炮车、辎重车，排成好几排，拉着长长的队伍。远处晃动着侦察骑兵的高大身影。两个指挥员和政委听到从不太远的地方传来大炮的怒吼声，莫不惊奇。他们驱马大走，来到团队最前面，三个人凑到一起，停住马，从图囊里掏出地图，仔细观看起来。团队奉命去防守的地点，离这里还很远，但是既然已经听到炮声，说明前线又往这面推进了。他们跟前线没有任何联系，既没有有线电话联系，也没设立骑兵联络线。这种情况不明可以很快变成全军覆没。

“这该死的草原，我们就像花大姐在桌布上爬似的，”伊万·戈拉说，“要是哥萨克还没发现我们，就算万幸了。”

“哼，怎么能没发现，”捷列金说，“他们有他们的通讯网，从我们住的屯子开始，就有人监视我们。”

萨波日科夫把高筒皮帽往前一拉，直压到眼眉上，跑去追赶侦察兵。

走在最前面的大车赶上来了，马累得气喘吁吁，毛被汗水打成绺了。伊万·伊里奇命令从车上下来的战士往回跑，招呼落在后面的大车跟上来，距离保持近一些。他在大车中间穿过的时候，看见库兹马·库兹米奇用破布包着耳朵，赶着一辆一匹马拉的车；达莎坐在车上的一堆布景顶上，戴着风帽，穿着白色的光板皮袄，脸蛋儿像小姑娘似的冻得鲜红，睡眼惺忪。她被雪光照得眯缝着眼睛，向他喊些什么，但是由于车轮的吱嘎声和嘈杂的说话声，他一点儿也没听清楚。接着，他又看见阿格里皮娜跟三个战士坐在一起——她也开始喊叫，伸出手闷子指着天空。天上有什么她需要的东西呢？伊万·伊里奇在马鞍上仰起头来，清清楚楚看见一架飞机——好像一只黑色的小鸟飞在一片云层底下，云层下面洒落出曚曚昽昽的阳光。

现在大家都看见飞机了。伊万·伊里奇把马一催，穿进大车中间。"散开！"身材高大的伊万·戈拉在马镫上站起来，扯起粗嗓门吼道："向飞机开火！"有一辆大车从伊万·伊里奇身旁一闪就飞驰而去——车上的达莎睁着恐怖的眼睛，库兹马·库兹米奇用缰绳头抽打着马。响起一片凌乱的枪声。飞机暴怒地吼叫着，伸直了翅膀，钻进云层里，从肚子里掉下几个蛋，带着呼啸声往下落，在洁白的雪地上炸出一堆堆黑色的灌木丛。

这种可怕景象，有不少战士还头一回看见——有些大车跑到大草原里一直跑得老远。响起悠长的军号声，往回召集四散的队伍。有些年轻战士还惊魂未定，隔一会儿望望云彩，一望就是半天。

现在可以预料，哥萨克随时会来。大车车轴挨着车轴，排成密集队形。大炮走在长方形的队伍当中，已经脱掉炮衣。日落时前面出现了几座淡紫色村舍的轮廓。萨波日科夫带着两个侦察员骑马用小速步从前面回来。他十分兴奋，神情快活，来到捷列金和伊万·戈拉跟前，摘下帽子，挠乱了湿淋淋的头发：

"一切正常，屯子里除开妇女和小孩儿，没别的人。再往前去大约五俄里远，有个大村子，那里有哥萨克……"

"哥萨克，哥萨克，总算叫人放心了！"伊万·戈拉气冲冲地打断了他。"我们的人在哪儿？"

"我跟你说过，不知道……我们的人从大村子里撤走了，可是小屯里又见不到他们……"

“马上占领小屯，”伊万·伊里奇说，“在没跟前线联系上以前，一步也不能再往前进。”

黄昏时分，他们占领了屯子，屯子坐落在用堤坝拦住的冲沟沟沿上。战士们敲打着窗板，连吓唬带吆喝：“老乡，快出来！”他们走进烧得热乎乎的黑屋子。只在有些人家的炉子后面能找到一个带孩子的妇女或吓得连话都说不清的老太婆。所有的男人都跑到大村子里去了。捷列金下令挖战壕。把大车连起来堵住街道两头。趁天没黑，他派萨波日科夫带几名自愿去的人进行远距离侦察，以便当天夜里跟前线取得联系。

这一夜是在惊慌不安中度过的。尽管哥萨克不大喜欢打夜仗，但是可以料到他们随时都会使用卑鄙伎俩。伊万·伊里奇和伊万·戈拉从这头到那头在屯子里来回走着，还踏着没冻实的冰走到池塘对岸。天空一片漆黑，东北方的炮声也沉寂了。起风了，刮来一阵潮气，严寒减弱了，脚下的雪已不咯吱作响了。

“这是陷阱，简直是掉进了陷阱，”伊万·戈拉粗声粗气地说，阴沉着脸，跟捷列金并排走着，“没能把团队带到指定地点……真丢人！他们在找我们，我们又在找他们，真是糟透了！这是谁的过错呢，嗯，你说谁的呢？”

“你拉倒吧，谁的过错也不是。”

“首先是谁要负责任呢？当然是我。完全正确。一个政委带着一团人在大草原里迷了路，唉，真糟透了！”

响起一下响亮的枪声。伊万·戈拉马上停下脚步。可以听见他的心扑腾直跳。立刻开始一阵激烈的枪声，接着又同样突然地停息了。黑暗里只能听到刚从屋里睡眼蒙眬地跳出来的人们的谈话声。

“小伙子们太急躁。”伊万·伊里奇说。“他们还没打过仗呢。我们抽支烟吧。”

拂晓前，他走进屋里待一会儿，小心翼翼地跨过睡觉的人的脚，摸索着走到炉子跟前。达莎的手在黑暗中摸到了他，抚摩着他的脸，他捧起她那热乎乎的手掌，按到自己的嘴唇上。

“你为什么不睡呢？”

“你知道我想什么，伊万，要是我们能在这个小屯里住些日子，那么我们就可以在露天底下演出《强盗》了，甚至穿着军大衣也没关系，这不是主要的……”

“嗯，当然，达申卡。”

“我们搞得这么起劲儿，要是他们都失去了……也太可惜了。”

“对……明天我看看——也许能找到一个板棚什么的……睡吧，乖乖……”

他又走到外面，深深吸了一口湿冷的风。伊万·伊里奇经过这么多年对幸福的渴望，如今幸福近在咫尺，就在那座低矮的草房里，在暖和的炉炕上，盖着羊皮袄，他反而难以习惯了……

“她睡不着，替我担心……可是一句话也没有……只是见了我非常高兴，伸出小手……真是一个多么好的女人啊！……”

她在黑暗中能摸到他，抚摩他，把手掌紧紧贴在他的嘴唇上，使伊万·伊里奇十分激动，他的脸孔在冷风中仍然觉得热辣辣的……难道说又是他搞错了？“不，亲爱的捷列金同志，丢开这些傻念头吧……她是你的伴侣——是的，是的，是的……而且是忠实的伴侣——是的，是的，是的……你就为此而幸福吧……”

他永远不会忘记在彼得格勒那些黑暗的黄昏，他好容易搞到一个小馅饼或一块糖果给达申卡带回家来，可是只能引起她的厌恶和恐惧……这就是说，他身上的确有令人反感的东西，现在也还有。可是天啊，他是多么爱这个女人，多么依恋她！

从黑暗中走过来的是伊万·戈拉，他把两手深深插进大衣的衣袋里。

“要是他们把我们的萨波日科夫抓去怎么办？”

“很有可能。拂晓，我再派出一个侦察队。”

“早就该派，早就该这样做！……”伊万·戈拉从衣袋里抽出一只手，用拳头敲着自己的前额。“你辜负了上级的信任，你这个共产党员！即使我们能顺利摆脱这个困境，我也不会饶恕自己……像这样的政委，我会把他推到那个粮仓后面：永别了，同志！”

“伊万·斯捷潘诺维奇，你要说到责任，我跟你同样有责任……”

"算了,算了。好,走吧,我们抽支烟……"

谢尔盖·谢尔盖耶维奇·萨波日科夫带着五个志愿侦察兵在草原上走了整整一夜,希望找到一点儿前线的迹象。可是草原上沉寂无声,一片漆黑。他们划亮火柴,根据指南针辨别出方向。一夜没喂的马疲惫了,那匹驮着机关枪的马,腿还瘸了,挣着缰绳。萨波日科夫命令下马,解开马嚼子,松开肚带。从挂在马鞍后的口袋里掏出些小麦,用皮帽子兜着,让马匹背风站着,喂起马来。

"指挥员同志,我找到了我们跟前线联系不上的原因。"沙雷金说,像往常一样仔细地斟酌着字句。"前线集中起来了……(他冻僵了,连嘴唇都不好使了。)我们把两翼都调到作战地区去了,哥萨克也集中起来了……可不可能是这么回事?"

"啊,哥萨克,哥萨克,虚伪的、假善的、鳄鱼一样的冷血动物!滚他妈的!"拉图金一本正经地说。三个年轻的战士(都是新从哥萨克屯子里动员参军的),扑哧一声笑起来。沙雷金立刻回答说:

"开玩笑也得分个场合,拉图金同志。办正经事时总得控制一下自己,别嬉皮笑脸的。"

萨波日科夫轻声说:

"拉倒吧,弟兄们,不要吵嘴。"

马匹把马嚼子摇得丁丁当当,咯吱咯吱地嚼着小麦。侦察兵背上背的大枪,枪筒子被风吹得呜呜响。

"你就吃吧,别淘气了,讨厌家伙!"拉图金看那匹马把头从帽子里抬起来,朝他一个劲儿点头,便吆喝道。

刚才在屯子里有一群战士在井沿站着,萨波日科夫喊着问,谁愿意自告奋勇去侦察,沙雷金头一个走上前来:"我跟您去。"同时憋不住,又激动地补充说:"指挥员同志,您可不要以为我是想逞能,想出出风头,而是作为一个共青团员,可以说是自动自觉……"

拉图金把拉炮车的马牵到井沿饮水,正跟战士们说笑,一听这话,又看见沙雷金那张红扑扑的兴奋的脸……"嘿,这个翘鼻子的小鬼,"他心里想,“不,你瞎逞强,你想压过我,不可能……”于是扭动一下肩膀,走到萨波日科夫跟前。

“我要跟您去,不会是累赘吧,谢尔盖·谢尔盖耶维奇?那我就跑回炮兵连去请个假。”

一路上,他总挑沙雷金的毛病,逗得那三个战士直笑。现在沙雷金倒说他嬉皮笑脸,而指挥员又批评他们不该吵嘴。都这么对待我!拉图金把剩下的麦粒从帽子里倒在手心,往嘴里一扔:

“应该想法抓个舌头,何必在草原里瞎转悠……有舌头就可以知道——前线集中在什么地方……”

“对,”沙雷金表示赞同说,“这个建议有道理。”

“好,同志们,上马!”

萨波日科夫戴上帽子,给马扣上嚼子,吭吭哧哧地紧好肚带,跳上马鞍。拂晓前天更冷了,但是夜色已经不那么黑了。黎明前的绿光照出云彩昏暗的边缘。小伙子们都无精打采骑在马上,放小速步走着。

“停下!他们在那儿!”拉图金把身后的卡宾枪从头顶上往前一拉,把皮帽子碰掉了。“六个……七个!”在微微发绿的昏暗中,只有他那水兵的眼睛能够看见一般人根本看不清的东西……“不对,见鬼。”他哑着嗓子低声埋怨那些凑过来的侦察兵说。“你看的方向不对,他们在那儿——刚刚闪出一点儿光亮……”

当他们急急忙忙从马背上往下卸机枪的时候,便传来马蹄声了,出现好几个模糊不清、显得非常高大的骑兵的影子。

“老扒灰的,缴枪不杀,快投降!”拉图金用疯狂的声音喊叫起来。他不大会骑马,竟用卡宾枪枪筒打了一下马,向前跑去,沙雷金追赶他,也跟着向前跑。“回来,回来!”萨波日科夫扯破嗓子地喊。那几个哥萨克看样子也是侦察兵,刚刚停下一会儿,就掉转马头,向后撤去。拉图金从马鞍上打了几枪;走在最后面的那个家伙(其余的人早跑远了,刚刚还看得见影子)骑的马往旁边一蹿就倒下了。拉图金和沙雷金前后转悠着,把从马上跳下来的人圈住。“这边来,同志们!”拉图金喊道,他已经在跌倒的马旁边跟那个人交起手来。等大家跑来时,他已经骑在哥萨克身上,正在捆那个家伙的手。"这个老家伙个头不大,可挺有劲儿……"哥萨克趴在地上,半边脸伸进雪里,皱着眉,眯着眼,喘着粗气。

他们叫他站起来,他不动,推他,还是不动,给他翻个个儿,让他仰面朝天躺着。哥萨克开始破口大骂,用尽了最刻毒、最花花的词句,好像是希望他们立刻打死他。萨波日科夫脸色变得苍白了,用刀鞘打了他一下:"起来!"哥萨克扬起头,用疯狂的目光扫了萨波日科夫一眼,摇摇晃晃地站起来。他身材不高,肩头向下耷拉,留着一圈像光轮似的大胡子,上面沾满了雪。

"骂人,舌头要长疔的,你这个老狐狸!"萨波日科夫朝他吆喝道。"站在你面前的是团长,你回答我的问题。"

哥萨克挣了挣被反绑起来的双手。他摇晃着满脸大胡子,用发黄的圆眼睛打量着面前站着的这些人。突然舔了一下嘴唇。

"我认得你,"他朝一个红脸蛋儿、笑嘻嘻的红军战士说,"你是库尔金的亲侄子,你不觉得害臊吗?"

"啊!我也认得你,亚科夫·瓦西里耶维奇……"

"亚科夫·瓦西里耶维奇,你好,亲爱的。"拉图金说,那个好笑的红军战士又扑哧一声笑了。"大胡子怪物,我们寻找你们已经找了一夜了。哪个团的?属于哪个军?"

萨波日科夫把哥萨克往旁边一推,取出地图,开始审问。哥萨克支支吾吾,后来显然考虑到谈话可以拖延时间——等这些红肚皮不大注意的时候,可以设法逃掉——于是滔滔不绝地讲起来。从他的话里得知,塔塔尔金将军突破了前线,但被顿诺斯塔夫罗波尔骑兵旅阻挡住,未能扩大战果,现在双方正在杜博夫卡附近进行激战,白军和红军都在向那里集中。

线索终于找到了。决定派一个人把哥萨克押回团部,其余的人不惜跑坏马,赶奔杜博夫卡——向司令员报告卡恰林团已经来到。直到这时才突然想起来——沙雷金哪儿去了?

"米什卡!"拉图金召唤起来。"你是跟马一起睡着了怎么的?"

被拉图金扔下的马踩住了缰绳站在那里。另一匹马耷拉着瘦长的肚子,从马肚子底下露出沙雷金的两条腿,奇怪地蜷着。他双手抱着鞍鞯,把脸贴在上面。

“米什卡!”拉图金担心地抱住他的肩膀,往怀里拉。“小老弟,你搞的什么鬼?”

沙雷金身子向后一仰,沉重地倒在拉图金身上。他面如土色。军大衣的胸口直到子弹带之间浸透了鲜血。拉图金把他放到雪地上,裸露出白色的肚子,用手掌按住往外流血的刀口。

“是你用军刀攮的?嘿,亚科夫,亚科夫!……”拉图金连忙脱下军大衣和军装上衣,把衬衫从领口一撕两半,搓成辫绳,麻利灵巧地给沙雷金勒住肚子。

“谢尔盖·谢尔盖耶维奇,得把他送回小屯。”

“这怎么可能呢……”

“有什么不可能的!……我一个人送他回去,连押着俘虏。”

沙雷金死人般的脸上透出冷汗,向上翻着的眼睛也有神了,他渐渐恢复了知觉,露出惊惧神情:他出了什么事——他那从来没患过病的年轻力壮的身体,一下子垮了……

“同志们,我的亲人,现在我可怎么办?”

“雪,抓点儿雪,傻瓜!”拉图金用手指抓了把雪,放在他的嘴唇上。

当他们忙着替沙雷金包扎,又把机关枪从瘸马身上搬到另一匹马身上的时候,天光已经大亮了,风吹逐着散乱的低云,乱云里撒下冰冷的细雨。他们光顾忙活了,竟没注意从南面有大队的骑兵跟一团团云雾一起来到近前。

马蹄声震得草原轰鸣起来。骑兵纵队一起一伏地用大速步跑过去,后面跟着马拉的大炮和四匹马的快车。侦察兵们勒住缰绳,望着他们。退却已经来不及了。

侦察兵被发现了,纵队前头有二十来个骑兵离开队伍,向这里驰来。萨波日科夫回头望了一眼,只见拉图金脸色变得苍白,神情严肃,慢慢往外拔军刀;那个好笑的战士下意识地扳了一下枪栓,整个脸上好像疼得难忍,叠起皱纹……

跑在最前头的骑兵歪戴着羊皮帽，披着一件毡斗篷，斗篷肩部挺宽，长得把座下小马的尾巴根都遮住了，他指着这些侦察兵，不知喊了些什么。萨波日科夫打了一枪，拉图金马上离开马鞍扑到他身上，扳住他的手：

“嗯……不行！别开枪！自己人！”

他们来到眼前了。两翼的人把身子伏在马背上，实行包抄。穿斗篷的大个子照直向萨波日科夫扑来，抓住前胸用力一晃，把萨波日科夫晃得两脚离开了马镫……

“你瞎眼了！……你们是什么人？哪部分的？”

他的两只黑眼睛骨碌直转，两撇胡翘起来，他勉强压住怒火，恨不得用军刀把揍一下吓呆了的萨波日科夫。

“我们是卡恰林步兵团的。正在寻找前线，取得联系。”

“前线就在眼皮底下，你们都找不到，还建立什么联系。”那个留胡子的人回答说，态度冷静下来，当啷一声把军刀插进刀鞘。“上马，跟我们走。”

“问题是……我们还有个伤号……”

“哎呀，我的天哪，你们全团都像你这样没头脑吗？把伤员抬到马上，放在那个没受伤的人的马上。”他指着拉图金。“这是个什么英雄？”

“抓到的舌头。”

“把舌头交给我们。（萨波日科夫刚刚提到舌头要送回团部）啊，我跟你是谈不来的。旅参谋长要跟你谈的，这一点你可要知道。”他扭扭肩膀，正了一下斗篷，放开大速步往前跑了，他身下的战马好像跳舞似的，马蹄闪闪发亮，刨起一片白雪。剩下的人都跟在后面——包括拉图金，身后还靠一个沙雷金，还有那个被俘虏的哥萨克，他的双手被解开了，由于羞愧和痛苦，满脸大胡子都露出愁容。

骑兵纵队走得非常快，现在透过满天的雨和雾，只能隐隐约约看见。谢尔盖·谢尔盖耶维奇问，这是一支什么队伍？那些骑兵听了感到说不出的奇怪。

“什么？这是什么队伍？这是谢苗·米哈伊洛维奇·布琼尼的骑

兵旅。”

“您休息了一会儿吗，达丽亚·德米特里耶夫娜？您的脸怎么显得有点儿心事重重？打早晨起来还没吃东西吧？是啊，是啊……我可挤了满满一桶奶。说真的，本想跑来给您送点儿，可是都给战士们喝光了。把面包捏碎了放在里面，我们三个人就喝了。这回可填饱了肚子……”

库兹马·库兹米奇由于精力充沛而神采奕奕。他那张刮得光光的脸，达莎简直都不敢看——那副模样难看极了：小下巴忙乱地动着，嘴全都袒露出来，好像很希望能有什么东西把它遮住点儿……达莎醒得很晚，屋里和院子里连一个人都没有了。空气中散发着解冻和牛圈的气味，一团团的雾气挂在用芦苇苫的房顶上。库兹马·库兹米奇从隔院望见了达莎，灵巧地跳过篱笆，一边搓着肮脏的小手，一边围着她身边转来转去。

“首先，一切都挺好，平安无事，达丽亚·德米特里耶夫娜……您丈夫现在在池塘对岸。您睡得很熟，所以没听见——已经交过火了。哥萨克想摸摸我们的情况，我们把他们狠揍了一顿，他们一个跟头翻回大村子里去了。现在我们还忙着挖壕……我还到炮兵连去了一趟——卡尔·穆尔出去侦察还没回来。方才，阿尼西娅赶着车，拉着一个大木桶过去，脸色很不好看，嘴闭得紧紧的，鼻子也尖了，连话都不愿意跟我说。这就是外面的一般情况。至于谈到您，赶快拎起桶，从铁锅往勺子里倒点儿温水，我们去挤奶去。什么也赶不上摸摸母牛的奶头更令人心身安静了，对耽于幻想的知识分子尤其如此。”

达莎笑起来。但他仍然坚持己见：

“席勒是席勒，可你们住的这家主人跑了，扔下牲口没人领，没人喂，也没人挤奶。这可不成体统。快去取桶。”

“我根本不会，库兹马·库兹米奇。”

“这倒是很典型的回答。您从前什么也不会，达丽亚·德米特里耶夫娜，您不会拿针，您不会体贴丈夫，差一点儿没把他永远丢了。现在我们一起去挤奶，我还要教您怎么摊牛奶薄饼，怎么用劈柴片煎鸡蛋。过一会儿，伊万·伊里奇回来，饿得像野兽似的。可是美貌的妻子给他端上平底锅，里面的猪油吱吱直响。他一下子扑上去，可您再给他端来薄饼。您就坐在对面，带着一种泰然的微笑望着他，他会觉得这种微笑就像蒙娜丽莎的微笑一样，是个不可解的谜。看，红军指挥员的妻子就是这么能干！”

结果到底是按库兹马·库兹米奇的意见办了——他要是产生一个什么念头，就像头上扎进刺了似的，最好还是听他的。达莎在昏暗的牛圈里撩起裙子，蹲到母牛身子底下——母牛既不顶她，也不踢她。达莎用温水洗洗母牛的奶子，按照蹲在身后的库兹马·库兹米奇教的方法捋起粗糙的奶头。她很怕奶头会从手里挣脱出去，但他却一个劲儿催促说：“使点儿劲，别害怕！”那头骨架宽大的母牛掉过头来，朝着达莎扑哧的一声喷出一团浓重的热气。细细的奶流落进桶里哗哗地响，散发着童年的气息。这是一种没有语言的、“低级的”、“善良的”世界，在这以前，达莎对于这个世界是一无所知的。她悄声把这种想法告诉库兹马·库兹米奇。他蹲在她背后，也悄声说：

“不过，这话您可千万别对任何人讲，不然他们会笑话您：达丽亚·德米特里耶夫娜在牛棚里发现了一个以前不知道的世界！手指头累了吧？”

“累死了！”

“松开吧……（他上前把她换下来）应该这么捋，应该这么捋……哎呀呀，俄国的知识分子竟然到了这种地步！追求永恒的真理，却找到一条老牛……”

“请问，您自己又怎么样？……”

“我？”他气得连奶都不挤了。

“坐在老牛身下，却高谈阔论！”

“亲爱的，您要是跟当过神父的人进行争论，可占不了便宜。”

他拎起奶桶，跟达莎一起出了牛圈，回到屋里。然后他开始把木柴劈成细条。

“发发议论不过是一种思想游戏。约翰·乔治·哈曼①素有北方魔法师之称，他就说过：‘我们自身的存在和外界事物的存在，在我们之外都是无法证明的，只能相信这种存在……’要是不相信的话，世界就不存在了吗？您和我也都不存在了吗？这个也不是劈柴片儿，化为乌有了吗？用‘乌有’能煎鸡蛋吗？”

他把细木柴片放到炉口跟前，从炉膛里扒出几块红火炭，用嘴吹起来。

“至于人生的哲学，可就是另外一码事了，达丽亚·德米特里耶夫娜。你要研究生活，要了解它，掌握它……要是没有崇高理智的干预，生活就会走上邪路。我的存在是一种事实，是最不容置疑的，对我本人也是极端重要的。由于我喜欢交际，富于好奇心，所以我什么都想看看，什么都想弄明白。像我们周围和我们身上发生的事，我很快就会明白个八九成，因为这并不是自然现象，而是受人的理智的指导。我就是找不到机会跟咱们政委谈谈。其实我并不一定想找他谈，找一个军界以外的人也行，只要这个人有咱们政委那样的头脑，谈上一个小时就可以了……达丽亚·德米特里耶夫娜，您到院里去一趟，紧靠里头有个仓子，我刚才发现的，连锁头都砸开了。去取点儿面粉，嗯，有两把就够……”

早饭做好了。达莎一直盼着伊万·伊里奇回来，却没回来，倒有一个红军战士提着枪，扎着弹药盒，闯进屋来。

“团长命令套车，把东西都装上……赶快收拾吧！”他抽了一下鼻子，把皮帽往后脑勺上一推，拎着枪走到炉子跟前，从平底锅上抓了一大把热气腾腾的薄饼，不好意思地往外一钻就走了。

“同志，”达莎喊道，“同志，出了什么事？”

“还什么出了什么事？您往街上看看吧……”

这时，就在附近，可能就在院子里，响起一声猛烈的爆炸声，把两个小窗户的玻璃全都震掉了。

---

① 约翰·乔治·哈曼（1730—1788），德国哲学家、作家，以思想玄奥而有北方魔法师的称号。

邓尼金司令部里的军事专家们已经制定了十二月进攻察里津的计划。最为年轻的将军之一的弗兰格尔男爵，指出占领这个城市的极其重要的意义。阿塔曼克拉斯诺夫采纳了这个计划。由迈马耶夫斯基①指挥的一个师，在北高加索打败了红军，腾出手来，并得到科尔尼洛夫旧部、马尔科夫旧部和德罗兹多夫斯基旧部的精锐兵力补充，被派来增援顿河军。迈马耶夫斯基横穿顿巴斯，赶去掩护顿河军的后路，因为顿河军西侧暴露在来自乌克兰的打击之下，而在北部边界上也只留下一支强有力的掩护部队。顿河军的五万精兵正向察里津进军。

与此同时，共和国红军总司令部也在拟定迎击敌人的计划。部署在顿河地区北部边界上的第八集团军和第九集团军，沿顿河两岸向境内挺进，逼着克拉斯诺夫的哥萨克白军退到第十集团军的刺刀上，三支军队一起在察里津的草原上逐渐消耗顿河军的力量。红军在消灭顿河军之后，来个一百八十度的大转弯，向西挺进第聂伯河，消灭盘踞在乌克兰的彼得留拉匪帮。

这个计划把最主要的东西忽略了：这就是在军事地图的线条和圆圈底下，在符号网和数字网底下，阶级斗争正按照它特有的规律和能量如火如荼地展开。这些点点和线线在本质上是不同的：有的能向红军的团、旅、师输送有生力量，有的则要削弱红军。

总司令部的计划所规定的红军进军路线，不符合内战的最高战略原则。红军从北方沿顿河、霍皮奥尔河、梅德韦季察河向东南运动，要经过有敌对情绪的哥萨克村庄，从而削弱了进攻力量，延迟了进攻时间，给敌人以调动兵力和重新部署的机会。

这就是深藏在共和国最高军事委员会内部的秘密背叛行为为下一步安排的隐蔽步骤，促使最高军事委员会采纳了总司令部的计划。这一错误乍看起来很难察觉，过了半年之后，便成为严重的危险。

红军的十二月反攻开始了。在顿巴斯的工厂区和矿区，工人们望眼

---

① 迈马耶夫斯基（1867—1920），帝俄中将，反革命志愿军指挥官，由于攻打莫斯科失败，被撤职。

欲穿地盼望红军到来，以便举行暴动，可红军却出现在顿巴斯以东很远的地方。而迈马耶夫斯基率领的一师人，带着探条和绞架从南方闯入了顿巴斯。发起进攻的红军右翼受到威胁。攻势迟缓下来。敌人的全部攻击力量，从八月份算起，第三次落到第十集团军头上。

敌人的数量多，武器更好，后勤供应更充足。他们气焰嚣张，士气甚旺。双方实力相差悬殊。察里津把它仅有的能够补充队伍的人员——五千名工人——全部派到前线。于是，支援红军打赢这场战争的，只有革命的创造精神了。

法国人民在一七九二年，忍着饥饿，光着脚，用自己造的长矛武装起来，为了打败训练有素的欧洲联军，发明了飓风式的炮击方法，并且违反一切军事操典，用步兵的人海战术去攻破腓特烈国王赫赫有名的方阵。

俄国人民创造了骑兵作战的新组织形式。从萨尔草原出现的谢苗·布琼尼旅，就采用了这种新形式。这个旅的战斗力不仅仅来自勇敢。哥萨克白军也能一刀把人劈成两半，直到马鞍为止。布琼尼骑兵旅，从留着大胡子的车夫，直到留着半俄尺长的两撇胡的旗手，都团结一致，忠于革命，严守纪律。它的连、排都由一个村的人组成。它的战士们小时候一起在草原里捉过蝈蝈，现在并肩骑马作战。儿子和侄子们都在作战队伍里，父亲和叔伯们都赶着快车或辎重车。从谢苗·布琼尼率领他那支有三百人的队伍离开普拉托夫村的第一天起，直到现在没有一个人开小差……这样的战士又有什么地方可逃呢？他总不会逃回自己家乡去——那只能受到羞辱和审判。

按照军事条令并没有规定的习惯，这个旅有两种审判方式：一种是正式的——军事法庭，一种是非正式的——同志审判会。犯了过错的战士——不管是在战斗中表现不好，不服从指挥，或是见了别人的东西手痒——都由军事法庭审判。除开军事法庭之外，在一些特殊情况下，就由战士们自己来审判。他们总是在天要黑的时候，找个僻静的地方，开始对犯过错的人进行审判。有时候，军事法庭考虑到种种原因，可能开释犯过错的人，而同志审判会审判更为严厉，这个人从此就不见了，无论向谁打听，都打听不到他的下落。

这个旅的战斗队形也按照新的原则排列，这种原则也是在任何作战条令里都没有明文规定。骑兵连在展开冲锋散兵线时分成两排。前排都是有经验、有膂力的马刀手，往往是旧军队训练出来的骑兵，他们的劈杀动作非常利落，敌人的下半截身子常常能被马驮着跑出好远。跟在后面的都是神枪手，他们拿着手枪和卡宾枪，在战斗中每人要保护自己前面的人。前排骑兵在后面同志的火力掩护下，可以毫无后顾之忧地挥刀向前，大胆冲杀，即使敌人的骑兵在数量上多出一倍，甚至两倍，也从来经受不住布琼尼骑兵的集中冲锋，因为布琼尼骑兵是由各个独立作战的环节汇合成的一股力量。

屯子里有好几个地方起了火。浓烟从密集的屋顶中间滚滚升起，火焰一蹿多高，把火星和燃烧着的碎麦秸秆抛到低低飞驰的乱云底下。几只鸽子盘旋着，落进了火堆。圈里的牲口哞哞叫。一头种牛挣脱开绳子，撞破篱笆，狂叫着沿街跑去。女人们抱着孩子，从着火的草房里跑出来，找地方藏身。从土冈后的大村子里，哥萨克炮兵一个劲儿打炮……

到了晌午，从土冈后面出现了第一批哥萨克步兵的散兵线，他们好像稀稀拉拉的小黑点儿，拉开长长的距离，企图包围火光熊熊的小屯，把蹲在仓促挖成的战壕里的卡恰林团赶到火堆里去。这条战壕从屯子头上的铁匠炉开始，沿着池塘的岸边——池塘里的冰已经被手榴弹炸开了——渐渐拐到大土丘上的风车跟前。

捷列金和伊万·戈拉骑着马，沿着战壕走去，后面跟着政委的传令兵阿格里皮娜，学着哥萨克的样子，歪戴着羊羔皮帽。他们来到步兵班跟前停一下——只见战士们冒着细雨蹲在齐腰深的狭窄壕沟里，显得无精打采——又在机枪班跟前停一下：伊万·伊里奇满面红光，露出快活的眼神，伊万·戈拉由于昨夜心情不快，脸色阴沉，消瘦了许多，不过现在情况完全清楚了，倒也放下心来。捷列金在马鞍上坐直了，用戴着手套的手在嘴唇上一抹，好像要抹掉嘴角上的微笑似的，趁着炮弹爆炸间隙的沉寂说：

"同志们,你们这回可有机会狠狠杀伤敌人了。打枪时不要惊慌,要镇静,要找准目标——一枪一个,我和政委都希望你们一定要打得准。开始刺刀反冲锋时,要心齐,要狠……我命令——不论发生任何情况都不准后退。"

政委伊万·戈拉把头一晃,高喊起来:

"列宁同志万岁!让世界资本主义衰弱和完蛋吧!"

他们讲完话,又策马赶到另一群战士跟前。他们绕完整个前线,在风车磨坊跟前下了马。这时,侦察人员已经查明,夜间有大批哥萨克部队开进大村子。根据他们发起攻击那股拼命劲可以断定,卡恰林团出现在小屯,使敌人出乎意外,这支敌人显然另有任务,所以他们就决定顺便一举消灭这里的红军。

风刮进磨坊的屋顶下面,呜呜作响,刮得木齿轮吱嘎吱嘎叫,屋子里散发着住家户常有的面粉味和老鼠味。伊万·戈拉一个劲儿唉声叹气,不时从木板脱落露出的空隙中间探出头去,望望东方灰褐色的大草原上会不会出现谢尔盖·谢尔盖耶维奇的影子。捷列金在下面朝着电话喊了一气,也从立陡的梯子爬上来。

"我们这是在重演察里津战役!"他举起望远镜,兴冲冲地说。

"这算妈的什么战役,我们就像绵羊似的,被人团团围住……我告诉你吧——他准给打死了,已经快过去两小时了。"

"谢尔盖·谢尔盖耶维奇不会那么容易就给打死……"

"你怎么那么高兴呢?……"

"打仗就得高高兴兴的,伊万·斯捷潘诺维奇。"

场院里被打着了的麦秸冒出青烟,贴着地面向朝这里进攻的哥萨克飘去。现在可以辨别出一个个奔跑着的人影。红军的前哨一边打枪,一边后退,已经退到战壕。卡恰林团的整个前线,围着燃烧着的小屯,呈不规则的马蹄形,这时都隐蔽起来。

"哈哈!到底卧倒了!"捷列金喊了一声。"这些乳臭未干的小子,神经受不了啦!你看,你看——敌人的散兵线卧倒了……伊万·斯捷潘诺维奇,劳你驾再跑一趟,郑重地嘱咐他们,不要开枪……没有我的命令,一枪也不许放。”

“政委!”拜科夫故作惊慌地吆喝道。“各就各位!”

第一炮兵班的成员:拜科夫、扎杜伊维捷尔、加金和弹药手阿尼西娅,都一下子站起来,站到自己的岗位上。伊万·戈拉从一座烧毁了的草房的土墙后面走出来,他后面离有一步远,紧跟着阿格里皮娜。他们走到掩护炮兵阵地的步兵班跟前。伊万·戈拉开始向红军战士们讲话。阿格里皮娜站在他身旁,像鞭子似的挺得溜直,一只手耷拉着,拎着手枪。

“……没有上级的命令——最严格地禁止开枪——一枪也不许放。”传来伊万·戈拉讲话的坚决的声音。“同志们,事先警告你们,谁不服从命令,就地枪决……”

拜科夫摇晃了一下落满雨水而发白的大胡子:

“弟兄们,你们可要小心这个拿手枪的姑娘,她会啪的一枪就结果你,连眼都不眨一下……”

阿尼西娅回答说:

“干吗要嘲笑她?阿格里皮娜是个正派的同志……”

伊万·戈拉转身朝大炮走来,板着脸孔,把炮兵们都吓得一声不吱了。阿格里皮娜像被人用绳拴住似的跟在后面,跟丈夫迈着一致的步伐。第一门炮架在一座从来没见过的用木板和大车轮子钉起来的台子上,四周还乱放着斧子、锯和碎木片。伊万·戈拉看到这个新鲜玩意儿,一个劲儿眨眼睛,然后问道:

“这是什么玩意儿?”

“我们的发明创造,政委同志。”拜科夫回答说。“有点儿像船上的活动炮塔……”

“大车轮子干吗呢?”

“可以迅速转动炮口。这玩意儿挺好使……”

“是这样,是这样,是这样。”伊万·戈拉继续朝前走去,阿格里皮娜紧跟在后面。拜科夫朝她挑挑眼皮。

“跟她在一个剧团里，同志们，政委我倒不怕，可就是怕她……眼睛像耗子似的溜圆，哼，一点儿怜悯心也没有……唉，女人哪，女人，我们打仗到底为的是什么？……”

“达丽亚·德米特里耶夫娜，饭送去了……他们没让我进磨坊……他从上边朝我直点头：‘真是达申卡亲手烙的吗？’我说：‘是她亲手烙的，可惜就是凉了……’他说：‘我吃饼最爱吃凉的……替我带给她一千个吻……’”

“这些话都是您编的。”

“上帝作证，根本不是……您听说没有，出了一件事儿？我们的伊万诺夫，嗯，就是那个医生，胆小鬼，吓得又是吐，又是肚子疼……政委发火了：‘他的神经需要清醒一下！’命令扒光他的衣服，弄到井台跟前用水浇……听见没有——正在嚎叫，现在浇的是第三桶了……真可笑！不过，我的胆子也挺小，达丽亚·德米特里耶夫娜……”

达莎像被关在笼子里似的在屋里来回走，从窗前走到门口，从门口又走到窗前，屋里已经摆好各种包扎用品，散发出一股石炭酸和碘仿味。库兹马·库兹米奇围着她转来转去。

“有一个梦老缠着我，差不多每天晚上都做这个梦：我手里抱着步枪，心像一块破布似的直打哆嗦，我放枪，用劲扣住这个枪栓，我全身都好像钻进这条该死的枪里去了……可是这条枪打不响，枪栓打得没有劲儿，从枪口只冒出一股慢腾腾的轻烟，而我瞄准的那个人，没有脸孔——我从来看不清他的脸——只见他向我逼近，身子变得越来越大……呸，多么讨厌！……”

“为什么这么静？”达莎问，把手指捏得嘎巴响，在小窗跟前停下脚步……这时，薄暮降临了……大火也熄了。炮弹的爆炸声和令人心碎的呼啸声再也听不见了。枪声沉寂了。哥萨克的散兵线已经逼近，他们爬到跟前——几乎把小屯包围了。达莎离开窗前，又开始踱步。“一定会有很多伤员。我们怎么能干得过来？”

“政委会把阿格里皮娜派来的，这会帮我们很大忙。您听我说，我还

求他把阿尼西娅也派来,我说:'她不应该守在大炮旁边,她非要守着大炮,不过是一种浪漫想法……'可是您说,我这个梦到底是怎么回事?"

"您说实话——伊万·伊里奇果然没事?一切都好?"

"他从屋顶上的窟窿里伸出头来看我,把嘴咧到耳根子。他绝对相信我们会胜利……"

"唉!"达莎直摇头。必须强迫自己不去想那成千上万像野兽一样向这里爬来的男人。这种事情反正是无法理解的……她费尽力气,就像用绳子牵着童话里的怪物似的,把自己的想象收回来,放到桌上摆着的这些小物件上——绷带啦,药瓶啦,手术器械啦……你看,碘酒就这么点儿,这可太糟糕了!想象温顺地服从了,可是马上不知通过一些不可捉摸的渠道,不知不觉又跑到哪里去了,只令她把两只眼睛睁得像一对小湖……为什么,为什么这些人要杀人?要把一切无辜的人、一切好人、可爱的人杀掉呢?仇恨是人身上最可怕的力量!如今仇恨把达莎包围了,向她逼近,窥伺时机,毫不动摇——只准备用刺刀去刺杀了,可你连端起刺刀都手指发抖……

"不,这简直是无耻——是的,"达莎说,她那对睁大的眼睛流露出疯狂的目光,把库兹马·库兹米奇吓一跳。"嗯,您干吗那么看着我?您知道吗,我跟咱们的医生一样,感到厌恶……我受不了这种仇恨……是因为我受过良好教育吗?……哼,现在就要让这种仇恨把我憋死了……"

她漫无目的地把药瓶和绷带包倒腾来倒腾去。

"我也真不明白,您干吗老是跟我絮絮叨叨地讲什么梦……"

"啊,达丽亚·德米特里耶夫娜,我的梦已经应了……有一种仇恨像爱情一样,能使人变得纯洁……这种仇恨就像高空中的一颗晨星……有一种仇恨藏在内心深处,跟野兽的仇恨一样,顽固不化——这种仇恨,您倒是应该提防……我也恐惧过,我还记得,那是在一九一四年……听说开始战争动员时,不少俄国人还在国外,他们抢着要上最后一趟火车……德国的列车员在关车门时,把孩子的小手都给挤坏了……我的梦说的就是这个——我不想再跟政委讲了,除了您之外,对谁也不讲了,对您讲也是因为赶上这个当口儿。我这个人太软弱了,我在大地上的旅程结束了。"

他突然抽泣起来。“我的枪打不响,光是吱吱叫。”

“我恨死了!”达莎忽然喊道,把五个指头捏在一起敲着自己的胸脯。“这些人的脸孔我见过,我太熟悉了:那是想杀人还没杀成的吓人的眼睛、脸上长着贪色的粉刺、拉长的下巴……都是坏蛋!蠢笨和愚昧的家伙……这种人没有,没有必要活在世上!……”

“平静些,平静些,达丽亚·德米特里耶夫娜。我们最好还是看看锅里的水开了没有?”

达莎快步走到窗前——在发蓝的暮色中,有许多红军战士准备冲锋的样子,端着枪俯身跑过。她甚至看清了他们的脸紧张得布满皱纹。有一个战士绊了一跤,趔趔趄趄地跑过去,然后摆动一下胳膊,直起身,回过头来龇牙一笑。

草原上升起一颗信号弹,撒落一道道有毒的绿火星。火星缓缓落下来,照亮了那些趴在战壕里的灰色脊背和离得不远——不超过二百俄丈——正在往起爬的哥萨克步兵的身影。在他们中间,有一个人把军刀举在头上挥舞着,奔跑着。火星熄灭了。在一刹那的漆黑中,响起呐喊声,就像雷雨的狂风一样,越来越猛:“乌—拉—拉!”

捷列金摘下皮帽子,用手掌摩挲一下湿淋淋的头发。一切可以考虑到、估计到和应该做的事,都做了。现在就看作战的士气了。要是把用望远镜隐约分辨出来的大量后备军算在内的话,敌人的兵力大约超过红军三倍。

他为了看得仔细,连肩头都从屋顶上的窟窿里伸出来。突然,小屯被一圈步枪的火焰包围了。伊万·伊里奇只觉得眼前的一切都浮动起来……在战壕前面,这一群那一群地聚集了不少人……他寻找起帽子:“见鬼,把这么好的皮帽子丢了!……”不一会儿来到底下,从土丘上向战壕跑去。

哥萨克的第一次冲锋,差不多全被打退了,正像伊万·伊里奇预料的那样,在铁匠炉跟前的战斗越发激烈了。那里正在进行肉搏战,一片发疯的喊杀声和手榴弹的爆炸声。他跑到后备力量隐蔽的土墙跟前,可是到那里一看,后备力量不见了——红军战士忍耐不住,自作主张地冲到铁匠炉那里打增援去了。伊万·戈拉骑着马,被一袋手榴弹压弯了腰,用小速步向那里驰去。

“政委!”伊万·伊里奇喊道。“这叫什么事! 毫无纪律! 这样不行!”

伊万·戈拉头压在口袋底下,只把怒气冲冲的鼻子朝他一扭。只隔两步远的地方,伊万·伊里奇看见了达莎——她正扶着一个用一只脚走路的伤兵进大门。伊万·伊里奇不禁停下脚步……举起一只手,挓挲着五指:“是这么回事,”他自语说,“我是为这事下来的……”然后转过身,朝相反的方向向炮兵阵地跑去。

“炮兵阵地上一切都平安无事吗?”

“就像上帝过节一样太平。您好,伊万·伊里奇。”

“同志们,放榴霰弹……打他的后备军! ……”

伊万·伊里奇爬上跟前的一座房顶,把眼睛贴到望远镜上。他方才在磨坊顶上发现的敌军后备军,已经密密麻麻地向这里涌来。他从屋顶上喊道:

“急射!”

在铅黑的暮色中,榴霰弹开始一个接一个地爆炸了。敌人的进攻队伍慌忙闪开,然后继续前进。榴霰弹炸得越来越低,就在他们头上,可是散兵线依然向这里前进。升起一颗信号弹,好像一条蛇悬在半空中,好几个火焰熠熠的小脑袋吊在宛若儿童玩具小锡兵的队伍上面,仿佛在保佑他们建立豪迈的功勋:弟兄们,现在可以踏着布尔什维克们的骨头玩个痛快了……这颗信号弹刚灭,在右面东方一连升起三颗信号弹,分裂成许多红火星,撒满天空,显得昏暗而凶恶。捷列金喊道:

“发信号弹回答:连放三个红的!”

布琼尼骑兵旅趁着暮色,沿着一条平坦冲沟的河道向敌军的左翼逼近,出其不意地猛扑过去,刹那间,哥萨克步兵的队伍被冲散、被击溃了,于是敌兵纷纷逃窜,布琼尼的战士驰马追杀——这是步兵遭遇骑兵时最可怕的事,一出现这种情况,便无法挽救了。从小屯上射出的信号弹的光亮,照耀着草原,草原上到处是一片嗖嗖的马刀声,只要沾上,没有不死的。敌兵一边跑,一边扔下武器,用手抱着头——战马和骑兵的黑影却常常追上他们,布琼尼的骑兵在马镫上跳起来,向左偏着身子,抡起膀子砍下去,哥萨克的尸体就滚到马蹄底下去了。

布琼尼看到整个战场上哥萨克兵都被打败了,纷纷逃跑,便勒住马头,举起军刀:“到这边来!”他带着集合起来的五十名骑兵,转身朝小屯方向驰去。他骑的是一匹烈马。谢苗·米哈伊洛维奇向后仰着身子坐在马鞍上向前奔跑,刀尖朝下提着军刀,好让胳膊缓一缓劲,银白的羊羔皮帽推到后脑勺上,让风吹吹他那汗淋淋的脸膛和自由地拂弄他的两撇黑胡子。后面的骑兵为了跟上他,直用马刺刺马。他们经过池塘的岸边,池塘的冰窟窿里反射出撒落下来的信号弹的火星。不知是些什么人,连忙躲开骑兵,趴到地上。谢苗·米哈伊洛维奇并不理睬他们,用军刀向铁匠炉那里一指——在铁匠炉跟前,哥萨克步兵跟卡恰林团的战士仍然杀得难解难分:双方都发起几次冲锋,拼一阵刺刀,然后又退下来,卧倒在地。

布琼尼的五十名骑兵排成散兵线,松开缰绳,两眼盯着前面跳动的银白色皮帽,从池塘旁的土丘向哥萨克步兵冲去——不管是机枪扫射、步枪射击,还是明晃晃的刺刀,都阻挡不住那些由于用力而打着响鼻的战马。不管什么碰到刀刃上,都要被砍断。谢苗·米哈伊洛维奇直到进了小屯的街道,才勒住马。

捷列金连忙向他走去。谢苗·米哈伊洛维奇并没马上回答捷列金的敬礼——用手绢擦净了刀刃,把手绢扔到地上,把带铜把的长军刀插进刀鞘,这才把伸直的手掌举到额角上说:

“您好,同志,您是谁?是团长吗?……我是兵团司令员布琼尼旅长。我命令您:留下一连人看守辎重和伤员,带上其余的人和炮兵马上攻打大村子,占领它,并肃清哥萨克白军。”

“遵命,一定完成任务……”

“等一等,同志……”

他跳下马,把手掌往肚带里伸伸,用手指拍拍马的嘴唇,那马却老想咬住他的袖子，然后向伊万·伊里奇伸出手来。

“伤亡很大吗？”

“不大。”

“这很好。怎么样——我们不来，你们依靠自己的力量也顶得住吧？”

“顶得住，怎么顶不住呢？弹药很充足。”

“这很好。去吧。”

“肚子的部位一点儿也不疼了，阿尼西娅·康斯坦丁诺夫娜，我甚至觉不出我的肚子在什么地方……这个地方构造得不合理——一个最重要的器官，却没有任何保护的东西……军刀扎进去不到一俄寸，便弄得一塌糊涂……真是一塌糊涂……给我点儿水喝……”

阿尼西娅守在他身旁——她已疲惫不堪，一声不响。野战医院现在设在大村子的一座用砖修的二层楼里。这里留下的都是轻伤员和那些不便运走的重伤员，其余的在几天前送到察里津去了。沙雷金快要死了。可是他那么不愿意死，那么眷恋生活，把侍候他的阿尼西娅折磨坏了。她已经不去安慰他，只是守在病床旁边，听他说着。

阿尼西娅站起来，想用茶杯从桶里舀水给他喝。他的脸发烧。他那对像孩子似的蓝色大眼睛，目不转睛地盯着阿尼西娅。她现在是女人装束——穿着一件白大衣；金黄色的头发编成辫子，在头上盘成一圈——这头发是他在梦里常常梦见的。他很怕她走开，她一走，他只有仰着头枕着枕头，咬紧牙，听着太阳穴里的血液发出不均匀的冲撞。他絮絮不休地讲着。他的思想一阵清醒，一阵糊涂，就像油碟里快要燃尽的灯芯发出的火苗——忽而舔着碟边，升腾起来，发出亮光，忽而落下去，冒起黑烟。

“那时候，您的样子很丑，阿尼西娅·康斯坦丁诺夫娜，比现在的年龄要大上一倍……常常用手托着腮发呆，什么也看不见，因为痛苦使您眼前发黑……可我是一个不爱可怜人的人，我把这个早都消灭了……爱可怜人的人，其实心肠最硬。人这一辈子就应该可怜一次……然后就停车——刹闸……你要把心放到铁砧子上捶打，然后再送到炉火里烧，完了再用铁锤捶……共青团员就应当这样……在船上那时候,我召集过一次秘密会议,我跟同志们讲明白,一切革命战士都不应该触犯您……当时,拉图金说了一句关于洗碗女人挺难听的话……唉,拉图金,拉图金!……您可根本不需要这个,阿尼西娅·康斯坦丁诺夫娜……革命救了您。您变得漂亮了——可这不是为了他呀……这是一条绝路……这个问题应该提出来,应该为这个问题而斗争……”

他的火焰舔了一下生命的边缘,窥测一下近在眼前的黑暗,便暗淡下去。沙雷金用干涩的舌头舔了一下嘴唇。阿尼西娅把茶杯递给他。他又讲起来:

“我知道我是为什么而死的,对这一点,我毫不怀疑……我只是希望您别忘了我……我是从彼得格勒来的,住在瓦西里岛。我爸爸是个木匠,我在技工学校念过书,跟爸爸干过活……他刨一下,我刨一下,他刨一下,我刨一下……我们俩谁也不说一句话……后来我到波罗的海造船厂做工……到那里我才明白了最主要的东西——我为什么活着……思想狂热起来,再也忍耐不住了。崇高的理想在召唤我,在底下连一小时都待不住了……嗯,接着爆发了战争,我应征进了海军——我恨得牙都要咬碎了……阿尼西娅·康斯坦丁诺夫娜,您怎么就不明白,我们从前想象的、为之奋斗过的、亲自创造的人,现在活生生地出现在眼前……怎么能够让您还像从前那样耷拉着头,到处流浪呢?……那样的话,还搞革命干吗?不能那样做……您应该成为一名演员……每天傍晚,我都在那个板棚跟前转悠,我都看见了,也都听到了……‘啊,为了上帝!为了一切慈悲!……我被丢弃了,被丢弃了……’您一定会震惊整个前线的战士……内战一结束,您就会变成世界著名演员……您应当走这条路……您不应该表现软弱……他一定会向您表白,可您别听他的,阿尼西娅·康斯坦丁诺夫娜,我还想向您提出一点根据:您没有权利过个人生活。亲爱的……怎么扭过脸去了呢?……我歇一会儿,养养神,还想告诉您……我漏了什么,一个重要的根据……”

他的脑袋在枕头上晃了一阵,然后安静下来,沉默了好长时间,等阿尼西娅俯下身去,贴近看他时,他半闭着眼皮,已经看不见瞳人了。不是他的话打动了阿尼西娅的心,而是他那双愁苦地向上翻着的眼睛令她心碎了。这时她才明白他用热烈而混乱的语言所竭力表达的意思。她那两个孩子看到头上的粪堆呼啦啦着起大火,一下子吓坏了,他们紧紧挨在一起坐着,一定也是这样呼唤过她。从那以后,阿尼西娅从来没想过孩子们的面庞,她不敢想——如今,他们栩栩如生地浮现在她眼前:彼得鲁什卡只有四岁,阿纽塔更小,鬈曲的头发,胖胖的脸蛋儿,小小的鼻子,可爱笑了……现在,这个小伙子也在呼唤她,他算是第三个了。她要好好跟他告别一场,她要把他送到墓地上。

阿尼西娅轻轻抚摩着他那压得打绺的头发。他的眼睫毛颤抖着,她清楚地看见,他的太阳穴上渐渐出现一块块青斑……

第十四章

邓尼金总司令每逢星期五傍晚,都到母亲的一位远房亲戚叶卡捷琳娜·阿列克谢耶夫娜·克瓦什尼娜家里玩文特牌。他们开始玩这种牌,还是在上个世纪九十年代,当时安东·伊万诺维奇正在军事学院里读书,租了叶卡捷琳娜·阿列克谢耶夫娜家的一个房间,她家住在瓦西里岛五道街,那是一套虽然半在地下、却按照彼得堡的派头收拾得干干净净的住宅。当时他们有四个人常常在一起玩牌,如今活着的只剩他们俩了,又都被残酷的年代抛到这偏远的叶卡捷林诺达尔。安东·伊万诺维奇遵照上帝的意志,当了白军的首领,而叶卡捷琳娜·阿列克谢耶夫娜于一九一八年初逃出彼得堡,如今跟小女儿——也叫叶卡捷琳娜·阿列克谢耶夫娜——在这里过着俭朴的生活。

总司令不止一次利用各种借口提出要帮助她,可她总是回答说:“在我们之间最好不要来这个,安东·伊万诺维奇,金钱会损害友谊。”她常把情报部门出版物的校样拿到家里来看,此外,她跟小女儿还留着一些值钱的首饰,以备穷困之日。

星期五晚上是神圣不可侵犯的,不管是谁,连参谋长罗曼诺夫斯基将军也不敢打扰总司令这局成为传统的文特牌。晚上八点整，在靠草原一带的偏远城郊便有一辆一匹马拉的四轮马车，支起皮车篷，在一家不引人注目的小木房的大门口停下来。总司令吩咐车夫——一个胸前挂满乔治勋章的大胡子——到半夜时分赶车来接他，然后迈着轻轻的步子走进角门，登上台阶，这时房门在他面前自动打开了。

每星期五由情报处长派来的密探，总是尽量不让总司令发现。一个坐到屋顶上，藏在烟囱后面，另一个藏在街对面的一棵角锥形的老杨树后面，还有两个躲到院子里的脏水坑后面。邓尼金是军人出身，最讨厌密探。有一次，他拿着牌讲到这种可悲的防范措施时，讲起已故沙皇的一段故事。尼古拉二世生前喜欢一个人在皇村花园里散步。一清早，在他要经过的小径两侧的花坛和灌木丛后面都安排好密探。到了冬天，他们被大雪埋上，便一点儿也看不见。有一次，沙皇正在散步，听见背后的灌木丛后面传来一个嘶哑的声音："七号过去了。"尼古拉气愤极了——为什么这些密探竟然把他叫做"七号"，马上就把卫队长撤了，从那以后，密探都把他叫做"一号"了。

邓尼金一走进点着蜡烛的小小的外屋，便脱掉带铜跟的皮套靴，总是自己脱下——不用任何人帮忙——那件肥大的军大衣，这件大衣是用士兵穿的粗呢子做的，里面衬着红色里子，摩挲一下稀疏了的、铅黑色的背头，然后走上前去吻叶卡捷琳娜·阿列克谢耶夫娜的手。他用双手捏住小叶卡捷琳娜·阿列克谢耶夫娜姣好纤弱的小手，亲切地摇了摇，最后跟其余两位牌友简短而和蔼地道了声"你们好，先生们"，其中一个是他的副官洛巴诺夫-罗斯托夫斯基公爵，另一个叫瓦西里·瓦西里耶维奇·斯特鲁佩，曾经当过某部的司长，老彼得堡，是个最讨人喜欢的人。

客厅里，早已摆好了牌桌，绿呢桌布上点着两支蜡烛，扑克牌摊成扇面形。连粉笔和小圆刷都依照老规矩，跟在瓦西里岛上那些快活的岁月里所使用的一模一样。

叶卡捷琳娜·阿列克谢耶夫娜穿了一件旧的黑连衣裙，总是露出快乐的样子，她长得矮小，只是下身过于肥胖，移动着短腿，姗姗地走到牌桌跟前。她那张圆脸笑眯眯的，嘴挺大，说起话来"C""3"不分，听着倒蛮舒服。由于她好扭动，所以她坐的那把旧弯木椅总是吱吱嘎嘎响，她脚底下还要放上一个小凳。在每次抽牌决定座位之前，她总要先猜一猜，而且抽的结果总是她跟总司令打对家。她把那双小胖手举到鼻子跟前，高兴地拍着：

“你们看，先生们，让我猜着了……卡佳，我们又是跟安东·伊万诺维奇一伙……”

“妙！”瓦西里·瓦西里耶维奇·斯特鲁佩用阴郁的声音说，一边坐下，挑了一支粉笔和一个小圆刷。

瓦西里·瓦西里耶维奇是个头脑冷静、无所不知、说话刻薄的怀疑论者，长着一张严肃、早衰的瘦脸，玩起文特牌却是一个最厉害的对手，跟所有的彼得堡人一样，对待这种牌戏抱着一种认真的斯文态度。

“妙！正像一位出光了王牌的九级文官说的那样。”他又说了一遍，用那双保养得很好、指甲坚硬的手麻利地洗起牌来。

牌桌上的第四个人，洛巴诺夫-罗斯托夫斯基公爵虽然年轻，文特牌也打得蛮漂亮。他这位副官的职责，就是陪总司令玩牌，另外再办办总司令交给的一些私事。至于行军打仗，还有别的副官去管，他们有更现代的头脑。这个公爵跟洛巴诺夫-罗斯托夫斯基家族所有的人一样，相貌丑陋，秃脑壳挺长，前额挺大，五官十分猥琐。如果撇开他惟一的缺点——两条长腿在桌子底下直扭，就像急于去解手似的——不算，那么公爵是受过良好教养的。他从来也不表明自己的见解；要是有人向他问到什么，他总是拿一句出人意外的傻话去回答那个人，因为他清楚地知道，谁也不会拿正经事去问他；他待人殷勤，却并不显得逢迎，而且今年夏天，在负伤和离开作战部队以前，表现勇敢。

他们玩起牌来，好像举行某种神圣的仪式。在这所房子里，在这个时刻，根本不谈政治和战争。只能听到出牌声：“方块……红桃……没主了……两家没主了……”蜡烛发出毕毕剥剥的声音。放在玻璃烟灰缸边上的一支烟卷冒着袅袅的轻烟。终于，总司令开口了：

“怎么办，叶卡捷琳娜·阿列克谢耶夫娜，这把撂了吗？”

“可惜呀，啊，太可惜了，安东·伊万诺维奇……”

小叶卡捷琳娜·阿列克谢耶夫娜坐在跟前的一张长毛绒沙发上，连头也不抬，一边织毛衣，一边微笑着……她的脸、眼睛和头发都白得没有颜色，那低垂的细嫩的脖颈和漂亮的小手，流露出一种希望得到爱抚而又得不到满足的渴望。小叶卡捷琳娜·阿列克谢耶夫娜是个多情的姑娘，已经二十六了，可她那些艳史结局都很凄惨：不是他匆匆告别就上前方打仗去了，就是他突然另有所爱，而且毫不客气地把这件事通知她。现在她又爱上了这个虽不漂亮、却非常可爱的洛巴诺夫-罗斯托夫斯基。他用开玩笑的口吻向她献殷勤——这件事却使总司令十分高兴，因为总司令几乎把小叶卡捷琳娜·阿列克谢耶夫娜当做自己的女儿了。她还按照老式的浪漫史幻想着，有一天他把烟盒落在她家，第二天上午偏巧老叶卡捷琳娜·阿列克谢耶夫娜不在家，他骑着马来到小屋的窗前，走进门来，马刺撞得喀嚓一声，向她问好（她穿着一件黑毛料的连衣裙，衬着白领和紧袖），说声打扰，接着说起笑话，没等笑话讲完，突然停住了——他看清了她的脸孔，便什么都明白了。他们走进客厅，心情都十分激动……突然他握她的臂膀，把她拉到自己怀里："从前我真不了解您，"他会激动地说，"我真不了解您，您完全变了，您真芳香迷人呀……"想到这句话，她那联翩的幻想突然中断了……叶卡捷琳娜·阿列克谢耶夫娜一边织毛衣，一边微笑着，并不抬眼去看坐在两支蜡烛中间的公爵：她只要知道他在这里，能闻到他那很贵的烟丝的香味，就满足了……

这就是总司令邓尼金每逢星期五撂开繁重的军务、得以休息的小小天地——这是旧俄国的一块碎片。

今天，总司令却一反常规，来得很晚，显得心事重重，又有些心不在焉。他脱皮套靴的时候，把围着他脚边转悠的小猫爪子踩了一下，小猫发出难听的叫声，洛巴诺夫-罗斯托夫斯基连忙把猫抓住，送到厨房。老叶卡捷琳娜·阿列克谢耶夫娜笑起来。瓦西里·瓦西里耶维奇说："猫最叫人讨厌了。"大家都等着邓尼金进客厅。可是他却若有所思地挂上军大衣，继续站在那里，用手捋着花白的楔形胡子。这时，大家的脸色都变得严肃了，令人不安的沉默持续很长时间，直到公爵回来说，小猫安然无恙……

“啊，”邓尼金说，“那就好……我们别再浪费时间了。”

他今天玩得比平时还糟，常出错牌，总是回头望望小窗，尽管外面的窗板早都关上了。小叶卡捷琳娜·阿列克谢耶夫娜悄悄站起来，披上皮大衣，走到院子里，检查一下警卫人员是否坚守岗位。屋顶上刮着刺骨的寒风，再往高处，半块昏黄的月亮像发疯了似的飞驰着，不时地钻进乌云里，蹲在屋顶烟囱后面那个密探，冻得上下牙直打鼓，从房上喊道：

“小姐，看在基督的面上，给拿点儿酒来吧……”

大约十点钟的光景，有一辆小汽车开到门口。总司令放下手中的牌，紧张的眼睛变得炯炯有神了。走进来的是罗曼诺夫斯基将军，身材高大，脸色红润，态度傲慢，穿着一件普通军官的大衣，风帽的长帽耳系在胸前。他摘下制帽，把马刺撞得喀嚓一声，向在座的人行了礼。

“安东·伊万诺维奇，我是来请您的。”

“这么说——成功了？”

“是的，安东·伊万诺维奇。”

邓尼金着忙了：

“我去去就来，各位先生，实在对不起——有点儿要紧的事。”走到外屋，摘下军大衣，却一时找不到袖子：“公爵，您就留下吧，玩一局带替手的……我也不跟您告别，叶卡捷琳娜·阿列克谢耶夫娜……”

剩下三个人回到牌桌跟前，可是都没心思玩了。老叶卡捷琳娜·阿列克谢耶夫娜尽量抑制着自己的叹息。瓦西里·瓦西里耶维奇紧蹙着浓眉，用粉笔在绿呢子上画着小绞架和小鬼。公爵凑到小叶卡捷琳娜·阿列克谢耶夫娜跟前在沙发上坐下，她立刻容光焕发，撂下毛线活。他不时颤动着一条腿，絮絮不休地讲起来，他在附近发现一个非常灵验的算命女人，就想用车拉着她，去给安东·伊万诺维奇算一下。

“她取下您一根头发，放在蜡烛上一烧，她嘴里吐着白沫子……”

“她给您怎么算的呢？”

“她说我要骑在马上长途跋涉，您看多么准，说我要挂三次彩，最后的结局是举行一个愉快的婚礼。”

公爵把两腿一起颤动一下，就像有人把住他的肩头摇晃他似的，身子不住地晃动着，笑得透不过气来。叶卡捷琳娜·阿列克谢耶夫娜细嫩的脖颈和小小的耳朵一下子都红了。

“真的，一切都这么令人不安。”老叶卡捷琳娜·阿列克谢耶夫娜擦擦眼睛说。“大家的神经都绷得这么紧……我的天哪，我们什么时候曾经想到，会落到这步田地……”

“是呀，是呀，我们想得太少了点儿。”瓦西里·瓦西里耶维奇说，又画上一把斧子和一个断头台。“俄国是个奇怪的国家……”

总司令很守信用：当用罩子罩着的英国座钟清脆地打出十一下的时候，窗外传来戛然的小汽车声，安东·伊万诺维奇又脱起他的皮套靴，一边说道：

“我就知道，我就知道，叶卡捷琳娜·阿列克谢耶夫娜，您今天晚上有一道栗子烧火鸡……所以，亲爱的公爵，你去把汽车上那瓶香槟酒拿来……”

他兴致勃勃，一个劲儿搓手，有人提议把方才那局牌打完，他却推脱说：“算了，我和叶卡捷琳娜·阿列克谢耶夫娜举手投降，我们只是要保全荣誉。”他甚至从瓦西里·瓦西里耶维奇的金烟盒里取出一支烟，抽起来——这种事他是从来没有过的。主人连忙开晚餐。大家走进一间小餐室，餐室里两支蜡烛柔和地照耀着便宜的糊墙纸，却颇有古时的味道，桌上已经磕出碴儿的盘子里装着自己做的喷香的馅饼和凉菜。只是没有安东·伊万诺维奇最爱吃的菜——芥汁鳗鱼。另外也没有平时打完牌坐在餐桌旁的那种平静气氛：每次他们都会心平气和地继续牌桌上的争论：“您应该相信我的话——得把黑桃甩掉……”或是：“我的好太太，我早就知道他手里掐着尖儿、凯、圈儿，您不用在桌子底下捅鼓我……”

公爵感到空气有些紧张，便自告奋勇地吸引大家的注意力，他讲了一个彼得堡的扫院人的故事，说他有一种法力，能治牙疼、烧伤和丹毒，也就是他，望着碟子里的咖啡底子，顺便说出要跟德国人打仗。其实，公爵这时又提到战争，说得不大合时宜。瓦西里·瓦西里耶维奇马上提起玻璃瓶，斟上伏特加酒：

“看来，我们应当为俄国这种绝妙的扫院人还没绝迹而干上一杯……”

这时，火鸡端上来了。总司令把身子靠到椅子背上，用严峻的目光注视着这道菜端上桌，放在杯盘拥挤的桌面当中，火鸡还直冒热气，飘到蜡烛跟前，把烛火冲得轻轻摇曳起来。

“唉，只有俄国才有这样的火鸡。”他说着，挑了一个翅膀。公爵站起来，一点儿声音也没有地启开了香槟酒，斟到一个个茶杯里。安东·伊万诺维奇慢慢抽出掖在领子里的餐巾，端起茶杯，站起身来，用一只手扶着椅子说：

“先生们，我再也憋不住了，我要让大家高兴高兴……是这么回事：今天早晨法国军队在敖德萨登陆了，希腊军队占领了赫尔松和尼古拉耶夫。我们盼望已久的协约国援军终于来了……”

有一个非常奇怪的人坐着英国飞机在叶卡捷林诺达尔降落了，他甚至使统治阶层和权威人士都把握不定：究竟是克列孟梭①的密使，还是一个大骗子，也许是个重要人物。他的姓是法国人的姓——吉罗，平时的称呼却是彼得·彼得罗维奇，讲起俄国话十分流利，带点儿南方口音；他的护照是乌拉圭的，其实，这个情况并不说明他的国籍，倒是可以说明他手眼通天。他是从巴黎搭一艘往新罗西斯克运送枪支、弹药和其他武器的轮船来的。他向城防司令交验的证件，十分完备，其中有几位国会议员的介绍信，有宗教部长的荐举信，还有一封信是一位法国公爵夫人写的，只是这位夫人的姓氏很难念；另外他还有一张《小巴黎人报》的记者证和各种公司的业务建议书，当时从世界各地运到法国的各式各样商品和易烂货物堆积如山，这些公司就像蛤蟆菌似的在如山的货物上孳生起来。

不管怎么绞尽脑汁，却不能不面对现实：一位穿着阔气、地地道道的欧洲人仿佛自天而降，从巴黎来到这还保留着三月战役和夏季战役的痕迹的穷乡僻壤叶卡捷林诺达尔，他穿一件臭鼬皮领子的短大衣，一条花花

① 克列孟梭（1841—1929），当时任法国总理，积极主张对苏联进行武装干涉。

绿绿的围巾盖住整个前胸，手里提着两只崭新的皮箱，肩上挎着一架照相机，脚穿一双款式新颖美观的黄皮鞋，鞋底厚得出奇，镶着绿条，连城防司令都不能不盯住不放，至于彼得·彼得罗维奇·吉罗走到大街上，过往行人争相观看的情景，就更不必说了。这时，有个哥萨克提着皮箱跟在后面，而他把一顶浅灰色的礼帽气派十足地往前一卡，兴致勃勃地扬着头，沿街走去。

这位外国人被安排在一家上等旅馆的特等房间，把原先住在那里的外地投机商人帕普里卡基和他带的妓女撵了出去。第二天，吉罗前来拜会邓尼金将军。

安东·伊万诺维奇不好意思见他，便打发罗曼诺夫斯基将军到接待室去表示歉意说，总司令不大舒服，可是知道有这么一位贵宾莅临敝城，感到非常高兴。

吉罗还顺便拜访了科洛格里沃夫教授，这位教授本来是国家杜马的台柱之一，如今在邓尼金周围聚集了一伙具有国家思想的人，名之为“国家中心”。科洛格里沃夫教授对巴黎十分熟悉，并且非常喜爱它，他挽留最可爱的吉罗谈了几个小时，兴冲冲地回忆在小饭馆的那些午餐和蒙马特的夜间娱乐。他追想着林荫道的气味，并且不顾自己肚皮松弛和大胡子蓬乱，脸上硬装出年轻人的狡猾表情：

“舍尔阿米！① 没说的！还有巴黎女人那种特有的、难得的香味儿！……唉，我甚至情愿吻吻巴黎马路上的石头。是呀，是呀，您丝毫不必奇怪——您会发现每一个俄国人都是热爱法兰西的……关于这一点，您倒是应该写篇文章！……”

当即决定：“国家中心”派少数代表找哪一家聚会聚会，在早餐的时候聆听一下吉罗先生关于国际形势的介绍。

“舍尔阿米！”科洛格里沃夫教授兴奋得叫起来，友好地捻着客人西服上衣的纽扣，“您会看到一些具有远见卓识的人，他们早在你们欧洲之前就预见到红色绞肉机的可怕危险……布尔什维主义代表社会下层可以

---

① 法语：我亲爱的。

破坏一切的愤恨，是人类蟊贼的大发泄……你们，连你们当中最优秀、最有头脑的人，也为社会主义念喜歌。真是荒唐之极！卑鄙，太卑鄙了！社会主义固然有，社会主义者却不存在，因为社会主义是不可能实现的……我们可以向你们提出有力的证明！由于历史的意志，俄国的使命是成为一道屏障，让无政府状态源源不绝的浪潮在这道屏障上撞得粉碎，这样一来，我们的皮肉难免受苦，却可以保障欧洲文明得到顺利发展……为这一点，为了拯救欧洲和全世界不受红色幽灵的干扰，我们向你们伸出双手：帮帮我们吧……我们准备做出任何让步，俄国准备承担任何牺牲……关于这一点，您倒应该好好写写……"

这顿早餐颇费一番张罗：在叶卡捷林诺达尔别想搞到什么精美的食品，到处都是咸肉、鹅肉和猪肉：总不能让巴黎人吃疙瘩汤吧！"国家中心"的一位成员，姓冯·利泽，是个讲究吃的人，由他提出一份菜谱：肉汤、油炸包子、红葡萄酒汁鳕鱼块，第三道菜是干煮鸡——把整鸡装在猪尿脬里，不放一点儿水，然后放进锅里煮。通过投机商人帕普里卡基弄到一点儿像样的酒。连彼得·彼得罗维奇在内，一共六个人，一点整，在国家杜马成员、《祖国大地报》主编兼发行人舒利金家里聚齐。这顿早餐的确称得上精美。当送上用炒煳的大麦做的咖啡时，吉罗开始了他的介绍：

"先谈谈巴黎的情况，各位先生……大家对巴黎非常熟悉。外国人每年要在巴黎留下四十多亿金法郎。无怪乎连那些从高处阁楼的小窗向下俯瞰闪闪发光的汽车洪流的幻想家们也会被马路上的蒸气熏得头昏眼花。可惜，现在巴黎已经没有幻想家了，他们的尸体正在索姆、香槟、阿登腐烂，污染着空气。巴黎再也不是一个欢乐的城市了，从前人们在大街上跳舞，看到利奥波德王的大胡子或俄国大公的情场失意，便会放声大笑。现在巴黎和整个法国少了一百五十万男人——他们都阵亡了。在巴黎，以同性恋为职业的男孩子泛滥成灾。坐在咖啡馆凉台上的，全是愁眉苦脸的老头子，连二十法郎便卖一笑的妓女对他们都不感兴趣。在马恩，撞坏了的出租汽车在破旧不堪的木铺马路上走起来，丁当乱响。最阔气的饭馆和咖啡馆直到现在还允许美国大兵进去，这些美国兵就像憋足了劲的儿马一样性欲强烈。女人！哦，女人总是应付裕如：她们把裙子剪到跟膝盖一般齐，干脆不穿衬衣了。”

席上有几个人马上问：

“请讲得清楚点儿……”

“晚上女人上剧院或饭馆去的时候，只把最不重要的地方遮盖起来；说得更精确些，她们身上的连衣裙，不过是两根窄窄的布条拴着一条短短的裙子。全部精华都在裸露的大腿上——巴黎女人的大腿是非常漂亮的。这还何必穿衬衣衬裤呢？我们在战壕里受的罪，总算没白受，真是棒极了！不过，这都是些小事。今天的巴黎是一座胜利的城市。巴黎显得阴沉，街道扫得不净，可到处都是惶惑不安和模棱两可的议论。巴黎打赢了这场世界大战，现在正准备战胜世界反革命！”

席间有三个人悄声说：“好！”第四个人毫无表示，因为他正忙于把面包搓成小球。第五个人带着暧昧不明的笑容，暧昧不明地耸了耸肩。

“今天的巴黎，是一只发威的猛虎的巢穴。克列孟梭一心想要报仇：在签订和约之前——估计和约不会马上签订——让德国人忍受饥饿封锁的一切恐怖。德国的牙齿将要被彻底拔掉，它的利爪也要被剪去。克列孟梭在一次私下谈话时说：‘我要让德国永远成为编外国家，铲除它任何非分之想。他们可以有豌豆和土豆吃，不至于饿死。’但是，各位先生，五十年前，克列孟梭除了色当的耻辱①之外，还深深感受到巴黎公社恐怖的耻辱。他有一次在记者早餐会上回忆起往事，谈到他在旺多姆广场看见公社群众用许多大绳和滑车拉倒大帝纪念柱②所留下的残片时的印象：‘使我感到震惊的，并不是这种破坏本身，而是促使法国工人做这种事的思想。文明遭到毁灭的危险，这种危险可以推迟，但迟早会发生，而且就发生在把武器交到人民手里那一天。那一天将是我们雪色当之耻的一天，也是我们将要在两条战线进行作战的一天。’各位先生，克列孟梭说得完全对：复员的士兵正在涌回巴黎。他们

① 指一八七〇年普法战争，法军于色当大败，法皇和元帅、将军及八万士兵被俘。
② 即旺多姆圆柱，为纪念拿破仑一世的战功而建立。

已经经历过凡尔登和索姆的恐怖，所以，筑造街垒、进行巷战，对他们说来不过是一种娱乐。他们拥进小酒馆，在柜台跟前聚拢许多听众，他们大喊大叫，说他们受骗了：打仗的人得到的不过是肩章上的杠杠、十字勋章和假肢，而坐享其成的人却把几十亿的金币揣进了腰包……被通货膨胀弄得破产了的资本家，也跟这些闹事的人碰杯。巴黎郊区发生骚动。工厂停工。巴黎卫戍区的军队态度暧昧。德国发生了革命的混乱，社会民主党勉强能经受住革命的压力。匈牙利说不定今天或者明天就会宣布成立苏维埃……英国由于罢工而陷于瘫痪，正在拼命挣扎，劳合·乔治政府只能在暗礁之中转来转去。大家的目光都集中到克列孟梭身上。只有他一个人了解，要想给全欧洲的革命以致命打击，就必须从你们的莫斯科下手：意大利的渔夫每当从鱼网里取出章鱼时，总是用牙把它的气囊咬破，这样一来，它的腕足和那些奇怪的吸盘就都无力地耷拉下来了。”

大家听得挠乱了头发，摘下蒙上哈气的眼镜。当吉罗稍稍停顿一下，又拿起一支雪茄，准备咬开烟头的时候，人们纷纷提出各种问题：

“究竟有多少法国师派到敖德萨？”

“法国人准备深入内地吗？”

“巴黎知不知道克拉斯诺夫最近进攻察里津失利？法国人准备支援克拉斯诺夫吗？”

“在俄国已经划定势力范围了吗？具体地说，谁打算认真支援志愿军呢？”

吉罗慢悠悠地吐出一团蓝烟。

“各位先生，你们向我提出这样一些问题，好像我就是克列孟梭似的。我不过是个记者。几家报纸对俄国问题很感兴趣，就派我到你们这儿来了。关于给军队以直接援助的问题，十分复杂。劳合·乔治不想毫无意义地刺激任何人。他要是把英国步兵派到新罗西斯克，哪怕只有两个营，他在国会的增补选举中便会失掉两打选票。我得到的最新消息是：劳合·乔治已经坐飞机赶来巴黎——他认为这种空中飞行的交通工具胜似轮船，因为海上起了暴风，英吉利海峡到处都是浮游的水雷——就在前两天，他在十人委员会①里发表了下述见解：指望布尔什维克政府马上会垮台的打算，已经落空了，据可靠情报说，当前布尔什维克比任何时候都强大，他们对人民的影响大大加强了；连农民都站到布尔什维克一边。考虑到布尔什维克俄国的疆域不过局限于十五世纪莫斯科-苏兹达利王国②的自然边境以内，对任何人都不构成严重威胁，就应该建议莫斯科政府前去巴黎，听候十人委员会的发落，这就好像是罗马帝国召集它所管辖的边远地区的首领前去报告自己的所作所为一样……先生们，这就是我们西方形势的概况……你们还有些什么问题？……”

这次早餐（被科洛格里沃夫教授记入史册）之后，又过了几天，城防司令在向总司令汇报情况时报告说：

“总座，在‘萨沃伊’旅馆对门，新开一家收购店，用高价专门收买黄金和钻石，付的都是顿河票子……我们怀疑这钞票是不是真的：全是新钞票……”

“您总是这也怀疑，那也怀疑，维塔利·维塔利耶维奇，”邓尼金正在看战报的清样，怒冲冲地说，“您又背着我把一个犹太人打了顿鞭子，其实他根本不是犹太人，是奥廖尔的一个地主……在奥廖尔人当中，有的是黑头发的人，甚至跟吉卜赛人一模一样……嘿，您呀！……”

“罪过，那是我一时糊涂，总座……可是，关于这家收购店，是从叶卡捷林诺斯拉夫来的那个投机商帕普里卡基领的执照，不过我们已经查明，用令人可疑的钞票往这个收购店投资的真正老板（城防司令说到这里，尽量俯下他肥胖的身躯），是法国人，名叫彼得·彼得罗维奇·吉罗……”

邓尼金一下把清样扔到桌上。

“听着，上校，您这是想因为一些小事，什么表链呀，戒指呀，搞坏我们跟法国的关系！您到这家商店还干出了什么事？”

---

① 十人委员会是巴黎和会的主持机构，由英、美、法、意四国首脑和外长加上日本代表团两个首席代表组成。

② 莫斯科原为苏兹达利大公领地，后来建为重要城市；十五世纪正是伊万三世（1462—1505）当政，疆域只有俄国东北部一带。

“封了它的钱柜……”

“马上，开步走——打开封条，向人家道歉……并要……”

“遵命……”

城防司令跷着脚，腆着大肚子走出门外。总司令用手指在战报清样上又敲了半天，花白的两撇胡气得直哆嗦。

“真是个狡诈的民族！”他终于说道，但并没说清楚这话指的是谁——是指本国人，还是指法国人……

第十五章

在普罗赫拉德屯等待瓦季姆·彼得罗维奇的是新的失望。卡佳跟克拉西利尼科夫一家住过的那座草房，院门大敞四开，洁白的雪花掩盖了一切踪迹，空无一人的草房门坎上积起一堆雪，被房檐水滴出几个小窟窿。

没有一个人肯告诉瓦季姆·彼得罗维奇——克拉西利尼科夫带着两个女人跑到哪儿去了。是有一个克拉西利尼科夫在这里住过——这一点没人否认，但他是哪里人，家住什么村——谁能知道，当时混进马赫诺首领队伍里的人太多了，什么样的人都有。

屋里散发着冷却的炉膛的气味，地上净是垃圾，雪花从打破的玻璃窗刮进来，靠墙放着两张光秃秃的木板床。在剥落的墙壁上，走掉了的卡佳连个影子也没留下。费了这么大的周折，他们的道路终于交叉了，可现在——他来晚了。

瓦季姆·彼得罗维奇在用没刨过的木板搭的床上坐下。他们夫妻睡的是哪张床呢？阿列克谢是个漂亮而脸皮厚的庄稼人……“哭一会儿就行了，擦擦眼泪吧。”他一定会用并不粗鲁的口吻对她说——他是个聪明人，不会对一位娇气的太太说粗鲁话——他说话的口气一定很快活，却不容违抗……她就像个小猫似的不再哭了，乖乖地顺从了。她会羞答答地收拾得干干净净，听他摆布，他愿意怎样就怎样……是呀，她大概不会一头撞到墙上！——她会毫无热情、毫无意志地缠住这根树干，像惨白的菟丝子似的，开出几朵小小的苦花……

瓦季姆·彼得罗维奇在屋里来回乱转，踩在空罐头盒上。这种想象下流而无耻，你是在扯谎！卡佳一定会反抗，决不会屈服，她一定会保持忠贞与纯洁！啊，你这个胆小鬼！啊，你这庸俗的家伙！你要她对你保持美好的记忆，对你保持贞节与忠实？你最好还是回答一下：你会不会把他俩杀死在这张吱嘎作响的床上？还是从门口看见他们，看见卡佳那对眼睛——那是你已经失却的世界，然后说："对不起，看来我在这里是多余的了！……"这回你可尝到痛苦的考验了……这可怕的考验终于来到了！……你觉得受不了吗？不，你受得了，受得了的！你还要去寻找卡佳，一直寻找下去……

陪着瓦季姆·彼得罗维奇来的歪脸的卡列特尼克，坐在快车上等着。罗辛出了大门，上了马车，竖起大衣领子挡挡寒风。车夫是专门给马赫诺赶车的，兼做他的护卫，外号叫"大哑巴"，不管首领做出什么样的简短决定，他都会马上去执行；他个子很高，不爱说话，下半边脸挺长，就跟在凸面镜子里照出的怪相一样；他赶起四匹马跑得飞快，坐在上面的人只有把住车沿才坐得住。

卡列特尼克在车上颠得劈啪直响，用亲昵的口吻说：

"别伤心了，你这个傻瓜——首领既然下了命令，咱们就是钻到地底下，也会把你老婆找到。唉，我的妈妈呀，可真没见过，这种事也值得难过！娘儿们不过是外表上打扮得不一样，其实她们都是一路货色。只能坏事……你就死了这条心吧，她不会离开他的——阿廖什卡·克拉西利尼科夫为了她抢了三大车东西……他是那个连的头号抢劫犯……他早早就溜掉了，算他活捡着……"

瓦季姆·彼得罗维奇把脸连眉毛都藏到竖起的大衣领子里，自言自语地念叨着："你受得了的，受得了的。这不过是开头，是对你的考验的开头……"

马车到了古利亚伊-波列的鹅卵石马路上，也没减慢速度。来到司令部门口，大哑巴才勒住四匹汗浸浸的马。里面正等着罗辛回来，当时就叫他去见首领。马赫诺在一间没有生炉子的教室里主持一个规模很大的军事会议,那些指挥员坐在小课桌后面,很不得劲儿,涅斯托尔·伊万诺维奇身穿黑色军装上衣,交叉地挎着两条黄皮带,像一头美洲豹似的在课桌前面走来走去。他已经醒酒了,可脸色显得更憔悴,手背在后面,用右手握住左手,左手像鞭子似的耷拉着。他在一霎之间禁住了瓦季姆·彼得罗维奇凝视的目光。

“你马上到叶卡捷林诺斯拉夫去,”他用刺耳的声音说,“向革委会递交委任状。代表我的司令部去检查一下起义计划。去吧!”

罗辛利落地打了个立正,转身走出去。列夫卡·扎多夫正在走廊里等他。

“一切都准备好了。委任状在我这里。”他一下子抱住罗辛的肩头,推着罗辛顺走廊走去,又用大腿一撞,把他推到一个房门口停下。“你这件破大衣得扔了。我送给你一件。”他并不松开罗辛的肩头,用三把钥匙打开了房门。“是我自己的,样式虽然旧,毛皮却很值钱。应该跟廖瓦交朋友。廖瓦可是了不起的:谁跟廖瓦交朋友,谁就能拿到‘九分’。”

他带着罗辛走进房间,房间里跟文化教育部一样,散发着一股发酸的气味,他仍然自吹自擂,夸耀房间里到处都堆积着的各种东西,他给瓦季姆·彼得罗维奇穿上一件大衣,这件大衣的确挺好,只可惜前胸和后背都被子弹穿了几个窟窿。他由于太胖,往床底下一钻,累得直吭哧;他从那里拽出一堆皮帽子,挑了一顶——红顶羊羔皮的——从半空里越过整个房间扔给罗辛,他完全相信罗辛会一把接住它。然后为了表示慷慨,从墙上摘下一把镶银的高加索军刀:“豁出来了——你就拿去使吧!这原来是一个护卫用的……”他自己也打扮起来——两个手腕子上各戴一块金表,穿上一件腰部带褶的短大衣,皮带上挎着两支毛瑟手枪,又带上一把皮鞘剥落的军刀,还先把手指按在刀刃上试试:“这把刀是我平常用的……”把脚塞进一双高靿胶皮靴子里:“怎么样?你看我像不像个骑兵,正像我们家乡敖德萨那里说的那样……”在最外面他又套上一件光板羊皮袄:“走吧,亲爱的,我陪着你去……”

还是那个大哑巴赶车,把他们送上车站。列夫卡又悄声讲起这个车夫的故事，尽量不让车夫听见：

“这个家伙力大无穷，是个刑事犯。沙皇那时候，首领跟他一起从服苦役的地方逃出来的。你跟他可要多加小心——这个野东西，不喜欢别人老打量他……连我都惧他三分……”

列夫卡洋洋自得地把身子摊在马车上，满心欢喜，满面红光：

“活该你走运，罗辛，我不知为什么挺喜欢你……我就喜欢贵族……就在不久之前，我曾经把戈利钦公爵家的三个亲兄弟给报销了……嘿，他们那种气概，可棒了……”

他们进了车厢的单间，还叫人把车站小吃部卖的烧酒和下酒菜送到单间里，继续着路上的谈话。列夫卡脱掉羊皮袄，松开皮带。

“我真不明白，”他一边说，一边把咸肉切成厚片，“我真不明白，你从前怎么会没听说过我这个人。敖德萨简直是用双手捧着我把我养大的：金钱呀，女人呀，有的是……亏我有勇士一般的力气。唉，青春呀！所有的报纸上都有关于我的报道：扎多夫是个幽默诗人。真奇怪，你竟然记不得我的名字？我有过一段很有趣的经历。中学毕业得过金质奖章。我爸爸不过是佩列瑟皮的一个普通赶车的。可我一下子就达到荣誉的顶峰。当然了，那时候我长得像神人一样漂亮，还没有这么大肚子，胆子大，脸皮厚，还有个漂亮的嗓子——上中音。俏皮话一套一套的，真是口若悬河。这种半大的大衣和漆皮靴，就是由于我提倡才时兴起来的，这种打扮真像俄国古代的勇士！……整个敖德萨都贴满了海报……唉，扎多夫有什么东西舍不得的——一切都随随便便地抛弃了！无政府主义才是真正的生活！我在血的旋风中飞驰。你呀，亲爱的，别不吭声，你对待列夫卡近乎点儿——也许你还生我的气吧？你应该喜欢我才是。有不少人，我一跟他们谈话，就吓得脸煞白……不过凡是跟我交朋友的人，都到死也不变心……他们都真心爱我，真心……”

瓦季姆·彼得罗维奇觉得头发昏。在发生了今天早晨令人痛苦的事之后，他只有像荒野里的狗似的在昏黄的月光底下哀号一场。这突如其来的委任——只不过是一句简短而含糊的命令——是对他的精神力量一种新的考验。他明白，只要他错走一步或引起疑心，都要付出生命的代价——就是为了这个目的，才派列夫卡监视他。派他去检查的这个军事革命委员会，究竟是个什么机构？起义计划又是什么样？谁跟谁打？这一切，列夫卡当然都知道。罗辛提过好几次问题，试图把话题往这上面引，但是列夫卡都只是挑挑眉毛，目光呆板，装作没听见，只管吹他的牛皮；一边吃，一边吧嗒嘴，却并不去擦嘴唇，脸喝得通红，解开了绣花衬衫的衣领。

瓦季姆·彼得罗维奇也一口气喝干一茶杯烧酒，嚼着咸肉片，却觉不出什么滋味。他竭尽全力抑制住对这个可怕又可笑的坏家伙的厌恶……像列夫卡这样的家伙，他甚至在任何小说中都没读到过……你瞧，他还为自己想出了漂亮的词句："我在血的旋风中飞驰……"烧酒流遍全身的血液，原来夹住脑子的钳子松开了，那种几乎下意识的、又几乎失去作用的命令："你受得了的，受得了的……"让位给一种充满自信的轻率。

"你别再跟我装疯卖傻了，"他对列夫卡说，"既然首领已经向我下达了明确的指示，我是个军人，不喜欢打哑谜。你还是说说，到那里究竟去干什么？"

列夫卡脸上的笑容又停住了。他那只抓住酒瓶子的胖手，露出挺大的汗毛孔，也停在茶杯顶上不动了：

"我奉劝你——少盘问，少管闲事。一切都安排好了。"

"这么说来，还是不信任我？那样的话，让我来干屁！……"

"我谁也不信任……我连首领也不信任……喂，咱们还是喝酒吧……"

列夫卡大张开嘴，把茶杯沿贴着下牙，把烧酒慢慢地倒进喉咙里。从他嘴里发出一股甜丝丝的腐烂味，就像生肉加白糖似的……他晃了晃充满电的蓬松头发，动手拽下一个鸡大腿。

"我要处在你这种地位，就不接受这项任务。就是首领的命令，也不管。首领就爱胡闹。你一定会被他们抓起来的，亲爱的……"

罗辛用手掌使劲搓搓脸，大笑起来：

"你是劝我溜掉？比方说，钻进厕所里，趁车开的当口跳车？……这就是你作为朋友出的主意?”

“怎么?……我是说了,干不干在你……”

“馊主意,馊主意……你以为——我怕死?”

“我还以为什么,其实我早就把你这条毒蛇看透了……你把毒牙藏起来吧,不然我就拔掉……好,给我倒酒……”

罗辛勉强地长出了口气。

“你以为你了解我了?……不,扎多夫,你并不了解我……要是把你押上刑场,你这个坏蛋也得学猪叫……”

列夫卡正准备啃鸡大腿肉,一下闭上嘴,把牙撞得直响,汗淋淋的脸沉得老长。

“直到现在为止,我看到的情形恰恰相反。”他非常不满地说,“到现在为止,学猪叫的都是别人。不过,我倒真想知道,是不是你想害死我?”

“要是在三个月之前碰到我……”

“别绕弯子,你这个白匪军官,你把话都说出来……”

“你这个杀人不眨眼的家伙等不得了?……”

“嗯,我等着,你把话说完……”

他们说话声音急促。两个人都喘起粗气,脚蜷到铺位底下,四只眼睛紧张地对视着。放在折叠桌上的蜡烛发出毕毕剥剥的声音,已经摇摇欲熄。这时罗辛发现,列夫卡紫红的脸开始发灰,便用低哑的声音说:

“好,咱们到过道上去……你先走。”

“我不去……”

“走……”

“你别发号施令,我又不受你管……”

蜡捻儿头上只剩下一点点蓝幽幽的火苗,就像童话里那个坏老头儿气息奄奄的样子。列夫卡看来突然明白,在这狭小的单间里,他俩摸黑扭打起来,矮小而有劲的罗辛会占便宜……他像公牛似的吼叫起来:

“站起来……到过道上去!”

车厢的门突然推开了,蜡烛的火苗闪烁一下,忽然亮了,走进来的是丘盖。

“你们好，弟兄们。”他那胡子底下的嘴角淡淡一笑，凸起的眼睛不住地在列夫卡和罗辛的身上转来转去。“我为了找你们，跑遍了整个火车。”

他挨着罗辛坐下——跟列夫卡对面。从桌上拿起空酒瓶，晃了晃，闻了闻，又放回原处。

“你们俩怎么都不高兴？”

“脾气合不来。”列夫卡说，扭过脸去，避开丘盖嘲笑的目光。

“你好像在他手下当个政委什么的吧？”

“不是好像，你还得高抬眼，不过，你问这些干吗？”

“那你就更应该明白，你送这位同志去完成一项多么重要的任务。脾气应该压着点儿。你呀，老弟，请出去一会儿，我要跟他单独谈谈。”

丘盖坐得稳稳当当——两手交叉放在肚子上，两腿叉开；他的脸膛在烛光下显得红扑扑的，好像瓷人似的，带飘带的小水兵帽在他那后脑勺上怎么能戴得住，不能不令人奇怪。他心平气和地等待列夫卡忍受这场屈辱并终于服从。

列夫卡气得呼呼哧哧，满脸涨红，用威胁的目光瞥了罗辛一眼，丁当地站起身来，走到门口，那双漆皮靴勒一闪，终于出去了。丘盖过去推上门：

“你们分什么没分均匀？”

“啊，没什么，”罗辛说，“不过是喝多了。”

“是这样，回答得很得体。可是我得跟你谈谈，老弟，你现在归我直接领导，所以你要回答我提出的每一个问题。”

丘盖坐到对面去，把一张四开纸在蜡烛跟前打开，上面用打字机打着歪歪扭扭的字母，语法错误百出，没有标点符号，后面有首领马赫诺的签字，大意说，罗辛归叶卡捷林诺斯拉夫区革命军事指挥部领导。

“你总该相信了吧？（罗辛点了一下头）这就太好了。你说一说——你是怎么参加这个帮的？”

“这是正式审问吗？”

“你猜着了，是正式审问。对一个人不了解，就不能信任，况且这又是这么重要的事。同意吗？（罗辛点了一下头）对你的情况我已经做过一些了解……叫人放心不下：你是敌人，是不可救药的敌人呀，老弟……”

罗辛叹了口气，仰身靠在靠背上。黑洞洞的玻璃窗反映出茕茕的烛光，窗外是像永恒一样漆黑的夜，向后面疾驰而去。他的心情反倒平静下来。身体微微摇晃着。在这几乎连一次觉也没睡的三天三夜里，这已经是第三次审问，看样子这是最后一次，也是决定他生死存亡的一次。归根结底，关于自己的一生他能说哪些真情呢？他这一生好像一个错综复杂、糊里糊涂的故事——他被一群陌生人推推搡搡地赶出家门，离开了他诞生的那条街，离开了他的王国。真是这样吗？难道不是他自己抓住衣领把自己抛进臭水坑里的吗？他怕的究竟是什么呢？他恨的究竟又是什么呢？难道说，他家那座老屋，他那舒适的旧王国，对他的幸福真是必不可少的吗？难道它们不是他那病态的想象所构成的幻影吗？回想一下，他这一年来的所作所为，竟然找不出一点儿有理智的成分和可以替自己辩解的话。这间单间并不是什么法庭，既没有陪审员，也没有摇晃着带有浪漫气派的长发的雄辩的律师。在这里，他跟一个人单独坐在一起，却要完成一件几乎办不到的事——讲讲真实情况，这里指的当然不是渺小的人的行为——那是不值一提的，在这种场合，那些行为可以不加考虑——这里谈的是作为一个大写的人……在这里你既是被告，同时又是审判自己的法官……这场谈话究竟会有什么具体结论，是无关紧要的，因为现在要谈的是大写的人……

“你干吗自己嘟嘟哝哝，就大声说出来吧。”丘盖说。

“不，我不是敌人，那样看问题，可就太简单了。”罗辛说，把后脑勺搭在铺位的靠背上。“敌人总有他的目的、仇恨和狡猾的手段……我想向您提个问题……”

“提吧！”

“您需要像我这样的军事专家吗？”

丘盖沉吟片刻，仔细打量罗辛深陷的两腮带着黑影的脸孔。

“你是怎么看呢？”

“我想您是需要的，其实首领并不需要，而您需要。”

“你对我最好称呼你，谈起话来我会感到轻松些。”

“好吧，就称呼你好了。”

“首领对我说，你是被征召才参加志愿军的，是个坚定的无政府主义者，而且出身好像也挺合适……”

“这些全是谎话……我的出身最不合适了。我是出于自愿参加志愿军的。离开它也出于自愿。”

“觉得可耻了？”

“不是……可你干吗给我提词呢？我不想捞稻草，因为我早就沉到底了……要是相信罪恶太重会遭到报应也就好了！……可我连这种安慰也得不到……”

“你干了不少坏事吧？”

“干过，干过……我一生都要求自己做人诚实，可如今我的诚实反而变成了耻辱……一切都像是翻了个个儿，白的变成了黑的……”

“老弟，你还是从头开始，讲讲你的履历吧。”

“我是从彼得堡大学毕业的……学法律的……啊，对了，你们需要了解我的家庭出身……地主，是个小地主。母亲死后，我把最后一点儿家底都卖了——把房子、果园和墙外的坟地都卖了。离开了军队……嗯，还有什么……跟所有总算正派的人一样，相信自由主义……（瓦季姆·彼得罗维奇厌恶地皱皱眉）对即将到来的革命，当然抱同情态度；甚至在工人罢工的时候——大概是一九一三年——打开小窗，向从街上骑马走过的警察高喊：‘刽子手，走狗……’我的革命行为大概也就到此为止了……生活过得挺快乐，又何必着急呢……（这一次，丘盖的小胡子抽动了一下）不，你先别急于表示对我的厌恶……我说的是实话。我毕竟从来没在酒宴上为灾难深重的俄国人民举起香槟祝酒。一九一七年在前线，由于羞愧和耻辱而发了疯。在战壕里蹲了两年半，从来没打过报告……怕生虱子，连绸衬衫也不穿了。”

“这就算你的功劳。”

“你别讥笑我，请不要来这个……（瓦季姆·彼得罗维奇皱紧额头。他那瘦削的脸上布满带着深深阴影的皱纹）你说说看：在你心中祖国是什么？是童年时代六月里晴朗的一天，蜜蜂在椴树上嗡嗡叫。你感到幸福的暖流像蜜一样流进你心里……是俄国大地上的俄国的天空。难道我不爱这一切吗？难道我不爱那几百万穿灰大衣的士兵？他们一下火车，就要走上火线，走上死亡线……我早跟死神讲妥了，我不指望从战场上活着回来……原以为祖国就是我自己，一个大写的人，骄傲的人……实际上，祖国并不是那么回事，祖国是另一码事……祖国原来是他们……你说说看：究竟什么是祖国？在你心里，它意味着什么？你不肯回答……我知道你会怎么说……人这一生只会提出一次这样的问题，那就是当他失去祖国的时候……啊，我失去的并不是在彼得堡的住处，也不是当律师的前程……我失去的是自己身上那个大写的人，而做个渺小的人，我又不愿意——我要说一句假话，你就枪毙我好了……穿灰大衣的人们按照自己的意愿行事……我还有什么办法呢？我就产生了仇恨！好像有一道铅箍把我的脑子箍住了……参加志愿军的人，都抱着复仇心理，都是火冒三丈而又嗜血成性的无赖……'让我们为了沙皇、为了祖国高喊乌拉……'于是我们坐上吉卜赛人的三马车到亚尔饭店去吃大馅饼……"

"老弟，我真想用火铲一下子把你扔进炉子里烧烧。"丘盖说，他那双凸起的眼睛流露的紧张目光也变得快活了。"跟知识分子谈话有多么难哪！你们头脑里哪来这么多糊涂思想？你们终归是俄国人吧，而且好像挺聪明……看来都是资产阶级教育的结果。自己把自己丢了！他自己还存不存在——连这也搞不清楚。唉，邓尼金手下的这批军官！嗯，嗯，你真把我说乐了……我们现在就一言为定好吗？你愿不愿意凭良心去工作，而不只是为了活命？……"

"你要这样说的话，我可以工作。"

"并不高兴？"

"我说可以工作，就会好好干。"

丘盖又拿起空酒瓶子，摇晃一下，往折叠桌底下瞅瞅，又望望装行李的网兜。

“咱们把你那个狗娘养的叫进来吧。”他打开门,唤道:“政委,你把酒藏到哪儿去了?”接着朝罗辛意味深长地挤挤眼:“你要严密监视他,有什么举动,就干掉他。他在首领那里是个最坏的家伙。”

罗辛、丘盖和在一夜之间脸上肌肉松弛许多的列夫卡,在桥这面的最后一站下了火车。第聂伯河面上升起一片白雾,遮住对岸的叶卡捷林诺斯拉夫。他们三个人谁也不大讲话,被湿冷的寒气冻得缩起肩膀。列车终于把缓冲器弄得丁当响,爬过桥去。这时,在木板搭的月台上出现一个女人,用毛围巾裹住脸,只把一对机灵的眼睛露在外面。她从站着的这三个人跟前走过去,又走回来,当她第三次走过的时候,放慢了脚步,丘盖仿佛并不是朝着她,而是随便说说:

“上哪儿找地方喝点儿茶?”

她立刻停住脚步。

“我倒可以带你们去,”她回答说,“只是我们可没有糖。”

“糖我们有。”

于是,她扒开脸上的围巾——她的脸长得惊人的俊俏,圆圆的脸蛋儿上有个小酒窝,一张小嘴,嘴唇稍微有点儿翘着。

“你们从哪里来,同志们?”

“嗯,从那边来,从那边来,你就不用多问了——这是秘密!赶快带我们走!”列夫卡气冲冲地回答说。

姑娘吃惊地扬起眉毛,但是丘盖告诉她,“他们正是她要接的人”。她跳下月台,带着他们从铁路线上走,铁路线上停着许多破损的车辆。他们忽而从车闸台上穿过去,忽而从车厢底下钻过去,一路上连个人影也没遇上,最后来到一节生炉子的货车车厢跟前。姑娘敲敲门:

“是我,玛鲁霞——把人领来了。”

车门小心翼翼地拉开一个缝,有一张瘦削、苍白而严肃的脸孔探出来,他那对眼睛像无烟煤一样黑。

“快上车吧,”那个人轻声说,“你们把寒气都带进来了。”

他们三个人和跟在后面的玛鲁霞都上了车。那个人把车门关上。里面有个小铁炉子，烧得通红，非常暖和；飘在鞋油盒子里的灯光，暗淡地照在革命军事委员会主席那张从不露出任何表情的脸上，照出里面两个模糊的人影。

丘盖交上委任状。列夫卡也取出一份证件。主席蹲在油灯旁边看了半天。

“好的，”他说道，站起身来，“我们等你们已经等了三夜了。坐下吧。”他斜眼瞥了一下列夫卡发亮的皮靴靿。“首领马赫诺好像不大着急。”

列夫卡头一个在靠木板桌旁惟一一张小凳上坐下。丘盖也在一截木墩子上将就坐下。罗辛退到一旁，靠着车厢的墙站着。布尔什维克的指挥部原来就是这样……空荡荡的车厢和几张严肃的脸孔——看模样他们都是铁路工人，一声不吭，带着戒备的神情。

主席用平静的口气说：

“我们做好了准备。老百姓情绪很高。必须马上动手……我们得到了情报：彼得留拉匪帮已经听到点儿风声，昨天城里又来了一个重炮连。从基辅方面还要派兵来增援。我们这里是没有叛徒的，所以说，要是走漏风声，也只能是从古利亚伊-波列。”

列夫卡用威胁的口吻说：

“喂，喂，你说话小心点儿！”

立刻有两个人影从黑暗中凑上前来。主席仍然用平静的口气说下去：

“你们那里不管什么事都是公开的。这么干不行，同志们……叶卡捷林诺斯拉夫开始逮捕了。眼下不过是乱抓一气，但是已经把我们的一个同志抓去了……”

“米什卡·克里沃马兹是共青团员。”玛鲁霞接下去说，她的声音清脆，只是处在少女成熟期，嗓音稍微有点儿变。她把围巾抹到肩上，跟瓦季姆·彼得罗维奇并排站着。

“侦缉队长纳列戈罗德采夫亲自审问他。所以说，他们已经发慌了……”

“他们用胶皮带抽米什卡·克里沃马兹的脑门儿，可怜的他，眼珠都被打冒了。”玛鲁霞急促地说，突然鼻子抽噎了一下。“把他的手指头剁掉两个，还给他大开膛，他还是啥也不说。”

列夫卡把军刀夹在腿当中，表示鄙夷地说：

“这种办法顶什么用。你说他姓纳列戈罗德采夫？我们记住他。这里的检查官是谁？警察局长是谁？”

“他们的姓名和住址我们都可以告诉您……”

主席马上打断玛鲁霞的话说：

“我们要有次序地发言，同志们。先让费久克给我们做关于敌军兵力的报告。（他用手指着一个敦实的汉子，这个汉子穿了一件油渍麻花的短上衣，一只空袖子掖在腰带里。）关于革委会的报告，由我来做。关于马赫诺的情况由您来讲。第四个问题是关于孟什维克、无政府主义者和左派社会革命党。这帮混蛋闻到烤肉的香味，都准备疯狂地争夺苏维埃里的席位。你开始讲吧，费久克。”

费久克用坚定的声音离题万里地讲了起来，他首先讲到全世界资产阶级的血腥计划，主席马上打断他的话：“现在不是开群众大会，你还是原原本本地讲讲实际情况。”实际情况十分严重：彼得留拉匪帮在叶卡捷林诺斯拉夫有大约两千条枪、十六门大炮，其中有四门重炮。此外，还有一支由资产阶级分子和旧军官自愿组成的保安队，他们有大批机枪。况且，基辅还准备派来援军。

从第二个报告了解到，革命军事委员会依靠的力量是坚定不移跟随布尔什维克党走的三千五百名工人，还有大批从郊区农村来的青年农民，在这些郊区已经做过宣传鼓动工作。但是武器太少：“可以说，每十个人只能发一条枪，其余的人只好赤手空拳。”

主席发现丘盖坐不住板凳，而列夫卡把下嘴唇拉得老长，便把乌黑的眼睛一闪，提高嗓门说：

“要是首领自己不敢攻城，我们并不坚持，让他待在古利亚伊-波列好了，只要求支援我们一些武器和弹药。”

列夫卡立刻脸红了，把军刀往地上一顿。

“别再糊弄我了，同志……我们不卖武器……首领只要一挥手，就会把彼得留拉这些混蛋像苍蝇一样撵跑……”

这时丘盖说：

“列夫卡同志，别发火，你先别说。情况是这样，同志们，我们跟马赫诺首领已经讲妥了。首领愿意服从乌克兰总司令指挥。首领的人民军现在编成第五师，一接到命令，马上就去攻打叶卡捷林诺斯拉夫。总司令的命令在我兜里揣着。我们还是商量一下怎样配合行动吧……跟我们一起来了一位军事专家。罗辛同志，往前来来。”

当天夜里，丘盖又回到古利亚伊-波列去见首领。他把列夫卡也带走了，免得工人们老斜眼瞅他那张胖脸、发亮的皮靴勒和高高的胶靴，再说也不愿意把这么个混蛋留下来跟罗辛在一起。

另给罗辛派了一个人，一半是为了联络，一半为了监视，这个人就是玛鲁霞。革委会的作战计划根本不能用。罗辛当时就直率地说出他的意见。革委会提议让他亲自考察一下城市情况，提出一项方案。每天早晨，他跟玛鲁霞一起坐上小船，渡过漂着冰块、雾气腾腾的第聂伯河，到了右岸，在曼德罗夫卡郊区上岸，求赶车上市场去的农民给他们捎个脚，来到火车站，然后再从火车站坐电车或徒步走到市中心。

火车站和铁路大桥都坐落在城南，从那里有一条宽阔的马路，路边栽着洋槐和角锥形的杨树，贯穿全城，这就是叶卡捷琳娜大街。路两旁都是新修的坚固的建筑物，镶玻璃窗——银行、旅社、邮电局和市政府。这条大街通到旧城区的地方，有一个陡坡，旧城区是围着大教堂广场修建的。兵营就安在那里。

瓦季姆·彼得罗维奇教会了玛鲁霞用步子计算距离，用肉眼测定角度，记住一些特别重要的射击点。他们走一阵子，便折进一家咖啡馆，在一张纸上画出草图。玛鲁霞把这张纸折成信封模样，紧握在拳头里，准备一旦被警察发现，就塞到嘴里吞下去。但是谁也没瞥过他们一眼，尽管俊俏的玛鲁霞把那条朴素的围巾按照乌克兰的方式围在头上，而罗辛戴着红顶的皮帽，只有懒人才不会去注意他们。不过，在这座城市里却没人顾得上他们。原来，彼得留拉政权一经宣布他们是共和国体制的民主政权，便被各种委员会包围起来，忙得不可开交，这些委员会有：斗争派①、社会主义者、犹太复国主义者、无政府主义者、民族主义者、立宪会议派、社会革命党、国家社会党、波兰社会党，其中有稳健的、中间的，有有纲领的，也有没纲领的；所有这些寄生虫，都要求得到合法地位，要求办公地方，要求经费，并且用取消社会信任相威胁。由小帕普里卡基领导的市杜马（老帕普里卡基比较聪明，投奔邓尼金去了），把整个局势搞得更乱了。市杜马采取一种双重政权的政策，甚至想组建独立的团队，按照彼得留拉匪帮的叫法，就是“独立分队”，用已故市长哈伊姆·索洛蒙诺维奇·吉斯托里的名字命名。这样一来，彼得留拉匪帮只剩下一个自由行动的地盘了，那就是在半夜里到各家去抓工人共产党，要抓他们，也只能抓那些住在右岸的。

罗辛和玛鲁霞在城里奔波一天之后，便走近路——直接过桥——回到左岸，在左岸的郊区，在第聂伯河边的悬崖上，有一座白色的小土房。

这座小房里，炉子总是烧得热乎乎的，散发着一股酸滋滋的烧牛粪饼味，闻着倒蛮舒服。玛鲁霞的母亲端着一根列车上用的粗大蜡烛走进来（玛鲁霞的父亲在铁路上做工），用手掌摸摸炉子，悄声问：

“还热乎吗？”

“热乎，妈妈。”

“你们该吃饭了吧？”

“都饿极了，妈妈。”

母亲叹了口气说：

“我跟你爸爸吃过了。你们去吃饭吧，年轻人总好饿。”

她好像心里有一种难言的苦衷，慢吞吞地走到间壁墙后面去，拿起炉叉，因为用力而蹲下身子，嘴里还一边念叨着：“基督保佑，可别掉了，可别摔破了”，一边从炉膛里取出一大铁锅甜菜汤。父亲只管抽着烟斗，很不得劲儿地坐在床上。玛鲁霞的父母都尽力不去注意罗辛（他们背地里

---

① 斗争派是乌克兰的左派社会革命党，成立于一九一八年五月，一年后改名；名称来源于他们的机关报《斗争报》。

把罗辛叫做"秘密的人",可是瓦季姆·彼得罗维奇要是想要什么的话——要喝水呀,或要火柴呀——玛鲁霞的父亲会急忙下床,她母亲也会乐颠颠地跑去拿)。

罗辛和玛鲁霞把甜菜汤从铁锅里盛到掉釉子的汤盘里喝起来。玛鲁霞不住嘴地讲着这一天里的印象,连最微小的细节都在她那清澈如水的记忆里反映出来。

"基督保佑,你倒细点儿嚼呀,"母亲站在炉旁对她说,"吃饭说话,没好处。"

"妈妈,人家都憋了一天了。"玛鲁霞不住用亮蓝色的小眼睛惊奇地望着罗辛。"您不知道,我可爱说话了,为了这事,共青团不愿意要我。您知道,一个人要是好说,还怎么能干秘密工作?我还受过一次考验——整整七天没说一句话。"

玛鲁霞吃过晚饭,披上厚围巾就跑去参加党的会议。罗辛感谢了主人的款待,走到没留窗子的间壁墙后面,进了一间狭小的房间,房间非常低矮,举起手就可以摸到粗糙的天棚。他把双手插到皮带里,从关着窗板的小窗到玛鲁霞的松木五斗橱之间踱来踱去,然后解开皮带,脱了上衣,靠窗坐下,隔着窗板听着远处悬崖底下第聂伯河上的浮冰发出低沉、柔和的嚓嚓声。间壁墙那面,两位老人都睡下了。在这小屋的寂静中,只能听到炉子墙皮毕毕剥剥的爆裂声,再就是趴在炉台上的蛐蛐好像用小锯锯木头的唧唧声。瓦季姆·彼得罗维奇感到出人意外的舒服和恬静,只有一些简单而平常的念头萦绕在脑际。

他不想在玛鲁霞回来以前就睡下,为了驱走睡意,他又站起来,来回踱着步,他非常喜欢这间刷得洁白的小房间;房间里,玛鲁霞的东西只有几件:墙上挂着一件裙子,五斗橱上放着一把梳子和一面小镜子,还有几本从图书馆借来的书……靠墙放着一张小铁床,玛鲁霞把它让给了罗辛,而她自己打地铺,睡在毡子上。

门斗里传来砰然的关门声,接着厨房门也小心翼翼、吱吱扭扭地响了。玛鲁霞走进来,脸冻得通红。她一边解围巾,一边说:

"您一直等到我回来,太好了。您听到消息了吗?三天以后,马赫诺要到这里来。明天您就得提出您的方案。啊，今天的夜晚太美了！静悄悄的，满天星星！……”

玛鲁霞只顾想着重要的事和各种新鲜的印象，心地又那么纯真，她在地板上铺好被子，就当着瓦季姆·彼得罗维奇的面毫无拘束地脱起衣服来。裙子、上衣和袜子随便一扔。她抱着膝盖在毡子上坐了一会儿：“哎，真累死了！”然后用拳头捶一下枕头，便躺下了，把棉被一直拉到头上。但是马上又露出脸来，她的脸总是那么红扑扑的，带一个小酒窝，长着一个短小的鼻子。她又把两只裸露的胳膊伸到被子顶上。

“唉，太热了！我问您，您睡了吗？”

“没睡，玛鲁霞，没睡。”

“说您当过白军军官，是真的吗？”

“是真的，玛鲁霞。”

“我今天跟他们辩论了好一阵……有些同志不信任您。您知道，我们这里有那样的人，总沉着脸……连自己的亲妈也要怀疑……要是明知道可以信任，为什么要不信任人家！我哪怕就是看错人，也不愿意心里老是想着每个人都是坏蛋。我就问他们，要是周围都是坏人，你们可跟谁一起搞革命呢？要知道，我们可是要搞世界革命的呀……我还说，革命是一种特殊的力量……你们懂不懂？就拿我来说吧，要不是革命，我今天应该做什么呢？还不是在纸壳厂，一天刷十二个小时的胶水……星期天能到叶卡捷琳娜林荫路上嗑嗑葵花子，也就是惟一的快乐了……哼，将来也许能买一双高靿皮靴，那就算了不得的乐事了！我又说，同志们，你们怎么就不相信：一个知识分子可能犯错误——比方说，就算他为本阶级服过务，可他到底也是个人哪……比他还坏的人，革命也都吸收过来了。也许，他会抛弃他那个腐朽的阶级而投身到世界革命里来呀？也许……他是自觉自愿投奔我们——为我们的工人阶级事业而斗争……要是连这一点也不相信，那也就太悲观了……哼！我到底说服了好多人。”

罗辛蜷着身子躺在那张小床上瞅着玛鲁霞。她忽而挥舞着裸露的胳膊，忽而又热烈地握紧双手。这间低矮的小屋仿佛充满了她那清新的少女气息，就像有人送进来一枝白丁香似的。

“我告诉您,至于知识分子应该改造,那是另一码事……我们也要改造您的……您笑什么?”

“我没笑,玛鲁霞……好多好多年了,我还从来没感到自己也能做好事……我现在正考虑:等先头部队去攻占大铁桥的时候,我一定跟他们一起去……”

“啊,您真能去吗?”

玛鲁霞一下子钻出被窝,坐到罗辛的床沿上:

“这回我就相信您的确是我们的人了。不然的话,我喊了半天,一个劲儿跟人家争论,可是要知道,到底没有可靠的证据。”

十二月二十六日白昼,彼得留拉匪帮的五十名骑兵,从第聂伯河大桥的铁板上轰隆隆地跑过来,袭击了货运站,砍杀了那些守在四节堆着沙袋的平板上的工人,然后分散到各条铁路线上,朝着车厢里乱打一阵枪——他们的行动十分仓促,提心吊胆。他们原是被派来袭击革委会指挥部的,但是这些匪徒害怕在列车之间的狭窄地带遇上埋伏,便急忙跑到野地里,往他们来的方向驰去。

他们在桥那头架上了机枪,凡是有人过桥,都要检验证件。形势越来越紧张。从市区传来消息说,敌人开始挨户搜查。这一天,郊区农民已经不是一个一个地来找革委会,而是一来就好几十,收拾得挺利索,穿着皮袄,腰上勒得紧紧的。革委会把他们单独编成一个团。手续十分简单——对每个人只问:

“你为什么要来?”

“为了领枪。”

“要枪干什么?”

“好建立苏维埃,不然,他们又该胡搞了。”

“你能无条件地承认苏维埃政权吗?”

“还要什么条件……”

“到二连去。”

可是武器情况很糟,直到中午丘盖突然押着一辆机车,只挂一节车厢,送来三百支奥地利造的步枪和子弹。这才使缺少武器的状况略有改善。到了天黑以后,草原上终于响起一片轰隆声和丁当声——这是盼望已久的马赫诺首领的军队开来了。

最先来到工人区的是骑兵连——克鲁泡特金近卫军——都是首领的子弟兵,雄赳赳的,个头都一般高。他们立刻占领了学校,把书籍和桌椅都扔到外面,把女教师也赶跑了,然后就吹胡子瞪眼地挨家敲门。紧跟着来了二百辆火车和快车,拉的都是步兵。在最后面有一辆长途旅行用的大轿车,看样子原来是大主教坐的,并排套着四匹马,也在学校门前停下来,前面赶车的是大哑巴,马赫诺神气十足地从车上走下来,后面跟着列夫卡和卡列特尼克。

首领立刻要求革委会指挥部的成员到他那里去开会。这时,在革委会的车厢跟前已经聚集不少工人。他们神情激昂,朝着主席喊道:

"米龙·伊万诺维奇,你亲自去看看吧,这叫什么苏维埃军队,简直是土匪……你先听听加普卡大婶的——她会告诉你,他们到她家都干了些什么……"

加普卡大婶哭得泪流满面:

"米龙·伊万诺维奇,你是知道我的日子过得怎么样的……有两个小伙子突然闯进我家……又要牛奶,又要猪油……长得五大三粗、如狼似虎的……领他们到院子里,得告诉他们——猪在哪儿,鸡在哪儿……一下子都抢走了,好让他们这些该死的东西撑破肚皮……"

主席只好用严厉的声音解释说,既然这件事已经讲妥了——请马赫诺的部队来打仗——现在想不干也晚了,只有一个办法,就是赶快把城市拿下来,交给苏维埃政权。他忽然又吆喝加普卡大婶说:

"给你两头猪怎么样?嫌少,就还给你一大群……你可别再扰乱民心了……"

马赫诺在会议上的态度非常奇怪——既趾高气扬,又胆小如鼠。他先提出要求,让他担任全军总指挥,并且威胁说,要是不同意,他的部队会自动拨转马头回去。他不厌其烦地说,苏维埃政权再没有第二支像他们这样的战斗队伍,所以说这样的队伍应该爱惜,不能在没有经过周密计划的作战行动中随便糟蹋掉。他一个劲儿咬指甲，还不时把手伸到上衣里面去搔痒。后来终于明白了，原来他对彼得留拉匪帮那十六门大炮怕得要死。于是，丘盖告诉他说：

“好！要是你担心的就是这些大炮，今天晚上我就进城，去找炮兵指挥官谈一下。”

“什么——你怎么谈？”

“那就是我的事了，至于……”

“你瞎说！”

“不，不是瞎说。他们的炮兵指挥官是谁？是马尔特年科。是我们自己人，是波罗的海水兵，当过‘甘古特号’战舰的炮手，跟我是老乡，不是亲戚，也是干亲……他不会朝我们开炮的……”

“你瞎说！”马赫诺又重复一遍，用指甲抓住丘盖的衣袖。看样子，这次他相信了，突然安静下来，接着又装腔作势地说：

“你们讲讲吧——你们有什么进攻计划……”

革委会向他提出这样一个计划：先由一支携带手榴弹的工人小队趁黑夜摸到对岸去，一个个地凑到大铁桥跟前，在那里集合，只等天一亮就攻击桥头工事里的机枪手，夺下机枪，用机枪封锁通向大铁桥的街道。这面一听手榴弹爆炸，就把铁甲列车（由四个平板车组成）开过桥去，车上拉着武装的工人和一部分刚刚组成的农民团战士，去攻打城里的火车站。与此同时，指挥部按照只有它掌握的地址和电话，通知布尔什维克党的各区委会，让他们在市内举行起义——到火车站会齐，铁甲列车上拉着枪，一到那里就发给他们。火车站攻下之后，指挥部就把办公地点挪到那里去。马赫诺的骑兵穿过人行桥冲进市里。步兵分成两路，分别在桥的上游和下游渡过第聂伯河，到叶卡捷琳娜大街指定地点汇合，从那里向坐落在冈上的市府机关和兵营发起进攻。这次起义的成败，取决于进攻的神速和出其不意，因此，攻城的时间必须规定在今夜。

“长途行军，人都累了，马掌也掉了，需要钉上。”马赫诺说。

革委会主席回答他说：

“人等拿下城市再休息吧，马呢，可以等明天钉上苏维埃的马掌。”

丘盖说：

“你怎么了，首领，要在敌人的眼皮底下安营扎寨，歇息人马？明天他们用六英寸口径的大炮一轰，就把你轰垮了。你就干脆说吧：要么今晚上就动手，要么你就回家……”

这天夜里，第聂伯河封上了，但是冰冻得并不结实。工人们整夜把木板运到河岸上，准备渡河用，有的把大门扇和整片篱笆都给拽来了。革委会的所有成员，包括主席在内，都跟大家一样干。

只有首领的子弟兵，身上带满了各种武器，在河岸上走来走去，他们害怕流汗，都朝着对岸市内稀稀落落的灯火互相递眼色。叶卡捷林诺斯拉夫多么广大、多么富庶呀！

大约在拂晓前两小时，有二十四个人走到冰上。带队的是罗辛。一切步骤事先都讲清楚了。冰块接缝的地方冰很薄，踩上去喀嚓作响，有的地方还要铺上木板，木板他们都用手抱着。只有一次，在对岸漆黑而模糊的庞然大物铁网桥跟前闪出一点亮光，接着一声枪响。大家都趴到冰上。从这时开始，只好尽量拉开距离向前爬行。

罗辛在事先选好的地点上了岸，在一艘半沉在河里的驳船旁边。从这里有一条僻静的小街通到山上。他顺小街向山上走去，恰好拐到他们指定的集合地点——一个大院子的后墙跟前，这里原来是贸易货栈，现在空无一物了。车站上的灯火投到这里，已暗淡无光。整个城市都沉睡着。罗辛顺着板墙悄悄地来回走了一阵，嘴里不住地念叨着一句话：“瞧你，那哪能呢？哪能有这种事！”他得意地打量着高高的板墙，因为他知道他身子很轻，不费什么力气就可以跳过去。他的同伴像幽灵似的一个个出现了。他命令大家跳进院子，凑到大门跟前，然后又放轻脚步走来走去。

过河的二十四个人，来了二十三个，剩下那个人不是迷了路，就是被巡逻队抓去了。罗辛纵身一跳，两手扳住墙头向上拔，用皮靴尖蹬住墙板，把身子翻过去——并不像原来想的那么容易——跳到一堆碎砖头上。

工人们站在大门旁，一声不响地望着走过来的罗辛。有几个人干脆坐在地上，把脸埋在支起的膝盖里。离天亮没多久了。这等待战斗的最后几分钟具有决定作用,也是最难捱的,对那些第一次参加战斗的人尤其如此。罗辛模糊地分辨出那些靠顽强的毅力紧闭着的嘴唇和一眨不眨的眼睛发出的冷漠的光辉。他们都是诚实的小伙子,都是思想单纯、容易相信别人而手脚笨重的俄国人。他们都自觉自愿地来参加天知道有多么危险的事。大概正像在玛鲁霞那间被烛光照亮的洁白的小屋里说的那样,是为了世界革命。他感到一种难于抑制的喜悦和跟那一夜同样的轻松——一阵激动哽塞在喉咙。

这一切跟他所熟悉的感情毫不相同,这一切都是他从未经历过的……

"同志们,"他说着,皱起眉头。"只要我们稳稳当当地把这件事办好,以后就会一帆风顺。现在整个起义的成败都取决于我们。(坐在地上的那些人也站起来,走到近前)我再说一遍——这里头没有什么奥妙,主要是迅速和镇静。这是敌人最害怕的——他们怕的不是武器,而是人……就拿你来说吧……"他从下往上地打量着一个裸露着结实的脖颈的青年。"就拿你来说吧,同志……"他突然产生出一种强烈的愿望,便把手放到青年人的肩头上,还碰到了他那热乎乎的脖颈。"比方说,你觉得心口有点凉丝丝的,那么敌人心口里也是凉丝丝的……所以说,谁胆子壮,谁就能占上风。"

青年人晃了一下头,笑起来。

"你说得真对——就看谁能压倒谁……他们都是傻瓜,可我们有头脑……我们知道为啥打仗……"他突然放松了挺得直直的脖颈,把本来好看的嘴一撇。"我们知道,我们为啥死的……"

另一个工人挤到前边问:

"请问一下——我要是手榴弹投完了,就没武器了,下一步怎么办?"

不知是谁哑着嗓子悄声回答他说:

"你长手是干什么用的?傻瓜!"

"同志们,我把整个作战步骤再跟大家讲一遍。"罗辛说。"我们分成两伙……"

他一边讲,一边不住地望着第聂伯河对岸,看朝霞什么时候能透过一片漆黑的夜色射出第一道光辉……厚厚的云层把它遮住了。再让大家焦灼地等下去,并不是办法。

“到时候了。”他勒紧了皮带。“分成两伙。打开大门。”

他们悄悄打开大门。一个一个走出去,偷偷走到板墙的尽头。从这里可以清楚看见横在河上的铁桥,河水结了冰,好像一块白布。在桥前面隐隐约约显现出桥头战壕的土堆,上面架着机枪,看样子机枪手都睡着了。在铁路路基那面还有一条同样的战壕。

“拿出手榴弹……向前跑!……”

二十三个人一声不响,一齐拼命向前跑,就像打俄国棒球似的——一半奔正前方的战壕,其余十三个人向右拐,奔路基跑去。罗辛尽力不被他们落下。他看见那些在短外衣外面扎着皮带的高大身影,昂首挺胸地跨过铁路路基。他也向右拐,跟在他们后面跑去。他猛然醒悟,他犯了个错误——不等他们跑到另一道战壕跟前,敌人就会发出警报。在他背后响起一声爆炸,人们拼命呐喊起来,接连着又有几颗手榴弹炸开了……头一道战壕拿下来了……他连头也不回,张着嘴,大口吸着砭人肌骨的冷气,爬上路基。在他前面有十三个人,跨着大步向前奔跑……他们已经快到了……迎面射出机枪的火焰,就像一只乱蹦乱跳的蝴蝶。好像有一阵风从罗辛头上刮过去……“上帝,你显个奇迹吧,这也是常有的,”他心想,“不然的话,只有完蛋了……”他看见那个把脖颈露在外面的高个子青年,连腰也不哈就把手榴弹扔了出去,十三个人一个也没被撂倒,都扑进战壕里。他只看到许多人体扭打在一起,发出嘶哑的声音。有一个带肩章的大胡子,好容易挣脱开身子站起来,发疯地抡起军刀,谁要上前就砍谁。罗辛打了一枪,那个大胡子把头一耷拉,慢慢倒下去。这时,从战壕里又爬出一个穿军官大衣的人,一边连蹬带踹,一边叫喊起来。罗辛一下子抱住他,那个军官把两手挣出去,反而掐住罗辛的脖子:“你这个坏蛋,坏蛋!”——突然他又松开了手指:

“罗辛!”

天知道他是谁——好像是埃韦尔特参谋部的人。罗辛也不回答,用手枪朝他太阳穴打去……

这道战壕也拿下来了。工人们掉转了机枪枪口。第聂伯河对岸，车头的汽笛一声长鸣。铁甲列车轰隆隆地从铁桥上爬过来，前去攻击火车站。

太阳早已升得老高，照在脸上热辣辣的，却感不到丝毫暖意。铁甲列车又喷着黑烟爬过铁桥，把人和武器送往已经拿下来的火车站。小伙子们在战壕里向它欢呼，为它送行。战斗进展顺利。马赫诺的步兵早已从冰上渡过河，像成群的蚂蚁似的顺着陡峭的河岸向上爬，打掉警察的哨所，涌到各条大街上。枪声激烈地响个不停，忽远忽近，近得好像就在跟前。

"萨什科，你到车站跑一趟，找总指挥，就说我们从早晨五点钟就守在这里，冻坏了，还没吃东西，让他派人来替换我们。"罗辛对那个脖颈露在外面的小伙子说。这个小伙子还没长胡子，脸上净是卷曲的汗毛，神情刚毅，却又一副孩子气，满脸血道子——这是那个健壮的机枪手在临死之前给他留下的痕迹。

萨什科只穿一件薄上衣，浑身冻僵了，便沿着一片开阔地带猛跑过去，全然不顾头上的子弹嗖嗖乱飞。大家朝他喊道："你会送命的，傻瓜……萨什科，带点儿烟卷来……"他不一会儿就回来了，蹲在战壕前面，把一盒烟卷扔给同志们，把一张新盖上大印的便条交给罗辛，上面写着："等一下，马上派人去。马赫诺。"

"玛鲁霞让我给您带好。"他对罗辛说。

瓦季姆·彼得罗维奇由于出乎意外大张着嘴，有好一阵子从战壕里眼盯盯望着蹲在那里的萨什科。

"罗辛同志，她真是个好姑娘，你真走运，真的……"

"你在哪儿看见她的？"

"她在车站上忙呢……要不叫她，我根本见不到马赫诺。那里头呀，小伙子们，简直是人山人海！连发枪都发不过来……这回叶卡捷林诺斯拉夫可是咱们的了！"

马赫诺的司令部就安在火车站里。首领在一等车和二等车的候车室里，正坐在小卖部的柜台上写命令——柜台上还摆着手工做的棕榈，其他的玻璃器皿都干脆拂落到地板上了。卡列特尼克只管砰砰地在命令上盖章。得到命令的人都急急忙忙跑开了。还有许多神情兴奋的人纷纷跑进来，有要弹药的，有要求增援的，有要求派行军炊车的，有要纸烟、要面包的，有要担架的……有一个指挥员领着队伍已经冲到一家工商银行跟前——离门口只有两步远——由于弹药没了，只好卧倒，气得直啃地，现在一进门就火冒三丈，走到首领跟前，把腰上拴的手榴弹拽出来，砰的一声往柜台上一扔，恫吓说：

"你在这儿干吗——祷告上帝呢？为了灵魂、为了信仰、为了圣母——给我弹药！……"

首领只不过是谁来要什么，他就签署什么命令。他威风地翕动着下颚，故意装出他是在指挥一切的样子，其实，他的头脑里倒是一片难以想象的混乱。他把一个个小十字架在城市地图上戳个窟窿，插在上面——用以标明各部队进退的情况。他的人马在这座该死的城市里根本施展不开，到处是狭窄的街道，上下左右和背后到处都是敌人……首领睁大眼睛望着这张地图，却一点儿也看不见这些街道和房屋。他已经蒙头转向了。这简直是一场盲目的赌博。无怪乎他向来认为城市是有害的东西，一切祸害里最大的祸害。

除此之外，跟马尔特年科的关系不大明确，也很令他担心。丘盖倒说得很肯定，马尔特年科不会朝自己人开炮。不知是丘盖在昨天晚上去见过他，还是他们从前就约定过，反正炮兵阵地上果然一片平静，炮手跑掉了一半，马尔特年科可能是处境尴尬，喝得酩酊大醉。他只有两门野战炮停在火车站跟前，守炮的彼得留拉匪徒都逃跑了。马赫诺一听非常高兴——他还从来没缴获过大炮——便下令把大炮推到大街上，亲自动手拉引发线；当大炮轰隆一声响了的时候，他的脸笑得叠起皱纹，大家吓得蹲下身子，炮弹吼叫着从高高的杨树顶上飞过去。

革委会的指挥部设在站前广场上。广场上生着篝火，篝火旁边站着一堆堆来自各区的工人。革委会委员们几乎每个人都认识，并且知道他们是哪个厂的。他们就按工厂的种类招呼新来的同志——五金工人、火磨工人、制革工人、纺织工人——工人们纷纷离开火堆前去排队,每五十人一小队。要是他们当中有合适的,就委派那个人当指挥员,再不就由某个委员担任指挥。接着就发枪,并且当时就教给不会使枪的人怎么打枪。给每个小队指定战斗任务。指挥员举起步枪,摇晃着:

"前进,同志们!……"

工人们也举起这件终于拿到手了的宝贝:

"为了苏维埃政权!……"

小队纷纷出发,奔向叶卡捷琳娜大街去参加战斗。

罗辛好容易挤到总指挥跟前,详细报告了攻占桥头工事的经过和人员损失情况:四人受伤,一人被掐死。马赫诺一边咬着铅笔,一边望着罗辛那张深棕色的瘦脸和坚决得近乎大胆、几乎发疯的目光。

"好,我赏给你一块银表。"他说着,把放在面前的那张城市地图往柜台边上一推。"你往这里看!"用铅笔顺着那些小十字画了一条线。"进攻停顿下来了。我们已经打到这里了——这条街、这条弯弯的胡同、这条林荫道……再往前去——十字架拐到哪儿去了……我要知道是什么原因使我们不能前进,好像掉进了粪堆似的?"他用像鸟啸似的尖厉声音叫起来。"你去查明原因!"他在一块纸上歪歪扭扭地写了几个字,卡列特尼克往图章上哈了口气,就在他胳膊肘底下往签字的地方盖一下。"你可以枪毙那些胆小鬼——我给你这个权力……"

罗辛来到广场上,这里还有许多工人小队排成很不整齐的队伍,不断传来口令声和喊"乌拉"声。有些火堆上已经支锅做饭了,篝火的浓烟使他头昏脑涨,在记忆里掠过在玛鲁霞家吃饭的情景:她妈妈端来一铁锅菜汤——那铁锅已经十分熟悉了——玛鲁霞连忙从桌旁站起来,接过铁锅,然后用牙咬下一块香喷喷的面包。算了,别再想了!

罗辛后面跟着萨什科和另外两个队员:一个姓奇日,麻脸,样子挺快活,个子敦实得像个铁锅;另一个是总那么笑嘻嘻的小伙子,模样倒挺英俊,只是满脸杀气,有一只眼睛被打坏了,就把黑制帽的帽檐拉得低低的,把眼睛遮上——他原是个自来水工人,自称做罗伯特。后面三个人都背着步枪。他们只好顺着叶卡捷琳娜大街一点一点往前摸,寻找每座房屋突出的墙角做掩护,从这个门口窜到另一个门口。子弹嗖嗖地响个不停。林荫道上空无一人,但是家家用草垫子堵着的窗户后面,都有好奇的脸孔时隐时现。在一家珠宝店门口,有个人穿着大皮袄坐在那里——他那张被贫穷榨干了的小脸向上仰起,仿佛他要把花白的胡子跟瘦脸一起仰向犹太人的古老的苍天,向它问道:这到底是怎么回事呀,上帝?

“你在这里干什么?”奇日问。

“我干什么?”那个人悲哀地回答说。“我在等人把我打死。”

“快回家去。”

“我为什么要回家?帕普里卡基老爷会说:是你的狗命值钱,还是我的珠宝店值钱?……所以我最好还是死在这店铺跟前吧……”

还没等他们走,看门的又把大胡子从门口伸出来:

“年轻人,再往前走就得打死……”

他们走到拐角上,一排机关枪子弹打在他们头顶的墙皮上。他们弯着腰跑进一条横街,紧贴在大门洞里。他们喘着粗气,这才发现十字路口的马路上躺着几具尸体,还有扔下的步枪,一数一共七个。有个工人小队在这里遭到伏击。罗伯特冷笑着,气愤不已,一字一顿地说:

“这是从阿斯托里亚旅馆的黑天棚上打的。我建议拔掉这个据点。”

大家一听,他这个建议很有道理。这家阿斯托里亚旅馆,罗辛曾经住过两个月,就在林荫道对面,可是要想过去,只有冒着机枪的扫射。罗辛张开胳膊,把同志们按得紧贴着大门:

“只能一个一个地跑,中间要有一定间隔,只要快跑,没有任何危险。”

他弯下腰,几乎要跌倒的样子,跑到十字路口,趴在一具尸体后面。从阿斯托里亚的黑天棚上打了两枪。他猛地跳起来,像兔子似的拐来拐去地朝林荫道当中的杨树跑去。黑天棚上又响起急促的枪声,可是已经晚了,他早已进入死角了。他靠在杨树树干上,摘下帽子,用它擦擦脸,大吸一口气,然后喊道:

“萨什科,你先跑……”

他们来到旅馆门口,用手榴弹敲门上的玻璃,里面才挪开五斗橱,打开门。一个挺威风的看门人刚嚎叫起来:“罗姆卡,你这个坏蛋,往哪儿钻……”罗伯特一把推开他,举起手榴弹往里跑。前厅里挤满了从各层下来的旅客,他们一见到这个举着手榴弹、颇有浪漫气派的年轻人,后面还跟着三个拿枪的人,便一声不响,顺着楼梯向上退去。有些喘不上气来的,便贴着扶手站住了。罗辛顺着楼梯往上走,马上认出了好几个人。这些人也认出了他——如果目光可以杀死人的话,他早已死过一百次了。只有一个好心肠的地主,就是被三个嫁不出去的女儿拖累住的那个人,因为他忙于点补点补当做午饭,从单间里出来晚了,一见罗辛差一点儿就要抱住他,喷出一股马德拉酒味:

“亲爱的,瓦季姆·彼得罗维奇,原来是您,可我的女儿却唧唧喳喳地说,好像有些布尔什维克闯进来了……”

但是,他一看到身材高大、脸上带着血道子的萨什科和用帽檐遮住一只眼的自来水工人,还有奇日,便把话咽下去了。这个奇日尽管一脸笑嘻嘻、红扑扑的样子,但是对另一阶级的人丝毫不讲温情……

自来水工人对旅馆的一切通道和出口都十分熟悉。当他们跑上三楼的时候,他就带着他们上了暗楼梯,从那里直上黑天棚。通黑天棚的铁门半开着……“他们在这里。”他悄声说,把门一开,猛然冲上去,他那股凶狠劲儿,仿佛一辈子就盼着这个时刻……当罗辛俯着身子,在半明半暗中从横梁底下跑到气眼跟前的时候,罗伯特还用刺刀扎那个趴在机枪旁边的穿皮大衣的人。

“我就说是——一定是旅馆的老板!”

当他们从黑天棚上下来的时候,这个小家伙突然不知所措了,嘴唇也哆嗦起来——他坐在台阶上,用制帽捂住脸。萨什科从他手里接过枪,粗声粗气地说:“我们要等你才怪了!”连奇日也对他说:“嘿,你呀,还算什么罗伯特……”小家伙从萨什科手里夺过自己的步枪,一步几磴地向下跑去。瓦季姆·彼得罗维奇把他和奇日留下看守旅馆,派萨什科往指挥部送便条,要求派人来防守阿斯托里亚,便独自回到林荫道上。

这一天已经快结束了。工人小队占领了邮电局、市政府和市金库。罗辛把这些地方都转悠一遍,从各个地方派出联络员到指挥部去。从一切迹象看来,这场战斗要拖延时日。马赫诺的步兵把头一股不要命的劲儿都用完了,在城市条件下作战已经感到厌倦了……这要是在草原里打仗,早就分到战利品,在篝火上煮起粥,大家围成一圈,观看那些舞迷穿上从死尸上扒下来的大皮靴跳起戈帕克舞。可是,彼得留拉匪徒却从惊慌失措中清醒过来——他们退到叶卡捷琳娜大街中段,挖壕据守,有些地方已经开始反攻。

直到黄昏,罗辛才回到车站。可是马赫诺早已不在那里,他把司令部迁移到阿斯托里亚旅馆。罗辛又奔阿斯托里亚。他从昨天就没吃过东西,只喝了一杯水。两条腿累得脚脖子直往外扭,大衣压在肩膀上,就像铅的一样沉。

到了旅馆,又不放他进去。门旁架着两挺机枪,首领的卫兵在人行道上溜溜达达,把马刺撞得丁当响,他们都按照古利亚伊-波列流行的发式,留着长发,还拢到前额上。有一个家伙怕挨冻,在骑兵的短皮袄外面,又勉强套上一件黄鼠狼皮大衣,另一个家伙把貂皮披肩裹在脖子上。这两个卫兵要求罗辛出示证件,但是两人都不识字,只是恫吓说,他要是硬往里闯,就把他撂倒在人行道上。"你们这些家伙跟你们的首领都滚他妈的蛋吧!"罗辛有气无力地对他们说,然后又往车站走去。

来到车站,被劫掠一空的小卖部里很昏暗,只有篝火的反光透过高大的窗子照进来,他在一张柞木长椅上一躺,立刻就睡着了,根本不管外面的叫喊声、火车的汽笛声和枪声。但是,透过极度的疲惫仍然漫无次序地浮现出白天情景的片断。这一天他过得很正直……似乎又不完全那样……他为什么要打那个人的太阳穴呢?人家不是已经投降了吗?……是为了消灭罪证吗?是的,是的,是的……这时他似乎又看到另一幅景象:桌上摆着扑克牌和一杯杯的热红酒……这个被打死的韦杰尼亚平就站在跟前,一口蛀牙,湿嘴唇皱得好像鸡屁眼子,仿佛准备去吻正在打"胜牌"的军长埃韦尔特将军的屁股……哼,让他见鬼去吧,打得没错……

睡意和不安的心跳彼此搏斗着。罗辛睁开眼来，看到一张被窗外射进的红光照亮了的安详、俊俏的面庞。他叹了口气，完全清醒了。坐在他身旁的是玛鲁霞，膝盖上捧着一杯热水和一块面包。

"给你，快吃吧。"她说。

这天夜里，丘盖和革委会主席潜入炮兵阵地，这里的守卫人员只剩了自己人；他们叫醒马尔特年科，丘盖对他说：

"我们是来取你的黑心肠的，同志，没有比你这种做法再坏的了……要么你就彻底投靠彼得留拉，不过我们绝对不会放你活着走，要么就管好大炮……"

"这好说——明儿个我就把大炮给你们送去……"

"不是明儿个，而是现在……唉，你连升天国的机会都会睡过去的，马尔特年科……"

"我咋说咋好，现在就现在……"

第二天，叶卡捷林诺斯拉夫所有的玻璃窗都被炮声震得哗啦响。大街上，铺路石、杨树枝、林荫道的小商亭的碎片，打得乱飞。工人小队、农民团和马赫诺的步兵，在这种严峻的音乐鼓舞下，向彼得留拉匪帮扑过去，把他们一直撵到半山腰。这时，各个党派和无党派团体的代表，还有那个小帕普里卡基，用手杖挑着白旗，冒着巨大危险，纷纷来找革委会，提出要为迅速达成停战协定和停止内战进行调停。

米龙·伊万诺维奇坐在阿斯托里亚旅馆前厅的一张桌子旁边，他弯着腰，穿着一件掉了扣子的破大衣，戴着一顶油渍麻花的鸭舌帽，一边干巴巴地嚼着硬面包，一边对代表们说：

"我们也不愿意毁掉这座城市。现在我们提出最后通牒：今天下午三点以前，所有的彼得留拉部队必须放下武器，反革命保安队必须停止从楼顶上打枪。不然的话，到三点零一分，我们的炮兵就要用排炮轰平这座城市。"

主席说得很慢，面包嚼得更慢，他的脸被煤烟子熏得黝黑。代表们都泄了气。他们又小声嘀咕了半天，想要进行争论。就在这时，顺着大理石楼梯，从楼上闹嚷嚷地走下一群衣着花花绿绿、五光十色的人，来到前厅：头两个人各抱一挺路易式机枪，后面跟着十二个全副武装的剽悍的小伙子，走在正当中的是个小矮个子，留着长发，瞪着可怕的眼睛……

代表们从主席手里夺过那份最后通牒，连忙跑到林荫道上，吸一口新鲜空气，冒着乱飞的子弹。

彼得留拉的指挥部拒绝接受这份最后通牒。到了三点零一分，马赫诺首领气得直发疯，用手枪敲着革命军事委员会开会的桌子，要求毫不留情地用排炮把这座城市轰平。革命军事委员会的成员都是当地工人，在这里土生土长，谁也舍不得把城市轰平。但是总不能表现出软弱，于是一致决定吓唬一下资产阶级。在比规定的时间稍晚一些的时候，马尔特年科的十四门大炮轰隆齐鸣了。半山中随着地势越来越高的大楼房的墙壁，有几处被打得墙皮和砖块横飞。各党派的委员会代表又像耗子似的从彼得留拉匪帮那里跑到革命军事委员会里来。工人小队的进攻一刻也没停止。彼得留拉匪徒开始向林荫道尽头的山顶上撤退。

在起义的第三天晚上，革委会宣布在城里成立苏维埃政权。

革委会整夜忙于组织政府。正像当时在火车上米龙·伊万诺维奇所预料的那样，无政府主义者和左派社会革命党跟马赫诺首领结成联盟，借助他的势力闯进会场，疯狂争夺每一个职位。不知为什么，社会革命党的代表个子都很矮小，但是体格结实，睡眠充足，要想驳倒他们可很不容易。

他们每个人一跳起来，都满脸堆笑，首先朝着马赫诺，说他——马赫诺——才是人民力量的真正代表，他才是神话式的领袖和伟大战略家，他才是净化一切的烈火和铁扫帚……他手下的那些小伙子多棒！都是奋不顾身、英勇善战的弟兄！

首领紧闭着苍白的嘴唇，绷着瘦脸，一边听，一边不住点头。那个口若悬河的社会民主党还故意提高嗓门，让站在敞着门的门外走廊上的马赫诺部下和天知道怎么钻进旅馆来的形形色色人物也都能听到。

“布尔什维克的同志们，我们还有什么可争论的呢？你们拥护苏维埃，我们也拥护苏维埃……我们之间的分歧纯粹是策略上的。我们要接收的是资产阶级市政机构。你们想在一天之中就把它变成苏维埃政权。可我们了解,市政机关是不愿意跟共产党合作的。怠工将是必然的。饥饿和破坏,也都在所难免。不过跟我们,他们倒是愿意合作——市杜马已经做出这样的决议。正是由于这个原因,我们才竭力推荐沃林同志作粮食人民委员的候选人。我建议停止争议,提付表决……"

原来态度暧昧、甚至满脸鄙夷神气的无政府主义者,突然提出一项出人意外的建议,连首领也摇晃起他那鸡脖子了。

他们的代表是个大学生,戴着一顶像罂粟一样红的非斯卡帽,提出让小帕普里卡基作财政人民委员的候选人……

"我们要用我们现有的一切手段来支持他……小帕普里卡基跟我们志同道合,他是个只讲理论的无政府主义者,是财政专家,一到我们手里,将成为起义的自由人民的有用的驯服工具……我建议不必进行争论,立即举手表决……"

玛鲁霞和瓦季姆·彼得罗维奇也坐在会场上,他俩靠墙坐着一把椅子。玛鲁霞可气坏了,愤愤地把双手攥在一起,不时跳起来,扯破嗓子地高声喊道:"这太可耻了!"或是:"我们打仗的时候,你们在哪儿待着呢!"然后又涨红着脸坐下。她只有列席资格。

这些天来她瘦了,脸也被风吹得发干了。她解开羊皮袄的扣子,仍然觉得闷热,头发也散开了。在会场上发言的间歇中,她急急忙忙把这几天的经历讲给罗辛听……开头,她在供给队伍面包和开水的委员会里工作……后来又被调去做救护队工作,最后又派她当联络员……她跑遍了全城……挨过"一百次"扫射。她还把打出窟窿的裙子底边撩起来给罗辛看……

"要不是我机灵,早就完了。听到有人喊'玛鲁西卡',我连忙一转身,就在我刚才待的那个地方,咕咚一声落下一颗炮弹,我一下子躲到一棵杨树后面……唉,这回可把我吓坏了,直到现在膝盖还哆嗦。"

玛鲁霞的充沛精力,再搞十次起义也用不完。正当她讲得起劲的时候,从门口探进来萨什科那张布满搔痕的脸。他好容易挤到这里来,伸出一只手指召唤玛鲁霞。她跑过去,他悄声跟她说了些什么。玛鲁霞气得把两手往上扬，拍了一下巴掌……

丘盖正用粗嗓门驳斥提候选人的意见：

“同志们，我们到这里来，不是为了进行争论，也不是为了论证什么，我们到这里来，是为了行使权力……所以，谁有力量，谁就可以行使这种权力……”

玛鲁霞好容易等他讲完，跑到桌子跟前，朝着大家说：

“城里现在正到处抢劫……大家听听这几个同志介绍情况……有人不让他们进来……把他们的膀子都给扭掉了……”

这时，门外响起一片嘈杂、骚乱和撕裂的喊声，萨什科跟几个带枪的工人闯进屋来。他们一齐喊道：

“这是怎么回事！你们这里布置了警察！你们最好还是出去看看吧！……整个林荫道被封锁了，可是首领的人正在抢劫商店……用大车往外拉……”

马赫诺的嘴唇突然一张，就像要咬人似的……他从桌旁站起来朝外走去……站在走廊和前厅里的马赫诺部下，看到首领露出像老狗一样的黄牙，便纷纷向两面闪开。他也没走多远——就在大街对面一家大商店的玻璃窗跟前，有几个人影正在忙活。他刚刚跨出旅馆的大门，列夫卡就出现在人行道上了。

“怎么回事？干什么吵吵嚷嚷的？”列夫卡问，摇晃了一下身子。马赫诺喝道：

“你这个坏蛋，跑哪儿去了？”

“我跑哪儿去了？……我的刀砍钝了……光这只胳膊就砍了三十六个……三十六个……”

“你把城里的秩序给我维持好！”马赫诺尖叫起来，使劲往列夫卡前胸推了一下，穿过林荫道朝商店跑去。列夫卡和几个卫兵跟在后面。可是，那里的人已经猜到应该溜掉，窗子跟前的人影一下子都不见了，只见几个家伙背着包袱，脚步咕咚咕咚响，也跑远了。

卫兵们到底从商店里拖出来一个在那里看呆了的首领部下，这个小伙子还留着挺长的两撇胡。他哭哭唧唧地说，他到这里来只不过是为了开开眼，看看这些该死的资本家怎么喝了人民大量的鲜血……马赫诺看着他，浑身直哆嗦。当从旅馆那面又跑来许多好奇的人的时候，马赫诺把手往他脸上一指：

“这是个有名的反革命特务……这回你再也不能干坏事了！……把他砍了算了……”

这个留胡子的小伙子哀号起来：“可别杀我！……”列夫卡抽出军刀，咳嗽一声，把刀一扬，吐出一口气，朝那个人的脖子上砍去……

“三十七个！”他夸耀地说，后退了两步。

那个尸体在人行道上流成的血泊中抽搐着，马赫诺疯狂地用脚踢它。

“不管是谁，都得这么处置……抢劫行为已经结束了，结束了……”他猛然转过身，把那些看热闹的吓得连忙后退。“你们可以放心回家了……”

玛鲁霞坐在椅子上，突然往罗辛的肩头一靠就睡着了，她那头发散乱的头微微俯在他的胸脯上。这时已经是清晨七点。那个脸色阴沉的老用人送来了茶水和大块的白面包，他鉴于成立苏维埃政权，也把他的燕尾服换成了平时穿的旧上衣，这件上衣也带有肋形的胸饰。政府已经组织起来了，但是还有许多迫切的问题需要解决。比如，昨天晚上铁路工人就提出了问题：谁给他们发工资？发给多少？马赫诺在无政府主义者支持下提出这样一项办法：让铁路工人自己定票价，自己收钱，然后自己开支。

但是，会议对这些问题都没来得及辩论。烟气弥漫着整个房间，变成一片蓝雾，突然玻璃窗震得哗啦响。传来一声低沉的爆炸声。正在沙发上酣睡的马尔特年科哼哼两声。玻璃又哗啦作响了。马尔特年科完全清醒了：“真见他妈的鬼，怎么胡闹起来了……”他把高筒皮帽往剃得光光的头上一扣。又传来第三下沉重的炮声。丘盖和米龙·伊万诺维奇放下手里的面包，互相交换了一下不安的眼色。列夫卡和一个骑兵闯进来，那个骑兵像熊一样摇晃着光头。

“完蛋了，”那个骑兵说，把手在耳朵顶上挥了一下，“整个骑兵连都完蛋了……”

“在季耶夫卡附近!”列夫卡大叫着,腮帮子直哆嗦。“你光知道空谈,首领! ……萨莫基什上校率领六个独立分队打过来了……正用重炮轰击火车站……”

叶卡捷琳娜大街上的居民,现在不再藏在褥子后面,而是大模大样、幸灾乐祸地从窗口望着马赫诺军队撤退。骑兵挥动着马鞭,左右开弓地打马,疾驰而去,风吹动他们背后的皮大衣、毡斗篷、骠骑兵的披肩、绸棉被……由于鞍后皮带上系的包裹太重,马匹在结了一层冰的石头道上直打滑——有的连人带马跟东西一起滚到马蹄底下,送了命……“啊哈!”窗户里的人喊道,“又一个!”装满抢劫来的财物的大车,也急急奔跑;四匹马拉的快车,冲开路上的一切障碍,风驰电掣而去,铁轮子底下直冒火星。没上去大车的步兵,也遑遑逃命……

这股人流带着疯狂的哀号声、轰隆声和喀嚓声,顺着大街向山上的旧城区涌去,因为萨莫基什上校已经占领了铁桥和火车站……首领马赫诺从革委会里一跑出来,又气又恨,无可奈何地跺着脚,放声大哭,据说是跳上列夫卡赶到旅馆门前的一辆马车,用皮袄把头一蒙——不知是因为害臊,还是怕别人认出他来——逃出这座该死的城市,不知去向。

首领的军队一枪不发地逃出城外,突然遇上彼得留拉军队派出的哨兵,便慌作一团,掉转马头向第聂伯河跑去,明明送死。这一带河岸陡峭。马赫诺的人马冲断了灌木丛和板墙,跟大车一起连翻带滚地下了坡,来到冰上。可是冰太薄,人一上去就往下沉,喀嚓喀嚓直裂,于是人呀,马呀,大车呀,都在黑糊糊的水里,在冰块中间打起扑腾。马赫诺军队只剩下很小一部分——残兵败将——登上左岸。

这一夜,工人小队也有很多人请假——回家看看,烤烤火,换换鞋,吃口热饭。能够作战的只有巡逻队和农民团的战士,因为这些战士没地方可去。当萨莫基什上校率领六个彼得留拉独立分队打来的时候,这个农民团只好在敌我悬殊的情况下承受敌人的全部攻击。农民团在车站广场附近被围住,在拼刺刀时几乎全都被消灭了,只有寥寥可数的人冲杀出来,穿过有后门的院子,跑回村子,向人们讲述这场可怕的战斗——足有三百个健壮的小伙子到叶卡捷林诺斯拉夫去建立苏维埃政权,都牺牲了。

革委会的委员们、米龙·伊万诺维奇和丘盖,都急忙去召集工人小队,撤回巡逻队。他们并不指望守住这座城,他们的任务是争取时间,让所有参加起义的人都能经过人行桥撤到左岸。召集起来的小队都埋伏在墙角、堆起的铺路石和街垒后面,用机枪的火力打退步步逼近的彼得留拉匪徒。有好几百工人携带妻子儿女从四面八方向桥奔跑,从桥上跑过河去……有的人手里还抱着一点点可怜的东西,其实这些东西就是扔掉也没什么可惜的。敌人从屋顶上、从下面、从岸上向他们扫射。

丘盖、米龙·伊万诺维奇、罗辛、玛鲁霞、萨什科、奇日和另外十个同志,是最后撤退的。他们拖着一挺机枪,从一个墙角跑到另一个墙角,从一个掩蔽物跑到另一个掩蔽物。萨莫基什的士兵的灰色高筒皮帽不时地在离桥头大路不远的地方钻出来。现在剩下最难通过的一段地带,就是踏上桥头——这里除开尸体和被扔掉的包裹之外,没有任何掩蔽的东西……丘盖掉过机枪枪口,趴在护板后面,把萨什科留在身边,朝其余的人喊道:"快跑……"在枪筒热得要熔化的机枪的嗒嗒声中,大家都朝桥上跑去。

到了桥当中,玛鲁霞绊了一跤,脚步显得吃力,走路不稳……罗辛赶上去,扶着她,她用诧异的目光望着他,想说什么,但又只是眼盯盯地望着他。罗辛蹲下身子,像抱小孩儿似的把她抱起来。玛鲁霞紧紧贴在他身上,变得越来越沉重了。终于到桥头了,瓦季姆·彼得罗维奇只觉得大腿上仿佛挨了一铁棍。他勉强站住脚跟,免得把玛鲁霞扔下摔坏了。丘盖从后面跑上来。罗辛对他说:"我抱不住她了,快接过去……"就在这时,他的皮帽子被打落了,只觉得眼前发黑。他还听见丘盖说话的声音:

"萨什科,不能撇下他不管……"

第十六章

《强盗》的演出一直拖到二月。这时,卡恰林团得到短暂的休息。那些冒着严寒和风雪的长途行军——在前方根本找不到暖和的过夜地方,只见乌云底下射出阴沉的残阳,在白雪皑皑的草原上想找块木头片,生起篝火烤烤冻僵的身体也办不到——那些拉锯战、那些清晨的警报、那些跟哥萨克的短促的恶战——这一切都落在后面了。马蒙托夫带领被打垮了的团队残部,跑到顿河对岸很远的地方去了。他的队伍开始瓦解。没有人还肯相信他:他在三打察里津的战斗中白白损失了几万人——都是顿河军的精锐。

卡恰林团不发一枪地占领了一个投降了的哥萨克大村子,人人高兴——他们饱饱地吃了一顿,暖暖和和地睡足了觉。春天快要到了,也许到了春天,这场旷日持久的内战就结束了。

一个半月的艰苦行军,已经把达莎拖得筋疲力尽,她连想都没想到再把这个剧搞起来。剧团的道具都散失了,剧团里的人有好几个受了伤,连印有剧本的那本书都丢了。达莎一心想跟伊万·伊里奇在暖暖和和的小屋里,哪怕过上几个夜晚,只要守着他就行——什么也不说,什么也不想,在苍茫的暮色中,听着炉台底下那只蛐蛐彻夜不眠地唱着熟悉的歌,来消磨平静的时光。

衬衣需要洗洗缝缝,伊万·伊里奇的毡靴也需要找人掌一掌。自个儿也得稍微打扮一下,不然的话,丈夫和世界上所有的人,包括自己在内,都忘记她是个女人了。第一天晚上,达莎和阿格里皮娜从澡房回来,踏着一块块结冰的水坑,微微的寒风吹拂着她们那热乎乎、冒着气的脸,真是舒服极了!她跟阿格里皮娜生上茶炊,做好晚饭。伊万·伊里奇和伊万·戈拉也洗澡回来,四个人围桌而坐——男人们乐得一个劲儿咳嗽——菜汤可真香!茶炊冒出的热气也真好闻!伊万·戈拉说:

“这真是,伊万·伊里奇,干完活,歇歇也舒服……”

可是达莎并没歇着。第二天,当伊万·伊里奇快要回来之前,阿尼西娅来了,夹着一本书——席勒的作品——一副稳重而严肃认真的样子,向上扬起一对充满幻想的眼睛说:

“我太苦闷了,达丽亚·德米特里耶夫娜……再不就是我学坏了……大家都好好的,可我偏偏学坏了。我小时候就有过这种事儿……

嗯，后来，当然了，我早早地出了嫁，有了孩子……可现在，我又苦恼死了……我刚刚二十四岁，达丽亚·德米特里耶夫娜。打完仗，我可上哪儿去呢？再嫁个庄稼人，在草房里一住，眼望着空荡荡的草原？当我见到过这么多东西，听到过这么多事情以后，我需要过另一种生活……”

阿尼西娅的胸脯在军大衣里面鼓起来，眼睛半睁半闭。

“这本书我全看完了，就连打仗的时候，我也带着它……也许，我觉悟不高，愚昧无知，没受过教育，可是这些是可以补救的。达丽亚·德米特里耶夫娜，我自己心里也有各种不同的呼声……关于自己，我是什么也不知道，可关于别人，我知道得一清二楚……一想到，比方关于爱密丽亚伯爵夫人的故事，我要能讲出来的话，就觉得眼泪直往上涌……那样的话，她就会从这本书上站起来，变成活生生的……死去的沙雷金也跟我说过类似的意思……达丽亚·德米特里耶夫娜，我们今天找到一间屋子，在学校里，装得下三百人……这里有木匠，还可以搞到木料和帆布……我们干吗不把《强盗》拿出来演呢？台词我们都记得……小伙子们今天还说：应该让我们乐一乐了……”

伊万·伊里奇回来了，一听当然高兴得不得了：“这个主意太好了！我们在这儿能住上一个星期……让弟兄们像过节似的玩个痛快！……”伊万·伊里奇可真是个了不起的人，不管发生什么事，都不能让他失却乐观精神：既然达莎在他身边，那就向着幸福全速前进……就像在轮船上那些遥远的、蔚蓝的、和风习习的六月天一样……

这样一来，达莎既没能在黄昏时候倾听一下爱人的心跳，也没能像小猫一样用爪子轻轻悄悄地凑上前去，窥探一下他那些隐秘的想法……他会有什么隐秘呢？你达莎又何必知道呢？伊万·伊里奇不过是个慷慨大方的人，凡是他有的东西，直到最后一件，你都可以拿去……他那经受严寒和风霜而变得粗糙的脸，就像太阳一样纯朴……要是达莎瘦弱的身体又在柔软的黑暗处孕育一个新的生命——他的骨肉的骨肉——那么一切就会变成另一个样子……

剧团开始排练了。这是多么痛苦的事！达莎默默地流泪，演员们都不好意思正眼去看对方。他们的嗓子也变粗了，变得生硬，带有伤风味……幸亏萨波日科夫帮忙——他做了一个关于一切戏剧是怎样产生的报告,还论证说,某些鸟类和动物也有演戏的本领,比方说狐狸捉老鼠,它一抓住老鼠,就在一群小狐狸面前进行一场真正的表演:忽而朝上蹦蹦,忽而仰面朝天躺下,忽而用两条后腿走路,忽而晃尾巴……演员们受到了鼓舞,排练也渐渐顺利起来。在学校里搭了个平台,还画了几块布景。用几个碟子装上荤油,就算舞台的脚灯。在行军途中遗失了的燕尾服和常礼服——就是在小屯驻扎时伊万·伊里奇从一个过路的律师那里征用的——也出人意外地在辎重车上找到了。

演出的这一天终于来到了:太阳刚一落,就有个红军战士骑着拉炮车的灰马从村子里走一遍(这都是伊万·伊里奇出的主意),吹起铜号,大声喊道:“公民们和同志们,席勒的《强盗》演出就要开始了……”

全村的人都朝学校跑去。在礼堂的门口和台阶上,人们像打冲锋似的,等到挤进去之后,都把眼睛瞪得溜圆,不是丢了帽子,就是掉了扣子……那些没挤进去的人难过一阵子也就拉倒了。村子的上空,一弯新月悬挂在透出一丝春意的深邃的天穹里。在学校门前,手风琴的歌声在荡漾。红军战士唱起心爱的歌:“一个天使在夜空中飞翔……”使那些刚刚归顺的哥萨克女人惊奇不已。大家互相认识了,接着就开起玩笑来——“眉来眼去是假的,亲嘴才是真格的……”还有这么说的:“当兵的结婚不用急,又不像打喷嚏,可以等等。”

开头,下面的观众一认出那个化装的老头儿,戴着用麻做的假发,穿着用神父的法衣改成的长袍,就是红军战士瓦宁,便哄堂大笑起来……有人喊道:“是他!喂,瓦宁,卖卖劲儿,别害怕……”接着从幕后又走出一个人来,他的脚步出出溜溜的,十分奇特,穿着一件带两个尾巴的肥大衣服,脚上穿着女人袜子,露出满口牙齿,两眼离得很远,像蛇一样咝咝地讲起话来:“爸爸,我来了,您的忠实的儿子弗朗兹!”观众也马上就认出了库兹马·库兹米奇,笑得前仰后合……

达莎站在幕后,两手抱住太阳穴,一个劲儿跟萨波日科夫说:

“这算完了,这个失败太可怕了。我早就料到了……”

但是演员压倒了场子里这种欢乐情绪。观众既然把所有的人都认出来了，也就安静地听着。拉图金走到冒着黑烟的油灯跟前，油灯从下面照亮了他那刚毅的脸孔、用羊毛贴着的假胡子、两道弯弯的眉毛，他把胳膊在胸前一抱，挣得律师那身黑礼服喀嚓喀嚓响，然后用雄劲的声音说：

“唉，我但愿能够召唤整个自然界——空气、大地和海洋——起来战斗，扑向这卑鄙的胡狼……”

这时，观众已经鸦雀无声，渐渐明白这出戏要演的是什么了。

布景没有换，也没做什么特殊的布置。只是每场开始之前，谢尔盖·谢尔盖耶维奇从幕布当中探出头来，脸上笑眯眯的，仿佛他知道一些特殊的秘密似的：

“第三场。大家可以设想一下：穆尔伯爵家豪华的城堡。花园里的花香从窗口飘进来。美丽的爱密丽亚坐在她的房间里……”

他那被小油灯照亮了的脸突然消失了。幕拉开了。一个满面怒容的美丽的女人穿着肥大的裙子，扎着一块花头巾，在胸前系个结儿，脸红扑扑的，头发卷曲，两只大眼睛占去了整个脸——如今谁也不想再去辨认她是第二连的阿尼西娅·纳扎罗娃了。

她用低沉、颤抖的声音讲起来，好像唱歌似的，还用拳头直朝弗朗兹敲桌子：“滚开，你这个流氓……”剧接着演下去，就像童年时代听的童话故事一样迷人——在那些冬天的黄昏里，老爷爷讲，你从炉炕上耷拉着脑袋听……

库兹马·库兹米奇最担心的，就是爱密丽亚要打他耳光那个地方。她的神情虽然有些恍惚，可她的巴掌毕竟是红军战士的巴掌。库兹马·库兹米奇悄声嘱咐她说：“轻点儿……”她却真挚地喊道：“啊，你这个无耻的诽谤者！”就扬起手来，仿佛把从前生活的全部重压都运到这只手上了，狠劲打去，库兹马·库兹米奇一下子跌到侧面的幕布里。但是谁也没笑。观众中有人喊道：“打得好……”大家都鼓起掌来，因为人人都想把这个坏蛋狠劲揍一下。

接着，她一把扯下脖颈上的项链，往地上一摔，用脚踩坏它：

“你们去戴金戴银吧，你们这些阔佬！你们到丰盛的筵席上去吃个畅快，到柔软、淫佚的床上去睡个舒服吧！卡尔！卡尔！我爱你……”

谢尔盖·谢尔盖耶维奇用手拉住身后的幕布，笑眯眯地、意味深长地说：“休息……”阿尼西娅走到幕后的达莎跟前，偎依着她，把脸埋在她的怀里，微微打着寒颤说：

“可别夸我，别价，别价，达丽亚·德米特里耶夫娜……”

往下，剧演得越来越顺利了。演完第一幕时，演员们都满头大汗，紧张的肌肉变得松弛了，不自然的声音变得富有感情了，如果听不清谢尔盖·谢尔盖耶维奇提台词的轻微的咝咝声，他们也不在乎了，他们可以毫不难为情地顺口编些台词，这些台词比席勒的语言还要尖锐，无论如何，更容易明白。

观众对这次演出非常满意。捷列金跟政委一起坐在头排，抹了好几次眼泪；伊万·戈拉因为身份的关系，必须控制一下感情，只好用鼻子呼哧呼哧地大声喘气，就像每次打了胜仗似的。最为满意的还是那些演员，他们既不想卸装，也不想洗掉油彩，尽管全村的公鸡已经喔喔啼了，他们真想再演一场。

这场热闹结束了。歌声和手风琴声也沉寂了，只是有些地方传来砰砰的关角门声。公鸡也叫完了。村子沉入梦乡。阿尼西娅顺着大街慢慢向前走去，她身旁是拉图金，把军大衣披在一个肩上，因为他还觉得非常热。

“是呀，阿尼西娅，是呀，真奇怪……你就是钻进这个壳里，穿着这件军大衣，我也能透过它看见你……一些平常的字眼儿都用不上，所以我也不想跟你说……”

他们朝村头走去，再往前，一片草原跟黑暗的夜色融为一体了。月牙爬到高高的天上，天空也变黑了。那些油灯依然在阿尼西娅眼前闪烁，她说出的每句台词，就是在这些油灯后面，在充满着几百人呼出的热气的黑暗里，得到强烈的反响，从那里向她传来激动的叹息声，在她的力量中包含着一种深邃的、前所未有的、女性的情感。这阵子，她倒乐于听拉图金说下去……

“我交过许多女人，我的美丽的夫人……让她们都见鬼去吧……还从来没遇到过像你这样的……我已经活不了啦——不管你爱不爱听……”

他站住了，她也站下来。他一下子抱住她——他的军大衣从肩头落到雪地上。他久久地、用力地吻着阿尼西娅冰冷的嘴唇。把嘴挪开之后，又注视着她那仿佛很冷淡的脸庞，两个脸蛋儿用甜菜汁染得通红。可她并没有瞅他，她那描过的大眼睛正望着月亮。

“哦，我的痛苦就在这里！好，算了……”

他捡起军大衣，他俩又向前走去……

这一夜，达莎也没睡着觉。她把胳膊肘倚在枕头上说：

“我知道——目前这是不可能实现的……可是你听我说——我们有了阿尼西娅，我们还有个拉图金。库兹马·库兹米奇简直是个天才。他是现成的埃古①……我们可以演《奥赛罗》……得先把剧团充实一下，明天你就向团里发一道命令……你等着瞧吧，我们要到师里、到军里去演……不过，首先得保存好我们的布景……你跟政委谈谈，让他给我们单拨几辆车……啊，大家听得多么入神！我产生了一个印象——观众就好像海绵，一下子就把艺术吸收进去了……”

“你说得对，说得对。”伊万·伊里奇连连回答。他穿着一件衬衫，没系皮带，靴子脱了，换上达莎从一个哥萨克女人手里给他买的柔软的皮鞋，倒背着手踱来踱去，每次走过的时候，他那巨大的黑糊糊的身影便要挡住桌子上的灯光，不知为什么，这令达莎感到不快。当他走到窗前转过身来的时候，灯光照亮了他好像用青铜雕的、结实的、红扑扑的、笑眯眯的脸膛，达莎的心不安地跳起来。

“你说得对……俄国人喜欢看剧……俄国人对艺术有一种特殊的嗅觉。有一种特别迫切的需要，到了如饥似渴的程度……你说，打了一个半月的仗，大家累得不像样子——只剩皮包骨了，就这么干，连狗也得趴下……还演什么席勒呀？今天这个剧，就好像莫斯科艺术剧院的首次演出似的。就拿阿尼西娅来说吧！……真叫人莫名其妙，简直是个真正天生的演员……你看她的动作，多么高尚……你看她的感情！而且长得又

---

① 埃古是《奥赛罗》中的人物，因诬告苔丝德蒙娜不贞，奥赛罗将妻子杀死。

漂亮。”

他两手比比画画的,又把灯光挡住了,达莎说:

“伊万,你能不能别在屋里来回走?……”

她的语声中流露出他好久好久没有听见过的恼怒:她用胳膊肘倚着枕头,用变得发暗的眼睛盯盯地望着他。伊万·伊里奇立刻打住话头,走到床跟前,在床沿上坐下。他毫不掩饰地胆怯起来。

“伊万,”她在床上坐起来,“伊万,我早就想向你提个问题。”她用手指迅速地揉了一下眼睛。“这个问题很不好开口,可是我再也受不了啦……”

她从他的表情已经猜出,他明白她要提的是什么问题,但她还是把话说了出来,因为这个问题她背地里已经重复一千遍了:

“伊万,你已经完全不把我当女人了?”

他的肩头耸动起来,嘴里嘟嘟哝哝地说了些什么,用手抱住头。达莎用锐利的目光盯着他,心里还存着一线希望……难道他这就批评开了?

“达莎,达莎,那么不理解……总应该度量大点儿。”

“度量大点儿?(这正是他的批评!……)”

“达莎,我太爱你了……你可能恨我……其实,要说真的,我也不知道为什么?……从肉体上,可以说是疏远我……这一点我很理解……我是准备爱你一辈子的,不管这样做对我来说是困难也好,轻松也好,都无关紧要……只要我的心跟我在一起,你就跟我在一起……你只要安心生活,一定会幸福……”

达莎一边听,一边摇头,他却皱紧眉头,吃力地说下去:

“不知为什么,我总是想起你那双可怜的小脚——为了追求幸福,你不知跑了多少路,可都是白费,都是白费……”

达莎突然把两条裸露的瘦腿从被窝里抽出来,跳到土地上,跑到桌子跟前,把灯吹灭了。

伊万·戈拉跟阿格里皮娜一起看剧回来,点上小蜡头,翻阅这一天当中积累起来的文件——他已经养成了习惯,临睡之前,一定要把东西全都整理好。阿格里皮娜不脱军大衣,也不摘帽子,坐在一边,坐在靠门口的长凳上。

“你演得也不错。”他说着,打起哈欠,挠挠脖子。“我都没听清,你唧唧喳喳地说些什么。你的角色太小了……可阿尼西娅,阿尼西娅!”他低下头,把鼻子凑到蜡烛跟前,微笑着翻文件。“也许,按照你们的说法,她过分卖弄风情了——感到男人在爱她,她确实是这样……需要爱护她,爱护她……可你以为——像她这样的人被革命发掘出来的,还少吗？这才是问题的关键……一切都奠基在这上面,人民不是庸庸碌碌的,不……人民是富有才干的……只是我们这种打法,太浪费人了……咱们需要有机器……你看看这个……”他用手摩挲平一张纸。“我们空手缴获一辆坦克……这简直是蛮干！……我要是有个儿子,我一定在这个小家伙的胸脯烙上几个字:你要记住,你能过上幸福日子亏了谁,不能忘记那些把白骨抛在荒草里的人……”

阿格里皮娜靠着墙,合上眼睛,紧闭着嘴唇,暗自回忆着她能想起来的最凄惨的情景……那天夜里,伊万·戈拉一动不动地躺在草原里,连气也不喘了,而她当时也不管他是活着,还是死了。她身边的大枪,只剩最后一夹子弹了……阿格里皮娜不肯跟大家一起撤走,她没有把他扔在那片草原里,在那天黑夜……可惜的是那时阿格里皮娜的白骨并没有扔在草原上……

“你怎么还不睡觉,加帕?”

伊万·戈拉用手掌遮住烛光,仔细打量她——阿格里皮娜眯缝着的眼睛涌出了泪水,不住从长睫毛上滴落下来,黑眉毛扬得高高的……他把文件收拾到图囊里,走到阿格里皮娜跟前,蹲在她面前。

“你怎么了,傻瓜……累了吧?”

“你就给他烙吧,往胸脯上烙,教给他,教给他关于白骨的故事……”

“加帕,你胡说些什么?”

她用小姑娘似的绝望声音回答说:

“我怀孕都两个月了……可你啥也看不出来……你光知道阿尼西娅,阿尼西娅……”

伊万·戈拉一下子坐到阿格里皮娜脚跟前,他的嘴自动就张开了,好像傻瓜的样子……

“加帕,你不是瞎说?加帕,这可是大喜事——你真的有了?我的亲爱的,我的好加帕,加普什卡……”

当他这么说的时候,她已换成低沉的女人语声说:

“去你的吧,离我远点儿……”

她一下子朝他扑过去,抱住他,俯在他身上,依然哽咽着,只是一次比一次短促和微弱了……

阿塔曼克拉斯诺夫在察里津城下打了第三次败仗,使得整个南方战场活跃起来,南线上的红军第八集团军、第九集团军和第十三集团军,已经兵临顿河和顿巴斯了。原来抱有敌对情绪的哥萨克,准备把敌意放在脑后,把马鞍挂在草棚里——让鸽子在上面拉屎好了——把步枪用油布包好,深深埋在地底下。是什么人造的谣,说是布尔什维克来了,日子就没法过!土地又跑不了,瞧,那光秃秃的大土包在春天的阳光下蒸发着热气,两只手长在身上,马也想上套,牛也想拉犁……

在谢尔普霍夫的红军总司令正急于发动进攻。总司令最初制定的计划有毛病,做了某些更动。各集团军在进军的途中改变部署:不再沿着顿河向东南前进,而要掉转马头,顺着化雪的泥泞道路向西南的顿涅茨挺进。但是现在才去,为时已晚:通往无产阶级的顿巴斯的革命大道,已经被严密封锁——迈马耶夫斯基的一个师早已闯进顿巴斯,在这停顿不前的两个月当中,又得到志愿军的精锐部队的补充,这部分志愿军是在阿斯特拉罕的沙漠里打垮了红军第十一集团军之后,从北高加索撤下来的。如今,在顿涅茨右岸集结了白军的五万精兵,由迈马耶夫斯基、波克罗夫斯基和什库罗担任指挥。

春天来得挺早。在光芒四射的阳光下,积雪一下子就化了,草原上的冲沟都积满了蓝莹莹的水,顿涅茨河涨了,两岸的河滩地变成一片前所未有的汪洋。由于这一带的铁路线都是由北到南的,要改变部署,只好在泥泞的陆地上进行。军队的辎重车陷在拔不出来的泥坑里,远远落在队伍后面。这一切都妨碍和拖延了改变部署工作。涨得宽宽的顿涅茨河上的渡口,都被白军占领了。进攻变成了旷日持久的战斗。正在这时,在红军后方,在新归顺的韦申斯卡亚村突然发生了一场由邓尼金特务组织的顽强和血腥的哥萨克暴乱。白军的飞机把宣传鼓动员、金钱和武器都空投到那里。

只有处在左翼的第十集团军,仍然按照总司令的命令,沿着铁路干线继续南进,打退和消灭克拉斯诺夫的残部。

第十集团军正走向毁灭。

从草原里吹来甜丝丝的风,晌午时分,朝草原望去,会感到眼花缭乱——水坑里、小河里、春水汇成的湖泊里,都闪耀着阳光。在明净的宝蓝色的天空里,一群群的鸟拍打着翅膀,排成人字的仙鹤,发出像军号一样嘹亮的叫声,轻轻飞过——你站在火车的车梯上,扬起头,眼盯盯地望着它们飞走吧!……自由的鸟儿,你们飞向哪里去呢?飞向乌克兰、波列西耶、沃伦,再往前去,就到了德国,到了莱茵河对岸的老巢……喂,仙鹤,你们向那里的人民转达我们的问候,当你们用一只红腿站在房顶上的时候,把你们从苏维埃俄国上空飞过时所看见的情景讲给他们听听,告诉他们——俄国土地上的坚冰已经瓦解,春水到处泛滥,这样的春天不论什么地方都从来没有过——这里的春天来势凶猛、咄咄逼人,孕育着蓬勃生机……

达莎、阿格里皮娜和阿尼西娅,现在常常聚集在车厢的通过台上,晒着太阳,再被和风一吹,有点儿迷迷糊糊的。兵车向南开,春天扑面而来。战士们已经只穿着衬衫,还要敞开领扣。有时从前方的地平线后面,传来嗒嗒嗒和轰隆隆的枪炮声——这是第十集团军的先头部队从小屯里撵走最后一批暴动的哥萨克。不费吹灰之力就拿下了大公村。卡恰林团的兵车过了这个村子,就在马内奇河岸上停下,占据阵地。

萨尔草原每到春天,便被马内奇河浑浊的河水所淹没,连芦苇都没了顶,显得空荡荡、平坦坦的,好像静止了的碧绿海面。这里从远古时候起,住在马内奇河两岸的部族,便隔岸放箭,亚洲的游牧民族同西徐亚人、阿兰人、哥特人互相厮杀;匈奴人从这里直到北高加索,把整个大地变成荒无人烟的地方。在这里,卡尔梅克人坐在毡包旁边,倾听关于古代马纳斯的英雄事迹的故事。到了春天,这一带草原一片繁荣景象——喝饱了河水的大地急急忙忙披上红花绿草;湿润的晚霞在黑海上空染红了天边;大颗大颗的星星熠熠闪耀,一直撒布到地平线上:从里海后面涌出一轮光耀夺目的太阳,好像波斯人的盾牌。

卡恰林团的团部,就设在这一片荒原里惟一一座可以住人的房子里——这是一个用芦苇苫顶的地窨子,修在一片废弃了的马圈栅栏外面。附近一带没有发现敌人,军部派出的骑兵侦察队走得很远,往南奔季霍列茨方向,往西挨近罗斯托夫。指挥员们觉得很难对战士们解释清楚,他们到这里来,既不是为了用手榴弹在马内奇河里炸鱼,也不是为了浪费珍贵的子弹在黄昏时候去打野鸭,他们面临着一场艰苦的战斗——他们这个集团军已插到敌人后方,他们的对手却并不软弱,而且摸不清底细……

有一次,伊万·戈拉从师部回来,把伊万·伊里奇叫到外面,两人一声不响地往河岸走去,在岸边坐下,点着了烟;又红又扁的太阳正往下落,被地上的蒸气遮住了;整个马内奇河上一片蛙鸣——它们叫得又凶又吵,呜呜一阵,哼哼一阵,又嗞嗞一阵……

“这些混账东西,在甩子呢。”伊万·戈拉说。

“嗯,你听到什么消息了?”

“还不是那一套。担心出事——大家都明白,可谁也没办法:总司令下的严格命令——攻打季霍列茨。你对这事有什么看法?”

“我不好乱发议论,伊万·斯捷潘诺维奇,我的任务就是执行命令。”

“我是问你,你心里怎么想的?”

“我怎么想的? ……你是不是打算枪毙我?”

“呸! 你这个人真怪……都是这样回答……你们都是怕死鬼……”

伊万·戈拉把帽子往后一推,挠挠脑袋,然后觉得肋骨又痒起来;他们用脚蹬着的岸边上,有个土块裂开了,落进浑浊的旋涡里,发出轻柔的哗啦声。青蛙带着发情的劲头拼命地叫,好像要把它们那溜滑的蛙族繁衍到整个世界上……

“这么说,你认为总司令的命令是正确的喽?”

“不,我并不那么认为。”伊万·伊里奇轻声地,但是坚决地说。

“啊哈! 不! 好哇……为什么哪?”

“我们跑到这儿,几乎已经跟后备力量和供应基地失去了联系;敌人只要在什么地方切断我们跟察里津的通路,那就完蛋了。这种形势太没把握了。”

“嗯,嗯? ……”

“还要我们继续南下,攻打季霍列茨,这就好比小猫把头伸进靴筒里去。这样干,不会有好结果。要是说我们这个集团军派到这儿,是为了佯攻,为了不惜任何代价把白军的兵力从顿巴斯引诱出来,这还可以理解……”

“是这样,是这样……”

“但是,这种游戏代价也太高了——为了佯攻,要断送一个集团军……”

“你的结论呢?”

伊万·伊里奇鼓起腮帮子,把已经熄灭了的卷烟头扔到河里。

“这个结论嘛,我可没有,伊万·斯捷潘诺维奇……”

“你说的假话,老兄,假话……嗯,你就别说了。你不说,我也明白……有一次,伊万,你跟我讲过你们那个政委格姆扎——你还记得吧,他曾经派你……去找总司令,送交一份告发叛徒索罗金的秘密报告……如今……(伊万·戈拉朝四下看了一下,压低了声音)我总觉得我应该亲自跑一趟,不是到谢尔普霍夫去找总司令,而是上莫斯科,直接到那里去……不知是在总司令部里,还是在最高军委里,反正有个地方坐着一个混账东西……不可能不是这么回事:这毕竟是战争……只是我们太容易相信别人了……咱哥儿们都是思想挺高尚,胸怀挺宽阔,总以为这个世界除开资本家之外,一切都好:你只管左右开弓,拼命砍杀就行了……我在彼得堡的时候,曾经仔细端详过弗拉基米尔·伊里奇——他那眼睛才真正是俄国人的呢,总是眯缝着……满腔热情,思想敏锐——把手往上衣后一背,走过来走过去,把前额一低,突然拿眼把谁打量一下:一眼就看明白了……人就应当这样……我注意观察你，观察你的一言一行……可你不注意观察我，对我盲目信任……我给你下一道有害的指示，你也一声不吭，照办无误……”

“不会的，我不会照办……”

“你方才还说：你不好发什么议论……嗯，那你怎么办呢？”

“我要尽力劝你，让你改变主意……”

“劝我！真是个知识分子……你应该崩了我！……唉，我的天哪……”

伊万·戈拉把一双大手放在帽子顶上，抱住头，用胳膊肘支住膝盖。昨天得到的最重要情况，他还没告诉捷列金——那是在师党委会上宣读了共和国最高军委主席①从莫斯科发来的电报，回答第十集团军司令提出的不安的询问，这封电报用骄横和威胁的语气坚决地肯定了以前所发布的命令……

“我再告诉你个最新消息：波克罗夫斯基将军有四个师已经从顿巴斯调出来，正在我们的右翼集结，迎面开来的是库捷波夫②将军的一个军，他已经切断了我们前往季霍列茨的道路——他们已经识破总司令的作战计划……在左翼集结的是乌拉盖将军的骑兵……而我们背后四百俄里以内，是一片空地……”

“这个情况就决定一切了。”伊万·伊里奇说。“你要愿意听我的意见：马上把所有的病号撤退回去，把一切多余的东西都送到后方，我们要轻装上阵。马内奇河我们是守不住的……”

伊万·戈拉一声没响。他沉默片刻，狠狠地往河里吐了一口唾沫。

“这种谈法，我跟你都得送上革命军事法庭……告诉你死在马内奇河上，你就得死……”

“死，我好像从来没拒绝过，现在也不拒绝。”

---

① 当指托洛茨基。

② 库捷波夫（1882—1930？），帝俄将军，在邓尼金手下任军长，失败后逃亡国外，仍从事反苏活动，后失踪。

五月二日，河对岸出现了库捷波夫的骑兵侦察队。开头只是小股骑兵，人数很少，小心谨慎。他们在草原上走来走去，忽而停下马，忽而看子弹打来，便从闪闪发光的水坑上拼命疾驰而去。后来，他们越聚越多，胆子越来越大地靠近阵地，下了马，让马也躺下，朝红军的前哨打枪。

五月三日，库捷波夫的主力部队在轰隆隆的炮声中来到近前。他们集结在铁路沿线，派出一批一批的人，呈波浪式，信心十足地攻击马内奇河岸。还飞来几架双翼侦察机，既不像俄国造，也不像德国造。一辆辆载重汽车拉着浮桥船开过来，溅起积水和稀泥。在这一天，库捷波夫的突击队在莫罗佐夫师的防地强渡过河，但在白刃战中被全部消灭了。

向晚，敌人的散兵线撤回去，躲进战壕。没有一个地方点着篝火。枪声息了，同样宁静的夜降临到草原上，空气湿润，散发着花香。鼓噪的蛙声，就像什么事也没发生似的，又响起来。有的人把一只耳朵贴到地上睡，好像听到轻柔的沙沙声，那是野草娇嫩而茁壮的幼芽冲破坟墓的黑暗往外钻。

在伊万·伊里奇安下指挥部的地窨子里，开了一整夜会。大家焦灼地等待师部下达进攻的命令——人人都明白，不能给这样的敌人哪怕一小时的工夫，让他们得以任意调动军队而不受惩罚，然后挑防守薄弱的阵地进行攻击，而第十集团军的防线有五十俄里长，两翼和后方都暴露在外面。下面的指挥员纷纷报告战士们的情绪：人人都非常激动，不肯睡觉，在战壕里窃窃议论——这要是在一九一八年，全团的人会马上集合开大会，团长要再不发进攻的命令，就威胁要把他撕个粉碎。士气有时会达到这种拼命和凶狠的程度，仿佛不管前面的道路上有什么障碍，都可以扫除干净。

连长莫什金走进地窨子——他刚蹚着没脖深的水从马内奇河对岸回来，他有一个排驻扎在那里。他原来是察里津的五金工人，可是非常喜欢打仗，就像猎人喜欢打猎一样。

“你们这里的味儿不错，同志们。”他说，被烟气熏得眯缝起眼睛，小屋里抽烟抽得烟雾弥漫，连烛光都隐隐约约。他一会儿用这只脚跳着，一会儿换另一只脚跳着，扒下皮靴，倒出里面的水。“我手下的弟兄撂倒了一个士官生，我本想把他带来，可惜已经死了……这个小伙子还是个孩子，可狠了，张口闭口就是：‘下贱东西，下贱东西！’弟兄们都觉得奇怪……就说他那身打扮——又是呢子大衣，又是皮靴、皮带……哥萨克倒真没什么！哥萨克傻乎乎的，跟我们一样，是庄稼哥儿们——你揍他一下，他还你一下，然后就躲开了……可这些不干活的家伙，心才狠呢，嘿嘿！……全排都是军官，当排长的是个上校。人人手腕子上都有表……我跟弟兄们嘱咐过：你们这些流浪汉，别老惦念着那些表，不要去摸白军的岗哨，想法搞表，不然我就把你们的牙打掉……”

莫什金笑起来，露出整齐的牙齿，他那张不大漂亮，却蛮聪明的麻脸，显露出善良的光辉。

“情况是这样，同志们：草原里轰隆直响，天刚黑那阵子，我们早就听到了。我派出个侦察员，斯乔普卡·夏韦列夫——这不是个人，而是个精灵……他爬着去，爬着回来……他说敌人的炮兵开到了，好像大车上还拉着步兵……你们就做好准备吧，同志们……”

伊万·伊里奇被烟熏得头昏脑涨，从地窖子里出来换换空气。在暗淡的群星当中，挂着一弯光洁耀目的月牙。在由三根杆子搭的栅栏上，坐着三个女人的身影。伊万·伊里奇走过去。

“已经说过——所有的人都要在战壕里休息，真不明白你们是怎么回事！”

“我们睡不着。”达莎从杆子顶上向他俯下身来说。

达莎、阿尼西娅和阿格里皮娜三个人，眼睛都显得更大了，身子更瘦了，样子很奇怪……连他也分辨不清——她们是朝他笑，还是怪模怪样地皱着眉。

“我们在这里，是等你们开完会。”阿格里皮娜说。

“我是陪着她俩，团长同志，请允许我留下。”阿尼西娅说。

“下来，坐到地上，怎么像小鸡似的蹲在那上头……子弹直飞——你们听见没有？……”

“下边又是大粪,又是跳蚤,这顶上风一吹,挺舒服的。”达莎说。

“这飞的不是子弹,是金壳郎,您用不着骗我们。”阿格里皮娜说。

达莎又俯下身来:

“蛤蟆发疯了,我们坐在这儿听呢……”

伊万·伊里奇转过身朝河面望去,这时他才注意到这些叹息声,这些充满苦闷和期待的有节奏的呻吟,听——有一个俨然胜利者,这个大嘴的独唱家,身子足有三俄寸长,鼓着两只绿眼睛,唱起歌来,唱得如醉如痴,它相信连天上的星星也在倾听它那生命的赞歌……

“真棒!唱得好!”伊万·伊里奇说着,笑起来。“嗯,好,你们就坐在这儿吧,只是一有动静,马上进战壕……”他用手扳住达莎的肩头,往跟前拉了一下,对着耳朵悄声说:“天知道这儿有多么好……对不?……你也太美了……”

他挥了一下手,朝地窨子走去。当她们又剩下三个人的时候,阿尼西娅悄声说:

“就这么坐上一辈子吧……”

阿格里皮娜说:

“我们的幸福是用鲜血换来的……所以才是珍贵的……”

达莎说:

“我的姑娘们,我这一生中经历的事太多了,都从旁边飞过去了,连边儿都没沾就飞过去了……我一直盼望会发生某种不平常的事,特别的事……我这死心眼儿,既折磨了自己,又折磨了别人……其实,只要有真正的爱,哪怕只爱一晚上也好,就像现在这样……对一切都看得透,内心里非常充实,一晚上就等于一百万年……”

她把头俯在阿尼西娅的肩上。阿格里皮娜思索了一会儿,也从另一面靠到阿尼西娅的身上。她们就这样背朝着星光在栅栏上坐了很久。

天一亮,库捷波夫的大炮就开始猛烈轰击马内奇河。有几架崭新的双翼飞机为它们校正目标——在炮弹炸开的地方盘旋一阵,向红军扔下两个炸弹,然后就像鹞鹰似的向草原的地平线上滑翔而去,飞回他们的炮兵阵地。

为了吓唬敌人，师部派来惟一一架能飞上天的机器——一架旧式的低速纽波特①，它在帝国主义战争中已经完成使命，后来在察里津用手工修理一番。

当这架翅膀上打满补丁的木头飞机，违背空气动力学的一切原理，打你头上飞过的时候，不住地发出破裂声，突然又一点儿声音也没有了，你连看着也觉得害怕。不过，驾驶飞机的却是整个南方战场闻名、连白军飞行员也熟知的瓦尔卡·切尔达科夫——身材短小得像个猴子，全身的骨头都断了，腿瘸了，肩也歪了，都是重新接上的。有人问他："瓦尔卡，听说你在一九一六年打下一个德国的空中爱斯②，第二天又飞到德国，在他的坟头上投下玫瑰花，是真的吗？"他用尖细的嗓音回答说："嗯，那又怎么样？"他的拿手办法，就是把机关枪的子弹打光之后，从上往下朝敌机扑去，用起落架去撞它。"瓦尔卡，你自己怎么没撞碎呢？""嗯，怎么样？我撞碎过好几次了，有什么了不起……"

战士们一看见他的飞机在草原上低空飞行，都非常高兴，其实值得高兴的事很少。敌人的高爆弹在马内奇河两岸纷纷爆炸，压得红军战士在战壕里抬不起头。我们有一个炮兵连，敌人至少有六个对付它，从他们那面一刻也不停地轰隆轰隆打炮。敌人的散兵线士气狂热，以快速跃进的方式，不可阻挡地向前逼近。

飞机向这边飞来，摇晃一下翅膀，在不远的地方降落了，瓦尔卡·切尔达科夫从飞机里钻出来，一瘸一拐地围着飞机转悠。有几个红军战士跑过去。他满脸都沾着机油。

"看什么？嗯，有什么没见过的？"他气冲冲地说，从机身里拽出一只皮箱，里面装着工具和备用零件。"赶快把敌机赶走，我要开始工作。"

白军果然发现了它，他们有三架飞机开始在这一带上空盘旋——不过它们飞得相当高，因为红军战士朝它们开枪。落下一颗颗炸弹，扬起一

---

① 纽波特是英国造的一种旧式飞机。

② 指杰出的空军战斗员。

股股泥土。瓦尔卡毫不在意,只管修理滑油管。有一颗炸弹在紧跟前爆炸了,飞机摇晃了一下,许多土块像打鼓似的落在机翼上。他才朝天上望了一眼,伸出手指,做了个恫吓的手势。他修理完了,朝红军战士喊道:

"快来把螺旋桨给转一转!"他钻进飞机,坐好了。"同志们,你们这么转可不成,这又不是老娘儿们拖地的长衣下摆,喂,别怕出汗!"

发动机打起喷嚏,发出震耳欲聋的砰砰声吼叫起来,战士们闪到一边,飞机摇晃着,蹦跳着,朝草原里跑去——跑得那么远,仿佛天生就不会离开地面似的——突然飞上了天。瓦尔卡尽量升高,然后开始翻跟头,好把混合得不大均匀的汽油和酒精好好摇晃一下。他在天上翻了个大圈之后,借着冲劲朝敌机扑去。但是敌人的三架双翼飞机连忙逃之夭夭,并不应战。

瓦尔卡·切尔达科夫在前线的上空飞行一阵,认为时间差不多了,又降落下来,派人给捷列金捎个便条:

"我看到八辆新轿车,邓尼金跟外国人来到前线——这是事实,请注意。敌人有两门大炮被打坏了。我向行军的纵队进行了扫射。现在到基地去加油……"

邓尼金来到前线。当初他害着支气管炎,围着虎皮被子,坐在辎重队的大车上颠簸着,跟在七千名志愿军后面,在科尔尼洛夫的指挥下准备杀出一条通往叶卡捷林诺达尔的血路,只过去了一年多一点儿的时间。如今邓尼金将军已成为整个顿河下游、整个富庶的库班、捷列克和北高加索的全权独裁者了。

邓尼金这次到库捷波夫将军前线旅行,还带了英法两国的军方代表,让他们为了把敖德萨、赫尔松和尼古拉耶夫可耻地丢弃给布尔什维克而感到难堪和羞愧。要是红军的正规部队把法国人和希腊人赶走的,还情有可原。而是一帮庄稼人,一帮游击队,当着法国驱逐舰的面在尼古拉耶夫把一个希腊族杀个精光。不知是不是出于对俄国庄稼人的恐惧,世界大战的胜利者——法国人——竟然退却了,卑怯地放弃了赫尔松,把他们的两个师撤出了敖德萨……这岂不是咄咄怪事!——他们竟然被莫斯科公社吓破了胆。安东·伊万诺维奇决定向威名赫赫的欧洲人实地显示一下，他这支荣获桂冠和宝剑标志的军队怎么打共产党。

他的心底还憋着一股火：埋怨巴黎十人委员会竟然决定任命海军上将高尔察克为全俄国最高执政者。他们偏偏看中了高尔察克。一九一七年，他拽下身上的金刀，从海军上将的舰桥上扔到黑海里。这条消息，几乎全世界的报纸都登载了。而在当时，邓尼金被投进贝霍夫监狱——这件事，所有的报纸都置若罔闻。一九一八年，高尔察克逃到了北美，在美国舰队里指导鱼雷技术——报上又纷纷刊登他的照片，跟电影明星的照片并排放着……这时，邓尼金将军就逃出贝霍夫监狱，参加冰上远征，在阵亡的科尔尼洛夫的尸体旁边接受了指挥全军的重任，一点一点打出来一块比法国还要大的地盘……不知是巴黎的哪一家小报，只用三行字报道了这个消息，还给他登出一张长着络腮胡子的怪里怪气的照片——“邓尼金将军”！而俄国执政者，却任命了一个举世闻名的牛皮大王，有自大狂和可卡因嗜好的歇斯底里病患者——高尔察克！

安东·伊万诺维奇不相信高尔察克的军队能取胜。十二月，高尔察克手下一名仓促提升的佩佩利亚耶夫将军攻下彼尔姆，于是所有的外国报纸大喊大叫起来：“一只铁拳已经举到布尔什维克的莫斯科头顶上。”一霎之间，连安东·伊万诺维奇也相信这个估计，并为佩佩利亚耶夫的成功而万分痛苦。但是，莫斯科立即派人去卡马河（据情报部门报告），派的是政委斯大林，就是去年秋天在察里津城下两次打败克拉斯诺夫的那个人，他采取严厉措施，迅速组织好防线，给名声大震的佩佩利亚耶夫突然一击，把他从彼尔姆撵回乌拉尔山后去了。高尔察克现在向伏尔加河这场进攻，毫无疑问，也会落得同样下场，因为这场进攻并没有经过认真准备，不过马马虎虎，全凭外国报纸的荒唐吹捧和喝醉了的西伯利亚商人的狂热吼叫……

“我们现在的战术，跟世界大战时你们、我们以及德国人所采用的战术有些不同。我们的散兵线要稀一些，前后之间的间隔也要大些，每个排都要独立完成作战任务。”邓尼金说，他正站在一辆崭新、阔气的菲亚特敞篷汽车上，伸出一只戴白麂皮手套的手，指着捷普洛夫少将的步兵旅像参加阅兵式一样展开的整齐队形。

在汽车上紧挨着总司令站着的是个法国人，穿着一件天蓝色细呢子军装上衣和同样颜色、同样呢料的马裤，小脑袋上端正而适称地戴着一顶镶金边的天鹅绒军帽；他正朝望远镜里望着，望远镜底下露出又软又亮的小胡子；身旁挎着一个装白兰地的铝壶。看法国人穿戴这么舒服，简直可以发疯！汽车的脚蹬上站着一个英国人，也朝望远镜里看，这个人显得粗鲁些，衣着也比较平常，穿一件绿军装上衣，四个大口袋装满了胶卷、烟丝、烟斗和打火机；特别是那顶制帽扣在鼻子顶上，就像一张薄饼，成了俄国随员们的谈话资料，这些随员跟客人保持一定距离。“不管怎么说，英国人就是不会穿军装，他们都像是文官！近卫重骑兵戴的制帽就大不一样！可是女王陛下的御林骠骑兵，戴上制帽可蠢了！就像看家狗！”

在汽车旁边一匹卡尔梅克种的儿马上，坐着怏怏不乐的库捷波夫——他敦实的个儿，花白的头发，穿着一件短羊皮袄，敞着怀；他特为这次检阅戴上手套，装上马刺；他那两只小眼睛通红；这条该死的马内奇河，他已经打了五天了，并且心里明白，捷普洛夫旅现在为这两个花花公子表演队形展开，不过是一场芭蕾舞，却要为此付出极大的代价。

“这场战争的特点是，它要求极大的机动性。”邓尼金解释说。“这就决定了，对我们来说骑兵具有头等重要作用。而在这里，我们又有绝对优势：捷列克、库班和顿河可以为我提供十万名正规骑兵……”

“啊，拉—拉—拉—拉。”那个法国人轻佻地哼哼起来，眼睛没有离开望远镜。

“红军没有骑兵，他们也没法建立骑兵，只有布琼尼的骑兵旅例外，这个骑兵旅倒是给可怜的前任阿塔曼克拉斯诺夫制造了不少麻烦……”

“这可需要有十万套鞍鞯和笼头。”英国人从牙缝里挤出这么一句话，眼睛也没离开望远镜。

“是呀，问题就在这里。”邓尼金冷淡地回答说。他把话咽了下去，尽管他非常想把真情实况对这两个盟邦的代表说出来，马上就说出来，就在自己的军队中间，就在这隆隆的炮声中（汽车停的地方，离炮兵阵地只有一俄里远）。对他们说：他们不过是些小贩子，他们的政策是近视的和懦怯的，他们干的不过是小本生意——只想用一个戈比换来五个戈比……

事实已经证明:布尔什维主义对他们说来,要比德国人的二百五十个师还厉害,这就像二乘二等于四一样清楚。所以,先生们,我们需要多少武器,你们就供给多少好了,要是你们不敢把你们的士兵派到俄国来的话……以后拿下莫斯科,好算账。

“我马鞍不够用,只好让哥萨克光溜溜地骑在马上,”邓尼金到底没憋住,说了出来,虽说口吻并不太暴躁,却也不怎么和善,然后转过脸对翻译说:“你把‘光溜溜’的意思给他俩翻出来。”

这个翻译是南方型的青年,殷勤到了令人讨厌的程度,他没有回答,却突然惊慌失色地吸了一口凉气。就在这时,库捷波夫把马头一勒,用马刺一夹,大叫一声:

“各位赶快——藏汽车底下!”

在战斗的枪炮声中,谁也没注意到一架笨拙的黄色飞机照直朝着这些汽车飞来。甚至谁也没来得及朝它开枪——它一下子就钻上高空了。个子矮小、头发蓬乱的瓦尔卡·切尔达科夫从飞机上探出身子,扔下两颗英国式的手榴弹,一颗照直扔到华丽的菲亚特车头上,另一颗落在旁边……他龇着白牙一笑,就飞上高空溜掉了。

邓尼金将军、那个英国人和法国人总算钻到汽车底下了——不过安东·伊万诺维奇肚子大,大衣又厚,往汽车底下钻要格外费劲。他们只不过受了一场虚惊。随员们像溅起的水花似的,四下逃散,库捷波夫将军也骑马跑开了。

志愿军以前所未有的凶猛发起强攻。他们有很多人鼻子触地,横卧在平坦的草原上了。可是新的散兵线,一排接着一排地往马内奇河逼近。他们冒着轻机枪的直射火力,此起彼伏地弯腰向前跑,渐渐聚集在河对岸。捷列金命令从地窖子里取出团旗,摘下套子。

决战的时刻到了。白军的大炮把火力移到卡恰林团的后备队,在那里掀起一连片的土浪。从对岸射来的子弹,就像滂沱的铅雨。志愿军最后几排散兵线,并不卧倒,一直向岸边跑来。机枪的射击立刻停止了,几百人猛然跳进马内奇河,河水好像沸腾起来——他们摇晃着步枪,在水里

蹚着，水没到胸口，没到脖子，凫起水来，一被子弹打中，便向上一蹿，扑腾几下，又沉下去，从他们尸体上面又有人接连不断地爬来……这一带的河面只有三十俄丈宽……不管机枪的火力多么猛，也阻挡不了那些发了狂、拼命呐喊的人群……捷普洛夫少将站在对岸的芦苇丛里，一边挥舞军刀，一边呐喊："前进！前进！"他以为这股凶恶的冲锋劲头可以使红军仓皇败退，逃之夭夭，可他打错了主意。

一整天，卡恰林团的战士就盼望这一时刻到来，就是那些由于害怕而心里七上八下的人，难受劲也过去了，在愤怒的紧张中变成木雕泥塑。当敌人开始冲锋的时候，指挥员和共产党员都用手拽住战士们的衬衫或裤子，劝阻他们："用枪打，用枪打……"战壕里响起一片可怕的咒骂声。这里有不少人在年轻时候，甚至成人之后，都挺爱动手——冬天时候，不管是在冰上、桥上或街心，勒紧腰带，戴上皮手闷子，一边一伙，摆好阵势，交起手来。他们的血液里有着古代那种喜欢拳斗的勇敢爱好。"啊，这帮坏蛋，啊，这帮坏蛋！……"愤怒充满心头……"放开我，揍你个奶奶的!!!"拉图金猛喝一声，安上刺刀，头一个冲出战壕……其他战士也紧跟着他，高喊："乌拉，乌拉，乌拉！……"从河岸的慢坡上迎着冲上来的敌人扑去。那帮坏蛋也喊起"乌拉，乌拉，乌拉！……"作为回答。卡恰林团拼起刺刀来势不可挡，凶猛异常。首先把上了岸的敌人都挑倒了，然后扑进河里，在河当中混杀起来，用枪托打，用手榴弹炸，打起交手仗……志愿军里那些军官虽说挺能打仗，毕竟是少爷出身，细皮嫩肉，怎敌得住这些乡村小伙子、顿巴斯矿工、伏尔加河码头工人和运木工人，这些人专会往身上扑，从水里往外一钻，就抱住对方的肩膀……马内奇河波涛翻滚，河水被血染红了，河面上一片哀号声、兵刃的撞击声和手榴弹的爆炸声。白军被打败了，被逼得后退，他们已经开始爬回对岸了。捷普洛夫少将又投入一批新的援兵。这时，政委伊万·戈拉从旗手的手里夺过团旗——一块深红色的绸子，带着一颗金星，在历次的战斗中已被子弹打出许多洞——把它高高举起，由一群党员簇拥着，迈着沉重脚步向马内奇河里跑去。

河上游，水开始退的地方，河滩上露出一片芦苇丛。早在敌人发起进攻以前，捷列金就安排萨波日科夫率领一支后备队埋伏在那里。伊万·戈拉打起团旗之后，捷列金也离开指挥所，跳上马，朝河滩跑去。他钻进芦苇丛，呼唤红军战士们，他们就像猪打滚似的在污泥里躺半天了。

“同志们，敌人跑了，不要给他们喘气的机会！”

一百五十个战士，用手拖着重机枪，皮靴陷进黏糊糊的淤泥里也不顾了，有的地方爬行，有的地方凫水，在芦苇的掩蔽下过河，上了对岸，逼近库捷波夫部队的侧翼，发起攻击。战斗的结果已经分晓。白军从马内奇河边向后涌去，在遭到两面夹击的形势下开始撤退，纷纷逃跑。在他们右翼远处的草原里，有一队骑兵拉成稀落的散兵线疾驰而来，拦住他们的退路，这是邻近阵地的骑兵连赶来支援卡恰林团。

捷普洛夫旅的残部冲出了包围圈。只剩下几股掉队的白匪倒在红军战士的刺刀底下。继续追下去，越来越危险。捷列金命令萨波日科夫拉齐战线，挖壕据守，他自己朝半俄里以外飘动着团旗的草原里驰去。他早就注意盯着它——看见它过了河，向前移动，停下来，突然倒下去，然后又高高举起，飘荡着向前移动……

烟雾迷蒙的乌云遮蔽了西下的夕阳，草原里顿时黑了。地平线上库捷波夫的大炮闪出几道亮光，炮弹呼啸一阵，天知道落到什么地方，接着，一切都归于沉寂——夜色遮住一场血战的战场。

趁眼睛还看得见东西，捷列金到处寻找政委伊万·戈拉。迎面走来的战士，其说不一。大家都看见他打旗过了马内奇河。但是后来打旗的是连长莫什金。但是，莫什金也受伤了。最后团旗落到一个体格健壮的小伙子手里。这时，拉图金和加金走到伊万·伊里奇面前。他们那门大炮已经忠实地完成使命，终于被打碎了，他俩是炮手当中活下来的幸存者。

拉图金吃力地张开牙齿说：

“伊万·伊里奇，刚才可真吓人哪，想起来都瘆人。”

“有的弟兄，就是现在也不敢靠前。”平时很少说话的加金也轻声地说。“喘起气来——你瞧，连肋条骨都忽闪忽闪的，说不定会端起刺刀给你来一下子……”

“伊万·伊里奇,您是不是在找伊万·斯捷潘诺维奇?”

“是呀,是呀,你看见过他?”

“咱们一起去吧!”

他们绕过尸体,向河边走去。从黑暗里,有些地方传来呻吟和含糊不清的喃喃声。还可以听到担架兵找到伤员之后的呼唤声。伊万·伊里奇甚至分辨出库兹马·库兹米奇上气不接下气的嗫嚅声。走在前面的拉图金突然停下脚步,蹲下身子。

伊万·戈拉脸朝下趴在地上,显得又大又长——一颗子弹正打在心窝,他两手一张就倒下了,好像想要抱紧整个大地,即或死去,也不肯把它交给敌人。

卡恰林团的老兵,那些当伊万·戈拉还是战士以及后来升为连长时就认识他的人,那天夜里聚集在野地里,经过议论之后,决定把政委埋在马内奇河岸一处最高的土丘上,这是一个最显眼、最容易记住的地方。

这一带的土丘相当多,东一个西一个的,惟独这个土丘最高,像座小山似的。也许这是古时候特意为可汗搭帐篷而堆起来的,好让可汗站得高看得远,一眼就能望见草原里无数的羊群。也许是更古的时候,西徐亚人把他们的酋长埋在这里了,用他的战马和爱妃作为殉葬,坟头上插着一排排砍下的柳枝,竖起一柄巨大的青铜剑,剑尖朝天——西徐亚人把这种剑奉为富饶和幸福之神。

大家用手把政委伊万·戈拉高举着送过河,放在土丘顶上一片春天的青草上,给他梳好头发,把团旗盖在他那伸长的身体上。

夜静悄悄的,被月光照得很明亮。伊万·伊里奇举着出鞘的军刀,站在政委的脚下,一连政委巴布什金——彼得堡的老党员——站在政委的头上。战士们排成队从旁边走过——每个战士都举枪致敬。

“永别了,同志……”

当所有的人都告别完毕,到了往坟墓里安放遗体的时候,拉图金又跑到土丘顶上。

“今天,”他大喊一声,“今天,凶恶的敌人杀死了我们最好的同志……他

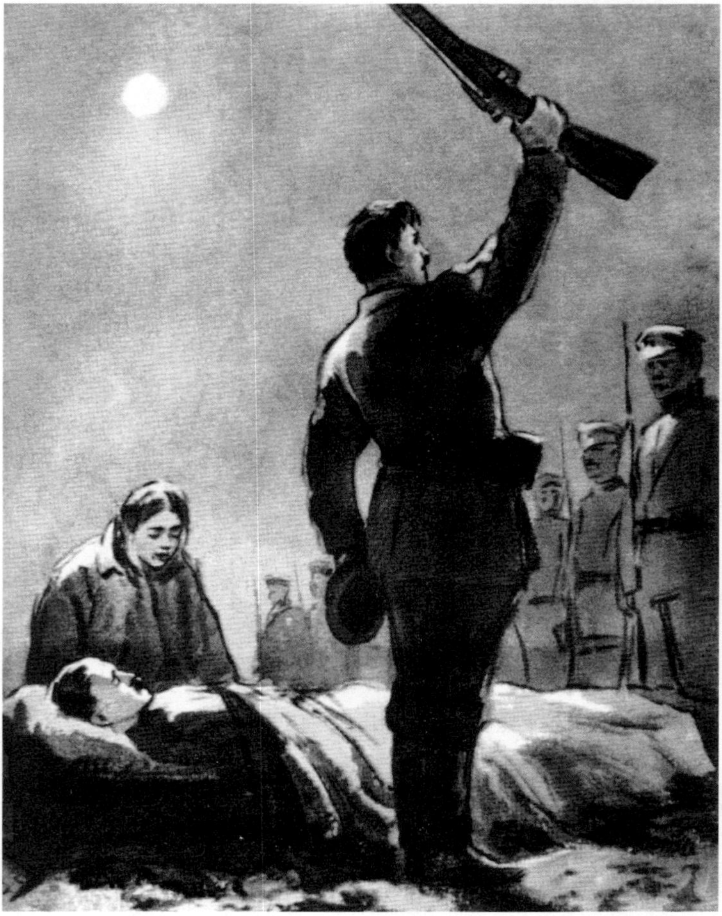

教导过我们,为什么发给我这条步枪……要为真理而战斗！就是为了这个目的,我手里才握着这条枪……他本人也是一个正直的人,真正是自己哥儿们……他教导过我们:既然妈妈把你生下来,你呱呱落地,那么你这一辈子就有一个任务——就是要为真理而战斗……我请求团长和巴布什金政委接受我的入党申请……我说的是真心话,当着政委的遗体,当着团旗……"

政委安葬完了。到了深夜,达莎把伊万·伊里奇从地窨子里叫出来,一边把手指捏得嘎巴响,一边说:

"请你快去看看她,想法让她离开那儿。"

她领着伊万·伊里奇朝土丘走去。黎明前,夜更黑了,月亮落了,草原的风在耳边呜呜地响。

"阿尼西娅和我都愁坏了,可她什么话也听不进去……"

在土丘上新埋的伊万·戈拉的坟头,坐着阿格里皮娜,悲苦地耷拉着头,皮帽子和步枪都放在身旁。稍远的地方,坐着阿尼西娅。

"她就像石头人似的,主要是想法让她离开这儿,把她带走。"达莎悄声说,然后走到阿格里皮娜身边。"你瞧,团长也来请你回去呢。"

阿格里皮娜连头也没抬。不管是战友们的话语,还是坟头上刮过的风,对她来说都是一样,都从耳边飘过去了。阿尼西娅仍然坐在稍远一点儿的地方,只是把脸埋在膝盖里。伊万·伊里奇咳嗽一声说:

"这样可不成,阿格里皮娜。眼看天就亮了,我们大家都要到对岸去,怎么——你一个人留在这儿……那哪成呢！……"

阿格里皮娜仍然没有抬头,不满意地低声说:

"那回我都没撇下他,这次更不能了……你让我上哪儿去?"

达莎用手指着自己的前额,又悄声说:

"你明白吗——她这儿糊涂了……"

"加帕,我们来商量一下。"伊万·伊里奇在她身旁蹲下来。"加帕,你不愿意离开他……可是,难道说伊万·斯捷潘诺维奇给我们留下的只是这个吗？他将永远活在我们的心中,鼓舞我们前进……这一点你应该明白，加帕，你是他的爱人……在你身上还怀着他的骨血，正在成熟……”

阿格里皮娜抬起双手，在面前抱得紧紧的，然后又放下了。

“现在你对我们说来，是加倍地珍贵了……你的孩子，将来团队要收做团的儿子，你想想看，你担负着多么重大的责任。”他抚摩一下她的头发。“拿起步枪，我们一起走……”

阿格里皮娜悲伤地朝她守了一夜的坟头点点头，站起身来，捡起步枪和帽子，下了土丘。

马内奇河上的血战，一直持续到五月中旬才沉寂下来。邓尼金将军对库捷波夫终于未能突破第十集团军防线并且损失惨重而十分恼火，把他叫到叶卡捷林诺达尔。安东·伊万诺维奇在自己的办公室里，当着高傲和瞧不起人的罗曼诺夫斯基的面，把一支粗铅笔往放在眼前的公文上一摔，提高嗓门，不公正地指责说：

“我们究竟是在打仗，还是为盟邦的先生们演马戏？我们不是斗牛士，将军阁下！逞的什么勇敢？简直是胡来！完全是一种外行的打法，倒像一种游击战！”

库捷波夫十分了解邓尼金的脾气，知道他为什么发这么大的火，便一声不吭，只是愁苦地斜眼望着放在墨水瓶旁边的一小束鲜花。

“您看看吧，也高兴高兴。”邓尼金从一打文件中抽出最上面的一份。“红军第九集团军的防线被我们突破了，我方的损失微乎其微——这一仗打得很漂亮……我们已经进入哥萨克暴动的地区。很明显，两三天之内，我们就能拿下韦申斯卡亚……但是，我们要不是把这么多的兵力束缚在这里，在这条马内奇河上，顿涅茨战役可能已经发展成大规模的攻势。先生们，我为我们的战略感到丢人……全世界都在看着我们……您要明白，他们那些人非常敏感……请到这里来……”

他在文件中间找到夹鼻眼镜，跟库捷波夫和罗曼诺夫斯基一起走到一张柞木桌跟前，桌上放着军用地图。

作战计划是这样的：波克罗夫斯基将军和乌拉盖将军在第十集团军

侧翼完成庞大的骑兵队伍集结之后,突进敌后,消灭布尔什维克的野战骑兵,占领大公村,在四五天之内,完成对马内奇河上的红军的合围。

邓尼金从上衣侧面的衣袋里掏出一块干净的麻布手绢,手绢散发着香水味,他擦起夹鼻眼镜来——他那皮肤干巴而发亮的短手指微微颤抖着。

“志愿军要解决的是世界性的政治问题。自从丢了敖德萨、赫尔松和尼古拉耶夫之后,西方才开始明白这一点……我们应该采取闪电式和一举全歼的打击——在这场战争中,掌声会变成运送武器的飞机和轮船……我经常提醒大家,不要冒险,我最反对赌博。但是,我也不喜欢打败仗……要是我们在顿巴斯的成功不能取得向内地发起总攻的规模,并最后打到莫斯科,我就要用子弹打穿我的太阳穴,先生们……”

英俊的罗曼诺夫斯基带着一种深知内情的傲慢微笑,抽出一支烟卷在银烟盒上敲了两下。库捷波夫将军皱紧低矮的前额,斜眼望着他,顿时明白了,安东·伊万诺维奇这种勃勃雄心是打哪里来的。看样子,他在这里也常常受到种种责难。不过,库捷波夫没当过参谋,是只管打仗的将军:他觉得那最高战略问题太渺茫,太令人头疼,他的任务就是到战场上撕开敌人的喉咙。

“我们一定尽全力而为,总司令阁下,”他说,“您要是命令今年秋天拿下莫斯科,我们就一定拿下来……”

卡恰林团的战士已经三天三夜没喝过一滴水,没吃过一块面包,拼命往铁路线上冲去。关于撤退的命令,五月二十一日才下达。第十集团军离开马内奇河,向北边的察里津方向撤退,为突破重围付出巨大的努力和牺牲。刮着干风,苦艾都倒伏在地上——草原上一片灰茫茫,远方云雾弥漫,乌拉盖的骑兵正像狼群似的在那里集结。

辎重车的马匹纷纷倒毙。只好把负伤和患病的同志抬到另一些再也装不下的大车上。轻伤员和护士们跟在大车后面,一瘸一拐地走着。大家渴得嘴唇肿的肿,裂的裂。熬红了的眼睛迎着东风眯缝着,在地平线上寻找铁路水塔的轮廓。风从草原上宽宽的冲沟里刮来,连一点儿湿意也没有，而在不久之前，这里还要蹚着齐腰深的冰冷的水才能过去——只要有那么一滴水珠润润发黑的嘴唇就行了！

他们在一条这样的冲沟里遇上了伏兵：当大车顺着长满青草的斜坡往沟里走的时候，就在跟前响起了枪声，一群哥萨克天知道藏在什么地方，突然跃马而起，向着乱作一团的辎重队扑来，满以为不费力气就可以发一笔大财。大约有五十个专爱趁火打劫的扒灰老家伙，撅着胡子，顺着斜坡跑来。但是，当每辆大车都朝他们开枪的时候，他们跑得跟来时一样快——原来每个伤员都有枪，就连达莎也使劲眯缝着眼睛开枪射击。

哥萨克掉头就跑，只有一个家伙连人带马滚下了坡。大家朝他跑过去，想摘下他身上的水壶。这个家伙戴着银肩章。他被人从死马身底下拽出来。“我投降，我投降……”他惊慌地重复着，“我愿意提供情报，快带我去见长官……”

战士们把他身上的水壶拽下来，另外在鞍后皮带上又找到两个水壶。

“把他给我带来，要活的！”连长莫什金喊道，他一只胳膊给打断了，头上缠着绷带坐在大车上。

被俘的军官规规矩矩地站在连长面前。像这样猥琐的长相是不大多见的：脸上肌肉松弛，嘴唇皱皱巴巴，眼睛像死人一样。他身上还发出一股刺鼻的难闻气味。

“你是什么人？是正规军还是游击队？”

“非正规的辅助部队，是的，长官。”

“在我们的后方组织暴动吗？”

“根据乌拉盖将军的命令，正在进行超役军人的动员……”

辎重队又向前走了，那个军官也跟在大车旁边走着。他是有问必答，答得又敏捷，又清楚，凡是对方想知道的，全都说出来。他知道应该怎样替自己赎命，显然是个有经验的特务。有几个红军战士想听听他说些什么，也跟在大车旁边走。一听他回答说第九集团军已经撤出顿涅茨，谢克列捷夫将军的骑兵军插进第九集团军和第八集团军中间的缺口，到红军后方进行袭击扫荡的时候，大家不免面面相觑。

“胡说，胡说，不可能有这事。”连长莫什金并不看他，把握不定地说。

“不是胡说,这是真的——请允许我:我身上还带有最高指挥部的战报呢……”

阿尼西娅·纳扎罗娃从大车上下来,也夹在那群战士中间在俘虏旁边走。莫什金正看着被风刮得直飘的几张战报。大家都等着,看他说什么。阿尼西娅用无力的手把同志们一个个地拨拉开,想凑到俘虏跟前,别人对她说:“嗯,你怎么了,有什么没见过的……”她的两条腿像铅灌的一样沉,头疼得要命,眼睛好像被干沙子迷住了。她到底没挤过去,便绕过大家,绊了一跤,好容易抓住缰绳,停住大车。一下子谁也弄不明白,她究竟想要干什么。她伸长脖子,用两只淡白的大眼睛——眼睛大得几乎占去了她那张又瘦又黑的脸上全部地方——望着俘虏。

“我认识这个家伙!”阿尼西娅说。“同志们,这个家伙活活烧死了我的孩子……把我打得死去活来……我们村子有二十九个人,都被他打得半死……”

那个军官只是冷笑一声,耸耸肩膀。战士们立刻凑上前去,一会儿看看他,一会儿瞅瞅阿尼西娅。莫什金说:

“好的,好的,我们会搞清楚的,你快上车去躺躺,亲爱的,快去躺躺……”

阿尼西娅神情恍惚地念叨着:

“同志们,同志们,不能留下他这条命,你们最好还是挖出我的心……你们搜搜他身上……他叫涅梅萨耶夫,他记得我的……瞧,他认出我来了!”她用手指指着他,高兴地叫起来。

有几十只手一起伸过去,把军官身上那件被汗水浸湿了的哥萨克大衣扯破,把衬衫也撕碎了,把所有的衣袋都翻了个个儿——果然找出一个军人证,上面的名字是骑兵大尉尼古拉·尼古拉耶维奇·涅梅萨耶夫……

“我什么也不知道,真不明白是怎么回事。”他阴郁地说。“这个女人在瞎说,在说梦话,她一定是得了斑疹伤寒……”

战士们都了解阿尼西娅的身世,一见她不知从谁的手里拿过一条步枪,便默默地让开一条路,她走到涅梅萨耶夫跟前,用手碰了一下他的肩头说：

“走！”

他发疯似的望着红军战士们一张张严肃的脸，吓得喘不上气来，想跟莫什金说点儿什么，莫什金却扭过脸去，继续看战报；他又用两手扳住车沿，仿佛这样就可以活命似的。但是有人上前把他拉开，推着他的后背：

“快走，快走……”

这时，他才愕然地朝草原走去，把头缩在肩膀当中，脚步踉跄，像个瞎子似的。阿尼西娅跟在后面——大约有十步远的光景——端起沉重的步枪，用肩头顶住枪托。

“转过身来！”

涅梅萨耶夫猛然转身，要扑上去。阿尼西娅朝他脸上开了一枪，再也没去瞅他，连头也不回，回到同志们身旁，他们都一动不动地站在那里，神情严肃地看着这场公正的处决。

“谁的枪，请拿去！”阿尼西娅说，朝最后一辆大车走去，上车就躺下了，把马毡盖在身上。

第十七章

卡佳正在改学生的练习本上的听写。这些本子都是用各种糊墙纸裁开钉成的（只能在背面上写字），却是她清苦生活中的一项重大成就。为了这些本子，她自己跑了一趟基辅。见人民委员倒是很容易。教育人民委员了解到她是干什么的、为什么来找他之后，便扶住她的胳膊肘，让她坐在沙发椅上；一张挺漂亮的桌子上放着一把熏黑了的茶壶，他从壶里倒了一杯胡萝卜茶，还加了半块冰糖递给她。他肩上披着一件皮大衣，脚上穿着毡靴在地毯上走来走去，谈论起宏伟的国民教育计划。

“我们要在十年到十五年之内成为一个文明的国家。我们要把世界文化的宝藏变成人民群众的财富。”他一边捻着胡子，一边带着狂热的微笑说。“我们面临着一项扫除文盲的伟大工作。这种耻辱必须洗刷掉——这是每个知识分子的光荣任务……整个青年一代都必须受到教育,从入托儿所和幼儿园起,直到大学毕业……不管是什么人,也不管是什么事,都不能妨碍我们布尔什维克去完成这件工作,而在从前,这只能是我们知识分子中间最优秀的代表人物的幻想而已……”

教育人民委员答应给卡佳一万本练习本、教科书、图书、铅笔和石板。她从他那里出来,从大理石台阶往下走的时候,好像做梦似的。可是后来就困难重重,互相推脱了。卡佳以为距离那些练习本和教科书越近,它们反倒离她越远——变得无法实现——而那些应该根据介绍信发放练习本和教科书的人,脸色变得更加难于捉摸、带着讥笑或更加阴沉。卡佳住在旅馆的一间没生火的房间里,床上连个草垫子也没有,天棚底下吊着的电灯刚刚发出一点儿临死前的幽光,她穿着大衣坐在一张摇晃不定的沙发上,陷入绝望。

有一天,一个身材高大的人,戴着一顶毛茸茸的皮帽子,上衣外面扎着皮带,也不敲门就走进她的房间,用低沉的声音开门见山地问:

“您还待在这儿?您的事儿我知道。您把证件拿给我看看……”

他就站在发红的电灯底下把证件看了一遍。卡佳信赖地望着他那带着嘲笑的刚毅、英俊的脸。

“这些混蛋!”他说,“消极怠工,卑鄙透了……明天早点儿到市委去找我,我们帮您想想办法……好,再见!”

卡佳通过这个人,从仓库里领到糊墙纸、铅笔和从一个崇拜唯美主义的糖厂老板那里征用的全部藏书,其中有一半是法语的。最令她疲劳的,大概还是带上这些宝贝东西、坐上货车车厢往回赶路,到每个车站,都有胡子拉碴、目光吓人的庄稼人背着口袋闯进来,再就是一些神色慌张的乡下女人,上衣和裙子里都藏着各种吃的东西,身子鼓溜溜的,好像老母牛。

原来,在卡佳身上也藏着一股力量。她毕竟不是一只软弱无能的小猫——小猫虽说长着苗条的腰肢,美丽的眼睛,却只能在别人的床上咪咪地叫。

她这股力量,是在阿列克谢很不成功地宣布她是自己的未婚妻那天晚上产生的。当时,卡佳朝已经替她准备好的乡下老板娘的幸福生活瞥了一眼，便吓得后退了，就好像一个人在半路上突然看到一座被掘开的坟便停下脚步，厌恶得打起寒战似的。阿列克谢将是她的丈夫和当家的！他那对充满酒意的贪婪的眼睛，在她看来就是坟墓。卡佳的心里产生出一种愤怒，一股反抗的力量，这件事使她自己都觉得意外，又令她高兴，就像久病之后又感到自己有了力气。她还同样出乎意外地决定，只要天气一暖和，她就跑到莫斯科去。她还多了个心眼儿，把这一切藏在心里。阿列克谢和玛特廖娜只发现她变得快活了——一边干活，还一边唱歌。

现在阿列克谢每到吃午饭和吃晚饭的时候（其余的时候他根本不着家），便挤眉弄眼地说："咱们的卡佳就等着做新娘了……"他的精神也非常愉快——他终于得到村会的一致同意，把公爵庄园里的耳房拆了，把木料和砖都运回自己的房场上。

一月初，红军打下了基辅，大部队从弗拉基米尔村路过，阿列克谢在群众大会上头一个高呼拥护苏维埃。可是不久情况发生了变化。

村子里出现了一个亚科夫同志。他征用了神父的一座挺好的房子，把神父跟他老婆都撵到澡房去住。他召集了群众大会，提出这样一种主张："宗教是麻醉人民的鸦片。谁反对封闭教堂，谁就是反对苏维埃政权……"也不许别人发言，当场就表决通过，然后就封了教堂。接着，就把雇农和没牲口的穷光棍儿单独串连起来——这样的人在村子里连男带女总共有四十人左右——使他们跟其余的农民分开。他把这四十个人组织成贫农委员会，把他们都召集在他住的神父那座房子里，带着强烈的憎恶说：

"俄国的庄稼佬就是愚昧无知的野兽。他们在大粪堆里生活了一千年，所以说，在他们的内心里，除了愚蠢的愤恨和贪婪之外，没有、也不可能有任何别的东西。我们不相信庄稼佬，将来也永远不会相信他们。在目前，他们是我们的同路人，我们还要宽容他们，不过用不了多久，我们就不再宽容他们了。你们是农村的无产阶级，你们应该牢牢地掌握住政权，你们应该帮助我们打掉庄稼佬的翅膀，不能让他们自由发展。"

亚科夫的这一番话，可把全村的人，包括贫农会会员在内，都吓坏了。他说的每一句话，人人都知道，于是家家户户都偷偷地议论开了：

“他干吗这么说呢？我们怎么成了野兽？我们还觉得是俄国人，活在自己的国土上——突然之间，对我们不能相信了……怎么能不分青红皂白、不管什么人都打掉他的翅膀？要说打掉阿廖什卡·克拉西利尼科夫的翅膀，倒是应该，因为他当过土匪……孔德拉坚科夫、尼奇波罗夫都是有名的吸血鬼，打掉他们的翅膀，倒完全正确……我身上穿的这件布衫，都被汗水浸咸了，干吗要打我的翅膀？唉，不对，这里面有点儿不对头，是搞错了……”另一些人则说：“我的天哪，苏维埃政权原来就是这样！”

这个亚科夫平时不洗脸，胡子也好久没刮了，身穿一件破烂的士兵大衣，头戴一顶没了帽檐的制帽，不过，顺便说一句，脚上穿的皮靴倒蛮不错，据说大衣里面也穿得蛮好；每当他走出院门，去办他那不怀好心的事的时候，家家都从窗口盯着他，庄稼人都感到不知如何是好，一个劲儿摇头，等待着：下一步会出什么事？

三月，大家刚刚开始往地里送粪的时候，亚科夫召集全村大会，又用反革命的罪名威胁，要求把村子里所有的马都登记上，多余的马匹农会征用，并且马上在公爵的庄园里建立一个公社……这个不洗脸的邋遢鬼一下子打乱了送粪和春耕！

没过多久，村子里就来了征粮队。立刻都知道了，亚科夫报上去的余粮清单数字太大了，据说连征粮队的人都惊奇得摊开双手。亚科夫亲自带着见证人挨家挨户走，用粉笔在大门上写明：应该从这家征多少粮食……

“哎呀，打我生下来也没见过这么多的粮食呀！”庄稼人惊叫起来，想要用袄袖擦掉门上的粉笔字。亚科夫对征粮队员说：“去翻他的地下室……”庄稼人又不敢在亚科夫面前画十字，只好噙着眼泪扯着身上的短皮袄：“我敢发誓，那里真的没有……”亚科夫下命令说：“拆了他的炉子，一定藏在炉子底下……”

由于他努力的结果，全村的粮食被搜刮一空，连麦种都给拉走了。他又把阿列克谢·克拉西利尼科夫单独请到贫农会里，闩上门，门上用钉子钉着共和国最高军事委员会主席的肖像，两人坐到桌旁，他把手枪往自己跟前一放，嘲弄地打量着脸色阴沉的阿列克谢。

“嗯，我们应该怎么个谈法呢？你有粮食吗？”

“我哪来的粮食？一秋也没翻地，也没下种。”

“你把马都弄到哪里去了？”

“送小屯儿去了，分散放在熟人家里。”

“钱藏在什么地方？”

“什么钱？”

“抢来的钱！”

阿列克谢低头坐着——只有右手的手指一会儿张开，一会儿攥起来，好像把什么放下，然后又抓起来似的。

“这么干可不体面，”他说，“嗯，比方要抽税，这倒可以理解，总算是税……这成什么事儿了：掐住喉咙，要人家把衬衫扒下来……”

“那就得把你送肃反委员会去了……”

“可我也没说不交，既然要，我就送来好了。”

阿列克谢一回到家，直奔地下室，从里面拽出旅行袋、口袋和包着衣料的包裹。一个旅行袋里放的全是尼古拉币和顿河币——他把这些钱分开放进大小衣袋里，还塞进怀里一些。另一个旅行袋装得满满的克伦斯基币——现在一钱都不值了——交给了玛特廖娜：

“你把这个送到农会，就说我们没有别的钱。他们一定不相信，会跑来掀地板，你可别不让。把表和链子都扔进井里。衣料布匹放到马车里，用干草盖上点儿，天黑以后到阿法纳西老大爷那里牵一匹马来，套车送到杰缅季耶夫屯，我在那里等你。”

“阿列克谢，你打算上哪儿去？”

“不知道。一时半晌不会回来——到那时你们会听到我的信儿，只是跟现在可大不一样了。”

玛特廖娜把家织的围巾往下拉拉，盖到眼眉上，又用围巾头遮住装克伦斯基票子的旅行袋，便朝贫农会走去。阿列克谢扣上门，转过身来朝着站在炉旁的卡佳。他两眼充满了快活的狞恶，鼻孔鼓起来。

“多穿些衣服，叶卡捷琳娜·德米特里耶夫娜……穿上皮大衣和毛袜子。里边也穿厚点儿……快点儿,我们的时间不多……”

他大睁着眼睛望着卡佳,瞳孔周围好像直冒火星,淡褐色的小胡子硬撅撅的,好像在张开的牙齿上面抖动着。卡佳回答说:

“我哪儿也不跟您走……”

“这就是您的答复吗? 没有别的答复了?”

“我不走。”

阿列克谢往前凑了凑,鼓起的鼻孔顿时变白了。

“我不会把你一个人留下的,你就死了这条心……你这个婊子,我给你吃好的喝好的,可不是为了让别人上你的身顶上……你这个娇贵的太太……我还没碰过你的肉皮儿呢,看我拧掉你的胳膊和腿,你这个小牲口就该哼哼了……”

他用一双像铁铸的结实的手抱住卡佳,声音变得嘶哑了——她用胳膊肘顶住他的喉结——他迈了两步,把她抱到床上。卡佳全身缩作一团,也不知打哪儿来的力量,拚命往外挣:“我不干,我不干,你这个野兽,野兽……”她要往起跳,他又按住她。阿列克谢穿着短皮袄,又塞了一把钞票,又笨重又热。他朝卡佳身上乱捶一气。她藏起头,带着发疯的仇恨,咬牙切齿地念叨着:“你就打死我吧,打死我吧,你这个野兽,野兽……”

门上的门钩跳动了,玛特廖娜从门斗里喊道:“开门,阿列克谢!……”他从床旁退了两步,用手捂住脸。玛特廖娜敲得更有劲儿了,他把门打开。

玛特廖娜一进门就说:

“傻瓜,快走吧! 他们就要来了……”

阿列克谢看了她一阵子,才明白是怎么回事,脸孔也变得清醒了。他抱起一包包布匹和口袋,走了出去。他骑上自己家里留下的惟一一匹马,从后院的篱笆中间的空隙钻出去,用小速步跑到河边,不一会儿上了对岸,打马飞跑,消失在一片小树林后面。

过了一些时候,玛特廖娜从箱子里取出一件裙子和一件上衣,扔到床上,卡佳全身衣服撕得破破烂烂,还在床上躺着。

“穿上衣服,离开这里吧,看你那副样子,叫人害臊。”

亚科夫带着见证人搜查了阿列克谢的家，从地板一直翻到黑天棚，但是藏在马车里的东西却没发现。玛特廖娜到了夜里牵来一匹马，赶车上小屯去了。卡佳穿着皮大衣坐在黑洞洞、冷冰冰的屋子里，等待天明。需要把一切都非常冷静地考虑一下。天一亮，就离开这里。到哪儿去？她把胳膊肘支在桌上，紧抱着头，抽泣起来。她走到门口的水桶旁边，用铁舀子喝了点儿水。当然回莫斯科。不过，那儿的老朋友还有什么人呢？一切一切都失散了……她就这样俯在桌上睡着了，等到突然一哆嗦醒过来的时候，天光已经大亮。玛特廖娜还没回来。卡佳整了整头上的围巾，朝墙上的镜子照了照——太可怕了！然后就朝贫农会走去。

她在神父家黑色的台阶上站了很久，等着里面的人醒来。亚科夫终于拎着脏水桶出来了，把水往肮脏的雪堆上一泼，朝卡佳说：

“我正想派人去找您……到里边吧……”

他领卡佳进了屋，让卡佳坐下，又在桌子的抽屉里翻了半天。

“您的丈夫，或者他是您的什么人，我们要枪毙他。”

“他不是我丈夫，什么人也不是。”卡佳连忙回答说。“我只请求想法帮我离开这儿。我要上莫斯科……”

“‘我要上莫斯科！’”亚科夫嘲弄地重复一遍。“可我想救您一命，使您不至于也被枪毙。”

卡佳在他那里一直坐到黄昏——把自己的身世、自己跟阿列克谢的关系都讲了一遍。亚科夫常常出去办事，一去就半天，回来之后往椅子上一仰，抽起烟来。

“根据教育人民委员的指示，”他说，“这个村子里的学校需要恢复。您本来不大合适，可是实在没有人，我们只好试一试……您的另一项任务，就是要把村中发生的一切情况都向我汇报。关于汇报的详细办法嘛，我们以后再定。不过我事先警告您：您要把这件事走漏出去，就要受到严厉的惩罚。至于莫斯科，我劝您暂时还是把它忘了。”

就这样，卡佳出乎意外地成了小学教师。学校旁边有一座空着的小房分给她住。原来住在这里的老教师，去年十一月就患肺炎死了；有一阵子，彼得留拉匪帮在学校里驻过军队，把所有的书籍、练习本，甚至地图都当了卷烟纸。卡佳不知道应该从何处着手,便去请示亚科夫。但是他也不在村子里了。原来他接到一份紧急电报就走了,走得跟来时一样突然,只跟阿法纳西老大爷打了个招呼,这个老大爷因为怕失去势力,还总围着贫农委员会转悠。

“你要转告同志们——对庄稼佬一点儿也纵容不得。我回来还要检查的……”

亚科夫一走,村子里就平静了。庄稼人来到神父家的台阶上坐坐,对那些委员们说:

“都是你们干的好事,同志们,看你们可怎么交代?……哎呀呀……”

这些委员们自己也明白,事情办得很糟,所以村子里只是表面上十分平静。亚科夫一去没回来。却传来阿列克谢·克拉西利尼科夫的消息,说他似乎在本县纠集了一支队伍,投奔了阿塔曼格里戈里耶夫。没过多久,全村又纷纷议论起这个格里戈里耶夫,说他发出一项布告,带人去攻打苏维埃的城镇。人们又开始等待变天。

村苏维埃答应帮助卡佳:给修修炉子,安上玻璃。卡佳自己动手擦了学校的地板和窗户,摆好破损的课桌。她是一个做事诚实的女人,每到黄昏时候,她一个人坐在自己的小屋里哭泣,因为她不能欺骗孩子,那样做她感到羞愧。既没有书,又没有本子,她能教给他们些什么呢?既然她认为自己的一生都是错误的,她又能教他们遵守什么规矩呢?……现在,一清早学校跟前就响起了男孩儿和女孩儿欢乐的声音。她只好竭尽全力克制自己。她把头发梳得光溜溜的,还紧紧挽了个髻儿,手洗得干干净净,打开学校的房门,朝着那些向她扬起小翘鼻子的男孩儿和女孩儿微微一笑说:

“你们好,孩子们……”

“老师好,叶卡捷琳娜·德米特里耶夫娜……”他们齐声喊道,这声音是那么清脆,那么响亮,那么快活,使她突然觉得自己心里变得年轻了。她安排孩子们个个在课桌后面坐好,走上讲台,举起食指说:

“孩子们,暂时我们还没有书,没有本子,也没有笔,我就给你们讲故事，你们要有听不懂的地方就问……今天我们先从留里克、西涅乌斯和特鲁沃尔①讲起……”

卡佳的生活一贫如洗。阿列克谢家的东西，她一件也不愿意拿，而且她也怕碰见脸色阴沉、消瘦了许多的玛特廖娜。卡佳的小屋里，门坎旁边放着一把笤帚，炉台上放着两个瓦罐，再就是门斗里有个装水的旧木桶。惟一令她感到快慰的，是那座用篱笆围起来的小小果园，里面有两棵甜樱桃树、一棵苹果树和一堆醋栗。篱笆外面就是田野了。

到了樱桃开花的时节，卡佳觉得自己好像刚刚十七岁。

平时，她在果园里备课，读那个糖厂老板收藏的法国小说，常常回忆起往日笼罩在淡蓝色烟雾里的巴黎。那时——一九一四年——她住在巴黎的近郊一套半阁楼式的房间里，有一个阳台朝着一条宁静、狭窄的小街，阳台下面就是巴尔扎克住过的小屋的屋顶。巴尔扎克书房的窗户不朝街，而是朝着果园，果园的斜坡下面就是塞纳河。当时，这一带还很偏僻。当他的债主从街上出现的时候，他为了躲债便穿过果园逃到塞纳河上。现在，这片果园归一个富有的美国女人所有，每到黄昏时候，卡佳走到阳台上，从那里便响起孔雀叫春的尖厉声音，而卡佳刚跟丈夫决裂来到巴黎——愁苦欲绝，顾影自怜——仿佛她的一生也就到此为止了。

孩子们爱上了卡佳，在课堂上都聚精会神地听她讲俄国的历史故事，这些故事就像童话一样。当然，做算术题、背乘法歌诀和听写，不管是对孩子还是对卡佳说来，都比较困难，但是通过共同努力，总算完成了任务。村子里的人现在对她的态度好多了——大家都听说阿列克谢差一点儿没打死她。妇女们有的给她送点儿牛奶，有的送点儿鸡蛋，有的送点儿面包。她们送来什么，卡佳就吃什么。

卡佳坐在一棵长满青苔的老苹果树下，正批改作业。在低矮、破旧的篱笆外面，有一个小男孩儿早就哭哭唧唧半天了。

“卡佳阿姨，我再也不了。”

---

① 据俄国史书《当代纪事》所载，瓦兰吉亚人首领留里克三兄弟从斯堪的那维亚移居古俄国土地，留里克于八六二年成为诺夫哥罗德大公，这就是所谓的东斯拉夫人国家的“诺曼起源说”。不过，现代史学界有些学者认为，这种说法不可信。

“不行，伊万·加夫里科夫，我生你的气了，我要两天不跟你说话。”

伊万·加夫里科夫长着一对天真的淡蓝色眼睛，却是一个令人难以想象的淘气包。上课的时候，他老拽女学生的小辫子；每次为这事批评他，他不是装睡，就是钻到课桌底下——他那些淘气事儿真是说也说不完。

“不行，不行，加夫里科夫，我看得清清楚楚，你并没有悔过的心，你到我这儿来，不过是因为没事儿干……”

“我敢起誓，再也不了……”

有人从街上走进小屋，接着是玛特廖娜的声音召唤卡佳。

她来干什么呢？卡佳赶忙饶恕了加夫里科夫，走进屋里。玛特廖娜用抱有敌意的凝视迎接她。

“听说了没有？阿列克谢快要来到了……卡捷琳娜，我不希望再有这事，你跟我们合不来……他早晚会打死你……他现在成了野兽，杀人不眨眼！都是你的罪过……有一个人方才告诉我——阿列克谢正坐着快车往这里来……卡捷琳娜，你快离开这儿……我给你准备车，钱也给你……”

当瓦季姆·彼得罗维奇躺在哈尔科夫医院里的时候，他有充裕的时间考虑各种各样的问题。就这样，他居然处在火线的另一边了。这个新世界从外表上看并不惹人喜欢：病房里不生火，窗外飘着湿雪，伙食很糟——发灰的鲟鱼汤——病人平时谈论的，无非是伙食、烟叶、体温和主任医生。至于俄国正在奔向的不可知的未来、震撼全国的大事件、没有休止的流血斗争，从来没人提起，其实这些伤病员，剃光了头，穿着旧的厚绒布大衣，正是这场斗争的参加者，可他们不是整天睡觉，就是在病床上玩自己做的跳棋，再不就有人轻声唱起忧伤的歌曲。

他们对瓦季姆·彼得罗维奇并不有意疏远，但也并不把他当做自己人。他也乐得自己跟自己谈谈——他心里积累了那么多的事有待于斟酌和做出决定，还有那么多回忆都突然中断了，就好像一本书在最引人入胜的地方缺了一页。瓦季姆·彼得罗维奇已经毫不动摇地接受了这个新世界，因为这件事发生在他的祖国。他现在需要做的是理解这一切，明白其中的道理。

有一次，主任医生给他带来几份莫斯科的报纸。瓦季姆·彼得罗维奇已经不像从前那样事先采取恶毒的嘲弄态度，而是换了一种完全不同的目光……俄国革命波及匈牙利、德国和意大利。报纸的字里行间充满着豪迈、自信和乐观精神。俄国尽管由于战争而残破，由于内讧而分裂，被列强事先瓜分完毕，却取得了世界政治的领导权，成为一种可怕的力量。

他开始明白，那些穿灰色病服的同志在平日里为什么那么平静——因为他们知道他们完成的是什么样的事业，他们已经尽到了责任……他们那种平静——历来如此，表面上笨手笨脚，内心里藏着种种思想——足足有五百年之久，而在这中间，我的天哪，发生过多少事变……俄国的人民和国家的历史，是奇怪而独特的。多少世纪以来，就有种种宏伟而尚未成型的思想在这块土地上游荡，这就是称雄世界和追求合理生活的思想。现在正在进行空前和豪迈的创举，使欧洲世界不知所措，于是欧洲怀着恐惧和愤怒注视着这个东方怪物，这个怪物既软弱又强大，既贫穷又无比富有，它从黑得不见天日的深处诞生出全人类的思想和意向的光辉……

到底是俄国，正是俄国选择了前人从未走过的新路，从它刚一起步，全世界都听到了它的步伐……

瓦季姆·彼得罗维奇有了这些思想之后，当然不在乎窗外肮脏的水流顺着大街追逐着三月雪，一个郁郁不乐、心怀不满的苏维埃职工，背着领食品的口袋和领煤油的洋铁盒，穿着泡胀了的皮鞋踽踽踱去——去到那些数不清的委员会中的某个委员会去开会；他也不在乎吃的什么菜汤，里面夹杂着什么鱼眼睛。他现在急不可待了——要赶快开始为这一事业做点儿有益的事。

乌克兰的彼得留拉匪帮就要消灭干净了。不久之前，红军打下了叶卡捷林诺斯拉夫。彼得留拉还在白教堂村负隅顽抗，但是终于被赶出去，他便带着残兵败将逃出边境，进入加里西亚。在红军进攻部队的前面，各地起义队伍的游击活动汇成一股巨浪。它们的规模难以估计，也无法领导。凡是被无地农民和强悍的富农之间残酷的斗争所分裂了的村和乡，农民起义就像熊熊烈火一样到处燃烧。双方都派出自己的队伍——有骑兵，也有步兵——在血腥的战斗中恶战一场。各方面的密探——有彼得留拉的、邓尼金的、波兰的，还有更暧昧、更隐蔽的组织的——伪装起来，到处乱窜，进行挑拨离间。苏维埃政权只占据了大城市和铁路干线，而在铁路线两侧，在铁甲列车的炮弹射程以外，战争仍在激烈进行。

瓦季姆·彼得罗维奇终于得到盼望已久的任命——到一个由军校学员组成的骑兵旅里当参谋，丘盖担任这个旅的政委。他在三月中旬出了院，尽管走起路来一瘸一拐，还拄着棍子，却坐上火车到基辅去找他的队伍去了。

泽廖内匪帮脱离了阿塔曼格里戈里耶夫的队伍，到处捣毁村苏维埃，屠杀共产党，驾着几百辆快车逼近基辅。凡是泽廖内所过之处，沿途发现有的人被剥了皮，有的人被夹在裂开的树桩子上，农会委员被关在仓房里活活烧死，犹太人被钉在大门上，开膛破肚，把小猫塞在里面，然后再缝上。于是军事人民委员会参谋部在罗辛参加下，制订一项剿灭这股匪徒的作战计划。但是兵力有限。乌克兰军事人民委员坐上轮船离开基辅，亲临现场指挥这场战斗。

第聂伯河河面还很宽。轮船上的蹼轮拍打着河水，在明净的水面上卷起一圈圈懒洋洋的旋涡。不管是轮子的拍水声，还是学员们的谈话声，都压不过岸上夜莺的歌声；两岸盖着一片毛茸茸、黏糊糊、散发着香气的树木——桦树生出骨朵儿，柳树长出柳毛，还有嫩黄的树叶。太阳早已升在浩浩荡荡的河面上，把甲板晒得灼热。瓦季姆·彼得罗维奇站在船舷旁，望着闪闪发光的河水。

他已经度过许多回春天了，可是生命的酒还从来没有这么强烈地在他心中发酵……而且又是在这个非常不合适的时候……种种模糊的预感令他头脑发昏……最好还是不要伸手到衣袋里去掏烟，也不必紧锁着眉头，一个严肃认真的人，不会想法驱走猛然袭上心头的陶醉感……你瞧，在泛滥的河水上，在小洲上，在一半没在水里的草房顶上，升起一片春天的烟霭,高悬着的硕大的太阳从烟霭里透射出来。阳光柔和地落到水面上,映照出摇曳不定的淡淡倒影的树木上、齐膝站在水里的老牛背上和一片绿草如茵的土坡上,一只公牛正往坡上爬,不时回头直瞅,瞅这从未见过、从未感受过的春天的奇迹。

说也奇怪,非常奇怪——罗辛在离开叶卡捷林诺斯拉夫后的这段时间里很少想起卡佳。仿佛她跟他的过去一起消失了,因为她跟他自己痛加谴责的那段生活过于密不可分了……每当他想到卡佳,便会想起那次在理发馆的镜子里看到的那个罗辛的影子:当时他没有足够的厌恶,以便朝自己的影子开枪,或者至少应该吐上一口唾沫——要是现在,他一定会那么做的。

两年之前的春天,他对卡佳的感情仿佛充满了整个宇宙——就是他紧皱着的前额后面的宇宙,而当时他的心情是茫然若失到了绝望程度,又感到受了莫大委屈。所以他需要卡佳的爱,尤其是在叶卡捷林诺斯拉夫的旅馆里,当他感到孤独的时候,望着门把手,看看能不能在那儿上吊……可是现在就不需要她吗?果真如此吗?他不是已经两次背叛过卡佳了吗?第一次在罗斯托夫,第二次在叶卡捷林诺斯拉夫。

他望着向后飘去的河岸,深深吸了一口混合着蜜香的湿润空气,既不感到良心的责备,也不感到懊悔。不,在叶卡捷林诺斯拉夫那次并不是背叛……在那里是跟过去一刀两断。后来又出现一个玛鲁霞……她唱了一曲简短、天真而热情的新生活赞歌——她唱的就是这浩淼的春水,就是无边无际、从没体验过的幸福。

站在青草坡上的那头公牛突然吼叫起来,于是船尾上的学员们哄然大笑,其中有人还故意模仿公牛的声音,也吼了一声。罗辛怡然自得地合上眼睛。难道死亡就意味着绝望吗?玛鲁霞的死是光辉灿烂的。她的牺牲好比是死者对活下来的人的一声大喝:你们要热爱生活,要用全部热情把握住它,用它铸造幸福!……

他并没有放弃寻找卡佳的打算。军事人民委员部根据他的请求向叶卡捷林诺斯拉夫地区和哈尔科夫地区各县执委会发出有关阿列克谢·克拉西利尼科夫下落的函询,但是直到现在还没接到关于他的地址的材料。

瓦季姆·彼得罗维奇如今再也没有别的办法了——在轮船甲板上站着的这几个小时,是这一个半月来每天要工作十八个小时的百忙中惟一一点儿闲暇。

丘盖和军事人民委员走到他身旁。这位委员长得瘦瘦的,穿着一件托尔斯泰式的又肥又长的帆布上衣,脸晒得发红,眼睛湿润,仿佛带有醉意,其实他从来不喝酒,而且最恨喝醉酒的人,有一次看到一个旅长——旅长倒是个好人——正躲在小屋里抱着行军壶喝酒,差一点儿把旅长毙了……他指着高高的河岸上耸立着的白钟楼说:

"那就是我们的村子……从前,我奶奶一听到轮船的汽笛声——她是个不知道闲着的老太太——马上就装上一筐李子啦,梨啦,核桃啦,撵我到码头上卖……嗯,只是我到底也没学成买卖人……"

"可我奶奶可是个心肠善良的人,"丘盖说,"总喜欢朝拜圣地,还带着我去要饭——一直要到十岁……"

那位委员并不听他的,接下去说:

"后来把我送到铁匠炉去当学徒,说不定这个铁匠炉现在还有——就在钟楼往下一点儿。直到现在我还爱闻木炭味儿,煤烟味儿。等我挨够了脖溜儿才到基辅,进的机务段——就是这么回事……后来我又到了哈尔科夫,进了机械厂……"

丘盖也不听他的,只顾说下去:

"我可会在教堂门口的台阶上齉着鼻子哼哼了。把自己身上挠破一点儿,把血往脸上一抹,再一翻白眼珠,就装成了'拉撒路'①……可事后,为了两个戈比常常跟奶奶干仗。"

丘盖接着又心不在焉地重复一句:

"就是说,跟奶奶干仗……"

他望着旁边的河岸呈岬形伸进河里,再往前去,第聂伯河拐了弯,淹没了一大片草地。丘盖的鼓眼睛紧张地向岸上凝望着。他用手掌把带飘带的水兵帽一拍,朝着舰桥快步走去……

---

① "拉撒路"是《圣经》上记载的乞丐名。

“喂，老大爷，”他朝船长喊道——船长是个干巴老头儿，留着两撇奄拉胡，“往前开，离草地远点儿！”

“不行，我们得顺着航道走，那里有浅滩……”

“不行，不能按航道走！”丘盖拍了一下枪套。“来个急转弯！……”

轮船绕过岬岸，渐渐看到河岸的斜坡上有一个大村子，村子里有座高高的钟楼，有风车，有一排排的白房子和一片低矮、茂盛的果园的新绿。

“您瞧，在村子外边，刚刚可以看见一座小房，我就生在那里。”军事人民委员对罗辛说。

丘盖厉声喝道：

“喂，快点儿，转左舵！”

岸上停着许多大车，岸边停着许多船，人们都朝船边挤，往船上跳，有一条船已经急急忙忙地划起桨来。丘盖顺着舷梯往下面的甲板上跑，水兵服飘动起来。几乎与此同时，从岸上和船上朝轮船劈劈啪啪地开起了枪，轮船上的机枪也嗒嗒响起来。开始划走的那只船上，人们都纷纷跳下水。岸上的人群乱成一团，扑到马车上，马车顺着宽阔的大街向坡上疾驰而去，扬起一片尘土。钟楼上的大钟也当当地响起来，发出警报。

枪声和奔跑在几分钟之内就结束了。岸上空无一人。丘盖那对鼓眼睛闪耀着快活的光辉，他爬上舷梯。

“是泽廖内！这个狗崽子，到底让他跑了！你看，瓦季姆·彼得罗维奇，这个包围计划又吹了！怎么办，人民委员，得登陆了吧……”

泽廖内匪徒在包围圈里像一群狼似的东奔西窜，终于被逼到铁路线跟前，落到铁甲列车的火力网里，匪徒们的大车队冲到一片密密的榛树林里，想突围，却被消灭在那里了。林边长满茂草的野地里，事先就挖了许多大沟——一挂车的四匹马跑得汗淋淋的，被子弹和手榴弹吓得直往高蹿，从榛树林往外跑，后面的马撞到大车上，不是撞坏，就是撞翻。匪徒们纷纷钻到灌木丛里，在那里等待他们的还是死亡——不过其中没有一个人哀求饶命。阿塔曼泽廖内是在去年的干树枝堆里被发现的；当几个学员拽着腿把他从里面拖出来的时候，他们大为诧异——原来以为他一定是个样子可怕、身材魁梧的家伙，没料到却是一个又瘦又小的麻子，一点儿也不出彩，只有那对滴溜乱转的小眼睛——没有任何颜色，充满仇恨——暴露出他豺狼的本性。他的手脚被捆住了，留个活口押到基辅去。

这群匪徒当中，有一小股到底从侧面突出包围，向东逃去。军事人民委员派丘盖和罗辛率领有三百马刀的骑兵团前去追赶。于是开始了一场漫长而谨慎的追击。匪徒们在小屯里换了马，红军却不能换马，跟踪追去。终于探问明白这股匪徒向弗拉基米尔村的方向逃走。这个消息是一个村庄的农民说的，就在一天前这股匪徒来到他们这里，征用了马匹，把凡是在仓促中能带走的东西都抢去了。

"你们赶快消灭他们吧，同志们，越快越好。说真的，这样兵荒马乱的日子——我们可受够了。"农民们在井沿上对丘盖和罗辛说，骑兵们正在井沿饮马。"他们的头目我们非常熟：他是弗拉基米尔村的，叫阿廖什卡·克拉西利尼科夫，本来是个正经的庄稼人，那是没说的，但是学坏了，这个魔鬼简直发疯了……"

瓦季姆·彼得罗维奇就这样在无意之中找到了他追踪了两个星期的阿列克谢的踪迹，找到了卡佳的踪迹。现在他可感到惶惑不安了：他跟卡佳只有一天的行程之隔。等他找到卡佳的时候，她会是什么样儿？她会是受尽了折磨，变得不可辨认了？他只好抱住她花白的头，按在自己的胸脯上……花白的，花白的……"好了，卡佳，现在你可以休息一下了，我们将在一起生活，应该生活……"不，不，这是不可想象的——她不会成为阿列克谢的温顺的妻子！……而更有可能的是，他的马在跑完一天的路程之后，会停在卡佳的坟头……也许，对她说来这样更好一些……卡佳的形象会保持她的纯洁而不受玷污……

骑兵团沿着尘土飞扬的道路迅速前进。瓦季姆·彼得罗维奇坐在马鞍上颠簸着。在他那严峻的记忆里，卡佳的形象渐渐模糊、渐渐消失了。不管他们见面时她是什么样子，他也会跟她建立共同的生活。

弗拉基米尔村里被焚烧的房子还在冒烟，孩子们还怀着惊惧跑来看没被灰烬盖住的血泊，眼睛哭肿了的女人还战战兢兢地躲在别人家的院子里,这时,丘盖和罗辛分成两队散兵线,从村两头同时闯进村子。但是克拉西利尼科夫早已不见了。有人事先向他报了信,在红军来到之前大约半小时,就带着匪徒溜掉了;他在村子里不但屠杀了贫农会委员,用马刀砍死了十七个人,另外还把阿法纳西老大爷也杀了——这已经纯粹是胡闹了。

农民们对他气愤已极,几乎全村的人都跑出来,把红军骑兵团团围住,可是骑兵们的马已经累得摇摇晃晃了。

“你们赶快追上他,”村民们喊道,“打死阿廖什卡,他没多少人了,子弹也光了。他没走多远,我们知道这帮坏蛋往哪儿跑了……你们空手也能抓住他们。”

“可是,公民同志们,”丘盖问,“你们能不能给我们换换马?”

“成……干这事,我们一定给换。”

“能有多少?”

“五六十匹总可以凑够……你们的马先留在这里,以后再换回去……老天在上,他不会让我们活的。”

趁大家忙着去找马和换马鞍的工夫,瓦季姆·彼得罗维奇活动活动腿,朝着一群女人走去。她们看出这个人是想打听什么,便凑上前来。

“我在跟德国人打仗时就认得克拉西利尼科夫,”他说,“他弟弟早就结婚了,可他本人好像还没娶老婆……现在怎么样?有家口了吗?”

这些女人还没弄明白他是什么意思,欣然回答说:

“娶了,娶了……”

“娶什么了!那个女人不是他老婆……”

“嗯,他不过是跟她同居罢了……”

“也不是那么回事儿……军人同志,我讲给你听吧……这个女人,他是跟马赫诺玩牌时赢的,带了回来,想要娶她……可是这个女人当然要跟他说:结婚可以,只是我可过不惯庄稼院的日子……她是太太出身,又漂亮,又年轻……阿廖什卡的家在去年春天就给德国人烧了……就这么的,他忙着盖房子……正在这个节骨眼上,亚科夫来了,搞了这些名堂……”

第三个女人更了解情况,挤到瓦季姆·彼得罗维奇身旁:

“我告诉你吧，他揍她，往死里揍她，指挥员同志，可是这个恶鬼，到底也没打死她……从三月开始，她在我们这里当小学老师……”

“原来是这样，”瓦季姆·彼得罗维奇咳嗽两声说，“怎么？她现在还在这儿，在村子里？”

女人们你瞅瞅我，我看看你。这时候，第四个女人刚刚凑上前来：

“被他拉走了，放在马车上，用干草盖着，不知是死是活……”

一个小男孩儿用着了迷的眼睛打量着罗辛——看看铜把的军刀、落满尘土的带马刺的大皮靴，瞅瞅手上戴的挺大的表和用细绳拴着的手枪，然后又仰起脸，想看清他的脸孔，用挺顽的声音说：

“叔叔，她们都是瞎说。卡佳阿姨的事儿，她们根本不知道。我可全都知道。”

他身后站着一个瘦瘦的挺丑的小女孩儿，嘴唇上还起了个泡，跟着说：

“叔叔，您要信他的话，这个小孩儿全都知道。”

“嗯，你知道什么呢？”

“卡佳阿姨是给玛特廖娜用马车送到车站上去了。卡佳阿姨不愿意走，一个劲儿哭，玛特廖娜也哭……后来，卡佳阿姨告诉我：‘我还要回来的，你告诉孩子们……’阿廖什卡坐着马车一进村，玛特廖娜拉着卡佳阿姨就从另一头走了！……马车刚一到冈顶上，她们就把我从车上撵下来了……”

“上马！……”丘盖大喝一声。

瓦季姆·彼得罗维奇到底没能听完。骑兵队新换了马，带着几辆架着机枪的快车，从村子里出发了。丘盖和罗辛身旁跟着一个骑马的农民，两只胳膊肘直扇动，这个人长得又矮又黑，他跟另外几个人在井里藏了一整天，蹲在没肚脐深的水和淤泥里。他一下子跳上一匹没有鞍子的马，浑身硬邦邦的，布衫破烂不堪，光着脚，下巴上的胡子乱蓬蓬的。他领着骑兵队绕到一片柞树林跟前，这片树林是匪徒在这一带惟一可藏身的去处。

他们赶到那里，天还没黑，便开始包围树林，只给匪徒留下一条出口——那里设有埋伏。西下的夕阳从发亮的树叶底下弯弯曲曲的树干当中透射出光辉。瓦季姆·彼得罗维奇骑的马显得十分烦躁——一个劲儿摇头,不时停下来,咬咬前腿的膝盖,或用后腿蹬蹬肚子。他干脆扔下缰绳,用双手端着卡宾枪,做好准备。夕阳横射过来,把一团团的蚊子照成金黄色,把树林照得斑斓多彩,光芒四射——前面和两旁的东西一点也看不清,那些学员都下了马,排成稀疏的散兵线,从他左右穿过灌木丛和高高的蕨菜向前搜索,踩在枯树枝上,发出小心翼翼的喀嚓声。

据带路的说,这一带应该有一座看林人的小房和匪徒们有可能钻到密林深处去的惟一一条通路。突然在几步远的地方露出一个塌了腰、长满青苔的房顶。瓦季姆·彼得罗维奇停下马,从茂密的灌木丛后面向外窥望。他轻轻打了个呼哨。学员们踩断树枝的声音越来越响,越来越近了。他又打马,钻出灌木丛,便看到已经没人住的小房——小房坐落在一片林间空地上,房跟前停着几辆卸了马的快车,地上凌乱地扔着破烂东西和破布。匪徒们从这里逃走了。

瓦季姆·彼得罗维奇端着卡宾枪,小心翼翼地开始围着小房搜索。阿列克谢·克拉西利尼科夫就在他前面,也小心翼翼地从一个墙角退到另一个墙角,打算夺下这个人的马。罗辛四下观望着,在山墙旁边停下马,阿列克谢站在前墙跟前——前墙的窗户玻璃打碎了,门也掉了。他为了不出一点儿声响地干这件事,手里只握着一把匕首。当罗辛从墙角后面走出来的时候,阿列克谢举着匕首向他扑去,但是罗辛已经用卡宾枪挡住了他。阿列克谢往后一闪,后背猛然撞到小房的墙上。刀从手中脱落了,他望着瓦季姆·彼得罗维奇这个复活了的死人。出于迷信的恐怖,一声嚎叫,弯下腰,乱摆着胳膊,向前跑去。

"阿列克谢!"罗辛吆喝了一声,一拉缰绳,催马追赶他。阿列克谢突然跑到一棵柞树跟前,用双手抱住它,把脸紧紧贴在树干上。罗辛没等马停下,就从马鞍上跳下来,枪口几乎挨到阿列克谢颤抖着的宽大的后背,一连射了好几枪。

"她就住在这儿吗?"

"嗯。"

罗辛一弯腰,跨过门坎,走进歪斜了的小屋,屋里只有一扇小窗,矮矮的,外面的牛蒡把它完全遮住了。在窗前绿幽幽的光线中,在也是那么矮小的桌子上,放着一摞用糊墙纸钉的本子和几本书。有一个本子打开了,旁边放着墨水瓶和钢笔。这就是说,卡佳刚刚来得及逃走。他在桌子前面蹲下。那个小男孩儿用手悄悄捂住嘴,憋不住笑,用目光向罗辛示意,让他看看炉子。

炉口前面的小台上落着一只小寒鸦,瞪着两只发呆的圆眼睛。它大概是从烟囱旁边的窝里掉下来的。小寒鸦发现人们注意它,便拍打着翅膀,侧着身子蹦到炉子里去了。

“里头一共有四个,”那个男孩儿说,“看我都把它们抓住……”

瓦季姆·彼得罗维奇翻弄着桌上的东西,发现了卡佳的教学日记,里面记着上课的情形和一些特殊的事。几乎每篇日记的最后都写着:“伊万·加夫里科夫又淘气了……”或是:“说真的,我要三天不跟伊万·加夫里科夫讲话……”或是:“伊万·加夫里科夫为了吓唬女孩子,又在房顶的紧边上走。我真是一点儿办法也没有了……”

“这个伊万·加夫里科夫是谁?”罗辛问。

“是我。”

“你干吗那么淘气,把叶卡捷琳娜·德米特里耶夫娜都气坏了?”

伊万·加夫里科夫重重地叹了口气,他那对淡蓝色的眼睛完全是天真烂漫的。

“这也是没法子……我学习挺棒。可你看看那些女孩子的练字本:排起来好像障子——都是一分。这是我的本子,你看了也会感到奇怪。乘法口诀我都背熟了,不信,你问我好了!”他使劲地眯缝起眼睛。

“我信,我信。”

瓦季姆·彼得罗维奇干脆盘腿坐在地板上,继续翻看日记。里面没有一句话提到自己。但是,仿佛每一页都有卡佳永不衰老的青春和信赖的、纯洁的柔情扑面而来。他仿佛看到她那青筋历历可见的小手,她那温暖、明亮的眼睛……

“九九八十一,怎么样,对不对?”伊万·加夫里科夫说。

“你真行,真行……我问你:她没告诉你她要到什么地方去吗?”

“到基辅去。”

“你不是撒谎吧?”

“我跟你撒什么谎。”

“她……也许你知道,什么地方还收藏着信啦,本子啦?”

“都在这……这些我也马上拿回家去,她特别嘱咐,要好好保护这些本子,要不,庄稼人又该卷烟抽了。”

在日记的最后一页上,他读到:

“……不知是什么缘故,我相信你还活着,而且总有一天我们会重逢……你想想看——我已经从漫长漫长的黑夜里走出来了……我很想把我现在生活的小天地讲给你听。每天,窗外的小鸟唤醒了我。我到小河里去洗澡。然后,顺路到阿加菲亚大婶家去喝牛奶——我已经欠她一卢布六十戈比了,但她并不着急要。然后,孩子们来,我们开始上课。没有任何事打扰我们,我们也没有什么心可操。原来,人所需要的,并不是我们觉得必不可少、离开它就没法活下去的那些东西……我真都抹不开说——我好像又十七岁了——我知道,达申卡,你会明白我要说的意思……只是有时我最喜欢的那个男孩儿伊万·加夫里科夫惹我生气……他非常……”

信写到这里就断了,因为本子里再也没地方写了。瓦季姆·彼得罗维奇把伊万·加夫里科夫拉到跟前,让他站在自己的膝盖中间。

“嗯?我送你点儿什么东西呢?”

“子弹壳。”

“我也没有空子弹壳呀……”

“你打一枪不就行了,走,到外面去。”

瓦季姆·彼得罗维奇从地板上站起来,把本子一叠,塞到上衣里面的兜里。

“这个本子,伊万,我拿走了。”

“不行,她该骂我了。”

“不久我就会看到卡佳阿姨,我会告诉她,说我拿走了……走吧,到院子里去——打枪……"

第十八章

由于没有风,太阳把察里津空荡荡的大街晒得滚烫,临街的门都大敞四开,门口堆着成堆的垃圾。居民躲起来了。只有通向伏尔加河的慢坡上,还有一些拉货的大车,带着公家财物和机关档案,轰隆隆地疾驶而去。这座城市只能挺最后几小时了。在城郊的要冲,经过马内奇河之战大大减员了的第十集团军,勉强挡住弗兰格尔将军新组建的北高加索军的进攻。

电话局还坚持工作,但是市内早已停水断电。工厂停工了。工厂里可以运走的一切,都拧下螺帽,卸下拆开,拉到码头上去了。工人居民区只剩下老人和小孩儿。察里津的工人阶级,在这十个月的城市保卫战中,蒙受巨大牺牲,根本不指望白军会发善心——凡是能打仗的,都参军打仗,其余的都坐到火车盖上、轮船的甲板上和货舱里撤走了。人们向北撤退,并没有一定目标。伏尔加河岸的木材垛已经快烧尽了。隆隆的炮声听得越来越清楚,越来越近。

城里最热闹的地方,就属车站和码头了。伏尔加河岸上,堆满了包裹、箱子、机器和车床的部件——有好几百人累得满身大汗,叫喊着,咒骂着,正在搬弄这些东西,把它们从跳板拖到船上去。有几千人密密麻麻地排着队等待上船,或者一声不响,忍着饥饿躺在岸边,透过一动不动悬在空中的尘土望着在太阳底下闪闪发着油光的河水。宽阔的伏尔加河到了六月底突然浅了,对岸的沙滩以前所未见的速度向这岸靠近,沙滩上有些人赤裸裸地走来走去,下水洗澡。这岸也有人在码头中间,在飘浮着垃圾、冒着蒸气的水里洗澡。但是,连河面上也吹不来一丝凉意。

一些破旧、肮脏的轮船,一艘接一艘地在码头上靠岸,船上传来一片梦呓中的叫喊声。甲板上挤满了难民和红军战士——活人跟死尸和病人夹杂在一起,这些病人都患了斑疹伤寒,呻吟着,嘟哝着,在梦呓中打滚。

有几十艘轮船和拖船正等待卸货和装货,船舷擦着船舷,汽笛发出嘶哑的吼声。它们全是从下游的阿斯特拉罕和黑崖开来的。

卫生员身上撒满石灰,跑上甲板,跨过横躺着的病人,抬起死尸,扔到岸上,好给活人腾出地方来。甲板上又撒些石灰,撒些石炭酸。根据上级的命令,死尸要摞在岸边卖柠檬水和克瓦斯的小亭子里。天热,尸体发胀,把这些草草钉起来的小棚子都撑破了。特别是那股难闻的臭味,熏得人更急于离开察里津的河岸。弗兰格尔的飞机从城市上空飞过——透过尘雾只现出一点点黑影。它们往河里扔下几颗炸弹。

人们突破码头上的岗哨,向轮船上冲——他们带的口袋挂在红军战士的刺刀上。许多箱子和麻袋也嘁喳喀喳地往甲板上飞。船身下沉得很厉害,河水快没到船舷了。

在这你拥我挤的人群中,在紧靠跳板的岸边停着一辆大车,车上躺着阿尼西娅和达莎。她们俩是库兹马·库兹米奇从前线上拉到这里的,临行前团长给他下了一道严格的命令:哪怕他豁出老命,也要把这两个女人送到后方,而且不许坐火车,一定要乘轮船。捷列金告诉他说:

"涅费多夫同志,您还从来没执行过比这更重要的任务。你们下船之后,您要找个合适的地方把她俩安置好。您偷也好,抢也好,不管怎么样,您要把她们的身体保养好……您要对她俩的生命负责……"

她俩躺在大车上,底下铺着干草,顶上胡乱盖着两块破布,活像两具皮包骨的骷髅。阿尼西娅神智已经清醒,但身体过分虚弱,连嘴都张不开。库兹马·库兹米奇只好用手指扳开她的牙,用瓶子给她饮一点儿温水。达莎得伤寒病比阿尼西娅晚,正处于昏迷状态,不住用低微而生气的声音嘟哝着什么。

库兹马·库兹米奇已经错过好几艘船了。他含着泪恳求别人帮他把两个女人拖到甲板上,也想了各种招儿,只是在这么紧张的形势下,根本没有人听他的。他倚在大车上,用发红的眼睛望着这幅幻景——闷热的河面上反射出阳光,隔着尘雾变成淡红色,轮船装满了死尸,焦灼地吼叫着。又传来飞机马达吓人的吼声——这一次,炸弹就在附近什么地方扬起一股股尘土,把整个河岸完全遮蔽了。有许多人跳进伏尔加河,向一艘正在靠岸的柴油船游去，一边高喊着："扔下缆绳……"但是没有人给他们扔缆绳，一个个脑袋好像黑西瓜，还在船舷旁边转悠了半天。

这时只剩下一条船了，说不定就是最后一条——这是一条船身低矮的黄色拖船，蹼轮罩挺大，破旧不堪。它并未靠到码头上，而是靠在码头旁边一个人也没有的踏板跟前。库兹马·库兹米奇掉转车头，在深深的沙滩上打马小跑，头一个来到踏板跟前，跑到上面，拼命地晃动着胳膊。

"喂，船长，同志，"他朝舰桥上那个看样子是留用人员的花白头发的小老头儿喊道，"我护送前线司令员的太太和妹妹，这件事要搞不好，您就得挨枪子儿，赶快派两个船员帮我把这两个女人送上拖船……"

他这张激动的脸孔和说得十分坚决的话起了作用。果然有个脸色阴沉、浑身肮脏的司炉，光着膀子，只穿一条破裤子，爬过船舷，跳到踏板上。

"她们在哪儿？"

"同志，您一个人没法搬……"

"你就来吧……"

司炉走到大车跟前，一瞅躺着的女人，指着阿尼西娅说：

"这就是前线司令员的太太吗？"

"是，她就是……她要有个三长两短，哼，你们大伙都得枪毙……"

"您干吗糊弄我，这是我们船上的炊事员阿尼西娅。"司炉镇静地说。

"您发疯了，同志，哪里来的炊事员……"

"你别朝我大喊大叫的，你这个怪老头儿。"他毫不费劲儿地把阿尼西娅从车上拉起来，放到肩头上，又往上一颠，放得舒服些。

"帮帮忙——这个是不是也带上……"

他一下子抱两个女人，朝拖船走去——他脚下的踏板沉得贴到水面上。

库兹马·库兹米奇兴高采烈地拖着一个装面包和咸肉的口袋和一个装药品的旅行袋跟在后面……

七月三日一清早，中学教师斯捷潘·阿列克谢耶维奇把褥子、枕头、用绿长毛绒包的沙发椅、一摞摞的书和手稿从地下室的厨房搬到院子里。

他又拖泥带水、摇摇晃晃地抱出一大抱落满灰尘的裤子、常礼服、裙子和毛连衣裙，往地上一扔，张开大嘴，用袖子擦拭淋淋的汗水。他身上全都湿了——不论是黄色的头发、下巴上的胡子，还是帆布裤子和好久没换的衬衫，那件衬衫跟背带一起粘到驼背的肩胛骨上。

他母亲是个虚胖的女人，穿了一身黑，坐在院子里的一把弯木椅上，用一根小棍有气无力地敲着地毯。他姐姐前额向前突出，脸上其余部分仿佛压扁了似的，患有瘫痪病，正怡然自得地躺在洋槐树荫里的一把带轮子的沙发椅上。天气热得连麻雀都大张着嘴。

“妈妈，好像都搬出来了，”斯捷潘·阿列克谢耶维奇说，“我再也干不动了！上帝呀，现在要能弄到一杯冰镇啤酒，要多少钱都行！”

“斯乔普什卡，家里连一滴水都没有，亲爱的，你就拿桶去打点儿水来。”

“真让我去吗，妈妈！不喝就不行吗？唉！这可真糟糕！”

斯捷潘·阿列克谢耶维奇感到万分绝望：要去打水，就要经过伏尔加河岸，可那里还有一堆堆灰烬和堆在卖柠檬水和克瓦斯的小亭子里烧焦的尸体，为了弄点儿干净水，要下到齐胸深的河里，打满一桶水，还要冒着要人命的酷热爬上山坡，脚下的沙子一直没到脚脖……

“能不能雇个人呢，一桶水哪怕花十卢布。我总想，我的心脏要更宝贵……”

“你看着办吧……”

“可妈妈你，总想让这些水桶把我累死……”

母亲没作声，继续无力地敲着地毯。斯捷潘·阿列克谢耶维奇望着她汗淋淋的胖脸，不禁艰难地喘起气来。

“桶在哪儿？”他轻声问道。“您的桶在什么地方？”他用难听的声音大叫一声，惊得躺在洋槐树下的病姐姐用哀求的声音说：

“别去了，斯乔帕……”

“不，要去，要去！我要给你们打一辈子水，搬一辈子水罐子！我要像拉水车的老马一样给你们效劳，直到累死拉倒！让我的未来、我的前程、我的学位论文都见鬼去吧！一切都完了，都毁灭了！……剩下的是一片只生虱子的荒野,一堆烧焦的死尸,一片坟地!……哪个邓尼金也无能为力!……”

他又捏起汗湿了的手指,就像那次站在达莎面前那样。不管怎么样,他想方设法要逃避打水。突然,大教堂钟楼上的大钟在沉默了一年多之后当当地敲响了。这洪亮而庄严的钟声飘过空城的上空,使一切激动的心情平静下来。斯捷潘·阿列克谢耶维奇的话头突然收住了,他那抽搐着的瘦脸突然平静下来,甚至露出一种傻笑。

“斯乔普什卡,”妈妈说,“你该换换衣服去做礼拜。”

“他不信上帝,他是个无神论者,妈妈。”姐姐从洋槐底下带着一种平和的恶意说。

“嗯,这又怎么样——不管怎么说,他得露露面——就是这样,也难免有人把我们当成赤党……”

“妈妈,你说些什么哪!”斯捷潘·阿列克谢耶维奇痛苦地喊道。“我们刚从布尔什维克的恩惠底下解放出来,你又忙着把我拖进市侩的泥潭里……正是这样,正是这样!”他朝着洋槐那边龇一下牙,可是姐姐已经合上眼睛,不愿意听他的话。“谁说我是赤党?还不是你那些熟人,什么沙韦尔多夫,什么普莱斯……都是些庸俗之辈,一钱不值……堕落到他们那种地步,我的上帝!那就等于完全否定自己!那又何必念书,何必思考和幻想!我恨布尔什维克,并不是因为他们把我撵进了地下室。也不是因为他们把自来水站的煤都给拉走了……不是的,而是因为他们践踏了我内心的自由……我希望凭着自己的良心、自己的天才去进行思考。我希望读那些能赋予我灵感的书……可是我不想读,您听见没有,不想读卡尔·马克思的书,哪怕他就是一千倍正确……我就是我!……所以说,妈妈和姐姐,我也不去吻你们那个邓尼金的手……因为同样的理由……”

斯捷潘·阿列克谢耶维奇在四十摄氏度的太阳地里,比比画画地说完这一席话,也是那么漫无条理地从一堆衣服里翻出自己的常礼服和裤子,走到地下室。过了半小时他又出现了——穿戴整齐,里面是一件浆得硬挺的衬衫,手里拿着制帽和手杖。院子里谁也没再说一句话。他走到街上,沿着有树荫的路边向教堂广场走去。

教堂周围低矮的洋槐落了一层尘土，显得发灰，洋槐底下坐着几个衣服破烂的人。其中有一个人用幽默的眼光从下到上地打量着从一旁走过的中学教师，最后甚至直盯盯地瞅着教师的眼睛。

“这张美妙的脸孔发生了许多神奇的变化。”他用清楚的低嗓音说。

围墙外站着一个哥萨克骑兵连，他们穿着保护色衬衫，都下了马，还有一排士官生，穿着整齐的检阅服装，肩上背着毡靴，带着饭盒和小铁锹，躺在晒枯了的草地上……在教堂门口的台阶旁边站着一堆市民。斯捷潘·阿列克谢耶维奇看见了卖小百货的商人沙韦尔多夫，一脸谄笑，穿着一件绣花的旁开领衬衫，带着老婆和两个孩子；还看见那个个子矮小的印刷工人普莱斯，他是改信东正教的犹太人，总是蓬头破衣，显得忙忙活活，也带着老婆和六个孩子来了。斯捷潘·阿列克谢耶维奇漫不经心地朝他们点点头，便走进了凉爽的大教堂——由于那件教育部门的常礼服，对他放行无阻，有人甚至让开了路。

这座教堂尽管还保留着荒废的痕迹（布尔什维克执政的时候，把它当做了食物仓库），大玻璃窗打碎了，剥落的墙上还保留着一些字迹：“土豆九十四袋……领货人（签名辨别不清）”，但是，被无数蜡烛照得金碧辉煌的圣像、袅袅升上圆顶的香烟、在拱顶底下像兽吼一般回荡着的辅祭的喊叫、唱圣诗的毫无感情的童声——这一切都在斯捷潘·阿列克谢耶维奇的心里造成一种复杂的印象：他体验到一种习惯的肃穆感，同时也体验到一种习惯的自卑感——他那条骄傲地翘起来的知识分子尾巴，自然而然就夹起来了。

在前面，脸朝着祭坛站着的，是高级将领，独裁者：十位将军，有矮的，有高的，有敦实的，有瘦削的，都穿着雪白的制服，戴着宽边软肩章，肩章有金的，也有银的。每个人都弯着左胳膊擎着制帽，右手——每当辅祭高呼：“让我们向上帝祈祷吧……”的时候——捏起指头在胸前比画着。在这些人的前面，还有一个中等身材的将军，单独站在一块地毯上，穿着一件肥大的保护色上衣和镶红道的长裤子；他那花白的头发向后梳着，到了后脑勺上仿佛被磨光了。跟别的将军比较起来，他那只非常白的小胖手更难得举起，画十字时动作缓慢，胳膊摆动的幅度要大，把捏起的手指紧紧地按在略微向后仰的前额的皱纹上。

斯捷潘·阿列克谢耶维奇顿时明白了,这个人就是邓尼金。他贪婪地打量着邓尼金,薄嘴唇上仍然流露出夹杂着讥刺、怀疑的冷笑,不过现在已经完全是无意识的了。有一个军官一直注意观察他,这时悄悄凑上前来,在他身旁站住了。斯捷潘·阿列克谢耶维奇完全沉湎于一种矛盾的心情中。特别引起他注目的是邓尼金将军那只白皙的手。谁没见过将军的手和他们的手那种特别缓慢、懒惰的动作?不管怎么装腔作势,一只手毕竟表现不出多少威严,这些徒劳无益的企图,往往使将军的手更显得可笑——特别是当首长故作礼贤下士而伸出一只手准备让你来握的时候,或者当他分牌或往脖子里塞餐巾而用那五根没肌肉的小灌肠做出某种架势的时候。这一切固然不错。不过,邓尼金这只白手扼住了历史的喉咙,只要他把手一挥,千军万马就投入血腥的战斗……

斯捷潘·阿列克谢耶维奇由于思绪很乱,心情激动,竟然没注意到祈祷已经完毕,监督司祭——一个戴眼镜的矮个子老头儿——走上讲台,望着邓尼金将军开始讲话:

"我们敬爱的领袖、南俄白军总司令安东·伊万诺维奇·邓尼金中将发布的具有历史意义的命令,已经在每个俄国东正教徒的心上烙出一个火热的印记。总司令的命令一开头就说:'为了占领俄国的心脏莫斯科的最终目的,兹于七月三日发布开始总攻的命令……'先生们,我们头顶上的天空是不是裂开了,天使长米迦勒的声音正在召唤纯洁的白军……"

斯捷潘·阿列克谢耶维奇突然觉得鼻子发痒,他的胸脯在湿透了的浆硬的胸衣底下急促地喘着气,他感到一阵狂喜。他看见邓尼金正慢慢地举起手掌去按前额。斯捷潘·阿列克谢耶维奇突然省悟到,他必须、必须去吻吻这只手……过了几分钟,当邓尼金第一个吻过十字架,顺着铺在道上的地毯走去的时候,他显得那么平易近人,下巴上留着剪得整整齐齐的白胡子,就像一个挺随和的老大爷,斯捷潘·阿列克谢耶维奇在一种极度的狂喜中,急步朝邓尼金走去。邓尼金向后一闪,用手挡住自己,他脸上露出一副痛苦而难看的可怜相。其他的将军马上用身子遮住他。斯捷潘·阿列克谢耶维奇被人从后面抓住胳膊肘,用力往下一拽,他的膝盖一下子就弯了。

"听我说,听我说,我只是想……"

抓住他的那个军官两眼滴溜乱转地打量他的脸孔。

"您怎么进来的?"

"我只是想吻一下手……"

"您的通行证呢?"

那个军官继续把斯捷潘·阿列克谢耶维奇往人堆里推,不放他走。到了侧门跟前,他一点头,叫来两个带枪的年轻士官生:

"逮捕他。送到城防司令部……"

您可以相信,亲爱的和尊敬的伊万·伊里奇,我们终于来到了科斯特罗马。一路上,我在哪儿也不敢下船,就连下诺夫哥罗德我也觉得不安全,难免发生军事上的意外事件。在科斯特罗马,我们找到了落脚地方,在城郊紧靠伏尔加河的一座小木房里,房后还有绣球花和花楸树,一切都合乎要求……这座小城像罗马一样,坐落在山冈上,四外一望无边,这里又多么安静,多么偏僻!……可这正是我们需要的。

达丽亚·德米特里耶夫娜的身体正在好转,只是很慢——还非常虚弱,每天我就像抱小孩儿似的把她从床上抱起来,送到院子里。从一切现象看来,她的食欲蛮好,尽管她还不能说话,却会用眼睛表示:"要吃……"她那张小脸除开眼睛之外,也没有什么了,只有拳头那么大,因为虚弱,她常常哭,说哭就哭——眼泪顺脸就淌下来了。我们坐着轮船在伏尔加河上差不多走了三个星期,她一直昏迷不醒,不省人事。她说胡话也不安静,受尽折磨,她内心不断同过去的一些幻影做斗争。其中主要是——说来好像挺奇怪——她有什么宝藏,是些什么钻石,好像是犯什么罪才得来的。达丽亚·德米特里耶夫娜一说起胡话,就好像用两种声音交谈:一个在谴责,另一个在辩解——这个辩解的声音非常细,带着啜泣。要不是有一件偶然的、极不寻常的发现,我也不会给您写这些了……

我牢记您的指示——要让两位亲爱的病人吃得好——并把这当作自己的主要任务,但我却不止一次地灰心失望,甚至不知所措。现在的年头是残酷的。有一部分人考虑的都是恢宏博大的范畴,他们心胸里装的最低限度也是整个地球的规模,另一些人则靠赤裸裸的恬不知耻来保全性命。这两种人都缺乏日常的慈悲之心:有的人可以被你说得入迷,有的人可以被你吓住,可是要想激起一点儿怜悯,为饥饿的眼泪讨要十俄磅面包,往往是办不到的。

我们带来的多余的东西,我都拿去换面包,换鸡蛋,换鱼了。有多少次我都想要把达丽亚·德米特里耶夫娜的厚呢子大衣——就是去年秋天她从萨马拉逃出来时穿的那件——拿去换了。但是,我都没敢动,其原因并不是由于我考虑周到——准备今秋再穿——而是由于达丽亚·德米特里耶夫娜在说胡话时总是提到这件大衣,仿佛这件大衣倒能莫名其妙地证明她的某种过失。所以说,我就不得不使出一点儿手段,欺骗那些轻信的心灵,或者干脆去偷。这次又是手相术帮了我的忙。比方说,在码头上我看准了一个背口袋的乡下妇女,就跟她闲聊起来,寻找她的弱点。这个弱点总是能找到的——所以说,生活经验具有了不起的作用。我就跟她谈起反对基督的人——伏尔加河沿岸关于这个问题议论纷纷,尤其是喀山上游一带。要吓唬一下愚昧的乡下妇女,还费多大劲吗?只要她相信我说的话,她口袋里的东西有一半都属于我了……

就在昨天,星期天,一早我就整理达丽亚·德米特里耶夫娜的衣服。在科斯特罗马,似乎只有我一个人有一大团线——这可是一件了不起的事,不少人都得前来朝拜:在裤子上钉个扣儿,或打个补丁……我也就毫不客气,管他们索取各种食物作为报酬。我坐在台阶上,打开达丽亚·德米特里耶夫娜的大衣一看:大衣里子大概您还记得,是带格的苏格兰绒的。我就想,要是把里子拆下来,用它做一件漂亮的裙子不好吗?她那件旧裙子破得像箩底了……至于里子,可以换一块次一点儿的布。我越想越觉得有道理,就去问阿尼西娅·康斯坦丁诺夫娜,她也说:“做裙子蛮好,您就拆吧……”我就拆起大衣里子，却从里面掉出许多钻石，非常值钱，一共三十四颗……这可真是连梦话都应验了！当天我就把这些钻石拿给达丽亚·德米特里耶夫娜看。我突然发现，她想起来了！她眼睛里露出的是哀求和恐怖，嘴唇直翕动，想要说什么……可惜她不会说话……我俯下身去，凑到她苍白的嘴唇跟前，她喃喃地说出害病以来说的头一句话："扔掉，扔掉……"

伊万·伊里奇，没得到您的指示，我不敢自作主张。我不知道她从哪里得到的这些宝物，为什么她那么厌恶它们，更不知道如何处理——不敢放在家里，干脆扔掉也觉得并不妥当。我跟达丽亚·德米特里耶夫娜发誓说，我弄到一条船，划到伏尔加河心，就把钻石扔到那里去了。她的精神立刻安定下来，眼睛里也有神了，好像她终于把粘在身上的什么东西摘掉了……

伊万·伊里奇，这些事我都写得详详细细，倒要请您原谅，不过我这个人就是啰唆和饶舌。请您设法回信告诉我们，您的身体怎样？我们是在科斯特罗马这里过冬，还是去莫斯科？……止此。永远忠实于您和达丽亚·德米特里耶夫娜。至死不渝的库兹马·涅费多夫……

"我把邮件带来了。"萨波日科夫说着，上了带柳条车斗的四轮马车，在捷列金身旁的干草上坐下。"向你祝贺，伊万！"

"这可不是愉快事儿，谢尔盖·谢尔盖耶维奇。按我的愿望，我倒希望留在卡恰林团当团长。人生，工作也不熟——这不合乎我的想法。"

"你干吗老气横秋的？"

"过一阵子就好了——我有点儿累了……"

马迈着小速步沿乡间大道向前跑着，柳条车斗一颠一颠的，左边是一片黑糊糊的柞树林，右边割倒的麦地里，在苍茫暮色中隐约可以分辨出一堆堆十字交叉垛起的麦捆。空气里散发着麦秸味。天上出现了八月的繁星。

"你这个旅由谁来当参谋长呢？"

"上头总会派人的。"

道路紧贴到树林边上,从林子里传来一股淡淡的潮气。马打起响鼻。

“我一定是没有信吧?”捷列金问。

“哦,太对不起了,伊万,有你一封信。”

伊万·伊里奇本来躬着腰坐在那里,十分疲倦,打着盹儿,这时突然直起身来:

“你怎么能这么办哪,哎呀,谢尔盖·谢尔盖耶维奇!信在哪儿?”

萨波日科夫在皮包里翻了半天。他们停下马,划了几根火柴,每根都刺溜一声就蹦了。捷列金接过信——信是库兹马·库兹米奇寄来的——他用手指摆弄一阵。

“这信多厚,写了多少哇。”萨波日科夫悄声说。

“怎么?”捷列金也悄声问。“写多了不好吗?”

他跳下车,走到林子边上。在那里急忙折些树枝,划着火柴,朝树枝吹气。

“你去取一捆麦子来,一下子就会着起来。”萨波日科夫跑去取来一捆麦子,又走到一边。麦秸立刻着了。捷列金蹲下去读信。萨波日科夫看到他读完一遍,用袖子擦擦眼睛,又读了起来。看样子,事情很明白。谢尔盖·谢尔盖耶维奇抽了一下鼻子,爬上马车,点着了一支烟。坐在前面的赶车老头儿希望早点儿回家,便说:

“可别耽误了火车,往前走是一片沙滩,还要找个地方蹚河……磨磨蹭蹭,太耽误工夫……”

当捷列金回到马车跟前,沉重地压弯了车斗,爬上来,坐到干草上的时候,萨波日科夫没敢正眼看他。马又用小速步走起来。在萨波日科夫头顶上大约三百万光年的距离横着一条由于迷蒙而重叠的天河。马车有一个后轮摇摇摆摆,吱吱嘎嘎响,但是赶车的老头儿毫不介意——坏就坏呗,有什么办法……

捷列金压低了声音说:

“她的精神多么坚强呀!坚持不懈地追求新生,追求纯洁和完美……我简直被震惊了……”

“她还活着吗?”

“嘿,你这是想到哪儿去了!她在科斯特罗马,病也见好……”

谢尔盖·谢尔盖耶维奇急忙转过脸来,两人相对大笑。萨波日科夫给了捷列金一拳,捷列金也回敬了一拳。接着,他详细讲述了信的内容,只是没提关于钻石的事。这些钻石就是她在去年夏天给父亲的信中提到的,当时她是不顾一切为求得生存而斗争,同时却在毁灭自己。看来,达莎就是在当时,在那些惶惑的日子里把这些钻石缝进大衣里的。可她从来没跟伊万·伊里奇提起这件事。她显然是忘了——这很合乎她的性格——忘了,直到昏迷时才想起来。现在她要“扔掉,扔掉”——于是,伊万·伊里奇感到一阵狂喜的激动扼住了喉咙……当然,这件事还有很多细节他并不清楚,但是他从来没打算把达莎心里的事都搞明白。

“有一点我很清楚,谢尔盖·谢尔盖耶维奇,得到一个女人的爱情,比方说像达莎这样的女人的爱情,是人生的一大幸事。”

“是呀,你太走运了——我总是这么说。”

“嘿,人活着就应该像个样儿,谢尔盖·谢尔盖耶维奇!可是也有受挫折的时候……你大概也是受挫折了吧?”

“我——完全是另一码事儿……”

“难道你就没经常感到一种渴望,需要找一个像我的达莎这样的女人?”

“在我的生活中,女人好像并不起那么大的作用……我对待这些问题要简单得多……没那么多麻烦……”

“你又是那一套!我了解你……谢尔盖·谢尔盖耶维奇,我们现在的生活是意气风发的:或者胜利,或者牺牲——一切都归结到这一点上。可我们仍要生活!有了这种认识,更要尽情地生活!在对待女人的问题上,一切琐碎小事都不要去管它……要珍惜爱情。永远要小心翼翼珍惜它!你注视过你所爱的人的眼睛吗?这才是人生的奇迹……”

谢尔盖·谢尔盖耶维奇没有回答,他头上的帽子渐渐滑到后脑勺上——他又抬眼望着天河。

“在宇宙间一个遥远的地方,出现一个洞,”他说,“一个没有星星的黑洞,轮廓很像马头……要是拍照下来,一定很吓人。总有一天,我们会明白——其中的道理非常简单和明显——无限空间并不可怕。我们身上的每个原子,就等于一个无限的星系。一个原子也好,一个星系也好,都是无穷止的。我们本身就是无穷止的,我们身上的一切都是无穷止的。我们俩现在打仗,也是为了消灭有穷止和争取无穷止的境界……”

前面显出一些大树的模糊轮廓,但到近前一看,却是岸边长着的低矮灌木。从河面上飘来一阵阵湿气。车往下坡走。马小心翼翼地踏进浅水里,啪嗒啪嗒的,还大声打着响鼻。

“但愿我们可别掉进深坑里。”老头儿说。可是小河过得挺顺利。到了对岸,他像年轻人一样轻快地跳下车座,一边拽动缰绳,一边吆喝着,跟在车旁奔跑。马拉着车顺着沙滩跑到冈上才停下来,气喘吁吁。老头儿爬上车座。从这里到车站已经不远了。他回过头来:

“我看他什么事也搞不成,不过是无缘无故糟蹋老百姓。我们村子里都这么说:反正土地我们是不会白白交回去的,来硬的,他干不过我们,现在可不是一九〇六年了,庄稼人腰杆硬了,什么也不怕。在那个科洛科利采夫卡,”他用鞭子指着黑暗里说,“从飞机上撒下传单,庄稼人看了——就是说,他提出往回买地。你看他要了一个什么招儿——他不再指望我们会把地白白交回去……没啥,咱们走着瞧:他怎么滚来的,还得怎么滚回去……嘿,我说邓尼金呀,邓尼金!”

清晨,捷列金和萨波日科夫来到南线司令部所在地,苹果之乡的科兹洛夫。这里真是地道的俄国!一排排小房,房顶已经退了色,小窗露出牻牛儿花;一辆拉座的破旧马车在中间鼓起的鹅卵石马路上扬起一团尘土,路旁是垂头丧气的电线杆,电线上挂着风筝的碎片,还有一家带凉棚的砖房铺面,门上却用木板十字交叉地钉死了;一个光脚的小女孩儿慌慌张张穿过马路,手拉着走路蹒跚的罗圈腿的弟弟;在肮脏的广场上公用的饮牲口水井旁边,有一堆毁坏的小教堂的碎石头没人收拾,从前这座广场上是市场,如今却空空如也。破旧残缺的栅栏后面是果实累累的苹果树,苹果有红的,有蜡绿的。在果园和屋顶的上空,有一群快活的椋鸟飞来飞去,一齐露出翅膀底下的羽毛。

只求苟全性命于乱世,在这里仿佛还可以平平安安住上一千年,要不是发生这种意外事件——一场革命。不过,在这里失掉什么也毫不可惜,因为生命并不值钱。只是觉睡得多罢了。

“你想想看,”萨波日科夫说,跟捷列金并排坐在马车上颠簸着,“在海外,几秒钟都要变成金钱,人在巨大的压力机下受着锻压,使他们适合生产要求,工厂出的产品就像说梦话似的,出得那么多那么快,而为了在短时间内发大财,就要杀死几百万人。这就叫做文明!可这里,电线上还吊着风筝……看,那个窗口有个大汉正在迷迷糊糊地挠着乱蓬蓬的脑袋……而我们就要从这里开始,一步跨进一个谁都不知道的世界——实现人类的梦想……看吧,这就是俄罗斯祖国!……人生有多快活,万卡……这苹果味儿真香,就像年轻女人身上的味儿一样……但愿多活几年!我觉得我一定会写出一本书来……”

马车把他俩送到前线司令部,司令部所有的窗子都敞开着,里面传出滴答滴答的打字机声。

捷列金和萨波日科夫在等候召见时,听到了全面的故事消息……总的形势是这样的:总司令邓尼金的兵力受到短暂的挫折之后,继续分兵三路,向莫斯科挺进。一路是弗兰格尔将军的北高加索军(红军第十集团军在七月以放弃卡梅申为代价终于摆脱了它的追赶),准备切断俄国中部跟产粮区伏尔加河东岸和西伯利亚的联系,沿伏尔加河北上;一路是军事阿塔曼西多林率领、由顿河新阿塔曼布加耶夫斯基——邓尼金的傀儡——重新组建的顿河军,以马蒙托夫和什库罗的两个骑兵突击军为前部,向沃罗涅日进逼;最后一路是迈马耶夫斯基将军——他是个很有才干的将军,只是终日喝得酩酊大醉——指挥的志愿军,拉开宽阔的战线发起攻势,他们一方面要肃清乌克兰土地上的红军和游击队,一方面把他们的拳头——库捷波夫的近卫军对准奥廖尔—图拉—莫斯科方向。

邓尼金的战绩明显,供给状况良好,志愿军各团虽然因为大量补充农民而减弱了实力,但打仗仍然沉着善战。只是他后方的民心却一天比一天更可畏了(可悲的是他对这一点估计不足):库班要求脱离他完全独立,而他为了在库班建立大俄国的制度,不得不绞死库班拉达政府的两个著名成员；在捷列克一带，正在发生流血的内讧；顿河哥萨克一听说要向莫斯科进军，就说："静静的顿河从前是我们的，将来也是属于我们的，至于莫斯科，就让邓尼金自己去打好了。"在志愿军已经占领的地区，农民问题是采取简单的军事办法解决的——用通条抽；他安插了一大批省长、县长、沙皇宪兵，于是农民又像去年德国人占领时那样把枪筒截短，等待红军打过来；马赫诺使用计策，亲手打死了他的主要对头阿塔曼格里戈里耶夫之后，公开宣布在叶卡捷林诺斯拉夫地区建立自由的无政府主义制度，召集了五万匪徒，虎视眈眈要从邓尼金手中夺去罗斯托夫、塔甘罗格、克里米亚、叶卡捷林诺斯拉夫和敖德萨……还出现许多绿军——这是一种特殊形式的土匪头目——都是逃兵油子，哪里有深山老林，他们就在哪里，在邓尼金的身旁潜伏下来。

红军经过第十三集团军和第九集团军的惨败、第十二集团军从德涅斯特尔河和布格河英勇撤退以后，把战线拉平了。士气逐渐振作，战斗力逐渐加强，主要是由于从彼得格勒、莫斯科、伊万诺夫和北方其他城市派来大批共产党员。战士们天天盼望总司令下达反攻命令。

捷列金被任命为独立旅旅长，萨波日科夫被任命为卡恰林团团长，他俩在办完正式手续之后，当天就动身往回走，一路上一直讨论刚听到的消息；他俩一致认为，邓尼金的庞大计划终究是空中楼阁，他去年在库班取得的成功，在大俄罗斯不可能重演：在库班他打败了索罗金，可是在俄国，他要跟列宁本人，跟世代的无产阶级进行较量，何况这里的庄稼人也挺厉害——这里的庄稼人用叉子挑过拿破仑……

"军旗出列！摘下旗套！"

旗手和站在两旁护旗的战士拉图金和加金向前走出一步。捷列金在跟新任团长谢尔盖·谢尔盖耶维奇·萨波日科夫举行团队交接仪式，他神情严肃，聚精会神，甚至显得阴郁，连平时的红润都从晒黑了的脸上消失了。他手里握着一张小纸片，上面写着讲话稿。

"卡恰林团的战士们！"他说，望着这些持枪站着的红军战士：他熟悉每一个人，知道他们谁受过什么伤，谁有什么心事，他们都是自己的亲人。

“同志们,我们大家在一起冒着严寒和酷暑,不知走过几千俄里……你们在察里津城下曾经赢得两次光荣……你们退却并不是你们的过错,但即使在撤退时,你们也让敌人为了暂时和不巩固的胜利付出巨大的代价。你们有很多光荣事迹——关于这些事迹没有夸张的宣传,而这些事迹的报告也淹没在大量的战报中间了……这没什么……(捷列金斜眼瞥了一下蜷着的手掌里的那张纸片)我要提醒你们,前面还有许多战斗,敌人还没打垮,光打垮他们还不够,要彻底消灭他们……这场战争我们必须打赢,不赢是不行的。人在跟野兽较量——人就必须取得胜利……或者打个比方,刚出芽的种子——看起来多么嫩,多么脆——却会穿过黑土,穿过石头。发芽的种子里包含着新生命的全部力量,新生命一定要诞生,它是无法阻挡的……我们是在阴雨昏暗的早晨出发去投入争取光辉灿烂的白天的战斗的,而我们的敌人希望的是杀人放火的黑夜。可是白天一定要降临,哪怕敌人气破了肚子……(他又心事重重地瞥了一眼讲话稿,然后把它攥成团)我要说实在的,同志们,我离开大家,心中不好受,很难过……我们一起守着行军的篝火待过整整一年,这是件很有意义的事。我要离开大家了,我向你们的战旗告别。我希望并要求这面战旗永远引导你们光荣的卡恰林团走向胜利……”

伊万·伊里奇脱下制帽,走到军旗跟前,捧起这面弹痕累累的退色军旗的边缘吻一下,戴好帽子,行了个军礼,合上眼睛,紧紧眯缝着,整个脸孔都布满了皱纹。

伊万·伊里奇参加了萨波日科夫跟全体指挥员合伙举行的送别宴会之后,脑子里还嗡嗡作响。他坐在柳条车斗里,用手扶着身旁的背囊(里面除了别的东西,还有达莎的小瓷猫和小瓷狗),十分感动地回想着席间的热情话语。似乎人与人之间的爱不可能比他们更强烈了。他们拥抱着,亲吻着,摇着握紧的手。啊,这是一些多么好、多么正直、多么忠诚的人哪!年轻的指挥员纷纷起立,发表赞颂世界革命的讲话——他们的语言十分朴素,甚至有点儿照本宣科,不过信心十足。有个营长,本是谦逊、文静的人,突然想要爬上桌子,上了桌子,便在啃剩下的鹅骨头和西瓜皮中间跳起疯狂的特列帕克舞。伊万·伊里奇一想到这件事,便放开喉咙大笑起来。

马车走到村口停下了。有三个人走上前来——拉图金、加金和扎杜伊维捷尔。他们问过好,拉图金说:

“我们以为,伊万·伊里奇,你不会忘掉我们的,可你到底把我们忘了。”

“是呀,我们一直等着。”加金进一步证实说。

“等等,等等,同志们,你们是什么意思?”

“我们一直等着你。”拉图金说,把一只脚蹬在车轮上。“我们在一起待了一年,彼此之间把心都交出来了……哼,要是你认为这都没啥,那就再会吧。”他的声音气冲冲的,打起颤来。

“等等。”捷列金下了马车。

扎杜伊维捷尔说:

“我们在这里,在步兵中间,算老几?——外路人!我们怎么——要一辈子用两只脚蹚尘土?”

“军舰上的炮兵,你上哪儿找去。”加金两眼骨碌一转说。

“我们在下诺夫哥罗德下的船,一共十二个人,”拉图金说,“只剩下三个人,加上你才四个……你坐上马车,就不辞而别……而我们都算不上人,我们都是丘八,是穿灰大衣的……从前是挺好,一走就拉倒。你都喝醉了,跟你还有什么好讲的!”

扎杜伊维捷尔说:

“现在,伊万·伊里奇,你有一个旅,在你手下一定有重炮兵……”

“你就跟你的重炮兵钻进裤裆里去吧。”拉图金喊叫起来。“如果需要,就是打扫掩体我也干!我感到伤心的是失去了一个人!我信任你,伊万·伊里奇,我爱戴你……你可知道,爱戴一个人意味着什么吗?可到了如今,你觉得用不着我了。好了,不要谈了……你在路上会寻思过味儿来的……”

“同志们!”经过这一番谈话,伊万·伊里奇的醉意全消了。“你们对我兴师问罪,未免太早了。我就是这么打算的:一到旅里,我就把你们三个编进我的炮兵纵队。”

“这可真得谢谢你。”扎杜伊维捷尔露出喜色说。

可拉图金却把破皮靴狠狠地跺了一下。

“他撒谎！这是他刚想出来的主意。”他勾着食指威胁捷列金，口气略微缓和地说：“光凭良心还不够，同志，光靠良心办不了大事。尽管这也得感谢你。”

捷列金拍了一下他的后背，哈哈大笑起来：

“你真是个急性子！你这个家伙真不公平……”

“我要公平有什么用？——我从来不打算欺骗人。只是因为你为人实在，所以说可以原谅你。娘儿们就是为了这一点才爱上你的。嗯，好了，别生气，快上车吧。”说着紧紧抓住捷列金的胳膊肘：“你知道为了同志怎么往刀尖上撞吗？你没干过吧？”他用离得很开的、冰冷而又热烈的浅色眼睛来回打量着伊万·伊里奇的脸和眼睛。“你说，你是撒谎了吧，对不对？撒谎了吧？”

伊万·伊里奇皱起眉毛，点了一下头：

“嗯，是撒了谎。你们提醒我，让我开开窍，做得很对……”

“这回你说话还对点儿味儿……”

“放他走吧，干吗缠住他……又是你那套大自然的主宰者，大自然的主宰者。”加金瓮声瓮气地说。

伊万·伊里奇再也没说什么，跟他们告别，上了马车，一路上暗自笑了好久，还不住摇头。

从这里到独立旅的指挥部，坐飞机只要一个小时就到，骑马也只用一天一夜多一点儿。伊万·伊里奇坐火车走了四天四夜，还要换上几次车，在肮脏、饥饿的候车室里等车，等得迷迷糊糊。原来说得千真万确的带客厅的专车，当然没有，最后一段路还不得不坐闷罐车，车上装了半车白垩——不知道在这战争年代还有什么人需要它，又有什么用处。此外，在吊铺上还有一个旅客，长着胖胖的脸，活像一个戴着夹鼻眼镜的水罐子。他还一个劲儿哼哼奥芬巴赫①的歌曲：“图卢兹火腿，火腿……没有酒，这

① 奥芬巴赫(1819—1880)，法国作曲家(原籍德国)，轻歌剧创始人之一，代表作有《地狱里的奥菲欧》等。

块火腿就太咸了……”天黑之后，他就开始摆弄他那几个口袋，把里面的东西倒腾一遍，掏出来闻闻，然后再塞进去。

伊万·伊里奇累得要命，又饥肠辘辘，开始清楚分辨出各种食物的香味。当这个坏蛋拿起一个烧鸡蛋敲破了皮，一边吭吭哧哧，一边剥皮吃的时候，伊万·伊里奇再也忍耐不住了：

“喂，公民，前面就要到站了，马上带着您的口袋下车。”

那个家伙在黑暗里马上停止了咀嚼，一动不动。过了不一会儿，伊万·伊里奇闻到鼻子跟前有一股强烈的香肠味，便气冲冲地把伸过来的那只看不见的手推开了。

“您误会了我的意思，军人同志，”这个家伙用柔和的男高音说，“我不过是想请您喝点儿酒，吃口东西。唉！”他叹了口气，于是捷列金的鼻子又闻到向他伸过来的香肠。“现在我们不论什么事，都是原则，原则。可是小俄罗斯的香肠里有什么特殊的原则？有的不过是大蒜和脂肪。酒也有——一人还能喝上一口。”他沉默了，等对方搭腔，可捷列金也默默不语。“您大概把我当成了投机商人或背口袋的贩子了吧？……对不起！我是演员。也许我赶不上卡恰洛夫、尤里耶夫①或马蒙特·达利斯基，愿上帝让他那罪恶的灵魂得到安息。他倒是个伟大的悲剧演员！这个畜生，偏想当世界无政府主义者的领袖，喜欢抢劫莫斯科的大户人家；不过玩起扑克来，常常没人敢跟他玩……我姓巴什金-拉兹多尔斯基，在外省还算小有名气——我的姓总登在头排……”他一定是在等待捷列金会惊叫起来：“啊！巴什金-拉兹多尔斯基，嗯，当然了，非常荣幸……”但是捷列金仍然默默不语。“在莫斯科演过两个时期，一次在埃尔米塔日，一次在科尔什的剧场……弗拉基米尔·伊万诺维奇·涅米罗维奇-丹钦科②已经开始想法让我上钩。我回答他说：‘哎，不行，弗拉基米尔·伊万诺维奇，先让我演个够吧，然后您再收我……’一九一八年，我们在科尔什剧场，开场演的是《丹东之死》——我演丹东……一头咆哮的狮子，护

---

① 卡恰洛夫（1875—1948）、尤里耶夫（1872—1948）都是苏联著名演员。

② 涅米罗维奇-丹钦科（1859—1942），苏联戏剧家，曾从事编剧、教育、创办剧院和导演活动。

民官,嘴唇朝外翻着,是个公牛,野兽,天才,大饭桶,色情狂……那是什么场面呀!那是多么成功!可是没有烧柴,莫斯科一片漆黑,卖不出座,班子就散伙了。剩下我们五个人,就跑到外省凑合着演,还是这个《丹东之死》。在莫斯科,教育人民委员卢那察尔斯基①不许我们这么演,可是一到外省,我们就可以放开手脚地演——最后一场把断头台搬上了舞台,喀嚓一下,就把我的脑袋切下来了……那个卖座劲儿就甭提了!信不信由您,观众还一个劲儿喊:'再切一次……'我们到不少地方去演——哈尔科夫、基辅——那还是红军地盘呢,后来到乌曼——在消防队的板棚子里演——尼古拉耶夫、赫尔松、叶卡捷林诺斯拉夫。也是鬼迷了心窍,我们跑到顿河的罗斯托夫去演了。演完了,得到疯狂的成功。有一个军官甚至从包厢里朝着罗伯斯庇尔开了一枪……第二天,市长就派人把我叫去,还是那套老作风,举起拳头照脸就打:'您在上帝面前替邓尼金总司令祈祷吧,要是我,早就把您绞死了……赶快滚出罗斯托夫……'是呀,现在要搞艺术也真难呀。我们就像吉卜赛人似的,在人烟稀少的地方到处流浪。布景弄得破破烂烂,都不好意思往台上摆……在科兹洛夫因为他们不明白断头台做什么用,不许往车上带……好吧!——我们只好用斧子砍我的脑袋了!您有火柴吗?要有火柴,我就拿出来让您开开眼:我的脑袋就装在口袋里。那还是在莫斯科小剧院,一个管道具的做的——他真是个天才……还有检查机关,更叫人头疼!你把脚本送去,这位同志看起来没个完……你向他解释说:这是史实……他还用手指蘸着唾沫去一页页地翻……'这上面什么地方证明这是史实呢?'你把卢那察尔斯基写的热情的评论拿给他看……他也要仔细看看……'可你们就不能演点儿快活的东西吗?'您看,这就像用爪子抓你的神经似的……今后怎么办,我还不知道呢……现在我们到某地的独立旅指挥部去演出……"

使他感到意外的是,捷列金突然问道:

"您的戏班子在哪儿呢?"

"就在紧挨着的车厢,里面装的布景。罗伯斯庇尔在车头——名演

① 卢那察尔斯基(1875—1933),苏联教育家和文艺理论家。

员京斯基——想必听说过吧,国内最出色的罗伯斯庇尔……您尽管放心好了:他会从地底下弄到烧酒——真是天才!——现在他坐进车头,我们就可以安安稳稳地走。怎么样,军人同志,我们吃上点儿?您不会拒绝吧……”

“嗯,好吧,我不拒绝。”

“多蒙您赏脸。”巴什金-拉兹多尔斯基一边在各个口袋里摸索,一边咳嗽,悄声念叨着:“哪儿去了,我把它放到哪儿去了……”捷列金的手里被塞进一个鸡蛋、一块香肠和一块面包干。“我们在某地演完了,就去莫斯科……这种流浪生活可算过够了!在涅格林内胡同五号的院子里,有一家亚美尼亚人开的小吃店——真是天才!小灌肠、煎肉片,想吃什么有什么。民兵每天都去搜查。怎么回事儿?为什么个个顾客都酒气喷人?搜查了半天也没找到酒,而且他们也查不出来……原来他把酒桶放在四楼的黑天棚里,接上一段空自来水管。下边的铺面里安个普普通通的水龙头和泄水盆。您把水龙头一开,放满一杯酒,您就好像回到自己家了。”

捷列金把香肠嚼得蛮有滋味,一口酒下肚,心肠也软了,便对演员说:

“我尽量为您提供一切方便,你们可以先休息休息,慢慢地排练——但是,一定要好好给我们演两场。到了某地,您就是我的客人了,我就是旅长……”

“呜—呜,”巴什金-拉兹多尔斯基轻轻抽了口凉气,“您原来是旅长……我就一个劲儿打量您——哎呀,我想,这回我可算完了!您可把我给吓坏了!我一个劲儿地说,弄不明白是怎么回事儿——为什么我还没给扔到路基底下……亲爱的,我们一定好好给你们演,拿出我们的劲头儿,当然也是为了自己,要像个演员的样子。”

捷列金拿着背囊钻出货车。一盏破煤油灯隐隐约约照出月台上的几个军人。

“你们好,同志们。”伊万·伊里奇走上前去对他们说。“你们是等着接旅长的吧?我就是,捷列金。请原谅我这副样子……”

他跟他们一一握手，惊奇地看到一个人——白头发，个子不太高，身材瘦削，举止严肃，具有良好的军人姿势……当他们经过候车室，走到黑魆魆的广场上的时候，他又转过头斜眼瞥了他一下，但是没看清他的脸孔。伊万·伊里奇被让进一辆马车，在一片漆黑的空地上走了半天，空地上散发出垃圾味。马车在一幢长房子跟前停下，这座房子很像板棚，只是屋顶很高。伊万·伊里奇的住处就安排在这里。房间刚刚刷过，空着的。窗台上点着一根蜡烛，放着一盘子吃的东西，上面用盘子扣着。他把背囊往地板上一扔，脱了上衣，伸伸懒腰，坐在铺得整齐干净的床上，开始脱那双沾满白垩的皮靴。

门上响起轻轻的敲门声。“倒不如我一进来就把蜡烛吹灭，这回谈起来就没完，真见鬼，已经四点多了……”他懊丧地想，回答说：

“好，进来……”

一个人快步走进来，原来就是那位个子不太高的白头发军人。他随手掩上门，动作敏捷地把伸直的手掌举到太阳穴上。

捷列金一只脚的鞋后跟踩到另一只脚刚脱到一半的皮靴上，就这样站住了，两眼凝视这个跟罗辛长得一模一样的人。

“对不起，同志，”他说，“在站台上弄得挺狼狈，但是我已决定把正式见面、所有的事务都推迟到明天……我要没记错的话，您是我的参谋长吧？”

那个军人仍然站在门口，简短地回答说：

“是的……”

“请原谅，您贵姓？”

“罗辛，瓦季姆·彼得罗维奇。”

捷列金不知所措地东张西望。张开大嘴，咽下几口气。

“啊哈……这么说……”他的脸哆嗦起来，然后压低声音说：“是瓦季姆？”

“是的。”

“明白了，明白了……真奇怪……你跑到我们这儿，成了我的参谋长……上帝饶了我吧！”

罗辛仍然坚决而不动声色地说：

“伊万，我决定现在来找你谈谈，免得明天使你尴尬。”

“啊哈……谈谈……”

伊万·伊里奇迅速穿好那只脱下一半的靴子，把上衣从地上捡起来，也忙着往身上穿。瓦季姆·彼得罗维奇低着前额，注视着他的一举一动，仿佛他是从一旁观察，既不着急，也不激动。

“我担心，瓦季姆，我们彼此有些难以了解。”

“会了解的……”

“你是个聪明人，是的，是的……我曾经热爱过你，瓦季姆……我还记得去年在罗斯托夫车站上那次相逢……你表现出宽宏大量……你一向是有一副热心肠……啊，我的天哪，我的天哪……”

他紧了紧皮带，摸了摸纽扣，又在衣袋里掏了一气，不知是由于极度惊慌失措，还是有意拖延这场不可避免的不愉快谈话……

“你必是以为如今我们换了地位，我也应该表明对你的亲密感情……我对你是有感情的，而且非常亲密……因为我们之间的关系，也曾是世界上最密切不过的了……可是现在……瓦季姆，你在这儿干什么？你为什么要到这儿来？你讲讲吧……”

“我就是为了这事才来的，伊万……”

“很好……不过你不要以为我会替你打掩护……你是个聪明人——让我们事先说定：我不能替你办任何事……我们必然要彻底一刀两断……”

捷列金皱紧眉头，把目光从罗辛身上移到一旁去。而瓦季姆·彼得罗维奇一边听着，一边笑。

“你不知是打的什么主意……嗯，这回就明白了……包括你阵亡的消息，显然都属于这个计划的一部分……你就说吧，但我要事先告诉你——我要叫人逮捕你……啊，这一切都怎么搞的……”

捷列金绝望地挥了挥手，表示对罗辛也好，对他自己也好，对现在这种破碎的生活也好，他都不顾了。瓦季姆·彼得罗维奇快步走上前来，抱住他，在嘴唇上紧紧地吻了一下。

“伊万,你真是好人……一颗纯朴的心……看到你这样,我真高兴……我就爱你这股劲儿。我们坐下谈吧。”他拉着还在挣扎的捷列金往床跟前去。“你别往外挣了。我不是间谍,也不是密探……你就放心吧——从去年十二月我就参加红军了。”

伊万·伊里奇还没能完全放弃方才牵动他肝肠的毅然决定,还半信半疑地望着瓦季姆·彼得罗维奇那晒黑了的、粗糙而又温和的脸和那双聪明、干巴的黑眼睛。两人在床上坐下,都没松开对方的手。瓦季姆·彼得罗维奇开始讲,是什么原因促使他走到这边来——回家,回到祖国。

他刚一开始讲,捷列金就打断他问:

“卡佳在哪儿?——她还活着?身体还好?她现在在什么地方?”

“我希望卡佳现在到了莫斯科……我们又没见着——我到基辅的时候太晚了,就要开始撤退了……但我找到了她的踪迹……”

“可她知道你活着而且到了我们这边吗?”

“不知道……使我发疯的就是这个……”

第十九章

两个月过去了。

邓尼金将军军队的进攻没法阻挡。俄国最高执政者高尔察克豁出最后一股拼命劲,向乌拉尔逼近。在波罗的海沿岸,一场巨大的灾难降临到红军第七集团军头上,他们在尤登尼奇①将军的追击下,沿着步步难行的泥泞节节败退,一路上丢失了普斯科夫、卢加和加契纳,而尤登尼奇已经向部下发出命令:“打进彼得格勒……”

苏维埃共和国的粮食和燃料供应完全被切断了。运输工具光运送部队和弹药都勉勉强强。十月的天空在俄罗斯大地和饥饿麻木的城市上空

① 尤登尼奇(1862—1933),帝俄将军,一九一九年任白匪西北军司令,进攻彼得格勒失败后逃亡国外。

哭泣,城市里的生活在一个更加绝望的严冬即将到来之际,奄奄一息;工人全都上了前线,工厂的烟囱不冒烟,车间里阒无人迹;报废的机车和破坏的车厢好像累累的坟墓;茅屋的乡村还保持着永恒的沉寂,剩下的庄稼人也不多了,又像祖辈时候那样点起了松明,有些人家土制的织布机又哐啷哐啷、吱吱扭扭地响起来了。

就在这阴雨连绵的季节,马蒙托夫将军再一次突破红军防线,劫掠后方,破坏所有的交通线,带着他的骑兵军进行纵深袭击。

捷列金、罗辛和政委切斯诺科夫围着一张用唾沫粘起来的破烂地图坐着,这个政委是新来的(不久之前被派到旅里接替患了斑疹伤寒的前任政委),是个莫斯科人,当过工人,在沙皇时代服苦役损害了健康,因长期挨饿而瘦弱不堪,未老先衰。他不时抚摩着开始谢顶的前额,仿佛左眉顶上作痛似的,其实他正在读总司令新下达的作战命令,现在已是第十遍了。

捷列金抽着烟斗。近来他已经不抽自己卷的烟了,喜欢抽烟斗——这是拉图金有一次出去侦察,从白匪军官那里搞到的,回来就送给他了。这个烟斗竟然成为他在困难时刻——最近这样的时刻可太多了——的一种慰藉和镇静剂,要是有几天不去剔干净,它就会像在阴雨的黄昏里桌上的茶炊一样,发出令人舒服的嗞嗞声。

瓦季姆·彼得罗维奇一眼就看出来,这道命令不过是毫无明确目标的歇斯底里发作,现在他正等着政委什么时候琢磨完这份参谋部杜撰的一纸空文;他把身子往原木墙上一仰,半闭着的眼皮底下闪烁着气愤的目光。

他们待在离前线大约十俄里远的一个小屯里,旅野战指挥部设在这里。捷列金在八月接受的两个团,经过两个月剩下不到三百人——派来的补充人员,很难叫做战士。他们大多数是逃兵,干过一阵绿军,看到秋雨连绵,逃进城市和乡村,总司令部便把他们抓来,仓促编入队伍。他们没有经过整顿和训练,就胡乱塞进补充连,送到前线,要他们去执行只有在总司令庄严肃穆的办公室里、在三俄里缩为一英寸的地图上用红铅笔的移动才能精确实现的战斗任务。

“我搞不懂。”政委切斯诺科夫说，望了一下文件的背面，尽管那里什么也没有。“我不明白总的意图是什么……”

罗辛回答说：

“在前线发布这种学院式的命令，也叫人没法搞懂。总司令吃早饭时吃了两个鸡蛋，喝上一杯可可茶，再点上一支优质烟，走到地图跟前。参谋长只盼着有朝一日这种该死的混乱局面会像一场梦似的过去，便用两根手指拔下标志我们旅第一百二十三团的小红旗——按照人事部门的报告，这个团应该有两千七百人——往南移动一百俄里，再用优美的姿势插上去：‘这样一来，我们攻占了杰里莫夫卡村，就给敌人的侧翼造成威胁……’然后再拔下另一个小旗，标志我们旅第三十九团——按照人事部门的报告，有两千一百人——往东南移动九十五俄里再插上去：‘这样一来，第三十九团从正面发起攻击，等等……’总司令眯缝着眼睛，透过烟雾望着地图，表示同意，因为反正是参谋长在一夜之间都考虑好了，线条和箭头都用红蓝墨水画得整整齐齐，因为不管这些小旗是这么移动，还是那么移动，结果都是一样：前线上正积极作战……这就是他们所需要的……”

“嗯，你要知道，”切斯诺科夫摇晃着秃顶的大脑袋，打断他说，“老兄，这可不是批评，这已经是牢骚了……”

“是牢骚……我既然这么想的，为什么要沉默……捷列金也是这么想的，战士们也是这么想的，而且这么说。”

捷列金并不把烟斗从嘴里拿下来，沉重地叹了口气。政委的心里翻腾的是苦恼、怀疑和不知所措——这些正是他极力压制着的感情。在沙皇时代服苦役的十年，虽不能说使他落后于生活，但是生活里确实发生了许多复杂情况——就像泥潭似的，叫人望之却步……他那颗在受难的岁月里变得晶莹的心，难于接受对在革命阵营里斗争的人的不信任。他一见到革命同志，立刻就爱上他们，却也不止一次发现，有的竟是暗藏的敌人。他之所以喜欢罗辛，就是因为罗辛脾气暴，性格直，天不怕地不怕，就是把大炮对准他的脑门儿支上，他也全不在乎。

“喂,战士们都说哪些怪话了呢?”政委问。“我们马上就可以把棉衣和毡靴发下去,那时候他们就不会这么说了。都是什么人说的?是那些逃兵说的吧?他们要是给秋雨淋个透骨凉,肚子里没有食物,上牙下牙就该打架了……”

“我们什么时候能发棉衣和毡靴呢?”罗辛问。

“兵站总部的人答应得很肯定……提货单我也见到了……还答应给我们一千五百只宰好的鹅,半车厢咸肉……”

“他们没答应给烤极乐鸟吧?”

政委只是干咳了一声,没搭这个茬儿。说真的,除开空口的诺言和文件之外,他什么也没带回旅里来。他到谢尔普霍夫去过,在电话里也吵过,夜里睡不着觉,按照在狱里的老习惯在屋里踱来踱去……眼前发生的事不可理解——他那健全的革命头脑到处碰壁,到处都是谜,一切都纠缠不清,运转不灵。

“嗯,可他们到底说了些什么呢……”政委问。

罗辛用手指往命令上狠狠一戳。

“这上面说:要用两连的兵力占领米特罗凡诺夫卡村和达利尼屯,并且要守住。遵照总司令的命令,米特罗凡诺夫卡村和达利尼屯我们已经占领过一次。一下子就被人撵出来了。后天,我们要是按照这上面写的办,也不过是重演一遍。”

“为什么?”

“因为……这块阵地守不住,而且我们也不应该去打它。”

“对。”捷列金含着烟斗点了一下头。

“我们要去打,在这次战斗中必然要牺牲上百的战士,像个楔子插进白军防线,跟自己的部队却没有任何联系,一旦敌人从左右两面夹攻,我们只好马上从这个口袋里钻出来,况且从这儿到那儿隔着三条河,每次渡河都要遭到扫射,接着是一片旷野,要受到骑兵的冲击,最后还有泥沼,总有一半大车要陷在里面。”

“对不起,从总战略计划来说,这个村子和小屯对我们一定是有必要的……”

“不……你看看地图吧……战士们说的也是这个——这两个月我们打的仗,即没有目的,也没有计划,真没意思……我们没有任何目标,没有进展,净打瞎仗,白死了人,失去了胜利的信心……你瞧着吧——今天夜里就会有几十个战士擅自离开阵地……过一个月之后,又会把他们给送回来……已经出现什么情况,我要问问,现在又发生什么情况?这叫瘫痪!……”

捷列金把烟斗抽得吱的一声,然后说:

“今天在骑兵连有人告诉我——这些魔鬼不知从哪儿得的消息?——好像马蒙托夫又突破防线,过了顿河,正在我们的后方骚扰呢。”

罗辛拿起命令,用眼珠在上面溜了一遍,把文件一扔,又仰身靠在墙上。

“很有可能……尽管这上面连一点儿暗示也没有……”

值日兵走进屋来,他是一个身材矮小、满脸胡子的老兵,带着一个肮脏的粗麻布弹药盒。

“旅长同志,要您亲自接电话。”

捷列金诧异地瞥了政委一眼,匆忙穿上大衣,走了出去。政委又搓着前额说:

“要相信你说的话,罗辛,那就一点儿信心也没了。这是怎么回事呢?我们内部出了叛徒?”

“我并没那么猜想,更没下断言。我只知道,不能这么打下去了。”

“作战命令总要执行吧?”

“是的,应当执行。明天我就去执行……”

政委沉吟了一下,冷笑说:

“怎么,你想找死吗?”

“这跟工作毫不相干,跟你更是一点儿关系也没有……再说,我根本不想找死……你要不是昨天才来到旅里,你会了解,团里是不愿意执行这个命令的。但是必须要求他们执行……军队的生活就在于坚决执行命令。这一点要是做不到,就是分崩离析,就是无政府状态和毁灭……我准备亲自宣布命令并且带领他们去打……可以把这次战斗看做对纪律的检验……到此也就为止了……”

捷列金回来了，双手仍然插在大衣衣袋里就坐下了。两眼瞪得溜圆。

“同志们，最高军委主席正在视察前线。一小时之后就到我们这儿……”

时间过去了一个小时又一个小时。天上下着毛毛雨。骑兵连全体士兵和警卫人员在屯后的牧场上排成一列。雨珠挂在卷曲的马鬃上、马颈梳得整齐的毛上和骑兵身上发白的军大衣上。马蹄底下粘着大团的泥。马的样子越来越像从河里捞出来的尸体——肋条骨露出来，大腿骨支棱着，嘴唇往下耷拉……骑兵连长伊梅尔曼原来当过格罗德诺骠骑兵中尉，圆脸盘，孩子气的翘鼻子，不时绝望地瞟着捷列金。真丢脸！偏偏又不知从哪里来了一只肮脏的长腿小狗儿，带着善意的好奇心蹲在连队前面。

伊梅尔曼连声撵它，挥手吓唬它，可小狗儿只是竖竖耳朵，把头转到一边去。这时，在不远的山冈上站着准备发信号的骑兵，匆匆忙忙用鞋后跟踢马，掉转马头，用沉重的驱步甩着泥块，向捷列金跑来。

车头宽大、闪亮的散热器和距离很宽的车灯，好像直立着飞上山冈，接着便露出一辆浅灰色的、挺长的敞篷汽车。

汽车猛烈的吼声，吓得骑兵连的马直倒换蹄子和直扬脑袋。伊梅尔曼发出口令：“立正！”汽车突然停下，差点儿把那只小狗压死，幸亏它像棉花团儿似的窜到一边，又蹲下了。捷列金骑马走上前去，胡乱地用军刀朝着汽车里坐着的三个人行了个军礼，那三个人都是军人装束，军大衣外面套着乡下人穿的褐色长袍。坐在司机旁边的那个人站起身来，把一只手放在挡风玻璃上，对捷列金连正眼也不瞧，听取了报告。

然后，他猛地转过脸朝着队伍。坐在后座的两个军人——一个脸色像白纸似的，胡子淋湿了，另一个胖胖的，神气十足，气势汹汹——也站起来，行举手礼。头一个人仰起脸，使人看得见发黑的鼻孔，用狗嚎似的声音讲起话来，鼻梁上被雨水淋得模糊了的夹鼻眼镜一跳一跳的：

“战士们，我以工农政权的名义命令你们：磨快你们的军刀，拧紧你们的刺刀。你们当中谁不愿意到静静顿河的河口去饮你们的战马？只有胆小鬼才不愿意去……为什么你们现在还停留在这里，还没打到那里去？共和国盼望你们建树传奇般的功勋。前进！打垮敌人，并把他们的骨灰扬到祖国的草原上……”

他讲得越来越慷慨激昂，大致都是这类话。他讲完了，朝整个队伍扫了一遍。“乌拉！”他大喊一声，把握紧的拳头举到头顶上，战士们参差不齐地跟着喊了一声。这番讲话使他们感到难堪。这个人似乎是从月球上掉下来的。无论如何，他们也没料到会受到这样的委屈，竟然把他们叫做胆小鬼。

那个人又点了一下头，把捷列金叫到跟前：

“我对你们战士的情况很不满意——这简直是一群骑在马上的坏蛋！我对你们战马的情况也不满意——都是些劣马！跟我走……”

他一下子跌进司机旁边的座位里。庞然大物的汽车突然往前一冲，朝小屯开去。

捷列金跟在后面跑，一边焦灼地思索着——说不定，他非毙了我不可……

汽车在野战指挥部的木房前停下。捷列金跟他后面不会骑马、在鞍子上直颠的切斯诺科夫也赶到了。台阶上站着值班话务员，神色惊慌，举到太阳穴跟前的手直打哆嗦。他用目光恳求捷列金准许他讲话。他越想讲得郑重其事，就越是结结巴巴，总算讲明白了：就在一分钟之前，旅指挥部（该旅所有的机关、军需物资、钱款和档案都在离这往北大约四十俄里的盖沃龙村）要他接电话。那边只来得及告诉他，白军的骑兵侦察队闯进盖沃龙村，电话线就被切断了——估计是马蒙托夫的部下。

那个神气十足的军人——总司令的参谋长——吃力地跪下一条腿，把身子探到前面座位上，跟军委主席附耳低语。军委主席点了一下头，回过头对捷列金说：

“我的指示随后让野战邮车送来。”

捷列金和切斯诺科夫一声不响、呆若木鸡地朝发黑的大路望了很久，看着那辆汽车像头野兽似的向前驰去，像幽灵似的消失在雨雾中。

达莎在省执委会的土壤改良局工作，担任“计划科”科长的第二助手。有时，她用水彩在科斯特罗马省地图上涂上一块块斑点，标明准备抽干那里的沼泽，开采取之不尽、用之不竭的泥炭和沼泽矿石。有时抄写格里博索洛夫工程师写的报告，他想用他那宏伟的设想使执委会经常处于神经兴奋状态，其实他的这些计划都是徒劳无益的，因为这个土壤改良局除开一箱颜料、一只画笔和数量有限的图画纸之外，竟然一无所有：既没有锹，没有车，没有马，没有水泵，也没有经费和劳力。

达莎现在领到口粮了——大约一百克长毛的面包，有时还有一点儿桂叶或胡椒粒。阿尼西娅在执委会当通信员，由于战功领到额外的口粮：除开多领五十克面包和胡椒之外，还有一条半鳑鱼，有时还有一条赤褐色的青鱼。

与此同时，阿尼西娅还参加了一个戏剧小组，还跑去听哲学-历史系的通俗讲座，这个系是从喀山撤退到这里来的。她对于自己的主要工作——坐在走廊里执委会副主席门口一张破旧的伏尔泰椅上等候差遣——抱着不屑一顾的态度：或者她用双手抱住头，用手指堵住耳朵，躬着身子去看放在膝盖上的莎士比亚的悲剧，如果有人召唤她，就曼声应着：“这就来，这就来……”要是谁敢再三催促，让她把一份文件送到另一个房间去——这样的房间不计其数，里面摆满了桌子，挤满了人，人人都得给自己想出点事儿干——她甚至会顶嘴；或者她就干脆不在那里露面。有一次，有一个长着土豆脸的女干部为这事批评她两句，阿尼西娅用发暗的目光盯住她：“您用不着那么大的嗓门儿，同志，就连哥萨克的马刀我也没怕过……”那个女干部原是知识分子，曾经在妇女解放问题上出过不少力，认为最好还是不要跟这个蛮不讲理的工农分子打交道……

达莎每天回到家已是五点多钟。阿尼西娅有时直到深夜才回来。他们住在伏尔加河畔的一座小木房里。库兹马·库兹米奇牢记伊万·伊里奇的吩咐——要让达莎和阿尼西娅吃得饱——继续违背良心去干那种暧昧勾当，想法弄到一点儿食物和烧柴——尽管有时难免吃点儿苦头：年纪不饶人了，再加上秋雨连绵，他再也不愿意到处奔波，倒是一心想守着烧暖和的小炉子,听着屋顶上淅淅沥沥的雨声,沉湎于平和的哲学思考。

平时,当熹微的曙光已在小窗上发蓝的时候,达莎和阿尼西娅便喝胡萝卜茶,吃点儿东西,出去上班。库兹马·库兹米奇洗了碗,倒了脏水桶,用笤帚打扫了两个屋子的地板,开始不慌不忙,常常还唉声叹气地琢磨和盘算:今天可上谁家去要两个鸡蛋、一块肥肉、一瓶牛奶、半帽兜土豆……库兹马·库兹米奇从来没要过饭——可不干那种丢人事儿!他不过是进行一种用哲学和道德的思想去换食物的公平交易。这两个月来,几乎科斯特罗马所有的居民都认识他了,他还不止一次地到郊区农村去旅行。

他守着越来越亮的小窗,一边思忖着,一边还常常修理什么或缝补衣裳。生命是一种强大的力量。甚至在发生最深刻的历史变革和严峻考验的年代,婴儿照样大头朝下地从娘胎里钻出来,拼命地哭叫,要求在这个世界上占有一个位置,并不管他的出生合不合父母的心意;男女照样恋爱,尽管他们恋爱所需要的外部条件,甚至不如乌鸡,你瞧,在春天化雪露出的地面上,一只公乌鸡会展开华丽的尾巴,围着母乌鸡跳舞。人们在寻求安慰,只要有人使他们那受尽疑虑折磨的心灵得到意想不到的平静,便会把大圆面包切一半送给他;他们担心的是:“我们终究会落到哪步田地呢——吃青草?用白菜叶子当遮羞布?”还有的人,只要有人能懂得他们的心里话就感激不尽,他们可以不必害怕省肃反委员会抓他们,把憋了一肚子的怨气全都吐出来。

库兹马·库兹米奇开始挨家串门。他在黑洞洞的门斗里擦净脚,便走进厨房。有的主妇会气冲冲地朝他喊道:

“你这个白吃饱,又钻来了!今天啥也没有,没有,没有……”

“我是来看看玛丽亚·萨维什娜的。”库兹马·库兹米奇殷勤地摇晃着红脸,皱着嘴唇回答说。“她身体不大好吗?”

“不好。”

“安娜·伊万诺夫娜,人死并不可怕,倒是一想到白活了一辈子,才叫人伤心呢。人就是在这样的时候需要安慰——把手放在她变凉了的前额上对她说:你这一辈子过得太苦了,玛丽亚·萨维什娜,没什么值得可惜的,但是你像一只最小的蚂蚁似的干活——没有一点儿快乐,忙忙活活地搬着你应该搬的那根麦秸。劳动永远不是白费的，一切都可以建造——人住的房子也在长，长得又宽又高，你搬的那根麦秸在里面也支撑着什么。你把孩子和孙子都抚养大了，现在到了日落黄昏的时候：你就合上眼睛，安静地睡吧。没什么值得伤心的：你穷苦一辈子，并不是你的过错……”

库兹马·库兹米奇坐在门旁的小凳上，絮絮不休地讲着，正在劈劈柴的女主人突然扔下砍刀，连打几个唉声，泪珠扑簌簌从脸上滚落下来……

“活了一辈子……到咽气的时候，连个说声谢谢的人都没有……”

“因为我们的生活还不对头……其实，每个人劳动一辈子，都应该给他立个纪念碑……将来就会那么做的，安娜·伊万诺夫娜，将来日子就好了……”

“你说的是阴间吧？……”

“干吗要阴间，就在人世……”

“只有你这个丑八怪有一副好心肠……”

“这就是我的职业，安娜·伊万诺夫娜，我不是心肠好……我是好奇。人需要的不是怜悯。人喜欢别人去了解他。怎么样，我可以进去看看玛丽亚·萨维什娜吗？”

“进去好了……”

从这样的人家出来，库兹马·库兹米奇从来不会空手。到了傍晚，把从谁家院子里顺手牵来的木板锯成几截，劈成劈柴，生上女人房间里的小炉子，把烧开了的茶炊里的灰吹干净，端到桌上，库兹马·库兹米奇就开始跟达莎和阿尼西娅讲他这一天的奇遇。

“城里出现了我的对手。”他说着，吹吹小碟。“是个老头儿，穿一件用布袋做的衬衫，光着脚，胡子故意弄得乱七八糟，特别是鼻子最惹人注意，赶上脸大了，他也挨家挨户地串。自称是安琪儿神父。这个骗子编出一套很简单的鬼话——一闯进屋，就坐在地板上，摇晃着身子，然后拍一下巴掌，接着又摇晃起来：‘瞧吧，安琪儿临世了，瞧吧，可我不信，呸，呸，呸……亲眼见到了，亲手摸到了，呸，呸，呸……’屋里的人都傻了，大张着嘴，可他还装腔作势，又讲了个故事：头两天，在星期四的后半夜，有一个女人，她丈夫参加红军去了，她生了一个挺结实的小孩儿，生来就有牙。把孩子洗完了，包完了，送到母亲怀里。母亲掏出奶给他吃，可他不吃，拿眼望望母亲说：'妈妈，妈妈，我已经来了！……'"库兹马·库兹米奇从小碟里喝了口茶，笑起来。"这个安琪儿会夺走我的主顾的。他还非常忌妒！今天我们在一家院子里遇上了，他把手指安在头上，做出犄角骂我，还说：库兹卡，你是来捡我的剩饭来了？你要老跟在我后面走，我就要让你尝尝我这根棍子的滋味……"

"您别再干这些蠢事了，库兹马·库兹米奇。"达莎用严肃的口吻说。"到苏维埃政府去找件事儿干。没关系，没关系，我们光靠口粮也能活下去……不然的话，人们对您已经开始说三道四了，我听了可非常不痛快……"

阿尼西娅像平时一样，常常陷入突如其来的遐想，这时猛然醒悟说：

"今天我跟一个家伙谈了半天，他可坏了。"于是她活灵活现，模仿不同的语声学说一遍："当然，我正坐在那里看书。我们市民供应局的一个干部走到我跟前，这个人心眼儿坏透了，肉皮子稀松，还是个歪嘴。

"他张口就说：'我很想跟您家大叔认识认识。''哪来那么个大叔？'他说：'就是跟您在一起住的那个……我需要他在精神上给我开导开导……'我说：'他从来没给任何人开导过什么……'他说：'可我听到的情况恰恰相反——有很多人去找他，从他那里得到安慰……'我就说：'同志，我可没工夫听您那些混话，您没看见我正忙着呢……'

"可他又趴到我耳朵上，喷着唾沫星子：

"'有个小孩儿生下来就会说话，您听说过没有？……'我对他说：'您给我走开，见鬼去吧……'他说：'见鬼也不难，我们大家早就在魔鬼身边……那个会说话的小孩儿，不就是基督的敌人吗？'"

"这可太叫人不痛快了。"达莎说。

"是呀，地方偏僻……"库兹马·库兹米奇若有所思地往自己的杯里倒点儿开水。"这么偏僻，静得耳朵里都嗡嗡响。可是俄国人毕竟好奇心强——又好奇，又敏感。他们有一个了不起的脑袋。他们需要的是知识和摆脱这种拜占庭的宗教迷信的正确途径。我早就想提出来，就是拿不定主意，我的亲爱的、无比珍贵的女士们，我们还是到莫斯科去吧。”

“到莫斯科去?”阿尼西娅睁大两只蓝眼睛反问道。

“去追求光明和思想，更靠近伟大事业。我敢保证把这套把戏丢掉……其实，连我自己也早就厌烦了……今天一见到我的对手安琪儿神父，他还不等于是我的画像，就更扫兴了，扫兴极了……”

“回莫斯科！回莫斯科！”达莎说。“我们到那里甚至还有落脚的地方：卡佳还留着一套房间，让老太太玛丽亚·孔德拉季耶夫娜看着……也许，现在这一切已经都不存在了？……啊，库兹马·库兹米奇，亲爱的，我们可不要拖延了……我们在这儿，为了您那些软面包和奶渣饼，把最宝贵的东西都出卖了。您在这儿也变了，变坏了……听我说，一到莫斯科，就把阿尼西娅送进戏剧学校……”

阿尼西娅听了，一句话也没说，只是满脸通红，垂下眼皮。

“库兹马·库兹米奇，明天您就跑去打听一下，还有开到雅罗斯拉夫尔的轮船没有？……”

达莎激动得很厉害，说不下去了，只是喘着长气。库兹马·库兹米奇耷拉着脑袋，用手掌紧按着肚子，心里在盘算，就是真去莫斯科，在供给两个女人的伙食方面大概不会有什么特别困难，实在没办法，他还偷偷地保存着达莎那几颗珍贵的钻石呢……况且他们从科斯特罗马动身的时候，他还可以带上两普特裸麦面……他今天怎么会无意中说出上莫斯科呢！无意中就算是无意中——这也没什么！这样办也不错……于是他在脑子里已经打起向伊万·伊里奇说明情况的信稿，伊万·伊里奇不久前寄来一张简短的明信片，说他还活着，身体很好，爱他们，吻他们。

阿尼西娅用胳膊肘支着桌子，呆望着罐头盒做的小油灯微弱的灯光，眼前忽而浮现出一节楼梯(跟执委会大楼里的一模一样)，她好像正从楼梯上下来，裸露着肩膀，拖着长长的绸衣裙，搓着沾满鲜血的手，忽而又浮现出一口松木棺材，像个长匣子，她从棺材里坐起来，看见了罗密欧，还看见了毒药瓶……

他们三个人在呜呜作响的茶炊旁边又坐了许久。夜雨急剧地敲打着小窗的玻璃。但是，不管是阴雨连绵也好，住处简陋也好，他们暂时忍受的困苦也好，他们都毫不在意，他们的心在热烈地、充满自信地敲着生活的大门，仿佛他们永远年轻似的……

伊万·伊里奇认为自己是个稳重的人：不管怎么说，他可从来没有惊慌失措过——可现在偏偏出了这样的事，他便不加考虑，仿佛突然变成了瞎子似的，用不听使唤的手指解开枪套，拔出手枪，对准自己的脑袋，扣了一下扳机。枪没打响，不知是谁，也不知为什么早把他的那干式手枪里的子弹退了出去。

一听扳机响，罗辛和政委切斯诺科夫都朝伊万·伊里奇转过身去，狠狠地骂起他来，骂他是懦夫，是知识分子，是废物，是给老骒马擦屁股都不顶用的破布。当时他们正在野地里，三个人都下了马，站在一堆被雨水浇黑了的干草垛旁边；他俩在这边骂他，离不远就是骑兵连和警卫人员，他们都骑在马上。这就是捷列金那个旅剩下的全部人马。

马蒙托夫率领一个军，拉开宽阔的阵势从他的后方一扫而过，切断了一切联系，破坏了交通线，在盖沃龙村里的粮食和弹药仓库全给烧毁了；一昼夜之间，这个旅的整个后勤机关乱作一团，溃散的队伍和单个的战士跟各级指挥所失去联系，纷纷退却、躲藏或到处游荡。

这个旅的两个步兵团，还不明白是怎么回事，就陷入了包围——背后是马蒙托夫的部队袭击他们，前面是顿河哥萨克步兵向他们进攻。红军战士都放弃了阵地，各自逃散了。

这场灾难的规模之大，是一点一点地渐渐弄清楚的。捷列金带着骑兵连和警卫连前来寻找他的旅。他心里还存着一线希望，总可以收集一些剩余的人马——一场惊慌过去，马蒙托夫早已走远了——但是没过多久，他就明白了，在像铅一样阴沉的天空底下，在鼓胀起来的麦茬地和泥泞难行的新翻地里，在雾气弥漫的冲沟和小树林里，什么人也集合不起来了……有的跑去寻找正在前线打仗的部队，以便参加到那里去；有的分散到村子里，站在窗户底下恳求人家让他们进去暖和一下；有的早就盼望这一天——干脆逃之夭夭，远远离开这个地方——回家去找老婆，躺到炉炕上睡觉。

三十九团有两个战士，身体软弱得走不动路，坐在草垛底下，捷列金、罗辛和政委切斯诺科夫偶然遇见他俩，他俩才详细讲述了这件非常沉痛的事件……

“你们在大地里转悠也是白搭，一个人也找不到。”其中有一个人说。“我们那个团算完了。”

另一个仍然背靠着草垛坐着，把牙一龇：

“我们被出卖了——就是这么回事儿……我们怎么——还不明白那些作战命令怎么的？我们全都明白——就是出卖我们……什么司令不司令的，去你娘的！鞋掌是用纸壳做的！”于是他伸了伸从皮靴里露出来的脚趾。“这场仗算打完了……什么都完了……可算完了！”

捷列金就是在这堆草垛跟前寻的短见。在他的脑海里突然浮现出汽车前头吓人的散热器和两边的聚光灯。哼，这还有什么可辩解的！只是因为安闲偷懒，粗心大意，才把什么都丢得一干二净……

“你们先别忙着骂我。”他对罗辛和切斯诺科夫说。“唉，是我软弱，是我胆小，是我的错……”他厌恶地皱起眉毛，把手枪塞进枪套里。“我这一辈子太走运了，我总担心有一天会出事的……算了，等着军事法庭审判我好了……”

“见你的鬼去吧，现在问题不在于你怎么的！”罗辛搐动着半边脸，向他喊道。“你准备把骑兵连往哪儿带？往东还是往西？你有什么打算？我们当前的任务是什么？你考虑一下吧！”

“把地图拿来……”

捷列金怒气未消地从罗辛手里接过地图，一边看，一边嘟嘟哝哝地用种种骂人话来诅咒自己。许多城市、村屯的名称在他眼前跳动。不过，他终于完全镇静下来。经过争论之后，决定往东走，设法跟第八集团军的队伍会合。

这一天其余的时间，只要道路好一点儿，就速步前进。到了深夜，天黑得连马耳朵都看不清了，才派出侦察兵去寻找就在附近的罗日杰斯特文村，由于黑得伸手不见掌，一时竟找不到。大家停下来，并不下马，等了很久。瓦季姆·彼得罗维奇把他的马凑到捷列金的马跟前，用膝盖撞撞捷列金的膝盖。

“喂?”罗辛问。“也许你能解释一下?……可以跟你谈谈吗?”

“可以。”

“你干吗要演这么一出戏呢?”

“什么戏,瓦季姆?”

“把手枪里的子弹退出来……”

“你发疯了!……”伊万·伊里奇在马鞍上向罗辛俯过身来,但是除开黑眼窝和模糊的轮廓之外,什么也分辨不清。“瓦季姆,这就是说,子弹不是你退的?”

“我没从你手枪里退过子弹……所以我开始想,你表面上老实,其实很有心计……”

“我不明白……我是一时懦弱……跟心计有什么关系……我要是你,决不会提起这件事……”

“别装傻了,别装傻了……”

他们说话声音很低。罗辛就像被套上颈圈的猎狗似的浑身颤抖着:

“全骑兵连都清楚看见了在草垛旁边这非常拙劣的一幕……你知道他们怎么说吗?他们说你是在演戏……好在革命军事法庭面前挽救自己的性命……”

“鬼知道你说些什么!……”

“不!你要听我说完!”罗辛骑的马也开始暴躁了。“你必须对我说良心话……在这样的时候才能考验出一个人来……你说,你经受住考验了吗?你明白,这是你的污点吗?……你没有权利带着这样的污点……”

罗辛的马往起直蹦,马尾巴一下子抽到捷列金的脸上,抽得很疼。于是捷列金用哽噎在喉咙里的嘶哑声音说:

“给我走开!……不然我就砍了你!……”

这时,政委切斯诺科夫马上从黑暗里说:

“伙伴们,你们不要吵了,子弹是我退的。”

听了这话,罗辛和捷列金都没吭声。他们虽然看不见对方,却都在喘

着粗气——一个是因为受了莫大的委屈,另一个出于憎恨而怒气未消。从黑暗里传来像枪声一样短促的吆喝声:

"站住!站住!""什么人?""别抓我……""你们是哪部分的?""我们是自己人,你们是哪部分的,妈妈的你敢动?"

这是侦察兵跟侦察兵撞到一起了,双方都骑着马,来回兜圈子,在这一片漆黑中都不敢亮出武器,出于恶意的挑衅心理,又不肯善罢甘休,互相吆喝着、咒骂着,听他们骂得那么有劲,就可以判断出双方都是自己人,都是红军。

"你干吗抓我的马笼头?……""哪部分的?……""你们去问问你的圣母娘娘——我们是大骑兵队。""你们的部队在哪儿?""跟我们来……"

双方的侦察兵终于消了气,平和地来到骑兵连跟前。原来罗日杰斯特文村就在不远,只隔着一片树林和一条小河。当捷列金问起村中驻扎的是哪部分队伍时,那些陌生的侦察兵中有一个不大客气地回答说:

"你们到地方就知道了……"

在一间木房里,桌上放着大茶炊,谢苗·米哈伊洛维奇·布琼尼和他手下的两个师长正在围桌喝茶。谢苗·米哈伊洛维奇一看捷列金、罗辛和切斯诺科夫进来,就快活地说:

"我们的队伍又增添力量了。你们好。坐下跟我们一起喝茶。"

他们走到桌子跟前,跟布琼尼问过好,布琼尼用狡黠的目光望着这个无家可归的旅长和他的指挥部成员(他已经了解到他们的情况);接着又跟第四师师长问好,这个师长个子不高,可是他那两撇胡长得吓人,一下子就可以塞到耳朵后去;最后跟第六师师长问好,这个师长向每个人都伸出他的大手使劲握着,就好像要捏弯马蹄铁似的,他那年轻、红润的脸膛流露出十二分的安详。

谢苗·米哈伊洛维奇问,他们的队伍是不是安排好了过夜的地方,他们有没有什么意见和要求?罗辛回答说,他们已经尽可能地安顿下了,也没有什么意见。

"没有就更好。"布琼尼回答说,其实他十分清楚他带了一个骑兵军来到村子里趁黑夜做个短暂的休息,挤得苍蝇都没有落脚的地方了。“可你们干什么站着,快搬凳子坐下。我可清楚地记得您,捷列金同志,那一次你们可把顿河哥萨克杀了个痛快……哎……”他露出非常满意的样子,眯缝起眼睛打量着坐在桌子对面的客人;第六师师长稳重地点点头,证实说,那次的确把哥萨克杀得大败而归,第四师师长把那张卡尔梅克人的脸也傲慢而冷淡地点了一下。“这么说,这次马蒙托夫也把你们敲打了一下。你们带的是什么队伍——是警卫人员还是作战部队?”

“作战部队,一个加强骑兵连。”捷列金说。

“马的情况怎么样?”

“马的情况良好,”罗辛连忙回答说,“前蹄都挂了掌。”

“啊哈!前蹄都挂了掌!”布琼尼诧异地说。“我考虑,你们干什么要跑那么远去找第八集团军呢,也许他们早已不在原来的地方了……”

“我应该向集团军司令员打个报告。”捷列金说。

“你就把报告给我吧……怎么样,两位师长,我们收下这个旅长和他的加强连吗?”

两个师长表示同意地点点头。布琼尼从铁烟盒里捏出一点儿烟末,卷起烟来。

“你们不必跑那么远了。”他又说一遍。“你们就加入我们的部队。方才我跟两位师长坐在这里考虑了一下,考虑完了决定:我们的马在发胖,战士也待腻了——我们要北上,去寻找马蒙托夫将军。所以就要跑路——他越是要躲避我们,我们越是要追他……”

谢苗·米哈伊洛维奇有说有笑,其实他的处境岌岌可危。就在得知马蒙托夫率领一个军突破红军防线之后,最高军委主席亲自向他下令——继续执行原来的作战计划,而这个计划即使不是叛卖行动,现在看来也是明显的愚蠢计划,而且早已名誉扫地;谢苗·米哈伊洛维奇冒着丢脑袋的危险,不听军委主席的命令,自作主张地率兵追赶马蒙托夫。布琼尼和他的师长们不难想象在总司令的办公室,钢笔在气急败坏地沙沙写着命令,而在直通电报线的这头,那台莫尔斯电报机将会打出什么样的威胁语言,恐怕要散发出坟墓的气息了。但是,他们把救援莫斯科看得比自己的脑袋更重要。而且他们看到,要救援莫斯科,就必须马上追赶马蒙托夫,歼灭白军这支精锐骑兵队。他们也毫不怀疑,马蒙托夫的骑兵经不住布琼尼的七千马刀的攻击,他们将在茨纳河和顿河之间的广阔草原上纷纷被砍下马来,尸横遍野,但是要想追上马蒙托夫却大不容易,因为马蒙托夫学会了土匪的习惯,马匹被打伤或跑乏了,他们就到村子里换老百姓的马。

马蒙托夫手下的几个顿河骑兵团,虽然作战剽悍,却是娇懒成性,要论马刀的数目倒是多得多。但是,他不敢跟布琼尼正面交锋,他害怕这个紧追不放的富有经验的敌人,因为布琼尼率领的已经不是游击习气的骑兵队,而是正规的俄国骑兵,是一支最可怕的力量,但愿不要在战场上跟他们相遇和厮杀。布琼尼行军速度稍慢,却很有算计——他选择近路和好走的路,或者把马蒙托夫撵往难以搞到饲料和换到好马的地方。

这场追击一天天地继续下去,这是两支强大骑兵的殊死搏斗。在秋天的大雾里飞起的烟尘和火光,暴露了马蒙托夫的踪迹。他偷袭红军的后方部队,然后又慌忙逃开。但是布琼尼到底骗过他,把他追上了。有一天清早,当菜园里的老柳树刚刚露出仿佛用炭铅画出的轮廓时,谢苗·米哈伊洛维奇就带一个骑兵连冲进马蒙托夫住的一个破落的小村。

但在村子另一头,马上就有三匹棕红马跑出大门向村外撤退。马蒙托夫光着头,军大衣也没扣扣,坐在敞篷马车的车座上,回过头来,朝骑马跑在最前面的人连开几枪——他从黑毡斗篷和两撇胡子认出了布琼尼,但他手中的卡宾枪不住跳动。红军上前追赶马车,但是棕红色的顿河马拉着马车,一溜烟跑掉了。

各家院子里还响着疯狂的喊声、武器的撞击声、零星的枪声——这是将军卫队的哥萨克作拼死的挣扎。布琼尼的部下搜遍了小村,从各个角落里撵出一些惊慌失色的人,聚集到街上,他们当中有的只穿着衬裤,有的吓得只穿一只皮靴。一问才知道,他们是乐队。大家把他们围上,嘲笑他们。谢苗·米哈伊洛维奇骑马走来,问明情况,命令他们把乐器取来。

这些乐师看到布尔什维克并没用军刀砍他们,只不过嘲笑一下而已,便跑回去,迅速穿好衣服,取来他们的长号、黑里康大号、豁恩、考涅特——所有这些号都是纯银的。布琼尼的骑兵惊奇得直咂舌头。这可是一批战利品!

“也好,”谢苗·米哈伊洛维奇说,“从癞皮狗身上总算拔下一撮毛……可你们会演奏《国际歌》吗?”

这些乐师什么都会演奏,他们中间还有莫斯科音乐学院的学生,为了挣几个钱、吃到白面包和逃避蹂躏、审查和巷战,从这座城市逃到另一座城市,已经流浪一年半了,直到在罗斯托夫被动员入伍为止。乐队指挥长着海绵状的浸透烧酒的鼻子,甚至宣称他是一个信仰坚定的老革命家。大家看到他那个紫里透青的鼻子,也就相信他不会干坏事。

这一次,马蒙托夫仍然回避交战。他的骑兵军采取迅速运动脱离了接触。布琼尼继续追击。但是这时马蒙托夫的意图已经看得明白——他想穿过红军防线回到白军地盘。布琼尼最担心的也是这个:那时,他这场追击便白费工夫,那时他大概不必在总司令面前,而且更糟——要在最高军委主席面前承担全部责任。

另外,糟糕的是,他跟任何部门也无法建立联系,根本不了解这些天来世界上发生了什么事……他们终于追到铁路线上。布琼尼带着参谋长和政委向前驰去,直奔车站,一进屋就在电话机跟前坐下。电话线里传来的消息不比寻常,他连忙把各个师长和团以上指挥员召集到车站。

他们聚集在车站的餐室里,从打破了的大玻璃窗里可以看见,他们的骑兵连排着行军队形向车站走来,越过铁路路基。在他们后面,是一抹阴郁的残阳,被乌云压在地平线上。一排排骑兵,手里握着带小旗的长矛,往斜坡上走去,好像一群骑着骏马、无比雄劲的铁人。瓦季姆·彼得罗维奇正往窗外眺望,他那张脸在落日的余晖中显得无比自豪,仿佛凝固了,仿佛要发狂,这使捷列金惊奇不已。

“我们早就应该知道俄国就是这个样子……”他用低哑的声音说,伊万·伊里奇为了听得清楚,凑上前去。“可惜我们忘了这点……对于这种背叛行为,怎么惩罚也不为过……赶快亲吻一下土地吧,因为它饶恕了你……”

自从在干草垛旁发生口角之后，瓦季姆·彼得罗维奇头一次说出动感情的话。捷列金知道他心里非常痛苦，他之所以沉默，与其说出于高傲，莫如说出于绝望，因为他觉得无法向捷列金承认错误——总不能光说说："请你原谅，伊万……"现在，在长时间的紧张和疲劳之后，忽而想到他失去的、他所遗忘的祖国又重新找到而百感交集，这也就是他请求宽恕了……

伊万·伊里奇咳嗽一声，也想对瓦季姆·彼得罗维奇说几句善意的话，把那场愚蠢的口角一笔勾销，就当从来没有那回事一样……这时，布琼尼从电报室走出来，大家马上把他围住。他说：

"同志们，有重要消息……先说不好的。奥廖尔，同志们，被库捷波夫占领了。他的侦察兵已经到了图拉城下。这次进攻得手，他就形成一个宽阔的楔形攻势，插进我们的防线。第八集团军和第十集团军被推到东边去了。第九集团军和第十三集团军被推到西边去了……不过，这些都是上星期发生的事。"布琼尼沉默片刻，他两眼闪耀着快活的光辉。"从那以后发生了很多变化，同志们……首先，我可以报告一个让大家高兴的消息：最高司令部已完全撤换。最高军委主席再也不能在南线上发号施令了……奥廖尔又被我们夺回来了……有名的科尔尼洛夫团、马尔科夫团和德罗兹多夫斯基团在奥廖尔和克罗梅之间被歼灭了……我们盼望已久的转折开始了……详细情况目前还不知道，但已经派出一支特别突击队去对付库捷波夫，打得挺顺利……"

谢苗·米哈伊洛维奇又停顿一下，手里摇晃着一截电报带，两撇胡搐动着，用老鹰一般锐利的目光望着站在周围的指挥员们。

"我们这个军的作战行动，不是按照总司令的命令，相反，倒是违背了他的命令……我们得到的命令是南下，进入萨尔草原，防守马内奇河——第十集团军就差一点儿没被消灭在那里——我们却挥师北上。叫我们在顿河左岸，我们偏跑到右岸。叫我们不要管顿河骑兵军，我们偏咬住不放。不行啊，这怎么能行！……至于谈到我们的头脑，我们的头脑是简单，我们这颗脑袋是庄稼汉的脑袋，哥萨克的脑袋，我们不应该有自己的见解，而在总司令的参谋部里有的是受过教育的、清楚的头脑，他们就是干这个的……我们在前面走，总司令的命令在后面追——我不想接，也不想看：一看，大概就得把军刀都吓掉了……可不管你愿不愿意，命令到底把我追上了……这道命令很简单……”他抻开那截电报带，免得打卷，然后念道：“‘给骑兵军军长布琼尼……据最新侦察情报得知，敌骑兵正从沃罗涅日地区向北推进。特命令骑兵军军长布琼尼消灭敌人的这支骑兵……’完了，简单明了。看来，我们的头脑想得没错……这道命令是由南线革命军委会主席斯大林在谢尔普霍夫总司令部签署的。”

卡佳回到莫斯科，回到阿尔巴特大街那条老马厩胡同，回到那座带阁楼的独门独院的小楼（战争一开始，尼古拉·伊万诺维奇·斯莫科夫尼科夫就跟达莎一起从彼得格勒搬到这里来，卡佳从巴黎回来也住到这里），她又回到那间屋子，在尼古拉·伊万诺维奇下葬的那悲哀的一天，绝望的愁云曾密密笼罩住卡佳的生命。当时，她盖着皮大衣躺在床上，已经不想活下去了……她唉声叹气地躺了一阵，从皮大衣底下爬起来，走到餐室去找点儿水，好把吗啡喝下去，在暮色苍茫中意外地看到自己的第二次生命：瓦季姆·彼得罗维奇正坐在那里等她……

如今，她一生中走过的第二圈也结束了——这一圈是非常紧张的，充满了爱情和痛苦。留在她身后的是一条遗留下不可弥补的损失的漫长道路。当她在七月中旬的一天，走出基辅车站，拎着一个小包儿走在莫斯科的大街上时，这种感觉就特别强烈……在变浅了的莫斯科河里，有些小孩儿在泼水玩，他们的声音在一片沉寂里显得凄清刺耳，岸上枯萎的草地上，坐着一个老头儿在钓鱼；卡佳拐到花园街上一看，整个林荫道上原来那些篱笆和栅栏都不见了，她对这里的沉寂不由得吃惊——只有高大的椴树绿荫如盖，煞有介事地遮蔽着空了的房屋，不住发出簌簌声；在曾是熙来攘往的阿尔巴特大街上，既没有电车，也没有出租马车，只有稀稀落落的行人低着头，跨过生锈的铁轨。卡佳来到老马厩胡同，拐进去，终于看到她住过的小楼，两腿马上瘫软了。她在人行道对面站立很久。在她的记忆里，这座小楼是无比美丽的，金碧辉煌的，白柱子毫无装饰，明净的玻璃，里面挂着窗帘……那里面有卡佳、瓦季姆·彼得罗维奇和达莎的影子……难道过去的一切都能消失得无影无踪吗？难道人生就像把头挨在枕头上做梦一样一闪即逝，只管用无法实现的幻境诱惑你，但在醒来叹息一声之后就杳无踪影了吗？不，不，在过去的岁月里，不知在什么地方，他们也曾因为意外的欢乐而沉醉，比如那次卡佳突然把吗啡瓶失落到地毯上，无力地扑到瓦季姆·彼得罗维奇僵直的手臂里，而他仿佛被激动烧成了炭，只管絮絮低语着爱的表白。这不是梦，这并没有消失，直到现在仍然保留在那里，在黑洞洞的窗子后面。他们的第一夜也是在那里度过的，两人谁也没合眼，一直沉醉在像痛苦一样深沉而默默的亲吻中和反复诉说那些老一套而又永远新鲜、令人惊异的话语里——他们惊异的是，爱情真是世界上惟一的奇迹，它用紧紧抱在一起的黝黑、结实的胳膊和白皙柔弱的胳膊把最温柔和最勇敢的东西结合在一起了……

这座小楼已经歪歪斜斜，样子寒伧，墙皮全都剥落了，根本没有什么白柱子。那不过是卡佳想象出来的。一楼把头的两扇窗户，里面用报纸糊上了，其余的都沾满了干结的泥饼，可见里面没人住……给达莎当卧室的小阁楼，玻璃也都打碎了。

卡佳穿过横街，敲起正门，门上的褐色油漆也一条条地剥落下来。卡佳敲了半天，后来才发现门把手已经不见了，只剩下一个积满尘土的小洞。这时她才想起，要走后门，还得从胡同过去。栅栏门开着，院里长满青草，门口有一条勉强可以辨认的小道通向里面。可见里面还有人住。

卡佳敲敲厨房门。过了不大工夫，有个小个子出来开门，脸像纸一样苍白，黄头发，戴眼镜，挺大的脑袋，头发蓬乱：

“我已经喊了半天了，门没闩。您有什么事？”

“对不起，我想打听一下：玛丽亚·孔德拉季耶夫娜，一个老太婆，还住在这儿吗？”

“是的，住在这儿。”他用讨论数学公式的口吻说。“不过她死了……”

“死了？什么时候？”

“就在不久以前，准确日子我可记不清了……”

“那我现在可怎么办呢？”卡佳不知所措地说。“我的那套房子有人住吗?”

“我可搞不清——这套房子是不是您的,但有人住……”

他已经想要关门了,可是看到这个漂亮的女人热泪盈眶,便拖延了一会儿。

“这多么糟糕……我刚下火车——现在可让我上哪儿去呢?离开莫斯科两年了,现在回到家,可又……”

“回家?”那个人诧异地反问道。“回莫斯科?……”

“是呀。我一直住在南方,后来到乌克兰……”

“您怎么——神经不正常?”

“不……可为什么那么说呢——难道回家还有什么奇怪的吗?”

那个人像纸一样的瘦脸上长着一双薄嘴唇,右嘴角稍稍一抬,在塌陷的脸颊上皱起许多皱纹:

“您怎么——不知道住在莫斯科的人都要饿死了吗?”

“我听说吃的很困难……但我吃得很少……再说,这不过是暂时的……越是困难的时候,越应当待在家里。”

“您到底是干什么的呢?”

“我是小学教员,罗辛娜·叶卡捷琳娜……我马上就拿给您看……”

卡佳用牙解开帆布口袋的结,取出教育人民委员部发的证件。

“我在基辅一直工作到撤退之前,在一所俄国人的幼儿学校……人民委员要求我无论如何不要留在白匪的统治区……我自己也不愿意留下……他就给了我这封写给人民委员卢那察尔斯基的信……不过信是封着的……”

那个人看了一下证件,又看了信封上的地址——他的一举一动都是慢吞吞的。

“其实,老太婆那个房间并没有人住。您要是非想住在这儿不可,就请进好了……只是这儿的一切都发霉了,都破烂不堪……在莫斯科,哪座空房子都可以随便住……”

他闪开路,让卡佳走进昏暗的厨房,厨房里堆满了破家具。他指了指烟熏火燎的走廊里一根钉子上挂着的老太婆房间的钥匙,便慢腾腾地走回自己的房间(原来是尼古拉·伊万诺维奇的书房)。卡佳好容易打开了门,房间里气闷得很,有两扇窗户,从外面贴满了泥饼。这里原来是她的卧室,她的床还放在老地方,墙上还挂着那个雕花的药橱,橱门上那一公一母的两只人头怪鸟已经退了色——她当时正是从那里拿的吗啡。已故的玛丽亚·孔德拉季耶夫娜把整个住宅里最好的东西都搬到这里来了——长沙发、沙发椅和书架都摞在一起了,有的坏了,上面挂满蜘蛛网,积满灰尘。

卡佳陷入绝望了——在这被七月的骄阳晒得灼热、广漠无人、忍受饥饿的莫斯科,在这堆满没用的家具、一点儿风也不透的房间里,她必须开始新的生活,开始走她人生道路上的第三圈。她坐在光褥子上悄声哭了。她太疲乏了,而且很饿。她觉得自己太软弱了,无法克服面临的重重困难和复杂情况。她想起学校旁边她非常喜爱的那座歪歪斜斜的小屋、那屋后的小花园、篱笆外面起伏不平的田野……门坎旁边的笤帚、门斗里的水桶、透过树叶射进小窗落在孩子们的笔记本上的绿光……那些天真快乐的孩子、她最喜欢的学生伊万·加夫里科夫……

为什么不能永远留在那儿呢?

卡佳下了床,想找点儿水泡泡从基辅带来的干面包。但要开始新生活,连个茶杯也找不到!卡佳生气地擦干眼睛,去找那个脸色苍白的人。

她轻轻敲敲门,然后细声细气地说:

"对不起,我老是打扰您……"

他慢吞吞地走上前来,打开门,仿佛一时还弄不明白是怎么回事似的,眼盯盯地望着卡佳。

"实在对不起,您有杯子没有?我想喝点儿水。"

"我姓马斯洛夫,马斯洛夫同志。"他说。"您需要什么样的杯子?"

"只要您用不着的,什么样都行……"

"好的……"

他敞着门走进房间去了,卡佳看见好几个书架上摆着许多书,把没有刨过的木板都压弯了,写字台上摊着一本本打开的书和手稿,有一张寒伧的铁床,上面也凌乱地放着书,地板上净是垃圾,窗户上糊着发黄的报纸。

马斯洛夫还是那么慢吞吞地走回来，递给卡佳一只挺脏的茶杯。

“您就拿去用吧……”

卡佳回到厨房，好容易挤到泄水盆跟前，水盆里也积了一些垃圾，但还有水。卡佳洗净茶杯，痛痛快快地喝了个够，然后回到自己房间。她想在吃面包之前先把窗户开开，再稍微梳洗一下。但是，要想打开封严的窗户可太不容易了。卡佳鼓捣了半天，又是抠，又是用椅子腿去敲插销，大声地叹着气。马斯洛夫听到动静走过来，一声不响，惊奇地望着卡佳好一阵子。

“您要打开窗户干什么？”

“这儿都能憋死人。”

“您以为街上的空气就干净？尘土飞扬，臭气熏天。家家院子里都有烂东西……我劝您还是不开的好。”卡佳站在窗台上听他说完，紧闭着嘴唇，又用椅子腿敲打起来。“就算您能打开，到晚上不还得关上……何必白费力气……”

窗户上的插销到底活动了，卡佳从窗台上跳下来，打开窗户，探出头去，贪婪地吸几口街上的空气。

“是呀，是呀，”马斯洛夫沉思地说，“城市问题我们还没解决。”他的膝盖突然抽筋了，向下弯去，他向四下看看，想找个坐的地方，只好往门框上一靠，把两个大拇指塞到松松地扎在好久没洗的帆布衬衫外面的细绳里。“雪化净了，所有的污泥、垃圾、死狗、死猫甚至死马，还都留在马路上和院子里……有些东西被雨水冲掉了，可这毕竟不解决问题……”

卡佳打断他的话：

“请问，浴室还能用吗？”

“不知道……有一阵子，有个自来水工人在这儿住过……一到星期天，他就在厨房和浴室里鼓捣——完全是他自己愿意干的，但后来他上前线了……”

“好吧，您请回吧。”卡佳决然地说。“我先把房间稍微收拾收拾，洗洗澡，然后再过去找您……首先，我必须打听明白各机关的地址……我对莫斯科的情况一点儿也不了解……求您帮个忙，好吗？”

“可以，可以，今天星期天，我整天都在家……”

他慢吞吞地离开门框走了。卡佳看他走出去，就把屋门锁上。必要的时候也得发发火，事情就好办多了。她脱掉上衣和裙子，怕把它们弄脏了，便开始清除灰尘。要找抹布，各个箱子里有的是。卡佳东翻西翻，找到一件绣着字头的床单，然后又找到自己的衬衫、短裤和几双打补丁的袜子。这个玛丽亚·孔德拉季耶夫娜真是个难得的老太婆——她保存了这么多无价之宝！……这个死老太婆，一般说来有点儿手脚不干净，贪心不足……算了，让她安息吧……

当天晚上，马斯洛夫就把他的手稿拿给她看，甚至还念了其中的某些段落，这是一篇关于空想社会主义创始人的历史论著。卡佳坐在他那从不收拾的床上，他就对卡佳讲：

“您会觉得奇怪，在这样的时候怎么还研究空想家？在无产阶级专政时代搞乌托邦！这里面有什么内在逻辑呢？老实说，您感到惊奇吧？”

卡佳的眼睛都睁不开了，她只管点头，证明她惊奇不已。

“其实，这是合乎逻辑的……我详细论述十九世纪中叶某些人物和小团体想实现乌托邦理想的企图。这是社会运动史上最有趣的篇章之一……”

他扭过脸去，不让卡佳看见他的笑容，他一笑就露出细小的牙齿。

“但我只能在星期天写。我在区委里有很多工作，我们人手少：莫斯科剩下的党员寥寥无几了……我是因为身体情况非常差，才没被动员上前线……我无论在体力上还是在精神上都濒于枯竭了……”

马斯洛夫尽管有病，看上去几乎完全不像活人，行动却很灵活。第二天，他就带着卡佳来到教育人民委员部，把她引见给她要找的同志，帮她办理手续，领到口粮证。

要不是他帮忙，卡佳到了这里会茫然失措的，这个庞大的人民委员部有许多部门和科室，有许多负责人，尤其当时那种无事找事、反对墨守成规的精神，使那些工作人员至少每星期要搬一次家，带上桌子、卷柜和档案，从这屋搬到那屋，从这层楼搬到那层楼，不断改变内部的领导、联系和负责的体制。

卡佳立刻被任命为普列斯尼亚初级小学校的教师。坐在另一个办公桌旁边的人，动员她参加扫盲夜校的社会工作。第三个办公桌旁边坐着一个骨瘦如柴、脸黄得像橄榄的人，长着一对害热病似的大眼睛，抓住卡佳不放，领她穿过好几道走廊和楼梯，来到艺术宣传部。这里给她的任务是到各工厂去做巡回讲演。

“讲演内容我们以后再定，”那个橄榄色的人说，“我们要发给您必要的资料和提纲。您不必惊慌，您是有文化的人，这就够了。我们的悲剧就在于有文化的人太少了——多半知识分子消极怠工。他们以后要为这事而后悔的。其余的人都被前线吞没了。您的到来，给大家留下非常好的印象……”

最后，在走廊里，卡佳又被一个忙忙活活、敦实个儿的人撞上了，他长着两片大嘴唇，穿着一件帆布做的托尔斯泰式服，腋下有点儿发绿了。

“您是位演员吗？方才有人告诉我，让我找您。”他匆匆忙忙地说，卡佳回答说她是教师，他却根本不理会，抱住她的肩头，带着她顺走廊走去。“我吸收您参加流动演出队，坐专车到前线去，一离开莫斯科，面包就不限量，还有糖和最好的奶油……至于节目嘛——好说！就凭您的体型，唱唱歌，跳跳舞，红军战士一定会鼓掌……我把切布特金教授派到前线去了，他已经六十岁了，到底是化学家，还是天文学家，我怎么能知道？他现在被称做演出队的台柱，他会唱贝朗瑞的讽刺诗……您不必感谢我，我只是出于一片热心……”

“听我说！”卡佳叫了一声，从他的手里挣脱出来。“我又要教学，又要讲演，还要扫盲……我身体也受不了……”

“什么叫受不了？我身体难道就受得了？夏里亚宾①也说身体受不了，可是我给他弄来一箱白兰地，他现在自己要求上前线……好吧，您再考虑一下……我总会找到您的……”

卡佳往回走，这么重的任务使她感到沮丧。热风从空荡荡的胡同里

---

① 夏里亚宾(1873—1938)，俄罗斯著名歌唱家，十月革命后曾在玛利亚剧院工作，一九二二年出国，客死巴黎。

吹来，在鹅卵石路上卷起一圈一圈的尘土和纸片。卡佳拐到特维尔林荫路上。她心里在盘算，如果睡六小时觉，时间还够不够用？这么说还剩十八个小时……不够！到学校上课、改练习本，还要备第二天的课……扫盲工作顶少也得两小时……我的天哪，还要走着去走着回来？讲演也要走着去走着回来？再说，讲演也需要准备呀……十八个小时不够！

卡佳在林荫路上的一张长凳上坐下来，似乎就是她跟达莎在一九一六年遇见别索诺夫时坐的那张，当时他满身尘土，勉强拖着两只脚从面前走去……说起来有多么荒唐！两个毫无用处的女人，由于空闲时间过多而不知做什么好，记得那次别索诺夫就像亚历山大·勃洛克诗中说的："一个死人出现在人间，装作活人，还要故作多情，该有多么困难……"向她俩行一个礼，慢腾腾地从面前走过去，她俩望着他的背影，心里感到一种说不出的悲哀，尤其是她们好像觉得他一边走，他那条半军装的裤子一边往下坠，那副样子就更加可怜了……

每天只好睡四个小时，到了星期天再补一补。可是领吃的东西还得排队呢！卡佳合上眼睛，呻吟起来……风吹起她那细脖颈上的鬈发，然后钻到卡佳头顶上的老椴树里，吹得树叶发出粗大的簌簌声……卡佳在这一片簌簌声中终于不再用这个难题来折磨自己——要在一昼夜里挤出多于二十四小时的时间。没什么，总会熬过去的！……她的思绪开始围绕着她自己身上所发生的奇怪变化打转悠了，这种变化连她也常常感到又惊又喜。自从那次她把后脑勺靠在炉子上，望着阿列克谢气急败坏的脸孔说出了"不"字，她心中就开始产生一种对新的幸福的平静而自信的期待。到了春天，她稍稍尝到这种幸福了：每天晚上临睡之前，她都要回忆一下刚刚过去的一天——其中没有任何暧昧的或令人窒息的事。卡佳自己对自己感到满意了。现在她是故作惊恐和绝望，仿佛是负担不了这么多的社会工作……根本不是那么回事：不久以前她还是一只别人从路上拾到的可怜的小猫，突然变成了重要人物——人们有求于卡佳了，连那橄榄色脸、长着一对漂亮眼睛的负责同志跟她谈话都非常客气……千万不能辜负大家的信任，要是将来人民委员部里有人说："我们对她曾经抱着很大希望……"那才真正叫人无地自容呢。在莫斯科这儿，跟在南方的时候大不相同，那时候她坐在一辆大车上，跟在阿列克谢赶的马车后面在大草原里颠簸着，嘴嚼着麦秸秆，心里只管想："你这个女俘，你的美貌还有什么用呢？"

马斯洛夫要求卡佳详细汇报一下情况。当她谈到她跟橄榄色的同志谈话的内容时，马斯洛夫整个右边脸被苦笑皱成一叠皱纹。

"是呀，是呀，"他又扭过脸去不让卡佳看见，"知识分子的悲剧，不过是半个不幸……还有比那更可悲的事呢……"

八月一日，卡佳开始上课了。小女孩儿都光着脚，用破布或线绳扎着小辫，小男孩儿都剃光头，穿着破烂的衬衫，悄悄地走进来，悄悄地在课桌后面坐下。很多孩子脸上的皮肤是透明的，瘦得跟老头儿似的。

头一天，卡佳全都用在认识孩子上了，跟他们并排坐在课桌旁边，问问家常，吸引他们说话。在怎么能立刻引起学生兴趣方面，她已经有了一点儿经验。她拿起一本书，把她打开："这是一本书——白纸黑字，一行行连成一片。你们就这么看着，哪怕从早看到晚，什么也看不出来。可是你们要是学会了认字写字，再学点儿历史、地理和算术，还有很多别的知识，这本书就会突然变活了……"

她想起在弗拉基米尔村的小学校，她一讲起这些话，那些小女孩儿和小男孩儿的眼睛里常常闪耀出非常好奇的光辉。她特别擅长讲"苏丹王"的故事：

"你们先学着认这些字母——А、Б、В，然后把它们写到黑板上，然后再把字母连成词，然后——一定要大声朗读——把句号当中的整个句子念出来……有一天，这一行行的字就会突然不见了，在你们眼前出现的是蔚蓝的大海、向岸边涌来的波浪，你们甚至会听见波浪拍打岸边的声音，从大海的浪花里走出来四十个勇士，身穿铁盔铁甲，乐呵呵、湿淋淋的，跟在他们旁边的还有长胡子头领黑海神①……"

① "苏丹王"和"黑海神"均见普希金的童话诗《苏丹王、他的儿子光荣英武的勇士格维顿·苏丹诺维奇公爵和美丽的天鹅公主的故事》。

今天，她在普列斯尼亚讲这些故事的时候，她觉得她的话并没有送进孩子们的耳朵里去，在这一半窗框钉着胶合板、墙皮落得露出砖头的教室里，变得黯然失色了。这些胳膊瘦得可以伸进餐巾环里去的小女孩儿和脸上布满皱纹和疮口的小男孩儿，只管静静地听着，她发现他们眼睛流露的神情不过是不得不听而已……他们心里想的是别的事。

到了午休时候，孩子们来到院子里，只有几个小女孩儿把小石头扔来扔去，用一条腿跳房玩，另外还有两个小男孩儿阴沉着脸吵架。大多数都坐在栅栏的阴影里，就那么呆呆地坐在牛蒡中间——他们谁也没带来吃的东西。

他们都是住在这一带的工人子弟。他们的父亲大多上了前线。有一个小男孩儿把两手放在地上，呆望着像烟一样笼罩着普列斯尼亚上空的浮云。卡佳在他身旁坐下，一本正经地问道：

"彼得罗夫·米佳，我没记错吧？"

"嗯。"

"你爸爸在哪儿做工？"

"爸爸早就打仗去了。"

"那你妈妈干什么呢？"

"妈妈在家，有病。"

"爸爸常往家写信吗？"

"不。"

"他为什么不写呢？"

"有什么可写的……没什么高兴的事儿……他临走跟妈妈说：为了你过度劳累作成的痼病，我非杀他十个将军不可……他可勇敢了！"

"你将来长大，想干什么呢？"

"不知道……妈妈说——我们连今年冬天都活不过去……"

白匪逼近莫斯科，可是秋天比他们来得还快。夏天过后，只有那么几个晴和、凄凉的金色秋天，北风就起劲地刮起来，吹逐着一层层遮天蔽日的乌云。

学校没东西生铁炉子。卡佳跑到教育人民委员部去找那个橄榄色的人诉苦,那个人只是不住点头,两只害热病似的眼睛盯盯地望着卡佳可爱的脸庞:“叶卡捷琳娜·德米特里耶夫娜,您的担心我理解,您的热情我也很敬重,但是,今年冬天燃料非常紧张:原来答应给我们部一些烧柴,可它们还都放在沃洛格达省,需要用马往回运……总之,您到别处再跑跑,看哪儿能施加压力,就施加点儿……”

孩子们来上学,冻得脸发青,浑身湿淋淋的,他们穿的破大衣或妈妈穿过的旧上衣,只配挂在菜园里赶麻雀。这使得卡佳终于下决心公开抢劫,决定搞一次星期六义务劳动,拆除栅栏。看学校的一条腿聋老头儿、卡佳和孩子们——他们几乎全都来了——在昏黑的傍晚,在怒号的北风声中,拆掉栅栏,把所有的木板都拿进学校的门斗里。看学校的老头儿把它们锯成劈柴,第二天早晨,教室里又暖和,又湿润,潮湿的墙冒着热气,孩子们坐在那里高高兴兴,卡佳站在讲台上向他们讲太阳能的道理(关于这些道理,她自己也是昨天才从一本叫做《大自然的力量》的有益的书里读到的)。

“你们所看到的一切,孩子们,这张讲台、这些课桌、炉子里的火、包括你们自己都是太阳能……掌握太阳能就是人类的任务……这就是我们要学习再学习、斗争再斗争的目的……现在我们开始上俄语课……俄语也是一种太阳能,所以我们必须掌握好它……”

课间休息的时候,孩子们给卡佳讲各种消息。他们什么都知道,不但知道莫斯科的普列斯尼亚发生的事,甚至知道外国的那些乌七八糟的勋爵的事。卡佳有好多事都是从他们口中听来的。比如,在报纸公布之前,她就听说白匪在奥廖尔城下突破了防线,从那里运来很多伤兵。有两个小女孩儿在米库林家——她们是特意跑去打听消息的——亲耳听车工斯捷潘·米库林说的,这个可怜的斯捷潘刚从前线回来,浑身被打穿好几个地方,尽管医生严格嘱咐他卧床休息,他却从床上欠起身,不是好声儿地朝他老婆和母亲喊道:

“我们前线出了叛徒,叛徒!给我找纸和墨水来,我要给弗拉基米尔·伊里奇写信!最优秀的无产阶级泡在血里,被黄土埋上,也不肯把莫斯科交给白匪将军……丢了奥廖尔,不是我们的错,那是出了叛徒!……”

彼得罗夫·米佳听那两个小女孩讲这些消息时,脸白得像墙皮,眼睛睁得老大,流露出无限痛苦,卡佳忙坐到他身旁,把他的头搂在怀里,可是他一声不响地挣脱出去——任何安慰,任何爱抚,对他都毫无用处。

下了几天滂沱大雨,好像整个普列斯尼亚都陷进齐膝深的、像锡一样的稀泥里,坏消息像瘟疫似的传遍全城,弄得孩子们来上学也惶惶不安。上课时要他们聚精会神就很不容易。一个叫克拉夫季娅的红头发女孩儿,因为没有做加减法练习,在算术课上放声大哭。卡佳用铅笔敲着讲桌:

“你马上控制一下自己,克拉夫季娅。”

“我不能,卡—阿—阿—佳阿—阿—姨……”

“怎么了?”

小女孩儿用嘶哑的声音回答说:

“妈妈说:克拉什卡,你就不用学算术了,反正……”

“胡说,你妈妈从来没说过这话!”

“不,她说了:反正你刚从泥坑里出来,马上还得进去……那些军官们骑着大马,会把我们踏成泥的……”

黄昏时候,卡佳走出家门,上扫盲夜校,一路上紧贴着栅栏走,尽量少湿点儿脚,可是来到十字路口,她不知道怎么过横街,只好绝望地站在那里。平时她在工人切斯诺科夫(他在不久之前被派到前线当政委)家里,教十个妇女认字,这天晚上却一个也没来。切斯诺科夫的女人结婚才六个月,已经怀了孕,瘦得吓人,满脸蝴蝶斑,对卡佳说:

“您现在不要来了,等等再说,我们谁也顾不得……您也轻松些。”

她把丈夫从前线捎来的信拿给卡佳看:“柳芭,要是图拉被占领,你们就做好准备吧。莫斯科我们是决不放弃的,除非他们从最后一个尸体上踏过去……这是偶然碰机会,匆忙写的……有可能,一个叫罗辛的军人同志会去找你——你可以相信他。他会把一切情况都告诉你的——要是让我们的同志们都听听也不错……他要有什么事需要帮忙,就请大家帮他一下。最后,我还活着,身体也挺好,还学会了骑马,这是从来没想到的……”

“我们正在等这位罗辛同志,不知为什么还没来到。”切斯诺科夫的女人说,愁苦地望着被雨淋湿了的小窗。“到时候您也来听听吧,我打发个小姑娘去叫您……这位罗辛是谁呢?会不会是您丈夫?”

“不会,”卡佳回答说,“我丈夫早已阵亡了。”

她回到家之后,就把炉子生着了——这种小铁炉子有根筒子从风窗伸出去,外号叫“小蜜蜂”,因为用细劈柴片在里面点着之后就嗡嗡直叫;这个炉子是普列斯尼亚的工人们做的,亲自安在卡佳的房间里,他们的想法是:他们的老师要是住在暖和点儿的屋子里,工作起来会更有劲。卡佳脱掉湿透了的皮鞋、袜子和溅满泥浆的裙子,用冰凉的水洗了脚,换上干衣服,然后灌了一壶水坐在炉子上,又从大衣口袋里掏出一块扎人的灰面包,切成片,放在餐巾上,旁边还有一个茶杯和一把银匙。她做这些事时有些心不在焉。一听到厨房门响,走廊里传来马斯洛夫那种慢得令人难受、趿拉趿拉的脚步声,她马上出去,敲他的屋门。

“啊!您好,叶卡捷琳娜·德米特里耶夫娜。请坐。天气可坏透了……可您,我看是一天比一天漂亮了。越来越漂亮。是的……”

这天晚上,不知为什么他情绪特别坏。卡佳问:到底出了什么事,为什么人心惶惶。他这次连脸也不扭,用薄嘴唇做出一副最恶毒的冷笑:

“您想知道党内的消息还是别的什么新闻?前线吗?我们正在挨打。我还能告诉您什么呢?在挨打!可在莫斯科跟平常一样,一片乐观、振作的精神……动员大批党员去打邓尼金……在彼得格勒,对资产阶级住宅进行大搜查……又做出一项决议,由于燃料缺乏,所有工厂都停工……最后一个,也是最振奋人心的消息:宣布党员重新登记,也就是说,开始打扫积攒多年的垃圾……我们就想这样打败邓尼金、尤登尼奇和高尔察克……”

他拖着两条腿在满地都是烟头的房间里走来走去,裤子又湿又脏,从裤脚里露出松开了的衬裤带子,拖在地上……他一边来回走,一边用手指打着框子,可是由于手指没劲儿,连框子也打不响。

“我们就这样打败他们,我们就这样打败他们。”他用嘲弄的口吻反复地说。“您当然会觉得这一切都不可理解……您不能理解,倒不足为怪……叫人奇怪的是，比方连我都无法理解……现在我什么也搞不懂了……社会主义要建立在物质文明的基础上……社会主义是劳动生产能力的最高形式。是这样。应该有高度发展的工业吧？应该。应该有高度发展、为数众多的工人阶级吧？当然应该！我们读过卡尔·马克思的著作，读得很认真……哼，有什么办法，偏要搞党员重新登记……我们的火药袋里还有点儿火药，可以干下去……”

卡佳从他那里没打听出什么结果。第二天她到教育人民委员部去请求指示，那条主要走廊里从来没有过穿堂风，今天（不知是什么地方的窗户打破了，还是故意打开的）却刮着刺骨的寒风，尽管这样，到处聚集着三三两两的工作人员，窃窃私语；卡佳跑了好几个房间，都找不到人，只有一个女职员把鼻子藏到磨光了的臭鼬皮领子里，告诉她说：

“您怎么，还没睡醒吗，女公民？您大概还不知道我们准备往沃洛格达撤退……”

突然之间又发生了一场出人意外的急剧变化。一清早，刚蒙蒙亮，卡佳朝学校跑去。到了花园街，她不得不停下等着。一排排武装的工人队伍踏着街上冻硬了的烂泥，踏碎结了冰的水坑，在高大、光秃、已发出寒冬的呼啸的椴树底下，源源不断地开过去。他们后面跟着大车。大车后面，又是排得密集的纵队，好像着了魔似的，慢慢走着。他们用严峻的声音，此起彼伏、参差不齐地唱着《国际歌》。他们举着用红布做的横幅，上面用歪歪扭扭的字母匆促写着：“大家都去跟邓尼金白匪作斗争！”“全世界无产阶级革命万岁！”“打倒世界资产阶级！”一排排新纵队从阴暗的晨雾中走过来，然后又走过去。卡佳望着这些胡子拉碴、瘦削、憔悴、黧黑的面孔，觉得在他们的目光和紧闭的嘴唇中有一股一致的精神：忍住痛苦，下定决心，毫不动摇……

到了学校，孩子们马上告诉卡佳一个消息：昨天列宁来到普列斯尼亚，到过机械厂，征收党员周①开始了……

---

① 一九一九年秋，革命处于危险关头，联共号召工农入党，仅俄国本土一周内有二十万人入党。

在离沃罗涅日不远的地方,什库罗的库班军跟马蒙托夫汇合了。现在他有六个骑兵师来对付布琼尼的两个师。他按兵不动,等着布琼尼来追。马蒙托夫用兵谨慎。他分出一部分兵力加强沃罗涅日的防守;又把两个军改编成三个纵队,并且选好了战场——一片广阔的旷野,有一面靠近铁路路基,铁路上有一辆铁甲列车,好像装着六英寸口径大炮的钢龟,来回巡逻——他就准备把红军骑兵包围并歼灭在这里。

布琼尼作战大胆,但很有谋略。他已经得到有关马蒙托夫将军做好准备、设下圈套的详细情报……一个小姑娘把一张写得潦草难看的字条塞到围巾底下的辫子里,或一个穷苦老太婆提着一条要饭口袋;她们穿过白军的岗哨——很少有人会看得上一个满身虱子的小姑娘,至于老太婆,任何一个哥萨克见了都会啐上一口唾沫;她们找到布琼尼的侦察兵,就把情报交给了他们。

布琼尼没等走到为他准备下坟墓的广阔旷野,就在一片森林和沼泽之间停下来。他命令喂足了马,好好检查一下马掌(这里的马只有前蹄挂掌)。还命令补充一下弹药,也不要喝黄米粥了——黄米粥他们已经喝腻了——把缴获的黄豆烧咸牛肉、炼乳罐头、各种酥饼干和香料烟丝发给战士们,让他们在篝火旁边快乐一下。所有这些东西都是从"流动军需库"——这是给白军物资丰富的辎重队起的名字——弄来的。这些辎重队现在不分昼夜地从沃罗涅日往马蒙托夫那里运送东西。谢苗·米哈伊洛维奇特别吩咐要搞些新的日本卡宾枪,尽量把在战斗中损坏了的旧步枪替换下去,还要搞些办公用品。

有森林和沼泽掩护,战士们可以在一场大仗之前,安安稳稳地睡一觉。可是战士们都觉得这场仗不好打——要跟六个顿河师展开肉搏战——很少有人能够心情平静。他们在认真刷马,一直刷到能用白手绢擦的程度,修理马鞍,磨军刀。哪个骑兵连也听不到歌声或手风琴声,到处都在进行内容深刻的谈话。打老远看见政委,就朝他摆手——到这里来,党员同志……"你给我们讲讲,亲爱的同志:消灭了马蒙托夫,难道不马上打沃罗涅日吗?那里可有那么多各种各样的玩意儿……"政委回答说,打不打沃罗涅日,谢苗·米哈伊洛维奇还没有指示。于是开始了争论:骑兵能不能夺下设防的地区?有的说,只要士气高就可以办到,有的断言说,这是不符合规律的。

捷列金的骑兵连担任警戒任务,驻扎在沼泽边上。往南去是一片旷野,不时有白军侦察兵忽隐忽现。大家都知道,那一带集结着马蒙托夫新改编的三个纵队中的一个。每到夜里,那一带的乌云便微微反射出篝火的火光。

在这个骑兵连里,围绕着即将开始的战斗也是议论纷纷,因为参战双方都是规模空前、实力雄厚的骑兵。一个老骑兵戈尔布申讲,一九一四年在布罗迪城下曾经有过这样一场战斗:奥地利近卫师四个团,向我们的轻骑兵师发起凶猛的进攻,可在这次战斗之后,奥地利人把他们的骑兵全都调到后方去了……他们是从半山腰往下冲的,以为能把我们的骑兵压到山谷里去。可我们的骑兵从山谷里往山上冲,两翼各有四个持矛的哥萨克骑兵连,当中是枪骑兵,也使长矛,还有阿赫台尔骠骑兵,黄帽圈,制服镶黄边,打仗可凶猛了!我们的人知道奥地利骑兵从山上往下冲速度特快,没法掉转马头,当他们快冲到跟前时,没料到我们的人会那么凶,再想勒住马,已经晚了!我们的人用长矛从下往上扎他们,非常方便;扎上之后,就把长矛扔了,冲进他们的队伍,回过身来用刀砍,砍也不砍肩膀,因为他们的肩章底下垫着钢板,而是拦腰砍……就这样,他们的四个近卫团全都撂在半山腰里了,有砍成两截的,有被长矛扎在地上的——可吓人了!

拉图金向来不大喜欢别人当着他的面讲得津津有味,便打断这个老骑兵的话说:

"是呀,这事儿有过,有过,什么事儿都可能有,那不过是碰巧罢了……可你能讲讲我们的三个红军战士怎么俘虏一个营的德国兵的故事吗?……你不知道?哦!……这你倒应该知道知道……"

"好哇,你就讲讲吧,拉图金。"有几个声音同时说。

他跪在篝火旁边,紧靠红火炭,火炭照亮了他那张消瘦的脸孔,在马鞍上颠簸三个星期之后,脸上只剩下筋了。他跟加金和扎杜伊维捷尔从一开始就被捷列金编进警卫营,那两个月把脸吃胖了,现在编进骑兵连当

骑兵了。

“我们第十集团军有个人，叫廖恩卡·休尔，不管你到哪儿去找再也找不出第二个像他这样不要命的家伙。”拉图金把军刀插在地上，双手扶住刀把讲起来。“去年秋天，当时他还在一个乌克兰旅里，跟两个同志出去侦察。他们骑马往前走，什么也没想，一下子就跟德国兵遇上了——差不多整整一个营。那些德国兵找个偏僻地方安下营，正在煮菜汤……”

“哼，这可是你瞎编的，”听故事的人有一个说，“德国人还会找偏僻地方煮菜汤……”

拉图金老大不高兴地瞥了那个人一眼：

“还得给你讲讲他们为什么要煮菜汤吗？……好……这帮德国人是往家走，他们那里发生了革命……乌克兰所有的村子都举行起义，在村头架起机枪，哪里也进不去，把德国人饿坏了……现在你总该明白了吧？……不等德国人惊慌，廖恩卡就从背囊里掏出一块干净的包脚布，挂在军刀上，大胆地朝德国人走去，对他们说：‘你们快投降吧，你们被一支强大的骑兵包围了，我们甚至不想弄脏了我们的军刀，光用马踏就可以踏平你们……’找出一个翻译，把这些话翻译过去。营指挥官是个士官，是个敦实的德国人，回答廖恩卡说：‘我怀疑您说的话未必真实……’廖恩卡对他说：‘您怀疑得完全正确，不过请上马吧，到我们司令部去，到那里会向您提出合适的条件……’德国人经过认真商量，那个指挥官才说：‘早安！好吧，我们跟您一起去，不过我们用三个人对付您一个，要是您想搞什么阴谋，我们在路上就把您干掉……’廖恩卡对他说：‘可以，不过什么阴谋也没有，您是在跟革命战士打交道……’他们就出发了。来到指挥部。开始跟德国人谈判。他们要求让他们开到铁路线上，还想要二十五普特黄米。我们要求德国人交出武器和两门大炮。德国人坚决不干，我们也不让步。廖恩卡一直在跟前转来转去，这时说话了：‘旅长同志，他们都饿坏了，所以才不好说话，我来给他们宣传宣传，你吩咐拿出点儿好咸肉和白面包。’这个魔鬼没敢公开提出要酒，可管后勤的是跟他要好的干亲家，他又跟这个干亲家要了一瓶酒。他陪着德国人在屋里坐下，把咸肉和面包都切成片，把酒倒进一个茶杯里，东拉西扯地聊起来——谈到在我们乌克兰，吃得好，喝得好，这里的老百姓都待人和气。他还夸奖德国人把威廉推翻了。他们这一次谈话虽然没有翻译，德国人却完全懂了：他又是用拳头亲切地抚摩他们的后背，又是拽着耳朵亲嘴。不一会儿，桌边儿上只剩下他跟那个士官营长两个人了。廖恩卡用尽了心机，那个德国人只管笑，摇着手指头……参谋长派人来打听谈得怎么样？廖恩卡回答说：'不顺利，这个营长不接受宣传，还得来瓶酒……'他们喝完第二瓶时，桌边儿上只剩下廖恩卡一个人了。德国人在这里住了一夜。第二天早晨，那个士官把同来的伙伴留作人质——他们反正喝醉了，上不了马——跟廖恩卡一起走了。到了傍晚，把一营人都拉过来了，一共四百人，打着红旗……他非常喜欢廖恩卡的宣传……"

拉图金讲完了，他的故事的确比戈尔布申讲的布罗迪之战出色得多，红军战士们齐声笑了：有的露出满口白牙哈哈大笑，有的擦眼泪，有的直摆手，只管哼哼。这时，罗辛走到篝火跟前，俯身对拉图金说：

"把加金和扎杜伊维捷尔找到，然后一起到帐篷里来。"

在密匝匝笼罩整个旷野的白茫茫的晨雾里，有五个军人骑马飞跑——罗辛骑着一匹枣红色骒马，马鬃剪得短短的，个子矮小的塞尔维亚人敦季奇，在布琼尼手下担任骑兵连连长，骑着一匹黑儿马，抢前有半个马身；这个敦季奇在顽强奋斗的人生道路上找到了第二祖国，便以一个纯朴、乐观、胆大出奇的人的全部热情爱上了无边无际的俄国和无边无际的俄国革命；他跟罗辛都穿着浅色军大衣，戴着金色肩章；他们后面是拉图金、加金和扎杜伊维捷尔三个人，他们把带帽徽的制帽捏成剽悍的样子戴在头上，身穿短皮袄，戴着哥萨克士官的肩章，不住地吆喝着，策马疾驰。

他们的任务是潜入沃罗涅日，查明炮兵的位置和骑兵、步兵的数量，最后把里面装着布琼尼亲笔信的密封公文交给城防司令什库罗将军。

敦季奇热爱生活，却喜欢拿生命当儿戏去进行冒险，尤其是这十月的天气令人振奋，只要呼吸一口晨雾中充满各种气味的新鲜空气，他的肌肉便要在军装里面搐动起来，他就更加闲不住了。他自告奋勇要把这件密封公文交给什库罗。他跑去找罗辛，跟罗辛说：

“瓦季姆·彼得罗维奇,有一件小小的冒险事儿,您去最合适。军官的习惯和种种礼节,您都熟悉。您不同意跟我到沃罗涅日跑一趟吗?只需要一天工夫。倒可以好好遛遛马。布琼尼答应把他的马佩图什卡和阿芙乐尔让给我们骑……”

同不同意——这话问得未免可笑。只是他提到军官的礼节,倒刺痛了瓦季姆·彼得罗维奇,使他不快。但是,要想教会同志们这些礼节:下级军官见到上级应该怎么立正、敬礼和回答问话,的确得花整整一个晚上,况且志愿军里的军官,那副神态就更为复杂:德罗兹多夫斯基的部下,往往带着讽刺的表情,为了纪念已故的首长,还爱戴夹鼻眼镜;科尔尼洛夫的部下,带着一种传统的无神的目光,脸上露出既瞧不起人又失望的神情;马尔科夫的部下喜欢以肮脏的军大衣和脏话夸耀于人。

大家商定:如果敌人阻拦,进行盘问,就回答说:“我们是志愿军后备团团长派来的,到沃罗涅日去送一份密件,我们团刚从南方开到卡斯托尔地区。”这样说既含糊,又能令人信服。

经过三个小时的疾驰之后,在从铅黑的乌云底下短暂地漏出的白光中,出现了沃罗涅日——教堂的圆顶、消防队的瞭望塔和发红的屋顶。一路上,没有一个侦察队盘问他们,那些侦察兵只是用望远镜望望这五个骑马的人,看他们往城里方向驰去,便继续往前走。到了桥头,他们第一次被拦住。这座匆促搭成的木桥设有岗哨。桥上有些相貌堂堂的人走来走去,不知为什么他们都留着一把大胡子,戴着无檐帽,穿着用光板白皮子做的大衣,这种衣服在乌克兰只有女人才穿。对岸的桥头战壕旁边,有一群士官生在抽烟。

敦季奇停下马,跳下来,动手紧马肚带。

“马上就把假证件亮出来不大好。”他悄声说。“河涨水了,要想找个地方蹚过去,一下子湿到脖子,就更糟了。只好从桥上走。”

“好吧,我们就骂骂咧咧地闯过去。”拉图金阴郁地说。

扎杜伊维捷尔这时笑得喘不上气来:

“喂,同志们,桥上的人要不是神父,你们可以剜掉我的眼睛,原来是一群秃驴兵……”

“常步走，高兴点儿，前进。”敦季奇说，像猫一样跳上马鞍。桥上那些留着大胡子的人吵吵嚷嚷地喊叫起来：“站住，站住！”敦季奇紧握缰绳，用马刺轻轻扎着佩图什卡，径直朝他们走去。但是，他们不住摇晃着步枪，喊声连天，把敦季奇的马吓得直往后坐，狠劲摇晃着尾巴。只好勒住马。有好几只手一齐伸过来，要抓马笼头。拉图金把马一夹，上前喝道：

“你们疯了，胆敢动长官的缰绳！你们都是什么人——拿出证件来！”

“闭嘴！往后退！”敦季奇回过头，镇静自若地对他说，然后从翘起的小胡底下龇露出白牙，微微一笑，从马鞍上俯身对那些大胡子说：

“你们要过桥的通行证？可我没有……我是敦季奇中校，后面是我的警卫……你们满意了吗？谢谢……”

于是他哈哈一笑，把马往前一纵，马打了个响鼻，直立起来，露出麂皮似的灰肚皮，从那些大胡子旁边跳过去，那些家伙刚来得及闪到一边。但是敦季奇马上又把马勒住，换成常步。这时，对岸惊慌起来了。士官生纷纷扔掉烟卷，被军大衣长得拖到地的下摆绊得直打趔趄，朝黏土战壕跑去，把战壕里两挺机枪的枪口对准来人。桥头工事的指挥官是个大个子军官，委靡不振的脸上留着小胡子，懒洋洋地拖长每个字眼，用熟悉的骄横口吻喊了起来——这声音罗辛太熟了，不禁厌恶得咬紧牙：

“喂，桥上的，快下马，准备好证件……我数两下就开枪……”

敦季奇把嘴往罗辛那边一歪：

“没别的办法，只好拼了。”

他伸手去拔军刀。罗辛赶忙制止他。

“捷普洛夫！”他朝那个大个儿军官喊道。“放下机枪吧……是我，瓦季姆·罗辛……”

于是他从从容容下了马，牵着缰绳，一个人走过桥去。这个军官正是瓦西卡·捷普洛夫，罗辛曾经跟他在一个团里共过事，是个好喝酒、好吹牛的傻家伙，有一次罗辛曾经严厉警告他，他要再进行造谣诽谤和干卑鄙勾当，就打他的嘴巴。捷普洛夫怀着疑心望着向前走来的罗辛，把那干式手枪慢慢塞进枪套里。

“认不出来了……你是喝多了怎么的？你好，真他妈的巧……”罗辛也不摘手套，把手伸过去。“你在这儿干什么？纠集了一帮腆着大肚皮、留着大胡子的老家伙，你真是白痴！你早该升团长了……是不是又被降级了？不用说，是因为喝酒吧？”

“呸，是你，真他妈的巧！”捷普洛夫说，他的门牙都没了，胡子底下露出一个黑窟窿，发音含糊不清。“瓦季姆·罗辛！……”他两眼底下发紫的泪囊哆嗦起来。“你真是从天上掉下来的……我们大伙都以为你开了小差……”

“谢谢！……”罗辛恶狠狠地盯着他的眼睛不放(捷普洛夫在这种逼视下觉得不舒服，明白最好是不再谈开小差的事)。“你们对我的看法真不错呢……这段时间，我一直在敖德萨，在格里申-阿尔马佐夫手下……现在担任第五十一后备团参谋长。也许，你还要检查一下我的证件吧？……”他挑衅地问，转身朝后面挥一下手：“敦季奇，过来吧，你不用下马了……”

捷普洛夫只是气呼呼地哼了一声，他向来有点儿怕罗辛：

“说真的，你别再装傻了……你学会了用一种特别的口吻跟我说话，罗辛……你们这是上哪儿去？”

“去见什库罗将军。我们来了一个团增援你们。听说你们叫布琼尼给吓坏了……”

“是呀，你知道，我们这里简直成了窑子……把市民全都动员起来了，什么退休将军、混蛋官吏……连神父都打扮起来，派给我了……”

罗辛掏出烟盒，里面装着昨天从敌军司令部辎重车上搞来的外国烟卷。捷普洛夫点上一支，把香喷喷的烟喷到自己的胡子上。

“哦！”捷普洛夫诧异了。“真他妈的带劲儿！真正外国货！哪儿弄来的？我们可只发给点儿烟叶……抽起来烧得胃疼……请你哪怕再给两支，留起来……”

“喂，一般地说，你生活得怎么样，瓦西卡？”

“生活糟透了——没钱花……一切都够了……”他皱着眉头斜眼瞥

了一下从马上跳下来的敦季奇和后面的三个脸色阴郁的骑兵。“你们要想在沃罗涅日快活一下,可什么都没了,先生们……红肚子的混蛋把什么都搞掉了——没有一家酒馆,没有一家妓院——简直连个休息的地方都没有……”

“我给你介绍一下,”罗辛说,“敦季奇中校。”

“大尉捷普洛夫。”

他们互相举手敬礼。敦季奇两眼滴溜乱转,黝黑的脸一笑就堆出许多皱纹:

“太可惜了,太可惜了,”他说,“我们可真想快活一下……还带来不少钱呢……”

“不过,当然也还有暗门子,尼古拉时的烧酒也能搞到,投机商人还存着香槟呢……一瓶就要五百卢布!哼,这成什么样子了!”捷普洛夫一对肿起的眼睛常常眼泪汪汪,这时表现出愤慨了。“城防司令部简直把这些投机商当成圣人了……说他们是祖国的救星!在坦波夫,你知道,我们喝了一次酒……哼,一算账可不得了啦,哼,我们付不起,哼,我就动手打了个嘴巴……因为这个就降了级……你知道,我们部队士气非常低落。归根结底,我们不是卖命吗……我们的青春就算完了……前面等待我们的是什么?是破败不堪的莫斯科吗?落得一个钱没有……你是没说的,你大学毕业,只要把长着虱子的制服一扔,就可以去讲课……我呢?还不是出大力……连正规的军队也不会让我们去带兵……”

“大尉,您需要散散心,”敦季奇说,“跟我们一块儿进城吧。我们只有一件事儿——把公文交给司令就完了,整个晚上都没事儿……我用香槟来酬劳您……”

“天知道是怎么回事儿!”捷普洛夫说,伸手去挠挠耳根,“离开岗位怕不大合适,不过,你们生活得挺不错呀……”

“你把任务交给排长好了,”罗辛说,“而城防司令那里,你不妨说,你怀疑我们是乔装打扮的红军侦察员……大不了骂你是个傻瓜罢了……”

捷普洛夫张开没牙的嘴,哈哈大笑起来,然后擦着眼泪说:

“这倒是个主意!还可以说,我甚至想把你们逮捕起来……”

“对呀……”

“上士格沃兹杰夫!”捷普洛夫转过身去朝着战壕,嗓音响亮、精神抖擞地喝道,这时守在机枪旁边的士官生又显得寂寞了。那个上士不过是个十八岁的孩子,浅蓝色眼睛一派骄横神气,他走过来,把胳膊肘抬得跟肩膀一般平,动作准确地行个举手礼,捷普洛夫把队伍交给他,还吩咐牵一匹马来。

在进城的路上,捷普洛夫急得坐不住马鞍,一边把他们所需要的情况全都讲了出来:沃罗涅日驻扎的是什么部队,有多少大炮,安在什么地方……

“像狗似的吓得屁滚尿流,就是这么回事……你们看——库捷波夫在奥廖尔一打败仗,我们就吓得钻裤裆……这可是从来没有过的事儿……瓦季姆,你还记得那次冰上远征吧?我们这里现在流行一句话,说是‘丢魂了……’是呀,是呀,是丢了点儿什么——丢了从前那股热情……再说这里的庄稼人都是混蛋——像狼一样看我们……库捷波夫将军说得对,说得对——据说他在回答总司令的话时很不客气地说:‘要想拿下莫斯科,必须有个条件:把土地分给农民,再加上绞架……’得让一根电线杆也别空着……就像普加乔夫时候那样——一村一村地全都吊起来……不过,这都是没意思的事儿……有人给我一个地址:是两姊妹,都是非常殷勤的姑娘,会弹吉他,会唱抒情歌曲——可以叫人发疯,他妈的真棒!咱们这么办吧——先直接到她们那里去……”

看样子,这个捷普洛夫人人都认得——他们碰上几次巡逻队,他们都只是行个举手礼,连斜眼也没瞧敦季奇和罗辛。到了中央大街,他们拐到一家旅馆的铁门跟前。捷普洛夫下了马,叉开两腿,不好意思地说:

“我不愿意再去见他们,免得碍眼,我就在这儿等你们……司令部就在二楼……只是,先生们,要快。”然后对把门的库班哥萨克——一个留着鞑靼式小胡的麻子——厉声喝道:“放他们进去,你这笨蛋……”

敦季奇和罗辛沿着净是缝隙的铁楼梯上去。布琼尼的公文上写着:“密件,什库罗少将亲启……”原来决定通过副官交上去。餐厅的窗户都破烂不堪，办公室就设在这里，敦季奇和罗辛走进去，恰好从另一个门进来两个人，就在他们面前：一个人长得又高又大，粗犷而漂亮的脸上蓄着浓密的颊须，拄着拐杖，拐杖夹在腋下，挣得浅灰色的将军大衣挓挲开。罗辛认出来，他就是马蒙托夫。另一个穿着褐色的切尔克斯大衣，高颧骨的红脸上显出一副流氓神气，翘鼻子露出挺大的鼻孔，这人就是什库罗。他们一走进来，就在桌子边上站下，桌子旁边有一个年轻的参谋，穿着一条挺肥的马裤，马裤囊像蝙蝠的翅膀一样张开，他向一个俊俏的金发姑娘口授着什么，姑娘手抬得很高，正用温戴尔乌德打字机打字。

罗辛用手一指什库罗问敦季奇："现在怎么办？"恰好在这时，马蒙托夫转过脸来，看见两个陌生的军官，便用低嗓音命令道：

"请过来，先生们……"

罗辛立正站好，留在门口。敦季奇走到什库罗跟前：

"奉命向将军阁下呈交一件公函。"

什库罗几乎是背对敦季奇站着，他并不转过身子，只是回转被镶金边的领子卡住的、结实的红脖子，也不望望来人的脸，像狼一样翘起上唇问：

"什么人派你来的？"

"第五十一后备团团长，我们已经开到顿河右岸，听候您调遣……"

"哪来这么一个五十一团？"什库罗这回才转过身来，但仍然很不高兴地说，接过公文，用手指转悠着。"团长是什么人？"

站在门口的瓦季姆·彼得罗维奇觉得一阵难受的寒冷，把手伸进大衣衣袋里，放在那干式手枪把上。这个场面可搞得太愚蠢、太笨拙、太没必要了……敦季奇现在会顺口胡诌个姓名……太遗憾了！已经到手的珍贵情报本来可以送回布琼尼那里……

"第五十一团团长，是沙姆别尔登伯爵，"敦季奇不假思索地回答说，他用快活的眼神捉住什库罗没有睡醒、肝火正旺的斜视目光。"请允许我们退下，将军阁下？"

"等一等，等一等，中校。"马蒙托夫拄着拐杖笨拙地转着身子。"这个姓真有点儿熟呢，不过……"他那张漂亮的胖脸突然疼得扭歪了：一个动作不对劲，触痛了打夹板的腿，这条腿是在上周遭到布琼尼袭击，他坐上三马车仓皇逃跑时被打断的。“啊，见鬼！”他嘟嘟哝哝地说，“啊，见鬼！您可以走了，中校……”

敦季奇行了个举手礼，规规矩矩地向后转，朝门口走来。罗辛看见什库罗一边朝疼得愁眉苦脸的马蒙托夫说着什么，一边慢慢地撕开信口；里面装着由谢苗·布琼尼签署的信；信的内容，敦季奇和罗辛早已知道：“我将于十月二十四日早晨六点到达沃罗涅日。特命令什库罗将军把所有的反革命军队集合在你们绞杀工人的圆形市场旁的广场上。特命你亲自指挥这次检阅……”

他们顺着铁楼梯往下走。迎面有几个士官生提着枪，排成单行往上来。罗辛觉得走在前面的小个子敦季奇扬着鼻子，把马刺撞得喀嚓响，似乎走得过分慢了……这真是没有必要的、愚蠢的逞能！……

二楼楼上响起一声破裂沙声的叫喊……敦季奇和罗辛走出大门，捷普洛夫从人行道上扑过来，他那张松弛的脸和两撇耷拉胡在渴望着香槟、抒情歌曲和姑娘……

“嘿，谢天谢地，先生们……我们走吧……”

他把一只脚刚伸进马镫，马不肯驯服，他便用另一只脚围着马跳着。罗辛早已上了马。敦季奇掏出烟盒，点上一支烟——他那又黑又干的手指微微发抖——他扔掉燃烧着的火柴，从拉图金手里接过缰绳，厉声喝道：

“头一个胡同，往左拐，速步——走！”

离第一条胡同只隔十座房子；拉图金、加金和扎杜伊维捷尔赶着马，在鹅卵石路上嘚嘚地跑着，最先拐进胡同；捷普洛夫勒住马，转过身来喊道：

“先生们，先生们，第二条——向右拐……”

但是，他的马驮着他跟大家一起向左拐去。罗辛拐弯时，在拐角上转过身来，看见旅馆的正门里冲出一群士官生，慌慌张张地东瞅西望，把枪栓扳得喀喀响。

“罗辛，这是妈的怎么回事儿？”捷普洛夫几乎用哭声喊道，他的马也随着大家快跑起来。敦季奇一边跑，一边把马紧贴着捷普洛夫，俯下身来，一只手抓住捷普洛夫的手腕不放，另一只手扯断缰绳，把手枪从他的枪套里拽出来。

“要喝香槟就跟我走！”他朝捷普洛夫喊道，龇牙一笑。现在，敦季奇、罗辛和三个战士都顺着弯弯曲曲的胡同，从小房、栅栏和老椴树旁边拼命飞跑，椴树光秃的树枝还直挂他们的帽子。后面响起了枪声。他们毫不减速，跑过一片旷野，离桥不远时才变成速步，然后换成常步，慢慢走到桥头战壕跟前。敦季奇拍着冒气的马脖子，唤道：

“上士格沃兹杰夫！”等那个人把烟卷藏在袖筒里，走上前来，又说：“捷普洛夫大尉要我转告你，他得半小时之后回来。二十四号早晨我们还要来的，你们可别再用机枪吓唬我们了……”

“是，中校先生！……”

桥远远地落在后面了，天色已经快要黑了，跑得汗淋淋的马开始绊跤，他们让马歇一会儿，这时敦季奇对罗辛说：

“我觉得在您和同志们面前十分惭愧……因为喜欢卖弄，我也不知责骂自己多少次了……可就是冒险使我陶醉，我好卖弄聪明，好沾沾自喜，忘掉了我们的目的和责任……过后总是要后悔……要是现在同志们下马，扯腿把我拽下来，揍我一顿，我不但不生气，反倒会觉得轻松些……”

罗辛把头向后一仰，放声大笑起来，他在经过长时间令人窒息的紧张之后，也需要放松一下。

“不错，敦季奇，是应该好好捶您一顿，特别是因为在门口还点那支烟……”

布琼尼的计策成功了。马蒙托夫和什库罗读完他的信，暴跳如雷。这封信还派人交到他们手里，从来没听说有这么大胆的。写这样的信，还标明占领沃罗涅日的日期和钟点，需要有信心。由此可见，布琼尼有信心。两个将军失去了镇静。

布琼尼打败白军骑兵的计划，建立在反攻的基础上，即集中兵力各个击破企图包围他的三个纵队。这三个纵队由顿河师和库班师组成，他们一直迟迟不敢进攻，只限于派兵侦察情况。现在，布琼尼深信，他们会不顾一切地向他扑过来。

十月十八日后半夜，侦察员报告，敌人开始行动了。血战的时刻来到了。谢苗·米哈伊洛维奇正跟两位师长一起坐在桌旁，借着烛光看地图，他听到报告说："来得正是时候！"便命令各师、团、连：

"上马！"

在黑洞洞的草房里，或在野地里，在用树枝和干草掩蔽的战壕里，或干脆在草垛底下，野战电话丁零零地响起来。通讯兵从耳机子里听到他们时刻等待着的消息。传令兵飞身上马，一边跑一边把脚伸进马镫，向黑暗中疾驰而去。战士们在这像恶魔的坟墓一样漆黑的、无风的夜里，都和衣而睡，一听到拖长腔的喊声"上马！"，纷纷醒来，连忙跳起，赶走睡意，朝拴马桩跑去，匆匆忙忙地备上鞍子，系紧肚带，勒得牲口直打晃。

各骑兵连在野地里集合起来，根据传遍整个队伍的口令在黑暗中找到自己的位置。他们排好队之后，又等待许久，眼望着东方第一道曙光就要出来了。战马在夜里喘着粗气。潮湿的寒气透过绗条的棉袄、短皮袄和士兵的薄大衣钻到里面。没有人说话，也没有人抽烟。

终于远处响起第一声不大响亮的枪声。政委们开始讲话了："同志们，谢苗·米哈伊洛维奇命令你们粉碎敌人……资产阶级的雇佣军正朝莫斯科扑去，一定要消灭他们！你们要使革命的武器获得光荣！"

曙光未能照亮旷野。到处都是雾。布琼尼的八个团拉开几俄里长的散兵线，马镫挨着马镫，踏着沉重的马蹄声，向前冲去。在浓雾中，只能看见左右的同志和前面在荡漾的牛奶中跳动着的马屁股。

敌人很近了，而且越来越近。已经可以听清他们凌乱的枪声。战士们把马赶得越来越快，伸出脖子，极力想看清敌人……现在整个散兵线响起一片呐喊声——越来越响，越来越凶猛，越来越势不可挡。前排战士终于看见了敌人……

从雾气里显现出准备拐回去的骑兵的黑影。顿河哥萨克的神经支持不住了。他们也排成散兵线迎面扑过来……是呀，显然是恶魔让他们远离家乡，来跟这些红色魔鬼厮杀。他们听到整个大地在轰鸣和颤抖，他们明白将有一种可怕的力量撞倒他们的人马，把他们搅成一团，杀得团团转，血淋淋的尸体堆成山……这是为的什么呢！于是哥萨克指望他们的顿河快马救命，勒住马头，转身要跑……只有几个最不要命的家伙，自恃勇敢而忘乎所以，冲进布琼尼的散兵线，抡起军刀乱砍……

这些顿河快马也救不了他们的命。那些掉转马头的人又跟向前冲来的人撞在一起……自己人撞倒了自己人……布琼尼的骑兵冲上去，用刀砍，用马踏，追逐他们……响起一片凄惨的叫喊……在大雾里只能看到前面的人把身子伏在马脖子上，后面的人眼看就要追上他，在马鞍上仰着身子，抡起军刀，准备砍下去……发狂的战马嘶鸣着，也伸出牙来咬人……

现在，所有的哥萨克骑兵团都仓皇逃窜了。但从侧翼深处，又有机枪快车拦住他们的去路，用火力把他们撵到另一边去。而成群仓皇奔跑的哥萨克跑到那边，乱作一团，又被布琼尼的生力军冲杀一阵。

追击马蒙托夫的两个师，一直追到天光大亮。几千具穿着哥萨克的蓝棉袄和镶红条马裤的尸体，横卧旷野，没人骑的马惊慌地四处奔跑。

吃午饭时，布琼尼的骑兵在一块平坦的野地里扎下一个大营盘，大家围着刚从敌人那里缴获的用纯铜做的高级行军灶。锅里煮的粥热气腾腾，照例是黄米加猪油，这次又加了些通心粉、大米、黄豆和咸牛肉，炊事员还往里搅和了许多调料，好做得更香。

战士们饱餐一顿之后，点上一支烟，彼此夸耀起来：有人在战斗中缴获了好武器——一把镶银的马刀或日本造的卡宾枪，有人得了一匹顿河马——栗子皮色，脑门上一块白斑，腿上带条纹。

战斗的热情并没有平静下来——那怎么可能呢！到处拉起手风琴。歌声伴着衬腔，响亮地唱起来："乌云啊，乌云笼罩过来了，田野上大雾弥漫……"有的地方，在三弦琴的丁丁咚咚声中跺起鞋后跟，或像天鹅拍打翅膀似的扬起胳膊，随着口哨声一蹲一跳地踏着碎步。

但是，军号又悠长地吹响了。又要投入战斗，去完成艰苦的任务！布琼尼披着毡斗篷，戴着银白色的高筒皮帽，从远处缓缓走过去，跟着他的是两位师长。各团又站好队，在密集的队伍当中，有八面红旗迎风招展，向前飘去。

第一纵队的惨败，迫使白军不得不停止包围布琼尼——他们最初的作战计划被打乱了，布琼尼马上利用敌人的这种惊慌失措。第二天拂晓，布琼尼就向马蒙托夫的第二纵队发起进攻，第二纵队也经不住打击，退到铁路路基跟前，求助于铁甲列车的庇护。这辆铁甲列车从沃罗涅日开出来，穿过大桥，发出沉重的轰隆声。在钢铁的炮塔底下，炮兵军官守在六英寸口径大炮和机枪跟前，凝望着慢慢散去的浓雾。间或，在前面的路基上出现一个摇小旗的信号员。铁甲列车暂时停下，接收信号。这样，他们才知道被布琼尼紧逼到路基跟前的第二纵队的危急处境。

铁甲列车加快速度。机车上嘶哑的汽笛不停地吼叫着，告知自己的人，援兵就要到了。

炮兵们从炮塔的缝隙向外望，看见雾里有一个模糊的黑影顺着铁路路基飞快地迎面驶来。铁甲列车煞住车，开始向后倒，朝着飞驰而来的黑影打了几炮，但为时已晚。大型的货车车头，没人驾驶，开足马力奔来，一下子就撞在铁甲列车最前头一节钢板车厢上。开来的车头前边和左右都放满了炸药。一声巨响。钢板车厢里的炮弹立刻跟着爆炸了。在一片泥块、飞沙、火光、浓烟和水蒸气的旋风中，那节钢板车厢直立起来，翻了个个儿，压在那蛮漂亮的钢轨身上，并把它也拖到路基底下。

马蒙托夫的第二纵队向沃罗涅日逃跑。第三纵队不想打，也往城里退去。但它被迫交战——这是这场空前规模的大战的第四天——被打得落花流水，被砍死的哥萨克铺满旷野和山冈，足有几俄里远。

这些顿河师和库班师被打得溃不成军，有的团伤亡大半，全都撤到河对岸去了。二十四日清晨，布琼尼的主力也来到河边。前两天由一队神父和捷普洛夫率领士官生守着的木桥，没来得及炸毁就丢弃了。城里还有几门大炮朝这里开炮，溅起一股股泥浆和水柱……布琼尼骑马来到桥边，一看这座桥是匆促搭成的。他找来那帮吹银号的乐队，命令他们先到河对岸，在那里演奏最快活、最热烈的乐曲——进行曲和波尔卡舞曲。这群音乐学院的学员仍然是被俘时的那身打扮：穿着短大衣，肩上扛着红黄杠杠，跑过桥去，他们刚刚过去，一颗炮弹打在桥上，木桥就塌了。这支乐队吓得半死，在轰隆的炮声中，拼命吹奏起银号。

每个骑兵发给一颗炮弹。“前进，前进！”政委和连长们喊着，在连队前头跳进冰冷的河水，河水被爆炸的炮弹搅得沸腾着，翻滚着。到了深处，人从马鞍上滑下来，游着水，一手抓住马鬃，一手抱着炮弹。拉炮的马匹也冲进咆哮的河水里，后面拖着的大炮一直沉到河底。渡过河去的布琼尼骑兵怒气冲冲，浑身湿淋淋的，骑着湿淋淋的战马，猛攻沃罗涅日。但是，马蒙托夫和什库罗的部队在这里也不敢交战，仓皇过了顿河，向卡斯托尔方向逃窜。

粉碎白军的精锐骑兵和占领沃罗涅日，是南线新领导制定的庞大作战计划的最初阶段的战役之一。

这个作战计划的副本印在蓝色纸上，由斯大林签署，发到各集团军司令、军长、师长、旅长和团长手里。计划里详细规定了每个红军战士都能理解和切实可行的作战方案，包括南线各个部队的每次战斗，首先从奥廖尔和克罗梅开始——那个曾经发誓要头一个打进莫斯科的库捷波夫将军，带着被打败了的邓尼金近卫军，在谢尔戈·奥尔忠尼启则①率领的独立部队打击下，正从那里后撤；其次从沃罗涅日和卡斯托尔地区的战役开始，在这里，布琼尼骑兵军的任务是：切断顿河军与志愿军接合部的白军防线，中途穿过在无产阶级矿工的顿巴斯形成的突破口，最终占领顿河的罗斯托夫。

布尔什维克使人人出乎意外——首先是那些蹲在满地是痰的旅馆里的人，他们已经装好皮箱，准备轻装上路了，相信一定会到莫斯科去过新年，法国人会给他们运来香槟、牡蛎，甚至还有帕尔马紫罗兰；其次是那些待在巴黎的人，他们常常在欧洲主宰者的接待室里一等就是几个小时，现在却趾高气扬，一步也不停留地走进乔治·克列孟梭的办公室，似乎立宪制的俄国已唾手可得，办公室里的壁炉正在毕剥作响，那个长得矮小、驼背的独裁者正坐在那里，把两道白眉毛俯在一份使全世界都要变得像坟

① 奥尔忠尼启则（1886—1937），苏共早期领导人之一，内战时期曾任南俄特命人民委员，一九三〇年后任政治局委员。

墓一样死寂的计划上,法国人见到来客,站起身来,而俄国人欣喜若狂地去握他那大骨节的手指;最后,出人意外的,就是安东·伊万诺维奇·邓尼金本人了,他早放弃了每逢星期五必打一次文特牌的习惯,尽管跟一切人一样软弱,已开始相信自己是天命所归了。布尔什维克本来已经奄奄一息,却干出了一件不可理解的事:他们在斑疹伤寒盛行、饥荒严重、经济彻底崩溃的情况下,组织了强大的反攻,于是企图扼杀和肢解红色俄国的整个国际政策开始土崩瓦解。这个广阔无垠的国家,对西欧的思想家说来,的确是一个谜。

俄国人民这种热情的来源,似乎就是个谜。争取全人类幸福和合理社会制度的理想,似乎已永远被埋葬在世界大战堆积如山的尸体下面了,不料却像被旋风吹来的乐园里的种子一样,落在疮痍遍地的贫穷的俄国,这里目不识丁的庄稼人还在互相讲述关于傻子伊万、妖婆亚加和飞毯的神话,那些瞎老头儿和瞎老太婆还在唱着关于古代勇士的战斗、酒宴和婚礼的冗长的史诗。

这些理想在俄国人民手里变得像钢刃一样富有弹性和锋利无比。那些还在讲述神话的庄稼人和那些来自早已不冒烟、大半破坏了的工厂的工人,克服着饥饿、斑疹伤寒和经济的彻底破产,正在打败和驱逐邓尼金的一流军队,把尤登尼奇的突击队阻挡在彼得格勒的大门口,并把他们撵回爱沙尼亚,在西伯利亚的冰天雪地里击溃了高尔察克的庞大军队,把他们打得落花流水,活捉了这个全俄最高执政者,并把他枪毙了,在远东打败和赶跑了日本人;他们受到列宁的理想鼓舞——他们只能依靠列宁的理想,因为在俄国既没有吃的,也没穿的——坚信不疑:他们是世界上最强大的,他们一定会在不久的将来,在原来贫穷国家的废墟上建成合理的共产主义社会。

第二十章

卡佳觉得,现在她的胃大概还不如一个装零钱的钱包大。那里恰好装得下二两面包、一小块煮鲹鱼和几羹匙菜汤。糟糕的是这件裙子，又旧又破，想改一下，既没东西，又没工夫。不过，她的眼睛倒是更大了，比起去年秋天玛特廖娜有意用油饼养胖她的时候，能大上一倍。

学校里的小女孩儿们，有时惹人怜爱地皱起饥饿的嘴唇，对她说：

“卡佳阿姨，您有多漂亮呀……”

这使卡佳十分高兴，因为全部生活还在将来。往日惟一的纪念品——丈夫送给她的闪烁着绿光的绿宝石戒指——在弗拉基米尔村就遗失了。在老马厩胡同这座老屋里曾经一度出现过的那些亲爱的倩影，她也不再去回忆他们。而未来——正是忍受饥饿、寒冷、破产与战争折磨的人们寄予一切希望和一切向往的所在——卡佳把它想象成一条宽阔的大道，像阳光底下的玻璃一样闪闪发光，这条大道穿过绿油油的草地和烟雾缭绕、树盖迷离的湖泊，这条大道通向一座隐约可见的天蓝色城市——一座繁华、壮丽、美好的城市，人人都会在那里找到幸福。

有一次，卡佳把她的这种想法在课堂上讲了。孩子们都屏住呼吸听着。那些多愁善感的女孩子听了特别惬意，她们觉得通往未来的道路，应该绕过绿油油的草地，她们可以到草地上捉蝴蝶，采几束像星星一样细碎的小花……男孩子们对这种说法颇不满意：卡佳一点儿也没提到火车，这些草地上应该到处有火车奔跑，掠过扬旗，穿过带铁网的大桥，钻过隧道，也没提到快活地冒着烟的大烟囱。不过，大家都同意，未来的城市当然是天蓝色的，有高大的楼房，连云彩都要挂上，有跑得飞快的电车，所有的林荫道上都有秋千，有发给面包和香肠的小亭子。卡佳问：“还有冰激凌呢？”可是孩子当中竟然没有一个尝过冰激凌，也许有人在很小的时候尝过，但早已忘记了。

卡佳常常不得不十分注意节省力气。前几天她提了满满一桶水往院子里走，就觉得提不动，只好把桶放在地板上，把身子靠在墙上，来克服眼前的一阵眩晕。幸亏，关于艺术的讲演并没举行，因为莫斯科都走空了——从阿尔巴特大街一直走到受难广场，连一个行人也碰不到。不过，现在《消息报》每天都登出胜利的战报。红军在卡斯托尔附近穿过白军防线的缺口，像一股巨流涌进顿巴斯，白军后方的农民起义如火如荼。现在已经可以看到战争和灾难快结束了。

晚上八点左右,卡佳正坐在家里,连小油灯也没点。点着了的小炉子从半开的炉门射出足够的光亮。卡佳坐在一张小矮凳上,小心翼翼地往炉里添劈柴,劈柴烧着了,发出耀眼的光辉和快活的毕剥声,因为它们恰好是卡佳在学校里讲的太阳能的一种。

卡佳正在读《罪与罚》①。我的天哪,那时候的生活是多么黑暗呀!卡佳把手放在书上,望着炉火。斯维德里盖洛夫在大直街上那家木房酒店里度过的一夜,有多么可怕呀!这正是她有一次——一生当中仅有过的一次——跟别索诺夫一起住过的饭店,说不定正是那个房间,斯维德里盖洛夫在里面挨过一个小时又一个小时,深知自己无法克服恐惧和厌世的心理。

那种该诅咒的世界已经被砸碎,被烧成灰烬,已经烟消云散。所以现在才可以这样坐着,心平气和地读着关于过去的故事,往炉子里添火,相信幸福。

走廊里响起杂沓的脚步声——大概又是有人来找马斯洛夫商量什么事情:近来每到黄昏经常有不明来历的人找他,他们气急败坏的声音连在卡佳的房间里都能听到。而每次商量完之后,不管什么时候,马斯洛夫把客人送到厨房,小心翼翼地敲着卡佳的房门:

"难道已经睡下了?这么早就躺下,应该脸红,应该脸红……还算是现代女性呢……哎呀呀……"

他一个劲儿地转动门把手,把卡佳气得直哆嗦:马斯洛夫为人固执,非常自以为是,他可以在门外一直站到天亮。

"叶卡捷琳娜·德米特里耶夫娜,我不过是想在您的小炉子旁边静静地坐上一会儿……神经太紧张了……作为同志,您就放我进去吧……"

再不理睬他,显得太愚蠢,卡佳到底把门打开了。他在火炉跟前坐下,不住往里添木头——而每块木头都比金子还珍贵——神秘地微笑着,

---

① 俄国作家陀思妥耶夫斯基(1821—1881)的名著。

把一双细瘦的手掌举到烧红的铁盖顶上，议论起两性的吸引，说比宇宙的吸引力还要可怕……要是顺从这种吸引，就构成了美！其余的一切，不过是下流的清教徒观念。况且，卡佳长得漂亮，孑然一身，按照他的说法，恰好“缺少房客”。他坚信不疑，她迟早会让他钻进自己的被窝……

今天，卡佳读够了陀思妥耶夫斯基的小说，正心情苦闷地听着马斯洛夫房里的嘈杂声。那里不时响起激烈的感叹声，间或还有什么东西掉在地板上——好像在摔书。今夜他一定又要来寻求安慰了……

忽然响起用手挠门的声音，从钥匙眼里传来低微的语声：“卡佳阿姨，您在家吗？”这是克拉夫季娅，她穿着一双大毡靴，用绳子绑着。

“切斯诺科夫家里的派我来请您，从前线来的罗辛，正在她家坐着。”

“怎么样——外头冷吗？”

“冷得要命，卡佳阿姨，风刮得直迷眼睛，哪怕下上一场雪呢，可雪又下不下来……这个冬天可真怪。可您这屋里真暖和，卡佳阿姨……”

卡佳实在不愿意冒着严寒，勉强挣扎着走到普列斯尼亚的切斯诺科夫家，一谈就要谈到过半夜，更叫人疲乏了。她穿上大衣，头上披了一条厚披肩。为了不让马斯洛夫听见，她跟克拉夫季娅悄悄走出房子。从黑洞洞的胡同里猛然刮来一阵夜风，扑到她们身上，卡佳连忙用披肩的两头把小女孩儿遮住。尘土打在脸上挺疼，屋顶的铁瓦哗啦哗啦响。寒风拼命咆哮着，呼啸着，仿佛卡佳和克拉夫季娅就是这世界上仅存着的人了——一切都已灭绝，太阳永远也不会再照耀这个世界……

在一座小木房灯光昏暗的小窗旁边，卡佳转过身背着风，准备喘喘气。从没有拉严的窗帘缝隙里，她看到屋里塞满了东西，一根黑筒子拐了个弯儿，通到壁炉，屋子当中有个小炉子，闪着火光，沙发椅上坐着好几个人。他们都用手支着头，听站在他们面前的少年人念着什么——只见他高傲地扬起翘鼻子，照着笔记本念。他身上穿着一件破旧的大衣，胸口敞开，露出胸脯，脚上穿着跟克拉夫季娅一样的毡靴，也用绳子绑着。看他那手势和豪迈地甩动蓬乱的浓发的姿势，卡佳猜出来，这个少年人在朗诵诗。她心头不禁一热，微笑着转过身来，仍然用大围巾包着克拉夫季娅，迎着风向阿尔巴特大街跑去。

切斯诺科夫家里有许多人——所有上前线的工人的妻子都来了,还有几个老头儿受到尊敬,被安排到桌旁,那个客人正在桌子跟前讲着战事。现在有几个人争抢着向他提出问题——粮食问题是不是很快就能好转,过圣诞节莫斯科能不能运来燃料,还问到部队里发不发毡靴和皮袄?她们还说出她们的丈夫和兄弟的姓名,问他们是不是还活着,身体好不好?好像在各个战场上作战的几千名工人,这个军人都叫得出名字。

卡佳挤不进屋里,只好在门口站着。她踮起脚,一晃看见来人正低着缠绷带的头,在一张纸上记什么。

“就这些问题吗,同志们?”他问道。卡佳突然打起哆嗦,仿佛这低微而严峻的声音一下子钻进她心里,撕碎了她的心。她立即转过身去,想走开。原来什么也忘不掉……这嗓音跟他多么相像,他那亲切的嗓音是永远沉默了,可是这个嗓音却在她心头唤起往日的悲苦,往日的痛楚,然而这都是不必要的,徒然的……就好像一个孤独的人有时会梦见早已忘却的往事——他会梦见树林中有一座从未见过的小房,出现在一片灰光中,小房旁边坐着死去的母亲,像在自己遥远的童年时露出慈笑:他想伸手去抱她,让她从梦境中复活,但却摸不到她,她默默不语,只管微笑,于是他明白了:这不过是一场梦,于是内心深处的眼泪会使梦中人的胸口急剧起伏着。

卡佳的脸必是骤然变色了,门口站着的一个女人说:

“公民们,让这位老师到前边去吧,都把她挤坏了……”

卡佳被让进了屋里。她一进去,桌边那个人抬起缠绷带的头,她便看见了他那严肃的脸孔。还没等他那对黑眼睛露出喜色和睁得老大,卡佳身子一晃,只觉得天旋地转,在她的头脑里一切都移了位,一阵嘈杂的人声变得遥远,灯光也暗淡了,就像那次在门斗里差一点儿把水桶扔掉似的……卡佳惭愧地笑着,急促地喘气,脸色苍白,不由得颓然欲倒……

“卡佳!”来人喊了一声,推开众人。“卡佳!”

有几只手同时扶住她——没让她倒在地板上。瓦季姆·彼得罗维奇用手掌捧住她那低垂的脸庞,那脸庞是那么可爱,那么迷人,半张着的嘴冷冰冰的,眼睛朝上翻。

“这是我妻子,同志们,这是我妻子。”他用哆哆嗦嗦的嘴唇念叨着……

他们往回走,寒风从背后吹来。瓦季姆·彼得罗维奇紧紧搂住卡佳瘦弱的肩膀。一路上她不住哭泣,不时停下来吻他。他开始对她讲——为什么大家都以为他死了,其实他跑遍了俄国寻找卡佳,整整找了一年。不过这些事既混乱,又冗长,而且这时讲也没有必要。有时卡佳说:“快站下,我们走错路了……”他们拐来拐去,顺着黑糊糊、空荡荡的胡同徜徉着,烟囱上生锈的风向标吱吱嘎嘎,屋顶上翘起的铁皮哗啦哗啦响,还有老椴树从倒塌的栅栏后面摇晃着黑魆魆的树枝,发出令人心碎的吼声,这棵椴树一定记得,也许就在这样的夜里,尼古拉·瓦西里耶维奇·果戈理因为怕鬼,慌慌张张从这里跑过去,跑得大衣的下摆都飘起来。

到了老马厩胡同,卡佳说:

“这就是我们的家,你还记得吗?不过那时候你走的是正门。我还住在原来那个房间,瓦季姆。”

他们跑着穿过小院。厨房的门闩着。

“唉,真糟糕……还得敲门……你就使劲儿敲吧……”

卡佳笑起来,然后又落了几滴泪,吻了瓦季姆一下,又笑起来。瓦季姆·彼得罗维奇用两个拳头砰砰敲门。

“谁?谁?”马斯洛夫在门里惊慌地问。

“开开门,是我,卡佳。”

马斯洛夫打开门,他一只手端着带玻璃罩的铁盒小油灯,油灯不住颤抖。看见卡佳身后还站着一个军人,往后一闪,脸颊皱出一条条竖皱纹,两眼仇恨地眯缝起来……

“谢谢。”卡佳说,便拉着瓦季姆的手向自己房间跑去。他们走进屋,发现屋里还有一股热气。卡佳悄声问道:

“你有火柴吗?”

他心情十分激动,也悄声回答说:

“有……”

她点上灯，这罐头盒子里的小小光亮，便足够他俩彻夜彼此对看了。她一边解围巾，一边目不转睛地望着瓦季姆：他的头发全白了，连眉毛也有几根白的；他的脸更成熟了，脸上露出一种她所不熟悉的严肃和沉着的神情。这使她非常喜欢——他显得比他们在罗斯托夫分手时更年轻、更刚毅、更漂亮了。她突然看见他的绷带，微微张开嘴，叹了口气：

"你负伤了？"

"擦破点儿皮……但是因此而得到两周假，才能到莫斯科来……我早知道你在这儿……可怎么才能找到你呢？（她翘起嘴角，欢快而狡黠地笑了。）你知道——我只差一点点儿没在那个村里遇见你……我早就在追踪克拉西利尼科夫……（卡佳的下巴哆嗦了一下，她气得直摇头。）卡佳，我把他打死了……（她垂下眼皮，低下头。）卡佳，方才我开了个头，我想告诉你——你为什么会得到我阵亡的消息……说真的，我的确是死过的……（卡佳惶恐地望着他，她那两只大眼睛又噙满泪水。）那是在夜里，我坐在火车上——我觉得再活下去也没有什么意思了，我在主要问题上错了，我十分清楚，我应该被消灭，再不就自杀……卡佳，原谅我，这事说起来非常痛心，非常难过，但我想把它说出来……只有一想起你，这已不能算爱情了，不能，因为我已经不配爱你了，但是心里苦苦想着你，就像想着一件割不断、丢不掉、忘不了、不应当出卖的东西，才使我又留恋人世。在火车上的这一夜，便是我的彻底毁灭……现在，每当我从准星里认出那些熟悉的面孔时，心里就明白，我要把子弹射进一颗多么卑鄙而空虚的心……"

卡佳把双手搭在他的肩头，把脸颊贴到他那猛烈、急剧跳动的心上。他们就这样继续站在屋当中——他只解开了军大衣纽扣，她还穿着大衣。她明白，他方才讲的都是最主要的……我的亲爱的，我的好人哪……他想尽快解释清楚，好使她能爱他身上的新东西——一种诚实、严肃而热情的东西……当他在罗斯托夫发了疯，抛弃她的时候，她就知道，他会受到剧烈的痛苦，并会明白过来的……她偎在他身上，听他说些含糊不清、断断续续的话语，仿佛他急于用象形文字描绘出自己的深刻感情……但是他就是不说，卡佳也全都明白……

“卡佳,这个任务是空前绝后的……我们连做梦也没想到,会由我们来实现它……你还记得我们曾不止一次议论过——历史的演变仿佛毫无意义,只令人感到疲倦,伟大的文明遭到毁灭,理想变成可怜的丑剧……藏在礼服衬衫里面的,还是直立猿人毛茸茸的胸脯……一切都是谎言!现在蒙在眼睛上的布拿掉了……我们过去的全部生活,不过是犯罪和说谎!俄国诞生出新人……他要求人人都有做人的权利。这并不是幻想,这是理想,它就存在于我们刺刀的刀尖上,它是可以实现的……一道耀眼的光芒照亮了过去几千年半已坍塌的拱顶……一切都顺理成章,一切都合乎规律……目标已经找到……每个红军战士都知道这个目标……卡佳,你现在能多少了解我一点儿了吗?……我真想把自己完全献给你……我的亲人,我的心肝儿,我的爱人,我的星星……”

他突然把她紧紧搂在怀里,搂得卡佳全身的骨头都喀嚓响,可她只是更紧地贴在他的心上。有人敲门,接着是马斯洛夫的声音:

“叶卡捷琳娜·德米特里耶夫娜,您能出来一会儿吗?……”因为没有回答,他便像往常那样旋转起门把手。“是这么回事儿,您知道全城都戒严了。十点都过了,您房里还有男人……因为我要负责任的……”

“等等,我去跟他说。”罗辛说,扳开卡佳搭在他肩上的手。

“瓦季姆,你别发疯,还是我自己去说……我恳求你……”

她马上走出门外,随手把门虚掩上。马斯洛夫站在那里冷笑,手里还端着小油灯。

“你不能进我的屋,马斯洛夫同志。”她说话的口气非常坚决,她跟他说话还从来没用过这种口气。他一边招手让她往前走,一边往后退,两眼歇斯底里地直勾勾望着她。她一边跟着走,一边问:

“嗯?您有什么事儿?我真不明白……”

“我想先告诉您一下,叶卡捷琳娜·德米特里耶夫娜,您不要把我的倒运看得过重……其实没有的事儿……当然早有人告诉您了……全区都一片欢腾,庆祝胜利……只是庆祝得太早了,高兴太早了……”

“我不明白您说些什么。”卡佳生气地说。“总而言之,请您不要再敲我的门……”

"别扯谎了！您明白……啊，这回我算把您看透了！好吧，第一，以后您跟我谈话，还得跟我没丢党证时一样……您这样做，显得更有远见……（马斯洛夫的喉咙里响起一阵咯咯声，尽管他说话声音很低，甚至有气无力。）什么也没有改变，叶卡捷琳娜·德米特里耶夫娜！……第二，您这位夜间来客马上就得走……您想问，我为什么要坚持这一点？这就是我的回答……（他把手伸进油渍麻花、纽扣脱落的上衣侧兜里，掏出一把扁扁的巴拉贝伦手枪，用手掌擎着给卡佳看。）以后我们将继续保持原来的关系……"

卡佳一下子被震住了，只是慢慢地眨巴眼睛。这时，罗辛推门走出来：

"您找我妻子有什么事？"

马斯洛夫满脸皱起皱纹，一直堆到耳朵旁边，他蹲下去，把小油灯放在地板上，用一只手转动着手枪。

"喂，别来这一套。"罗辛说着，走到他跟前，用手一夺，把他手里的手枪夺下来，塞进大衣口袋里。"明天我把它送到区肃反委员会去，您可以到那里去领。您要是再靠近我们的门，我就要打断您的脊梁骨……"

他们回到屋里。卡佳默默地把手指捏得嘎巴响。罗辛替她脱下大衣。

"卡佳，一切都明白了，他再也不会到这儿来了。可能就是这个马斯洛夫，我在前线上也听说过。他也属于那些想搞垮军队的一伙……"

他脱掉军大衣，在卡佳身旁蹲下，卡佳茫然若失地坐在沙发椅上，他把头放在卡佳的膝盖上。她的手从他的头发、脸颊和脖子上滑过。他们俩现在已经忘记了马斯洛夫方才干的蠢事。两人都默默无语。他们都产生一种新的激动，这种激动是强有力的，从来未体验过的，具有处女般的力量——在他，是对她的性爱的喜悦，在她，是对他的喜悦的共鸣……

"比以前要强烈一百万倍，卡佳。"他说。

"我也是……不过我总是，总是，瓦季姆……"

"你冷吗？……"

"不，不……只不过是太爱你了……"

他紧挨着她在一张挺宽的旧沙发椅上坐下，吻她的眼睛，吻她的嘴，吻她的嘴角。他又吻了一下她的胸脯，卡佳想起来，她左边的乳房上有一颗痣，他不知为什么非常喜欢。她解开毛衣的扣子，让他去吻那颗痣。

小火炉的确凉了，屋子里渐渐冷了。瓦季姆仍然不住望着卡佳，一笑就露出整齐的牙齿，蹲下去俯在小炉子顶上，吹吹里面的红火炭，把用红木沙发椅的椅腿和靠背锯成的木头块往炉子里填。屋里又暖和起来。卡佳脱衣服时脸上泛起红晕，他却笑起来，用手掌捧住她的脸吻她。

风刮了一夜，刮得烟囱呼啸，铁皮哗啦响。卡佳从床上爬起来，有好几次像普赛克①一样挑亮油灯，目不转睛地端详睡熟了的瓦季姆的脸庞。她心中充满幸福，并且知道他心中也充满幸福，所以他的脸庞才这样安详和严肃。

"卡佳！卡佳！"达莎一边喊，一边往厨房里跑。"卡佳，我的卡佳！"她叫喊着，在走廊上跺着冻硬了的毡靴。她一下子扑到卡佳身上，抱住她，吻她，然后又推开一点儿，发狂地打量她，接着又抱住她，用手抚摩着。达莎身上散发出一股雪味、羊皮味和黑面包味。她穿着一件光板短皮袄，戴着乡下女人戴的头巾，背后背着个包。

"卡佳，我的小鸽子，亲爱的，我的好姐姐……我可多么想你，一心想见到你……不，你只要想想——我们从雅罗斯拉夫尔车站徒步走来的。莫斯科跟乡下一样：一片平静，寒鸦，大雪，街上踩出一条条小道……可真远哪，我两条腿都发软了……可库兹马·库兹米奇背着两普特面呢……好容易走到老马厩胡同……却找不着家了！在这条胡同里从这头到那头走了三趟……库兹马·库兹米奇说怕找错了胡同……我简直气坏了——连家都忘了！……突然间……不，你想想看！从拐角过来一个人，是个军人……我就去问他：'借个光，同志……'可他瞪大了眼睛望着我……我

① 见古罗马作家阿普列乌斯（约123—180）的《变形记》（也叫《金驴记》）。普赛克跟爱神丘比特相爱，却不知道他究竟是谁，一天夜里，普赛克端着灯，仔细观看丘比特，灯油掉在丘比特肩上，把他惊醒，他生气而走，后来两人言归于好。这个故事只是书中的一个插曲。

只把嘴一张,就坐在雪地上了……瓦季姆!我以为必是我疯了,死人在莫斯科的胡同里乱窜……他哈哈大笑起来,然后就吻我……我连站都站不起来了……卡佳,我的又聪明又漂亮的姐姐……我们要是互相讲起来,恐怕要讲十个晚上……上帝,我认出这个房间来了……还有这张床,药橱上的人面怪鸟……瓦季姆对我讲了伊万的情况。我决定了:过几天就有上他们部队去的救护列车,我就上列车当护理员,阿尼西娅和库兹马·库兹米奇跟我一块儿走……我们不能把他一个人留下,不然会学坏的……卡佳,首先我们要吃饭……你把茶壶坐上……然后要洗一洗……我们从雅罗斯拉夫尔坐闷罐车来的,走了一星期……我们身上穿的东西都得脱下来,好好找找。我们暂时先不进你的屋里去,我们在厨房就行……来吧,我给你介绍一下我的朋友……这可都是了不起的人,卡佳!多亏他们,我才有这条命,而且事事都亏他们照料……我们自己动手生炉子,烧开水,那儿有一堆家具……卡佳,你难道还没有白头发?我的天,你比我年轻十岁……我相信,用不了多久,有朝一日,我们大家都会聚集在一起……”

在莫斯科,按口粮证发的是燕麦。共和国首都从来没有经历过像一九一九至一九二〇年冬天这样艰难的岁月。红军的进攻占用了所有人力。从白军手里缴获的粮食和燃料,很快就吃尽用光了。富庶的省份只要哥萨克和志愿军一过,便被劫掠一空。工人征粮队到那里只能找到可怜的一点点余粮。

到了冰上远征两周年之际,志愿军正往新罗西斯克仓皇逃窜,在库班泥泞难行的草原上,扔得遍地都是辎重车、装着财物的轻便马车、陷住了的炮车和死马。一切都结束了。安东·伊万诺维奇·邓尼金头发白了,背也驼了,坐上法国的驱逐舰逃往国外,去写他的回忆录。志愿军各团少得可怜的残兵,搭运输船跑到克里米亚。顿河和库班的哥萨克终于明白,他们上了大当,并为自己的固执付出巨大代价——从沃罗涅日到新罗西斯克一路上扔下累累的无名坟丘。

莫斯科还是寒冬肆虐。三月的暴风雪把整个城市给埋上了。各家的小火炉把所有的栅栏和多余的家具都烧光了。工厂都停了工。各机关的职员都穿着皮大衣坐在那里，往浮肿的手指哈着气，好想法用手拿住铅笔——墨水瓶里的墨水冻得结结实实，只好等到天暖时候才用。人们走路都慢吞吞的，背后总背着个背囊，从家走到上班地点，很少有人不在雪堆上歇一歇，或到大门口里避避风。人人都饿得要命——在梦中看见一盘子焖乳猪，乳猪笑呵呵的小嘴里还叼着香菜，在梦中还用牙嚼着肥火腿和煮鸡蛋。但是大家的思想都很振奋，因为反革命猖獗、血腥、大肆屠杀的气焰被打下去了，生活有了转机，再忍受几个月的艰难困苦，新粮就会下来，复员的红军将从事和平劳动——恢复被破坏的一切，建设新生活，到那时，所有的痛苦，几百年来饱受欺凌的辛酸，都会被忘却了……

达莎的愿望实现了——他们四个人又到一起了。伊万·伊里奇和罗辛放了短假，乘达莎的救护列车来到莫斯科——那是三月里一个阴暗的早晨，湿冷的乌云在城市上空翻滚，屋顶上的雪化了，大冰溜不住地往下坠落，沉重的空气充满着香味，令人激动不安。

卡佳来接他们。瓦季姆·彼得罗维奇站在火车的通过台上，第一个看见她，不等火车停稳就跳下车来。卡佳喜笑颜开——眼睛和嘴角都笑盈盈的——穿过铁柱子中间机车冒出的滚滚黑烟，向他迎面跑来。他觉得她比十二月那次相逢更可爱了。他们的全部爱情生活，都是在这些短促的相逢中度过的。他俩立刻躲到一旁的大钟底下。可是，好忌妒的达莎却拉着她的捷列金走过来。她想要让姐姐把伊万·伊里奇大声称赞一番。

“卡佳，你看看他……你看没看出来，他变样儿了？在彼得堡的时候，他脸上总像缺少点儿什么……他的眼睛也跟现在不一样……别生气，伊万，我们坐轮船到萨马拉去那次，你的眼睛是浅蓝色的，甚至有点儿傻乎乎的，叫我都有点儿不好意思……现在，像钢一样……”

伊万·伊里奇站在卡佳面前，抑制着满心高兴，只是轻轻叹口气。卡佳也觉得他相貌堂堂——那么可亲，那么沉着，那么稳重……

“这就是他的画像，你就瞧瞧吧，卡佳……在行军打仗的时候——不，你得仔细琢磨一下——甚至当他骑马追马蒙托夫的时候，他在马鞍后边的口袋里也带着——你猜是什么？——这么点儿的瓷猫和瓷狗，那是我们在察里津第二次结婚时他送给我的……因为，你瞧，我非常喜欢它……”

库兹马·库兹米奇也抽空儿跑出车厢来跟卡佳见面。他用双手握住卡佳的手摇了半天，他那刮得光光的红脸，由于高兴和诚挚而容光焕发；他穿着白大衣就更显得发胖了，在月台上来回走过的瘦子，都怀着敌意打量他……

“当然，虽然只住了几天，可我就喜欢您了，叶卡捷琳娜·德米特里耶夫娜，就跟喜欢达丽亚·德米特里耶夫娜一样……我经常说，没有比俄国女人更好的女人了……俄国女人感情忠贞不贰，富有牺牲精神，她们懂得爱情，在需要的时候又非常勇敢……我随时都愿意为您效劳……等我把活干完，吃晌午饭的时候一定到你们那里去，从罗斯托夫带来几样东西给您送去……我们那里是春天了……可是不管怎么说，还是北方好——心里更舒坦……好了，对不起……”

阿尼西娅走过来，也穿着白大衣。她那长着两只大眼睛的脸上，一副失望神情：她原想这趟来到莫斯科就不走了，可是主任医生——简直不像苏维埃的方式——连她的话都不愿意听：“上什么戏剧学校！马上又要打大仗，伤员一来就是一大批……我不能放！”

“没什么，我可以等到秋天。”她跟达莎说，用头巾角擦擦鼻子。“一年年过去，我把大好光阴都丢失了，这才叫人伤心呢……拉图金在这里，他到站上接的我，这个鬼东西……他是参加代表大会的代表。变得骄傲了，板起面孔……他说为了接你们这趟救护列车，我往车站跑了三天了。他跑去跟主任医生说，给我请一天一宿的假……达丽亚·德米特里耶夫娜，他讲到阿格里皮娜的情况：她现在在萨拉托夫，孩子已经生了，是男是女，他不知道。病了很久……带孩子回团队了……她太可怜了，脾气挺古怪，不肯再嫁人。”

他们出了车站，穿过整个莫斯科，徒步走回老马厩胡同——在那里为达莎和捷列金准备了一个房间，就是马斯洛夫原来住的那间。他已经有两个月没露面了——他光把书运走，然后本人也销声匿迹了……由于卡佳的缘故,大家都走得挺慢。瓦季姆·彼得罗维奇真想抱着她,在这莫斯科上空不住翻滚的春天的乱云底下走回家去。捷列金和达莎稍稍放慢脚步,免得妨碍他们。达莎说:

“我真替卡佳担心。莫斯科和那个小学校会断送了她。她什么也吃不上……这三个月她简直变得皮包骨了……应该把她弄到我们火车上……我一定会让她吃胖的……不然的话,光剩下一口气了,这怎么能行……”

捷列金也悄声而意味深长地说:

“是呀,而且瓦季姆离开她,也一天天瘦下去……”

不一会儿,拉图金和阿尼西娅追上他们。阿尼西娅已经脱去白大衣,脸上泛起红晕。拉图金皱着眉头,一本正经、矜持地打过招呼,从翻袖里掏出四张给来宾的入场券,位置是大剧院最顶上一层。

“是呀,在前线倒要比在你们莫斯科容易点儿。”他说着,把票分给他们。“为了这点儿破玩意儿,不得不打一场大仗……幸亏那位主管人员跟我一样是个水兵,‘阿芙乐尔’巡洋舰上的……所以,你们可不要迟到,今天会议很重要①。嗯,阿尼西娅,咱们走吧……”

在莫斯科大剧院五层座的大厅里,透过人们吐出的雾气,几百盏电灯勉强发出微弱的红光。这里就像地窖里一样冷。宽大的舞台上,两侧拉着亚麻布的拱门,在舞台的一边靠暗淡的脚灯跟前,放着一张桌子,桌子后面坐着主席团。主席团所有的成员都把头转过去,望着舞台正面挂在布景格架上的一幅俄国欧洲部分的大地图,地图上画满各种颜色的、大大小小的圆圈——这些圆圈几乎占去了整个空间。地图前面,站着一个身材矮小的人,穿着皮大衣,没戴帽子;他的头发从宽大的前额上向后梳,在地图上投下阴影。他一只手拿着挺长的台球棍,皱起两道浓眉,不时地用棍尖指着带色的圆圈,他指哪个,哪个就发出耀眼的光亮,把大厅里各层楼座本来暗淡的涂金装饰照得闪闪发光,那一张张紧张的瘦脸和睁得很

① 指联共(布)第九次代表大会,于一九二〇年三月底召开,提出经济建设任务。

大的专注的眼睛，也都历历可见了。

在一片紧张的寂静中，他用高亢的声音说：

“我国只在俄国欧洲部分，就有几十万亿普特风干泥炭。泥炭的储藏量，足够我们用几百年的。泥炭是一种就地取材的燃料。每一亩泥炭沼泽地所产生的热能，要比一亩森林大二十四倍。首先是泥炭，其次还有水力和煤炭，就可以解决我们面临的革命建设问题。因为革命如果只在战场上打了胜仗，不能转到具体实现我们的理想上来，就会像一阵暴风一扫而过。现在坐在我们大家中间的弗拉基米尔·伊里奇·列宁，给予我巨大的鼓舞，正是在他的鼓舞下，我今天才来做这个报告的，他指出了革命建设的总路线：共产主义等于苏维埃政权加电气化……”

“……列宁在哪儿呢？”卡佳问，从五层楼座的高处向前凝望。罗辛一直抓住她那瘦瘦的小手不放，也悄声回答说：

“就是那个穿黑大衣的，你瞧，他正忙着写什么，现在抬头了，把字条隔着桌子扔过去了……他就是……紧把头上那个瘦瘦的，留着小黑胡的，就是斯大林，就是他打败了邓尼金……”

做报告的人接着说：

“在俄国那些长期静静地埋藏着几十亿普特泥炭的地方，在那些有瀑布泄下或江河水流湍急的地方，我们都要修造电站，它们是社会化劳动的真正灯塔。俄国永远摆脱了剥削者的枷锁，我们的任务就是用电气篝火永不熄灭的光明来照亮它。过去劳动的辛苦，应该变成劳动的幸福。”

他举起棍子，指着未来的动力中心，在地图上画了几个大圆圈，在这些大圆圈里将诞生未来的新的文明，那些小圆圈就像星星似的，在宽大舞台上的昏暗中发出亮晶晶的光辉。为了把地图照亮这么一会儿工夫，就要集中莫斯科电站的全部电力——连克里姆林宫里人民委员的各办公室也全都把电灯关掉，只留下一个十六度的灯泡。

大厅里的人们，尽管在军大衣或弹孔累累的旧式大衣的口袋里只揣着一把燕麦，是作为今天的口粮发下来的，他们却屏住呼吸谛听这令人头晕目眩而又切实可行的革命远景规划，从此以后，革命将走上创造的道路……

捷列金悄悄地对达莎说：

“这个报告讲得有道理。我跟这位克尔日扎诺夫斯基①工程师很熟。一打完仗，我还回到工厂去，我也有一些想法……达申卡，真想回去干上一场……他们要能搞成这样的电力基地，那就可以大有作为了……天知道我们有多丰富的矿藏！要能把这么富有的资源都利用起来——美国算得了什么！——我们比他们更富庶……我们俩到乌拉尔去……”

达莎对他说：

“我们可以住在用原木搭的小房里，收拾得干干净净，墙上带松树油子，窗户留得大大的……到冬天，早晨就生上壁炉……”

罗辛俯在卡佳耳边悄声说：

“你可明白——我们的一切努力，我们流的鲜血，我们默默忍受而不被人知道的一切痛苦，将有多么大的意义……我们将要改造这个世界，以造福于人类……所有坐在这个大厅里的人都准备为此而献出生命……这决不是瞎说，他们会把刀砍的伤疤和子弹留下的青印儿扒给你看……这是发生在我的祖国，这就是俄国……”

“我们已下定决心！”站在地图旁边的人拄着台球棍，就像拄着长矛似的说。“我们马上就要进行一场决战，去争取我们的和全世界人民的权利——永远消灭人剥削人的现象。”

1941年6月22日

① 克尔日扎诺夫斯基（1872—1959），苏联著名动力学家，后升为院士，一九二〇年受联共中央委托，领导国家电气化事业。

“插图本名著名译丛书”书目

（按著者生年排序）

第 一 辑

书 名	著 者	译 者
荷马史诗·伊利亚特	[古希腊]荷马	罗念生 王焕生
荷马史诗·奥德赛	[古希腊]荷马	王焕生
一千零一夜		纳 训
神曲(地狱篇、炼狱篇、天国篇)	[意大利]但丁	田德望
十日谈	[意大利]薄伽丘	王永年
堂吉诃德(上下)	[西班牙]塞万提斯	杨 绛
培根随笔集	[英]培根	曹明伦
罗密欧与朱丽叶——莎士比亚悲剧选	[英]威廉·莎士比亚	朱生豪
威尼斯商人——莎士比亚喜剧选	[英]威廉·莎士比亚	朱生豪
鲁滨孙飘流记	[英]丹尼尔·笛福	徐霞村
格列佛游记	[英]斯威夫特	张 健
忏悔录(上下)	[法]卢梭	范希衡 等
少年维特的烦恼	[德]歌德	杨武能
浮士德	[德]歌德	绿 原
傲慢与偏见	[英]简·奥斯丁	张 玲 张 扬
红与黑	[法]司汤达	张冠尧

希腊神话和传说(上下)	[德]古斯塔夫·施瓦布	楚图南
高老头　欧也妮·葛朗台	[法]巴尔扎克	傅　雷
普希金诗选	[俄]普希金	高　莽 等
巴黎圣母院	[法]雨果	陈敬容
悲惨世界(一二三四五)	[法]雨果	李　丹 方　于
基督山伯爵(一二三四)	[法]大仲马	李玉民
三个火枪手(上下)	[法]大仲马	李玉民
安徒生童话故事集	[丹麦]安徒生	叶君健
死魂灵	[俄]果戈理	满　涛 许庆道
汤姆叔叔的小屋	[美]斯陀夫人	王家湘
雾都孤儿	[英]查尔斯·狄更斯	黄雨石
双城记	[英]查尔斯·狄更斯	石永礼 赵文娟
简·爱	[英]夏洛蒂·勃朗特	吴钧燮
呼啸山庄	[英]爱米丽·勃朗特	张　玲 张　扬
猎人笔记	[俄]屠格涅夫	丰子恺
罪与罚	[俄]陀思妥耶夫斯基	朱海观 王　汶
包法利夫人	[法]福楼拜	李健吾
海底两万里	[法]儒勒·凡尔纳	赵克非
八十天环游地球	[法]儒勒·凡尔纳	赵克非
复活	[俄]列夫·托尔斯泰	汝　龙
战争与和平(一二三四)	[俄]列夫·托尔斯泰	刘辽逸
安娜·卡列宁娜(上下)	[俄]列夫·托尔斯泰	周　扬 谢素台
小妇人	[美]路易莎·梅·奥尔科特	贾辉丰
百万英镑——马克·吐温中短篇小说选	[美]马克·吐温	叶冬心
汤姆·索亚历险记	[美]马克·吐温	成　时
最后一课——都德中短篇小说选	[法]都德	刘　方 陆秉慧
羊脂球——莫泊桑短篇小说选	[法]莫泊桑	张英伦
一生	[法]莫泊桑	盛澄华
变色龙——契诃夫短篇小说选	[俄]契诃夫	汝　龙

泰戈尔诗选	[印度]泰戈尔	冰　心 等
麦琪的礼物——欧·亨利短篇小说选	[美]欧·亨利	王永年
名人传	[法]罗曼·罗兰	傅　雷
约翰-克利斯朵夫(一二三四)	[法]罗曼·罗兰	傅　雷
童年	[苏联]高尔基	刘辽逸
在人间	[苏联]高尔基	楼适夷
我的大学	[苏联]高尔基	陆　风
绿山墙的安妮	[加拿大]露西·蒙哥马利	马爱农
热爱生命——杰克·伦敦小说选	[美]杰克·伦敦	万　紫 等
一个陌生女人的来信 ——斯·茨威格中短篇小说选	[奥地利]斯·茨威格	张玉书
变形记——卡夫卡中短篇小说全集	[奥地利]卡夫卡	叶廷芳 等
了不起的盖茨比	[美]菲茨杰拉德	姚乃强
老人与海	[美]欧内斯特·海明威	陈良廷 等
钢铁是怎样炼成的	[苏联]尼·奥斯特洛夫斯基	梅　益
静静的顿河(一二三四)	[苏联]米·肖洛霍夫	金　人

第二辑

费加罗的婚礼	[法]博马舍	吴达元 龙　佳
约婚夫妇	[意大利]曼佐尼	王永年
邦斯舅舅	[法]巴尔扎克	傅　雷
贝姨	[法]巴尔扎克	傅　雷
一个世纪儿的忏悔	[法]阿·德·缪塞	梁　均
奥勃洛莫夫	[俄]伊万·冈察洛夫	陈　馥
白鲸	[美]赫尔曼·梅尔维尔	成　时
被欺凌与被侮辱的	[俄]陀思妥耶夫斯基	冯南江
小东西	[法]都德	桂裕芳
吉姆爷	[英]约瑟夫·康拉德	熊　蕾
苦难历程(上下)	[苏联]阿·托尔斯泰	王士燮
好兵帅克历险记	[捷克]雅·哈谢克	星　灿